长篇小说 2021 冬卷

上海文艺出版社

目录 2021 冬卷

002 惊鸿踏雪 范迁

248 雁奴拾捌拍 秦培春

335 走进寓言 秦培春

342 女人一思考 陈希米

407 边界下的困局 冯祉艾

惊鸿踏雪

范迁

时光薄如蝉翼
万物转瞬即逝
　　　　　　　——题记

上世纪八十年代初某个冬日,巴黎索尔画廊展出已故中国画家范国粹的四十张油画。

索尔画廊坐落在近勒内·维维亚尼广场的一条小街上,街区遗留了波拿巴三世时期的风貌,铸铁灯柱,鹅卵石路面,路中间凹下去,是下雨时的排水沟。沿街的房子老旧,却有着花哨的洛可可式门廊和阳台,僻静的巷陌里还遗留着拴马的铁柱,墙上贴满小广告和喷上去的涂鸦。街上有几家画廊,三四家酒吧,街角,摩洛哥人开的蔬果店撑开蓝白相间的布篷。这儿距离西堤岛一箭之遥,与莎士比亚书店也离得不远,走到小街尽头,水声传来,下面是废弃的蒙特贝罗码头,有人在那儿钓鱼,从码头上望得见巴黎圣母院高耸的塔楼。

索尔画廊的前身是个杂货店,门面翻新过,漆成赭红色,钉有一块发绿的铜质铭牌。左边是两扇玻璃拉门,黄铜拉手被磨得锃亮。右边是个玻璃橱窗,橱窗里放了一张小型油画——《女人与花束》。笔触流丽,颜色鲜亮,看得出是受了德加以及印象派的影响。

昨夜下过一场雪,天亮时停了。气温还是很低,塞纳河上空刮着朔风,带来英吉利海峡冷冽气息。下午出了太阳,积雪开始融化,街上的行人多了起来。

四点过后,陆陆续续有人进来了。画廊的女秘书站在入口处,巧笑倩兮,给客人们分发着介绍画家生平的小册子。画廊里半暗微明,布置得很是考究,水晶花瓶中插着大丛鲜花。灰色粗亚麻贴布的墙面,很得体地把金色画框衬托出来。在每张油画上方,装有一盏小小的柔光灯,光线均匀地打在画幅上,观赏起来很舒服。

画廊呈L形,很深,观众们走到底部,从大玻璃窗可以看到支撑着圣母院墙体的石柱,以及西堤岛的一部分堤岸,暗绿色的河水在下面流淌。靠窗的一张长桌上放置着成排香槟酒杯、Rougi 鹅肝酱、各种干酪和切成小块的鲔鱼三明治,正中是一大捧盛开的香水百合,香气四溢。再过去一点,在画廊办公室门前,站着老板娘米恰,正与一对东方人夫妇聊天。

男人叫傅云裳,五十多岁,个子不高,一身黑色燕尾服,系一枚桃红色的领结。昏暗中,桃红色格外地出挑,像一朵妖艳之花。傅云裳有一副圆润富态的面相,神色温和谦恭。皮肤一如中国南方人之白皙,但鬓边已是一片斑驳,脑门前的头发也显得疏落。法令纹很深,两个眼袋很大并下垂,这是内心沧桑的表征。

站在他身边的女子赵承曦,穿一身秋香色旗袍,墨绿色高跟鞋,显得身材苗条,腰背挺直。她扎着高耸的发髻,烟不离手,两枚翡翠耳坠摇曳飘忽,神色冷峻。

老板娘米恰个子高大肥硕,穿着巴黎最新款的天蓝色香奈儿套装,一头浓密丰厚的黑发,鹰鼻深目,面部的轮廓使人想起古代波斯女战士。为了今天的酒会,米恰征用了她的全部首饰军团,脖子戴着粗大的金链子,耳垂上是红玛瑙耳坠,肥胖的手指上,硕大的祖母绿戒指熠熠生辉。她曾经跟傅云裳说过,香水、时装和首饰是法国女人的第二生命。

说来奇怪,米恰这个如豹式坦克一样庞大肥硕的女人,偏偏喜欢东方人神秘又带点忧郁的画风。她曾为傅云裳办过多次展览，凭着三寸不烂之舌、长袖善舞的推销术，也卖出了不少画，分成也很公平。她俯身对傅云裳说："虽然天气不太好，观众还是来得不少。看来是个好兆头。"

傅云裳含蓄地笑笑，极力抑制着一个喷嚏，同时避开一步。老板娘的香水用得太猛了，他实在吃不消。

身边的赵承曦显得有些神不守舍，大口地吸烟，把半支香烟按熄在水晶大烟灰缸里，掸掸袖口上的烟灰，再重新点上一支。

米恰双手相握，神情祈盼，说："法国经济不太好，政府又要加税了，这样一来，买画的大户都看紧了荷包。不过，傅，你我合作总是运气不错，希望这次也一样。"

云裳啊啊地应着，未置可否。

这是他为亡友范国粹举办的纪念画展，云裳垫付了画展所有费用，售画所得将用来建立一个基金，资助中国青年画家来法国学习艺术。这个画展已经筹备了两三年，但由于种种原因一直延搁至今。

米恰还在唠叨："据说大使馆也会派人来。不过到现在还没见到人影。"

里间办公室的电话响了，米恰赶去接电话，像煞一辆庞大的坦克车轰隆隆地开走。

云裳总算松了口气。

米恰一走，一直沉默的承曦开口道："你说她会来吗？"声音喑哑。

云裳转头看看窗外的天色："她回信说一定会来的。不过，这种天气，真难说的。"

赵承曦怅然若失，过了一会儿又说："她真来的话，我大概会很紧张。"

云裳笑道："想见她的也是你。几次三番催我把开幕请帖寄到香港去。"

承曦伤感道："她到底陪了国粹许多年，开幕展不邀请她说不过去。"

傅云裳耸耸肩，不知如何应答，只是叹了一口长气。

环顾画廊，人多了起来，十几个参观者，三三两两伫立在画幅前面。也有不少人聚在长桌前喝香槟，吃三明治，互相欢快地交谈。米恰画廊的酒会总是搞得不错，在业界颇有名声，香槟和鹅肝酱都是很好的品牌，三明治是从美心餐馆特地订来的，有七八种不同口味，《巴黎人报》的美食栏上曾有过推荐的。

但是，画廊毕竟不是酒吧餐馆。曾几何时，巴黎人把所有的文化聚会变成了社交场合，画展影展开幕式，读书会作家签售会，熟人半熟人乘了这个机会碰头寒暄，饮酒吃点心，交流些花边新闻，名人轶事，东家长西家短。而对艺术家的作品本身，关注很少或根本不加关注。

云裳一刹那怀疑起自己推动这个画展的意义何在。

世事如此，文化泛滥，艺术家在庸俗的大潮中没顶，而大众随波逐流。

突然背后一声招呼，两人转头看去，米恰笑吟吟地陪一对中年夫妇走过来，男的身材矮小，西装革履，神情拘谨。他身边的女子撑了一支玉色手杖，身材纤细挺拔，亭亭玉立。虽然已届中年，但脸容还是年轻姣好，满头的乌发，但正中有一缕白发，显得非常突兀。女子一双杏形的眼睛凝望着他俩，瞳仁深不可测。

云裳上前一步跟这对夫妻握手，一时

竟说不出话来。女子眼中似有泪花闪耀。云裳拍拍女子手背，眼神中也流露出一丝沉湎的伤感："距上次见面，总有七八年了吧，哎，日子过得真快。"

女子转过脸来，眼神一闪："是承曦吧？"

从第一眼看见这女子，承曦的思维就停驻了。十几年前惊鸿一瞥，如今虽然有了年纪，面前的女人还是出奇的好看。承曦手上擎着的香烟已经烧到根蒂，一时找不到烟灰缸，情急之下，承曦下意识地把还燃着的烟蒂掐灭在掌心里。

女子一瘸一瘸地走到她面前，四目相对无言。承曦听到自己心脏急促的跳动声，却一句话都说不出来。女子上前一步，踌躇地伸出手来，轻抚承曦的脸颊。

"承曦，这副耳坠你戴真是好看……"

窗外，冬日夕阳，照得西堤岛上雪光晶莹。

一

时光倥偬。三十三年前的杭州，戊子晚岁，也是霁雪初晴。

赵宅坐落在涌金门。这天早上天色微明，一家人就起身了。用人王妈在客堂里生了一个炭盆御寒，火盆里青冈木炭嫣红隐隐，烟气刺鼻。青砖地上铺了蒲草编织的垫子，隔开了脚底下透出的寒意。楠木八仙桌上清供了一盆水仙，碧绿生青，细细的花苞含在叶片里，欲绽未绽。东窗前，明式长条香案上置了几枚鸟笼，用暗色缎子罩着，偶尔听得一声婉转啾鸣。

赵家少爷承晚，一身出远门行头，长及过膝的厚呢风雪大衣，枣红色驼毛围巾，头戴黑呢礼帽。唇间叼了支雪茄烟，心神不定地在客堂里来回踱步，不时瞅一眼腕表。最后站定在香案前，伸手揭开鸟笼的缎罩。

一只八哥，通体乌黑，嘴啄和脚杆却是橘红色的，平时聒噪善言，又会说几句发噱的杭州话。今日大概刚醒转，只是侧头看看主人，喉咙里咕哝一声。两只黄鹂，一雌一雄，还在交颈而眠。还有一只笼子空着，两天前，不晓得家中谁疏忽了，一只他最喜爱的白眉画眉，笼门没关紧，被猫拖去，一命呜呼，为此承晚不开心了好几天。

他掩好鸟笼罩子，瞥一眼西厢房，房门还关着。他们要去赶火车，而时间已经不早了。每次出行，妹子承曦总是磨磨蹭蹭，不到最后一分钟不露面。女人家真是麻烦透顶，出门要着啥衣裳穿啥鞋子，一分钟变三个主意，还说不得，催不得。任凭承晚这么好脾气的，也被吊得肚肠打结。

西厢房内，各式长短衣裳，一件件摊在红木大眠床上。承曦拿起放下，举棋不定，到底要穿哪件？再配什么帽子和鞋子？试了无数遍，好容易选定当，又为要戴哪件首饰犯了愁。八宝箱里翻来拣去，最后取出一副古色古香的翡翠耳坠，白金镶嵌，做工精细，长长的水滴形状，绿得晶莹剔透。耳坠是去世祖母留给她的念物，据说是清廷宫中某个妃子的遗物，被太监盗卖到民间。承曦平日不舍得戴的，只有在出大客，或者年节盛会时才佩戴出来。

耳坠戴上之后，她向镜中望去，云鬓蓬松，粉妆均匀，一张俏脸显得容光焕发。承曦抬起下巴，轻轻地摆了摆头，两叶绿色就飘扬起来，宛如夏风中柳叶翻飞。差不多就要好了，还有女人出门的最后一道程序，旋开一管鲜红色的密斯陀唇膏，对了镜子仔细涂抹，再抿着嘴，使唇膏分布匀均。一切总算弄停当，才开了门出来。

客堂里，承晚已经等得双脚跳，一叠声抱怨道："天气不好，叫你不要去，不要去，不听。临走了，偏偏又要磨蹭上半天，真是弄得人家肚肠发痒。"

承曦莞尔一笑，勾了承晚臂膀："好了，好了呀，我的好阿哥，不要跟女人家一般见识嘛。"

承晚退后一步，上下打量着妹子，承曦提着天蓝色的赛璐珞小提箱，身着驼绒米色长风衣，系一条玫瑰红丝巾，脚蹬玻璃丝袜高筒靴子，头上戴一顶时髦的暗棕色贝雷帽，亭亭玉立，青春焕发。承晚一笑，促狭道："嗨哟，赵小姐打扮得这么漂亮，跑到上海去寻男朋友啊？"

承曦嗔道："我要是邋里邋遢地跑去上海，不怕坍了你的台？要么，叫娘姨王妈陪你去好了。"

承晚憋住笑，继续逗他的妹子："王妈？她并没有想要去啊，倒是你，天天吵着要去。噢，我晓得了：小姑娘大了，心也野了……"

承曦涨红了脸，在阿哥肩膀上狠狠地捶了一拳。

承曦到了这个含苞欲放的年纪，芳心萌动也是正常的。

真要怪的话，还是要怪赵承晚自己，每次去上海白相了回来，总是绘声绘色一番：百乐门大舞厅是如何地闹猛，红男绿女舞客盈门；大光明戏院头轮上映的好莱坞电影是如何的精彩，万人空巷；凯司令的法国咖啡多么的香醇，鲜奶油蛋糕又是如何美味；而他那批画画的狐朋狗友，一个个都是才情兼备，风流活跃，跟他们聚在一起，又是怎么地妙趣横生，欢笑不断。

这般吹嘘夸赞，你叫一个豆蔻年华的女小囡怎么不动心，不想去百乐门跳个通宵，也顺便结识一下这些青年才俊？

黄包车把他们载到火车站，刚刚够辰光买票上车，承曦还嘲笑道："阿哥你这个人只晓得催、催、催，不是正好赶上了吗？早来吃西北风啊。"

他俩买的是二等车厢，虽是早班车，人还是满进满出。车厢里气味杂陈，冬天人长久不洗澡的隔宿气，压在箱底的棉衣散发出樟脑丸的味道；也有跑单帮的携带了年货，提篓中透出一股宁波咸黄鱼气味，熏得人头昏脑胀。

时局不靖，铁路常常阻塞，火车走走停停，有时在分岔道上一停就是一天，乘客只好窝在车厢里孵豆芽，怨天怨地。报上说是北面有军事行动，因此政府发令：兵车先行，民用火车靠边。这块牌子一戗出来，民众只好自求多福了。

这种风雪天气，如不是有要紧事体，杭州人都孵在屋里厢，伴一炉炭火，沏一壶龙井清茶，剥剥小胡桃，听听绍兴戏，日子惬意自在。江南，本是金粉奢靡之地，文人辈出，却也沉耽于琴棋书画，轻歌曼舞的飘逸人生。从南宋伊始，一代代下来，几百年的薰风蜜雨，人被浸淫得骨酥筋软。有为男子生在这种地方，是大幸，也是大不幸。

赵承晚个子不高，外表俊逸，性格颇为平和谦冲。据说赵家祖上也曾经显赫过，跟宋代的皇亲国戚有点血缘关系。承晚自幼聪慧，尤喜欢绘画作图，曾经拜过名师，擅画一手好水彩，带点中国水墨的留白，淡雅空灵。他生在殷实人家，从小饭来张口衣来伸手，却也晓得此地风气的局促与沉湎，内心一直向往更大的天地。前段时候在上海朋友家聚会时,说起要结伴去巴黎学画,先上一年半载的美术预备班,如果觉得合适,再谋后缀,或归国,或深造。承晚也动了心思,只是他性格优柔寡断,前思后想,几番踌躇,一直决定不了。

上礼拜,上海的朋友写了快信来:法国学堂报名截止日期已近,如果要去的话,要赶紧定下来了;同时还要订船票,办签证,一干事情都要商洽,最好大家再碰头面谈一次。

承曦是蛮赞成阿哥到巴黎去的。古话说,读万卷书,行万里路。男人家是要出去泼泼辣辣地闯一闯的。不就是一年半载吗?"阿哥,你成日介地孵在家里,今日吃席明朝踏青,后日又是啥人的生日派对。日日复日日,日子好过得很,却是蹉跎光阴。"

"小妹你说得轻巧,去法国,可不是跑一次上海那么便当,上万里路呢,坐轮船也要两个多月。"

"我的好阿哥!又是叫你走路去,坐大轮船多少惬意快活,吃吃大菜,沿途观光,我想去还去不得。真是的……"

承晚一脸忧思:"我只是担心,屋里如果没个男人,有起事情来,老娘和你怎么办?"

承曦扑哧一笑:"哦,天真要塌下来了?你自己也不想想,这些年来,家里的大大小小事情,你这个甩手掌柜又管过多少?"

承晚尴尬一笑,做了个鬼脸。的确如此。四年前,昏了头的爹爹,跟了个女戏子离家出走。老娘想不开吞了金,救回来之后性格大变,老是说心口痛,又吃上了鸦片,倾日躺在烟榻上吞云吐雾,家中百事不管。承晚是家中唯一的男人,也曾试着维持一二。可他生就的糯米性子,弄点诗词唱和,吟花弄月还差不多,对世俗的柴米油盐诸般经营事务,却全无章法,越管越乱。

亏得小妹承曦,从十六岁起,就统筹料理家中大小事务,大到和同宗叔伯打官司,争财产,中到处理赵家名下的茶园进账出账,小到安排娘姨每日买菜清扫。别看她小女子一个,却条理清楚,杀伐果断。三四年中,外面世界翻天覆地,眼看多少家庭分崩离析,赵家这条漏水船却被她一个人撑了过来。要数最烦心的事,是老娘的鸦片瘾头,几年下来已经深入骨髓,可以连着几日不出门,不见人,整日蜷在烟榻上吞云吐雾。饭可以不吃,鸦片烟不可一日无有。一旦断了档,发起脾气来,摔盆打碗,啥个刻毒怨恨的话都说得出口。想来赵母原本也是一个书香门第出身的女子,一旦沾上了阿芙蓉癖,全然变了个人样。只有承曦还能对她约束一二,承晚遇上了,只有躲的份。

承曦反过来安慰胞兄:"船到桥头自会直。你尽管放宽心,只要进账出账轧平,老娘有得呼两口,屋里厢不会有啥事的。"

承晚不响,心里还是忐忑。他虽不经管账目,多少也是晓得屋里家底的,赵家的门面,外面看起来还好,内里是渐渐虚空。打分产官司,几年耗下来,总有一多半的钱财落入律师口袋。家里的茶园,是股东制的,他家没人到茶园去监管,分红时便总是吃亏,又捉不着人家的把柄。这些倒也算了,屋里最大的出账还是老娘的鸦片开销,前两年还不怎么觉得,现在这鸦片烟的价钿便是三级跳。春申堂药局的掌柜,笑面狐狸沈老四,每次送货上门,总要抱怨一番进货涨价了:"天地良心,我这是一分钱不赚,还要贴上车马费。谁叫赵太太是我的老病人呢!"话讲到这个地步,承曦只好赔上笑脸,终归还要靠老四供货的。

真要去法国留学,船票车马铜钿置装费学费材料费房钿伙食零花开销,不是一笔小数目。承晚也极想去巴黎开开眼界,但是钞票呢?

承曦捅捅承晚的胳膊:"哎,阿哥,你们朋友的碰头会要开多久?"

"有许多事体要商量,总要两三个时辰吧。"

"那么开完了会,夜里做点啥呢?"

"夜里?当然是回旅馆去睏觉咯。"

承曦竖起眉头:"阿哥你这个人真没劲。老远路跑去上海,就窝在旅馆里孵豆芽?"

"天寒地冻的,难道要我陪你去荡马路?"

承曦雀跃:"我要你陪我跳舞去,阿哥说好了啊,夜里到百乐门大舞场跳舞去呀。"

到了上海北站,叫了黄包车先去国际饭店订好房间,梳洗一番。承晚的朋友住在贝当路,上海最洋派的地段,高级公寓和花园洋房鳞次栉比,街道清静优雅,处处显示了浓厚的财富气息。时值冬季,马路两旁梧桐树的叶子落尽,枝丫间还悬着一串串铃铛般的毛栗子,在风中摇荡。他们将要去拜访的贝当路二三五号,是一幢英国都铎式大房子,墨绿色的屋顶大角度地倾斜,石砌的烟囱轻烟袅袅,窗户高挑,占地比别的房子更广些。花园是用黑色的铸铁围栏圈起来的,冬日干枯的草坪呈现一片焦黄色。隔着围栏的间隙,承曦看见一个男佣跑下台阶,奔出来开门。

贝当路寓所的少主人,傅云裳、傅云鹏兄弟出身巨贾之家,生活优裕,交游甚广。这两个富家子弟不知中了什么邪,不肯继承家业,只喜好艺术,一个学油画,一个做雕塑。偌大的独幢花园洋房,底层的大客厅被兄弟俩用来做画室。踏进门,到处摆放着大大小小的泥胚塑像,画架,墙上挂着五颜六色的风景画幅。昂贵的橡木地板上,到处都是一摊摊颜料、一坨坨泥巴,墙壁上、窗帘上也是溅得星星点点,真是天晓得。

承晚与傅家兄弟相熟,平时谈得投机,几次来沪都结伴出游、吃酒、跳舞、看电影。去法国留学,也是这两兄弟牵的头。同船赴法的除了他,还有一个同好姓范名国粹,洞庭东山人氏,说是风流倜傥,才高八斗。承晚只是听说,却从未晤面。

房子里开了水汀,融融如春日。用人接过兄妹俩的大衣,在壁橱里挂好。再引了去到后客厅,坐在沙发上的几个人都站起身来。房间里,一架打开盖子的三角大钢琴遮住了窗户,光线显得较暗。赵承晚跟众人一一握手,再把妹子介绍给大家:"小妹赵承曦,久仰诸位大名,特来拜见受教。"

主人傅云裳、傅云鹏兄弟都是中等个子,短手短脚,疏目淡眉,福态面孔,仔细看去却有些微差别。阿哥云裳面孔圆润,性格和蔼,待人热情,他握了承曦的手,连说欢迎欢迎:"赵小姐光临舍下,真是蓬荜生辉啊。"

弟弟云鹏小他岁半,肤色较黑,善说笑话,朋友圈里出名的冷面滑稽。此刻在旁笑着说:"承晚兄,这么时髦的妹子,真该早点带来上海。大家看看,杜月笙刚挑中的上海小姐三甲，跟赵家妹子一比，真叫六宫粉黛无颜色啊。"

众人谈笑，握手，好不闹猛，只见钢琴旁站起一人，打断众人："哎呀，你们几个磨磨蹭蹭的，说好了没有？不要忘记，我还等着被介绍给赵小姐呢。"

云裳笑道："国粹兄不要心急，先来后到，时机到了，自然会轮到你，哪能忘记你这个大才子呢。"

国粹自嘲道："你们都晓得我的臭毛病，见了漂亮的女小囡，就按捺不住了。等了一阵子，你几个还在那儿牵丝扳藤，不由我要急煞了。"

众人都笑："果然不是才子不风流，一分钟都等不得。"

云裳把国粹引到承晚兄妹面前，笑着介绍道："这位就是当代苏州的唐伯虎，范国粹先生，文采画艺都是一等的，只是有点急惊风。"

国粹先是礼貌性地跟承晚握了握手，随即眼光盯在赵承曦的脸上，微微笑着，却一声不出。承曦在他炽热眼光的压力之下，不由得乱了方寸，下意识地先伸出手来。国粹握住她的指尖，轻轻地托到唇边，很快吻了一下。

当男人嘴唇触及手背的皮肤，承曦只觉一阵战栗，从指尖窜到后背脊，手臂上的寒毛都竖起来。

国粹放开承曦的手之后，又一手按在胸前，夸张地鞠了个躬，一缕散开的头发落到前额上。随即直起腰，潇洒地把头发往后一甩。

众人起哄："国粹兄还未去法国，法国人的吻手礼倒先学会了。"

承曦抬眼打量这个叫范国粹的青年男子，肤色微黄，身量比在座的几人都要高，大概有六尺以上。国粹穿一袭深蓝色的毛葛长衫，人前一立，显得玉树临风，留着长发，梳到耳后，面容清癯消瘦，腮帮刮得发青，下巴的线条很硬扎。神情高傲，与人交谈时目光炯炯地锁住对方，还带了一丝嘲讽。

国粹烟瘾很重，总见他一只手擎着点燃的香烟，跟人握手时也不放下。

这个男人跟在座的人都不一样，身上有一种莫名吸引人的东西，又有着某种说不出来的危险气息。在大家说笑交谈时，承曦静静地坐在一旁，不时偷瞥一眼这个男人，偶尔两人目光一对上，承曦觉得像是被探照灯罩住一样，即刻别开头去，自感脸红心跳。

云裳招呼众人："已经是午餐辰光，舍下备了些便笺，请到大菜间里坐吧，不要客气。"

说是便笺，其实还是很丰富。傅家常年雇着好厨子，来了客人，自然要显露身手一番。桌上摆了六个冷盘，两个用人进进出出，把大师傅烧好的热菜一盘盘端出来。除了他们五个，在座还有两位陌生人：一个是沪上出名的私人钢琴教师；一个是傅家的姑表兄弟，姓余，法国留学生，在巴黎索邦大学读化学，趁寒假之际，归国省亲来的。

初次见面，大家还有些拘束。云裳提议道："国粹兄是无酒不欢的，如果没有酒的话，请他吃了饭还不落好。何不大家陪他小酌一番，也抵抵寒气？"

国粹抚掌笑道："知我者，傅云裳大兄也。"

赵承晚说："早就听闻国粹兄好酒量，在下虽量浅，也不敢推辞。"

云裳转头关照用人:"叫厨下把那坛二十年的善酿酒烫了来。"

酒过三巡,气氛活跃起来。众人向傅家表兄弟提出留学法国的种种问题,余先生抽着雪茄,一一耐心作答,又说了许多法国社会的文明开放,繁荣昌盛:巴黎是欧洲的中心,全世界的知识分子、艺术家,都到巴黎来寻求发展前途;而巴黎也宽容地接纳所有的人,只要你努力,必定会得到相应的回报。

赵承晚道:"我看招生简章,是一年的预备班,那么是没有文凭的咯?"

国粹不以为然:"画画要什么文凭?古今中外,大师都是没有文凭的。"

承晚有点尴尬:"我想,如果有张文凭,将来找个教书职位也许有用。"

云裳说:"一年半载去打个基础。读下来如果觉得合适,还想深造,亦可以报名入读正式学堂的。"

国粹并不认同:"上课用处不大,还是常去博物馆、画廊,多观摩前人的作品,收获可能还大些。"

云裳说:"国粹兄说的也有道理。只是,法兰西学院教出了那么多的画家,肯定有其手法心得。如果真要把画画作为毕生职业,去正规学院读几年一定有所助益的。"

国粹嘲笑道:"云裳,你怎么晓得会一辈子画画?哪一天,你家老爷子退了休,或者翘了辫子,要你去顶班,你会怎样?"

承曦正埋首剔一条河鲫鱼的刺,不禁侧目。国粹此话可真够唐突的。

不过,云裳并不以为意,至少面上看不出来,哈哈一笑道:"宋徽宗做了皇帝,亦可画画。就算要顶班,日里做生意,夜里画画,也不相违的。"

国粹喷出一口浓烟,说:"云裳啊,宋徽宗是个亡国之君,实在不是个好例子。又要画画好,又要赚钞票,最后只怕是驼子跌跤,两头不着扛。"

众人哗然:"国粹兄又要走极端了。画家也是要吃饭要养家的。郑板桥那么清高,还是要收润笔的,不然全家老小吃西北风啊。"

国粹说:"那就不要结婚啊。在我看来,要做艺术家,家庭就是个累赘。"

云裳反诘:"你们听他的?国粹兄说说罢了,不结婚,你娘第一个不肯,要哭死了,范家没人传宗接代了。"

国粹说:"不要忘记我还有两个兄弟,怎么会没人传宗接代?"

云裳马上抓住国粹辫子,嘲笑道:"原来如此,你还是在乎传宗接代的,只是自己不肯负责,推到兄弟头上。伪君子一个……"

国粹于是涨红了脸,夹香烟的手漫天挥舞,摆出要与云裳论战三百回合的样子。

傅家表哥出来打圆场:"哎,你们两个,也不想想还有小姐在座,就这样不管不顾地吵起来了?"

承曦莞尔一笑:"不碍的,我听着有趣。"

云鹏说:"这两个人啊,就像两只红头蟋蟀,见了面,就非要斗嘴磨牙一番;不见吧,又实在想煞。今天一清早,云裳坐立不安,到窗口去张望了好几次,嘴里嘀咕道:'这个范蛤蜊怎么还没到?'"

众人皆笑:"好一对欢喜冤家。"

云鹏说:"好了,无轨电车也开了长久,趁余家阿哥在座,还是说说留学的正题吧。"

于是傅家表兄弟又细细地说了一番关

于签证、入学、住宿、大致费用等事项。最后道："诸位还有什么要问的吗？"

承曦抬头："我倒要请问一句：那里的学堂……也收女生吗？"

余先生答道："怎么会不收？法国是全世界最讲究男女平等的，出了好多女科学家、女文人跟女艺术家。更厉害的，还有女人在政府里做大官呢。"

国粹插嘴："赵小姐也要去留学？再好不过。否则我们几个和尚头，就是到了法国也无趣得很呢。"

承曦脸一红："我就是问问罢了。"

承晚说："我妹子很喜欢画图的，小辰光临过芥子园画谱，还蛮像样的。"

说说讲讲，这顿饭一直吃到三点多钟才散，赵家兄妹向众人告别。云裳挽留道："已经是下半天了，你回旅馆也没啥事，索性在此吃了夜饭吧？"

承晚笑道："刚吃下去的中饭还在喉咙口，哪里还吃得下夜饭。再说，夜里承曦要我陪她去百乐门跳舞呢。"

国粹在一旁雀跃："跳舞？好主意。独乐不如众乐，我们一起去轧个闹猛，百乐门也是长远没去白相了。"

当下说好，夜里九点钟在百乐门碰头，难得大家碰次头，要玩个尽兴。

国际饭店底层有个咖啡座，走进大门，一股浓烈香气沁入鼻腔。杭州西子湖上弥漫着了龙井淡淡的幽香，黄浦江畔则飘荡着哥伦比亚咖啡浓香。承曦都莫名地喜欢。

承晚归房小憩。承曦为了夜里的舞会，去楼下美发厅做头发。店堂里水蒸气萦绕，温暖如春。无线电里播放着《蔷薇花开》轻软的旋律。汰头师傅的手指插在满头喷香的洗发膏里，紧一下慢一下地搔刨。承曦闭着眼睛，满脑子还是那个范国粹，言谈作派都别具一格，唐突得使人发笑，又坦率得使人动容。都说艺术家是怪人，就像一只锦鸡置身在一群家鸡之间。今天晚上范国粹说也会去百乐门白相，不晓得他会来邀请她跳舞吗？如果跟他跳舞，又会是什么样的感觉？

赵家兄妹进场之际，九点差一刻，舞池里还只有两对舞伴，一个菲律宾人小乐队在角落里伴奏。上海滩是不夜城，百乐门这种灯红酒绿之地，夜越深，越闹猛，辰光还早呢。

赵承晚身穿深灰色的三件头西装，黑色硬底牛津皮鞋，胸口纽孔里插一朵大红的康乃馨，蛮登样的一个公子哥儿。承曦更是精心打扮了：一袭银灰色的貂皮披肩下是秋香色的紧身旗袍，斜襟盘扣从腋下一直扣到喉间，衬托出圆润的胸脯，纤细柔和的肩膀，收紧的腰身；旗袍下露出穿长筒玻璃丝袜的膝盖，足蹬一双暗红如血的高跟舞鞋；脸上化了淡妆，整个人如清水芙蓉，头发盘起在头顶上，那对翡翠耳坠分外耀眼。从踏进舞厅伊始，舞场里就有好几道闪烁的眼光抛过来。

赵承晚先带妹子跳了一曲。承晚也是个爱白相的，到上海来也常去百乐门跳舞，喜欢身体随着音乐流荡的感觉，喜欢那种到了深夜而情绪高涨，乐队越奏越快，众人一起拍手高喊"嗨"的场合。只是今晚别有心思，舞也跳得心不在焉。一曲终了，正好看到云裳兄弟、国粹偕了一干朋友进场。

回到座位，众人一起拍手："一进来就看到你们两兄妹，蝴蝶穿花，跳得真好，把别人都比下去了。"

承晚解嘲道："哪里,也怪你们几个姗姗来迟,承曦脚痒,一刻也耽不住,我只好先临时抱个佛脚。"

国粹伸出手来,笑道："那么,承晚兄,你先歇息。我是否能邀请赵小姐跳一曲呢?"

今晚国粹着了一套米色的西装,系了一枚深紫红色的蝴蝶领结,跟穿长衫时像是换了一个人,煞是英挺潇洒。

此时乐队正奏起《Fango del Atardecer》。承曦轻呼道："啊呀,是支探戈曲子呢,我可是不大会跳的呀。"

国粹微笑着,只是坚邀。承曦咯咯地笑着："如果踩痛了范先生的脚,千万担待些。"

国粹一本正经地说："不要紧,能与赵小姐共舞,就是脚骨被踩断了,我也是甘之如饴的。"

承曦红了脸,被国粹牵了手下到舞池。

舞蹈是男女契合的试剂和催化剂。身体往往比思维走在前面,自然而然地放出强烈的生物电波。在舞池中,国粹和承曦面对面一立,就晓得此言不虚。国粹高个子,肩背挺直。承曦在女人中也算高身量,形体纤细,腰身柔软。两人站在一起,无形中就给人一种俊男美女的暗示。等音乐奏起,舞姿施展开来,更是令人眼花缭乱。承曦嘴上谦虚,其实是跳探戈的好手。只见她一根背脊骨挺得笔直,下巴扬起,肩膀却十分放松,腰肢扭得也很合节拍。被国粹握着的手,手背微拱,柔若无骨,脚下却收放自如,踏着连锁步子从舞池这头飘到那头,身轻如燕。国粹敢于挑探戈下场,当然也是个中好手,在拥挤的舞池里,他轻松自如地走着交叉的方步,前进后退,准确地引导着舞伴穿过人群,举重若轻。两人或是相倚相偎,或是一甩手猛然分开,肢体相缠,眉目含情,其中自有一种缠绵的情愫漫起。在音乐强烈的节拍下,身体微微冒汗,血液也渐渐地加速,冲上面颊。承曦眼睛半闭,整个人进入半无意识的状态,身随心,心随曲,让自己随着音乐sweep, amague, sweep, amague and boleo。

一曲结束,承曦以一个标准的探戈姿态,仰面朝天倒在男伴的臂弯里。

众人拚命鼓掌欢迎这对大出风头的舞伴。承曦面孔通红,双眼闪耀发亮,人像是在云里雾里,还未从探戈的高潮中醒转过来,众人的赞美如蜜蜂嗡嗡之声在耳边絮绕,而脚下的地板好像还在移动,强烈的鼓点还在血管里穿梭,她手心里还感到国粹手掌的余温,跳舞时贴身缠绵又迅捷分开的奇妙感觉,鼻息中还留有男人身上的尼古丁气息,既雄性又温柔。

接下来,承曦又与云裳兄弟和别的朋友们跳舞,不过有点心不在焉。虽然其中也有几个舞场高手,却跳不出跟国粹那种心领神会、天作之合的感觉。她一直在心中暗忖:下一支曲子,他应该会来邀舞吧。但一眼瞥去,国粹跷着腿坐在卡座上,擎了杯琴汤尼,微笑地看她与别人跳舞,并没过来邀舞的意思。

一丝失落,油然而生。

欢乐的时间总是过得很快,好像一眨眼就过了半夜,有人开始打哈欠,上年纪的舞客已经先行退场。终于,到了两点多钟,灯光暗了下来,乐队奏起了魂断蓝桥的主题曲——《Time Goes By》。这是压轴戏,让舞客们心照不宣地跟自己心仪的舞伴跳最后一曲。

承曦推脱了好几个来邀舞的,心中忐

忒：已经是最后一曲了，这人要有眼色的话，应该要过来邀舞了呀。可是国粹还在跟人说话，头都没有转过来。

承曦就赌了气，别转了头，肚皮里想：真是个拎不清的，不来的话，以后就再也不睬他了。正在犹自发痴，突然就闻到一股尼古丁气息。一抬头，国粹夹了香烟，微微地笑着，站在她面前。承曦像是被什么东西撞了一记，不由脸上飞红一片。

国粹一笑，丢下烟蒂，牵起她的手下了舞池。

长夜将尽，人人都想搭上末班车，舞池里很是拥挤，好在是慢三，不占太多空间。国粹这个浪荡公子，跳起舞来倒很绅士，与女伴保持礼貌的距离。倒是承曦自己，一直有种想靠过去，把脸伏在国粹肩上的欲望，偶有身体接触，承曦都会起一阵战栗。她不明白，这个今早才见，差不多是完全陌生的男人，每一个眼神，每一次轻触，每一次微笑，怎么都会给她带来一阵波动和震颤？承曦是活泼的、外向的，但也有女人天生的矜持，把自己的心看得很牢，今天怎么就会如此地把握不住自己？

国粹侧头附在承曦的耳边，轻轻地说道："今朝能跟赵小姐共舞，真是交关开心。"

承曦抬头一笑："真的？我还只当我笨手笨脚，舞技入不了国粹兄的眼。不过，国粹兄真是温良君子，勉为其难地跟我跳了两曲，也算是给我面子。"

国粹愤然反驳："哪里的话，赵小姐的舞技是鹤立鸡群。今天夜里百乐门大舞场的皇后，非你莫属。"

承曦心里受落，但嘴上还是要抱怨几句："哼！国粹兄，你就不要哄我了，一晚上十来支曲子，你都没过来邀请我。"

国粹笑道："我也想啊，最好每一支舞都来邀请赵小姐。但舞场里的规矩是好舞伴不可独占。不过嘛，今天我的第一支舞是跟赵小姐跳，最后一支也是跟了你跳。这真是天大的面子，我是交关开心的。"

承曦闻言，抿嘴轻笑，肚里心花怒放。

散场后，傅家的轿车把承晚兄妹送回国际饭店。众人依依惜别，云裳兄弟不舍："难得碰次头，还未尽兴就要回转去，何不多住几天？"

承晚拱手道："已买好了回程票，否则，真要多叨扰了。"

国粹在旁说："相见时难别亦难，下次不知啥时再碰头了。"

承曦笑道："国粹兄有空的话，何不跟了我们去杭州玩两日。吃吃茶，看看湖光山色？"

见国粹踌躇，赵承晚也邀请道："如果范兄不嫌寒酸，可在舍下安顿。虽然僻静简陋，但只要出门走几步，就是湖边，看到的景色却是极好的。"

国粹略一思量，便点头应允："杭州山水天下有名，早就想去一游了，只是要叨扰主人了。"

当夜备好行装，第二天一早，由傅家包车送到旅馆，会合了赵家兄妹，同赴杭州。

二

赵宅在城东涌金门附近，沿了小山坡拾级而上，坡上遍植青翠修竹，虽是冬令，一眼看去还是苍苍郁郁。一幢隐蔽在竹丛中的老屋，有点年头了，还看得出当年造房子的精工细作。青石屋基，楠木廊柱，虽然老房子年久失修，但仍骨架挺括，气象犹在。飞檐高挑，白石门楣上饰有砖雕的喜鹊闹梅，跨进门槛，是个幽深的天井，沿墙几枚石凳，数丛瘦竹。花坛角落里，一株腊梅正在开放，寥寥数蕊，一缕清香。

踏进客厅，放下行李，国粹让承晚请出赵母拜见，鞠躬行礼，送上带来的上海乔家栅点心礼品孝敬。随后承曦自去整妆安顿，赵承晚则陪了国粹出门活动腿脚，从后门出去，过一条甬道左拐，便来到西湖边。近岸的水面上结着薄冰，一片残荷在风中摇曳，树木都脱尽了叶子，游人寥寥。冬日景色颇为清冷，空旷如濛，如张岱所说："惟长堤一痕，湖心亭一点，与余舟一芥……"

再往东边漫步行去，走到断桥残雪处，两人立定，临水眺望。保俶塔淡淡的身影映在灰色天幕上，湖山叠影，光色迷离。国粹叹道："真叫山水有情，就是在阴天，景色也蛮有味道的。"陪同的赵承晚说："如果下场大雪，湖光山色一片银白，那就更有看头了。"

湖边风大，阴冷刺骨，他们走了小半个时辰，实在是冻得吃不消，于是打道回府。进得门来，客厅里炭炉正旺，与外面是两重世界。承曦候着，说是在西厢房内已备好了茶水点心，请两位哥哥去小憩。

进房坐定，国粹被让到靠近火盆的位子，娘姨又送上热水毛巾，让两人揩面暖手。国粹环顾，这间西厢房应是承曦的闺房，一张大型宁波雕花红木床挂了帐子，一张梳妆台上摆有女人用的胭脂口红、香水与雪花膏。茶桌则摆在南窗下，湘妃竹帘挑起，两把藤椅上设了软垫，桌上罗列了各式各样的茶具，还有一枚雪青色的广口瓷瓶，疏疏落落地插了几株腊梅，暗香袭人。承曦已卸去了正妆，一副家居打扮，穿件黛色的半旧织锦缎夹袄，头发盘上去了，在脑后松松地绾了个髻，耳垂上还是戴了那一对极透极亮的翡翠水滴耳环，一仰一俯之间，摇曳生姿，相映之下，肤色更是如雪。

等两人坐定，承曦挽起袖子，亲自煎水泡茶。小小的炭炉上搁了一只白铜开水铞子，案上一把造型古朴的紫砂壶，三枚青色细瓷茶杯，再有几盘金丝蜜枣、松子胡桃之类茶食。赵家本是做茶叶生意的，又自有茶园，吃茶的程式也颇为讲究：第一潽煮开的开水，先倒入紫砂壶，烫壶、洗茶，再倒掉；要待第二潽水滚后，才用来沏茶。

承曦擎了紫砂茶壶，把清亮的茶水倾倒在国粹的茶杯中，说："国粹哥，这茶是今春新收上来的龙井，水呢，也是特为去虎跑泉打来的，你尝尝吧。"

又笑了说："还有，这茶杯，你别看样子普通，却是家里传下来的钧窑，原有四枚，被我娘不小心打碎一枚，剩下这三枚，正好我们一人一枚，再多来个客人，就不能用这套茶具了。"

窗外雪光晶莹，室内温暖如春，梅花妍放，茶香沉郁。国粹家乡太湖的碧螺春也是茶中极品，自然懂得舌间一味之高下。今日，茶好水好不说，更难得的是掌茶之人，你看承曦裸了一双雪白的手腕，纤指若兰，笑语盈盈。谈天说地之间，游刃有余地布茶添水，纤纤十指捧了一枚淡绿色细瓷茶杯送到你面前，再一抬头，一双深渊般的瞳仁盯视着你，含笑不语。

国粹不由赞叹道："好茶好茶，龙井名不虚传，跟碧螺春比起来，味道更为娟秀灵动。"

承曦笑道:"国粹哥还真是个懂茶的,娟秀灵动这四个字一点不错。采茶工都是十几岁没出阁的女小囡,要的就是这股娟秀之气。焙茶时,也是这些女小囡赤了一双素手,在铁锅里慢火翻炒,水磨功夫,男人家做不来的。"

国粹赞道:"我只晓得吃茶,原来还有这些门道,承曦你可懂得真多。"

承晚说:"家里在山上茶园有点股份,从小是茶天茶地,不懂亦懂了。"

"原来府上是茶叶世家,所以我进门就闻到一股茶香。"

赵承曦叹了口气,说:"现在市面不好,茶叶卖不出去,股东们的分红就用茶叶来抵了。家里到处堆着茶篓子。"

赵承曦白了她哥一眼,岔开话头说:"国粹哥如果喜欢我家的茶,回苏州时亦带些去吧。"

国粹说:"谢谢厚意,杭州的茶,一定要到杭州来喝,才有味道。"

赵承晚说:"尽管来,欢迎之至。"又转头问承曦,"天色已经不早,晚上你准备些什么小菜招待范兄?"

承曦道:"回来已经过午,菜场里也没什么新鲜货色了。我想到知味观去叫几个菜,你说如何?"

承晚还未接口,国粹就一个劲地摆手:"这两天,在云裳那儿吃得太多了。真的不要麻烦了,随便弄些汤汤水水,简单些就好。"

承曦略为一想,说:"那么,晚上就吃片儿川吧。王妈早上倒是买了些猪腰和河虾,厨下还有几株冬笋的。"

承晚跟国粹解释:"片儿川,就是面,范兄吃面没问题吧。"

国粹说:"那最好,汤汤水水都有了。"

承曦笑道:"苏州人的奥灶面是出名的,朱鸿兴、陆稿荐面馆的名头都蛮大的。国粹兄这次来,也尝尝杭州人的面,倒是不大一样。"

晚餐开出来了。说是吃面,厨下还是准备了不少酒菜,有炸响铃、虾籽冬笋、蜜汁火方、鸡油香菌等,都是杭州风味。承曦晓得国粹好饮,也备下了烫过的绍兴酒。国粹入席时不见赵母,遂说:"烦请你去请令堂大人出来吧,我们小辈才得坐下。"

承曦进房去,旋即出来,说:"我娘说有点不舒服,失陪了。国粹哥,你坐吧。"

国粹当然要表示一下关心:"要紧不要紧?是否要请大夫来看一下?"

不料承曦气鼓鼓地说:"不要紧,我娘是鸦片吃饱了,饭不要吃了。"

此话一出,大家都尴尬,时下大力提倡新生活运动,吃鸦片是被明令禁止的。年轻人普遍认为吃鸦片是件见不得人的恶习,谁家有一个吃鸦片的,会被人看轻几分。

赵承晚搓着手,期期艾艾地想解释,却说不出个所以然来,面孔涨得通红。

其实,国粹一走进赵宅之际,就隐约闻到了这幢老房子里有着茶香、印度线香、烧木炭的烟味、淡淡的猫尿味,混杂了灶间里的油烟气,以及一股甜腻沉郁的鸦片烟味,心里多少有了点数。

虽然时下吃鸦片是被禁止的,但挡不住阿芙蓉信徒众多,江南一带的遗老遗少、文人雅士多有阿芙蓉癖,半日不吃的话,鼻涕眼泪一起来,熬不过去。政客们嘴上说得好听,新生活的口号叫得山响,其实也是灯下黑,吃烟的大有人在。送贿受贿,也常以鸦片烟膏作礼。生意人做买卖,也要在烟榻上面对面呼上两筒，联络感情，生意才谈得拢。再有些几十年的老枪，沉溺之深，就是杀他头，掘他的祖坟，鸦片也是要吃的。而且这个行业利润丰厚，刀口舔血的大有人在，明里暗里，地下买卖一直没有真正断绝过。

国粹晓得瘾君子多年吸食，戒掉毕竟不是那么容易的。旧式人家，几乎每家每户都有一两个此道中人，他亲友中也有人好这一口的。

当即淡然说道："鸦片这物事，也有其利弊，毕竟当年也是作为药品的一种进口的。我婶娘也是有个心口疼的毛病，常年嗝气，中药西药都不见效，也是抽两筒就好了，比啥都灵。我想令堂的情形，大概也是如此。"

赵承晚吁出一口长气："范兄真是善解人意。"

三人抛开这个话题，入席饮酒吃菜，谈笑甚欢。等到面上来了，蓝花大碗盛着，浇头是炒虾腰，细面宽汤，汤里有冬笋雪菜，国粹举箸一尝，只觉鲜美异常，不由赞道："我作为一个苏州人，也算是吃面大王了，陆长兴、朱鸿兴、美味斋、陆稿荐，林林总总，至少有几百碗面吃下来。论软熟温润，竟难有比过这碗片儿川，汤水也鲜美。承曦你究竟放了些啥神仙作料？"

承曦笑道："国粹哥吃遍大小筵席，偶尔吃碗家常片儿川，真叫隔灶头饭特别香。其实也没什么奥妙，就是虾腰要新鲜，汤要老母鸡熬出来，再加冬笋雪菜，很平常的杭州人家的饭食。"

"平常饭食？那么，考究起来又是什么样子？"

承曦道："考究也谈不上，杭州人待客用的龙井虾仁、西湖醋鱼，无非是材料新鲜些，做工用心些。倒是还有些食材，别的地方没有的，像莼菜，杭州却是独一份。"

"你说得人垂涎欲滴，这样我要搬到杭州来了。"

赵承晚笑道："古人说的莼鲈之思，颇有其道理，口腹之欲是人生的重头戏之一。范兄如果搬来杭州，我也有个画画的道伴，一块出去写生，回来让承曦给我们做片儿川吃，再好不过！"

承曦嗔道："阿哥你真是一厢情愿，再好的片儿川也有吃厌的一天。国粹哥何等人物？为了一碗面而搬来杭州？他说笑，你当真？"

两个男人相视而笑，国粹道："也不仅仅如此，这儿山好水好人也好，当然，片儿川也好。"

赵承晚说："说到山水，我倒要当仁不让了。就算是这种天气，杭州可看可玩的地方还是很多的。春夏是一番景色，秋冬又是另一番。有些地方，竟是冬季更有味道，如孤山寻梅、断桥残雪，听听名字就晓得了。"

说好了承晚兄妹明日陪了国粹出游，大家都早早回房歇息。

是夜，国粹宿在承晚的书房里，一张草绿色的行军床，大概是美国陆军的剩余物资。二战结束后，大批美国军用物资在黑市上倒卖，几乎家家户户都有一两件。承曦叫用人在房内放了炭盆，铺了两条棉花胎，再加一床鸭绒被，床就很舒服也够暖和。

临睡前，承曦敲门，给他送来了一个灌满的热水袋。在灯下，女人云鬓蓬松，脂粉未施，另有一番家居的慵懒风情。国粹吃了酒，多少有点恍惚，接过热水袋，却还牵了承曦的手不放。长夜空屋，两个年轻男女间暗流激荡。承曦也显然是动了情，面色酡红，身子微微打颤，呼吸急促。最后她镇定下来，把手从国粹的掌握中抽回，微微一笑并说道："你也劳累了一天，快去睡个好觉吧。"遂掩上门离去。

杭州之寒夜，万籁俱寂，寂静中可闻微微的水波声，轻软似催眠。国粹又喝了不少酒，很快地睡去。但半夜突然醒来，再想入睡，却辗转睡不着了。这几天的事都浮了起来，即将成行的巴黎之旅，那是他一直期盼的。还有昨夜的舞场，新结识的朋友们，幽暗中金蛇狂舞的承曦，小小的，汗湿的手跟他紧紧相握，纤腰一束，翡翠耳坠摇曳。薄暗中她的眼神一瞥，热切的，带着莫名的娇羞。

范国粹人才出众，又生得风流倜傥，交游也广阔，喜欢他的女子当然很多，既有苏州世家的大家闺秀，也有上海名牌大学的女生，但他从未动心过。他秉持着男人先要以事业为重，立身立功立言。而女人，天涯何处无芳草？因此在男女情事上一概采取游戏人间的态度，以致常有对他不利的风评，传到他耳朵里，也只是一笑，继续我行我素。

这个承曦，跟他接触过的女孩子有些不一样。

不一样在什么地方，倒也说不上来。承曦并没有受过高深教育，家境看来也普通。平心说来，承曦并不是那种一眼难忘的绝色美人，她的优点是体态婀娜风流，颀长纤细。长发如瀑，肤色雪白，但卸了妆之后，眼皮有些沉重，盯着人看时眼神很锐利，但嫣然一笑时也很魅惑。鼻梁旁有些浅色的雀斑，一边脸颊上有个浅浅的酒窝，嘴巴倒是圆润而性感。而令人更为

捉摸不透的是承曦的性格，有时很冷然，那副眼神就可以拒人千里之外；对熟稔又对得上心情的朋友，承曦又活泼自然如自家小妹，爽脆纯真，嗔怒娇笑全不掩饰，而且分寸拿捏得很好，令人如沐春风。

国粹不相信自己会对一个才见过几面的女人动心，这不是他的作派，也不符他的人生信条。

但他的确是动心了，其中缘由，如深井里的一条鱼，若现若隐，似有又无。

翌日出门，三人虽是新结交，但已经像是多年的朋友，无话不谈，偶尔也会嬉闹说笑。先是信步当车，东逛西游，自由自在。走累了叫辆三轮车，三人紧紧挤作一堆，倒也有趣。一路欢笑，游花港，行苏堤，祭岳庙，登雷峰塔，望三潭印月，听南屏晚钟。天气时晴时阴，虽寒风扑面，但青年人凭了勃勃兴致、旺盛精力，倒也不以为意。

冬天的杭州，在冰天雪地之中，也呈现着一股轻软奢靡之气。而诸多的名胜古迹，述说着历史的悠长苍凉，对照了生命之短促和脆弱，以及说不尽的人生遗憾。人人都是过客，何不优哉游哉，潇洒度日？如此看来，天下文人迷恋苏杭风光不是没有道理的，时光悠永，人生短促，景色的秀美，再加文化的沉淀。文人在游览山水之际，想到比自己早几百年的文人墨客种种际遇，或喜或悲或惆怅或轻狂，一律被时光蒙上了薄纱，变得诗情画意起来，不由得也把自己代入，山水就不仅仅是山水，而是幽古之情了，南朝四百八十寺，多少楼台烟雨中。

逛得腿脚乏了，找一家湖边茶馆，一壶香茗，三二小食，遥望西湖，谈天说地，

也端的自在。国粹叹道:"我这次来,杭州竟比我想象中的还要好,真是山灵水秀,人杰地灵。如此乱世中,有这么一方清净之地,住在此地,乃是福气。"

承晚说:"世局再乱,杭州一直是个避风港。文人墨客失了意,来到此地寄情山水。国粹兄如有意,也许将来你我可以在此合办个绘画学校,收几十枚学生。虽不能报国经济,但也可陶冶人文心性,不知兄意如何?"

国粹说:"好倒是好,只是我不似个教书先生的料,如果收来的学生太过愚笨,我会先没了耐心,骂人肯定的,发起火来,请人家吃耳光也说不定。"

承曦取笑道:"那么,收些漂亮女学生呗,再笨点也不要紧,国粹哥怜香惜玉,舍不得打骂的。"

大家笑过。国粹说:"真的办了学校,倒要请承曦来做教务长,凭我们这几个不懂经营,恣意妄为,肯定把学校办塌了。"

承曦道:"你俩真是书生脾气,也不看现在是什么局面?市面每况愈下,短期中难见起色。加之国共谈和不成,一旦开打,玉石俱焚,还办什么学校?"

国粹沉吟一阵,说:"国家多难,但一味苟安,局势只会每况愈下。知不可为而为之,总是要想办法尽一份自己的力。"

承晚说:"这个只是说说而已,要等到时局稳定才好筹谋,我看报纸,老蒋跑东跑西,上台下野,简直如无头苍蝇。这样下去,说不定划江而治的局面又会出现。"

隔壁桌上有人"嘘"了一声,又指了指墙上的招贴——莫谈国事。

众人不免扫兴。承曦率先起身,说:"真是的,出来玩,无端讨个没趣。还是出去走走吧。"

从平湖秋月出来时,已近傍晚,暗灰色的天幕上,一个通红的落日,陷在西边天目山巅。余晖映照着近岸的枯荷,景色又瑰丽又忧伤。一整天奔波下来,几个人也累了,但是地处偏僻,三轮车难叫,只好慢慢地踱回去。

行经西泠桥畔,承曦不经意地用手一指,说:"其实这儿还有一处可看的,苏小小的墓就做在那儿。"

承晚不以为然:"哎呀,就是一个坟墩头,真没啥看头。何况天要暗下来了,还是早点回去吧。"

国粹却想去:"已经走到这儿,还是去看一看吧。无物结同心,烟花不堪剪。苏小小也是一代才女,值得去凭吊一番。"

三人趋近,只见坟墓多年无人照料,墓樟塌陷,石碑也已经倾圮,黄昏落日,枯枝寒鸦,一派凄凉无主的况味。

国粹不忍道:"怎么会是这个样子,也没人去修葺一下?"

承晚说:"大厦将倾,谁还会来管这些小事?"

国粹惆怅不已:"苏小小生于乱世,红颜薄命,只活了廿三岁,正是你我这个年纪。哎,活着即不幸,居然身后又是如此不堪。"

大家都不说话。最后承曦说:"都是我不好,引了你们来,弄得国粹哥感伤。还是回家去吧。"

隔日是佛七,说好了去灵隐寺进香的,不想,前一天承晚受了风寒,发起烧来,国粹和承曦只好两人出行。

是日天色晦暗,欲雪未雪,灵隐寺却还是有不少香客,在通往山门的甬道上拾级而上。两边的竹林挂着残雪，在风中摇曳，簌簌有声。远处山峦却烟云笼罩，飘渺虚空。

山门前，有轿夫上来兜生意。

国粹怕承曦弄湿了脚，要她乘轿子上去。承曦却不肯，说："进香，最要讲究一个心诚，叫了人抬上去，这就先亏了几分。"

国粹就挽了她的臂膊，一步步往上去。越往上走，风越大，路边竹枝上时有零碎雪沫飘落，承曦拿出把小小的绸伞，跟国粹合撑。伞小，遮挡有限，两人挨得很紧，恍如风雨同归。

到了山门口，前面就是大雄宝殿。一回首，来路空茫，风雪欲起，世界淡淡，万宗归一。

承曦收拢绸伞，帮国粹拍去肩上的雪花。外面雪光耀眼，大殿里显得昏暗。两人仰首环望，只见金刚怒目，普贤颔首，文殊无言。如来大佛莲座趺坐，遥看世事翻覆起伏，拈花微笑。

香案上烛火飘摇，烟气袅袅，案前挤满了磕头跪拜的信徒，一片人头涌动，连只脚都踏不进。他俩只好先去寺里兜一圈，药师殿旁边房间里，正在做法事，几个和尚挂了清水鼻涕，咿咿啊啊地念着地藏王菩萨经。经文间歇，铙钹"当"的一声响起，余音绕梁。

国粹兴趣悠然，好一阵驻足观看，承曦拉了他一把："哎呀，国粹哥，和尚念经有什么好看的？我们再转回大殿去看看吧。"

国粹一面往外走，一面说："世道再难，什么不好做，怎么会有人甘心去做了和尚？青灯黄卷，念经打坐，一世人真是糟蹋了。"

承曦道："和尚六根清净，不入轮回呀。"

国粹失笑："啊，天晓得，你刚刚在门口一站，几个光朗头就偷眼瞄过来。还说六根清净？"

承曦羞恼地捶了他一拳："国粹哥，你也真是的！拿我来打趣，是吧。还不快点去大殿上香。"

在佛前，承曦低头合掌："佛祖保佑我娘心神安康，阖家平安。保佑我两个阿哥顺利出洋留学，早日学成归来……"

随后，承曦跪下磕了头。

后山上，两个年轻人并肩向坡上走去，空山不见人，但闻风竹声，雪地里有一群斑鸠在寻食，有人路过即飞起，遁入疏林。

国粹的头发被山风吹得纷乱，抽着香烟，饶有兴趣地欣赏着沿途景色。承曦走在他身边，心潮涌动。她曾无数次来到灵隐寺进香，对周围一草一木都了然于心，但这次感觉完全不一样，是陪伴了心仪的男子，挨得很近地走在他身边，看着他的侧影，闻着他身上的尼古丁气息，情不自禁地为他动情。承曦自己也觉得不可思议，这个男人，认识了不过三四日而已，却不知怎的，如刻骨铭心之人，几世轮回转来，蓦然相遇了，竟有隔世恍然之感。

两人一直走到一线天，走到腿脚乏力，一身薄汗，才打回票。下山的路，反而更难走，承曦差点滑跤，亏得国粹眼疾手快，一把搂住，才未滑进山涧去。当国粹的手触到她的腰上时，承曦浑身起了一阵战栗，面孔也飞红，像是吃醉酒一样。

到了山下，承曦招手叫来黄包车，转身说："国粹哥，你饿了吧，我们找个馆子吃午饭去。"

仁和路上的知味观,落雪天,饭店的生意清淡。在临窗的桌位上,远远地望见雪雾中的平湖秋月,三潭的白塔时隐时现。承曦点了宋嫂鱼羹,好几个小菜,和一壶绍兴酒女儿红。

国粹说:"太多了,吃不了。"

承曦说:"这些菜都是杭州的特色,既来了,总要叫你领略一下杭州的好处才是。"

国粹说:"已经领略够多了,再这样下去,我可要赖在杭州不走了。"

承曦促狭一句:"哦,国粹哥莫非是想去灵隐寺做和尚?"

国粹闻言大笑:"谁晓得呢,也许我天生就是做和尚的命。"

知味观的菜肴,向以精巧出名,湖鲜山蔬,亦都是本地特有的。只是国粹的心思全不在吃喝上,道道菜肴浅尝一二就放下,只顾一杯杯地饮酒,两眼直勾勾地盯牢了跟前的人面桃花。承曦被他看得发窘,站起身来,盛了一碗宋嫂鱼羹放在他面前,招呼道:"啊呀,国粹哥,别看野眼了,还不赶快多吃点。去了法国,就吃不到杭州菜了。"

国粹仰头喝干杯中的酒:"美人在前,令人食不知味啊。"

承曦嗔道:"我的国粹哥啊,别发痴了,再怎样饭还是要吃的。就算是食色性,食还是第一位的呀。"

国粹有点醉了,直统统看着承曦:"恰恰相反,山珍海味常有,但一个赏心悦目的美人却可遇不可求。"

承曦掩了嘴,嗤嗤笑道:"等你去了法国,赏心悦目的美人多得是。金发碧眼,丰乳肥臀,像图画里画的那样。"

国粹拚命摇头:"外国女人,我大概是无法消受的。"

承曦憋住笑逗他:"真的?国粹哥,那你说说看,你心目中的天仙美人是啥样子?"

国粹低头不响。承曦捅了他一下:"说呀。"

"远在天边,近在眼前。"

承曦笑哞道:"国粹哥,你可真看走眼了。我可不是什么天仙,我很凶的,家里人都怕我。"

国粹醉眼蒙眬:"西洋传说中,有个母夜叉叫梅杜莎,极美,也极凶,看她一眼就会变成石头。"

承曦掩嘴笑道:"那么,你碰到那个梅杜莎,看呢还是不看?"

"我,大概也是忍不住要看的。"

"真是没出息。国粹哥,要变石头的呀!"

国粹乘了七分酒意:"真的是美女的话,变了石头也心甘情愿的。"

区区一壶女儿红,平时酒量很好的国粹,许是酒入愁肠,竟然大醉。回家路上,在黄包车上就吐了两次酒。到了家,进门时脚步飘摇,又差点被门槛绊倒。承曦赶紧扶住,喊了家里的长年出来,把国粹搀扶到客房,又打来热水毛巾,帮他擦净手脸,才放到床上,即刻昏睡过去。直到晚饭时分,还不见动静。承晚不放心,到东厢房里去探视,只听到鼾声震天,国粹还是醉得人事不知。承晚责怪妹子:"明日就要动身,何苦还让他喝成这样,弄得大家不太平。"

承曦一声不响。

半夜,国粹倏然醒来,脑中一片空白,竟不明了身在何地,好一阵才醒悟过来:今夜是在杭州的最后一夕,明日就要乘火车回上海。房子里毕静,赵家上下都已入睡。国粹在床上坐起,环顾四周,墙上有反光浮动,不知是月光还是雪色。一股莫名的离愁泛起,不免心里烦躁。打开台灯,披衣起身,在房中抽烟,踱步。突然听到有轻轻的敲门声,开门处,赫然是穿着睡袍的承曦,云鬓蓬松,分明也是刚从床上爬起来。

承曦轻声说:"看到你房内有灯光,晓得国粹哥你醒了。你一下午还未吃过啥东西,要不要我替你去下碗面?"

国粹摇头:"别麻烦了,半夜三更的。"

承曦说:"要么,我帮你泡壶茶,用些点心?"

国粹略微一想,颔首同意。两人蹑手蹑脚地来到西厢房,承曦泡了茶,搬出一堆巧克力、云片糕等小点心,说:"国粹哥息慢了,只好垫垫饥的。"

国粹坐在单人沙发上抽烟,承曦欠身把果盘推到他面前,却不防被拉住了手腕,又不敢挣扎怕吵醒家人,只好顺势坐到沙发的扶手上,轻声道:"啊呀,小祖宗,不要闹了呀。"

国粹不响,目光炯炯地看着近在咫尺的脸庞,眼神里有寻求、试探,也有迷惑和欲望的狂野。承曦哪抵挡得了这眼神,只好低头不响,却不防一个不稳,被国粹顺势搂进怀里。

国粹把烟蒂揿熄在烟缸里,开始亲吻承曦的头发、耳朵,及睡衣里裸露出来的脖颈。承曦浑身发抖,每当男人嘴唇触及她的肌肤,像是通了电一样。虽然也举手去推挡,哪推得开,挡得住。毕竟是在两情相悦之中,索性闭了眼睛,双手勾住了男人的脖子,任凭男人的亲吻像春雨一样,滋润着她十九岁的身心。

长夜冥冥,万籁俱寂。两个坠入情网的男女,挤在一张窄窄的单人沙发上,像两只相思鸟一样你啄我一口,我啄你一口,缠绵不已。情到浓处,国粹的手伸进承曦的睡衣上下游走。承曦虽在热恋之中,还未丢失最后的一丝清醒,因此在国粹的全面进攻之下,像条鱼似的扭动挣扎着,喘息着,只是犟不过男人的力气。眼看就要全面失守,毫无征兆地,国粹只觉得嘴唇一麻,承曦竟然咬了他一口。直如分开八片顶阳骨,倾下一桶冰雪水,国粹捂着嘴巴直起身来。

承曦眼睛里满是歉意:"哦,我真是没轻没重,痛吗?"

国粹摊开手掌,上面显然一抹血痕。

他不由得苦笑一声:"真是条美女蛇。"

承曦一个劲地赔不是,取出一块手绢:"捂着,别放开。"

天差不多要亮了,承曦起身整理好衣服,抱着国粹乞求道:"国粹哥,不要生我的气。"

天又下雪了,从杭州到上海的火车上,国粹望着白茫茫的窗外出神,他口袋里揣着承曦的手绢,手绢上有浅浅的血迹,还有女人幽兰般的气息。

三

苏州东山范家,说是书香传世,耕读人家,但那是几辈子前的事情了。

从曾祖父那代起,范家主业是经营观前街上的当铺。两代人吃辛吃苦,多少赚了些银子。在离虎丘不远处,买了块地皮,造起一座前后两进的宅邸。依了苏州考究人家造宅邸的样式,也辟出了一角来造园林。螺蛳壳里做道场,挖了如澡堂子大小的一泊水池子，砌三两太湖石，养几尾锦鲤，植些花草，再添一个八角亭子。照国粹的说法：照猫画虎，俗得可以。

国粹自小就极为捣蛋，拆天拆地，在鱼池里撒尿，在太湖石缝隙里放炮仗，上房掏鸟窝，挖墙根捉蟋蟀。父亲棍棒侍候无数次，照旧不改。

俗话说富不过三代，任凭你祖上再勤俭持家，生财有道，隔一两代总会出个败家子。本来，当铺也不是什么好营生，收进卖出，全靠锱铢必较，小利聚集，才能赚钱。国粹的父亲，身为三世祖，从小饭来张口，衣来伸手，再要他去辛苦守店，自然不屑。于是把铺子交给一个远亲掌管，自己堂会花局，日日做神仙。而这个请来做掌柜的亲戚，人倒是忠厚老实，不大会转圜，再加上有点集物癖。日子一久，后面栈房里堆满了止赎的货物，满坑满谷。现在行市又不好，卖不出去。这样一来，银钱上面就搁死了。偏偏在这个关口，国粹父亲瞒着屋里，在外面偷偷地娶了一房小老婆，买房子添家具雇娘姨坐月子生小囡唱堂会，再加上日常开销，铜钿更是短缺了。纸岂能包火？范母应氏，也是个厉害人物，听到传言，在高人指点下，雇了私家侦探，捏牢了男人的把柄，再请了律师一状子告进官里，几年缠讼下来，官司是赢了，但自家也元气大伤。当铺虽然拿下，营业状况只是不死不活。这几年来，就靠着应氏借西挪，以及出售乡下的几处租田来维持屋里的开销。

国粹自懂事起，满眼看到的都是家中不堪之事，因此养成了他怪癖叛逆的性子，你要我往东，我偏要往西；你要我好好读书，我偏逃学生事；你要我成家立业，我偏要特立独行，尽做些使人冒火的事情。

他是范家的长子长孙，上下都拿他没办法，出了事情闯了祸，也只好向人家赔礼道歉，或拿钞票去摆平。日子一久，纨绔就此养成，学业荒废了不说，再结交了一大批狐朋狗友，嬉玩作乐，用起铜钿来如流水，实在令人头疼。

也许是隔代遗传，国粹顽劣成性，却多少还有些文墨气，人又聪明。族里有个吃鸦片的叔公，清末秀才，画一笔好山水，尤擅米芾的泼墨大写意。国粹在旁看了几次，竟无师自通，随便涂抹，落笔布局皴法竟也像模像样。一日，国粹偶然在自家的当铺里寻着一套廿四本西洋画大集子，系日本东京上野美术馆印制，色彩鲜艳，制作精良，从文艺复兴三杰、威尼斯画派、荷兰画派、浪漫主义、写实主义，一直到法国印象画派。他当即捧回家来，爱不释手，连夜观赏揣摩。去上海买来油画材料，关起门来照了画册临摹。又晓得印象派是要出门画写生的，也背了画夹徜徉于水乡小巷、山野农田。画风颇有个人风格，大胆泼辣。再被狐朋狗友们一撺掇，也择地开画展，竟有人赏识，在报上撰文称他为画界新锐。国粹得意之余，心里也晓得西洋绘画浩瀚如海，巨匠辈出，他连门槛还没摸着呢。所谓"画界新锐"，内行人一看就晓得是野狐禅。所以傅家兄弟一提去法国学画，国粹一拍即合。

范母应氏却不以为然，画图画是件好白相事情，但当不了饭吃。何况去万里之外的法国留学，一大笔盘缠是逃不了的，范母想起来就肉疼。近来家里麻烦不断：当铺老掌柜跌了一跤，摔断了大腿骨；新请来的视事又笨又懒，还多有欺瞒；范家三子一女，两个小的还是稚龄，老二又在上海南洋模范中学读书寄宿，也是银钱结交无数。国粹作为范家的长子长孙，理应由他担起肩膀，倒并不指望他日日去店里应卯，但一个男人家至少镇得住点。可是说了多少次，他只当是耳边风。范应氏一个妇道人家，逼不得已要天天去铺子里坐堂监督，已经是怨天怨地。现在这位公子哥儿又翻弄出新花样，要去法兰西那么远的地方，真以为铜钿是天上落下来的？

这几个月来，母子鸡狗相争，龃龉不断。范应氏从早到晚嘀咕个不停，烦得国粹一佛出世，二佛涅槃。国粹吵到后来，只咬牢一句话：不让出国，那么就要到寒山寺出家去。

最终，范应氏还是犟不过大儿子，败下阵来。虽然还是不情不愿，但也开始请了裁缝赶制行装，并且接洽土地拍卖牙行，出售木渎乡下的两亩水田，为国粹准备去法国的盘缠。

国粹从杭州回来后，茶饭不思，整日背着手站在窗前发呆。应氏猜想他大概是法国去不成了，私下窃喜。后生们的性子都是瞻前不顾后，外国是那么容易去的？语言不通，人生地不熟，万一有个头疼脑热，连个照应的人都没有。一高兴闲话就多了："现在上好的水田也卖不出啥铜钿。法国不去也好。"

国粹一听火大："啥人说不去的？船票都订好了。"

应氏碰了个钉子不响了，过一阵，又嘀咕道："说起来画图画也蛮好，隔壁巷子的韩家二爷叔，在太监弄摆了个画摊头，帮人家画遗像，一张白纸，两支炭笔，擦擦弄弄，一天能画个两三张，说是赚头不错的。"

国粹嗤之以鼻："韩家小二子？一副洋瓶底眼镜，四十几岁的人还是两挂清水鼻涕，走路内八字，碰鼻头转弯。赚头再好又怎的？"

应氏嗔道："你专门好高骛远，看不起人家。像二爷叔老老实实的一个人，赚钱养家，有啥不好。"

国粹懒得和她多啰嗦，一句狠话顶回去："像他那样狗屁倒灶一辈子，我情愿一根绳子上吊去。"

国粹陷在一种陌生的情感中，难以识辨，也难以定夺。

鲁迅翻译的尼采哲学，国粹看过不少。痛苦提炼艺术，孤独是必要的，能使人独立于世俗之外，家庭和爱情都是美丽的毒药，会蒙蔽艺术家锐利的眼光，使他看不透人世的悲凉本质。在他的心底，又不可避免地受到习俗上轻视女子的影响：女人头发长见识短；历史上众多好男子，本有大好前途，结果受了女色的诱惑，小者丢了前程，大者丢了江山；有心成大事的男人，必须避开此等温柔陷阱。

对待女人的分寸，国粹一向游刃有余，可以跳舞，可以派对，也可以逢场作戏，但真要谈恋爱，国粹必定抽身而去，绝不回头。

与承曦相遇，国粹却动了真情。心里又晓得，要去法国的话，就不能顾及这段感情。感情使人软弱，感情使人不能全力以赴，感情使人看不清前方。但这又是他第一个真正动心的女子。如此挣扎，就像站在悬崖上，向下俯视一道美丽的峡谷，头晕目眩，心里知道危险，一个不慎就会坠下去。但双脚却不肯移动，贪婪地享受临渊俯视的晕眩和快感。

几日后，云裳来了一信，曰：

国粹兄大鉴，昨日接获轮船公司的通知，原定于五月份去香港的轮船被军队征用。为此轮船公司给予两个选择：一是延后到今秋，二是提前到二月廿日出发。轮船公司说：已经尽了最大的力，整年的船票已全部订完，挤出这四张舱位殊属不易。如等秋日成行，业已错过暑期的学业，看来也只有提前动身，不知兄意如何？望尽快来信告知，我等也可筹划共同进退。

国粹当即回信，表示晚去不如早去，还有半个多月准备行装，没有问题。不晓得承晚兄之意如何，如能一块同行最好。

国粹转身就催促范应氏赶快准备，裁缝还可赶一赶，但乡下的水田却不容易即刻找到买家。有跑单帮的人从北面回来，说黄河两岸都是军队，剑拔弩张，钉头碰铁头，看样子大战一触即发，本来有意的买家也踌躇起来。范应氏急得兜兜转，国粹还是没心没肺地催。无奈之下，范应氏最后以市价三分之二的价钱把田地出手，肉疼之余，不由得抱怨道："真是前世欠了你范家的债，我作了啥孽？养出你这个散财童子。"

国粹钞票到手，一派嬉皮笑脸："老娘你忘记了绍兴戏是怎么唱的？钱财乃是阿堵物，生不带来，死不带去。所以啊，看开点，不要跳脚。"

船票、学费、一路上的吃用开销，算下来这笔款子还是紧巴巴的。

百里之外的杭州，承曦也在为阿哥的盘缠伤脑筋。

这天春申堂的沈老四送货上门，承曦陪了他奉茶说话。言谈间，老四满腹牢骚，说现在的生意太难做，各种苛捐杂税，官府里的大大小小，看样子都要滑脚，走之前能捞一把是一把。承曦帮了他斟茶，随手就给他戴顶高帽子："老四叔啊，涌金门这块地头，除了你老法师，还有谁能兜转得过来呀？你老啥没见过？啥个没经历过？"

老四得了意，说："那是，那是，日本人的时候，汪伪政府刨黄瓜更是厉害，药材、生丝、桐油、茶叶都是控制物资，运到日本去。多少商家倒闭，春申堂也差不多到了山穷水尽的地步，还好被我尽力维持了下来。"

承曦说："说起茶叶，我倒有件心事，要请四叔帮忙了。我家在山上那个茶园，常年都没人照管，你晓得，承晚是做惯了甩手掌柜，百事不管，我老是抛头露面也不好。想来想去，还是盘出去了好。四叔你看怎样？"

沈老四一直垂涎赵家的茶园，听承曦如此说，心中暗喜。但他是生意老手，喜怒都不形于色。当下略一沉吟："二小姐啊，你倒是真会挑好时辰。现在的局面糜烂，人心惶惶，啥人吃错了药，挑了这个当口来买实业啊？"

承曦还是轻笑着，低声说："价钿嘛，好商量。"

"你要多少？"

承曦附到他耳边，轻声说了个数目。

老四一个劲地摇头："高了。"

承曦就扳了手节头，一件件数给他听："七亩二分地，一千九百枝百年老茶树，好年头能收三四百担，不好，也有个毛二百担，上等龙井，独此一家，客户都是上海、南京的老牌子大茶庄……"

老四冷笑一声："这年头，货色再好，

卖不出去有啥用？只好囤在屋里，我踏进赵家大门，就是一股陈年旧茶叶味道。"

承曦娇笑道："我的老爷叔啊，年头再不好，人活着两件事，第一饭是要吃的，第二茶是要喝的呀。要么，我去寻根缝被褥的针，把嘴缝起来，你看可好？"

沈老四缠不过，说："我帮了问问看，不好打包票的。"

承曦一口长气吐出："我晓得，托了老四叔，事情就没有不成功的，先谢了。"

沈老四叹道："我也是作孽，一把年纪被你二小姐捏牢了做人。啥人叫我前世欠了你赵家的呢。"

沈老四本是萧山乡下种田人家出身，幼年即被送去药铺里做学徒，凭了勤勉巴结，做人八面玲珑，一步步混到掌柜这个位置。铜钿和地位有了，但一直有个心结，想结一门真正的杭州亲眷。他有一子三女，第二个是儿子文渊，比承曦小两岁，幼时曾带来赵宅玩耍，不知怎的看上了八岁的承曦，吵着闹着要娶来做媳妇。赵家大人只当是童言无忌，也就顺水推舟地说等你读完书，有了出息，就把承曦嫁给你。这是玩笑话，说过即忘。但老四父子却存在心里。平心而论，作为一个生意人，无利不起早，但沈老四对赵家还是多少有所帮衬。承曦只想是老熟人、老主顾，哪晓得沈老四暗地里还有这么一层想头。

承曦还要去安抚承晚，赵家这个大少爷，性子的确风流儒雅，但叫他做件正经事体就牵丝扳藤，今天说好了要去法国，明日又变了主意，后天再心猿意马。承曦晓得他是担心费用，所以盘售茶园也是无奈之举。承曦总觉得一个男人长年累月孵在屋里厢，是不会有大出息的，只是日益疲沓。相比之下，用掉些钞票还是值得的。

晚饭桌上，说起留学之事，承晚皱紧了眉头："小妹，你讲得蛮轻松的，我也晓得读万卷书，行万里路。可是铜钿不会从天上落下来的呀，拿了钞票出国留洋，把你和老娘扔下吃穷吃紧，我是做不出来的。下午我收到云裳的信，说要在上海再碰个头，我想干脆回他一信，说不去了。"

承曦闻言放下筷子，说："阿哥啊，你真是只大象屁股，推也推不动。钞票的事你不用担心，我自有办法。"

承晚疑惑道："你有啥办法？屋里的底子，我也晓得些……"

承曦突然就发作了："阿哥，你晓得，你晓得个啥呀！这些年来，屋里油瓶倒了，你扶过一扶吗？茶园、老娘、日日的开销、阿三阿四，诸般杂事，你管过一管吗？一直是样样事情端正好了送到你门前头，你还不是轻轻松松，理所当然？天生做少爷的命。现在有机会出去，你倒想起屋里厢了？推三阻四，讲到底还是怕出了门，没有人再这样地伺候你了！"

承晚满面通红："承曦你吃了炸药了？要去法国，随时可去的，也要等个妥当些的时机……"

"你倒说说看，什么时机才算妥当？"

承晚道："时下兵荒马乱的，打起仗来，我人在法国，你和老娘在这里，那我不要急煞？"

承曦不作声，末了说："生死有命。到了那个时辰，你人在这儿，怕也是解不了多少忧的。"

承晚说："就是死，也至少是全家人在一起。"

承曦真的发脾气了："胡说些什么呀，

死啊活的。不跟你说了,被你气得心口痛。"

云裳对兄弟说:"这个赵承晚也真奇怪。前日写了封信来,吞吞吐吐一大篇,我看了好久才明白,是说家中有事,不去法国。今日他妹妹又来了一信,叫我不要退票,说承晚要去的。兄妹俩唱对台戏,不晓得是啥意思?"

云鹏说:"也许他妹子自个想去吧?"

"女人家跑去巴黎学画,说笑呀,你当真?"

云鹏耸耸肩:"有何不可?马奈的弟媳班奈特·莫里索,不也是个女将?印象派画展上也占有一席的。"

云裳道:"你啊,就不要异想天开了。男女有别,中外有别。"

云鹏摇头道:"阿哥,你面上新派,骨子里还真是老古板一个。"

云裳挥手:"去去,不谈这个了。我说,离动身还有两个多礼拜,要么大家再聚一次,啥人去啥人不去,作个最后定夺。同时也请些朋友,就当作告别派对,你看如何?"

云鹏笑道:"随便你,上海滩上啥人不晓得你傅云裳少爷是开派对大王,过年过节、过生日、开画展、出国游学,连屋里的猫生了小猫也算一桩事体,反正总是寻得出名堂来开派对的。"

派对场地订在新雅大酒店,云裳兄弟席开十二桌,请来所有认识的上海名人雅士吃饭、跳舞。一时酒楼里衣香鬓影,闹猛得很。

国粹从苏州赶来,不巧火车脱班,晚到了一个时辰。匆匆上了楼梯,一眼看见赵氏兄妹坐在云裳身边。承曦穿一身藕荷色的旗袍,头发盘起,耳朵上的一对翡翠耳坠格外显眼。国粹刚想过去招呼,正好云裳对承曦附耳说了些什么戏话,女小囡咯咯笑得花枝乱颤,一只手还搭牢了云裳的肩膀,把个头埋到人家臂弯里。

国粹就不开心了,坐下后,也不与众人打招呼,自顾自地喝闷酒。承曦几次想要与他说话,他只装作看不见,反而借了酒意,与邻座一个胖乎乎的摩登少妇大谈法国文学,小仲马、莫泊桑,看到承曦若有所失的样子,不但不收敛,反倒更为作态。

宴毕,仆役进来收拾桌椅,布置舞场。承曦趋近国粹,悄声抱怨道:"国粹哥,几次要跟你说话,都不睬人家。"

国粹摆出一副扑克脸孔:"哦,我看你正跟云裳有说有笑,热络得很,想着还是不要打扰你们为好。"

承曦一愣,说:"国粹哥,你怎么可以这么说?我百事放下跑来上海,就是为了见你一面呀。"

国粹还是强词夺理:"喔,我可当不起,恐怕更多是来看傅云裳的吧。"

这下,承曦真的被气到了,面色发白:"云裳是今天的主人呀!从礼数上来说,我也不能不与他周旋。你就是吃醋,总也要讲点道理的。"说罢承曦一跺脚,冲到衣帽间取了大衣,转身下楼。

过一歇,国粹也下了楼,点起香烟。大马路上灯火灿烂,人流如潮,承曦已经不见人影。

正好一辆黄包车掠过,国粹招手叫停,上了车吩咐道:"国际饭店。"

两地不远,一支烟没抽完,黄包车已停在国际饭店门前。国粹叼着香烟付了车资,转身进了大堂。问柜台:"赵承曦小姐回来了吗?"

柜台照例问道:"请问你是……?"

国粹大言不惭:"她是我未婚妻。"

柜台看他西装笔挺,倒也不疑有它,殷勤答道:"赵小姐刚刚回来,住廿一楼六十八号房间,先生乘右面那部电梯上去好了。"

国粹站在二一六八房间前,举手敲门,房间里无声无息。又敲了几声,倒是隔壁房间门开了,一个肥胖外国男人冒出头来,说了一大篇,他听不懂,但明白是怪罪的意思。刚想辩护几句,六十八号房门却开了,门内站着承曦,沉着脸,一声不吭。

国粹走进房间,向窗外眺望,外面天色发红,马路上已经人车稀疏,东边沿江还有灯光明明灭灭,黄浦江上的轮船一声汽笛长鸣,穿透上海的夜色。

承曦在背后说:"你来做啥?饭店里还没吵够?又追到这儿来。"

国粹拉上窗帘,回头看见承曦双手抱肩,站在房间中央,满脸幽怨。于是说:"我是晓得错了,所以来赔礼的呀。"

承曦尖利地回嘴道:"你大才子的礼,我小女子不敢当。"

"不当也得当,是我错了嘛。"

"哦,这么想赔礼的话,干吗不去找那个胖太太?人家被你逗得心花怒放,胃口大开,不想一块叉烧刚刚塞进嘴里,人就此不见了,此刻说不定在哭鼻子呢。"

国粹笑了:"还说我吃醋,看看你自家这个醋罐子。"

两人都扑哧一笑。

国粹走近承曦,女人只是抬头看了一眼,没搭话,眼里却有掩藏不住的笑意。

国粹就顺势揽她入怀:"好了,别吵了,我就要走了,没有多少辰光在一起了。"

承曦依偎在国粹肩上,已经安静下来了。听了这话,又挣出身子,走到窗前望着外面。

国粹在背后抱怨:"难道我说错了什么?又惹得你不高兴了。"

承曦回转身来,轻声说:"国粹哥,我总感到,我俩是很难在一起的。"

"为什么?"

"我们两个脾气太像了,真在一起,钉头碰铁头,恐怕常常要吵架的。"

听了这话,国粹一手搭在承曦肩上,沉思不语。承曦伸出手来,帮了国粹整了整领带。房内气氛诡谲,窗外,大自鸣钟敲了十一响,时近午夜。

良久,国粹长叹一声:"吃饭要噎着,难道就不吃饭吗?我才不管将来会不会吵架。也许我去法国途中遇上风暴,淹死在海里;也许回来一看,你已经嫁人了……"

话音未落,就被承曦一把掩住了嘴:"不许你讲不吉利的话。死呀活的。"

国粹道:"所以说,每个人的将来都是不可知的。但叫我就此放弃,那是万万不肯的。"

承曦不语,抬头望着国粹的眼神火热。国粹一笑,低头去亲她,承曦使劲推他,哪推得动半点,索性放弃了,抬手勾了男人的脖子,频频地回吻他。

晓得前途不畅,所以吻得忘我,吻得过了今朝没有明天,吻得心脏别别跳,血脉偾张,吻得两人都天昏地暗,气喘吁吁。

总算告个段落,国粹点起香烟,承曦对镜整理鬓发,背对着国粹,说:"好了呀,吵也吵过了,好也好过了。辰光不早了,你还是早点回去吧。"

"我一下火车，就直接去了新雅饭店，旅馆也没订。你叫我回哪儿去。"

"要么，再去叫柜台开一间房间？"

国粹不响，承曦拿起电话打给柜台，却被告知，全部房间客满。

承曦还要打电话去查询别的旅馆，国粹作势要走："算了，别麻烦了。我去睡大马路好了。"

承曦眼睛一瞪："瞎说。"

国粹嬉皮笑脸："又要赶我走，又不许我去睡马路，承曦你好霸道。"

承曦不响，国粹又说："那么，借你这张沙发将就过个夜，如何？"

承曦仍在犹豫，国粹自顾自地在沙发上躺下，伸了个懒腰。

承曦拿他没办法，狠声道："先关照你在前头，只许规规矩矩，不许乱来啊。"

国粹双手交叉在脑后，仰面朝天笑道："我是最规矩的人了，全世界也找不到像我这样规矩的人了。"

承曦拉上窗帘，再从壁橱里拿出毯子铺在沙发上，让国粹先行歇息。

在盥洗室，承曦对着镜子卸妆，心潮难平。自记事起，她从未与人同处一室过夜，现在房间里多了个男人，虽然是自己深爱的，但总觉得不习惯。内心意识暗暗地提醒她，今晚，不会那么平静地过去。但事至如今，又能怎么办？承曦心里七上八下。

承曦卸完妆，漱了口，做完了女人家就寝之前的一应事宜，也不能老是躲在盥洗室里不出来。于是她轻手轻脚地开了门出来，房间里亮着一盏壁灯，半暗薄明，有低低的鼾声，国粹竟然已经睡着了，半截熄掉的香烟还夹在手上。承曦蹲下身，轻轻地帮他取下，端详着睡着的男子。他眉头紧蹙，睫毛微微地抖动。太阳穴微微向内凹进，所以颧骨很明显。虽然新刮了胡子，还是泛出一片青苍。最好白相的是，国粹的左耳廓缺了那么一小块，平时看不出来，现在就很明显。承曦静静地看了几分钟，抑制住想伸手抚摸这张脸的冲动，站起身，蹑手蹑脚地回到床上。

城市安静下来，遥远处，最后一辆回厂的有轨电车响了一记铃铛，如一声呼哨穿透夜色。房间里，热水汀嘶嘶响一阵，歇一阵。承曦有心事，辗转着难以入睡。沙发上国粹翻了个身，仰面朝天。因为沙发长度不够，两只脚只好跷在沙发的扶手上。这个样子是睡不舒服的，承曦心里不踏实了，想着要不要跟他对换，让他睡到床上来。正想着，国粹又是一个翻身蜷腿而睡，承曦才放下心来，慢慢进入睡乡。

承曦虽然睡着了，但睡不踏实，朦胧中听到国粹起身进入盥洗室，抽水马桶响了两次。再回到房间里，走到窗前，"哒"的一声按下打火机，然后一股香烟的味道飘了过来。承曦也就彻底醒了，坐起身，打开床畔的台灯。

"吵醒你了？"国粹转回身来。

"没关系。"承曦看了眼腕表，"才三点多，你怎么不睡了？"

国粹苦笑一声："睡得腰酸背痛，我坐等天亮好了。"

承曦不由得一阵内疚。

国粹带了烟灰缸走到床畔坐下："还是说说话吧。"

夜深人静，世界沉睡。一盏床头灯投下微弱的光晕。

两人靠在枕头上，国粹一手擎烟，一手抚摸着承曦的头发、脖颈和肩头。承曦则把头倚在国粹的肩上。两人喃喃地说着情人之间的甜言蜜语，不时低声地痴笑，接着是很响地亲吻。

国粹突然哑然一笑。

"你笑什么？"

"我在想……眼下这情景：国际饭店的房间，与世隔绝，夜不成寐，讲不完的情话，你说我俩像不像新婚夫妇正在蜜月旅行？"

承曦脸红了，手指刮着国粹的面皮："想得美！"

"你再仔细想一下，难道我说错了吗？"

承曦不语，过一会儿说："我还是想要先结了婚，再去度蜜月。"

国粹嬉皮笑脸："蜜月，是无论如何不嫌多的。"

承曦轻轻地捶了他一拳，然后又羞涩地问道："国粹哥，你真的会娶我吗？"

国粹俯下头来，满脸专注："一如我之所愿。"

说完，转身把烟蒂按熄在烟灰缸里，顺手拉灭了台灯。

在深浓如墨的夜色中，在远东最高建筑物国际饭店的二十一层楼，在分离之前，在前景未明的氛围中，生命之门悄然洞开，一切都发生得那么自然。而在恋爱之中的少男和少女，是造物最美妙的作品。国粹虽然消瘦，但年轻的男人宽肩细腰，四肢有力。承曦更是一朵初绽的花，皮肤滋润而富有弹性，身体饱满，腰肢柔软，如水果般散发着甜美清香。虽然两人都是初试雨云，如蜂采蜜，如鸟归巢，年轻的身体自然会找到途径。

长夜如水，流淌不息。

窗帘中开始透进灰白色的晨光，两人终于累极睡去。窗外，麻雀在窗台上啾鸣，头班有轨电车驶过街头，拉响黎明前第一记铃铛。门外走廊里有轻微响动，大概是仆役在帮退房的客人搬行李，电梯门扉"叮"的一声洞开。

在昏暗的房间里，两人时睡时醒，醒来朦朦胧胧地亲吻，缠绵，倦极又再次相拥睡去。

然后一切安静下来，新的一天来到。

四

在贝当路的傅宅，用人们忙成一团，跑前跑后，打扫整理，家具都用白布遮盖了起来。整理好的行李箱，在客厅中排成一排。傅家兄弟端了咖啡杯，站在窗前闲谈。

云鹏像是无意中说起："阿哥，前晚的派对，范蛤蜊一直魂不守舍，饭吃了一半就走，舞会也没参加，走时连招呼也不打一声。"

云裳只是淡淡地："哦，我倒没留意，那天太忙了。"

云鹏又说："承曦也是半途里人影不见，他俩是否在搞什么名堂？"

云裳一下子脸色就暗下来，半响道："别人家的闲事，你去管他做啥？一点名堂没有的。"

"我是为承曦担心呀，小姑娘蛮单纯的。范国粹却是个情场老手，换女朋友像换衣裳那样快。到辰光，女小囡吃了亏，哭都来不及。"

云裳说："你担心，又能如何？这种事情，人家你情我愿，我们又不好去当中插一脚，都是朋友面上的。"

云鹏说："也许可以在适当的辰光，跟承晚提个醒，毕竟他兄妹认得国粹还时日

30

不久。"

云裳朝了地下的行李踢一脚,不置可否。

云鹏斜眼看了,一笑:"阿哥啊,其实我晓得的,你也蛮喜欢赵承曦。前日在新雅饭店门口,你接着她时,嘴巴都笑得豁到耳朵边去了……"

话没说完,就被云裳呵斥:"瞎话三千。"

云鹏笑道:"倒并非是瞎话,承曦这个女小囡生得好看,活泼风趣,再加上人又聪明能干,男人喜欢她蛮正常的。我承认,我也有点喜欢承曦,只是阿哥在前头,我不好跟你抢啊。"

云裳哭笑不得:"天晓得。八字还没一撇的事情,我倒要承你情了?"

云鹏笑道:"我没说错吧。阿哥既然喜欢,那就放大胆子去追求啊。"

云裳叹了口气:"真要抢女朋友的话,我大概是抢不过范蛤蜊的。"

云鹏说:"阿哥,不要长别人志气,灭自家威风。"

"你说说,我拿什么去跟范蛤蜊争?长相比不过,谈吐比不过,画画也比不过,还有,连跳舞也没他跳得好。"

"难说的,范蛤蜊这种花心大萝卜,朝三暮四,心思活络透顶。女小囡一旦看穿了,就晓得这种人是嫁不得的。你看这世上,有几个浪荡子最后修成正果的?再说,姻缘自有前定,是你的终究会是你的。"

云裳很烦恼地打断弟弟:"好了呀!空口白话,尽说些没名堂的事体。去去,就要动身了,交关事情要办。你下午到恒生银行弯一趟,兑两千银票出来。"

云裳走到门口,再回头关照:"再多换些零钱,路上要打赏下人的。"

动身那天,下着蒙蒙细雨。十六铺码头上,庞大的伊莎贝拉皇后号邮轮深灰色剪影,泰山压顶般靠在江边。码头上一片混乱,人头涌动,污水横流。旅客、船员、仆役、黄包车脚夫、黄牛贩子、扒手、贼骨头、闲杂人等,再加上前来送行的亲朋好友,在码头上乱糟糟地挤成一锅粥。国粹前几日就到了上海,借寓在南市的姨丈家里。今日一早,两个表兄弟偕二弟国樟为他送行。四个年轻人扛了行李,挤挤挨挨着上了船,一阵忙乱之后,总算在三等舱里安顿下来。告别之际,一向木讷的国樟,递给阿哥一个信封,国粹打开一看,是张一百元银票。国樟怯生生地说:"家里近年来捉襟见肘,老娘也是实在没办法。晓得你的盘缠不足,这是弟妹们的一点心意。小妹滋祯,把她存下的压岁钱也放在里面了。望大哥笑纳。"

国粹也不推辞,客气一声就收下了。

送走兄弟,国粹伫立在甲板上。朔风呼号,他竖起大衣领子,指间夹了根香烟,闲看从舷梯上陆续登船的人流。在舷桥上望出去,灰色天幕下,黄浦江的滚滚浊流浩荡东去。江面上,几叶驳船前后连接,装载了沉重的货物,在一片黄汤中上下沉浮。对岸浦东田野中,村庄黯淡,农舍零落,残冬景色一片肃杀。远处的吴淞口则是水天相接,一片烟雨迷蒙。如果仔细观看,接近地平线之处,有三两抹灰扑扑的影子,隐约看得出舰桥和炮管。旁边的旅客说是美国军舰,停泊在吴淞口准备撤离外国侨民的。

再转过头来,沙逊大厦的尖顶,被浓厚的雨雾裹卷着,时隐时现。外滩的楼群鳞次栉比,哀怨地站成一排,像一列即将要被抛下的弃妇。天色晦暗,乌云压城城欲摧。一辆拖着小辫子的绿色有轨电车，叮叮当当地穿过湿淋淋的街道。不时有黄包车、轿车在码头大门前停下，下车的旅客匆匆奔向轮船的舷梯。码头上，簇拥着送行的人群中间，一把鲜黄色的油布伞倏然打开，像是灰色雨幕中绽放的一朵新鲜雏菊。

这是他生于斯、长于斯的长江三角洲，江浙沪交汇的要冲之地。这块土地阴冷潮湿，但又丰腴柔软。在这儿，近代中国与西方文明鱼水交融，催生出极端的奢华和绝望的贫穷，却不无令人留恋之处。

再过一个小时，他脚下的轮船甲板就会移动，向烟雨蒙蒙的吴淞口驶去。这次航行将穿过三大海洋，途经香港、孟买、开普敦，最后到达马赛，再换乘火车去巴黎。

国粹心绪不宁地在甲板上来回踱步，不停地看腕表。

承曦她会来送行吗？毕竟是远行，于理于情，她都应该要来的。

他再一次地向码头的入口处望去，正好看到傅家黑色的雪佛兰汽车开进入口处，直驶到舷桥边停下，他扔掉香烟，不管不顾地逆着人流走下舷梯，可是从车里钻出来的只有三个人，傅家兄弟和赵承晚，并不见承曦的身影。

众人相互握手，国粹道："我来一歇了，一个人都不见，怕你们脱班了。行李呢？"

云裳说："隔夜就叫用人把大件行李送入舱房安顿好了，这样上船时也从容些。"

国粹又转头问赵承晚："承曦她没来吗？"

承晚说："也不晓得为啥，本来说好要来送行的，车子已经到了旅馆门口，承曦突然变了主意，无论如何不肯来了。不过，她托我把这个带给你。"

随即递过来一个厚厚的信封。国粹很想即刻拆开，碍于云裳兄弟在场，便随手放进了衣袋。众人上了船，挨次到各人船舱里看了看，认了门。就各自回房歇息，等着开船。

在不知不觉之间，轮船开始移动，一声汽笛长鸣，岸上送行的人群骚动起来。旅客们都走出了自己的舱房，聚集在甲板上向码头上挥手，呼喊。轮船调过头来，渐渐地加速，岸上的人模糊成一片。风大了起来，远望外滩，楼群的天际线一点点地隐没在雨雾之中。

轮机轰鸣，轮船轻微地摇晃着。舱房内亮着顶灯，国粹抽着香烟，仰躺在卧铺上。承曦一手娟秀的钢笔小楷，写满了整整三页信纸：

国粹哥，不要怪我没来送行。昨夜一宿没睡好，翻来覆去，想想总有好几年将见不到你，就止不住地落泪。今晨起来，眼泡肿得厉害，眼睛里也布满血丝。这个样子怎么好跑到人前去？

你千万别以为我是个爱哭的女小囡，自成年来，只有这一次抑制不住而落泪，固然为了离别，更是因为觉得人生无常，人相聚，又分离，缘分半点也由不得自己。

有时会想，国粹哥哥，你我相遇，究竟是桩什么样的缘分？我从小就是个要强的女小囡，主意很大，家里人都听我的。但是自从遇见了你，我变得不认识自己了，从来没有一个人能使我像对你那么仰望。我会煞费苦心地打扮自己，只为了在舞会中能捕捉到你一道欣赏的目光。我开始关注绘画的方方面面，为了是能听懂你对艺闻看，浑身上下一股馊气，再窝下去，人都要发霉了。

在二等舱甲板上，云裳和承晚躺在仆役端来的帆布椅上，裹了毯子，戴了眼罩，仰面朝天。国粹笑他们像煞是两条从海里钓上来晾干的咸鱼。

在船上，天天看同样的景色，天天吃差不多的食物，日期亦变得混乱，而目的地——似乎永无尽头。国粹住的舱房，只有一扇碗盏大的舷窗，门一关，直如囚笼。一天总有十二三个钟头躺在狭窄的铺位上，捏了一本基础法语对话，小和尚念经似的一句句背诵。倦极睡了过去，恍然一觉醒来，舱顶一灯如豆，不知白昼黑夜。

唯一能排解烦闷的是观海——看不尽的光色大戏。只要不是颠簸得太厉害，国粹就耽在甲板上，从船首到船尾散步，抽烟，伏在舷墙上，让海风吹乱一头长发。

黎明之前海面是凝固的钢灰色，感觉坚硬无比。然后，晨曦在海平面上染了薄薄一层暖色，光波开始跳跃。不知不觉中，一轮朝阳跃出海面，绽放粉色光芒。傍晚又是另一番景色，西面一轮金乌还在缓缓下沉，而东面一钩新月已经高悬，辽阔天宇，日月同辉，叫人叹为观止。

一个阴天，稍有点小风浪，国粹去看望云裳兄弟。刚走上二层舷梯，不防一排浪头卷来，船身一个倾斜。过道上，一辆残疾人的轮椅失去控制，一路滑下来，速度越来越快，眼看就要撞上舷墙，翻到海里去。国粹眼明手快，一把抓住轮椅的扶手，却料不到轮椅在滑动中的冲击力量极大，竟把他拖倒在地。眼看就要出事，幸好附近舱房里有人听见动静，赶出来帮忙，总算避免了一场意外事故。坐在轮椅上的年轻女子，显然是受了惊吓，头发纷乱，花容失色。

舷桥上一团混乱，船上的职员来了，国粹被人搀扶起来，一碰触到右面的肩膀，不由得痛叫出声来。即刻被送去船上医务室，比利时医生诊视下来，是肩膀脱了臼。花了一个时辰，总算把脱臼的肩膀推了回去，再用绷带吊住，大夫给了止痛药，吩咐回舱房好生修养。

吃了药，国粹昏昏沉沉地睡了很久，被一阵敲门声惊醒，头昏脑胀地爬起身来，开门见是坐了轮椅的女子，偕了她的母亲，很文雅细气的一位太太，总有五十出头了。

进门后，女太太捧了他的手："多谢范先生搭救之恩，说来也是我的疏忽，回舱房去拿条围巾，只道是几分钟就回来的，哪知道就是一眨眼工夫，差点闯出大祸，还连累先生伤了臂膊，真是过意不去。"

国粹客气道："区区小事。任何人碰到这情况，都会出手相助的。"

那女子安静地坐在轮椅上，并不作声，只是定定地看着国粹。当初在甲板上，事发突然，国粹并未看清女子的相貌。此时看去，女子大概是廿四五岁光景，生了一副极好看的脸庞，肤色雪白，头发乌黑，端正的鼻子，特别是那双眼睛，又大又黑，深邃中带点幽怨，竟与好莱坞的大明星费雯·丽有几分相似。国粹心中大叹可惜：好一朵娇艳的花，竟被困在轮椅上，实在是造化弄人。在交谈之际，又注意到女子那双搭在轮椅扶手上的手，手形很优美，手腕如皓，十指细长，但食指间似有香烟熏出的黄色。国粹取出香烟，先让了女人一支，然后自己也衔了一支。用打火机帮女人点烟时，对方紧紧地攥住他的手腕，术的见解。我甚至希望能放下一切，跟你们一起去法国，当你们上学去时，我在家里为你们做饭，整理房间，还记得你喜欢吃我做的小菜和片儿川的，跟你们一起去逛美术馆，听你们高谈阔论。如果你们喝醉了，再帮你们烧一锅酸笋醒酒汤。你不知道，在你面前，我重新变得像个小姑娘，并且像只猫似的敏感，就算离你还有几尺的距离，我会做深呼吸，可以感受到你带些尼古丁的气息。我也变得软弱，样样都答应了你，事后又骂自己，怎么可以这般不守女小囡的规矩。但回忆起跟你在一起的点点滴滴，却醉酒般的甜蜜，恍惚。真不敢相信这一切都是真的，常常在半夜醒来，怀疑是否在做梦。

所有的女小囡都希望跟自己喜欢的人谈恋爱，卿卿我我，结婚成家，养儿育女，再白头偕老。但我也晓得国粹哥你是有更高志向的男子，你说过，为了你从事的艺术，可以舍弃世间一切。所以，我再依恋你，也不晓得这个梦是否能圆，也常为之苦恼。原来的日常，对我说来已经够头疼的，现在再加了个你，我更是不知所措了。

不过，无论怎样，你国粹哥是第一个走进我心里的男子。人世跌宕，今后的一切，都不是我们可以预料的。但我对你的一片初心，却会长长久久地保存下来。你对我的情意，更是我的珍藏，想到有这么出色的一个男子喜欢过我，我就会得安宁，如意……

我还要请你帮我保存一样物件。你说过，喜欢看我佩戴这副翡翠耳坠。这本是我最心爱之物，现在，你走了，我再也不会戴它了。那么就拜托你帮我收好，你看到这副耳坠时就会想起我。等到我们重逢那天，我会盛装打扮，再一次地在你面前戴上这副翡翠耳坠。

看到此处，国粹打开随信附上的小锦袋，叮当一声，两枚晶莹剔透的翠玉落入他掌心。

舷窗外，风浪乍起。

五

从上海到香港那段海路还算平稳，但从香港途经印度洋去开普敦那三个多礼拜，旅客们真是吃足苦头。在茫茫无际的海面上，风云变幻一瞬间，春季风暴说来就来，浪高十几尺，巨大的伊莎贝尔邮轮如小舢板似的被浪头抛上抛下，颠簸至极。旅客们全体躺倒，也没人吃得下东西。船上的餐厅每天要往海里扔掉大量食物，引来成群的海鸟追逐。一望无际的印度洋上刮着风，空气里的湿度很高，床单和毛巾都是粘答答的。而船舱里弥漫着一股酸臭之味，腐败的食物、来不及清理的呕吐物、长期没洗澡人身上的隔宿气，以及撒在船头船尾的鸟粪，处处令人掩鼻。偶尔风浪平静之际，虚弱的客人互相搀扶着走上甲板透气，强烈的阳光刺得他们睁不开眼睛，旅客们像在洞里冬眠了太久的土拨鼠，在上面待了几分钟又钻进舱房里去了。

国粹和云鹏还好，虽也晕船，但还能起来走动，稍微能吃些汤水小食。云裳和承晚两个，则是晕得天旋地转，躺着起不来，吐得七荤八素，连胆汁也吐出来了，浑身虚脱。一照镜子，面色青中带白，嘴唇脱皮，腮帮子凹下，像是地狱里逃出来的小鬼，不禁自己也吓一跳，一路上还亏得国粹和云鹏多有照料。天放晴时，国粹跑去他们舱房，拖他们出去透气。自家闻力量之大，捏得他骨节生痛。一口浓烟喷出，女子的眼神变得迷茫。

老太太说她们姓钟，上海人氏，搬去香港已经三四年了。此次去欧洲是想为女儿求医。在香港澳门，也看了无数的中西医生，民间高人，不过收效甚微。欧洲的医药总归比较先进，也许有办法医治。

老妇人说到此处，被女儿不耐烦地打断："姆妈，你遇人就说这些废话。真是莫名其妙，跟你讲过多少次了……"

钟太太被女儿当面抢白，多少有点尴尬。国粹连忙打圆场："幸好是有惊无险，途中还是要小心。如需帮忙，请不要客气。"

告辞之际，钟太太又一次千恩万谢，女子只是淡淡地说了声再会。

在船上餐厅里，云裳一伙人调侃国粹："整条轮船上都传遍了，说有一个英雄救美。我们都在猜是谁？原来是我们国粹兄。"

云鹏笑道："你们看国粹兄这个样子，像煞好莱坞电影里的英雄，吊了一只臂膊，咬了一支雪茄烟，大衣披在肩上，最好腰里再别一支左轮枪，分分钟可以去拍电影的。"

国粹笑啐道："你们几个赤佬，说些啥鬼话，像煞是我要出风头似的。一切都发生得猝不及防，我只是本能地挡了一下而已。"

赵承晚打圆场，说："云裳云鹏，你们在场的话也会那样做。毕竟是救人一命。"

云裳苦着脸，摇手道："我？大概是办不到的。上船至今，没吃过一顿囫囵饭，上吐下泻，两只脚软得像棉花。如果被飞过来的轮椅一撞，说不定跌进海里去的是我。"

大家笑过。赵承晚扳了手指头算日子，还有一个多礼拜可以到法国马赛港口，总算要熬出头了。

云裳感叹道："我算是领教了，晕船的滋味真比死都难过。翻江倒海，五脏六腑都要吐出来了。最难熬的时候，真想跑到甲板上，跳进海里去算了，一了百了。"

大家都叫："不可不可，傅家大少爷，不要想不开，晕船再苦，终有云开日出的一天。"

赵承晚推开面前的盘子："我也是吃足了晕船的苦头。两个多月来，吃啥吐啥，活像是受刑一样。不吃又不行，人要发虚的。只是我实在消受不了洋人的吃食，一看到这些半生的带血牛排，拌了番茄酱和干酪的面条，还没吃进嘴里，呕——胃里已经翻腾起来了。"

大家都同意：洋人在烹饪上真是乏善可陈。

承晚又说："现在三四月份，算算杭州正是出笋的辰光，地里厢马兰头也长出来了。如果能来一碟凉拌马兰头，一盘西湖醋鱼，再来一碗鲜笋鸡皮汤，那该有多好。"

四人正抱怨着船上的伙食，忽见钟姓女子坐在轮椅上，一身黑衣，由她母亲推着，进到餐厅来。钟太太看见他们，微笑着向他们点头。女儿却只是冷冷地看了一眼，就把头转了过去。众人像是中了定身法，一动也动不了。待她们走远，大家不由得松了一口气。承晚道："你们看到那女子的眼光吗，像煞是冰一样。"云鹏叹道："真是个冰雪美人。"

国粹阻止了众人说三道四："哎，你们几个注意点，不要转头张来望去，惹人家讨厌。"

国粹回到舱房，发觉大衣遗落在餐厅里了，再回去拿。已过饭点，餐厅里只有寥寥零落几个客人，却见钟太太一个人坐在角落里，很落寞寂寥的样子。面前一杯红茶，几块苏打饼干，一小碟果酱。他犹豫了一下，走过去打了个招呼。钟太太抬头见他，脸上绽开笑容，邀请他坐一会儿。

闲谈之余，国粹发觉钟太太竟然是上海沪江大学的毕业生，会说一口美国腔的英语，温文有礼，谈吐也非常得体。但钟太太的神情中总有一股忧伤，就是微笑之际，眼角的皱纹也透出一丝无奈。国粹还发觉她的手一直在打颤，显示出内心的紧张，以及身体上极端的疲惫。

国粹说："钟太太，你只吃这么一点东西？"

钟太太苦笑道："我已经记不得上次吃东西是啥辰光了。今天总算抽出了一点空，可以坐下来吃点东西。"

国粹表示理解："哦，我在船上胃口也不怎么好。"

钟太太说她倒是从不晕船，风浪再大也不受影响。

"那又是为什么呢？"

钟太太好一阵不响，末了说："我想是——焦虑，人处在焦虑的时候，是没有食欲的呀。"

国粹劝慰道："钟太太你要放宽心情，钟小姐也总有好起来的一天。"

钟太太长长地叹了一口气："我的这个囡啊，作天作地……哎，我已经是筋疲力尽了。"

国粹闻言吓了一跳，以钟太太的教养，突然说出这种失控的话来，以致他一时不知如何应对。

钟太太眼睛看着远处，自言自语地说："我也老了，实在是力不从心了。"

国粹料不到引出这样的话题，走也不好，坐也不好，尴尬透顶。

钟太太转过头来，凄苦地一笑："其实，今天早上，我记得我是固定好轮椅支架的。"

国粹好久才明白过来，是钟小姐等她母亲走后，自己拉起支架，好让轮椅滑向海里。

"她为啥要这样做？"国粹哑着嗓子问道。

钟太太道："不是第一趟了。我跪下来求她：囡呀，如果侬不在了，我也活不下去的……现在虽然不那么作了，但我晓得她心里还是想不开。我真是防不胜防啊。"

国粹倒觉得不平了："虽说人生不易，但也不可以那样做啊！敢问钟小姐是生来就这样呢，还是后来才碰上不测的？"

钟太太不响，手抖索着，从挎包里摸出一张照片来，递给他。国粹接过，是一张二寸见方的小照，上面是一个女小囡踮着脚尖，在练功房里跳芭蕾。阳光从窗外映进来，只看得见女孩的侧身轮廓，清丽矫健。

国粹大为惊讶，抬头问道："这是钟小姐吗？"

一颗泪珠凝在钟太太的眼角，她拿了手帕捂住，没说话，只是点了点头。

国粹晓得不能再问下去了，只好泛泛地再劝慰几句，就像逃一样地出了餐厅。

国粹整个下午情绪不宁，跟云鹏他们打桥牌，他心不在焉地乱叫牌，两局下来输了不少铜钿。

对面的云裳说："你今天怎么啦，魂不守舍的，老是出臭牌？"

却一日不可没有此物。承曦先是找老四，遍寻不见。无奈之下，她跑去萧山一个熟人处打探，那家人原来也做些小额的鸦片买卖，跟她是很熟稔的，见了她，吓得说话都走调了："小曦妹妹啊，你好大的胆子。这个市面现在不行咯，吃烟的人，都要去登记。春申堂的沈老四被抓起来了，都在传要坐牢的。你不晓得？我是再也不敢沾这物事了。"

说完连赶带攮地把承曦攮出门来。再跑了另外几处熟人，也是一样，有的干脆连面都避而不见，只让家人带话："千万不要再来了。"

鸦片断了档，老娘日日在家里跟女儿惹气。承曦也试着跟她讲道理："这是新的规定：不许吃鸦片了。你就是逼死我，也没用的。"

老娘却一点听不进："你不要骗我，自古以来有买就有卖。我晓得，你是肉疼几张钞票，想留了做嫁妆是吗？"

承曦被她气得要命，但面对一个被鸦片瘾头逼得神志不清的娘，承曦又有什么办法？

老娘这个样子，不但坍台，而且危险，又无人可说，朋友熟人不能说，家里用人说了也没用，承晚又远在天边。承曦只好一个人咬牙承担。

一日有客上门，沈老四的二儿子文渊，大前年春节倒是见过的，沈老四领了上门拜年，说儿子在之江大学读书，很是得意。年轻人梳个分头，高高瘦瘦，眉眼间有几分像沈老四，穿件毛葛蓝布长衫，拘谨得可以，见了承曦，竟然还会脸红。今日穿一套灰布中山装，口袋里插了两支钢笔，脚蹬一双黑布鞋，剪个平头，人也晒得黑黑的。承曦猛然见了，一下子没认出来。

沈文渊倒是蛮从容地打招呼："承曦姐姐，我是文渊呀。上次见你时总两年多了，你都好吗？"

承曦见是熟人，放下心来，遂请进客厅奉茶。沈文渊坐下，寒暄了几句，说他大学已经读了三年，决定退学，因为那种帝国主义教育对新中国的青年并不合适。承曦倒觉得蛮可惜的。沈文渊微微一笑，说参加工作有几个月了，现在是区里卫生处干部，专门负责改造鸦片吸食者，晓得赵家姆妈也有这个毛病，所以上门做工作来的。看承曦面有惊惶之色，又沉痛地说："我家老头子，以前曾做过鸦片买卖，是作了孽，也是对人民犯了罪。我作为儿子，现在要尽力做出补偿，帮助鸦片吸食者戒烟，重新做人。"

这话说得诚恳，承曦听进去了。

沈文渊继续说："鸦片亦称毒品，是帝国主义用来毒害中国人民的。一旦上瘾，吸食者要自我戒断，真是千难万难，十个中能有一个成功，也难说的。但也不是没有办法，卫生处设立了鸦片戒断所，有专门的医生护士。我今天上门，就是来动员赵家姆妈进戒断所的。"

承曦疑虑道："我也晓得，吃鸦片又耗费铜钿，对身体亦不好。问题是，我姆妈吃上鸦片已经许多年了，瘾头是很重的。饭可以不吃，鸦片不吃，就要发神经的。我也想过各种办法，都没啥用。不晓得进戒断所有用吗？"

沈文渊说："我们要相信科学。承曦姐姐，除此之外，你还能有什么办法？"

承曦被沈文渊如此这般一说，也就答应下来。

三十七年起，国民党内部已经作好撤去台湾的准备，消息传到外面，有些身价的人家，抛售实业和房产，只身携了金银细软跑去南洋和香港。市面上三进三出的房子，带庭院，青砖绿瓦，只叫价几千大洋，还是难以出手。沈老四提出：茶园看样子一时上脱不了手，要么这样，先抵押给药局，我出两千银洋，照月息四厘算，止赎期三年。沈老四说："二小姐啊，这可是天地良心价，眼下今朝不晓得明朝的，我只好当是捐了个末梢。"

这个价钱，跟承曦的心理价位相去甚远，也晓得笑面狐狸刀切豆腐两面光，便宜被他占去了，好人也被他做尽了。但是阿哥去法国留学，船票置装盘缠欠下不少钞票，再下去也是处处要用铜钿的，承曦也只有如此这般接受下来。

承曦再强，再能干伶俐，毕竟也没见过如此兵荒马乱的场面，一日数惊，惶惶不可终日。家里的财政也日益捉襟见肘，茶园卖掉了，便没了进账。抵押来的钱款，还掉了欠账，再寄了一笔钱款去巴黎，让余先生转交承晚。照理说，剩余的还够一段时日的开销，但彼时物价飞涨，几个铜钿根本不经用。最要命的是老娘的鸦片烟开销，沈老四拿来的货色越来越差，从云土、贵土变成下等的川土，价钿又贵，成色又不足。沈老四叹苦经："二小姐啊，你说得真轻巧，不看看现在是啥个辰光？到处在打仗。我手里这点货色，也是用性命换来的。"

承曦手里实在吃紧，一咬牙干脆就停了，本想破釜沉舟，就此断绝了老娘的鸦片瘾头。不想老娘使出杀手锏，来个彻底绝食，送进房去的餐食连碗盘一起给你摔出来："你敢断我鸦片，我就死给你看。"

三天一过，承曦只好投降。

城里人能囤积就囤积，以防饥馑。赵家有四口人吃饭，也买了不少米面等民生用品囤积在家里。天上积满了乌云，原想是应该会有一场狂风暴雨的。可是乌云越来越浓，雷声隆隆，雨却一直下不来。

到了四月下旬，苏州是第一个被攻下的，四月二十五号，在胥门出现解放军的先头部队。二十七号午夜开始全面进击，枫桥、铁岭、横山，清晨之际，已经到了千年古刹寒山寺。国民党守军已没什么斗志，二十七日上午，金门、阊门、齐门、娄门全部陷落。

接下来轮到杭州，时值四月春回，西湖边的垂杨冒出一片嫩绿。什么预兆也没有，突然就传说杭州已经解放了。原本担心有一场大战的老百姓不禁松了一口大气。街上的氛围确实变了，常常看到大量的兵换防，却非常安静，并没有扰民的事件发生。街巷里贴出安民告示，鼓励商家开市营业，老百姓照常过日子。市面也渐渐恢复，好像噩梦一觉醒来，日子还是一如既往地过去。

一日王妈买菜回来，说一个住在街隔壁两条巷子的邻居，人叫二嬢嬢的上吊了。街坊传说她是某个前政府要员的外室，前阵子，男人跑去台湾，把她给撇下了。女人生活无着，一时想不开就寻了短见。承曦也见过她，并不熟，但进出碰面都会点点头寒暄几句，蛮文气的一个女人，常年穿一袭织锦缎旗袍，肤色有点泛黄，听春申堂老四说起过，她也有很深的阿芙蓉癖，是跟她男人在应酬中染上的。

由此想到，今后进货怕是难了，老娘

青烟缭绕，连老烟枪国粹都被呛到了，不得已把舱房门打开。再回过头来，却看见钟樱之把脸埋在手掌心里，极为压抑地抽泣，哭得肩膀一耸一耸，半截燃着的香烟还夹在她的指间。国粹慌了手脚，不知如何应付才好。耽了好一会儿，才走过去，拍拍她的肩膀，把她手中的烟取下，再把一块手帕送到她面前。

"钟樱之小姐，你不要再哭了呀，人家听到还以为我欺负你了。"

女子抬起头来，眼皮微肿，一缕头发粘在唇边，一副梨花带雨的样子。她哑了喉咙说道："范先生你说得没错，是做人的大道理。可是你终究是外人，看不透这团乱麻是怎样地纠缠到今天这个地步的。"

国粹不知如何应答，过了半晌，起身拿出一瓶威士忌，两个玻璃杯，语带安慰道："也许吧，家家都有本难念的经，最好的办法是忘记它。钟小姐，能不能喝一点？"

钟樱之神情恍惚地点了点头，国粹斟了小半杯，递给她："慢慢地喝，喝完了我送你回去。"

当国粹推着轮椅走上甲板之际，夜已深了，船上灯熄人静。在远方天际，一弯新月高高悬挂。风浪已经平息，墨绿色的天幕下，海水显出像翡翠一样透明的波光，缓缓起伏，像是童话世界。

月色皎洁，舷桥上空无一人，两人驻足眺望，天地无声。良久，钟樱之怯怯地碰了碰国粹的手臂，仰起头来，幽幽地说："我晓得——我脾气不好。范先生，不要生我的气。"

她此刻的表情，像极了无辜受罚的天使，仰起的脸庞，在月光下像白瓷一样，近乎透明。而眼神如桃花，如深潭，任凭国粹风流倜傥，阅女无数，也几乎把持不住。

船轻轻地摇晃一下，国粹一个趔趄，掩饰地说："钟小姐。看你说到哪儿去了？只是——我酒有点多了，趁现在还站得住，我先送你回舱房去吧。"

六

伊莎贝尔邮轮，二月初从上海起航，到达法国海岸已经是四月下旬。又为了检疫的问题，在马赛港口外多耽搁了一个多礼拜。旅客们孤悬海上，而在这段音讯隔绝的日子里，远在几千里之外的故土，发生了改天换地的大倾覆。

仅仅几个月，共产党与国民党在中原逐鹿的大局，胜负已定。蒋某人在东北和华北连吃几个大败仗，宣布下野。南京政府一片乱象，病急乱求医，先是想和谈，以争得时机苟且残喘。但为时已晚，共军的两大野战军集结完毕，全线合击长江防线，东进镇江、江阴，西围安庆，攻铜陵，直逼南京。四月初，渡江战役开始，南京方面并没有作出什么像样的抵抗，于四月中旬，中华民国的首都沦陷。

同时，杭州城内，由汤恩伯部队据险扼守，山上有炮兵阵地，环城路上堆满了沙包，架设了铁丝网路，满载兵丁的卡车来回梭巡。如此情况下，市面极为萧条，大部分的店家上了排门板，乡下的菜贩也不能轻易来城里了。街上到处是散兵游勇。凡投靠亲友而不遇的民众，只好携了箱笼家什露宿街头。又听说常有乱兵掠劫，市民们都关紧大门，从门缝里窥探外面的动静。

赵家的茶园，虽然承曦一再降价，还是没有卖出去，实在是时机不对。从民国云鹏笑道:"国粹兄今天做了送财童子啊。"

国粹喝着威士忌,嘴硬道:"你们没看到我受了伤,还单手敌你们六拳。铜钿暂时寄放在你们那里,到时候要连本带利收回来的。"

但是到了牌局结束时,三赢一输。国粹掏空了口袋,还欠了承晚八块银洋,意兴阑珊地回到自己舱房。

已经十点多钟了,海上刮小风,船稍有点晃动,国粹合衣躺在铺上,酒意上来,差不多要睡了过去,隐约听见敲门声,还以为是做梦,翻身再睡。

敲门声继续着,开门一看是钟姓女子。国粹诧异地问道:"钟小姐,你有什么事需要帮忙吗?"

钟姓女子并不作答,径自越过他,摇了轮椅入房。国粹是又迷惑又震惊,直到房门关上,女子才把轮椅转过来面对了他。

房里只亮着一盏小小的壁灯,在薄暗微明之中,女人的眼睛竟然比壁灯还亮,炯炯逼人。国粹在这双眼睛的逼视之下,全然乱了方寸,像是做错了什么事。慌乱中掏出香烟,自己先衔上一支,再递支烟给女子,点了火,两人同时吐出一大团烟雾。

深吸几口之后,国粹总算镇定下来,端详着面前的女人,不禁再一次为她少见的美丽所触动。钟姓女子化了淡妆,戴了珍珠耳环和项链,穿了一件黑色的露肩夜礼服,深灰色的貂皮围脖搭在肩上,宽大的百褶裙裾在膝盖处散开。夜礼服的黑,珍珠的闪耀,和她肤色的象牙白,交相辉映。她五官线条的精巧与和谐,衬着浓密的黑发,和杏仁般的大眼,好看得清丽脱俗。脸上的表情,在平和时有一种说不出的纯净和天真,宛如法国大画家安格尔的名画——《泉》,盯着看,真能使人融化。但在冷然傲视之际,又如古代希腊女战神狄安娜,使人不敢稍有轻薄之意。

女子开口问道:"范先生,你下午在餐厅里见了我母亲?"

国粹有点心虚:"是的,我们随便聊了几句。"

"聊些什么呢?"

国粹说:"聊天气,聊船上的饭食,还聊了些令堂在沪江读书的前事。"

钟姓女子眼睛眯了起来:"还有呢?"

国粹心里有点不快,这个女人虽然生得好看,但实在太咄咄逼人了。"我与你只是萍水相逢,你半夜里跑到我房间来三堂会审啊。"

女人抿起嘴唇,从鼻孔喷出一股青烟,眼睛并不看他,说:"我太晓得我姆妈了。她碰到个人就哭诉,说我想寻死。"

国粹发窘,只好说:"钟小姐,你不好想不开的呀。"

女子愤慨地说:"范先生,你真相信我姆妈的话?那么,她有没有告诉你我为什么要寻死?"

"何必呢?钟小姐,那么做是不值得的。"

"没什么值得不值得。人活百年,也终究有一死。"

"钟小姐……"

"我叫钟樱之。"

国粹耐下性子劝慰道:"好吧,钟小姐。令堂是担心你呀,她这么大年纪了,还漂洋过海陪你去欧洲寻医。做子女的,总要有点感恩之心吧。俗话说,可怜天下父母心,你真的不好想太多的。"

女子皱紧了眉头,一声不出,只是大口地吮吸着手中的香烟,小小的舱房里,但怎么去跟老娘说，多少让承曦犯了难。她晓得老娘的脾气：直说，是万万不行的，只好骗她说是健康检查。好说歹说，终于把老娘哄上了三轮车。一路上，老娘紧紧地抓住三轮车的车帮，神情显得特别无助。承曦看得心酸，几次想叫三轮车夫打回票，但想想今天不去，明日也要去的，只好硬下心来。

到了戒断所，沈文渊已经在那里了，登记之后，几个穿白大褂的把赵母带进去。赵母回头看着承曦，眼神像小孩般无助："妹妹，你不要跑开，等我一道回屋里去啊。"

过了一歇，沈文渊出来说："伯母入院手续办好了，你可以回去了。"

承曦忐忑："我以为只是来登记的，想不到即刻就……"

沈文渊劝慰她说："既来之，则安之，为啥还要多跑一趟呢？"

承曦一个晚上都睡不安稳，乱梦连连，几次醒转，老娘那句"等我一道回屋里去啊"一直在耳边回响。隔日还是心不定，便又赶去萧山，却被告知病人会见家属两个月只有一次。寻了沈文渊，也说戒毒所的规矩重，不好破例的，说："你去的话，没有半点好处，病人反而心不定，影响治疗。"

承曦想想也有道理，只希望老娘能够彻底戒断，也不枉费了吃的苦头。

总算到了可以探望的日子，承曦早早赶去戒断所。一见之下，吓了一跳，赵母的头发全白了，穿了一套灰色布衫裤，人瘦了不少，皮肤发灰。老娘神情呆滞，面孔上有条肌肉不停地抽搐，看上去很是怪诞。老娘像是不认识她了，唤了好几声，才朝她看了一眼，即刻把头转开去。承曦晓得老娘心里怪她，可是这是没有办法的办法。承曦耐下心来，陪了老娘说话。说了半天，像是对牢了一块石头说话，老娘除了偶尔翻个白眼，没有任何反应。

承曦害怕起来，茫然四顾，拉了一个穿白大褂的医生模样的人问道："我娘怎么不会说话了？"那人看了一眼，说："吃药了呗。"承曦追问道："不是来戒烟的吗？吃药做啥？"那人不耐烦地说："不吃药，怎么戒鸦片？"

承曦呆了半晌，时间却已经到了，有人来催。老娘在进去之际，回头毒毒地看了承曦，含糊不清地说了一句："妹妹你要记牢，我这条命，是送在你的手上的。"

说罢头也不回地进去了。

承曦回来大哭一场，心里愧疚极了。但她什么也做不了，无助之际又去寻沈文渊，想让老娘早点出来。沈安慰她道："这似乎不大妥，你也晓得，吸毒的人极难戒断，我们有些病人刚从戒断所出去，没过几个月又开始吃了，前功尽弃。与其如此，倒不如彻底治好了再出去，长痛不如短痛。"

承曦虽然明白，但心里还是极其郁闷。

承曦原来是个多么开朗豁达的青年女子，笑口常开，再多的烦恼，她也是头挨到枕头就能入睡。这一年来的种种变故，使她的性格丕变，笑容不再。经受了太多的压力，又没人可以诉说，举目四顾，一个靠得住的也没有。娘姨越来越老，昏庸笨拙，全然无法交谈。家中的长年，接了乡下老婆的口信，心思也开始活络，几次提出要辞工回诸暨乡下分田去。几面夹攻，她真不晓得下面的路要怎么走。

云裳给她留下过余先生的地址，她也

给承晚和国粹写过两封信，但是一直都没有接到回信。

七

马赛是个庞大但乱糟糟的滨海城市，二战结束之后，马赛港一直没有得到全面的修复。港口拥挤不堪，停泊着许多二次大战后退役的军舰，大部分疏于保养，炮筒耷拉着，船身锈迹斑斑。一些渔民的捕鱼小舢板，像彩色的蛋壳一样漂浮在蓝色的海面上。

进了城，一眼看去市容破败，许多马路挖开了修理下水道，整个城区里飘荡着一股污水的臭气。老港口附近的酒吧里，聚集着大量的退伍军人和伤兵，以及从北非阿尔及利亚来的季节工人，男人们喝醉酒打架生事。妓女们却很活跃，各种肤色的女子在大街上对人飞媚眼，在光天化日之下公然拉客。

他们在马赛住了一个礼拜，休生养息。虽然上了岸，晕船的感觉却依旧挥之不去，似乎还感到脚下的土地在起伏颠簸。不过，阳光、热水浴，以及马赛鱼汤让他们多少恢复些元气。看来最难熬的旅程已经熬了过来，到了巴黎，一切都可以走上正轨了。

休憩了几日，一俟脚下有点力气，四人便结伴出行。初到异国，万物新鲜，兴致勃勃地大街小巷一一走遍。云鹏有一架德国蔡司照相机，拍下他们四人在圣母加德大教堂平台上的合影。这个十七世纪建造的教堂有出名的圣母金身塑像，宏伟庄严。从教堂高高台阶的护栏上望出去，在一片绿树和延绵的红色瓦顶之上，可以看到蔚蓝色的地中海海湾。海面风平浪静，色彩明媚，极为温柔。四人相视而笑：大海远看是个淑女，走近了却是个泼妇，坐船苦头吃足，这辈子能不坐就不要再坐。说了这番话之后，又觉不妥，有朝一日还是要坐船回去的呀。

一天傍晚，他们从老港口附近一家饭店吃完晚饭出来，这家餐馆以牡蛎和海鲜出名，顾客盈门。他们坐在饭店的花园里，点了牡蛎和鹅肝作为前菜，主菜是红酒鸭胸，煮得非常入味，又喝了两瓶侍者推荐的葡萄酒。马赛的地中海气候温暖舒适，长途旅行的疲惫已经消退。花园里夜色宜人，饭后又享用了香草冰淇淋。吃饱喝足，众人心情都不错，走出饭店时，都有些飘飘然。

在码头对面的广场上，夜间也热闹非常，游人不绝。有个怀抱婴儿的妇人趋近，向他们乞讨。妇人穿着长袍，包着头巾，深陷的眼眶和高耸的颧骨，面有菜色。手上抱的婴儿看起来像是刚出生，很小的一团，不哭不闹，在襁褓中露出一缕棕色头发。

妇人絮絮叨叨说了一大堆话，他们一句也听不懂，但女人的意思是非常明了的：贫穷，挨饿，疾病，需要帮助。云裳动了恻隐之心，摸出皮夹，取了一张五法郎的钞票递给妇人。

妇人咕哝着，好像是嫌少，追着继续讨要。说时迟那时快，突然从暗巷里涌出十几个半大不小的少年男女，一窝蜂地围着他们四人，七嘴八舌伸手要钱，并在暗中撕扯着他们的衣服，把手伸进衣袋里。国粹最先察觉到危险，大声叫其他三人赶快离开。可是在重重包围之下，哪能轻易走得脱？云裳一个不留神，手上的皮夹子，在推搡中被一只手飞快地夺去，转眼便不见影踪。众窃儿见已得手，一哄而散，转眼在暗巷里跑得不见踪影。

众人惊魂甫定，检点一下，那架蔡司照相机，云鹏挂在头颈上，被扯了几下，倒没被扯去。承晚挂在胸前的一只怀表不见了，国粹倒并无损失。最倒霉的是云裳，皮夹子里大概有八九百法郎。众人互相安慰："还好人没事，身外之物就随它去吧。"走出几步，云裳突然想起，他的护照，和去巴黎的火车票，也都在皮夹子里，这下头疼的事情来了。

去饭店求助，人家摊摊手，叫他们去警署报案。警署在城西头，好一阵才找到。警署大门紧闭，门上开了个一尺见方的门洞，按了好久的门铃，一个鞋拔脸的警察冒出头来。国粹结结巴巴地说了半天，还是没把事情说明白。警察一脸不耐烦地咕哝了几句，把门洞一关，干脆不理睬。四人只好悻悻地回旅馆。

第二天去领事馆讨救兵，值班职员告诉他们：那是个专门偷盗游客的吉卜赛人集团，男女老少都有，大城市里常见。你一旦露了财，很少有逃得过的。报案没什么用，抓不胜抓，警察也没办法。所以你们年轻人出门在外，万事自己小心。

云裳自认倒霉，只好填写文件，补办了一份临时证明。在回来路上，承晚显得闷闷不乐，那只怀表是他祖父留给他唯一的信物。法国这么乱，倒还不如回中国去。

云鹏劝慰道："算了，事情也已经这样了，下次小心些罢。"

承晚恨道："都说法国是个文明的社会，想不到也有恶人和贼胚。"

云鹏说："小偷小摸而已，不算是大恶。"

承晚说："偷盗抢夺还不恶？那什么是恶人？"

云鹏说："打个比方，一头野猫，到人家厨房里去偷条鱼，很难说这必定是恶，只能说是求生存而为之。吉卜赛人不会做工，也没田可耕，到处漂泊，在街上玩把戏，求个温饱，其实也蛮可怜的。"

国粹摇头道："云鹏这话说得荒谬，哪有帮了贼骨头说话的？"

云裳苦笑着："早前家里来过一个算命先生，说云鹏是什么罗汉下凡，普渡众生来的。所以在他眼里，是很少有恶人的。"

云鹏涨红了脸，驳他哥哥："这世上真的大奸大恶能有几人？还都不是像你我一样，有这样那样毛病的俗世凡人罢了。"

三人一起摇头："我们既不偷也不抢，没啥毛病。有毛病的倒是你，滥好人也是病，看来你病得不轻。"

经过这番折腾，对马赛的印象就不好了，众人决定早点动身去巴黎。行李让旅馆负责托运，只带了几件随身衣物。中午在圣查尔斯火车站上车，睡上一晚，第二天早上到巴黎。订的是卧铺的包厢，上下两层四张铺位。可以到餐车去用餐，也可以让仆役把酒水小食送到包厢里来。看看沿途风光，喝喝酒说说话，时间也蛮好打发。

国粹在包厢外的过道里抽烟。风从半升的车窗里吹进来一丝寒意，不过令人心旷神怡。沿途景色，像拉洋片似的一幅幅闪过，连绵起伏的坡地，笼罩在暖灰色的云层之下。春季的田野，在一片深褐色中开始透出微微的绿意，牛群在溪边喝水，远方的村庄在酣睡，小教堂的钟楼指向天空。如印象派画家毕沙罗的风景画，安宁而静穆，生生不息。

在车轮有节奏的震动中，国粹有点恍惚，两个多月前，他还身在大雪封城的苏州，为了出国逼着老娘出售水田，在灯红酒绿的百乐门寻欢作乐，在国际饭店与承曦谈情说爱。法国对他说来是个模糊的概念，他对法国的了解，只是通过几本小说书，几幅名画的画册而来。

现在，具体而微的法国呈现在眼前，看到的是法国的风景，乘坐着法国的火车，三餐吃的都是法国的酒和食物，一个嗝打上来，嘴里全是奶酪的味道。耳边听到的是婉转快速的法语，男人说话大着舌头，女人说话像鸟雀鸣啾。虽然他在出国前，临时抱佛脚学了几个月的法语，但是身临其境，竟然一句也听不懂，只辨出几个词语，似是而非地在耳边飘过。

相邻包厢的窗前，一个中年女子用火柴点烟，几次都被风吹灭。国粹走过去用打火机帮她点了烟，两人攀谈起来。女人叫阿黛尔，是个自由摄影记者，刚从法属印度支那回国。国粹的法语说得结结巴巴，说几句就满头大汗，只好停下来道歉。阿黛尔笑道："在巴黎，至少有一半艺术家是外国人，毕加索是西班牙人，夏格尔是俄国人，还有从墨西哥来的，阿尔及利亚来的。在巴黎，每个人都自说自话，没人管你法语说得怎么样，大家真正在意的是——你画得好不好。"

抽完烟，国粹回到自己车厢。云裳好奇道："国粹兄真有你的，听到你在走道上跟外国女人叽叽咕咕说了好多，叫我是一句也开不了口的。"

国粹说："人家只是借个火而已。"

云鹏取笑道："昨夜去警局报案，国粹兄满头大汗，语法也七颠八倒，警察听得一头雾水。今朝碰上了法国小姐，舌头也不打结了，侃侃而谈。"

国粹自己也有些得意："不开口就永远不会，你们也去找人说话呀，嘴上又没贴了橡皮胶。"

正七嘴八舌地调笑，包厢门被敲响，进来的正是阿黛尔，先跟众人打招呼，然后递给国粹一张纸条："这是我在巴黎的地址，你们如果需要什么帮助，可以写信给我，不要客气。"

众人称谢，等阿黛尔出了门，承晚说："这个女人倒是蛮和善，但说话的声音比男人还粗哑。我原先认为法国女人说起话来总是鸟语花香的。"

云裳说："老烟枪呀，你没见她的手指头都熏得发黄了吗？"

云鹏笑道："法国女人自由惯了，想做啥就做啥。"

承晚道："听说过法国女作家乔治·桑抽烟喝酒，开车骑马，像男人一样。今日始见，果然不谬。"

三人叽叽喳喳说个不停，国粹在旁边板下脸，说："哎，做文明绅士的第一要点：不要在背后议论女人家，你们几个都要学学。"

早上七点半，火车到达巴黎东南面里昂车站。站台喇叭响起，国粹从梦中惊醒过来。在断断续续的梦中，他和承曦在一个楼梯转角处接吻，吻得心不在焉，因为他马上就要动身去法国。但女人不肯放他走，像蛇似的缠在他身上，无力挣脱。远远传来轮船的汽笛声，他没办法再耽搁下去了，匆匆赶到码头，却无论如何找不到船票了，眼看轮船渐渐地驶离码头。

心里一急，就醒了过来，看到火车开始进站，众人都在整理行装，于是爬起身来，准备下车。

四人鱼贯走出车站，站在台阶上望出

在历史长河中每一瞬间，都在艺术汪洋中波光闪耀。这么庞大的思想和艺术宫殿，看一次绝对不够，看十次也不够。这里是艺术家的灵魂休憩之地，也是他整装出发的始发之地。

在法国浪漫主义大师杰利柯·西奥多的名作《梅杜萨之筏》前，国粹站了总有半个时辰不曾移动脚步。这张巨画是他衷心拜服并叹为观止的。地平线于正中剖开，一半是波涛翻滚的怒海，一半是乌云密布的天穹。一叶用船板桅杆和缆绳扎起的木筏漂流其间，木筏上的幸存者，在战舰失事十几日之后几成饿殍。有些比较赢弱的人已经死去，尸体被活着的人分食。几乎绝望之际，天际出现一缕帆影，众人叠起罗汉，不断地挥舞着红色的织物，以期得到救援。画面张力巨大，悲情满溢。世界的凶险，人的渺小，生之欲望的强烈，在一幅五米乘七米的大帆布上淋漓尽致地表现出来。

绘画的功能不止是愉悦眼睛，大师们透过精美的画面揭示人世的真相，尼采说过：一束鲜花，一樽美酒，一曲动人心弦的咏叹调，给我们带来愉悦，但没有这些，我们也能将就过下去；可是在面对人生的大灾难时，鲜花美酒都不会有任何作用，唯一能使人振作起来的是——悲剧，看别人是怎样地跟命运抗争，就算是失败了，也是勇气可嘉。

国粹来卢浮宫已经好几次了，除了第一次从头看到底，其余几次都是专心观摩他心中的杰作。在《梅杜莎之筏》旁边，挂着德拉克罗瓦的《希奥岛的屠杀》，和《自由引导人民》。他喜欢画风感情洋溢、充满悲剧性的作品。在同一间展厅里，也悬挂着安格尔著名的作品《土耳其浴室》《大宫女》，他只是瞥了一眼就走开去了。

就在他转身离开之时，大厅中央，一个坐轮椅的女子身影掠过。

一瞥之下，他想都没想就叫出来："钟小姐。"

声音之大，引得别的观众都回过头来。轮椅女子停住，然后慢慢地转过头来，看到是他，椅中人仰起脸来，那张白莲花似的面容，就像波提切利的名画《维纳斯的诞生》，映照得大厅里上百幅世界名画都显得黯然无光。这一刻的画面定格，日后常常在他的遐想中浮起，无端地，诡异地，偌大的展厅天花板高耸，空无一人，坐轮椅的黑衣女子一手托腮，若有所思。而几百幅画中人的眼睛都像探照灯一样投射过来，熠熠生辉。

他闭上眼睛，让幻觉逝去，然后走到轮椅旁边，伸手致意："这真是何等的巧遇，钟小姐，你好吗？"

年轻女子仰头微笑，伸手与他相握，神情甚是愉悦，跟以前的冷若冰霜大为不同。国粹问道："令堂呢，怎么不见？"

"还在伦敦。"钟樱之见他诧异的神色，微笑着说，"我在伦敦买了个新轮椅，出行可以自由一些。"

国粹弯腰细看那辆新轮椅，底部装有个小马达，而在右边镀铬的扶手上有个开关，一揿按钮，轮椅就往前，关上就停住，甚是方便。

国粹抬头说："西洋人真是会发明好东西，你现在哪儿都能去了。"

钟樱之说："可惜还是不能上台阶，刚才在卢浮宫入口处，两个绅士把我连人带轮椅拎上来的。"

从卢浮宫出来，坐进几步之遥 La

真的不像苏州人。"

笑过一阵，国粹问赵承晚："承曦有信来否？"

承晚面露忧色，摇头道："我一到了巴黎，就寄出两封信，都没回音。"

云裳说："现在江南一带在打仗，邮路不通也是料想中的。我的家信，都是从香港转的。要么，我托香港的亲戚代你转？"

承晚说："这样再好不过，只是要麻烦你的亲戚了。"

"区区小事，朋友间不要客气。"

国粹也忧虑家里："不晓得仗打得怎样了？"

云裳摇头："我最后接到的一封信是四月初，说上海、杭州都被包围得像铁桶一样。我家的老头子，跑前跑后忙煞了，把在上海的商号搬到香港去了。"

闻及此言，大家一片唉声叹气。

云裳伸个懒腰，说："这是没办法的事，远开了十万八千里，我们在这儿急死也没用，不谈这个了。哎，你们两个，明天过来吃夜饭吧。我家那个帮着做菜的法国人，说是高级厨师，其实呢，也不过如此，拿手菜也就三四样，吃来吃去一个红酒鸭胸，一道干煎板鱼，再加一堆青菜叶子。唯一弄得好些的，是个脆烤鹌鹑，倒是烤得脆而不柴，腴而不腻，酱汁也很妙。还有他推荐的葡萄酒不错，跟中国的黄酒不同，竟然有些花果味。你们晚上过来吧。"

国粹跟承晚住在一起，虽然有个小厨房，但两个人都不善烹饪，平时膳食上荒疏得很。早上睡到近午，到楼下咖啡店叫杯咖啡，合着两枚羊角面包，早中餐一并解决了。下午出去活动，逛画廊，到四五点钟饿了，找个咖啡馆或小餐厅，随便叫些食物填饱肚子。两人都是夜猫子，到半夜肚子又饿了，再出门去找吃的。

国粹笑道："云裳请客吃饭，好啊，来得正好。这些天嘴里真的淡出个鸟来了，你叫厨子多弄些吃的。烤鹌鹑来个双份，我也吃得下的。"

赵承晚说："说起来，法国烹饪也算有名，但跟中国人煮的菜不能比。我在餐馆里吃的东西，中国任何一个乡下厨娘都比他们做得入味。噢，云裳，能不能叫你那个法国厨子炒盘青菜？"

云裳笑骂道："承晚你老兄真是异想天开，法国到哪儿去买青菜？而且，法国人烧的素菜可真不敢恭维，全是白水煮，煮成稀烂一团再放点奶油。我是不吃的。"

大家感叹：还是中国好，虽有弊病，但要论吃食，这世界上大概没有一处比得上中国的。

八

第二天，承晚说有些累，还有几封信要写，国粹一个人去看卢浮宫。临走前，承晚提醒他早点回来，不要忘记云裳请客吃夜饭。

卢浮宫，是全世界艺术家心中的圣殿，如果说天堂的模样，大概卢浮宫可以做一个参数。人类因为卢浮宫才显得不是那么俗不可耐，法国的历史有了卢浮宫才得到升华，巴黎有了卢浮宫而在世界各大城市中别具一格。卢浮宫富丽堂皇，精美绝伦，并且包容万象。年长的艺术家展示他们的毕生精粹；早夭的年轻艺术家也占有一席永生之地。最聪明的头脑，最锐利的眼睛，最灵巧的手，都在此地留下了不朽的印迹。生而为人之美好，生而为人之苦难，人类承晚也似乎赞同，但云裳铁口咬定："你们要住，随便。我是绝不会将就的，死人就挨在近旁，那么晚上还睡得着吗？"

承晚奇怪道："平时看你傅云裳还蛮洒脱的嘛，竟也是个怕鬼的。"

"这倒不是怕，为了省几个铜钿，住在坟墩头边上，晦气不说，招来血光之灾也说不定的，实在是不值得的。"

众人看云裳犟头倔脑的样子，是当真了，大家都不响了。

余先生有点不耐烦了："要么，你们各租各的，反正两处也离得不远，走路也就半个多时辰。"

原先讲好，出来大家互相照应，分开住的话，就照顾不到了。

云裳说："你们嫌贵的话，我和云鹏出三分之二的房租，你们两人出三分之一，正好是这儿的房价。这样总可以了吧？"

国粹本在动摇，云裳这一说，却是伤了他的自尊，当即回绝："不必了，我喜欢这个地方，你们两个住过去好了。"

这是他们交往三年多来，第一次心生暗隙。

初到巴黎，样样都新鲜。住处安定好了，他们急不可待地跑去参观大大小小的美术馆、卢浮宫、大皇宫、卢森堡美术馆、拉丁区以及遍布塞纳河两岸大大小小的画廊。从早到晚连轴转，一天三四处看下来，既看得满心欢喜，也看得头昏脑胀。法国的美术馆和画廊里收藏了从古希腊、古埃及到眼下当红的野兽派、立体主义、抽象派，从世纪前洞窟遗迹到非洲土著艺术，再到现代工艺美术设计，琳琅满目，叹为观止。他们近距离地看到历代大师们宏大的格局，辉煌的画面，精湛的技法，以及源远流长的艺术传承。

国粹叹道："过瘾，过瘾。在家里翻阅几本画册，跟实地观看艺术品真迹比起来，就像隔靴搔痒。"

云裳也说："看到这么多名作，就是晕船，也值得了。"

其实看画展是个体力活，一天七八个钟头跑下来，四人都累得够呛，但坐在咖啡馆里，还意犹未尽，神情亢奋地争论不休。云裳喜欢安格尔严峻和精细的古典主义，而国粹则推崇德拉克罗瓦奔放洒脱的浪漫主义，两人一语不合，照例争论起来，互相说些挖苦话，弄得面红耳赤，嗓门也高了起来，引起别的咖啡客侧目。承晚打圆场道："都说中国人喜欢别苗头，你们看，就我们区区四个人，就有一个保守派，一个激进派，为了一个天晓得的什么'主义'，两不相让，厮杀得你死我活。"

国粹道："真理就是争论出来的。我们说几句算什么，以前还有个国家，一派说吃鸡蛋应该打破大头，一派说应该打破小头，为此还打起仗来了。"

云鹏笑着说："承晚你弄错了，他俩都是属蟋蟀的，见面如果不吵场相骂，夜饭都吃不香的。"

云裳自嘲："我这人生来笨嘴笨舌的，哪有资格跟国粹兄斗嘴，无非是他的一只拳击沙包，他哪天气不顺了，吃饭咬到舌头了，跟女朋友不开心了，或者，坐在马桶上拉不出屎了，就跑来寻我岔子，对牢了我一阵猛击。"

国粹笑道："别把自己说得这么可怜巴巴的，你们真当他是只糯米团子？"

云裳苦着脸说："不但是糯米团子，而且是正宗苏州五芳斋出品。"

大家笑成一团，承晚道："国粹兄，你

去，巴黎笼罩在蓝色的晨雾之中，第一缕清晨的阳光透过树丛斜射过来。城市正在苏醒，上班的人群脚步匆匆，糕饼店里飘出好闻的烤面包香味，街对面的小教堂正在敲钟，几个少男少女骑了脚踏车在马路上摇曳而过，一个戴便帽的法国老头坐在咖啡店门口看报纸，一群鸽子扬翅飞起。

就在这一刹那，国粹陡地起了个幻觉：这地方是他来过的，那么熟悉，说不出来的，恍如隔世。随即又自己摇头，怎么可能？这是他第一次踏上异国的土地。幻觉，也许是他刚睡醒的缘故。但是在他们乘了出租车进入市区，路过歌剧院那一带，这种似曾相识的感觉又浮了起来，歌剧院门前的立柱和雕塑，窄窄的街道和店铺，路中间的喷泉小花园，灯光还没熄掉的青铜路灯架，连街角一个遛狗的人都像是见过的，这使他更为恍惚。

接待他们的是余熙民先生，云裳兄弟的姑表亲戚，来法国好多年了，在巴黎索邦大学读书。云裳当初就是请他联系入学的，同时也委托他代为寻找住处。他带着他们看了两处公寓，其一是第八区靠近爱丽舍宫的一处高级公寓，原来是个加拿大外交官的寓所。公寓近市中心、美术馆，以及塞纳河，出行很方便。楼层位于三楼，明亮宽敞，厅房俱全，但房租贵至一千二百法郎。余先生说这个价钱包括家具，还有个厨子每礼拜三天来给他们准备晚餐。

房子是很舒适，也很有派头，但房价大大地超出他们的预算。国粹和承晚都承应不下，说再看看别处吧。于是余先生又带他们去看了一处位于巴黎北端，靠近圣心大教堂的房子，带简单的家具，要价四百法郎，便宜得多。地方倒也够住，只是房子有些年头了，据说是拿破仑时代建造的，门前大理石台阶都被进出的脚步磨得凹下去了。屋子位于六楼，一排大窗朝北，云裳就不喜欢，说房子太破旧了，而且，朝北会很冷。国粹却看中这套房子有个高敞的大厅，拿来做画室是再好不过了，还有两间厢房。而且公寓位于大楼的最高层，没人来打扰。

云裳背着手，站在窗边眺望外面，招呼余先生："表哥侬来看，那些树丛后面的空地是什么地方？"

余先生过来看了看："好像是一处公墓吧。"

云裳即刻说："那不行，这个房子绝对不能住的。"

余先生说："法国人并不忌惮这些，公墓都是与住宅区比邻而居，修整得好好的，墓园里都是绿树鲜花，还有好多名人的墓地，祭拜瞻仰的人络绎不绝。"

云裳摇头："再好，也是埋死人的地方，我是不会住这儿的。"

国粹笑说："我倒无所谓，就是有鬼，说不定也是个国色天香的女鬼，欢迎还来不及了。"

大家笑："你真以为你是董生啊？万一女鬼缠上你，要跟了回家去，看你娘怎么说。"

国粹笑道："鬼是买不起船票的，也经不起晕船之苦，半途就要打退堂鼓的。"

说笑了一阵，余先生要他们赶快拿个主意，巴黎一向房子紧张，这两处房子随时都可能租出去，而东南西北满城跑来跑去找房子是很辛苦的一件事。

国粹说："反正只有一年多光景，至多再加半年，我看这里就蛮可以了。等学堂开了学，只是晚上回来歇息而已。"

Maison Angelina 咖啡馆的角落里，看着侍者把矿泉水和咖啡放在面前的大理石小桌子上。然后，国粹点上香烟，礼貌地问道："钟太太身体可好？怎么没和你一块出行？"

樱之刚才还和颜悦色地微笑着，听了这话脸色就阴了下来，一言不发，只是闷着头抽烟。

国粹上次就发觉她们母女之间有些不和谐，但想不到他只是随便地问候一句，钟樱之会有如此反应。他想缓和点气氛："我是说：你一个人在巴黎，老太太肯定很挂念你的。"

樱之很烦躁地说："我好不容易出来一趟，就是要透透气，又不是三岁的小囡，时时刻刻要挂在别人身上。"

国粹不响，心想：这女子白白生了一副好看面孔，但脾气实在是太坏；还好跟她只是萍水相逢，如果相处得辰光长了，不吵翻天才见鬼了。

大概自己也觉失态，樱之自嘲说："二十四岁的人了，还一直被人当小孩子，非要人看着护着不可。"

国粹微微一笑，说："女小囡被父母呵护，也是天经地义的呀。"

"我，就是被呵护得过了头，今天才不得不坐在轮椅上。"

这句话是很平静地说出来的，国粹倒是听得目瞪口呆。

钟樱之一脸豁出去的神情："你想不想听听，我是怎样从一个学芭蕾的女小囡，变成今天困在轮椅上的老烟枪吗？"

国粹猝不及防，先是点头，又摇头道："钟小姐，你想说呢就说出来，你不想说也没关系。"

樱之狠狠地抽了口烟："我要说的，否则，你还以为我天生是个怪物；或者是被爷娘宠坏掉，不晓得天高地厚的神经病……"

钟家是抗战胜利后从上海搬去香港的，缘于钟母继承了香港姊姊的一小笔遗产和半山的一幢房子。樱之原来是不肯去的，她师从一个白俄教师学芭蕾舞，已经六七年了。父母当然不肯留她一个人在上海，钟母尤其坚持："芭蕾舞？陶冶性情可以，但是不能当饭吃的。那个罗宋女人，虽说曾经是圣彼得堡大剧院的头牌，有啥个用？现在不还是窝在人家的后厢房里，酗酒抽烟，有一顿没一顿？"又责怪钟父袒护女儿："都是你，要啥给啥，宠得不像样子。"家里一旦吵开了头，就此争纷不断，无有宁日。

她来到香港，从第一天起，就不喜欢这个潮湿闷热的南方城市。气候糟糕，市容破败，日本飞机轰炸后的断墙残垣还没全部修复。香港人，说一口粗声大气，佶屈聱牙的广东话，她一句也听不懂。民风更是唯物质至上，揾钱最要紧，笑贫不笑娼。一些上海来的熟人，浸染其中，也变得非常不堪，男人都偷偷地在外面养小，女人则整天搓麻将，讲别人家长里短的八卦。她交不到朋友，常常一个人去爬山，到了山顶，眺望着蔚蓝色的大海，才能稍微化开些郁闷。但是香港经常刮台风，只好在家蒙了头睡觉。

樱之并没有丢失她的舞台憧憬，继续在香港寻找能够跳舞的机会，但家里的纷争没有平息过。钟父跟人合伙做了几笔小生意，不但没有赚到钱，反而被合伙人吞掉一大部分本金。失意之余，钟父沉湎于赌博，借此来抒发郁闷。香港大小的赌博场所遍地皆是，六合彩，赌马赌狗，或是街边档口牌九摊，麻将桌上，赌徒二十分钟可以输掉家里一月的菜金，有人坐了摆渡船去澳门，输掉全部家当都是分分钟的事。钟父家庭不睦，人生失意，更是一头栽了进去，小赢大输，欠了人家不少债，只得频频向家里拿钱。

钟母拿了遗产，手里是有些钱的。只是跟在上海当少奶奶时比起来，钟母变得畏缩了，胆小了，手紧了。原来在上海，也是个爱花爱用的，见过大世面的，到了香港，一下子变得锱铢必较起来。可想而知，家里三日一小吵，十日一大吵，都是为了几张钞票。

樱之找了个业余舞团，有中国人，也有印度人、英国人。跳第三主角，只想是暂时过渡，不至于荒废了以前的基础。早出晚归，每日报到。

在年关前，樱之天天泡在剧团里排演《胡桃夹子》，准备在弥敦道的国际会堂演出。还有个原因，是不想见到家中鸡飞狗跳的场面：父母一旦开仗，都来拉她到自己的一方，叫她来评判谁是谁非，各有一大堆理由。钟父抱怨："上海耽得好好的，就为了区区一点遗产，辞了职，来香港，既没了朋友，也没了根基。就算再想从头开始，香港这地方欺生，只要不是当地人，上上下下都来挤兑你。这一切，都是你妈为了那一小笔吃不饱、饿不死的遗产……"

钟母更是怨恨："你爸口口声声上海好，好个屁！他当初在上海，又何曾好好地做过事体？他这人的白相心太重，一年换三个职位。我如果做老板，也是不要雇他的，上班应个卯，人浮于事。下班不是跳舞打牌，就是跟狐朋狗友聚餐，拿回家的薪水越来越少。家里的日常开销，都是用我的私房铜钿贴补，才没弄出大窟窿。

到了香港，说是要好好做生意了，讲得花好稻好，我还信以为真，一笔铜钿交在他手里，你看看是个啥结果？现在越来越过分了，竟然连赌铜钿的恶习也染上了。"

樱之最怕这个场面，父母一开仗，她一个头变得两个大。能不回去就不回去，只求个耳根清净。但是，树欲静而风不止，家里的纷争愈演愈烈，钟父搬了出去，已经弄到了要离婚分家产的地步。钟母更是请了大律师，说是宁愿钞票打官司用掉，也不会分给这个败家的男人。

在一个周末，樱之排舞忙累了一天，回到家已是十点多钟了，冲个凉，用过简单的晚饭，就上床睡下。刚刚朦胧入睡，忽听到前面又吵了起来，摔锅踢凳，于平时更为暴烈。实在忍不住，披了件睡袍出去查看。

一瞥之下，樱之遽然大吃一惊。厨房里杯盘满地，狼藉不堪，一向注重仪容的钟父，领带歪了，西装的一只口袋被撕裂开来。而钟母披头散发，追着撕打她丈夫，嘴里叫着："你去死好了！死了大家清净。"钟父脸色铁青，把案头的一枚景德镇的腊梅瓶一把扫到地下，砸了个粉碎，然后转身往外而去。钟母忿然，还要追上去争斗纠缠。说时迟那时快，钟父不知从哪儿掏出一把手枪，对准了钟母……

樱之说，她完全没意识地，突然就插在他们两人中间，同时去抢夺父亲手中的枪，也没有顾到危险。她的潜意识中，两人争吵到这个地步，父亲一定会杀了母亲，只要他手指一动。而父亲是爱她的，只有她出面阻挡，父亲才会放下手中的枪……

樱之噎住了。国粹一言不发，把女人颤抖的手握在掌心，摩挲着，拍抚着。

樱之喝了口水，哑声说道："然后，枪

50

就响了。我不知道是如何触发了扳机,是谁?有的时候,我恍然觉得是我,也许在争夺手枪时,用力过猛,误触了扳机;或者,父亲在和我拉扯之间走了火。反正,我不相信他会对我开枪。不过,现在说这些也没有意义了,子弹从肋骨下方射进去,穿过腹腔,伤到了脊椎神经。"

"我没觉得痛,我只是惊骇,一向视我为掌上明珠的父亲,竟然把一颗要命的子弹送进我的身体。"

国粹无意识地把樱之的手越握越紧,而樱之挣扎地把手抽出来:"你把我捏痛了。"

国粹低声道:"别说了,我听着难过。"

两人沉默着,桌上烟灰缸里的烟蒂满了出来。咖啡馆外的街道上,亚历山大三世桥上华灯初上,下班的人群像水流一样从身边流过。旁边餐馆厨房里飘来烹煮食物的气味。两人对视了一眼,樱之的情绪慢慢平复下来,低头看了看腕表,说:"哦,我们已经坐了三个多小时了,该走了,而且,我也饿了。"

国粹突然想起云裳的邀约,遂问樱之:"晚上你有安排吗?如果没有,我请你到一个地方吃晚餐去。"

钟樱之的出现,使云裳寓所顿时气氛活跃起来。众人都显得非常开心,云裳说:"这是什么样的缘分,能让樱之小姐光临寒舍。"云鹏就说:"百年修得同船渡,我们一起坐了两个月的船嘛。"国粹笑道:"哪来这么多废话。要说缘分,我是看中了你的烤鹌鹑而来。你最好去跟厨子说一声,功夫道地些,不要坍了你这个当主人的台。"

于是云裳跑进厨房去,关照厨子加人加菜。大部分的法国厨子,是把自己当作艺术家的,不肯随便改动安排好的菜单,而且脾气也是有点的。听说临时多了个客人,便很生气地说这不合礼仪,叽叽咕咕地抱怨,好像要挥袖而去的样子。后来走出厨房见到樱之,怔了一刻,态度大变,连说没问题,再等半个钟头就可以开饭。

众人放下心来,聚在客厅里喝饭前酒,说说闲话,看云裳淘来的古董家具和瓷器。没多久,白衣白帽的厨子把晚餐开了出来。餐室里一张长桌上铺了细亚麻的桌布,中间的水晶缸里放了一丛白色菖兰。每人面前叠了三个盘子,云裳介绍说第一个盘子是吃前菜和面包的,第二个是吃色拉的,第三个盘子才是吃正餐的。

承晚笑道:"外国人吃饭,就是繁文缛节太多,盘子不能搞错,刀叉不能碰响,人要坐直,像块排门板,一顿饭吃下来腰也断了,吃点啥倒不记得了。"

云裳轻声说:"那个厨子规矩大得很,不这样,他就不肯弄,说是会坍了他的台……"

正说着,厨子捧了一个大托盘出来了,是一大盘煎成金黄色的蛋饼,厨子用大勺给每人分到盘子里。一尝之下,蛋饼里混合了蘑菇和干酪,有一种特殊的香味。云裳说这是黑松露,很是金贵,全法国只有南部有些省份出产,价钱也是贵得要死。国粹吃了几口,觉得这松露的味道有些奇怪,放下叉子不肯再吃了。配的白酒倒是很爽口,清凉甘冽。吃完色拉,厨子端上来烤鹌鹑,大盘子装饰得花里胡哨,一人只分到一只,烤得确实不错,皮脆肉嫩,配的酱汁是加了白兰地的。国粹和承晚都叫好,意犹未尽。甜点有不同的选择,松子仁酥饼配蓝莓冰淇淋,或者是新鲜无花果加鲜奶油蛋糕。

饭毕，厨子换上了笔挺的西装，戴了蝴蝶领结，帽子拿在手上，风度翩翩地像个大学教授，出来跟众人告辞。云裳递了个放有小费的信封给他，厨子接过，又特意走到樱之面前，先鞠了个躬，眉飞色舞地说了一大篇赞美的话，再捧起女人的手，放到唇边轻吻一下。

饭后，云裳又请大家到书房喝白兰地，看他新买来的一座拿破仑时期的自鸣钟，钟座做成巴黎歌剧院的雏形，鎏金嵌银，花哨莫名。云裳在书桌抽屉取出一把钥匙，转了一圈，钟座底部便开了一扇小门，一个小小的绅士出来，钟声同时响起，听得出是巴赫的赋格曲。

大家啧啧称奇，云裳说在拉丁区逛画廊时，在一家画廊兼古董店里看到这座钟，搁在角落里，蒙满灰尘。一问价钱，便宜得不敢相信。叫了出租车拉了回来，一上油，竟然如新的一样。

从晚餐开始，国粹不时留意着樱之，发觉她的情绪还可以，与众人的谈话也和谐，只是吃得很少，最后上来的鹌鹑差不多没动。有意思的是，当法国厨子捧了她的手亲吻之际，樱之微微地笑着，低了头，表情显得娇羞莫名，本就是一张极好看的脸庞，再加上一股女人最本源、最纯粹的璀璨神情，就像拉斐尔笔下的尘世女子，被一束圣光突然照亮。

只是极短的一刹那。

钟樱之住得离这儿不远，位于皇宫大桥畔的高卢人旅馆。大家兴致正高，都说要送。樱之婉拒，才几步路而已，不必麻烦了，让范国粹代劳就行了。众人哪肯，说正好走走消食。于是一伙人出了公寓，轮流推着轮椅，穿过协和广场，沿着塞纳河一路迤逦而行。时值牧月之初，近十点了，天还是很亮，气候也开始转为温暖，是巴黎最为怡人的季节。商店还在营业，路上行人不绝。转头向塞纳河的对岸看去，圣母院是一抹淡淡的影子，最高法院的尖堡像两支巨大粗壮的铅笔，耸立在淡紫色夜空下。一艘大型平底游船，客舱中灯火辉煌，在河道中无声地滑行。

走到大桥旁边，众人停下歇脚。钟樱之说："这大桥的下面还有一层，我从未下去过，你们去过吗？"

云鹏俯身朝下张望一眼，说："底下黑咕隆咚的，没什么好看的，倒像是谈恋爱的好去处。"

国粹抢白他："巴黎这么多咖啡馆还不够，谁跑到桥底下去谈恋爱？"

云鹏笑着说："也许是鬼魂吧。"

"不许吓唬女生。"

樱之怂恿几个男生："我才不怕鬼魂呢。我们下去看看吧，难得让你们出把力。"

于是四个人夹手夹脚地搬起轮椅，磕磕绊绊地走下台阶，把樱之放在河堤上。众人环顾四周，二十来级台阶之隔，这儿与上面繁华闹市是两个截然不同的世界，空旷安静，几个夜间游荡者，孤单单地坐在长椅上抽烟。河水就在咫尺之遥，宽阔而缓慢，水汽开始弥漫，气温也跟上面差了好几度。国粹只穿了件薄衫，不觉打了个寒噤。不远处有个坐在长椅上抽烟的男人，戴着遮着脸孔的礼帽，大衣领子竖起，微暗中烟头一明一灭。再远些的桥洞暗影中，突然响起了一把小提琴的呜咽之声，是卡米尔·圣桑的《引子与回旋随想曲》，琴声如泣如诉，随波流淌。

国粹突然有一种荒谬之感浮上来，如

一个错乱的梦境：那个坐着抽烟的孤独男人就是他自己，头顶的上方，香榭丽舍大道纷扰而喧嚣，人人兴高采烈，其实是一个虚假的幻象。而他处身的这个半暗微明的空间，阴冷萧瑟，却是真实的，是可以触摸得到的人世间。几步之遥，时间之河从脚边流淌而过，河水黑暗黏稠，长年累月冲刷、腐蚀着现实的堤岸。他被自己的幻觉奇想吓了一跳，急转身寻找云裳他们，遍寻不见，只见一张空的轮椅，孤零零地被遗弃在堤岸边。椅面上，一束雪白的百合花正在盛开。

他猛地摇了摇头，顺手在自己大腿上拧了一把。他刚才在云裳那儿酒有点多了。

把樱之送到旅馆后，四人闲逛地走回去。就在分手之际，云裳突然想起来："差点忘了告诉你们，昨天接到我亲戚从香港寄来的电报，五月二十七号上海解放了。嗯，就是三四天前的事。"

九

赵母在戒毒所里耽了四个月，终于被释放回家。人脱了样子，脸色白中带黄，五官也走了位，面皮松扑扑的，猛一看像是胖了，用手节头按一下，才晓得是浮肿。老娘的头发大半灰白了，又剪了个很粗糙的短发，承曦一见之下差点认不出来。据戒毒所里的人讲：鸦片烟总算戒掉了。谢天谢地，这是最要紧的，如今社会发生了很大的改变，过去的生活方式越来越难以立足了。

街道上派了工作组，提倡艰苦朴素，一夜之间街上穿西装长袍的人几乎绝迹，大家都穿中式短褂或中山装，蓝色或灰色。女人家也不敢出风头了，不可以再化妆，首饰亦统统摘下，皮大衣、旗袍都收进樟木箱里。原来隔两个礼拜要去烫次头发，由美发师修成披肩长发，或梳成横爱司的式样。现在一律都剪短发，额前一刀齐，再在耳朵后面一刀补齐，像只锅盖一样，方便打理，倒是省了不少事。

承曦十分钟爱自己的一头长发，留了十多年，不舍得就此一朝割去，于是就不大肯出门，窝在家里陪老娘。

家里不好再像以前那般雇人了，于是把长年给回了。娘姨太老，乡下也没什么人了，只好留着吃口苦饭。为了怕被人说闲话，多年精心喂养的鸟雀也放了生，明知这些鸟雀放出去就是个死，也只好忍痛了。没了清晨黄昏的婉转鸟鸣，这幢老宅显得格外空旷沉寂。西厢房里的茶具用布罩着，自从国粹来杭之后就没动用过，承曦现在喝茶就是在茶叶罐里抓一把，冲上开水，胡乱对付罢了。以前过日子的情趣和雅致都顾不上了，只想老娘能安定些，养好身体。承晚早点读完书从法国回来，那么她肩上的担子可以轻些。再强、再能干的女子，也有心神交瘁的辰光，只想在谁的肩头靠一靠。

有时她在夜深人静之际突然醒来，便再也睡不着了，脑子里太多的思绪翻来覆去。她想阿哥，也想国粹，想今后的日子，也想她和国粹的感情，短短两个月的投入和沉迷，像做梦一样，真希望他们早点回到她身边。但是，她的理智告诉她，这两个人恐怕比她还不能适应当下的气氛。

老娘自从戒毒所出来，看起来还可以，实际上人木讷了不少，常常整日地枯坐，一言不发。开口说话也是抱怨屋里有跳蚤臭虫，因为她身上发痒，从头痒到脚，痒得要死。为此,承曦跟王妈全屋大扫除,被褥枕巾晾了一天井。桌椅床板都用开水泡过,可是老娘还是说痒。承曦恍然悟出,其实老娘是皮肤过敏。寻了秘方,帮老娘洗澡擦药,才稍解苦厄。

赵母平时也不晓得饥饱,叫她吃饭就端碗,不叫她就饿着,整天神思恍惚,像丢了魂似的,并伴有习惯性的呕吐和腹泻。请了郎中视诊,也看不出个所以然来,只说是内热外虚,要调养。

承曦亲自上菜场买菜,亲身下厨,变着花样弄些对老娘胃口的汤水菜肴,还花了大价钱买来野山人参、燕窝、驴皮阿胶之类的补品,为老娘调理身体。这些麻烦承曦还能应付,更使她头疼的是老娘的精神状态:举止乖僻,眼神怪异,常常一个人自言自语,说些旁人不明不白的话语。承曦也只好耐了性子,轻声软语跟她搭话,以解她的心结。老娘有时显得平和,有时看她却带了一股怨气,冰冷的,像犯人毒恨狱卒那种眼神。承曦突然转身瞥见,鸡皮疙瘩都会起来。常常,她注视着母亲的侧影,内心翻腾,有时也会怨怒,更多是歉疚:总觉得父亲出走之后,没有照顾好母亲,才使她自暴自弃吃上鸦片。老娘那句"妹妹你要记牢,我这条命,是送在你的手上的",一直在她心上噬咬不已。但送她进戒断所也是无奈之举,是没有办法的办法。

令她高兴的是,今朝接到承晚从香港转来的信,寥寥半页多纸:平安抵达,一切都好,马上就要开学了,有期待也有忧虑;巴黎的生活也开始习惯了,但常常会想念杭州,特别是家乡的饭食。

范国粹跟他住在一起,但不大见面,各忙各的,也晓得国内政权变动。他曾给家里写过几封信,看样子是没收到。承曦如果按这个地址寄信去香港的话,朋友会转给他的。

承曦把阿哥来信翻来覆去看了好几遍。按理说人在异国他乡,朋友是最要紧的,国粹跟承晚住在一起,似乎没什么交流。难道是两人性子不合?非常有可能——承晚性子是偏内向的,遇事胆怯内敛;而国粹一向率性张扬,不是个好相处的同伴。只是对承曦说来,手心手背都是肉,说不得判不得,真是难煞。

承曦花了一个下午写回信,家里的情况只是一笔带过。承晚人在千里之外,跟他说也无用,倒不如让他放松心情读书。又给国粹写信,原来满肚子的卿卿我我,落到纸上却变得僵硬和滞涩,翻来覆去地改写,直到夜饭时才写好。

承曦去邮局把信发走,顺便买了菜回家来。烧好了夜饭叫老娘吃饭,却前前后后都寻不着人了。承曦跟老娘姨王妈分头出去,巷子前后及菜场一带都找遍了,连人影也不见。

老娘会跑到哪儿去呢?承曦担心死了。老娘自从戒断所出来,平日大门不出,二门不迈,并没有啥熟人可以走动的,这么晚能跑到哪里去?

王妈无意中的一句话:"太太不要是想不开,去跳了西湖哦。"

她听得眼泪都要落下来了。在西湖边兜兜转转,一直寻到半夜,全无结果。

第二天,老娘还是不见人影,承曦一夜未睡,又累又乏,精神差不多要奔溃了。到了夜里,承曦情急乱投医地到派出所去报案。警察黑着脸听她说了事由，反过来训斥她说："这种鸡毛蒜皮小事，也要来找派出所？我们工作很忙的噢。去去，不要来胡搞。"

承曦实在没办法了，只好去寻沈文渊帮忙。

沈文渊听了事由，说："一个大活人，怎么会凭空不见了。我只怕一件事，赵家姆妈的老瘾头又犯了，做出些傻事。要晓得，戒毒所给了她重新做人的机会，再犯事，就是自己寻死。"

承曦心里一紧，其实她也想过这方面的："应该不会的，从戒断所出来，她就没碰过鸦片了。"

沈文渊皱紧眉头："难说。我见过太多人反反复复，吸了断，断了再吸。鸦片这样物事，可恶之处不但是损害健康，耗费金钱，而且，让瘾君子在精神上做它的奴隶。只要有一丝机会，马上把以前戒断的努力全部放弃，重新吸上鸦片。"

承曦本来就心急如焚，听沈文渊这么说，更是难过。沈文渊安慰道："你也不要太着急，我在公安局有些朋友，下午就去跑一趟打听，有了消息就马上通知你。"

承曦回到家，晚饭也没心思烧，好歹用开水泡了些剩菜剩饭囫囵吞下。到了七点多钟，疲累与焦心，实在支撑不住，人都快要瘫倒了。八点多钟，沈文渊来了，他脸色凝重，一言不发。承曦只觉得心直往下沉，只是硬撑着。等到王妈上完茶，退出去后，沈文渊才说："承曦，情况不太好，你要镇定，听我说……"

承曦眼前一片金星，桌下的两只脚止不住地打颤。在桌面上，她用最大的力气克制住自己，惨白了脸，嘴唇颤抖，嗫嚅道："你讲呀，我没事。"

沈文渊托了公安局的熟人，傍晚时传来了消息，说是有户籍警报上来：在萧山的一条港汊中，发现了一具女尸，已经死了一阵子了，尸身被水草和浮萍掩盖着，直到一个农妇下河洗菜，才发现，吓个半死。

沈文渊说："人送去殡仪馆了，现在还没确定身份。听我的朋友说，是个中老年女子。"

承曦想要嚎啕，但克制住了，毕竟沈文渊还没把话讲死。

沈文渊站起身来："你不要急，明朝我到萧山去跑一趟，希望不是。"

承曦说："我跟你一块去。"

当夜，承曦心力交瘁，突然发起寒热，到早上还未消褪，晕乎乎地头重脚轻。王妈劝她："还是别去了。生了毛病，再跑到殡仪馆这种地方去，撞上鬼也说不定的。"

承曦犹豫一阵，还是坐三轮车去了龙坞殡仪馆。

殡仪馆后面一间简陋的木棚子里，味道熏人。好几具尸体直挺挺地躺在地下，棚子里光线昏暗，看上去都不像老娘。

承曦刚透出一口气，沈文渊在另一头叫她："承曦，你过来一下。"

承曦心里一紧，只见最靠里厢的一具女尸，体型显得较胖，面孔上糊了淤泥。承曦蹲下身去用手绢擦去污泥，一张龇牙咧嘴的脸庞显现出来，正是她苦苦寻了两日的老娘。

承曦脚软，一下子跌坐在地上。

停尸棚里死人躺了满地，承曦不敢在此放声嚎啕，只是心如刀割，头昏目眩，人也摇摇欲坠。沈文渊蹲下，伸出臂膊揽住她的肩膀，否则她真要瘫软不起了。

死人的面容显得狰狞，身下有一摊水。皮肤发青，眼睛像死鱼般没有光泽，牙床骨向前突出，嘴巴里，鼻孔中，耳孔里都有淤泥。承曦用手绢轻轻地擦去，抑制不住成串的眼泪，无声地滚下面颊。

沈文渊俯在耳边轻声说："承曦，人死不能复生，现在不是伤心的辰光，还有许多事情要办理，你一定要节哀。首先，要快点帮赵家姆妈换衣服，晚了就难了。接下去还要去看棺材、寿衣，通知亲朋好友……"

接下去两日，承曦是在恍惚的状态下度过的，总觉得这一切是个噩梦，她在噩梦的边缘挣扎，马上就要醒过来了，但一直醒转不过来。另一方面，沈文渊为了帮忙料理丧事，已经两日两夜没睡过觉了，满面胡楂，眼睛里布满血丝。除了料理诸般杂事，他还要帮承曦与机关打交道。街坊中有人传说赵母是去购买鸦片，被人检举揭发，不得已才走上了绝路。沈文渊利用公安局里熟人的关系，总算弄出了个结论：传有所出，查无实据，按意外落水身亡归档。这结论对承曦说来，要好过得多。

丧事大忙乱过后半个多月，承曦还缓不过来，丧母之痛和人生无常使得她无力振作，人懒懒的，做什么都无情无绪。独处之际，她会突如其来地掩面哭泣，哭得肝胆欲裂，止都止不住。沈文渊常常上门来探访，说些宽慰的话，七七到了，在屋里做了奠祭，烧纸，沈文渊又陪她到庙里做了道场。闲暇时，和她下下五子棋，吃她做的片儿川，天气好时会陪她出去走走，看场绍兴戏，一切都是为了让承曦早日走出丧母之痛。

两人来往频繁，连王妈都把沈当作承曦未来的对象。承曦却从未认可过，她本是一个聪明绝顶的女子，沈文渊的用心用情，她怎么会看不出来？只是母殇未已，心情还顾不得收拾，加上国粹的影子不时地在心中闪过，她不可能去接受任何一个男人的示好。

平心而论，沈文渊的条件是不错的，虽然皮肤黑点，这是继承了沈家三代前种田人家出身。现在劳动人民吃香了，大众的审美观念也跟着变了，黑一点不是问题。沈文渊的相貌也算中等，除了眼睛小一点，五官还端正，是个平平实实的江南男子。但他读过大学，这在普通市民中就算百里挑一了。何况，他现在还有一份公家工作，更是锦上添花了。这样一个青年男子，是有女儿待字闺中家庭的上上人选。

承曦见识过真正富贵家庭中出来的优秀男人，学问渊博，儒雅谦冲，如傅家兄弟和他们的朋友圈子。更经历过与国粹那样天资聪颖，仪表出众的男子谈恋爱。曾经沧海难为水，无论眼前这个男人各方面都不错，前途四平八稳，也难以燃起她心底的热情。她也不能接受男人比她年纪小，她自己的父母，就是父亲比母亲小了三岁，琴瑟一直不合拍，最终弄得家庭破裂，悲剧收场。

还有一件更为隐晦的事情鲠在承曦心里，有人告诉过她：沈老四吃官司是被这个儿子揭发的，虽然吃、贩鸦片都不是好事，沈老四也是罪有应得。但承曦总觉得身为人子，要为父母讳。一个连亲生老子都能检举揭发的人，总有一种靠不住的感觉。

但是承曦实在太孤寂了，而且社会上的各种局面和纷难也不是她能够应付的，这两年来的变化,是她一辈子不曾领略过的。她需要朋友,帮她参谋定夺诸般事宜,需要到时候能为她出头露面的男人,环顾四周,也只有沈文渊不计辛劳,召之即来。女人的情绪是一回事,实际需要又是另一回事。沈文渊本能地晓得这一点,瓜熟蒂落,他是有耐心等待那个时刻的。

十

终于开学了。

洛特教授是个小矮个儿,精瘦,一头干草色的乱发,两眼炯炯发光。第一天上课时,面对满堂学生发表了一长篇滔滔不绝的演说,大意是:

你们各位先生,从很远的地方到巴黎来学画,这很好,很好。但是你们要明白,学画第一要紧的是,你得把自己从正常人群中放逐出去,你将不是一个普通的人,你不能指望画画给你带来金钱、名誉,甚至不能保证你的温饱。你有很大的可能不会有正常的家庭,也没有子女,也许你会在贫民院里寂寞地死去。你将会尝到贫穷、失意、不被理解,被朋友背弃,遭亲人白眼。你付出,付出所有,但是不要指望回报。你是艺术女神的奴隶,而她,是喜怒无常,随心所至的,你不得有任何的怨言。

第二,从今天起,你将为艺术燃烧自己,你一点一滴的生命,都只是为了艺术而具有价值,别的都不值一提。你吃下的每一块面包,只是为了画出一根精准的线条,你喝下的每一口红酒,只是为了捕捉一块暗暗发光的色彩。你必须狂妄,必须绝对自信,你是负担着开天辟地大任的。你要想象有一天,后人走进卢浮宫,站在你的作品面前顶礼膜拜。而跟你一块排列的,是历史上名声显赫的大师。为什么不?为什么不?你要时时刻刻地对自己说,我会走到那个终点,只要坚持不懈。

第三,你要敬畏,你要敬畏画布和画笔,敬畏颜料,它们不仅仅是没有生命的物质,它们是你人生之路上的倚靠,荒僻原野中的粮食。你要珍惜每一片纸张,每一根炭条,凭着它们,使得你的灵魂清晰起来,以一种美的形式展现在世人面前。你要感恩,感恩上帝赐予你双眼,能够领略这个缤纷的美妙世界,感恩阳光,感恩云彩,感恩河流,感恩花朵。请不要忘记,要感恩命运,让你有机会拿起笔来,描绘这个美妙的世界。你也许会物质匮乏,但你通过努力,得以借用造物的眼光来观看这个世界。

最后,我要说的是,学习艺术是条荣耀的道路,但也是条布满荆棘的艰巨之路,比我们能想象的更艰巨,更为困苦,一百个人,可能有九十九个会牺牲在这条道路上。如果你已经开始畏惧,不愿放弃世俗的平实生活;或者,你觉得你是应该赚大钱,应该享受荣华富贵的。那么请让我给你一点忠告:不要浪费你的金钱,也不要浪费我的时间。门在课堂的左手边,请你自便。

底下学生们鸦雀无声,也不知道是否完全听懂了。全班二十多个人面面相觑,不知道要怎么应对,只有一个学生在喉咙里轻笑一声。洛特先生杀气腾腾地环视一圈,说:"没人要退出?那好,我们上课。"

第一堂课洛特教授布置的作业,是用木炭条在四开纸上画伏尔泰的石膏像。画室里一片搬动画架的声音，老油条的学生抢着占据有利的角度。国粹动作慢了些，只占到一个很偏的位置，看得见伏尔泰的三分之一脸部。教室中一片木炭在纸上划过的唰唰声，以及某个学生用力过度而手中炭条折断的清脆声。一只不知从哪儿钻出来的黑猫，大刺刺地从教室这头踱到那头，如入无人之境，最后纵身一跃，跳上洛特先生的膝盖。老头子抽着雪茄，一只手抚摸着黑猫的颈毛。

木炭条是在铅笔发明之前最普遍的素描工具，用桦树的小枝条在特制的窑炉中闷制而成，蓬松而脆弱。文艺复兴的大师们留下很多精美的作品，木炭条可以画出最柔和最委婉的线条，也可以表现出最强烈的明暗对比。但用木炭画画要求刚柔并济，柔比刚更要紧，照洛特教授的话来说：要像一只蝴蝶轻吻一朵玫瑰那样的温柔，那样的似有似无。

国粹的第一堂课搞得一塌糊涂，他原来就没怎么用过木炭条，最多是用来给油画做个轮廓线，又心急求成，一下子画了太多的暗部，及发现不妥，用橡皮去擦，再用手去掸，画面就弄成花里胡哨。再一急，更是手忙脚乱，整幅画面被弄得惨不忍睹。

在他旁边有个小个子青年，是除了他们四个中国人之外，班上唯一一个亚洲面孔，肤色黝黑，穿一套剪裁合体的三件头西装，嘴上叼了一支熄灭的雪茄，法语说得很流利，脸上的表情却有些玩世不恭，刚才洛特教授讲话时，轻笑一声的也是他。看到国粹手足无措，于是拿了块面包给他，并且示范给他看：画木炭画，不能用橡皮，一擦就糊了，要用新鲜面包的馕子，轻轻地沾，把画面上多余的碳粉沾去。国粹试

了试，真的，面包馕子很好用，不伤纸质。小个子又拿出一罐松香固定剂，告诉他画到一定的程度要用喷剂定型，这样素描才可以长久保存下来。

下课之后，国粹为了表示感激，遂邀请小个子一起去喝咖啡。小个子欣然应允。坐下之后，两人来了一番正式介绍。小个子说自己叫阿伦，是第二次上洛特先生的课了。国粹看他高耸的颧骨，深凹的眼眶，棕黄色的皮肤，心想这人应该是安南人，上海法租界里有些做巡捕的安南人，长相就是这般模样。阿伦谈吐温文尔雅，不乏幽默。两人说起洛特教授，阿伦说老头是个好人，更是个怪人，生平不近女色，年过五十还是孤身一人，在画室里养了七八只猫，当作儿子女儿来养，喂它们吃鲑鱼和鹅肝酱。每次上课，提包里都要带一两只过来。今天来课堂里的那只叫安妮，十二岁的美洲多趾猫，右爪有七根脚趾。洛特教授自己作画也很勤奋，画风是后期印象派那一路，但一直不被巴黎美术界所接受，偶尔参加一次画展，也是没什么人赏识，画也卖不掉，只好以教课谋生，不过，他对学生倒是极尽责的。

阿伦促狭地眨眨眼："每年有新学生来，老头照例都要发表一番声色俱厉的演讲，咬牙切齿像是要跟谁决斗似的。问题是他自己还不明白：艺术的成就和勤奋是不成比例的，有人努力一辈子，最后还是死在贫民收容所；有人玩些花里胡哨的新流派，如立体主义、野兽主义、抽象派，或非洲原始人的一套，行情却一路看好，连卢浮宫都考虑要永久收藏了。"

"流派有这么重要吗？依我看，不管什么流派，画得好是最重要的。"

"你看，安格尔一张画要花上半年，而

马蒂斯的画只有几根线条。在卢浮宫，他们两人的画肩并肩地挂着，只隔了一个展厅。"

"你是什么意思？"国粹有点困惑地问道。

"我是说老头那套方法过时了。画画不再拘于技法，应该随心所欲，各抒己见。"

阿伦的这番话，国粹心里是接受的，但晓得自己根基尚浅，于是说："以我目前的状况，是学画为主。你说的流派不流派，不是我要关心的事。我就像一个刚刚睁开眼睛的婴儿，来到巴黎，住在这么美丽的城市，能看到这么丰富的博物馆，还能画画，就很开心了。"

阿伦宽容地笑笑："你饥饿，所以什么都好吃。等时间耽久些，你的想法就会不同。"

赵承晚接到妹子来信，虽然承曦并未在信中述说家中发生的事端，但字里行间还是流露出一些压抑的情绪。承晚是个多么敏感之人，晓得妹子一向坚强决断，轻易不会显露内心的苦闷。如果她亦不堪承受，那可想而知是受到了极大的压力。因此承晚极为忧虑，晚上和朋友们一起出去喝酒，众人谈天说地，笑语喧哗。只有他愁眉不展，一个人喝着闷酒。

云裳心细，问道："承曦是否有信来？"

赵承晚点点头，长叹一声："家里的情况不太好，我心里很烦乱。"

众人闻之，都凑近来。承晚仰头喝干杯中的残酒，说："我正在考虑是不是要退学？早点回国去。"

众人俱说此举不可，十亭路走了九亭，已经远渡重洋来了巴黎，总要把书读完才回去。何况，你就是回去，也难说能帮得上什么忙。

得傅家兄弟常有消息从香港传来，对情况较为了解，当下为承晚分析了形势："现在回去，何必呢？"

众人也一致觉得：退学是个下下策，无论如何，读完书再说。

国粹感叹道："承曦真不容易，一个人挑起全部的担子，我们几个大男人，却一点忙也帮不上。"

云裳说："看来，也只有寄些铜钿回去了，有事情可以救救急。"

当下决定，每人拿出三百法郎，让承晚寄回去。承晚推辞，众人说："承曦也是我们的妹妹，大家尽一点绵薄之力而已。"

国粹一直是个散漫花钱的。到了巴黎，缴了房租学费杂费，再买了绘画材料用具，所余不多了。他还是不晓得节约，常常与新朋旧友出去喝咖啡、吃饭、泡酒吧。他觉得只要写一封信回去，苏州就会寄铜钿来。缴了给承曦的份子钱，就只剩几百法郎，这点钞票是撑不到学期结束的。

白天，在洛克教授的人体速写课上，全身光溜溜的模特儿在台上每两分钟换一个姿势，弄得他们这批新上手的学生手忙脚乱，画了脑袋就顾不上画身体，画面支离破碎，狼狈不堪。到后来，国粹摸出些门道：无论模特儿摆出什么姿势，先抓住人体脊椎的基本动向，再依次添上头部、胸廓、骨盆和四肢。画速写，是个手熟的过程，有了正确的方法，画越多，越是驾轻就熟。国粹能在短短的两分钟内，不但画出人体基本的动态，还有些余暇画出脸上的五官，依稀的表情，或者某个特殊的手势，增添了画面的生动活泼。几堂课下来，国粹显然是班上的佼佼者，洛克教授一脸的赞许神情,还几次拿他的画作为范本在课堂上示范。

但是,要仔细深入地研究人体结构,光靠画速写是绝对不够的。洛克教授说:"在你们作为画家的一生之中,一定要画几张一百个小时以上的精细素描,或者油画。这一百个小时,是让你有充足的时间来观察人体每一个细微的转折,人体的骨节在哪个部位,肌肉是如何依附并覆盖着骨骼,关节在韧带的牵引和限制下的活动范围。皮肤是如何掩藏和凸显某条肌肉和骨骼,皮肤之下,由于血管和静脉的分布而显示出不同的色泽。最主要的,是你在观察和描绘的过程中,发现人体的绝美,结构的理性,以及造物的大能。不管你今后的作品采取什么风格,写实主义也好,印象派也好,抽象派也好,这是大厦的基础,是让你一生受用无尽的投入。记住我说的话。"

在卢浮宫,至少有四分之三的杰作含有人体,固然风景静物也可入画,但是人体是西洋绘画的精髓,这是每个学习西洋绘画学生的共识。

非常可惜,学校在暑假班不提供长期模特儿,一是时间有限;二是雇请长期模特儿的费用很贵,而学校没有这笔预算。

于是云裳几个就商量:如果回国,请模特儿更不易,很少有人愿意全身袒露地被画。不如索性大家凑点钱,在巴黎请一个,听说学校备有专门的模特儿索引单,男女老少皆有。有些独立的画家也到学校里来雇佣模特儿。国粹和云裳去教务处问了,真的可以,但索价是六百法郎,一笔巨款。云裳说:"千里迢迢来了巴黎学画,还要纠结这几百个法郎吗?"当场就付了钱,说好每个礼拜天到云裳的寓所,画十个小时,共两个半月。

回去的路上,国粹有点尴尬地对云裳说:"我的那份,要你先垫了。等苏州寄银票来,才能付给你了。"

云裳很大度地一挥手:"不急,等你手上方便再说。"

请来的模特儿叫爱弥儿·达西多,里昂人,个子娇小,体态丰腴,一头姜黄色的鬈发,喜欢说话而且滔滔不绝。据她自己说是学芭蕾出身,也在红磨坊跳过康康舞。生了小孩之后,身材发了胖,才转行来做模特儿。云裳找了一条墨绿色的被单,铺在美人榻上,爱弥儿侧面躺着,一肩微微支起,雪白的肤色与青绿相间的背景,以及古色古香的路易十三家具,很是入画。

国粹、云裳都画油画,承晚画水彩,云鹏画素描。

碰到阿伦,问道:"听说你们请了个模特儿?"

国粹点点头:"是啊,你要不要加一份子?"

阿伦不屑地摇头:"谢了。我才不会在模特儿身上浪费钱呢。"

"这怎么是浪费呢?洛特教授说画模特儿是非常必要的。"

"我没说不必要,但出了大钱去请模特儿?这是傻瓜才做的事。"

国粹笑道:"我也想不出钱,但谁会白白地让你画?"

"反正我从来不花这个冤枉钱,最多就是请她喝一杯咖啡。"

国粹说:"还有这等好事?"

阿伦狡狯地一笑,说:"你不相信?好吧,先讲个巴黎绘画界流传的故事给你听。"

叫，只见一只全身乌黑的大肥猫居高临下，弓起了背，两只绿莹莹的眼睛如鬼魅一般。

琴声戛然而止，店堂后部站起一个胖大的男人，灯光把他巨大的身影投射在墙壁上。

"谁在那儿？"

国粹镇定了一下，答道："对不起，我们进来躲雨的。"

那男人来到面前，满面的胡须，秃头，身形像狗熊一样巨硕，而且看起来很凶。

男人还是很恼火的样子："我们已经打烊了，你们不可以随便进来的。"

看他气势汹汹，国粹一面道歉，一面赶快推了轮椅离开，所幸外面雨势小了点，两人沿了墙根，急走了半条马路，看到转角上有家咖啡馆还开着，连忙推门进去。

点了热可可，喝了几口，两人才惊魂甫定，樱之说："今天可真是晦气，淋成落汤鸡不算，还被人凶了一顿。"

国粹站在她身后，帮她擦干头发上的雨水："是你自己送上门去的呀，怪不得人家。"

"进去躲个雨又怎么了？犯得着那么凶吗？"

"他一看店堂里怎么进来黑黝黝的两个人，不要是强盗哦？"

樱之没好气地："店堂里除了那些破钢琴，有什么好抢的？你也真想得出。"

国粹不响，犹自暗笑。

樱之火大："你笑什么笑！"

"我想他也可能吓了一大跳，你那一声尖叫，音量之高，连我都吃惊不小。"

"要怪那只猫，黑咕隆咚的，突然一个毛茸茸的东西就跳到你身上来，我身上鸡皮疙瘩都起来了。"

国粹笑出声来："你呀，人见人爱，连猫也喜欢你。"

樱之给了他一拳："喜欢你个头。你这坏人，一点同情心都没有。"

国粹笑着闪躲。樱之恨道："我也是发昏，怎么整天跟你们这些坏人混在一起？"

国粹解嘲说："这可是你自己心甘情愿的啊。"

樱之嗯了一声："是的，我自找的，天晓得。"

走了一会儿，樱之突然想起来，问国粹："哦，那只猫会不会有病？狂犬病？"

国粹说："你有没有被抓伤？破皮？"

樱之在路灯底下检查自己的双腕，腿部："好像没有。"

"那就不会。"

樱之还是惊魂未定，追问国粹："你说那猫这么脏，会不会有狂犬病？"

"不会的。家养的猫很少有狂犬病。况且，你又没有被抓伤。"

女人抓住国粹的手腕，撒娇道："如果我真的得了病，要你赔……"

送樱之回旅馆，安顿好之后，国粹一路走回家去，夜雾中的路灯朦胧，街上已经空无一人。国粹抽着烟，浮想联翩。在轮船上遇到钟樱之，本是萍水相逢。哪料到会在巴黎又一次重逢，不正就像一只猫猝不及防地跳到膝上，而且跟他从往过密。樱之的身世凄恻，令人同情。话又说回来，像樱之这样好看的女子还真是少见，任何男人都会本能地想要呵护她。烦恼的是，樱之的一言一行，一颦一笑，无不透露出她对国粹的心迹。但艺术家是最不适宜她这样一个女子的。

国粹为了艺术拼搏，自顾都不暇。既不能给女人任何承诺，也不能成立家庭，生儿育女。国粹心里晓得，如果放任情形响，去寻找时有时无的音乐流水。并不是每次都能听到连贯的曲子，有时整晚只是听到一长串的琶音，但是那份期待是与某种情绪所系。

有段时期，修琴师傅大概是度假去了。他们探头望进去，店堂里一片漆黑，莫扎特沉寂无声，两人悻悻离去，心里若有所失。过段时间，琴声突然又活了过来，叮叮咚咚，像春水漫过河堤。他们站在树荫下抽着烟，聆听着，莫扎特的奏鸣曲低徊缠绵，有如恋人的轻声细语，听者像被催眠般忘了时间。

月亮在教堂塔楼后面升起，温润如玉。微风吹来，他们感受着夜色的清冷和寂静。这种时刻就是一句话不说，也能体味到宁静并且有人默默相伴的微妙感觉。茫茫人海，能跟你同行的人却不多。

在一个初秋晚上，樱之说："你别送了，我叫出租车好了。"

国粹把手伸出窗外："雨已经停了。我画了一整天画，也想出去走走。"

两人在街头慢慢走去，空气里饱含水分，路灯光线显得迷离朦胧。国粹划了好几根火柴才点上香烟："这个天气，怎么跟上海的黄梅天一样。"顺手把点上的香烟递给樱之。

樱之说："是呀，这香烟抽起来一股返潮的味道。"

国粹说："我今天早上才买的，大小姐你就担待些吧。"

他俩走到岔路口，国粹问道："还往布洛依大街去吗？"

樱之看看腕表："才八点不到。去吧，现在回去太早，除了睡觉，也没别的事情好做。"

街上显得空旷，行人不多，虽然初秋的天气里在雨后散步很舒服，天也不冷，但巴黎人还是愿意待在家里。

钢琴修理店的灯还亮着，里面有人在弹奏。他俩对视一眼，笑笑，今天没有白跑一次。

今天弹奏的曲子变了，不是柔和的莫扎特，而是很激越昂扬的调子，深邃如北方的阴天，风雪肆虐，沉重如大河的咆哮，波涛滔天。国粹第一次听到这样沉重的钢琴曲。

"哦，是拉赫玛尼诺夫的交响曲。我以前的俄国老师最喜欢了。"

国粹耸耸肩说："听起来像是在刮台风打雷一样。"

听了一阵，雨势大了起来，国粹拿出伞，撑在樱之的头上："要走了呀，雨下大了。"

樱之两手紧紧地抓住轮椅的把手，脸上显出缅怀的神情："再听五分钟。"

伞太小，很快，两人身上都被淋湿了。国粹再次催促："好走了呀，这样子你会生病的。"

要走也走不了了，雨越下越大，一阵风吹来，店堂的门竟然被吹开了。国粹走投无路，只好推了轮椅进去，转眼外面的雨下得像倾盆一样。

掩上门，转身打量黑洞洞的店堂，比外面看进来的要大许多。一台台钢琴横七竖八地塞满店堂，中间一条很窄的过道，人要侧了身子进出。

店堂深处的琴声还在昂扬激越，国粹拿出手帕，让樱之擦干头脸上的雨水。说时迟那时快，一条黑影不知从哪儿蹿出来，一声喵呜，突然就跃上樱之的膝盖，再一跃上到钢琴顶部。樱之不防，吓得一声锐一个漂亮却行动不便的年轻女人，更是得到人们的百般呵护，人们帮她开门，推轮椅，把她买的东西放在轮椅的兜里。偶尔，会有陌生的男人走到她面前，殷勤地送给她一枝长茎玫瑰。

吃完午餐之后，樱之去国粹他们的公寓看书、喝茶。躺在起居室的旧沙发上睡午觉。国粹、承晚住的地方实在不敢恭维，房间里不但凌乱不堪，而且百味杂陈，烟灰缸满了出来，也懒得走几步去倒掉。房间里有一股怪味，樱之找了好久，终于在沙发夹缝中抽出一只臭袜子。在浴室中，下水道常常堵塞，洗衣筐里换下来的脏衣服，带着年轻人特有的荷尔蒙体味。最刺鼻的气味，是靠墙倚着几张还没干透的油画，散发出来呛人的松节油味道。樱之对这一切并不反感，杂乱的氛围中反而有一种波西米亚的气息。她常常裹了毯子，捧了一本书出神。抬头看窗外，天高气爽，巴黎特有的蔚蓝天空。再远一点，圣心堂的穹顶在下午的阳光下熠熠闪亮。

她会叼着烟，转着轮椅在房间里来来回回，帮他们收拾乱七八糟的浴室，把水槽里的碗洗掉，把被褥放在窗口晒太阳。心情好的时候，樱之会做一锅广东人的煲汤，用鸡或者排骨，几片姜，一瓶啤酒，一撮盐，小火炖一个下午。等他们从学校回来，再炒个蛋炒饭。在厨房黯淡的灯下，三人围坐，喝着便宜的白酒，吃着简单的饭食，天南地北地聊天。枯燥的留学生活，有了一个女性的加入，异国他乡的夜晚也很有家庭气氛。

天气温暖的晚上，三人出门散步，到蒙马特去喝咖啡，围观小丑在广场上的表演。如果有好莱坞的新电影上映，三人便兴致勃勃地去排队买票。更多的时候，赵承晚关在自己的房间里看书写信。樱之坐在客厅沙发上结绒线，有一搭没一搭地聊天，国粹拿了本拍纸簿，对着樱之画些肖像速写。到了八九点钟，两个男人送她回旅馆。偶尔赵承晚有事，国粹一个人推着轮椅，走过十来个街口，把樱之送回去。

一路行去，街角的杂货店正准备打烊，满面疲惫的伙计卷起遮阳篷，门前放在木筐里的蔬菜水果，有一股被太阳晒了一下午的甜腻气味。路边的饭店酒吧还是灯火通明，擎着托盘的堂倌穿梭在狭窄的过道上。门前，用完餐的客人聚在一起喝酒抽烟闲谈，小铁皮桌上杯盏凌乱。饭店的后厨门开了，打杂的阿拉伯人跌跌撞撞地搬了一箱空酒瓶出来，通道里飘出酒酸和烤乳酪的味道。

绕过街角，就是安静的居民区。住家楼的大门虚掩着，窗帘后面透出昏黄的灯光，偶有儿童的啼哭声和女人的呢喃声。二楼临街的小阳台门开着，薄纱窗帘被风吹起，巴黎的岁月安宁和平。

在布洛依大街上，有一家修理钢琴的店铺，从橱窗望进去，暗洞洞的店堂里堆满了蒙尘的旧钢琴。在店堂的后部，亮着一盏灯，有人在夜里还工作着，校弦，试音，一个个低音部的琶音连续地敲击着。偶尔，琴师会弹奏一段莫扎特的圆舞曲，触键很轻很柔，像是一个女人在弹奏。有时会犹豫几秒钟，踌躇着，停顿着，或是把一小段音符连续弹上七八遍，然后又像溪水似的流淌下去。不完整的曲调，反而带来悠远的意味，像走到交叉路口。

自从发现了这家钢琴店铺，他们回家时情愿多绕一点路。在春夏之交，头顶上的梧桐树枝已经展开新叶，国粹推着樱之的轮椅，在石子路上发出有节奏的嗒嗒轻一个雨夜，图卢兹·罗特列克坐在蒙马特的小酒馆里。一个在吧台上捡烟头的老女人走到他面前，乞求他给她买杯酒。罗特列克看这女人又老又丑，衣服破烂，头发纠结成一团，半个身子都被淋湿了。出于怜悯，罗特列克给她买了杯苦艾酒。抽着烟，两人攀谈起来。罗特列克惊讶地发觉这老女人对巴黎绘画界的熟悉程度，跟她那流浪者的外表不甚匹配。特别是她对那些已是传奇大师马奈、莫奈、雷诺阿等人的生活细节，谈来如数家珍。酒到酣处，老女人脸色活泛起来，侃侃而谈。罗特列克越看越觉得这女人似曾见过，只是他想破脑袋也回忆不起来，到底是在哪个场合见过这张脸。

时过午夜，酒馆要打烊了，就在老女人站起身来的一刻，罗特列克脑中电光一闪，握了老妇人的手臂问道："女人，你，可是奥林比亚?"

老妇人闻言一凛，透出一抹凄苦的微笑，说："也许，马奈先生曾经那么叫过我。"

罗特列克心下震动，看到眼下她窘迫的状况，掏出身上所有的香烟和法郎，要赠予老妇人。

妇人只拿了香烟，却不肯接受法郎，说："素昧平生，先生你请我喝酒已经是很好了。"罗特列克坚持要她收下，说："就当是我对奥林比亚的敬意。"老妇人长叹一声："我已老了，别再提奥林比亚了，那个女孩早已随风而逝了。"

国粹沉吟道："我倒是第一次听到这个故事，但跟我们请模特儿又有什么关系呢。"

阿伦摇摇头："你真是木鱼脑袋不开窍。告诉你吧，人生易逝，艺术永存。"

"全巴黎的女孩，都想把自己的形象留在伟大画家的画幅中，特别是那些舞女、戏子、模特儿，靠出卖色相谋生的女孩，都衰老得特别快。她们的人生，没有也不可能有期盼，而且每况愈下。但是，如果大画家把她们最好，最鲜亮的一面留在画面中，是这些女孩梦寐以求的事情。所以，我找模特儿从不花钱，有时请她们喝杯咖啡，或吃一顿饭，什么都搞定了。"

国粹若有所思。不知为什么，他想起了樱之，想起了他们在卢浮宫再次相遇，樱之回首一瞥……

十一

钟樱之到伦敦已经半年多了，每隔两三个礼拜要到伦敦皇家医学院做康复治疗。照她的说法，伦敦也许是世界上最枯燥的城市，伦敦人，呆板无趣不说，还一派假模假样。再加上食物难吃透顶，天气又恶劣。如果不是为了治病，她连一天都待不下去。

樱之在治疗的间隔期，就会乘渡轮来巴黎住几天透透气，借宿在高卢人大旅馆。但大部分时间，都耽在国粹和承晚的公寓里消磨时光。

公寓的门垫下有一把大门钥匙，平时国粹、承晚上课去，樱之可以自己开门进来。天气好的时候，她先乘地铁来到塞纳河边，叫上一杯咖啡，抽两支烟，早晨的阳光照耀在塞纳河的两岸。然后去逛逛旧书摊子，看橱窗里的好莱坞老电影海报。遇见周四周六农夫集市，就买点新鲜的水果青菜。法国人对女士很是殷勤，特别是继续这样发展下去，有一天会发觉走不了。但又不晓得如何向樱之解释，樱之是那么敏感的人，他不愿意伤到她。

国粹的性格里有其优柔寡断的成分，既然认识到了问题的症结，但又拖延着不去正视，再加上留学生的社交圈子相对狭小，一张漂亮的面孔总是受欢迎的。他不但没有跟樱之保持距离，反而与她来往得更为频繁。

常有女客来访，同屋的赵承晚就比较尴尬了，虽然樱之对他也很友好，但是明眼人都看得出来，人家是专为探访国粹来的。常常是用过晚餐，赵承晚就避了出去，或去傅家兄弟寓所，或是坐在咖啡馆里看书消磨时间，有时在街上漫无目的地闲逛两个小时。国粹看出来了，说钟樱之是大家的朋友，没必要这样避嫌。可是赵承晚还是觉得不自在，总是找个借口出门去。

一个周日，国粹早早地到了云裳那儿，不料爱弥儿送信来：祖母去世，要去参加葬礼，不能来做模特儿了。国粹陪了云裳喝了杯咖啡，聊了会儿天，大家都意兴阑珊，便告辞回家来。

在公寓门前，正好遇上钟樱之，携了一大束鲜花来访。

进了屋，樱之在厨房里翻箱倒柜。国粹诧异道："你找什么？"樱之没好气地说："找个花瓶呀。"国粹说："别找了，你又不是不晓得，厨房里刀叉盘子都不齐，哪来的花瓶？"

樱之没理睬他，继续翻找，最后总算找到个煮汤的大瓦罐，放上清水，把花束插进去，一面修剪花束，一面问道："你不是去画画的吗，怎么回来了？"

国粹说："那个模特儿不来了，三天打鱼两天晒网，总是有借口，小孩病了呀，参加婚礼去啊，或者祖母死了。哎，好好的一个星期天被荒废了。"

"人家也许是真的有事。"

国粹说："也许吧，女人家的事情总是特别多些。"

樱之朝他白了一眼："去你的。少来指桑骂槐。"

国粹笑道："我是善体人意，你别多心。"

两人你一句我一句斗嘴之际，樱之正靠在落地长窗边，整理着花束。早晨明亮的光线从窗外射进来，透过薄纱窗帘，映照在女人的脸上。本来就极好看的一张脸，在阳光下纤毫毕现，皮肤透明得几乎能看见血管。国粹不由得看呆了，夹在手中的香烟也忘了吸。

樱之抬起头来，嗔道："看什么看，烟灰都掉在桌布上了。"

国粹连忙把烟灰掸去，灵机一闪，说："樱之，我说你闲着也是闲着，就帮我个忙，做一次模特儿吧。"

樱之犹豫道："就这个样子？我今天出门可没有打扮。"

国粹一笑："你天生丽质，这样就很好。"

看樱之还在踌躇，国粹说："我在船上第一次见你，就想画你。"

樱之脸憋得通红："不过，我那个……今天正好来了，有点不方便。"

国粹一下子没反应过来："没什么不方便，你就坐那儿不要动。"

一瞬间，两人都发觉误会了对方的意思，真是尴尬极了。

国粹先镇定下来，笑着说："哎，都想到哪去了呀，就是画张肖像，没别的意思。"

樱之放松下来，理了理鬓发，说："就这样？不用脱衣服？"

说完自己先羞得咯咯乱笑，俯下头去。

国粹也红了脸，自我解嘲说："我哪敢有非分之想。"

樱之说："那就画吧，不过要快点。你晓得，我的背坚持不了多久的。"

国粹在画架上放上一张新的画布，点上香烟。前前后后左左右右观看了一阵，再上前帮樱之调整了一下姿势。突然想起了什么，去房间里拿出一对翡翠耳坠，亲手帮她戴上。

樱之斜头瞥了一下，问道："奇怪，你一个大男人怎么会有这种东西？"

国粹只是笑笑，并不多作解释，集中注意力埋头作画。

这张油画构图是正中一大束插在瓦罐中的鲜黄色雏菊、散碎的满天星和长颈菖兰，女子的肖像占据了画面右方的三分之一。背景是半开的薄纱窗帘，一缕阳光射进室内，在花束和女子头像之间勾出一抹亮色。画面明暗交错，色彩缤纷杂陈，花束色块的跳跃，活泼灵动。女子肤色洁白，发际下露出的翡翠耳坠，鲜亮透明，与花束中暗绿色的枝叶遥相呼应，给画面带来微妙的平衡。

国粹画得很快，从十点多钟起，到下午一点钟，画像就完成了。樱之足足坐了三个小时，一动不动，也没有要求休息。

国粹画完，一看手表，连忙道歉："你看我，一画起来什么都忘了，对不起对不起。"

樱之接过国粹为她点上的烟，吸了一口："闲话少说，现在你赶快推我去厕所，我的腰也要断掉了。"

国粹把轮椅推到洗手间门口，樱之想撑着扶手站起来，试了几次都不行，脸憋得通红，无奈地望着国粹。这时国粹也顾不得避嫌了，弯下身抱起她，一刹那，两人的脸凑得很近，樱之勾着国粹的脖子，眼若秋水，娇态毕露。这种时刻，男人都会心旌摇荡。国粹费了好大力气控制着自己，走进洗手间把她放在抽水马桶上，再掩上门退了出来。

樱之从洗手间出来之后，摇着轮椅在画像前观看了很久，末了，抬起头问道："我算是个还合格的模特儿吧？"

国粹笑着微微鞠了一躬："岂止合格，我能为大美人画像是三生有幸。"

樱之脸又红了，像小女孩似的撒娇："我只给你一个人画。"

国粹送罢樱之回来，屋里赵承晚正在观看画架上的画像。

承晚赞叹道："真是杰作啊。樱之这么好看的模特儿，国粹兄你怎么好意思一个人独享？"

国粹笑道："也是兴之所至，临时起意。"

承晚道："这幅肖像与德加的《坐在花瓶旁的女人》相比，也真的不遑多让啊。"

国粹心中得意，嘴上客气："多看大师的作品，确实对画艺大有长进。"

两人又观看了一阵，承晚好像突然注意到，说："画中的这副耳坠，倒是与承曦的那副一模一样。"

国粹才想起画完肖像，樱之并未卸下耳坠，倒也不以为意，说："是的，恰如其分的首饰，使女人更加容光焕发。"

赵承晚沉吟不语，过了一阵起身离开。

再次见到樱之时，已不见其耳坠。

晓得樱之的脾气，国粹小心翼翼问起。

樱之嗔道："天底下哪有这种事，一个男人，亲手给人家戴上的首饰，再讨要回去的？"

国粹只好赔笑："实在是人家的东西，只是寄放在我这儿，改天我买副另外的耳坠送你吧。"

樱之不依："不用麻烦了，我偏偏就中意这副。"

国粹真的急了："这……这样的话，我没法向人家交代呀。"

樱之就沉下了脸，啐道："什么破耳坠，不知被我塞到哪个角落里去了，过几天找出来再还你，急什么！"

说罢摔门而去。

一般来说，女人敏感曲折的心思，话是往往说半句，藏半句。明明面对爱慕之人，却非要使出些小性子，制造些小龃龉，期望男人来迁就、服软。大部分粗心的男人却是似懂非懂，应对得十分笨拙。所以，男人不经意间的一句话，一个再寻常不过的举动，女人却会认为是具有情感意义，而且不依不饶。误会轻易产生，要解开心结却不是那么容易。

认识樱之交往至今，国粹虽已经小心了再小心，但还是不由自主地被卷裹了进去。樱之出众的美貌，作为一个男人、艺术家，不可能不被其所魅惑。但他不敢走进更深一层的关系里去，深知樱之脾气的喜怒无常，会磨损他的个性。做一般朋友，就没有这种问题。

梅杜莎再好看，想到要变成石头，男人还是心有戚戚的。

但是没有女人、性，以及犯难冒险的刺激，艺术家就不可能有完整的社会经验和人生体悟。在范国粹的天性中，既有洁身自好的一面，也有放纵恣意的冲动。作为艺术家，对人性的方方面面都带有一份好奇，越是被社会排斥的，越是违反良好风俗的，倒反而越能吸引他。再加上年轻人旺盛的荷尔蒙，只要一经撩拨，便很容易下水。而他的朋友阿伦，就是个熟知花街柳巷的老手。

阿伦常带他去逛第九区的皮加勒。这里是巴黎著名的风俗区域，被人称为"猪巷"。路灯下肮脏的小广场，狭窄的街道用鹅卵石铺成，两边罗列着廉价的饭馆酒吧、贼头贼脑的小铺子和破败的公寓。街心小花园草地上躺着酒鬼，一张报纸盖在脸上呼呼大睡。暗暗的门洞子里蹲着抽烟的妓女，跟路人飞媚眼。撑着拐杖的伤兵在兜售从医院偷来的吗啡和杜冷丁。皮条客在街上追打不听话的雏妓。失业的海外军团雇佣兵们在酒吧里斗殴，双方都是亡命之徒，有时连过来执勤的警察一块打。这片区域到处都是小偷、私酒贩子、流浪汉和落魄艺术家，偷盗、诈骗、打架生事无日无之。

但这儿有整个巴黎最正宗的苦艾酒，土耳其走私香烟才五个生丁一包，洋葱汤和炸薯条好吃得令人放不下。有穿得奇形怪状的艺术家在街边摆摊，售卖他们奇形怪状的作品；更有艳名远扬的红磨坊歌舞厅，保持着一百年前的风貌，红色的风车缓缓转动，门口贴着大幅的康康舞招贴画，是著名画家罗特列克的手迹。到了傍晚时分，一些很年轻、很苗条的跳舞女子穿过小巷子，从歌舞厅的后门进入。她们脸色苍白衣着寒酸，却青春满溢，她们的腰肢盈盈一握，走路的步态轻快飘逸。咖啡座上闲人的目光追随着她们的背影，一手撑着头想入非非。开在街角上的小酒吧，昏暗幽深，一些衣着暴露的女子终日盘桓在吧台附近，抽着烟，懒洋洋地跟酒保打情骂俏。如果有单身男人进酒吧来，女人会凑上前去搭话，然后要男人帮她买杯啤酒，由此孤男寡女就搭上了。再下去如果谈得入港了，附近有得是简陋的小旅店，销魂一番也只要两杯苦艾酒的价钱。

人说皮加勒是巴黎的膀胱和尿道，这儿的确是一个颓废堕落的地方，但奇妙地具有一种邪恶的魅力，令人难以抗拒。奢靡淫荡却有一种蓬勃生气，万象纷杂，使人目眩神迷。无处不在的肉欲暗示撩拨着人的感官，悄悄地唤起人的深层罪性。

早夭的天才画家图卢兹·罗特列克伯爵，当年也在皮加勒租有画室，白天埋头画画，晚上去酒吧和康康舞女喝酒厮混，留下不少杰作与风流韵事。

国粹住的地方其实离这儿并不远，也常耳闻红磨坊这一带的各种故事，有心领略，却苦于无人带进门。直到有一天，阿伦赌博赢了钱，请国粹去看红磨坊表演，他才第一次登堂入室。浪荡公子阿伦，肯定是老于此道，他跟红磨坊的门童和侍者都很熟的样子，进门就先塞了张钞票，侍者满脸笑容地把他们引到靠近舞台的一张桌子坐下。桌上的水晶樽里插着一支暗红色的玫瑰。阿伦点了一瓶香槟，两人抽着雪茄，等待表演开始。

欢乐的轻音乐响起，舞台上厚重的帷幕缓缓地拉开，水银灯照得台上一片通明。一眼看去，依次而出的舞女差不多是全裸的，随了音乐节拍在台上举手投足。屏息看去，舞女都是二十来岁的妙龄女郎，青春靓丽，体型姣好。基本上是白种人，也有几个肤色较深，棕黑头发，但也是钩鼻深目，大概是和阿拉伯人的混血儿。舞女们戴着各种色彩鲜艳的羽冠，穿着高跟鞋。几十个漂亮尤物在舞台上随着乐曲载歌载舞，动作划一，舞姿娴熟，不时抬腿踢过头顶。退场之际，全体舞女向观众抛撒飞吻，满座掌声。

波德莱尔笔下描述过的恶之花浓烈放浪，令人迷醉。

国粹虽然画过裸体模特儿，也见过不少裸女的素描和油画，但都是端庄的、静止的，哪见过这种酒池肉林、夺魂艳舞？国粹只觉得脸颊发烫，心魂俱失。你叫一个二十来岁血气方刚的男子怎么抵御得住？

幕间休息时，阿伦咬着雪茄，脸上挂着玩世不恭的微笑，说："范，红磨坊，在某种意义上来说，是伊壁鸠鲁哲学体现在平民生活中的一个绝佳范例。歌舞升平，声色犬马，撩拨人的官能神经。所以，忘记现实吧，前面的人生有着太多的不可知，我们都应该活在当下。看看眼前的美妙女体吧，闪亮的皮肤，流荡的眼神，赤裸的腰肢大腿——这些绝对是造物的杰作，千万不要错过。"

十二

丧母之后，承曦长久地陷在自责的情绪里，这种事没人可以交谈排解。一个花样年华的女子，突然间就跌进一个灰暗的世界里爬不出来。原来的亲戚朋友，都怕惹事上身，几乎断绝了走动。熟人中只有沈文渊，还常常上门来探访，承曦只好勉强打起精神来，泡了茶，红肿着两眼，一声不出。

沈文渊在桌边坐下，长嘘短叹了一阵，说："实在料想不到，赵家姆妈会想不开。

其实，戒毒这个事情，再苦再痛也要熬过去，一过这关，前面就豁然开朗了。"

承曦心里想道：现在人也没有了，再说这些有什么用？

沈文渊看她没反应，又说："人死不能复生，你要看开些，改造自己，后面的日子还长了。"

沈文渊原本是劝慰的意思，却没想到这句话触动了承曦心境，听沈文渊这么一说，承曦恍然觉得自己也要被送去"改造"了，不禁悲从中来，哭得涕泪滂沱，不能自已。

沈文渊起身去绞了热手巾，让她揩面，再在茶杯里续上热水，默默地陪在一边。

一直等到承曦止了泪，才低声劝说道："承曦，话是那么说，但我真的不是要吓你。我在大学里是读历史的，晓得每一次朝代变迁，都一定会有大起大落。像我们小老百姓，要在新局面下生存下来，只能是改造自己。像你娘年纪大了，又有恶癖，难以改变。而我们年轻人，人生只是刚刚开始，还有极大的可能改造自己。结婚，工作，生子，你才有可能生活下去。你仔细想想，我的话对不对。"

看到承曦听进去些，沈文渊又说："过去的事情，你心里要让它告一个段落，不要再去想。我建议你去报名参加职业训练，帮街道做一些工作，为今后找工作做铺垫。今后最好的出路，是有一个体面的工作。"

承曦用毛巾捂了脸："我家中的变故，你大概也晓得些的。我十七岁就辍学了，读过的书也忘记得七七八八了。再去学习，也不晓得能读得进去吗？"

"也有那些缝纫室、会计班、幼稚园、饮食行业等训练班，并不需要太高学历的。"

承曦还在踌躇，沈文渊说："要么，我先帮你报个名，你去试试看？"

送走沈文渊，承曦倒在床上，精疲力竭。连日来的劳神与伤怀，耗尽了她全部的力气，从精神到身体都软瘫下来。

人躺在床上，又无法入睡，东想西想。想阿哥，也想国粹，不知怎的觉得那是极其遥远的事。国粹与她，也许只是春梦一场，而她已经把自己心身都交了出去。国粹去了巴黎之后，只来过一封信，还是和承晚的信一起附来的。信中三言两语，平淡如水。一个泛泛之交的通信，也许还要写得多些。承曦越读心里越沉重，越悲哀。她那么珍重的情缘，隔着重洋，一日日如风而逝。

看样子，国粹是肯定不会再回来了，那也好。以国粹率性而为的性子，是随时可以惹出祸端来的。

由此又想到沈文渊，这段时间一直是他陪伴在身边，帮着处理了不少棘手事情。沈文渊对她的意思，承曦不可能不晓得。以前她一片心思都在国粹身上，对别的男人是不屑一顾的，但现在重压之下，她实在是太累了，如果有个男人能让她倚靠，也不失为一个现实的办法。

隔日，承曦收到阿哥的家信，承晚的信中说了些巴黎的起居日常，学艺进展；还说了几句国粹跟一个貌美的残疾女子走得很近。当然，承晚信中说得很是隐晦。他并不清楚承曦跟国粹的关系究竟要好到了什么地步，但国粹在杭州时，两人之间的热络样子，承晚一桩桩都看在眼里的。承晚写信透露些风声，意思要让妹子作个心理准备。毕竟在时空的隔阂下，一切情况都可能发生。作为一个兄长，要保护自己的妹子，也是人之常情。

　　这封信对承曦来说不啻于雪上加霜，独自承受着丧母之痛，内心已经极为脆弱，再听到国粹在巴黎拈花惹草的消息，更是一个极大的打击。国粹的花花公子本性，她也是晓得的，问题在于女人一旦热情上头，总一厢情愿地认为：情人跟别人都是逢场作戏，只有对自己是真心的。当这点幻想撞到了现实，无不粉身碎骨，带来的伤痛也更为撕心裂肺。

　　沈文渊作为区里的干部，近水楼台先得月，替承曦报名去会计速成班进修。相对于别的职业，会计算是相当好的，一些略有文化的家庭妇女，上两个月的基础课，学些珠算、簿记、出纳之类的知识。学出后，被安排到商店、饭庄、批发商场等单位，工作不怎么辛苦、脏累，也不用干体力活，普遍被认为是当时最吃香的职业。

　　哪晓得，承曦却拒绝去，说："我娘的七七还没过去，哪有心思去读啥个断命书？"

　　沈文渊说："承曦啊，你真不晓得这个名额有多少人想要，我可是打破了头才弄到手的。"

　　承曦撇撇嘴："再怎么吃香，也比不过亲生的娘。"

　　沈文渊不由得顿脚道："承曦，我求求你不要耍小孩脾气了。你真不晓得其中利害，现在事情说不准的，这次有了，不一定保证下次还有。错过这一班，你会后悔莫及。"

　　沈文渊好说歹说，最终承曦还是去了会计班，上了几次课，倒是蛮喜欢老师讲的课。承曦本来就聪明，早年也经营过茶庄，对商品进货与出售等关节一目了然，成绩比同班的好了许多，很得老师的欢心。半年多过后，被分配到杭州最大的钱塘江茶叶批发处做出纳。工作也是得心应手，批发处的同事晓得她曾是龙井茶园的二小姐，平日很是照顾她。日日上班，承曦便没有过于沉浸在丧母之痛中，人的气色精神恢复了不少。这不能不说是沈文渊的功劳。

　　一日，沈文渊来家探访，新剃了头，穿件蓝色哔叽中山装，手里还提了一盒蛋糕。

　　承曦诧异道："今天是啥个日子？太阳从西边出来了？"

　　沈文渊只是笑："我说的没错吧？上班，要比窝在家里好多了。"

　　承曦帮他泡上茶："是呀，真要谢谢你了，不过应该是由我作东的，怎么反了过来？"

　　沈文渊严肃起来："不说这个，我今朝来是跟你说件要紧之事，你坐好……"

　　承曦被他按坐在八仙桌旁，狐疑地看着他："有啥事情就说呀。这样一本正经，倒弄得人心惶惶的。"

　　沈文渊沉吟道："承曦，不晓得你还记得吗，你我幼年时……曾有过婚约的？"

　　承曦大吃一惊，慌乱之下不知所措，脸也不由得红了。

　　总算镇定下来，笑了说："啊呀，那是童言无忌，不好作数的呀。"

　　沈文渊坚持："对我说来，这却不是戏话，我为此等了十多年。而且，我记得那时赵家姆妈也是首肯的。"

　　"我娘吃了鸦片呀，神经不大正常的。跟她说水门汀上开出牡丹花，她也会说是的。"

场面尴尬,沈文渊喝口茶,清了清喉咙,字斟句酌说道:"承曦,我是个老式人,也是个固执的人。你既然不认父母做主的媒妁之言,那我就按照新式的行事,正式向你求婚。你慎重考虑一下,到底一个男子的心思,也不好随随便便搁在一边的。"

承曦料不到沈文渊这般坚持,大部分男人求婚不成,都会知难而退,毕竟可供选择的女子有得是,像沈文渊这样撞了南墙还不回头,倒是少见。

看承曦犹豫,沈文渊又说:"我也晓得这样突然提出来,很是唐突。但我总觉得一件事未竟,心里总有什么堵在那儿,非要有个结果才能平静下来。你就说一句吧。"

平日伶俐善言的承曦,此刻却乱了方寸,涨红了脸,说不出一个字来。憋了好久,才喃喃道:"太突然了,真的太突然了……叫我从何说起?"

沈文渊隔了桌子,伸出手去握了承曦的手腕,说:"男大当婚女大当嫁,也是个顺理成章的事情,我是诚恳的,希望你能够体谅我的心意。结了婚,我会对你好的。"

这句话是用很软和的语气说出来的。

承曦胸中腾起一股委屈,难以平息,她是家里最小的孩子,理应受到更多的呵护和宠爱,但从童年伊始,她肩上负担着整个家庭的重压,父母就不说了,阿哥承晚,虽然对她亲爱友善,但一旦有了事情,实在是不堪助她一臂之力。相反,做妹妹的还要处处照顾他。承曦是个要强的,嘴上不说,心里还是希望有个男人可以依仗的。听沈文渊这么一说,本来十足要拒绝的话,竟然说不出口,如一个彷徨无措的人,总想着留出一条后路。

沈文渊看承曦不响,于是把椅子拉近些,一只手搭上承曦的臂膊,柔声说道:"承曦啊,你就点个头吧,不要犹豫了。一段良缘,从一点头开始,交托终生。我虽然是一般老百姓,但受过教育,知书识礼,家境也过得去。嫁给我,断不会让你委屈的。最重要是我懂得做人,就在前天,区里的干部找我去谈话,看样子要提拔我到某个要紧职位上。"

承曦心中极乱,沈文渊温言软语,却步步紧逼。如果真的嫁给沈文渊,以他的聪明,审时度势,不说求发达,也至少会过得蛮安逸的。换了别的女子,怕是早就点头应允了。承曦心中也开始动摇,但还晓得终身大事轻率不得,于是咬紧了牙关不作一声。

看承曦一声不响,场面僵住了,沈文渊也有点发窘,沉默地搓着手。过一阵,又试探地说:"如果你决定不了,那么,先订了婚怎么样?相处一阵,也让大家有个适应的过程。假如真的不合适,好聚好散,还可以取消婚约的。"

沈文渊突如其来的求婚,承曦真没有半点思想准备,拒绝吧,沈文渊是她眼前唯一可以商量依靠的朋友;答应吧,真的心不由己。这一切搞得她头晕得厉害。只得闭了眼睛,努力去回想跟国粹短暂相处的日子。许多情景历历在目,现在他人在天边,时空相隔,更显得飘渺。承曦不禁怀疑这个梦,是否可以由她一直做下去,更何况,国粹的身后,始终有别的女人身影出没。明明是两人挤在一起卿卿我我,国粹的另一条手臂却勾了个胖太太,时而窃窃私语,时而掩嘴窃笑。明明在一起牵了手下到舞池,一曲未终,转眼就看见他跟别的女人相拥而舞。那个女人漂亮得不可方物，舞姿却十分突兀，再仔细一看，女人却是个残疾，跳起舞来一瘸一瘸，国粹却非常投入，殷勤有加。

在神思恍惚中有一个声音："承曦，世上的一切都是逢场作戏，你不必在意。如果你不放心，我们可以先订婚……那么，你点个头就可以了。"

十三

日子飞快，掐指一算，他们四人来巴黎竟然已经一年多了。从最初的拘谨木讷到现在的满不在乎，从最初的口腹不适到习惯并欣赏法式烹饪，更是熟稔了塞纳河两岸的大街小巷，知道哪家饭店的西班牙海鲜焗饭最好吃，哪家咖啡店的羊角面包最松脆，哪个年份的波旁红酒口感最好。一年多了，唯一没多大长进的是，大家的法语依旧结结巴巴。也要怪这门奇怪的语言有那么多的繁文缛节，那么多不合理的性别转换，桌子是公的，椅子是母的，那么小板凳呢？好在法国不常见到小板凳。国粹算是托了性格外向的福，比较敢于开口，自然法语也流利些，常帮着大家处理些事情。

在绘画教学上，洛特教授还是术有专精，他看出这几个中国学生对绘画的感觉还好，也很用功，缺的是基本功和对造型的理解。通过给他们特别的作业布置，四人的画面感和技巧都有了很大的提高。国粹画樱之的那幅《女人与花束》，被洛特教授作为范本在课堂上展示并评论。

老头子是吝于夸赞的，但还是露出欣赏的口气："现在大家一窝蜂地画新派，好像一朵花已经有人欣赏过了，于是不屑了，转而去欣赏一块砖头、一根干巴巴的木棍，或者一堆垃圾。哦，艺术是有范畴的，并不是新的就是好的，新的垃圾无论怎么弄，还是一堆垃圾。与其标新立异，倒不如坐定下来，把前人美妙作品重温一遍。这是一个必经的路程，对美，对形式，对技巧烂熟于心之后，你自然会孵化出自己对这个世界的看法和相应的表现手法。再看一眼你们面前的这张画，你看出德加的影子，德加是用了光和色彩，具体说来就是花和女人，自然界最轻盈的也是最微妙的元素。元素是公共的，谁都可以拿来运用。但问题是你运用得好，还是运用得一团糟。杰作和垃圾的区别就在此间。"

云裳的一张风景画，画的是凡尔赛附近的乡村景色，也受到洛特教授的好评："土地，最朴实也最难表现的就是土地。你看这画面上三分之二的都是土地，不起眼的，朴实无华的土地，后面才是起伏有致的树木和村落。但土地，蕴藏着无数的细节，生趣盎然的细节，一段歪倒的篱笆、小灌木、散碎的车矢菊起到了色彩的平衡，车辙里积着雨水，反映着天光。你看着画面，一种宁静之感油然而生。这是自然最基本的面貌，没有被工业文明侵蚀过的，我们视而不见但生生不息。傅先生能察觉到这最普通的景色所蕴含的美，用最恰如其分的技巧表现出来，我必得向你表示祝贺。"

班上同学都向云裳点头含笑致意，云裳则兴奋得满面通红，站起来向大家鞠躬致谢。

接下去看云鹏的雕塑作品，是个光头女子的胸像。洛特教授要云鹏说说为什么要把女人最美的部分——头发略去？宗教因素？医学因素？或者……洛特教授挑起一条眉毛，做了个大惑不解的表情。

云鹏说无关宗教，他只是觉得女子裸露的头盖骨，比头发更美，像一个教堂的穹顶，细腻，浑圆，结构精巧。头发只是附着物，人工的修饰是符合社会的审美。作为一个雕塑家，他更愿意去芜存菁，使作品表现出人体最基本的美质。

洛特教授不语，托腮沉思。底下有个学生插嘴："如果是你的太太，你也会让她把头发剃掉，跟你一块出入公众场合吗？"

"Pourquoi pas（为什么不）？如果她的头型生得非常好看。"

课堂底下窃窃偷笑，洛特教授要大家安静，沉思地说："我个人觉得，傅也许是对的，米开朗基罗曾说过：一件雕塑，要从山顶上摔下去，多余的部分全部被去掉，剩下来的就是雕塑的本源。我以前一直不理解这段话，刚才好像明白点了什么。雕塑艺术是寻找人体最基本的东西，以一件胸像来说，最本源的就是肢体和骨骼的结构。除去头发，更好地表现头骨的形状、结构，对雕塑家来说更重要吧。"

赵承晚的作品是用水彩画在宣纸上的古装人物，洛特教授只是在画前站定了一会儿，什么也没说就走过去了。

课后在咖啡馆聚会时，赵承晚情绪很低落，傅家兄弟试着安慰他："外国人第一不懂中国笔墨，第二更不懂古装，你给老头子出难题了，叫他说什么好？万一说错，还要被人窃笑，只好嘴巴上贴橡皮膏，一声不响。"

承晚闷闷不乐地说："我倒无所谓，只是新派画也流行这么多辰光了，你看那些野兽派、立体派、抽象派，画得像鬼画符，一样有人叫好。我画了几个中国仕女，就不招人待见了？"

云鹏说："是呀，梵高、莫奈他们都画过日本仕女的。"

国粹不以为然地说："承晚啊，你太把老头子的话当一回事了，我问你，你还曾记得小时候老师给你作业上的批语吗？不记得了？要记得，才见鬼了。他说得再好或再坏，也不会影响你长大成人。老头子说得好，你笑笑；说得不好，你只当他耳边风。一个大艺术家，还能在乎他人的看法？你只管走自己的路就是了。"

被国粹这样一说，承晚总算气平了些。大家换了话题，说再过两个月就要结业了，该是要预订回国的船票了。

云裳说："来的时候，觉得一年半是很长的一段时间，竟然过得这么快，转眼就要回去了。只是想到要长途坐船，我的胃里已经翻腾起来了。"

赵承晚说："我回到杭州，第一件事是叫承曦帮我烧一碗鲜笋鱼圆汤，一盘韭黄炒虾腰，一只蟹粉豆腐煲，再狠狠地来两大碗碧糯粳米饭，垂涎已久了。以前常听人说：你吃的什么，你就是什么人。还不怎么相信，这次可真的领教了，外国日子再好，中国口子再难，只要有碗鲜笋鱼圆汤，我是义无反顾地要回国的。"

大家笑他："你承晚兄也是大人家出来的，什么山珍海味没吃过？到法国来了年半，竟活生生憋成了个馋痨胚，作孽作孽。"

承晚顶嘴："你们懂个啥？牛吃青草老虎吃肉，天经地义。一方水土养一方人，小孩子生出来，眼睛一睁开就是吃，从小吃到大，口味这东西，要改也改不了的。"

国粹打断众人的调笑，问道："承曦那儿有啥消息吗？"

承晚说："我也是有一阵没她的音讯

了，前封信，还是三个月前了，说是进了茶叶批发公司做账房先生。"

"那倒也好，茶叶生意是你们家的老本行，应该是熟门熟路的。"

承晚叹了一口气，没作声。

云鹏说："承曦又要上班，又要照顾令堂，肯定很辛苦。"

赵承晚耸耸肩："我这个妹子，从小要强，比男人还出趟，很小就是屋里外面一肩挑的。再说家里有长年和王妈在做，我想应该问题不大的。"

云裳突然插嘴："你们难道都不晓得？承曦她……"

众人诧异："晓得什么呀？"

云裳张了张嘴，想说什么，又缩回去了。

赵承晚盯牢云裳："晓得你有不少杭州朋友，消息灵通。你要说什么，就说出来呀。"

云裳支吾着，躲闪着，经不住赵承晚的催逼，才道："前两天有个杭州朋友写了封信来，说了些瞎七八搭的事情，我是一丝丝也不信的。"

平常老成持重的云裳，这次说漏了嘴，几道目光逼过来，探询、疑惑，云裳只好闪烁其言："我这个朋友靠不牢的，无轨电车乱开，十句中有九句是虚话。"

一向和颜悦色的承晚，也绷不住了，口气很不高兴地说："哎，云裳，你既然已经提起了头，就说出来。吞吞吐吐，弄得人家肚肠发痒。"

云裳额上虚汗都冒出来了，抬手在自己嘴巴上拍了一下："被洛特老头子在课堂上灌了几句迷汤，我也是兴奋得昏了头。本来没有影子的事情，嘴一滑就说出来了，真是该死。"

众人只是一叠声地催他：到底说些什么，快点讲啊。

"说是：承曦订婚了。"

不啻于晴天霹雳，国粹眼睛弹出，手指间夹的香烟落下，在大衣上烧出个洞，也不晓得去掸。承晚像是被人打了一枪，嘴张得老大，半天合不拢。等回过神来，一个劲地摇头："笑话，天大的笑话，如果承曦真的订了婚，我这个做阿哥的会不晓得？还要从你的朋友处转弯抹角地传过来？"

肯定是谣传。

云裳总算松了口气，说："就是嘛，我说过，那个赤佬朋友的闲话信不得的。"

承晚余怒未息，对云裳说："我问你，你的这个朋友，姓甚名谁？我回到杭州，一定要去寻他算账。做啥不好，如此这般造一个黄花女子的谣，我妹子还没出阁呢！"

云裳苦了脸："这种人不要和他一般见识，没意思的。加之，他是长一码大一码的大块头，真要打相打，怕你也打不赢的，算了吧。"

文弱书生承晚一听到打架，不响了。

一直没说话的国粹，突然咬牙切齿地说："就算他是三头六臂，拼了命，我也要请他吃几记老拳。你们信不信？"

云裳内疚道："要说，最该责怪的，是我多嘴了。你两个要是气不过，尽管过来打我一顿，保证不还手。好不好？"

气氛很是沉重，国粹面色铁青，承晚绷着脸，看得出也是压抑着火气。

最后是云鹏出来打圆场："说这些没影子的事体干什么呢？嘴巴生在别人身上，管得了吗？我们来巴黎学画，多少还是有长进的。回去之前，倒是要好好地再领略一下法国的妙处，到处走一走，毕竟来一次不容易。"

总算缓解些,众人转头讨论回去之前,要先去什么地方旅游一次,但是心里还是有阴影,都有点心不在焉的。

回到家,云鹏责怪他的阿哥:"真不像你的脾气,这种风言风语,你去说它干什么?弄得大家心里窝塞。"

云裳闷闷地说:"我是一下子嘴滑了,人总有不经意的辰光。你要我怎么办?"

云鹏说:"你看范蛤蜊那副腔调,比承晚还要吃酸。"

云裳沉着脸,若有所思。

云鹏又笑说:"哈哈,原来花花大少范蛤蜊也有吃瘪的辰光。"

云裳叹了一口气:"事体没有像你们想象的那么简单,大块头在信里说了许多,我不便说出来罢了。"

云鹏倒是吃了一惊:"怎么啦?"

云裳去自己房内把信拿出来,交给兄弟:"喏,你自己去看吧。"

写信的朋友姓汪,云鹏以前也见过一两次,不是很熟。信一共有两页,蝇头小楷写得密密麻麻。

云裳贤兄,别来无恙?

想当初,兄曾邀吾一起游学法国,为家中琐事,没能同行。一念之差,现在后悔莫及。就在这一年半之间,情况变化很大。如果没有亲身经历,真是不可想象。……身边朋友中有很多人申请去港澳,并不是那么容易。偶尔听说有人以继承财产之借口,通过罗湖边境跑出去的。吾要不是九个月前结了婚,家中老父又有高血压、痰喘,吾大概也要试一下的。

吾新婚妻子叶心樑,新雅饭店的那次派对上,兄大概也见过。我们断断续续也交往了两年了,原来为了想出国游学,婚事犹豫着一直定不下来。现在这个形势,结婚,也是想互相有个倚靠罢了。想起来了,她的小哥哥叫叶康樑,画漫画的,跟杭州城里画水彩的赵承晚走得很近的。听说他妹妹赵承曦小姐,也在前阵子订婚了……

云鹏看到这儿惊呼:"这么说来是真的了?简直不能置信。"

云裳皱了眉头:"白纸黑字写在那儿,有什么不可相信的!"

"我还在想承曦这朵美人花落入谁家,范国粹呢?还是我阿哥?想不到被外人捷足先登。"

云裳脸色煞白:"我已经烦煞了,你少说两句行不?"

云鹏宽慰他哥道:"这种事情,其实也平常,历代都有。我不说透,你也许会郁结在心里,以致弄出病来。所以呢,佛说人间之苦,求不得是其中之一。你我生在富饶之家,从未受过匮乏之苦,人生也算是顺利。但人终其一生,不可能十全,都要经历波折,从中学到教训,体尝到酸甜苦辣各种况味,才能悟透人生。你说是吗?"

云裳说:"我是一个大活人,不是什么佛陀。"

云鹏说:"佛——本来就是看透了的人。"

云裳挥手道:"去去去,别给我装神弄鬼。我只求做个普通人,没有这么多的烦心事。"

云鹏道:"人嘛,都有三千烦恼丝,割也割不断的。"

十四

承曦一直懊悔不已，怎么会一下子昏了头，鬼使神差地答应了沈文渊的求婚？她根本没有这个意愿，也没有半点喜欢过这个人。但当初又怎么会点头的呢？她百思不得其解，只好对自己说那次魂不在身上，从此铸下人生大错。

人一旦受到了憋屈，特别是在感情上，目光往往会产生偏差，像只被人撸倒毛的猫，脾气也变坏。沈文渊工作上打交道，那副点头哈腰，满口奉承的样子，她会觉得特别地猥琐："为了工作，你一定要满脸堆笑，把个头点得像鸡啄米似的？"沈文渊解释道这是礼貌，也是对上级的尊重。承曦马上反驳："尊重，也要是双方的，人家跟你说话手背在身后，居高临下，只是鼻子里出气。我是凑不上去的。"沈文渊只好耐着性子解释："俗话说：伸手不打笑面人。放低身段，也是为了工作顺利些呀。你作为我的爱人，千万要理解我。"

承曦只是鼻子里哼了一声。

每次当沈文渊在外面称呼她为"我的爱人"时，承曦浑身的鸡皮疙瘩都会竖起来。虽然现在这样称呼，算是新派，她还是觉得肉麻无比。"爱人"这两个字，是个极其私密，极其亲密、个人化的称呼，甚至当了真正爱人的面，也不好轻易出口的，现在就这样被人挂在口边轻薄。无论是称呼先生太太内人，或者俗称的家主婆，都比叫"爱人"来得自然。于是沈文渊就嬉皮笑脸地说："那么，你早点嫁给我，我就好叫你家主婆。"

承曦只是回他一个字："呸。"

承曦想忘掉但忘不了的爱人，当然还是范国粹，只是这个形象一天天地淡薄下去，那些令人缅怀的共度时光，像是前辈子的事情了。现在的通信越来越不便，通过香港转，也要几个月的延搁。因此，国粹差不多绝了音信，阿哥赵承晚也来信寥寥。承曦又想看到国粹的信息，又怕阿哥说他又交了哪个新女友，真是磨折煞人。承曦有时竟生出无端恨意，早知道有一天会成为天涯路人，又何必当初卿卿我我？而承曦自己，当年也是晓得范国粹的风流性子，却不管不顾地往里跳。看来，这世界上最靠不住的是情缘，在漫长的时间和遥远的地缘分隔之下，一切都会变质，早些晚些罢了。

承曦也明白，沈文渊为她在外面挡掉了不少杂事与麻烦，承曦才得以有一段相对平静安宁的日子。赵家一向被街坊们认为是富裕人家，家里有产业，兄妹俩平日生活又绰阔讲究。殊不知其实赵家内里空虚，茶园的股份也早已经抵押掉了。几次街道上门，都是沈文渊明里暗里排解掉的。

沈文渊这样做，无非是讨承曦欢心，早点答应和他成婚。承曦虽然应允了订婚，但看得出不是期盼的，半心半意的。沈文渊担心承曦会得反悔，所以加了力气，尽力让这桩婚事定下来。

但是承曦一次次地拒绝他举行婚礼的要求，推托说：就是要办，也要等阿哥回来再办，婚礼总要有个娘家的亲人在场。平时也不肯跟他亲近，订婚至今差不多半年多了，连个嘴都没有亲过，最多就是在公园里拉拉手，还没走上几步，承曦就把手抽回来了。

一日，承曦意外地接到一封香港转来的信，拆开一看，不是阿哥或国粹的来信，却是云裳写来的。信中说：从朋友来信，也晓得些国内的状况。承曦如果要出国的话，现在就要进行了，今后看来只会越来越难。承曦若有这个意思的话，他倒可以帮上忙。已经有朋友顺利出去了，但时间一长就不敢保证……

承曦一点没有犹豫地回了信，说她倒真是想去外面看看，最好可以生活一段时期。"更主要的，是想念你们当年一块欢乐与共的朋友，如果能够共同周游观光，那是再好也没有了。"

云裳回信来说："届时有香港朋友来与你联络，也会指点你如何申请护照出关一应事项。"承曦只须跟着信上的要求去做就是了。

大概过了一个半月光景，一封来自香港，落款是"陈缄"的信函寄到涌金门赵宅。正好沈文渊来串门，就把信带进来交给承曦："我不晓得你家还有香港的来往，小心点罢。"

承曦嗔道："是人，总有个三亲六眷，赵家以前也是大人家，整日高朋满座的。哪像现在，连个鬼都不上门来。"

沈文渊就讪讪地："我只是提醒你一下，还被你刮三刮四，你当我听不出来话中有话啊。"

承曦先是掩嘴偷笑，随即又板下脸来："晓得就好。还不是你自讨的。"

沈文渊走后，承曦读信，信的开首就称她为承曦二侄女，曰：

近年诸事繁复，家中也有人事变动，忙于处置安顿，久未联络，还望谅解。上个月你大姨妈故世，她膝下无子女，遗产就分为五份，我家小儿，四姨妈的一子一女，再加承晚和你，每份总有二十万港币左右，还待承办律师算清费用，作最后的分割。律师事务所近日来函，要求各继承人早日来港签字，以便交送遗产法庭批准。贤侄女可持此信向政府有关方面申请来港，事不宜迟，一旦有所拖延，整个法律程序都要从头开始，所费不赀。切切如嘱。

承曦心想：这个云裳倒是办事快捷，真正用了心思为她设计。但她对如何申请出境一点头绪也没有，而且，看到派出所那些居高临下的办事员就肚皮里一包气。看来还是要由沈文渊去打交道。

拿了信给沈文渊看，沈文渊第一个反应就是："你去了香港，就不会回来了。"

承曦反驳道："胡说八道，去香港拿了遗产就回来。我耽在那里做啥？人生地不熟的。再说，我家的房子还在这里，几代人传下来的。我怎么可以撒手不管？承晚回来了，也要住在这里的。"

沈文渊只是摇头："不会的。我晓得你这个人的。"

承曦急了："你这个人见到风就是雨，让你帮个忙，这么多的闲话。算了，我自己也可以去办的。"

沈文渊："不是不肯帮忙，我是担心你我的婚事要不入港了。"

"担心什么？我会赖婚？"

沈文渊沉吟："倒不是，但现在情况不明，今朝不晓得明日，你出去了回不来怎么办？"

"不会的。"

沈文渊沉思一阵，说："承曦，要么，不要等承晚了，我们先行把婚事办了吧，我已经满廿一岁了，你也要快廿三岁了，差不多是辰光了。"

照沈文渊的意思，只要把婚结了，一

切都好办。他也会尽力去打通一切的关节。否则，他是不同意承曦出去的。

两人不欢而散。承曦不相信离了沈文渊就做不成事情，自己拿了信，到派出所去递交申请。接待她的是一个戴眼镜，剪短头发的女户籍警，看样子倒很文气，但态度生硬，言辞犀利，一个劲地盯着她问："你的大姨妈姓啥名啥？家庭成员几个？在香港以何为生？你最后一次与她们联系是什么时候？有没有以前来往的信件？"

承曦没料到会有这么多的追根刨底，很多问题都答不上来。最后，那女人黑了脸，把信和申请单子推出来，说："就凭这一封信，不足以证明你去香港有正当理由。"

承曦不服："我是去接受遗产呀，去了还要回来的呀。"

那女人冷笑一声："不批准，也是为了你好！香港有啥好？资本主义社会，老百姓生活在水深火热之中。"

承曦悻悻地回到家中，想着虽然云裳热心帮忙，可是她大概是没有出国的命，就算她再会处理事情，可是没有碰到过这种场面，面对派出所之类的官家机构，还是心虚，如果那个女警察再多问几句，她大概会连信都不要了，落荒而逃。

一股悲哀袭来，承曦觉得她正是人所说的"心比天高，命比纸薄"，父母是这个样子，唯一的阿哥也帮不了她什么，反而处处要她照顾。欢喜上一个男子，偏偏又是个风流种子。难道她真的只能嫁个小市民，生儿育女，柴米油盐，蹉跎一生吗？

她心有不甘，潜意识中晓得：如果不趁着年轻时拚命搏一记，今后只会越来越难。

沈文渊隔了几天上门，绝口不提那日的龃龉，嘘寒问暖，表现得非常的体贴。承曦知道，凭了沈文渊在区里的人头熟，讯息灵通，肯定早已晓得她是无功而返，心里大大地松了口气，所以今天献殷勤来了。承曦也不去点穿他。

十五

时光如梭，一年半的留学日子，竟然如此飞快地度过。

法国之行，真没有使人失望，留学生涯大大地扩展了他们的眼界。洛特教授的课，也为他们打下了扎实的基础。但最大的收获，是遍布巴黎的美术馆和画廊，在卢浮宫这个世界上最著名的美术馆里，古来今往的大艺术家们，像奥林匹斯山上的神祇，如日月星辰，光耀后世。在拉丁区大大小小的画廊里，看到那么多来自世界各地的艺术家各显所能，向他们展示了艺术家无限创造的可能性。再回头看去，故国就像一幢风雨中的古宅，那么晦暗沉闷。他们学成回去之后，真要多打开几扇窗子，让新鲜的空气进来。

想到留学生涯将尽，不知何日才能再来，大家都有些不舍。众人说好了在动身回国之前，先去欧洲各地旅行一次。关于旅行目的地，云鹏提议去意大利的翡冷翠，文艺复兴的起源地，朝拜米开朗基罗的雕塑，欣赏拉斐尔画的微笑圣母，走一走阿诺河上的叹息桥，参观古代斗兽场。但是表哥说最近意大利有激进党闹事，工人大罢工，罗马街头满是垃圾，交通停滞，暴徒也常趁火打劫。

云裳一听就说："不去不去，马上要回国了，还是太平点吧。"

云鹏嘲笑道:"阿哥,你在马赛被抢了一次,吓煞了。就像杜甫说的:至今残破胆,应有未招魂。"

云裳斥责阿弟:"这么热的天,啥人愿意去垃圾堆里打滚,恕我不奉陪。"

大家正七嘴八舌,这时坐在一旁的樱之说:"我也听说有一处地方,在法国南部有个城市叫露得,是圣母玛利亚显灵的地方,坐火车也可以到达的。不晓得大家意下如何?"

众人都没听说过这个地方。

云鹏还是想去翡冷翠,跳出来否定:"去那里干什么?烧香拜佛?我们又不信天主教。"

樱之正在尴尬,在座的余先生说:"这个地方,我倒听说过,前阵子,在《费加罗日报》上也有过报道,说是去朝拜的信徒,很有些是得了绝症的病人,医生都束手无策。去朝拜之后,多年的顽疾,竟不药而愈,神奇得很。露得出了名之后,大批的信徒蜂拥而至,以致附近的客店一房难求。"

樱之看着大家,脸上的神色又像是祈求,又像是哀告。

云鹏说:"喔,真的假的?"

国粹白了他一眼:"你是什么意思?"

云鹏道:"这种报道常常有,现在是科学年代了,不药而愈这种以讹传讹的事情,是否经得起推敲?"

国粹决绝地打断他:"管它真的假的,只要有万分之一的可能,跑一次还是值得的。"

众人犹豫,国粹说:"你们不去?没关系,那我一个人陪樱之去好了。"

众人大报:"我们又没说不去,只是太突然,没有反应过来而已。"

坐在轮椅上的樱之突然掩面哭泣,肩膀一抽一抽的。众人都慌了手脚,劝解安慰,乱作一团。樱之抬起头来,梨花带雨地说:"我哭,是高兴。我再命运乖舛,也交结了你们这批朋友,肯为我出力。我心里真是感激。"

云裳说:"开头我们都没想到,表哥这么一说,当然要去试一试的。只要你好起来,比啥都值得。"

大家也七嘴八舌催促余表哥,赶快买火车票去。

露得是个古老而偏僻的小城市,处于比利牛斯山脉之间,冬季要封山。一条叫波河的河流绕城而过。由于闭塞,居民的生活还是保持着两三百年前的状态。一八五八年,圣母在此显灵十八次,又引出泉水为人治病,从此露得名声大噪,教廷封圣,造起了大教堂。无数患有疑难杂症的病人和医学研究者从世界各地涌来,夏季更是挤满信徒和还愿者,以致国粹一行人到了地方,竟然找不到宿处。奔波好一阵子,才在一个旅馆里找到一间房,柜台说:还是为体谅这位女士的不方便,经理把自己的值班房间让了出来。实在是找不出多余的房了,连放被单的库房都搭了铺。

众人说特殊情况,大家将就些打地铺吧,可是进房去一看,那个所谓的"房间",大概是值夜班职员打个盹的地方,小得只能放下一张单人床,再转个身都不行。大家就犯了难,打退堂鼓吧,好容易千里迢迢赶来,没有旅馆难道睡露天不成?虽说在春夏交接之际,晚上还是很冷的。柜台告诉他们,在半个小时路程之外还有个小城,那儿一般会有房间,不过要赶快过去了,天黑了就难说了。

也只好如此了。

但也不能留下樱之一个人，大家面面相觑，不用讨论，也总该是国粹留下了。国粹说："你们走吧，我在旅馆厅里的椅子上对付一晚就是了。"

夜深了，旅馆的前厅里熄了灯，值班职员不知跑到哪里去了。在山里，白日的气温和入夜之后相差很大，国粹抽着烟，喝着威士忌，越坐越冷，他的行李存放在樱之的房间里，冻得实在受不了，只好进房去取些衣物。樱之却还醒着看书，见他进来，抬起身来说："你守在外面，我也是睡不着的。出门在外，没那么多的讲究，随便对付一晚吧。"

国粹一天奔波下来，身心俱疲，也真的有点吃不消了。但他拒绝了樱之邀请他并排在床上躺下的建议："我从小的睡相极坏，就是在睡梦中，还会拳打脚踢。还是不要惊扰你的清梦。我就在地板上歇一会儿吧。"

房间实在太小，大概是三米乘一米半，放了一张三尺半的窄床，一个脸盆架子，只有床边留下一块仅可容身的地方。国粹在地下铺了条毯子，枕在行李袋上，刚才喝下的半瓶威士忌，现在身处暖和的房间里，酒意一下子上来，很快地进入梦乡。

身下是硬邦邦的地板，人疲倦极了，睡下去也不怎么觉得。半夜，国粹一个翻身醒转来，伸手不见五指。狭小的房间中，男女气息混杂，在男人的威士忌宿醉的酸性气息中，杂有香水、口红、粉底、洗头膏、尼古丁的味道，再混合了暧昧的男女荷尔蒙气息，在黑暗中散发着一丝暧昧和不安。

生命从黑暗中诞生，欲念，也从黑暗中诞生。

国粹在迷糊中感到樱之的一只手从床上伸下来，轻轻地抚摸他的脸颊和肩膀。国粹闭着眼睛，一动不动，那只手在他脸颊上停留了一歇，又游移着，蠕动着，慢慢地，从肩膀移到胸膛上。指尖划过肌肤，如蚁之爬搔，如蝶之逗吻。国粹被她撩拨得睡意全消，一丝无名的欲火，从身体深处燃起。国粹本能地晓得，在还未失控之前，他应该阻止这局挑逗的游戏继续下去，一旦越过了界线，欲火熊熊燃起烧毁一切，局面将不是他能够控制的。而另一方面，国粹又很享受这种暧昧的触碰，放纵的，妄为的，天马行空，却又像在梦中一样随波逐流，像熟睡的婴儿那样被动的，下意识的，不需要负任何责任。

在包容一切掩盖一切的黑夜中，疲累的躯体睡着了，潜藏的欲望却时时刻刻醒着。有谁知道潜意识是多么不羁，在没有监管的情况下，随时随地冒出头来。弗洛伊德说：梦是被压抑的我们自身，而醒着的我们只是社会的产品。佛经也说：心象如云彩投影于寒潭之上，一只飞鸟掠过，所有的平静都会被扰乱。而人，是不由自主的动物。

这样甜蜜的苦刑，作为一个男人，他再也不能忍了。要么一刀斩断，要么全线崩毁。他猛然坐起身，攥住那只不安分的手，轻轻地搁回床上去。

没有抗拒，也没有挣扎。国粹点燃了香烟，借着打火机的微光，床上的女人俯身睡着，额发披散在脸颊上，吐气如兰，像安琪儿一样。国粹甚至怀疑，那一幕也许只是个旖旎的乱梦？

再也睡不着了，他起身走出房间，来到外面，猛吸一口香烟再吐出去。星空湛蓝，一钩新月沉在西边的山峦之巅。

他们起了个大早，两人七点不到就来到圣母大教堂前，入口处已经排起了长长的队伍。在他们前面的一家人是祖孙三代，为首的老祖母，六七十岁的年长妇人，鬓发已经斑白一片，但是腰背挺直，目光沉静。穿拖地长裙的女儿面目姣好，体型婀娜，正是风华当年。而小孙女大概五六岁的样子，胖乎乎的脸蛋，满头金色鬈发，穿一条镶蕾丝边的泡泡裙，白色的小皮鞋，很是活泼可爱。小女孩怀里捧了一大束鲜花。看见坐在轮椅上的樱之，祖孙三人都向她微笑致意。老妇人俯首跟她的小孙女说了些什么，小女孩便从花束中抽出一支粉红色石竹，跑到樱之的轮椅面前，抬头仰望着，眼中的神色又天真又好奇。樱之俯过身去，笑着摸摸女孩的头发。小女孩羞涩地把花递给她，然后跑回她母亲的身边。樱之连忙双手合十称谢，老妇人一家也微笑着颔首致意。

樱之显得很高兴，把花凑到鼻子底下闻着，仰头对国粹说："石竹，是我本命之花，今天真是个好兆头。"

露得白从圣母显灵之后，教廷梵蒂冈花了大本钱，建立起宏大雄伟的礼拜堂、圣母殿及修道院等一应设施。施行浸礼的大厅更是考究，哥特式的穹顶高耸，雪白的大理石铺地，从山上引来泉水，源源不断地注入正殿中一个拜占庭式的池子里。大厅里人头熙攘，嗡嗡之声不绝。在高高的莲花宝座上，圣母玛利亚身着蓝色长袍，一脸慈悲地往下注视着。于一片香烟缭绕之中，上了年纪的神父喃喃地念着经文，信徒们一个接着一个，只穿了单薄的贴身衣物，在两个教会执事的护持下，连头部带身体，一起浸入冰冷的圣水中，如此重复三次，洗涤罪人们的身体和灵魂。

浸洗池分男女入口，排着长队。在一道帷幕前，一位身穿黑袍的修女，从国粹手中接过轮椅，说男士请在外面等候，这位女士会得到很好的照顾。

国粹趁这个空闲机会，独自里里外外兜了一圈。这里是比利牛斯山脉中的一块谷地，波河穿过小镇，山巅之上建有宽大的瞭望台，可以远眺群山。整个圣母大教堂建在山坡之侧，占地甚大，前庭宽广，栽种了大量的绿树和鲜花。在一处幽静山岩之中，有一个位于半山腰的岩洞，供奉着白衣圣母的塑像，四周绿植环绕，从底部涓涓涌出清泉。又在山后开辟出一个雕塑园，重现了耶稣受难的情景。沿着山路，布置了各种圣经中人物的群像，低了头悲怆的圣徒们、猥琐的犹大、一脸木然的罗马士兵。而头戴荆冠的耶稣，背负着沉重的十字架，脚步踉跄地向上而去。在山顶的广场上耸立着三具十字架，耶稣和两个罪犯被钉在十字架上。

一圈看完下来，累了，坐在广场喷泉边上抽烟。广场上人山人海，哥特式的大教堂从外部看去，嶙峋高耸，金碧辉煌。通体洁白的大理石外墙，以各种马赛克的图像装饰。两旁围绕着拱形的走廊，正门两边建有盘旋而上的阶梯，走上去是个广阔的平台，在平台上抬头仰望三座塔楼，直上云霄，高处不胜寒。再走进教室内部，也称玫瑰大殿，雕花廊柱成排，穹顶高耸幽暗。镂刻着众多圣经故事的马赛克玻璃长窗精工细雕，一束阳光透入，色彩迷幻，带来天国的许诺。祭坛的右侧，一架巨大的管风琴奏着抑扬顿挫的弥撒曲。大殿中到处是供奉圣母的鲜花和蜡烛。簇拥着的朝圣人群,从世界各地而来,白衣修女,褐袍僧侣。既有披金戴银的贵妇,亦有前呼后拥的仆役,还有粗衣敝履的农夫,独自跪在圣像前祷告。

国粹其实是不相信什么"神迹"的,他记得小时候常常被年迈的祖母带去庙里烧香拜佛,祖母在蒲团上长久地跪着,捻香祷告念念有词,家里大人小孩一一惦记到:阖家平安长命百岁招财进宝祛病延年子孙满堂顺风顺水,连母猫生小猫都要观音菩萨保佑平安。最后还要往功德箱里塞铜钿,祖母平日俭省,可是捐献时毫不吝啬,大把的钞票、银洋钿,甚至金项链、玉镯头,由一只苍老变形的手颤颤巍巍地塞进那个无底洞里。可是家里还是一年年衰败下去,子孙一样还是不争气,唯一的功效是:祖母从庙里回来,脸上一副心满意足的表情,晚饭也多吃一碗。

这次陪樱之来露得,至少她能了个心愿,人生有个希冀,大家兴师动众来一趟也就值了。

国粹远远看见送了樱之一支石竹花的祖孙三代,并排坐在弥撒席上听神父讲道,低了头,一脸的虔诚。讲道完了,老祖母还在地上跪了一两分钟,合掌祷告。然后,一家人来到祭台前,小孙女把银币投入捐献箱,取来蜡烛,母亲接过,把蜡烛和鲜花供奉在圣母塑像之前,最后由老祖母点燃起来。

民众淳朴的信仰,一代代的虔诚和承传,宁静脸庞,感恩的心,这情景就像让·法朗索瓦·米勒在他画幅中所描绘的那样。

时过正午,国粹想两三个钟头了,大概浸礼仪式也进行得差不多了,于是去教堂后部的出口处接人。等候良久,不断有信徒出来,头发湿着,脸上是完成大功德的喜悦。但是见不到樱之的身影。问把门的,也不得要领。国粹早上没来得及吃早餐,此时肚子饿了起来,遂去广场外面的小铺子里,买了个熟肉三明治充饥,店员说他们店里有卖热的葡萄酒,是此地的特色。他也叫了一大杯尝尝。

吃完喝完,并不敢多加耽搁,马上又赶回来等候。天气渐渐热了,在广场上的艳阳下晒着,此刻不禁睡意渐起,国粹昨晚没怎么睡好,现在上下眼皮直打架。一眼望去,三三两两的游客在草坪上散坐着,小孩子们互相追逐嬉玩,大人抽着烟闲聊。也有不少人在花坛旁的草坪上躺卧,一顶草帽盖在脸上,好不自在。于是,国粹也找了个树荫处,可以望见浸礼池出口的,自己说就小歇一会儿,可是一会儿就睡实过去了。

梦中,不知是何年何月,在古老的姑苏城里,千年的城墙巍然耸立,沧桑寂寥。空中大雪纷飞,房檐街市遍地皆白,长长的空巷杳无人迹。但不知为何缘故,家家户户的大门都敞开着,空空的厅堂上寂然无声,雕花的窗扉在风中砰然开合。斑驳的墙头上,探出一枝枯瘦虬结的红梅,将绽未绽。他信步而去,雪地上自动出现两行脚印,引导他前行。不知不觉地走近自家的屋子,一声呜咽,黑木大门自动敞开。天井中,一个小小的女孩儿,衣衫单薄,旁若无人地在雪地上独自起舞,裙裾飞扬。他下意识地呼唤:"小妹,这么冷的天气,你怎么还在园中?别感冒了,快进屋去吧。"女孩儿回过头来,恍然是久别的承曦，长发盘起，翡翠耳环叮当，一脸的巧笑倩兮，牵了他的手与之耳语："听这曲子，是吉特巴哎，国粹哥，来吧。"国粹情不自禁，在雪中跟了女子相拥而舞。天井如舞台，大朵的雪花飘扬，卷裹着这对舞伴。环顾四周，原本光秃秃的梅树、杏树及海棠树，竟然在冰天雪地中开出硕大的花朵，热烈而狂放，奇妙而诱惑。

怀中的女子抬起头来，瞳仁深邃，含情脉脉，嘴边却浮起一个嘲讽及诡异的笑容。国粹本能地觉得不对，再仔细一看，这怀中的女子分明是钟樱之，一脸含冤带嗔……

大惊之下醒来，怔了好一会儿，才想起他们一行人特地来到露得圣母大教堂祈福。而樱之一早上就进了浸礼池，直到现在还没见人影。抬头看去，天时已近黄昏，鸽群在修道院上空盘旋，准备归巢。西边落日眩目的光线，从钟楼后面直射过来，在他的瞳仁上形成一圈虹影，看人和看物，都罩上一层如幻如梦的色彩。在熙熙攘攘的广场上，朝圣的高峰已过，退潮般的信徒们朝出口处走去，三三两两的褐袍僧侣也徐步踱回僧舍，步态中有一种习以为常的慵懒。眼前的景色显得祥和、宁静，圣地日常的傍晚。

但是，钟樱之人呢？

国粹跳起身来，一面埋怨自己睡过了头，一面急急赶去浸礼池出口处。早已是铁将军把门。国粹拍了好久的门，才有个上了年纪的马脸修女出来，一副被打扰了的不满神色。国粹一心急，一口法语也讲得支离破碎。马脸修女更是不耐烦了，一个劲地摇头："Non，non，浸礼堂里已经没有人了。"然后，不由分说地在他眼前把大门关上，任他怎么敲门也无回应。

国粹直如没头苍蝇似的，又前前后后地跑了一遍，穿过教堂里的大厅，撩起忏悔室的布幔向里张望，卖纪念品的小卖部也去兜了一圈，连教堂后面的僧侣墓园也去找过了。在夕阳斜照之下，墓园中墓碑倾圮，玫瑰凋零，天国的这个角落显得分外寂寞。

偌大的露得圣母堂，前山后坡，到处都找遍了，还是没见着樱之的人影。国粹跑得腰酸腿软，气喘吁吁，一颗心直往下沉，不可能的事情真的发生了，他竟然把樱之给弄丢了。

天色暗了下来，一轮新月悬挂在远方山巅的边缘。空荡荡的广场上已经杳无人迹，国粹颓丧地踞坐在教堂的台阶上，双手捧头，樱之是不可能自己回旅馆去的。那么，人呢？人到哪儿去了？

脑中一片空白，国粹竟有大哭一场的冲动。

一个影子出现在他面前，国粹抬头看去，一个身穿褐色僧袍的老者，白色的胡须隐在罩帽下的阴影中，老者的声音低沉和缓："我的孩子，有什么烦恼我可以帮助你吗？"

国粹一直有个毛病，平时可以口若悬河，但一旦发急，说出的话便零落破碎，不成腔调。现在心里实在惶急，对老者说的一大篇话，前后颠倒，歧义百出。说完了，自己也不明白到底说了些什么。

老者只是静静地聆听，并不提问题打断他。等他说完，把手放在他的肩上，说道："年轻人，不要忧虑，不要着急。在圣母圣灵的护佑下，在平安之地，你的朋友不会有事的，我们在此，都沐浴在天国的圣光之下。圣主爱我们，爱天下所有不幸的人们。你要安下心来，不要忧虑。"

老者如来时一样，隐去，也是无声无息。

国粹太沮丧了，也太恍惚了。老者所说的话语，他似乎听懂了，但又不明所以。月亮升起来了，整个广场上已经空无一人。在炽亮的煤气灯下，他佝偻的身影显得分外突兀，烟头抽了一地。在这山中谷地，白天和入夜的温差巨大，国粹越坐越冷，寒气侵入他单薄的衣裳，人瑟瑟发抖，连擎烟的手指都冻僵了，这才恍恍惚惚地站起身来走回旅馆。

刚转过街角，差点和一个急匆匆的行人撞个满怀，定睛一看，竟是跑得满头大汗的云鹏。云鹏一把拖住他，抱怨道："国粹兄，大家都在找你，找得急煞了，你究竟上哪儿去了？"

国粹还在恍惚："你怎么会在这里？"

云鹏说他们四人今晨回到露得，总算找到了旅馆房间。安排妥当之后，大家也相偕去了圣母大教堂参观游览。正好遇见修女推着樱之的轮椅出来，却怎么也找不到国粹。众人只好先带了樱之回旅馆再说。入夜之后，还不见他人影，众人开始不安，云裳兄弟和承晚分头出门寻找，说再找不到的话，就要去警察局报案了。

云鹏说："想想你一个大活人，不会这么糊涂，把樱之丢下凭空消失吧。要么，就是喝醉了，自己回了旅馆。可是回到旅馆没见人，众人真的急了，樱之都急得哭了起来，口口声声地说要去报警，被大家阻止了，我说再找一遍再报警不迟。你究竟上哪儿去了？"

国粹本想解释：他也到处在找樱之。再想想，所有混乱的起因，就是自己睡着了误事，再说也无用。所以只是简单地说："一切都是我的错。我就是个人鬼共厌的大混蛋。"

云鹏本来还想说他几句的，但看到国粹的面色铁青，神色颓丧，也就闭口不言。两人一前一后地回到旅馆。

当国粹跨进旅馆大厅时，云裳和承晚已经回来了，正围着樱之和余表哥说话。

国粹一踏进门，四个人一起回过头来，云裳露出松了一大口气的样子，说："啊呀，你跑到哪儿去了？可真把我们给急死了，差一点……"

云裳话没说完，看到国粹脸上的神色大变，就顿住了。他再回头一看，也是惊呆了，张口结舌地说不出话来。

只见原本坐在轮椅上的樱之，竟然直挺挺地站在那儿，有些摇晃，但是不用人搀扶，没有任何支撑，就那么直直地站在旅馆的大厅中央。

十六

承曦进了钱塘江茶叶批发处做事，一开始还蛮开心的。

旧时做茶叶生意的，固然有其竞争，但总算是个风雅的行业。茶叶行的掌柜和茶博士都是长袍马褂，文雅谦恭，语言得体。就是在栈房里扛大包出力气的伙计，也大都是勤勤恳恳的老实人。还有，行业中人拜的都是同一个祖师爷陆羽，所以吃茶叶饭的，论资排辈起来，都算是师兄师弟。有起事情来，想要赊点货色，临时调个头寸，业内同行都会帮忙。平时过年过节，不论老板伙计都在一张桌子上饮酒吃饭，都客客气气。在这种氛围下，承曦这份新工作还算做得顺手，情绪也很平静。

但是没过多久，茶叶批发处也像外面

一样了。工会主席是积极分子沈三根。沈三根七岁时从安徽逃难到临安，十一岁就在茶场里做小工，吃了几十年茶叶饭，也算是行业内老法师了。但这人脾气不大好，好争论，所以到处都做不长，换过好几个茶场。解放后，苦出身的沈三根被派做工会主席，虽然工会是个外围组织，但工会主席也是个不大不小的干部，管着百把口人，从开工资，发奖金到评劳动模范都说得上话。小巴辣子沈三根生平第一次尝到了做官的味道，以前他讲话，人家朝他翻翻白眼。现在不一样了，他可以叉了腰讲别人，人家却没有回嘴的份了。工作嘛，当然是更积极了，三根兄还要争取入党。今朝开职工大会，明朝团体学习。在大会小会上，沈三根声色俱厉，底下人听得胆战心惊，肚肠吊紧，面上又不好表示出来。

承曦平时不拿这些上心的，但凡这种会议，承曦虽然人到场，只是低了头结绒线，台上讲点什么，似听非听，一只耳朵进，一只耳朵出。想不到只听台上一声断喝："就是说的你！赵承曦。"

承曦一抖，抬起头来，见所有的人都看着她。

沈三根盯牢了她。"赵承曦，你自己说说，是不是混进劳动人民中的资本家？我们老茶工一笔账清楚得很，不要以为可以混淆过去。"

承曦定了定神，说："沈师傅，话不是这么讲的，虽然屋里厢在茶场有点股份，也是过去的事情了。我现在跟大家一样，是凭自己的劳动吃饭。"

沈三根狞笑一声："讲得倒蛮轻松，坐在账房间里拨几下算盘，风吹不着，雨淋不着，就算是劳动了？太便当了吧！资本家娇小姐。我们茶农，日日顶着辣豁豁的毒日头在山上摘茶，空手赤掌在滚烫的炒锅里炒茶，几百斤的茶篓子挑到船上去。你哪一样做过？资本家就是资本家，还想偷懒耍滑，现在是不容许的了……"

承曦实在气忿不过，当场跟沈三根争吵了起来。哪料到平时都相处得蛮好的同事和伙计们，不是低头不响，就是附和了沈三根来指责她的不是。承曦从小到大，还没有这样被人当众训斥、侮辱，不由得又羞又恼，回到家后，蒙头痛哭一场之后，情绪还久久不能平复。

用人王妈老年昏庸，看不出女主人心情不佳，在一边絮絮叨叨说起："听说巷子西头的徐太太吃来苏尔药水了，蛮登样的一个女人，年纪轻轻，还不曾生养，哪能会一下子想不开，真是作孽煞了。"

说起这个徐姓女人，承曦倒是认识的，比她大了一两岁，当年亦算是杭州小有名声的一个交际花。人是相当活络的一个，长得黑里俏，乖巧活泼，很会得穿衣打扮，兼之琴棋书画都蛮拿得起来，早前倒是在杭州城里风光过一阵。只是命运乖舛，年纪一年年大了，谈过好几个朋友，嫁人却总是没头绪。最后不得已，做了卓英化学社小开的外室。安定下来后，倒也是洗尽铅华，用心持家，安分守己做起坐家妇来。承曦平时在菜场里碰到她，两人也会寒暄几句：今日啥个小菜蛮新鲜的，猪肉怎么又涨价了。有次坐公共汽车，正好跟徐妇同站上车，徐妇客气，抢先买了两张票。虽是几只角子的事情，但也是人家的一份好意，徐太太真是蛮会做人的。

这样一个八面玲珑的人竟然会自寻绝路。

王妈低声嘀咕："外面都说是大房里去告发，说小开藏了一批黄金美钞在徐太太那儿。派出所带人上门，总共不过四五根小黄鱼，徐太太也全部交了出来，但是派出所和里弄干部却一口咬定说不止这些，一定是徐太太私藏起来了，要追查。里里外外一逼，你叫一个孤身女人怎么办？"

承曦已经听不进去了，眼前浮起在菜场里，徐太太梳了个横爱司头，身穿夏季旗袍，挎了草编提包，提包里装了刚买来的鱼鲜蔬果，言辞得体，巧笑倩兮的样子。这样一个活泼泼的生命，一夜之隔，竟然无端地香消玉殒。再一想，如果自己处在那个景况中会怎么办？外面世界翻天覆地之际，没有个男人挡着，里里外外压力一起到来，恐怕也是比徐太太好不到哪里去的。

承曦为此好几日神不守舍，茶饭无心。

沈文渊前来探望，看到承曦一副怏怏的样子。说起了缘由，只会摇头。他近来参加了不少学习班，晓得对工商业的改造是当前政策，往后还要有更大动作的，因此也是无从劝解。两人相对枯坐了一阵，承曦只觉得烦躁，刚想让他走，沈文渊突然抬起头来，说："承曦，我们还是结婚吧。"

看到承曦疑惑的神色，沈文渊又说："结了婚，你申请去香港的可能性会大些。"

承曦不能置信："真的？不要骗我。"

沈文渊就跟她分析："派出所内部有所掌握的：单身的，有人一走就不回来了；有了家庭，也就是有了牵挂。批出来可能性大些。"

承曦踌躇着，沉默不语。

沈文渊很诚恳地说："我并不是强人所难，只是想帮你一把。"

承曦似乎有些被触动了，轻声说道："我真的出去了，也许一时不会回来的。"

沈文渊点头："我晓得。"

承曦凑近沈文渊，问道："你为什么要这样做？"

沈文渊面孔上的神色很复杂，过了一会儿，缓缓道："你这个人啊，看样子真不怎么适应，再多耽下去，总有一天会吃到苦头的。还有，你晓得的……我真的一直很喜欢你。"

承曦不作声，过了一会儿，她双手捂脸，泫然泪下。

他俩的新婚之夜，并无多少喜气。不多几个宾客散去之后，他俩在洞房里单独相对，都不晓得说什么好，不免尴尬。承曦疲累了一天，先自去卸妆洗漱了，回来见沈文渊还坐在床前抽烟，闷声不响，神色凝重，似乎面对两人角色突如其来的变化也是无措。

这个男人，追求了她好多年，现在竟然真的成了她的丈夫，真的将与她同床共寝。这话放在半年前，承曦是无论如何不会相信的。但事实就是事实，无论她再怎么心不甘情不愿，事情已成定局了。再一想，古往今来，小说中也好，戏里也好，世界上的男人女人大都是无奈的，难以犟过命运的。于是也坦然了，转头对新郎官说："你也早点睡吧，忙累一天了。"

说罢熄了灯，自己先卸了衣上床。

承曦侧面朝床里厢，缩起身体，把自己蜷成虾米那般，以抵御不可知的新婚之夜来临。沈文渊走出房间，听到他刷牙洗漱的声响，过后又进房来，在微明薄暗中，听到男人沉重的脚步一步步地往床前来。沈文渊掀开被子，在床的一边躺下，承曦屏住呼吸，一动不动，心里却紧张得别别跳。沈文渊并没有进一步动作，只是摸了摸承曦的肩膀，咕哝一声："你也累了，好好睡吧。"

虽然出乎意外，承曦并未放松下来，一夜间睡睡醒醒，甚不安宁。几次做乱梦做到国粹，却是面目模糊，说的话，也听不甚明白，两人似乎彼此生分得厉害。醒来后就觉得悲哀：再好的感情亲情，被时间地域分隔开之后，竟然会褪色得这么厉害。

长夜将尽，她在淡淡的晨曦中又一次醒来，突然看到睡在身边的男人，打着轻轻的鼾，还以为在梦中。但一切的一切告诉她，这是现实，不可逆转的现实。

第二夜，沈文渊也还是没有碰她，承曦觉得诡异，倒是忍不住，背着身，嗔他道："结婚也是你几次三番提出来的，现在结了婚睡在一张床上，倒像两个陌生人，你到底是什么意思？"

沈文渊撑起身来，很认真地看了她一眼，说："我晓得，虽然结了婚，你心里面还是跟我生分。真正的夫妇是要完全接受了对方，才能合为一体的。"

承曦不响，沈文渊又说："另外，我现在心里有很多事，要摆平了才放得下心来。"看到承曦询问的神色，沈文渊复又躺下，说，"我想，当务之急，是要把你去香港的申请弄出来。"

承曦不由心中感动，平日待沈文渊也温柔了许多，铺床叠被，操弄膳食，倒是显出几分新婚夫妇的情意来。有时想想，旧时大多数夫妇莫不过如此，结婚前连面也没见过，高矮胖瘦也不晓得，结了婚住在一起，吃在一起，一段日子下来，也接受了对方。如果不能去香港，跟沈文渊平平安安过一生，也不是个最差的结果。

国粹呢？国粹已经很遥远了，在风中，在梦中。在现实中，他是远隔重洋的一个影子，一段残留在记忆中的老电影的片段，更确切地说，他是一根插在她指甲缝中的刺，不小心碰着了会痛彻心扉。

十七

轮船过了马六甲海峡，再掉头北上。站在甲板上，他们再一次感受到赤道附近的热带季风，吹在皮肤上感觉像热刀子切牛油。白天骄阳当空，船舱里如蒸笼一样，人稍一动弹，就汗如浆出。国粹和承晚几个人也顾不得斯文了，在舱里脱得只剩一条裤衩，还是汗如雨下，抬起胳膊，自己也闻得到一股汗酸味。晚间，钢铁的船身经过一天的暴晒，像一只搁在炉子上的锅，热量却散得极慢，旅客在封闭的船舱里像烙饼一样，辗转不得入睡。在江南，也常有燠热的天气，气温高达四十摄氏度，但总能找到一块阴凉之处，树荫下，或水边，不像在船上逃无可逃。

唯一的慰藉是，离故土越来越近，难熬的日子很快要到头了。

同船回来的云裳兄弟，计划先在香港停留一周左右，再转去柬埔寨的暹粒，拜见他们阔别两年的父亲。老头子最近在那儿买了一大片橡胶园，割下来的原生橡胶，送到法国去做轮胎。而国粹和承晚准备取道罗湖到广州，再乘火车去浙江、上海。

日据时期，时局动荡，香港的房地产不值钱，傅家老爷子于是广置房产，在半山上有幢花园大洋房，十几间卧室，有土耳其浴室和花洒，地下室里有弹子房，在大阳台上搭有遮阳的长篷，可以一面喝冷饮，一面遥望维多利亚码头及海湾。好客的云裳兄弟留他们在香港多住几天，带他们游览香港景色，再请他们尝尝香港有名的酒楼饭肆，以解去国两年多的馋念。国粹本是闲云野鹤，有吃有玩再好不过。赵承晚却归心似箭，一到香港，隔日就要去买车票，说只能小住三四日，老母及妹子都在等他回杭州呢。

翌日，众人起身后喝咖啡，外面日头正旺。云裳说："香港，中环弥敦道大浦九龙青山维多利亚港，统统加起来，也就巴掌大的一块地方。天又热，一圈兜下来也就厌了。说起来，香港真正的好处还是在一个'吃'字上头。记得上次来香港的时候我才十六岁，正生长发育头上，胃口特别好，可以一日吃五六顿。早上饮茶，几十碟茶点一扫而空。中午吃一大盘龙虾捞面。等到三点多钟，再去吃英国下午茶，说是吃茶，各种三明治和巧克力小点心塞足。没过两个时辰，又去吃牛排。十二盎司的一大块牛排吞下去，加上蛤蜊浓汤、烤薯仔、奶油布丁，吃完起身都起不了。哪想到半夜又被三表哥拖去吃宵夜。我说真不行了，肚皮快要爆炸了，表哥说就算陪我好了。等到了夜市，一见各种各样的鱼蛋粉、生滚靓粥、咖喱牛杂、汤水、甜品，一张嘴又把持不住了。肚皮吃得滚圆，回来倒头就睡。第二天眼睛一张开，又想着今早吃什么……"

大家笑，说到了香港，总算是老鼠跌进米缸里了。大肚汉云裳，今晚要带我们去吃什么？

云裳眉色飞舞："当然是去吃中餐咯，在巴黎心心念念想的，一是淮扬菜和上海菜；二是香港独一份的卤味和烧腊，今晚我们去铺记，那里的烧鹅一流。"

的确，铺记的烧鹅名不虚传，皮脆肉嫩，配了特制的酸梅酱，一口咬下去满嘴油香。另外，铺记的小食也别出心裁，卤油鸡、蜜汁叉烧、皮蛋酸姜、蛤蜊蒸蛋、鱼翅捞饭，都很上水准。这几个人在国外呆了几年，真的斋狠了。一旦美食当前，大快朵颐，吃得盘子叠盘子，侍候上菜的堂倌看在眼里，心里直发噱：这四个后生仔，看起来文质彬彬，吃相活像饿死鬼，胃口赛过码头上的踏车夫。

酒足饭饱，出门散步消食。中环这一带，电车叮当，人流熙攘，正是华灯初上，热闹得很。大家心情不错，说说笑笑，兴致颇高。去国两年多，再回到熟悉的环境中，吃了一顿好饭食，听着乡音，颇有恍然隔世之感。灯火飘摇的巴黎，像个渐渐淡去的梦境。

等红绿灯之际，对街有一个高个子的瘦男人，比一般人高出大半个头，在人群中鹤立鸡群，格外引人注目。国粹一瞥之下，恍然觉得这人很像是二弟国樟，但即刻摇头否定，世界上像的人多了去，国樟在上海读书，怎么会跑到香港来？肯定是他的酒多了。当绿灯亮起时，那人越过马路趋近来，跟他正面相对，两人都不约而同地大吃一惊，竟然真的是两年多没见的国樟。国粹一把拖牢："国樟，你怎么会在这儿？"

国樟畏缩地前后左右环顾一番，说："哎哟，阿哥，一言难尽，我们找个地方说话吧。"

国樟看来落魄非常，消瘦枯槁，头发也很久没修剪。众人唏嘘一阵，国樟还没吃饭，于是找了个就近的茶餐厅，叫了食物和啤酒。

国樟大概是饿狠了,一声不吭地埋头大嚼,一大碗牛腩面狼吞虎咽下去,灌下半瓶啤酒,再点上国粹递给他的香烟,才闷闷地开口道:"阿哥啊,苏州的家,没有了。乡下的田,也是没有了。"

大家吃了一惊,国粹晓得家里捉襟见肘,日子不好过,但没料到兜底翻转。脑子里一团乱麻,只是催国樟详尽道来。

国樟吐出一口浓烟:"乡下的地,被没收了。人人都是如此,也是没办法筝的事情。哪料到一顶工商地主的帽子戴上来,从此处境大不一样了。"

众人听得面面相觑,承晚叹道:"听你这一讲,我真是心急如焚,不晓得杭州情形如何了?"

国樟道:"据我晓得,整个苏沪杭地区,都是差不多的样子。"

承晚吃惊:"真的啊,实在想不到。"

国樟苦笑一声:"本来还有一年可以毕业了,却要我退学。我心一横就退了学,冒充了一个朋友的身份,逃来香港已经两个多月了,经人介绍,在一家木行栈房里做粗工。"

云裳尴尬地笑了笑:"不过讲句正经的,还是先观察一阵,等情况稳定些再回去不迟。"

国樟也说:"阿哥,我晓得你担心屋里,但你现在回去也没用。"

云鹏也劝道:"不如,国粹兄跟我们一块到暹粒去走一趟,权当度个假。"

国粹不语。

十八

不管众人如何劝说,赵承晚还是一心要回杭州去:"这种漂泊日子我已经受够了,吃不好,睏不着,像条无家可归的野狗一样。我回去,不会没有我一口太平饭吃的。"

话说到这个份上,众人也不好再说。云裳张罗着,在傅家大宅里举行了好几次派对,聚餐送别赵承晚。临走的一天,坐了傅家的包车,众人送到罗湖关口。赵承晚自己提了皮箱,跟众人一一握手告别,不免都有些唏嘘。云裳叮嘱:"到了家后,写封信报个平安,大家也好放心。"

回来的路上,大家都沉默不言,快到家时,云裳摇摇头说:"不敢相信,真的各自东西了。"

云鹏也叹道:"从此,遍插茱萸少一人。"

承晚走后,众人也开始做去高棉的准备。从香港到西贡,是四天的船程,还要从西贡乘坐法国人的火车到金边,到了金边,傅老太爷的橡胶园管事,会派车子来接他们一行。

一路同行的,除了傅家兄弟、国粹与国樟,还有傅家的表兄余先生。当初刚到法国时,余先生像个长兄,办入学、找住处,前前后后帮了他们不少忙,所以众人对余先生很是感激,他说的话大家都肯听的。五月底,余先生在巴黎的索邦大学毕了业,获得化学博士学位。学成归来,傅家老爷子近水楼台先得月,委聘他去做新开橡胶园的总经理。一行人中,他显得最为与众不同,除了是东方人的面孔,举止言谈完全是外国人作派,平时讲法语比讲中文多。天气再热,出门也一定是西装笔挺,金丝边眼镜,一手擎了支雪茄,一手拄了根手杖,完全是标准的欧洲老派绅士的派头。

一行人乘轮船到达西贡，不料正好赶上湄公河发大水，黄汤铺天盖地，冲毁了通往金边的铁轨线。据报上说，修复通车至少要一个多月。

五个人就此被困在旅馆里。时值七月，东南亚的夏天暑热逼人，白天艳阳高照，马路上烫得可以烤面包，根本不能踏出门去，连打几局桥牌也会一身大汗淋漓。几个人只好躲在旅馆里喝喝啤酒，吹吹电风扇。就是坐着不动，一天也至少要洗三四个澡，刚洗完，汗珠马上就冒出来了，真想一头再钻进浴室去。

几天下来，身上真是要憋出霉花来了。国粹兄弟私下嘀咕："夏季的南洋，真叫剥皮地狱。真是昏了头，挑了这个季节过来。"

终于下了一场大暴雨，倾盆而泻，逼退了一个礼拜的暑热。黄昏时分，雨停住了，天气放晴并伴有微风。总算可以喘口气了，五个人出门散步，西贡是法国多年殖民地，受宗主国的文化熏陶，街道、城市的建筑颇有法兰西风格，又混杂了南洋风情的随意。绿树浓荫之下，路边的咖啡店坐满了客人，多数是西洋人士，放松地喝酒抽烟闲聊。当地年轻的女人黝黑矮小，高颧骨大脑门，戴着竹编斗笠，穿着紧贴腰身的纱裙，挑着水果担子摇曳而过。精瘦的黄包车夫，赤脚踩在水洼里，啪啪地奔跑，很快活的步态。敞篷的吉普车上，载满了光着膀子的美国水手，鸣着喇叭驶过。

路过一个广场，聚集了好几家露天酒吧，吧台上放着留声机，音乐喧天。酒吧里面挤满了美国大兵，年轻得像一群放假的高中生，大声地喧哗，兴高采烈地闹酒。云裳摇头，说了一句："跟法国人比起来，美国人简直就像乡下人。"于是国粹转头瞥了一眼，不想在人群中看见一张熟悉的脸。那人也看到国粹，大叫着冲出酒吧："哇拉拉！范，什么样的奇遇，竟会在西贡碰见你。"

国粹和阿伦当街相拥，大笑着互相拍肩膀。云裳兄弟与阿伦也是一个班的，都认识，只是不如国粹那般与之深交。众人握过手之后，一起进入酒吧坐定。阿伦介绍他的一个朋友给大家认识，一个高高瘦瘦的法国男人——安德鲁·费劳伦先生。做航运生意的，大概四十多岁，穿一件洗旧的大花衬衫，短裤，脚上的镂空皮鞋已经很破旧了。鬓边灰白一片，容貌显得很是沧桑，谈吐却很有教养，一口纯粹的巴黎腔，像个不修边幅的大学教授。阿伦说，安德鲁的祖上是法国路易十六的宫廷大臣，在英法百年战争中立过功劳，封有爵位，并在卢瓦河谷地区有自家的城堡。显然，安德鲁显赫的身世和他目前的境遇不甚相符。如很多生活在远东殖民地的欧洲人，夹在宗主国和殖民地的利益冲突之间，法国在北非和印度支那的领地都有不小麻烦，风云一日一变，于是眼睛里总有一丝焦虑的神情。安德鲁不太讲话，只是闷头喝酒，云裳他们一杯啤酒还没喝完，安德鲁已经喝下两杯琴汤尼，然后示意酒保再来一杯。

七嘴八舌之后，国粹说起滞留在西贡的缘由。阿伦哈哈大笑，说："难得会有这么凑巧的事，我正和安德鲁商量这个事情，要弄艘船去金边，可巧你们就一块来了。"

国粹不敢相信自己的耳朵："你也要去金边？"

阿伦微笑道："为什么我不能去？虽然我常住法国，但是二十三年前，我出生在那里。"

国粹支吾道："喔，我一直以为你是安

南人。"

阿伦摇头:"范,你我认识也有一年多了,你连我是高棉人都不晓得?"

国粹尴尬地笑笑,心想:你又从没告诉过我,况且,安南人、老挝人、高棉人,我看你们都长得差不多的样子。

阿伦说:雨季要开始了,届时到处一片泥泞,铁路的修复肯定是遥遥无期。与其困守在这儿,唯一可行办法是乘船去金边。他跟安德鲁商讨租船的事宜,正巧看见你们路过。

虽然都不喜欢坐船,但困在旅馆里发霉更令人讨厌。云裳兄弟向安德鲁询问了租船的细节,以前每礼拜有船从西贡沿着湄公河去金边,比乘火车要快捷方便。但是几年仗打下来,湄公河沿途又不安宁,常有抢劫绑票,船公司都倒闭得七七八八了。现在要去金边,只有零星的私人包船,也可以直接去粮粳。安德鲁说,现在太多商家要租船运货,包船并不好找,价钱也不会便宜。

云裳认为价钱不是问题,安全才是最为重要的,一旦碰上抢劫绑票,那可不是玩的。大家都是第一次来东南亚,不知道这一路过去,是否会有危险?

阿伦不以为然地说:"世界上没有百分之百的保险之事。现在战争时期,危险是有的,但也不见得因此不出行,不做事。"

安德鲁一笑,说:"你们和阿伦一块同船去,应该是很安全的,比雇佣了一队兵,更要安全些。"

阿伦做了个手势阻止安德鲁说下去,说:"你们都是我的朋友,到了我的国家,相信我,我会尽最大的努力保证你们的安全。"

两天后,在西贡一个内河小码头上,国粹他们见到了要搭乘的那条船。这艘蒸汽小火轮大概六十尺长,船身锈迹斑驳,从蒸汽机发动机暗哑的嘶吼声听起来,船龄肯定有些年头了。船员是三个肤色黝黑的高棉人,一个是船长兼掌舵,一个是水手兼火工,还有一个上了年纪的男人是杂役,一路上由他负责烧饭。国粹一行人不由得踌躇起来,这艘破船看来应该是要报废的,弄得不好会在河面上散架。但安德鲁保证:船虽然看起来破旧,但绝对没问题,而且船长与水手都是一辈子在湄公河上行船,极有经验的,大可安心。

在动身前的一天,安德鲁单独来旅馆拜访他们。坐下之后,仆役送上咖啡,寒暄一阵之后,安德鲁拿出一个首饰盒子,递给云裳,说:"诸位来西贡一趟,也许想要购买些纪念品,这儿有件古董出让,我想诸位应该看一看。"

虽是求售物品,安德鲁还是端着一副贵族派头,高傲并勉为其难的作派。

云裳疑惑地接过来,打开,见是一条银项链,上面有个坠件,也是银制的,仔细看去,雕的是女子的头像,微微地昂起,半个银币大小,雕刻精细,面容姣好,头发被风扬起,呈扇形散开。

云裳只匆匆一瞥,就随手递给国粹。国粹接过来,女子的面容使他想起在船上遇见樱子那一刻,心中一凛,再仔细看去,坠子做得非常精细,头发丛中镶嵌了细小的蓝钻,女子的面容栩栩如生,纯净柔美,神情却有一丝哀怨。

法国人的开价是两百法郎。安德鲁有点窘迫地说:"这条项链是我祖上传下来的,你看这镶嵌和手工,大概是十六世纪意大利珠宝工匠的作品。你看这面容，说是受难天使也可，说是圣母玛利亚也可。你看这么多的精巧的细节，现在人们是做不出这么精细的艺术品了。"

听他一说，国粹再低头去看，银坠子的表面由于年代久远已经黯淡，他掏出手绢在坠子的表面擦拭，女子的脸清晰起来，双目半阖，嘴角上翘，有一种似笑非笑的表情。盯视了久些，国粹竟然感到一丝晕眩，赶紧把首饰盒子关了起来，递还给安德鲁。

看见众人并不踊跃购买，安德鲁显然有些失望，昨日见了这几个中国人，看起来像是有钱的公子哥儿。越法战争一拖再拖，船公司生意更是难做，前一阵子，还沉了一艘货轮。因此安德鲁焦头烂额，房租已经几个月没付了，厨师和花匠的工资也发不出；外面欠了好多债，单单酒吧里就有上百法郎。酒保已经告诉他，再不偿还的话，酒吧就不再赊账给他了。

国粹倒是喜欢这坠子，但他没钱，前前后后已经欠了云裳七八百法郎，这笔饥荒不晓得什么辰光才能还上。况且，现在国樟跟他们一起，又多了一笔开销。

场面尴尬，安德鲁环顾众人，咳嗽一声，嘶哑地说："价钱好商量。"

国樟稍微懂些典当行情，从他阿哥手中接过坠子，摘掉眼镜，凑得很近地研究一阵，对他阿哥说："这件东西虽是古董，但是银子做的，最多值二十个银元。以前在当铺里，常常收到这种西洋首饰，一两多重的廿四开金链子加上坠头也就值个三四十。"

国樟晓得他这个阿哥，在银钱上是有些呆气的，看到喜欢了的物件，并不计较价钱。所以范应氏不要他在当铺里做事，收进的东西，盘不出去，价钱还往往超过本身的价值。说他几句，总要回嘴："这能有几个钱嘛！'喜欢'两字本身，也是有价的呀。"

哪知国樟不说还好，一说国粹却来劲了，问安德鲁："一百法郎卖不卖？"

这条银项链，是安德鲁所剩不多的传家之物，也是被债主逼急了，他略一思索，便点头同意。这下变成国粹犯难了，他口袋里只剩有几块零星硬币，根本掏不出一百法郎来。倒是安德鲁还蛮有气度，说："没关系，你可以留下看看，我明天再来拿钱好了。"

国粹只得再次向云裳借钱。云裳笑笑，数了五张二十元的钞票给安德鲁。

十九

小火轮在绵绵细雨中出发，一行人站在甲板上极目眺望，望出去湄公河水面开阔，波平浪静。两岸连绵不断的热带丛林，浓郁得化不开般的绿。近岸处，浮了一层绿藻，水面上蚊蝇纠结成团，直往人身上扑，一掌拍去，掌心中总有三四个血糊糊的蚊尸，拍之不尽。

船首远处，一片雨雾迷蒙。

这艘蒸汽驳船的确很老旧了，从上船第一分钟起，随着蒸汽锅炉鼓风机的轰鸣，脚下的甲板、栏杆、门窗都在有节奏地震动。云裳对此颇为担心，多次追问阿伦："船是否会出毛病？希望不要在河上面散了架。"阿伦安抚他："船上的蒸汽机在工作，总是有点响动的。"云裳说："以前也坐过船的，好像并没这么大的动静。"阿伦语气中就带点嘲笑了，说："Monsieu，你以前坐的是玛丽皇后号远洋邮轮，我们现在坐的是只铁皮盆子，加了个蒸汽发动机而已。"

既然已经上了贼船，云裳一行也只好听天由命了。所幸一路行去，除了闷热和颠簸，及苦于蚊叮虫咬，别的还算顺畅。船走走停停，因天气极是炎热，船上存不住任何食物。所以每到一处乡村市集，做饭的老头就要下船去采买菜蔬食材。等候的那段空隙，众人就扒了上衣，穿了短裤，在水浅处趟一趟，借此消除些暑热。

他们与船员语言不通，一切交往全得依仗阿伦在中间转达。船上老头做的饭菜，用了许多当地奇怪的调料，如发臭的鱼露虾酱、又小又辣的朝天辣椒、异香扑鼻的九层塔和极酸的酸茅，口味倒也蛮新奇。问题是老头做饭不大讲究卫生，菜和碗筷就是用河水洗的，便桶也是在同一条河里涮的。加之天气酷热，苍蝇极多，终于吃出了毛病。除去船员和阿伦，别的人都患上了肠胃炎。最严重的是云鹏，除了腹泻，还患上了要命的疟疾，体温忽高忽低，摆子打得人都脱了形，面色发青，嘴唇灰白，躺在床上起不来。阿伦随身带有奎宁，几剂吃下去还不见好，大家不由得紧张了，都说先行救人要紧。这时已经进入高棉地界，阿伦让船长直接开去他家乡。

原想，阿伦的家乡应该有着医术良好的医生，至少也是交通便利的地方，万一病情加重，也可以转去大城市，那里有法国人开办的医院。毕竟这是性命交关的事，如果出了意外，云裳真不知道如何向他父亲交代了。

但是小火轮所经之处，一丝也没有大城市的影子，只有大片的水域，无边无际。水上有些零星的寨子，几幢棚屋如浮萍般飘荡在汪洋之中。简陋的房舍是用木桩架在水平面之上，木板或铁皮的屋顶，有宽大的木制露台，晾着渔网和洗过的衣物，一些几乎全裸的小孩蹲在露台上看着小火轮驶过。云裳他们从未见过这样的地方，前不着村，后不着店的，不知当地居民在一片汪洋水域中怎么生存下去。云裳更是心里发毛，拖了国粹再次去找阿伦："这里根本是荒僻之地，我们究竟要把病人送到哪儿去？"

阿伦靠在栏杆上抽烟，一声不吭。最后转过身来，他眼里有一丝犹豫闪过："我说过，我会尽力保证你们的安全，但我完全没料到云鹏突然生病。现在，我的担忧比你们更甚。这儿离金边至少有两百公里，可能需要三天到四天才能抵达。据我看，云鹏的病情可能撑不到那个时候。唯一的办法是先去我的家乡，大概傍晚就可到达。寨子里有老人会治这个病。当然，如果你们有更好的办法，我也愿意照着去做。"

云裳已经六神无主，也只得依了阿伦。

再回舱里去看视云鹏，正值疟疾发作，一下子冷得发抖，一下子又热得浑身虚汗，牙关紧咬，身体痉挛不已，人已经半昏迷了。众人急忙掐他人中，再七手八脚地用冷水毛巾帮他擦汗，云鹏才醒过神来，朝了云裳虚弱地笑："不要难过，阿哥。生死有命，随缘罢了。"云裳伤痛莫名，又不好表现出来，只得安慰他道："好好休息，我们就要到了，会有医生来给你治病的。"

下午时分，到了阿伦的家乡，也是个建在水上的寨子，但占地面积很大，上千幢乌蒙蒙的木板房屋连绵成一片，鳞次栉比，港汊错综，蔚为奇观。很多房子的露台下系着小船，寨子里又设有简易的商店作坊，看这个规模，倒像是个小型的水上城镇。阿伦说这样的水上村寨，湄公流域

93

有许多，历史也久，总有上百年了。当年是为了躲避战乱，一些渔民索性住在水上，以水产渔获与岸上交换日常用品，过的是最低限度的自给自足的生活。早前是小规模的村寨，渐渐发展成现在的样子，而且不断地扩展。

小火轮在弯弯曲曲的港汊中滑行，靠上一个木制码头，有人来迎接。阿伦一声召唤，云鹏被几个年轻的高棉人背了起来，送入一间很大的木屋，安置在中央。众人也跟随其后，鱼贯而入。房间里别有洞天，看起来比外部要阔大，火塘上吊着炊具。房间前后贯通，忽而一阵穿堂风吹过，颇觉周身舒爽。家什是极为简陋的，竹帘竹凳竹榻，地上铺了篾席，从脚底下的木板缝隙中，可以看见下面的河水淙淙流动。

众人担心着云鹏的病情，坐立不安。阿伦安慰大家："我已经禀报了族长，派人去请医生了。"大家才安心了些。未久，一艘小船接来了一年老妇人，看不出具体的岁数。矮小干瘦，黑色的土布缠头，脸上皱纹密布，一张牙齿掉光的瘪嘴。更为殊异的，是从前额到右边的颧骨处纹着一条蟒蛇的刺青，猛一看上去极是惊悚可怖。老妇人手擎一支长长的竹制烟管，不住地吞云吐雾。上身穿紧身束腰黑衣，下面着黑色宽大裤管的长裤。脖子与手腕上佩戴着各种各样的银制首饰，走起路来叮当有声。裸露在外的手脚，皮肤如蛇皮似的，紧紧地裹在突出的骨节上。她一踏进房内，众人噤声，一个个恭恭敬敬地向她合掌、鞠躬。阿伦低声向国粹他们介绍说："这老妇人是方圆百里内最高明、最受崇敬的大巫师，法力强大，不但精通民间医术，又擅长安宅镇鬼、驱邪招魂。四周寨子亏得有她长期守护，几次大瘟疫，都得以安全避过。但她年岁已高，近年来不大肯出门看诊。这次情况危急，特地由族长出面，请来给云鹏治病的。"

自从老妇进门，众人惊愕不已，眼见阿伦请来的竟是这样一个"医生"，跟想象中的简直相差十万八千里。虽然阿伦一再邀大家去旁边房间喝茶歇息，众人哪敢离开半步，一并留在房间里照看，心里忐忑。

老妇人在篾席上盘腿坐下，即刻有人过来上茶水，帮她的烟管袋点上火。巫师如老僧入定，一声不响地抽了半袋烟。然后来到云鹏的身边，缓缓地蹲下，先是用鼻子凑得很近去闻云鹏头发、腋窝、掌心及足底，再用枯瘦的双手在云鹏全身上下游走一遍，嘴里念念有词。这些事情做完，老妇人退后，又盘腿坐下，吩咐下人先在房间的四周、床头床脚点起艾香，烟雾缭绕，一股奇怪的辛辣草木焚烧气味弥漫了房间，云鹏在这股强烈的药草烟雾中安静下来，慢慢地沉睡过去，呼吸也平稳了许多。

国粹他们从未见过如此怪异的"治病"方式，一个个看得目瞪口呆。接下来巫师的做法更使人吃惊。有人送来一只活鸡，当场在房间中杀掉，淌下来的鸡血接到一只钵子里。巫师在其中倒入一包药粉，念着咒语，然后用一根羽毛把鸡血涂在云鹏的额上，腋窝里，掌心及脚底。在大家还没回过神来之际，坐着的巫师突然跳跃起身来，一蹦老高，眼睛翻白，喉咙里发出一连串奇怪的咒语，时而尖利时而暗哑，根本不像是人类发出的声音。一面手舞足蹈，从房间这头蹦到那头，时而轻盈时而激烈的动作，根本不像一个上了年纪的妇人能做出来。再环顾房内，所有的当地人都低头合掌，嘴里喃喃地低诵，一脸的虔敬，好像这样治病再正常不过了。于是，众人都不敢造次，屏声息气地看着巫师作法。

云裳他们从未见过这种场面，神秘又鬼魅，大巫师的作法带有一股不可解释的原始魔力。酷热的气温也不觉得了，随着巫师的尖声嘶叫，背后竟冒出津津的凉意。时空也混淆了，巴黎的优雅褪色了，上海家乡回忆也模糊了，所有的意识只有眼前这幅景象，一个似人非人的生物，做出不可思议的蹦跶腾跃。无意义的咒语像鸟儿一样生有翅膀，在房间里到处扑腾。渐渐地，每个人都进入了半催眠的状态，身不由己地随着巫师的节奏前后摇摆。

总有一盏茶之久，巫师才渐渐地静息下来，看起来精疲力竭，最后竟然瘫倒在地，口吐白沫。几个年轻人进来把她抬了出去。这场巫术大作法，看得众人灵魂出窍，惊骇不已。此刻才想起去看视云鹏，只见他正睡得深沉，呼吸也趋于均匀，额上一层细细的汗珠。大家才稍稍放下心来。

步出棚屋，他们站在临水的露台上，时近黄昏，满天的晚霞把西方天际染得一片嫣红，水天一色，渔舟唱晚。在这片隐蔽在热带雨林中、穷得迹近原始状态的地方，也同样呈现出天地大自然的绝美。这几天的经历，酷暑、疾病，以及亲眼目睹了不可描述的神秘力量。实实在在给了这几个自视甚高的巴黎学子上了一堂课：世界上不仅仅有勃艮第美酒和香草焗蜗牛，还有肮脏的水源，沾满苍蝇的粗劣食物，局促简陋的居住空间。但你为了活命没有选择，必须咽下去。你认为自己年轻力壮，健康良好，前一日还活蹦乱跳的，隔一日就可能在生死边缘上挣扎。你以为时代进步，言必尊崇科学，但科学也有束手无策的时候。而在原始的黑暗中，却有一股人不能解释的神秘力量。

这个世界实在太深奥，太阔大了，一切的可能都蕴含在不可能之中，人类是太脆弱了。而理性是那么经不起挑战，不可依持。

一个裸着上身的少年走上露台，手上的托盘里有一瓶一九三六年份的科涅克白兰地和六个雕花酒杯，阿伦给每个人斟酒，然后举杯："欢迎你们来到古高棉王国。"

二十

承曦记得很清楚，她是一九五一年五月廿三号，从杭州南站乘慢车去广州的。火车上非常拥挤，听人说在南方山区一带还有零星战斗，为此铁路上的调度非常混乱，走走停停，原本两天多的车程走了将近四天。最令人头疼的是，从第二天下午起，餐车上就没吃的东西卖了，乘客们只好趁停车之际，到月台上去买老乡的红薯和煮玉米来充饥。厕所也没人打扫了，秽物满溢了出来。车上人挤人，天又热，车厢里更是浊气冲天。

承曦原是有点洁癖的，但面对这种逃无可逃的情况，也只好忍下了。

承曦买的是普通的硬座票，在对面座位上，一个是老年妇女，带了很多箱笼什物，闲话极多，讲一口硬邦邦的萧山话，说儿子在两年前去苏北跑单帮，被一颗流弹打中了脊椎，瘫痪在床。而她为此吃了长素，刚去过普陀山烧香，求佛祖保佑儿子好起来。再过去一个座位，是个中年男人，却没有随身行李，始终把帽檐拉得低低的，不大跟人交谈，好似一直在打瞌睡。

为了给边境人员去去就回来的印象，承曦只带了一个简单的皮箱，一些夏季替换衣物。贴身的口袋里藏了派出所的通行证，倒像是揣了只活蹦乱跳的兔子，每当一个穿制服的人从走道上走过，或者乘警偶尔多看她一眼，承曦都会一阵心惊肉跳。她心里晓得，如果真的盘查起来，要出毛病的，香港并没有什么遗产等她去接受。

　　在她派司下来的那天，沈文渊很是严肃地跟她谈了一次话。

　　"承曦，你要走了。俗话说：开弓没有回头箭。你想清楚了？"

　　承曦刚刚松出一口气，通行证批出来了，终于可以去香港了。听沈文渊这样说，不解地问："你是什么意思？"

　　沈文渊犹豫了一下："我要关照你一声，你此行去香港，是有一定的危险性的，怎么讲呢？你的通行证是有破绽的。"

　　承曦皱起眉头，疑惑地看着他。

　　沈文渊低声说："我想来想去，还是要跟你说清楚，这张派司，我是用了四根小黄鱼跟派出所的韩副所长换来的。"

　　"姓韩的不是副所长吗？既然给了你证明，那为什么会有破绽？"

　　"据我晓得早在一个月前就有文件下达，去香港的派司一律收紧。姓韩的也说，他是冒了风险，搞来的这张派司，如出了事体，也会连累到他。"

　　"那怎么办？"

　　沈文渊沉思一阵："箭在弦上，不得不发。看样子，今后的机会越来越少了。只是，你要小心了再加小心。"

　　承曦点头。

　　承曦又问："我记得当年蒋经国打老虎，民间的黄金不是都被收缴去了吗？你从什么地方弄来的小黄鱼？"

　　沈文渊开始不肯讲，被承曦逼着，才说："老头子是生意人，身处乱世，只相信黄金美钞的。早年赚了铜钿，总要买些大小条子、外国洋钿藏起来。四八年的确是上缴掉了一部分，但也偷偷地藏下了一些，说总是要给我留点娶媳妇的彩礼钱。本来，我还想着是不是要上缴，现在倒好，索性挪作买路钱了。"

　　"四根小黄鱼，是不少的钱啊。"

　　"跟你的心愿比起来，再多钱财花出去也是值得的。"

　　承曦真的被感动了，走过去，从背面抱着沈文渊，又伏在他肩上，并且低下头来亲吻他的脖子。这是从她结婚以来，对沈文渊做出最为亲昵的举动了。沈文渊转身揽她入怀，亲她，抚摸她的头发。夫妇两人无声地拥抱了好一会儿。最后，沈文渊按了按女人的肩膀，说："承曦，我还有些事情要关照你。"

　　承曦有点紧张地看着男人。

　　"你要走，就早点动身。一来，夜长梦多；二来，我听说要开展运动了。"

　　夫妇俩都沉默不语。

　　动身前一夜，承曦特意烧了好几只时鲜小菜，还烫了一壶黄酒，招呼沈文渊道："也算是饯行吧。我陪你喝一杯。"

　　沈文渊感叹道："结婚四个多月，第一次放下心情，夫妇和和睦睦地一块吃饭。"

　　承曦不响，心里难过，低了头帮他斟酒搛菜："你多吃点。"

　　沈文渊光是吃酒，菜却没怎么动。

　　承曦说："小菜味道不好？"

　　沈文渊反而放下了筷子："唉，我怎么吃得落？明朝你就要走了，不知哪年哪月才见了。"

承曦不禁垂下泪来。

是夜，沈文渊和承曦第一次真正合房。一切都是承曦主动的，过后，承曦伏在沈文渊的胸前，低声地抽泣，沈文渊则搂紧了她，一言不发。

良久，承曦停止了哭泣，抬起头来对沈文渊说："我过去了，一定想办法帮你也出去。"

沈不响，过一会儿说："路，要一步步走，饭要一口口吃。出去后，最要紧的是站稳脚跟。外面不像这里，样样要靠你自己。"

承曦点头答应。

沈文渊又叮嘱道："不要记挂我，我适应力比较强的，不管在何种情况下都可以生存下去的。"

"当然会记挂的，你是我男人呀。"

沈文渊感叹："照理说，夫妇理应相守，现在也只好暂时搁一搁了。"

承曦说："不管怎样，结了婚夫妇总要在一起。分离了，日子再好过，也是缺憾。"

是夜，夫妇俩都不曾合眼，迷迷糊糊地睡一阵，醒一阵，亲热一一，再讲几句关照之言。窗上透进灰蒙蒙的光线来，这是个阴天。

承曦的座位靠着窗口，她心情忐忑，偶尔倦极小睡一阵，大部分时间向外眺望，但也没多少景色好看，虽然已是早稻收割季节，但田里稀稀落落没几个农人劳作。有些村落在战争中经受了炮火，断墙残壁还耸立着。沿着路基，一长溜小孩子，脸蛋肮脏，衣裤褴褛，站在靠近铁路的田埂上，用长竹竿敲打火车车厢，或者是呆望着火车慢吞吞地迤逦而过。

在半睡半醒之中，母亲的脸浮现了出来，虽然脸容忧思，但还年轻，还未吃上鸦片。暗藏的记忆，也自动翻了出来，一个秋日的下午，父亲竟然带了那个戏子回家，虽然以前也颇有风言流语，但至少隔了一层，大家都装聋作哑。三头六面之前，母亲遽然失控，大发雷霆，家里的古董瓷器也被她摔坏好几枚。三人在客堂里大吵一场，父亲当夜就携了女戏子出走，十四岁的承曦，从此就没有再见过生父的面。接下去一个礼拜，承曦经历了她最难的一段时期，要看住母亲不让其寻短见，要筹出家中的度用，要请医生看诊老娘的心口痛，要接过家里茶园的诸般烦难杂事。而亲哥哥承晚，却帮不上什么大忙。

不过，难归难，承曦并不失乐观，人生中总会有烦难的，家家如此，只是藏着掖着，别人不晓得而已。打仗，逃难，胜利，解放，日子像流水浮云般过去。而当下，她却更把握不定，如惶急中落水之人，被浪涛暗流裹卷着，漂泊无定……

她肯定是瞌睡过去了，所以当她被阵阵嘈杂声惊醒之后，一时弄不明白究竟身在何处，又发生了什么？

一大群人围在她座位四周，连背后都有人扒在椅背上，朝她那排的座位处围观，脸上满是紧张和兴奋的期待之情。承曦的脑袋嗡的一声，一个可怖的念头掠过：她的派司出了问题，派出所派人追了来，要捉她回去。再定神一看，众人的注意力并不在她这里，而是集中在那个戴鸭舌帽的男人身上。一个束了皮带，穿着黄军装的军人操着北方口音，正在厉声地盘查鸭舌帽。承曦不是很听得懂。只见那男人缩在座位上，低了个头，闷声不响。军人挥了挥手，几个武装士兵就过来把男人拎起，随即五花大绑，押送出车厢去。

隔座的萧山老太，兴趣盎然地看了一场好戏，此刻余兴未消，还在聒噪："这人原来是个国民党的特务，我一上车看到他，就不怎么顺眼，贼头贼脑的。捉了去好，捉了去好。"

承曦不由得又暗生骇怕，恍然觉得到处是监视的眼睛，下一个被捉的人也许就是她。心中更是发虚，跟老太胡乱应对几句，就扭头看窗外，以免说多了，漏出什么破绽。

天色苍茫，远处的村庄黑灯瞎火，山峦、大地都渐渐隐没在暗下来的暮色之中。火车正在转弯，从窗口看出去前方一道强光，对面有火车迎面驶来，看起来慢吞吞的，越是趋近，速度越是加快。两车交身而过之际，轰隆隆地掀起一股旋风，承曦不防，被迷了眼。只觉得对面车厢里光影闪动，人影幢幢。她仰身倒回座位上，揉着眼睛。

她不知道的是，北去的车厢里坐着她的胞兄赵承晚，归心似箭。

二十一

幸运的是，经过大巫师作法，以及阿伦族人的悉心照顾，云鹏的病情大有起色，虽然还是非常虚弱，但总是在往恢复的路上走。大家都松了口气，阿伦说："何不乘了这个时机，带了你们去观光一下，此地虽是穷乡僻壤，但也有些稀罕的景色，是别处看不到的。"

众人欣然应允，阿伦便让人备船出行。云鹏听说了，不顾还在恢复期中，也执意要同行，众人劝道："你病体还未好透，出去吹了风，淋了雨，再次发作怎么办。"云鹏固执道："你们倒好，自顾自出门快活，撇下我一个孤单种子死守在这里，没人说话，跟当地人语言又不通，闷也要闷死了。"

众人还是反对，倒是阿伦说："巫师的法力，至少持有一段时日，不过分劳累的话，大概是不碍的。"

船开出去，到处是白茫茫的一片，大水滔滔，无边无际，根本分不清东南西北。人是可以生活在如上海、巴黎这样的大都市，享受种种现代生活的便利，也一样可以在最原始、最荒凉的地方，刀耕火种地生存下来。一路上见到不少青年妇女，头上扎了块布，或坐在如木桶样的小划子里，或冒出个头，在水上漂浮着。靠近了，赫然见到她们都是赤裸着身体，晒得乌漆墨黑。看见有船过来，笑笑，也并不避人。

阿伦说这是些采珠女，湄公河产珍珠，质地优良。但水流无定，采集不易。大家兴趣盎然，叫船长停了船，看采珠女潜水。女人们腰间系了绳子，一头潜下水去，隔了很久才冒出头来，把捞上来的东西放进小划子，然后再一次地潜下水去。这些采珠女戴着护目镜，套了脚蹼，像水豚一样上上下下，用简单的工具，只凭着经验和运气采珠。

几个人都说这是绝佳的绘画题材：河流、裸女、异国风光……

阿伦说："这是件很辛苦的营生，采珠女冒着危险采到上好的珍珠，自己赚不了几个钱，被二道贩子层层盘剥。还有，你们看着好玩，其实这行业很危险，湄公河的潮汐落差很大，水底漩涡很多，常常有采珠女潜下水去，人就上不来了，水底暗流把人带走了。"

国粹问道："这么辛苦的事，怎么都是

女人在做？男人呢？"

阿伦就笑了："这个国家是女多男少，所以高棉男人是家里的佛爷，被供奉着好吃好穿。平时喝酒打牌，最多做点小生意，日子过得很舒服的。"

大家感叹一阵。

黄昏时分，船来到一个小小的水上寨子，便有当地土著的小艇迎上来，邀请客人上去休息参观。这小寨子里弥漫着一股浓重的腥味，使人掩鼻。气味来自寨子中央的水池子，众人走近，伸头一看，乖乖！整个池子里挤满了鳄鱼，大大小小总有上百条之多。一条爬在另一条的身上，互相簇拥着，叠加着。见到工人提来了整桶的鱼头和内脏，鳄鱼们骚动起来，扑腾不已，有些竟直直地站立起来，一条条庞然大物张开血盆大口，敏捷地扑食工人撒下来的饲料。一时间搅得水花四溅，血沫翻飞。

他们第一次见到这样大规模地饲养鳄鱼。阿伦说这些鳄鱼就是寨民的羊和牛，亚洲淡水鳄鱼皮是制造女人高跟鞋和皮包的原料，法国的时装公司每年都要派人来收购的。

寨子里竟然有法国咖啡招待客人，休息期间，国粹和国樟想活动腿脚，于是抽着烟，沿着一条长长的甬道，信步走到寨子的后部，赫然见到在一木制平台之上，血迹斑斑，几个工人正试图缚住一条巨大的鳄鱼，先用绳索套牢了脖子、四肢，铁线捆住口部，使得其无法噬咬，再合力把它翻转身来，鳄鱼力大无比，尾巴在地上一顶，就翻过身来。工人都是做惯这个的，在鳄鱼再一次被翻转之际，一根穿过滑轮的粗绳把鳄鱼吊了起来，鳄鱼乳白色的肚皮被呈现出来，一个工人动作迅如闪电，

一刀插进鳄鱼的咽喉，国粹甚至没看清他是什么时候出手的，只见一道血柱喷溅而出。鳄鱼吃痛，挣扎得更厉害了，扭动着身躯，尾巴大力地拍击着平台。但工人从四面八方拉紧了绳索，鳄鱼终于力竭，渐渐不动了，工人进一步开膛，冲洗，剥皮。

无意中撞见这血腥的一幕，看得兄弟两个震撼不已，国樟不住地干呕，差点吐出来；国粹也脸色煞白，猛吸香烟，手却抖动不能自持。文明世界长大的年轻人，杀鸡都很少看的，哪见过这样血淋淋的屠戮，一条活蹦乱跳的生命，几分钟就消失了。

兄弟俩急忙逃了回来。

从水面上望出去，西天一片嫣红，残阳如血。头顶上方的黑色云层却更浓重了，天空好似一大幅泼了缤纷油彩的画布，明暗侵蚀，冷暖交替，最后一缕余光黯淡隐没之际，黑暗一下子来临，世界显得无比空阔和深邃，一万年也穿不透的黑暗。风吹在脸上，黑暗中传来起潮的水声，一波波地拍击河岸，夹杂着蛙鸣及水鸟叫声。慢慢地，水面上的寨子由近及远，依次亮起一闪一闪的烛光。

国粹原来是跟阿伦很熟络的，在巴黎，他就是个学画的浮华少年，有钱，贪玩，喜爱艺术也注重享乐，世故老道，交际广泛。但阿伦的艺术才情却是有限，虽然一直浸泡在艺术圈里，却始终没有画出使人眼睛一亮的作品，也许是不够刻苦，也许是过于看透，可以想象，他的艺术前景也没有多大的期许。这样的少年，在巴黎何止是成百上千。作为腻友，他带了国粹认识了巴黎的方方面面，他的人生态度是玩世不恭的，正好与国粹浪荡不拘的性格不

谋而合，人有一种天生的直觉，有时会在另一个人身上看到自己的镜像，优缺点都一望而知，因此成为知己或夙敌。国粹自以为对阿伦是了解的，但高棉之行，却发现了阿伦身上许多以前不为人知的一面。在巴黎，阿伦总是穿着讲究，笔挺的西装，质量很好的皮鞋，戴着礼帽，系着黑色的领结，叼着雪茄来学校。他对巴黎的享乐生活了若指掌，醇酒美食，烟花陌巷都数如家珍。国粹从他那儿习得了巴黎人精细的品位和生活情趣，体会到伊壁鸠鲁哲学的真谛：人生短促，最好以开放的心情来领会大自然的馈赠，过好每一天。但是在船上度过了一个礼拜，国粹有时怀疑这个阿伦是不是和在巴黎的是同一个人。那个咬着雪茄的花花公子整个变了，整天光着脚板，踩着窄窄的跳板上船下船。穿着跟当地土族一样的黑色衣服，质地有些像香云纱的。当地人用红白格子的布巾缠头，阿伦则戴一顶巴拿马草帽。所到之处，不管是当地的官员、族长，还是满脸沧桑的渔民，都对阿伦毕恭毕敬，不但脱帽，有的还鞠躬。阿伦自己对此解释是：高棉人是一个谦和的民族，这跟全民信奉佛教有关。国粹笑说："阿伦，你怎么看也不像个佛教徒。"阿伦却说："本相无相，你不能以一个人的当下，来评判全部的人生。佛祖释迦摩尼当年也是经历繁华，看透繁华的。"

一天，余先生突然对他们说："你们知道阿伦是谁？"大家一起摇头。余先生又问："你们知道他姓什么吗？"大家只晓得他叫阿伦，只有国粹因为与他走得近，晓得阿伦的姓氏是诺罗登。余先生说你们跟我来，一行人来到一间大厅里，中间供奉着高棉国王的肖像，案前有鲜花香烛祭配。平时也见过，但没人去仔细看一下。余先生指着肖像的底部的文字，问国粹："是不是这个姓？"国粹也大吃一惊，想不到这个花花公子竟是高棉王室的一员。

阿伦自己却轻描淡写道："我的曾祖父有七个老婆，祖父那辈就有四五十个'王子'，到我这辈就更数不清了。有的王子去做小学教师，也有王子做渔民的。你们中国人是不是对这种虚衔很感兴趣？"

国粹耸耸肩，笑道："清朝倒台时，也有无数的八旗子弟，个个都是如假包换的世袭贵胄，连路上拉洋车的都是一等伯爵。"

阿伦点点头道："这就对了，做国王，做乞丐，做画家，都是体验一世人生。"

二十二

过罗湖关口时有惊无险，关员的态度生硬，但没有过多盘问查询，就挥手放行，在踏上香港的土地之际，承曦一下子腿软得站不住。

给她写信转信的陈叔叔，是傅云裳家的世家，也是承曦在香港唯一认识的熟人。到港翌日，满头白发的陈叔叔请承曦吃了一顿晚饭，其间给了她一个信封，里面是五百港币，说已经在大浦道上的一家旅馆给她订好了房间。承曦刚到，人生地不熟，不晓得今后何去何从。陈叔叔说他年事已高，能力有限，也只能帮她到这个地步。

旅馆在十二层楼，要乘坐鸽子笼似的小电梯上去。房间极小，除一床一椅再无余地，连转个身都艰难。从窗口望出去，密密麻麻的老旧楼群，鳞次栉比，如蜂巢般排到天际。深井筒壁般的楼底下，拖着辫子的电车如蠕虫似的在窄窄的街道上爬行，熙熙攘攘的行人，如蝼蚁般爬行，嘈杂的市声隐隐传上来。

天气极为闷热，房间里耽不住，承曦下楼出门，信步往热闹处而去，一路上所见的店铺都是门面狭小，黑黝黝的店堂，海味干货，南北特产都堆在门口，百味杂成。路过菜市场，更是嘈杂，人声沸腾，鱼虾腥气扑面，生猪的内脏放在案板上，鲜血滴答，上面聚了许多苍蝇。隔壁的小面铺，桌椅摆放在路上，杠夫们光着膀子，围坐着吃干炒牛河。高大肥胖的印度巡捕扎着大红色包头，竟然讲一口广东话，神气活现地站在马路中间指挥交通。点心铺门前三姑六婆排了队买葡国蛋挞，像麻雀一样叽叽喳喳聒噪个不停。穿香云衫的老头子们腋下挟着报纸，叼着牙签，托着鸟笼满街闲逛。一辆救火车呜呜驶过，中环广场上的大群鸽子受惊，突然腾飞，与心不在焉的她撞个正着，惊吓之下花容失色。站在天星码头的栏杆旁，对面九龙过来的渡轮正准备靠岸，一声汽笛长鸣，空气颤动。

承曦从没打算长留香港，在她看来，香港只是块去法国的跳板，巴黎才是她的最终目的地，绿树成荫的香榭丽舍大道，高耸的巴黎圣母院，集世界绘画大成的卢浮宫。从未踏足的巴黎曾多次在她梦境里呈现，总是在即将上船之际，船票却无论如何也找不到了，而时间一分一秒地滑过去，看来就要脱班了，承曦急得跳脚，于是就惊醒过来，对着一屋子的黑暗满心惆怅。

去巴黎的首要之计是措集旅费，虽然承曦从杭州带了些钱钞首饰出来，可解一时之虞，但又能维持多久呢？坐吃山空，承曦太晓得这个道理。所以在动身去巴黎之前，当务之急是先要赚些钱，承曦已经做好了吃苦的准备，任何职位，售货店员、会计做账、裁缝针线、烹饪寻扫，只要有人愿意雇她，都肯去，工作一年半载，筹够了路费，她就可以去订船票。

各种报纸夹缝的广告栏里，马路的电线杆上，商店的排门板上到处贴满了雇人招贴，承曦用笔记下，挑出合适的，一一上门去应聘。商家从头到脚地打量她一下，先问："识无识讲广东话？潮州话？客家话？"承曦初来乍到，懵查查一问三不知。于是就处处碰壁，偶有店家留她试工，也是一两日后就回了她。一个月下来，大小姐承曦竟然一份工都没落实，车马铜钿倒贴进去不少。

承曦不由紧张起来，旅馆的开销太大。她在油马地找了一间唐楼的后房，总有上百年的楼龄了，摇摇欲坠。玻璃窗揩不干净似的昏蒙蒙，白天也要开灯。地板开裂，黑咕隆咚的楼梯又陡又窄，一个不小心就会崴脚。前面店堂是家海货店，门口摊着咸鱼海虾螺头蛏干，气味熏得死耗子，每次进出都要捏紧了鼻子。后门出去是条热闹的横街，白天还好，晚上沿街的大排档开张，就变得很是喧闹。承曦平日吃小摊子，买最便宜的洗头膏，自己用火钳烫头发，拚命节约每一个铜板。就这样，口袋还是一日日瘪了下去。不得已，承曦也贴出小广告，给自己寻了个室友。

室友是个上海女子依琳，白净脸庞，瘦长身架，戴副白边赛璐珞眼镜，比承曦大个四五岁的样子。搬进来时就带了一张床垫，一把牙刷。承曦看她随身的衣物首饰倒是很考究，右手无名指上还戴了只火油钻戒，大概家里是有些底子的，跟她一样舍弃了一切，只带了随身细软从内地出来。看样子也是把香港当块跳板,一旦有机会就远走高飞。于是就有了些同是天涯沦落人的惺惺相惜。室友安静寡言,搬来半个月,两人之间讲了还不到廿句话,大都是依琳抱怨居住环境,如楼下的气味难闻,后街市声嘈杂。承曦心里想,清净的地方香港也有,可是我们这些天涯浮萍般的女子负担得起吗?抱怨,又有什么用处。

依琳平时总是捧了本书,或是在拍纸簿上写字,很少出门,也不见她买菜做饭。有时承曦做好了饭菜,叫她一块上桌随便吃点,也总是被谢绝。偶尔,见她吃几块苏打饼干,喝一杯牛奶,就这样对付着过一天。

承曦在夜里醒来,看见窗下的床垫旁亮着小台灯,深夜静室,如萤火一点,依琳还在看书。承曦自己,自从解放军进了杭州城之后,就再没翻阅过任何一本书籍。从杭州到香港,要命的事情一桩接一桩,浑身的精力去对付现实还嫌不够,哪里有心思再去看书。但人与人是不一样的,世事繁复,有的人就躲匿在书本里,借此忘怀一切,以避开纷乱的现实。但承曦躲无可躲,在此夜深人静之际,承曦突然感到无尽的孤独,令人精疲力竭的孤独。

她给沈文渊写信,在第一、二封信之后,却觉得没什么可写。香港就这么巴掌大的一块地方,尖沙咀、弥敦道、沙田、油麻地,除了楼,还是楼,描述一两遍也尽够了。要说光鲜繁华,也只能说是上海的雏形,还远远地及不上。而她在这儿过的日子,并不尽如人意,说不出,也讲不明白,很多事情也只能笼统地一笔带过。而沈文渊的回信,写得更是简单,除了天气如何、身体还好之外,竟半页纸也写不满。她晓得沈文渊是避嫌,而且又在风头上。

国粹有多长的时间没给她来信了?她抑制着自己,不要再去想国粹,那一页已经翻了过去,她结婚了,两人的关系从此画下了终止号,再去忆旧,对谁都没好处。可是没用,在平时恍神之间,或在午夜梦回之际,国粹的音容笑貌翩然而至,还是那么风流倜傥,满头长发往后甩去,脸上含着嘲讽戏谑的微笑,手指间夹了一支刚燃上的哈德门香烟,俯下身来跟她轻轻地说情话。在梦中,承曦心迷神醉,身不由己……然后醒来一次再一次地自责。

她不时地会去探访陈叔叔,希望有法国转给她的信。陈叔叔摊摊手:"一封也没有。听说他们都回到内地去了,有人辞官归故里,有人漏夜赶科场。进去出来,出来进去,真是忙煞。"

承曦脸上笑着,心里却一片空白。

在秋日的一个傍晚,承曦从外面回来,赫然见到依琳病倒,发着高烧,不断地呛咳,喉咙里好像堵住似的嘶嘶作响。承曦帮她绞了热毛巾,倒了开水,问她是否要去医院看诊?依琳说不要,嘶哑地请求她:"侬帮我在转角药房里买瓶阿司匹林就好。"承曦买了药回来,服侍依琳服下。清晨醒来,听到呻吟不断,惊起点灯,只见依琳烧得满面通红,头发散乱,已经神志不清了。承曦吃了一大惊,连忙奔出门去,拦了一辆三轮车,恳请车夫把病人背下楼,送去圣玛利亚医院。医生量了热度,再一听诊:大叶性肺炎。当即留下住院。

承曦同情依琳只身在外,病了也没人照顾,于是熬了鸡粥,置了二三清淡小菜,在傍晚时分又去探视。一间大病房,六张床位,虽然用帘子隔开,陪客进进出出还

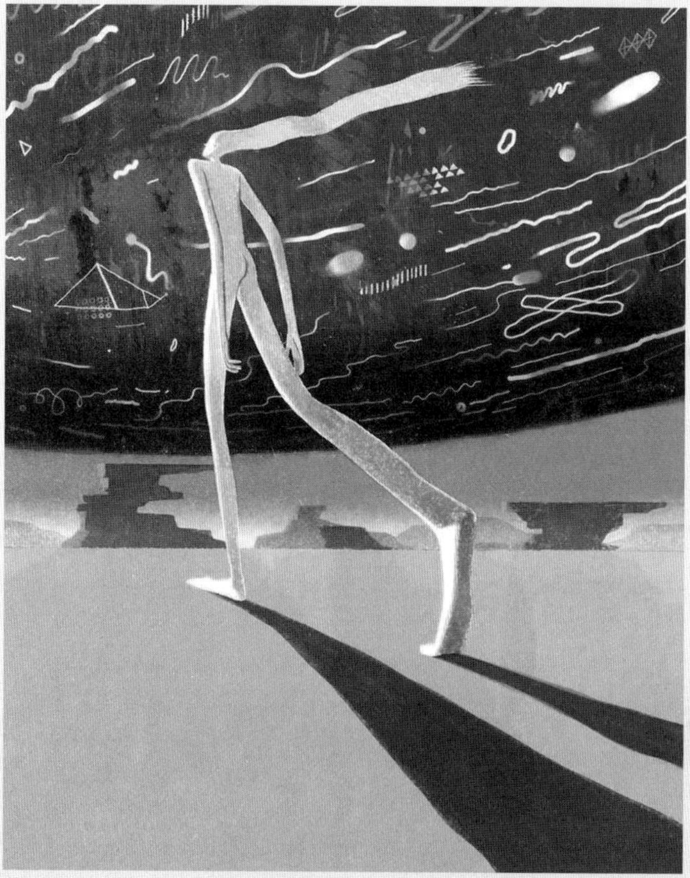

是很嘈杂。撩开依琳病床的帘子，一张惨白的面容，单薄的身体裹在一条白中泛黄的床单下，像是风都刮得走的。承曦不由得感叹："你实在是太瘦了，饭还是要吃的，否则没有抵抗力。"依琳在她的坚持下，勉强喝了两口粥，就不肯再吃，转头向里。

正好护士进来换吊瓶，说家属请到护士台来一下，病人的资料需要登记。承曦刚想说自己不是家属，依琳的面孔又转回来看着她，眼神中有着说不出的凄凉。承曦心软，遂跟了护士去登记。有一格是家属关系及联系方式，承曦略一思索，写下"表妹"。又问及是否还有别的亲属，承曦拿了表格去问病人，依琳沉默良久，说："一个也无。"

在医院住了一个礼拜，依琳的病情好好坏坏，医生说病人长期营养不良，抵抗力太差，情况不容乐观。承曦虽担忧，但还没太在意，现在科学发达，肺炎不是不得了的疾病，有人说就是严重些的感冒，何况圣玛利亚医院是香港最好的医院，有许多外国医疗设备，医生护士也很尽职。依琳体弱，恢复比别人慢些，也是情理之中的事。

这天她出乎意料地接到陈叔叔转来的信，竟然是傅云裳写来的，信中说：

我们一行目前在东南亚游览，国粹也与我们在一起。而前一阵子承晚动身回国去了，如你还在杭州的话，兄妹应该聚首了吧？他在巴黎之时，一直念叨着家里，放心不下。国内的情况，大家也听说了些，总希望国家渐渐地好起来，老百姓能够安居乐业。

又：鉴于我们在巴黎所习得的绘画方式和理念，与现在国内的想法不太一致，也许不会被接纳、重用。所以众人也有踌躇，本来出国留学，就是想学得一技之长，可以回馈给国家、同胞。事到如今，几人争论不休，还是未有定夺。你比我们在内地多耽了两年，也有切身感受。倒是想听听你的看法。虽然你比我们小了几岁，云鹏和我一直赞赏你的直觉与聪慧。你的意见对我们非常要紧。

国粹附笔问好。

云裳于高棉暹粒

承曦读罢，心中五味俱全。通上了信，总算是与朋友一种团聚。愁的是，承晚怎么就不管不顾地闯了回去？这个阿哥，一直要承曦为他担心，国内国外，无穷无尽。好在王妈还在杭州看守老屋，明朝写信要沈文渊去看视他一下。恼的是，国粹竟然只是附笔，虽然承曦要自己放下，但是过去的恋人薄情至此，还是心寒。急的是，云裳转转弯弯把她办了出来，自己怎么又要一头扎回去？昏了头了？当下不是接纳与重用的问题，承曦还记得沈三根咄咄逼人的样子，还记得上吊自杀的徐太太。云裳云鹏国粹，这几个公子少爷，哪一个能够适应当下的情形？尤其是国粹，他那副吊儿郎当的作派，那副臭脾气，平时又那样口不择言，如果他再犟头犟脑……必须马上写信给他们。

第二天写了一天的信，给云裳，给阿哥，给沈文渊。心有旁骛，就没去探病，直到信入邮筒，才想起依琳，只是提不起劲头再跑一次医院。回家倒头就睡，却不安宁，梦中乱象连连，百乐门舞厅的暖气开得太大，人又太多，她与舞伴跳得满头大汗。突然间舞客们齐齐喊起口号来了，押到台上的竟然是她姆妈。老太太半死不活，翻着白眼，嘴里喃喃说着语意不明的话，依稀听出，是"我的命是送在你手上的"。承曦刚欲解释，身边的舞伴转回头来对着她狞笑，竟然是沈三根……

早晨起来头痛欲裂，想着一天多没去探望依琳，还是强撑着赶去医院。进入病房，撩开帘子，看到的却是一张空床。于是跑去值班护士台询问，病人到哪儿去了？新来的护士翻了翻记录说："人走了。"承曦还是没会过意来："出院了吗？"护士白了她一眼："往生去了呀。"承曦心里一颤，但自己对广东话的理解没信心，再问一遍，得到是相同的答复，不禁张口结舌，脑子里一片空白。

怎么会？怎么会？依琳只是患上肺炎，一场重些的感冒而已。就这样一去不复返了？要说她体质差，但她还年轻啊，才廿七八岁。很多中老年人患上比肺炎严重得多的疾病，还能拖个一年半载。年轻人总比老年人扛得住些，依琳怎么就这样撒手而去了。

生命倏忽，转眼生死相隔。

医生也来了，说："你表姐也许原来就有心脏的问题，这次病情发展得非常凶猛，用了抗生素，肺炎倒是压住了，可是已经影响到心脏。最后的死因是心脏骤停，抢救都来不及。人死不能复生，请务必节哀。"

护士说还有些文件要她签署一下，承曦昏头昏脑地在指定的表格上签下自己的名字。然后护士交给她一个马尼拉信封，说是死者的遗物。承曦接过，放入手提袋，昏昏沉沉地回家来。也不想吃晚餐，就在床上躺下，又翻来覆去睡不着。坐起来打开小台灯，抱着膝盖对着一屋子的夜色，和那张空荡荡的床垫发呆。好几次产生幻觉：依琳赤了脚，从房外飘了进来，带了一身来苏尔（Lysol）药水的气味，伸了个懒腰，再捡起床边的书本埋头阅读。间中突然抬起头来问她："你有没有闻到一股腐臭的气味，像咸鱼一样？"

承曦随即害怕起来，幻想中出现的依琳那样鲜活，死亡像是不存在似的。但她又确切知道死亡的的确确发生了，曾经躺在这张床垫上看书的年轻女子孤身在港，没几个人知道她的到来和离去。像深山老林里的一株植物，突然被雷电摧折。如今，她再也不会回来了，就像一个人走进大雾之中，一点点隐没，直到完全消失。

更让人害怕的是，如果她自己患了急病，会不会也这样撒手逝去？会的，她操劳，她郁闷，她的身体不适应香港的气候。最主要的，她无依，她独居。真的犯了病，可能没人会倒一杯水，更没人会送她上医院，可能病死了几天才会被人发觉。想到此处，承曦不寒而栗。

心里烦躁，承曦站起身走到窗边透气。楼下夜市灯火明灭，街上人头攒动，各种叫卖的声音一波波传来。世间的喧闹永远是蓬勃，热气腾腾的。承曦实在不想一个人待在屋里，打算下楼去喝杯奶茶。打开手提包寻找零钱，一个黄色的信封就掉了出来，承曦才想起，护士交给她之后就忘了，一直没打开看过。于是拿来剪刀拆开封口，先取出一张折成四折的毕业证书，是圣约翰大学在民国三十三年颁发的，照片上戴学士帽的依琳很年轻，像个初中生，笑得很纯。再掉出几张港币，数了数，有三千多块。承曦再把信封抖了抖，掉出来是一个小绢包，打开，赫然是枚钻戒，白金镶的，正中那颗钻石质量上乘，估计总有两克拉多。

二十三

很多年后，国粹在一次参观卢浮宫时，已经到了闭馆之际，人群散去，他得以很近地面对了那幅著名的画像《蒙娜丽莎的微笑》。四目相对，不由得想起他人生旅途中的另一幅"微笑"。同样是那么神秘，那样不可解释；同样是眼睑低垂，目光内视，而上扬的嘴角给脸容添上一层宁静的光辉，又有一种诡秘的况味。注视得久了，竟有些昏眩的感觉，就如喝酒喝得微醺那样。

在暹粒做客时，橡胶园的总管事因老东家的大少爷、二少爷驾到，招待得很是殷勤周到。他们住在一幢殖民式的大房子里，白色的围栏，有游泳池和网球场。好吃好喝之余，还特地安排他们去吴哥窟古迹游玩，雇了一个当地人潘兴做导游。是个高棉和法国的混血儿，亚洲人的相貌多些，三十多岁，受过很好的教育，讲一口流利的法语，一行六人，分乘了两辆橡胶园的吉普车，兴致勃勃地出行。雨季已经过去，天气又不是太热，是他们来到东南亚之后最舒服的气候。

吴哥窟是十二世纪建造的佛教古迹，在世界上久负盛名。只是高棉连年战乱，民生维艰，古迹更是没人维护。当天进入吴哥窟的，除了零星的几个欧洲人，很少有别的游客。隔了护城河望过去，天朗气清，树木扶疏，早晨的阳光斜射过来，古老的城墙后面，五座佛塔巍然耸立。潘兴介绍说："高棉王国以前的版图大得多，包括现在的寮国和暹罗，以及安南的一部分，历史上也有过很强盛的时期。高棉人最初是崇奉印度教的，后来慢慢地转为崇信佛教。这些规模宏大的寺庙和佛塔是十二世纪建造的，那时中国还在宋代，而欧洲还处在中世纪。"

走近，学雕塑的云鹏，看到寺庙的建筑主要是用砂页岩垒起的，说欧洲人建造庙宇多用大理石，砂页岩与大理石相比，容易风化。的确，经过漫长年月的风吹雨打，大部分佛寺的墙廊已经倾圮，发黑，爬满苔藓，遍地散落着砖石残片，废墟里多有鸟兽出没。很有沧桑之感。

寺庙门前有条长长的回廊，回廊上的石壁雕有各种佛经故事，以及古代吴哥人的敬神、打仗、狩渔、耕作的画面，很是精美。待要细看，潘兴却催促："吴哥窟是世界上最大的佛寺，粗粗地逛一圈就得一天工夫，可看的东西也很多，我们得抓紧时间。"于是一行人跟了潘兴，拨开蔓延到走道上的树枝杂草，往纵深而去。

道路两边的柱头上，雕着吐信的毒蛇，守护着吴哥窟这座古宫殿。越往里走，越是荒凉。在雨季过后，遍地草木疯长，恣意蔓延，一眼望去荒草萋萋，路径已经不可辨认。有些地方，平台和阶梯全部倒塌，满地残砖碎石堵满了通道。要通过，必须手脚着地爬行过去。宏大的祭殿里廊柱环绕，建筑结构繁复精巧，墙壁上，柱子上雕满了各种佛像、菩萨。头顶的藻井装饰着曼陀罗和热带花草的纹饰。

想当年寺庙全盛之时，佛像林立，偌大的祭殿里聚集着几百个和尚念经，香烟缭绕，铙钹声声，众僧咏佛号佛之音直上天顶，应该是很宏大的场面。而现在寺内空无一人。风过回廊，飕飕有声，台阶上满地落叶，屋檐间杂草丛生，鸟雀筑巢，到处可见整片的祭台和山墙倾倒，碎石一地。寺内空地上，到处生长着一种不知名巨大的树木，直接顶开地基，穿透断墙残垣，参天拔起。而裸露在外的根系，如一条条手臂般缠绕、包裹着女墙和廊柱。树冠上有无数的鸟巢，见有人进来，几百只鸟飞起在空中盘旋。在废墟面前，人不由得深思，被奉为圭臬的文明，在历史的起伏中格外脆弱，易朽，几百年的汲汲营营，心血灌注，大自然只要轻轻地一抹，就面目全非。正如佛经中所说的无量劫，生了灭，灭了再生，再生再灭，循环不已，无穷无尽。

走走停停，下午之时，一行人来到吴哥窟的腹地，巴戎寺。为当时的高棉国王阇耶跋摩七世所重建，寺庙依坡而建，四十九座佛塔鳞次栉比，用巨大的砂页岩雕成，高低错落，每座佛塔的四周都雕有佛面，或庄严，或肃穆，或沉思，或内视。潘兴带了他们爬上爬下，介绍各个佛在梵天里的代表意义，最后停留在一具佛面之前："看。"

他们站在一座小坡之上，正面对着的一张佛面，衬在绿色的浓荫之中，大概有一张床铺那么大，或者更大些。佛像面容丰满，冠冕巍峨。在下午的阳光映照之下，石雕的表面岁月沧桑，风雨斑驳，但佛容却呈现出一抹不可言说的莞尔，眼神低敛，嘴角舒展，如沉静的湖泊中荡开涟漪，乌云密布的天空突然射下一缕阳光，又如雪地上开出一株明媚娇艳的花朵，千年冰河在春风下渐渐地融化。

这就是著名的"高棉的微笑"，无解之谜。

时隔多年，国粹想起来一切还如刚发生在眼前那样，此刻是下午三四点钟之间，日头已经偏斜，佛像的大半部脸庞隐在阴影中，脸上微笑却如云层中的明月，熠熠生辉。这微笑带了太多的含义，宁静、睿智、看透、安慰，甚至还带了些嘲讽的意味。

他们六个人爬上一个岩石凿出来的狭长平台，两尺来宽，没有栏杆，而且高低不平，下临深三米左右的另一个平台。这应该是观看"高棉的微笑"最好的位置，差不多是平视的角度，无遮无挡。因居高临下，大家都下意识地贴紧了身后的墙壁，不敢过多移动。国粹注意到佛塔下面的草丛里，有一窝野兔子，白色灰色兼有，不时地探出头来，三三两两迅疾地跑过下面的平台，蹿进另一处草丛里，来来回回，忙碌不已。便指给身边的云鹏看，云鹏说："我也看见了，一窝有好多只。人类辛苦建立起来的寺庙，荒成废墟，却成了野兔的乐园。到处都是石缝树洞，水草又丰富，兔子繁殖起来很快的。"

两人正在闲聊，平台另一端又来了几个西方游客，好像是美国人，大花衬衫，脖子上挎着柯达照相机，也许想寻找一处良好的角度拍摄"高棉的微笑"，看到平台的尽头处还有些空处落脚，便向众人点头示意让他们过去。大家都尽量贴紧了背后的墙壁，只有云裳会错了意，以为美国人想要借云裳的位置。于是跨出一步，往国粹和云鹏处靠拢过来。哪晓得不巧到极点，因阳光晃眼，他没看仔细，左脚踩着的那块石头突然松动，云裳瞬间失去平衡，眼看人就要摔下去，众人一齐惊叫，亏得身边的国粹眼明手快，一把拉住他的手臂，避免了一场非死即伤的事故。

大家还在惊魂未定之际，只见那块像

书包般大的石块脱开基座,直往下坠去,掉落在下面的平台上又弹了几下,随即听到一声"叽"的锐叫,坠下的石块,不偏不倚地击中下面一只兔子,血花溅起。

大家急忙走到下面的台阶,只见掉落的石块击中兔子的后半部,脊骨和尾巴、大腿都血肉模糊。兔子还活着,挣扎着想要逃走,只是动弹不了。众人唏嘘不已,美国人移开石块,叫道:"My god, poor thing。"但也爱莫能助。几分钟后,兔子眼睛闭上,众人用泥土和树枝把死兔子掩埋在一个石洞里。

云裳脸色煞白,人抖个不停,好久才回过神来,唏嘘道:"国粹兄,如果不是你拉住我,今天我就是那只兔子。"

国粹也受惊不小,但试着安慰云裳:"这是你自己命大福大,祖上积德,保佑你大难不死。"

经过这一回惊吓,众人已经无心游玩,时辰也不早了,潘兴带了大家原路返回。一个半小时之后走出山门,精疲力竭之际,再一次转身望去,只见满天的晚霞,赤碧交织,映在五座佛塔背后的天幕上,大批的鸟雀鸣叫着,掠过树梢。又见一弯新月,淡如处子,悬在西南方向。众人在这片日月同辉的景色之前,都沉默不语。直到上车之际,云鹏突然没头没脑地说了一句:"生死无常,来去倏忽。兔子是人,人就是兔子。"

二十四

云裳一伙人回到香港之际,赵承晚有一封信来,只是寥寥几笔,写得莫名其妙。

云裳看罢,递与众人,说:"总算到了,也了了他的心愿,只是惜字如金啊。"

国粹调侃:"承晚兄忙着大饱口福,自然没闲暇写信。"

云鹏却把信拿在手上,翻来覆去看了又看,又皱了眉头。国粹说:"就这么几句话,云鹏你还看出朵花来?"

云鹏大摇其头:"你们都糊涂,我想承晚兄这次回去,筵席没吃到,苦头倒大概吃了不少。"

何以见得?众人都转向云鹏。

云鹏说:"你们跟承晚也同进同出了两年多,应该晓得他的个性,言语虽不多,笔头子也不至于如此简捷。总要报告下,房宅是否安好,家人是否健康。这在信中一概不提,写了几句话,都无关痛痒……"

众人又取了信来看,一片啧啧,说:"还是你眼尖,我们竟无一知觉。"

云裳道:"承晚本是归心如箭,被怎样的一盆冷水泼了兴头,才会作如此之语?"

国粹还是赌了气:"我就不相信,回去又怎的?"

国樟叹道:"阿哥不要昏了头,你真不晓得厉害。"

云裳打断他兄弟俩:"大家心里都烦煞了,你俩就不要吵了,先说说下一步怎么走。"

讨论的局面是一团混乱,说不出个所以然来。

国粹捧了头,烦恼道:"现在真叫进退两难,已经离开了巴黎,香港也非久留之地。除了回去,我还能怎样?"

一向稳重的余先生说话了:"国粹啊,匆忙决定,必有疏失。何不再观察一段日子,仔细打算。国粹你如果不想待在香港,我过几天采办完毕,就动身回暹粒。公司分配给我的宿舍够大,六个房间,上下两层，有用人打扫，还有厨子烧饭。你兄弟俩去跟我做个伴，也不错的。"

国粹苦笑："再回高棉？这下真无处安身了。"

云鹏突然提起："怎么没听到承曦的消息？她一向灵醒，从她口中说出来的情况，更确实可信些。"

事实是，陈叔叔年老多忘，明明承曦就在咫尺之遥，在转信给云裳之时，竟没有提一笔，承曦就在香港。

承曦正忙着订船票，备行装，弄签证，种种忙乱，不一而足。还亏得依琳留下的一小笔财产，使得她的巴黎之行成为可能。承曦也有过挣扎，照理来说，这笔财产应留给依琳的家人。可是在填表格时，依琳是明明确确地说过"一个也无"，而且说这话时，语气决然，神色幽怨。可能的是，依琳孤身在外，与家人之间有很深的怨结，以致亲情斩绝，或是家人已遭遇不测。并且，医院方面，也把承曦作为唯一出现的亲属，因此依琳的遗物就留给这个"表妹"了。承曦对自己说：今后如有能力，再回香港来为依琳重修坟冢，也要报答一二。

在承曦的心中，巴黎像个海市蜃楼，在遥远的天边飘着，现在却要踏上台阶去了。雀跃之余，承曦又是务实的，也曾想过到了法国之后怎么办？一不会法语，二没有一技之长。身边的几个钱，开销掉船票和必要的行装，余钱不够生活一年半载的。承曦思前想后，还是没有结果。索性心一横，不去管它了，船到桥头自然直。

人都是善于给自己营造梦境的：香榭丽舍大道绿树成荫，塞纳河流水潺潺，巴黎圣母院的钟声，卢浮宫的辉煌，一起织成她绮丽的梦境，这梦境，甚至比真实的还美妙。但是在梦境之中，不时有个鬼魂出现，脸上挂着含讥带讽的微笑，嘴角叼着香烟，一副吊儿郎当的样子，恼人，但又挥之不去。在梦境中，在塞纳河边逛书摊子时，摊主戴着一顶无檐帽，低了头专心看报，一抬头，竟然是那张熟悉的脸。或是在巴黎圣母院行走在高耸的穹顶下，仰头欣赏玫瑰花窗，一位须发皆白的神父走下布道台，在她身边轻声细语地说："女士，可要我听你告解？"于是承曦在小隔间里娓娓叙述自己的心事。一龛之隔，竟然笑出了声。那熟悉的嗓音，使她羞愧莫名。在这个困境中，她竟然毒恨起国粹来了，那么短一段恋情，在她人生中竟留下如此深的痕迹，他倒是潇洒，转身就走，不带走一片云彩。而她处处受困，怎么也摆脱不了。

但是潜意识是不受控制的，关于国粹的联想，每次都在猝不及防之际，浮了起来。

相对说来，跟云裳兄弟打交道还简洁单纯些，没有感情的牵连，可以直叙心怀。而且云裳对朋友真是没说的，她能到香港来，都是云裳提供的帮助。在她动身之前，一定要留个信息给他。

云裳，云鹏两位长兄：

见字如晤，我已来香港半年有多，一直在忙于各种繁琐，疏于联络，真是不应该。其中一大原因也是居无定所，又怕信件丢失。前阵子去看陈叔叔，接获你们在印度支那转来的信，距发信日期已逾两月有余。不知你们现在是回了巴黎呢，还是滞留在暹粒。我正在努力办理去法国之事，希望我们能团聚在大洋彼岸。

当年与兄长们相聚，谈天说地，百乐门通宵酣舞，还历历在眼前。忽忽已近三载，世事竟如此反复颠倒。幸亏云裳兄热心搭桥，陈叔叔鼎力相助。我如果真的能去成巴黎，就是做个售货店员，或者缝纫女工，日出夜归，有一口太平饭吃，有一间小房间住，也会非常满足。

你们的消息，对我说来极为珍贵，因为我在世上，抬头望去，只有你们这几个兄长是我可信赖的，也是我仅有的，狭小的人间。所以，到了法国之后，我想还是请托陈叔叔帮着转信，虽然慢些，但是可靠。如果你们写信，也麻烦他转寄吧。

你们的承曦妹妹

二十五

傍晚时分，赵承晚从跨进门，放下行李的那一刹那，就本能地感觉什么地方不对劲。

首先映入眼帘的是一张装在黑镜框内赵母的照片，供在屋里的香案上。准确地说，是一张据早年两寸左右小幅相片，画匠摊子用炭精粉画出来的黑白画像。一般都是家中有人故世之后，作为遗像而作的。承晚心里一凛，难道母亲故世了？什么时候的事情？又是为了什么缘故？上次接承曦来信，竟未曾提起过半句一句，家中发生这么大的事情，他竟然一无所知。

画像上的母亲显得陌生，也许是年龄的关系，也许是画匠的技艺拙劣。母亲的额头发暗，眼睛一只大一只小，嘴角下垂，看起来一副苦相。

香案上的宣德炉里，插着几炷残香，案前供奉的果品已经干瘪朽坏。西窗前的

一排鸟笼空着，房内光线黯淡，门窗也多日未开启过，一股霉味，空气极是滞塞。承晚脑子里乱成一团，张皇间，大声叫唤妹妹的名字，竟然无人应答，连王妈都没有影踪。在恍惚之中，承晚不由得怀疑自己是否走错了门，或者还在梦中。他颓然在太师椅上坐下，努力定下神来，左看右看，宅子虽更陈旧了，确实是自己家里没错。但人呢？承曦呢？

放鸟笼的长案上蒙满灰尘，桌底下传来一声猫叫，一只毛发斑驳的老猫，认出他来，走出来蹭他的裤管。昏黄的夕阳，从蒙尘的窗玻璃上斜射进来，屋里的气氛更是有种颓败之感。

半个时辰后，王妈买菜回来，看见大门虚掩着。进得屋来，地上堆放着还尚未打开的行李箱笼，大吃一惊。再踏进客堂一看，赵家少爷承晚，在贵妃榻上合衣睡着了。即刻摇醒了他："少爷你可真回来了。"承晚睁开睡眼，怔忪地问道："承曦人呢？"老妈子两手一拍大腿，眼泪汪汪："少爷，你真不晓得！这个家死的死，走的走，可真是要散了呀。"

在厨房里，承晚吃着面，王妈在一边叙述着这两年多来，家里发生的种种事情。王妈的叙叨，本来就零碎不全，再加上很多她自己想当然的补充和渲染，听得承晚更是错愕不已。

"我娘平时大门不出，二门不迈，人究竟是怎么死的？"

"承曦为啥不写信告知我？这么大的事情。她难道不晓得这样会陷我于不孝之地？"

"什么，承曦真的结婚了？那个男人是谁？沈老四的儿子？不可能不可能。"

王妈一个没读过书的用人，怎么讲得清两年多来的变化？乱麻只会越缠越乱，越乱越缠。承晚听得头都痛起来，只听得王妈浓重的诸暨口音嗡嗡地响，但说了些什么，全在他脑子里搅成一团糨糊。

　　第二天醒来，头还是痛。早餐王妈包了虾仁馄饨，原本心心念念想煞的江南美食，吃在嘴里全无滋味。吃毕了早饭，承晚在前院后厢兜了一圈，院子里原来有一棵老梅，三棵梨树，春天开花，夏末结果。现在没人浇水照料，枯死了一棵，还有两棵也是奄奄一息。才两年多，整幢屋子，比记忆中的衰败了许多，墙角里挂着缕缕蛛网，家具上蒙了厚厚的一层灰。仅是早秋时节，后花园里已是遍地落叶，角落里青砖地漫起了绿苔。承晚回到屋内，站在一排空空的鸟笼前发呆，房内毕静。本来他是为了亲情和家庭赶回来的，可是这儿一切都出人意料，母亲故世，妹妹远走。王妈一会儿说承曦去了香港，一会儿说去了法国。

　　那么，他匆匆赶回来是为了什么？

　　下午有客来访，正是莫名其妙地做了他妹夫的沈文渊。说起来两人早年也认识，只是人生兴趣不同，并没什么交往。而且，承晚还很有一些破落士大夫子弟的心理，虽然自家日子过得拮据，但还是看不起做生意家庭出身的。这次见了面，两人不由得都有些尴尬，不晓得怎么开场。

　　王妈送茶水进来，见两人冷了面孔，相对无言，便对承晚说："这段日子啊，麻烦事情多多少少？打秋风、刨黄瓜的人交交关关。多亏得姑少爷帮忙打发，否则我这个老太婆，人家讲啥就是啥，这幢房子都保不住的。"

　　承晚哪有心思在房子上，三言两语把王妈敷衍走了，转头直截了当地问沈文渊："听说你跟承曦结婚了？"

　　沈文渊抽着烟，避开眼睛去："你不是知道了嘛。"

　　承晚恼火地说："现在知道有什么用！结婚是一件大事，哪有这样先斩后奏的？我到底是她亲哥呀。"

　　沈文渊转回头来，两眼炯炯："是的，你是亲哥。但承曦有难之时，你在哪里？"

　　承晚闷住了，半晌说："我人在外国，音讯不通，心有余力不逮。"

　　沈文渊微微一笑："承晚啊，正是你说的不通音讯，有些事是实在没办法，必须做，即刻做的。"

　　承晚不响。

　　沈文渊放缓和了声调："承晚兄，我们现在是亲戚了，不要一见面就争执好不好。有些事情是不得已，你处在那个情况下也会同样做的。"

　　承晚问："我妈是怎么死的？"

　　"意外。"

　　"王妈说是被逼死的。"

　　沈文渊沉吟道："也不能这么说。"他揉了揉前额，继续道，"承晚，你走的两年，是变化最大的两年。吃鸦片的恶习是一定要连根拔去的，你娘又离不开这一口。那么，出毛病是预料之中的。承曦夹在当中，你想想她有多难。"

　　承晚一口气还是没出，讥讽道："所以，你就乘人之危了？"

　　沈文渊面孔涨得血红，好容易抑制没有发作，闷了一歇，说："这个，你要去问承曦，别人是讲不清的，我再辩解，只会越抹越黑。"说罢站起身来要走，走到门口，想了想又转回来，对承晚说，"承晚，我晓得你心情，但现实如此，我们每个人都要面对。届时你自己和承曦谈一谈，就晓得了。这样吧，你再歇一两天，过后我陪你去给赵家姆妈上坟。"

赵承晚在踏上故土之前，其实并没有真正想好，回来要做什么。他是散漫惯了的性子，总认为家里再虚空，一口饭，总归是有得吃的。他可以像以前一样，不奢求成功与荣名，如闲云野鹤，逍遥在江湖之间。画几笔画，朋友之间观摩交流一番，听几句赞美之词，也不枉吃了两年多的法国面包。最好再办个艺术沙龙，偶尔能开个小画展。收几个学生，补贴家用一二，人生虽如轻烟淡墨，但波澜不惊，也说得过去了。

这小小的冀望，现在看来根本是行不通的。

承晚去拜访了几位以前的同好相识。朋友们劝说："你既然回来了，虽然说画画没什么用处，但也要去寻个事情做做。现在，人人要劳动才得食，游手好闲或无所事事，会被人看不起的。每个人都要有个单位，工厂机关也好，学堂也可以，最不济也得在街道上，拿一份工资，这样你才算有了着落。现在，老百姓都被组织起来了，在单位有人管着，在街道上也有人管。你一个人单吊着，是不容许的。"

承晚更是不懂了："我又不犯法，干吗不容许？"

朋友的口气更透出承晚是"孺子不可教"的神情，摇头道："这个跟犯法不犯法没关系。私底下告诉你一句，现在刚刚解放不久，国民党蒋匪帮还不死心，还想着反攻大陆。前阵子，还派了飞机到上海掼炸弹，死掉了交关人，据说是有特务分子里应外合。所以，把居民组织起来，也是有个互相监督的意思。"

承晚嗫嚅着问道："那么，你看我能到哪里去找事做？"

朋友沉吟道："叫你去工厂做工，吃力得很，又龌里龌龊，你老兄大概是吃不消的。不过你总算还有一技之长。依我看，能找个中学去教美术就蛮好，如果不行，小学也是可以的。"

承晚倒没有职位高低的顾虑："教小学生也不错的，如果有机会，拜托你给我留意一下。"

二十六

香港住了两个多月，考虑再三，傅家兄弟决定回巴黎去。

云裳说："这也是不得已啊，这世界上最惬意，我最想居住的地方，一个是上海，一个就是巴黎。现在看来回不去了，只剩一个选择，再回去做洛克教授的学生。"

国粹说："我是不想再去做学生了，是人，总有断奶的一天。叫我说，常去卢浮宫观摩，再找个画室，画些自己想画的画。"

余先生说："云裳，你还是再考虑一下吧。当然，巴黎自有巴黎的好，香港嘛，也不错，虽然广东话听不懂讲不来，但字还是看得明白的。膳食更是对胃口，南北兼有，中西俱全，要吃啥有啥。饿了，随时可以上街吃碗牛腩面。你们在这儿，我度假时可以来找大家玩……"

国粹鼻子里哼了一声："香港好个屁，这地方真是无聊至极！人耽在这儿，除了吃吃吃，就是赚铜钿。整个城市没有一家博物馆，连像样的书店也寻不出几爿。要我说，香港就是一块文化荒漠。"

云鹏也说:"五香牛腩面跟奥古斯特·罗丹,我肯定是要选择罗丹的。"

大家笑,云裳问国粹:"你们兄弟俩怎么打算?"

国樟看了看他的长兄,有点迟疑道:"我又不学画,法文也讲不来,去法国没什么意思。我想还是留在香港,寻个机会做点小生意。"

大家转向国粹:"国粹兄呢?"

国粹闷声道:"我?大概只有去跳海的。"

众人面面相觑,一叠声劝道:"何必呢?国粹兄你千万不要走极端。"

云裳说:"国粹兄还是跟我们一块回巴黎去吧。没了承晚,再没了你,巴黎再好,趣味也要少了一大半。"

国粹把头埋在手心里:"你晓得,就是我想去巴黎,现在身无分文,连船票也买不起的。"

云裳沉吟道:"这个,你就不必担忧了,我来负责。"

国粹抬头,冷笑道:"云裳,你真不愧是个救苦救难的散财童子,口袋里钞票用不光似的,总是急吼吼地掏腰包,会钞、会钞。我都记不清已经欠了你多少铜钿了?你有没有想过,也许我会赖账?不要到辰光连朋友都没得做了。"

云裳脸色一暗,随即笑道:"啊啊,我才不担心。等你成了大画家之后,再一起还我好了。"

"如果我一辈子画不出头呢?"

"那也无所谓,就当这点铜钿被吉卜赛人抢去了。"

大家又笑,连国粹也禁不住咧开嘴,说:"云裳啊,这样大手大脚,再多的铜钿,也会被你挥霍光的。"

"嗐,近朱者赤,不就是跟你国粹兄学的嘛。天生我材必有用,千金散尽还复来。你说是不是?"

船票订好,行李也已备妥。云裳他们在动身的前两天,买了只烧鹅,并点心水果,去看望陈叔叔,感谢他两年多来帮他们转信寄信。不料竟吃了个闭门羹,问了左邻右舍才晓得,陈老先生一礼拜前心脏病发作,送医抢救不及,已经往生去了。众人大感懊悔,应该早点前来拜望,不想竟然天人永隔。又索问邻居详情,说是陈先生的家人儿女在马来西亚,已经好多年没回来过了。前一阵子倒是有个年轻女子,来看望过陈生好几次。众人心中一动,便追问那个女子长得什么样子?邻居又说不清了,已经隔了不少时日,当时也没刻意留心。所以越说,众人越迷惑,最后还是不得要领。

回来的路上,大家心里都不住地忐忑,那个年轻女子,是不是承曦?如果是的话,为啥陈老先生转信时一句不提。如果不是,那么说明承曦还在杭州,承晚来信时,总应该提上一句,代问个好等等,为啥也是音讯全无。

国粹凭了直觉,一口咬定:"肯定是承曦,不会再有别人了。"

云鹏说:"最后接到承曦的信,也有近三个月了。我们从高棉回来也一个多月了。再怎么间隔,也总会有一星半点的消息。这女子也许是陈叔叔的远亲,或者医护人员,邻居不知所以,我们不要捕风捉影,大家白高兴一场。"

众人失落,沉默不言。

云裳摇头道:"我实在想不明白,有家,却不能回,亲戚朋友无通音讯。真是百年少见的乱世啊，被我们碰上了。"

云鹏道："阿哥，乱世是常态，倒是太平盛世是可遇不可求的。"

云裳道："我也不敢奢求盛世，日子能过得太平些。"

云鹏冷面而对："这恐怕由不得你，佛说千千万万劫，连绵无穷。乱世有劫，其实盛世也有劫，人只能在一劫与一劫的空隙中，喘口气，偷个生，痛定思痛。"

国粹烦道："大家都心情不好，云鹏，你就别来这套神啊佛的。什么一劫接一劫，这样的话人活着还干吗？自己去找根柱子撞死算了。"

"撞死不算本事，在劫中还能活得通透才算本事。"

"怎样才算通透？"

云鹏想了一阵，说："我也不晓得。我只晓得生而为人，吃苦受罪，历劫渡劫，都是逃不过去的。"

壬辰年正月，国粹与傅家兄弟第二次到达巴黎。天气寒冷，三人先在旅馆住了一个星期，又开始找房子。傅家兄弟找到一间公寓，离他们原来的住处不远。国粹在他们公寓里借宿了两个星期，睡在客厅的沙发上。最终也在克利齐附近找到宿处，是一幢公寓大楼的顶层，长长的甬道两旁排列了十几间鸽子笼，公共盥洗室在走廊的尽头，老是有人霸着不开门。这种房间，以前大概是给佣工住的，斜顶，有一扇老虎天窗，推窗看出去是一大片灰色的屋顶，下面是个深深的天井。房间极小，大约摸六七个平方米，放下一张单人床，一张吃饭的小桌子，再竖一个画架，就转不过身了。好处是房租极为廉宜，一个月就是两包香烟的价钱。

傅家兄弟来看了，云裳劝道："国粹兄，这地方实在是太小。还是在我们那儿先住上一阵，等有了合适的房子再说。"

国粹摇手："谢谢好意。云裳你又不是不晓得我的臭脾气，又何必放个随时会爆的炮仗在你家客厅？不要哪一天吵翻了，连朋友都没得做。"

云裳笑道："看你说的，又不是没吵过。我们不是直到今天还是朋友吗？"

"罐子一次次往地下摔，总有一天会摔破的。还是这样吧，我这个人放任惯的，你们不要管我。"

云鹏说："问题是，你这儿连大一点的画都不能画。"

国粹打哈哈："其实这个画架是个装饰，提醒我到法国来是干什么的。我已经在学堂里申请做旁听生，一学期才几十法郎，可以利用学校里的画室，一直开放到半夜十二点钟。"

云裳无奈，耸耸肩道："既然如此，悉听尊便。"

开了学，国粹申请了旁听生的资格。每天一早就去学校，做些收发信件，打扫画室之类的杂务，以此赚些零用钱。学生上大课时，他在教室角落里竖立一个画架，想画的话，就画几笔；不想画，就溜出去泡咖啡馆，看书，翻阅人家留在咖啡桌上的报纸。随身带了本速写簿，顺手画些街上的行人、小贩、招揽客人的妓女，或者是邻座下棋的弈者，倒也是自由自在。

晚上学生们都散了，偌大的画室空出来了，便是国粹一个人的天地。长夜寂静，无人来打扰，国粹在白炽灯下一个人埋头作画。累了，去隔壁咖啡店买个三明治。回到画室，在角落里席地坐下，一面吃他寒酸的晚餐，一面看自己画到一半的画。

吃完三明治，烟瘾上来了，摸出烟盒，发现只剩下最后一支压扁的香烟，但这最后一支烟的滋味特别好，他吸到只剩短短的一截才按熄，尼古丁的滋味美妙无比。

直到半夜，看门的阿尔及利亚老头要关门落锁了，他才收拾起画具离开。

除了画画，国粹常常在街头乱逛。无论白天黑夜，巴黎永远醒着，白日可以去看大大小小的博物馆，画廊。在河边的旧书摊上翻阅二十年代的老画报和招贴画，画报中有几个版面介绍最后一次举行的印象派画展，便买了下来，顺便向书摊老板买包土耳其走私香烟。有次参观了荣军院出来，街角上有音乐家在卖艺，弹吉他的小伙子看上去文弱，秀气，面有菜色，不知怎的联想到自己的三弟，看了一会儿，便掏出不多的几个零钱放进琴盒里。回家时在杂货店买食物，掏遍口袋，才想起刚才把晚餐钱给了那个小伙子了，只好自己啃一块干面包。

在河滨漫步，正好看到年轻的新婚夫妇从对面教堂里出来，宾客漫天撒花瓣，大家都一派喜气洋洋，新娘子挽了新倌人臂膀，登上古色古香的马车迤逦而去。国粹冷眼看着，心里若有所失。洛特教授的话语在耳边响起：你将不会有家庭，不会有正常的生活……

在干涸的喷泉旁边喂鸽子，一把面包屑撒向半空，鸽群便像轰炸机般俯冲而下。巴黎的鸽子体型圆润，性格却很强横。大部分是灰色的，偶尔有一两只白色的，往往受到鸽群的排挤，国粹看不过去，会特意多撒两把给它们。

早上，国粹人还未完全醒转，坐进路边咖啡座，打着哈欠，喝着不加糖的黑咖啡。邻座是位穿高领黑衣的末日教派教士，一本黑封面的圣经放在桌上，领首低目，在默默地抽烟。当一个漂亮女人扭着腰肢款款而过，立刻，艺术家和教士都一下子来了精神，眼珠子像牵了线一样，一路紧随不舍。直到女人走远，男人们才回过神来，互相交换个眼色，微微一笑，心照不宣。

某个春天晚上，巴黎空气里饱含骚动的气息。国粹在画室里画画，突然有一股空虚莫名的情绪袭来，难以专心在画幅上，于是早早地收拾起画具，走上街头。

时值八九点钟，天色还未完全暗下来，路边梧桐树展开的嫩叶，在路灯和天光之下呈现出像翡翠般的绿色。而街上正是热闹之际，人流熙攘，喧哗处处，小姑娘们手里擎着冰淇淋，蹦蹦跳跳，一个不小心撞在行人身上。高个子的年轻夫妇推着童车，像一对仙鹤踱步在人流中间。路边咖啡馆一位难求，跑堂忙得像个陀螺，而顾客们坐着闲望野眼。小广场上情侣们勾肩搭背，驻足围观小丑表演杂耍。在拉丁区的小酒吧里，酒客们像鸡似的在高脚凳上蹲成一排，听全法足球联赛的广播。蓝调爵士背景音乐低沉忧伤。外地来的单身汉有心寻艳遇，涎着笑脸跟邻座的女酒客搭讪，女人开始时冷若冰霜，在半醉之际，开始滔滔不绝，嗓音沙哑，词语也趋向暴烈。单身汉反而吓了一跳，又一时走不脱，只好满面尴尬地假笑着，一面左看右看，寻机脱身。也有街头的醉鬼，衣衫褴褛，坐在公园的长椅上，不时地仰头灌上一大口。喝得大醉之后，脚步飘摇地走下堤岸，在桥洞底下掏出家伙，酣畅淋漓地小便。

这是巴黎之夜的前奏，喧闹而放纵，像一个慵懒美女知道自己好看，所以恣意地伸展肢体。巴黎此刻是物欲的，贪婪的，醉意和情欲在大街小巷里暗暗地流淌，诱惑和陷阱也在暗中龇开利牙，等待猎物心甘情愿地上钩。黑夜混沌，既抚慰着甜美平静的睡眠，也掩盖着淫荡不堪的罪行温床。席卷一切，湮灭一切，像母亲的胸脯，包容一切。

从学堂里走回家中，大概需要四十来分钟，途中要穿过一些老旧衰败的街区。这些区域街道狭窄，好些铺路石块被人撬走，路面坑坑洼洼高低不平。路灯又常常坏掉，一不小心就会跌个大跤。街区转角上堆着没收走的垃圾，不知什么地方飘出下水道的阵阵臭气。街道两边，都是些两三百年的老房子，大概从拿破仑时代起，就没有怎么修葺过。外部的墙面千疮百孔，布满涂鸦；里面环境更是糟糕透顶，地板下陷，楼梯颤颤巍巍，老鼠蟑螂横行。这种街区更是危险丛生之地，不法之徒出没，体面的市民们避之不及。房主只能招徕些领救济金的穷人，退休者，外国人，收取低廉的租金。

但奇怪的是，这种地方虽然破败，却是热闹得很。白天，小广场上搭了帐篷，各种生意人，菜贩、布贩、变戏法的、卖旧家具的，卖脚踏车零件的都有自己的摊位。乡下农夫在售卖新鲜鸡蛋、奶酪、水果，以及自家烘烤的点心。路边咖啡馆里也坐满了人，下棋的，聊天的，谈恋爱的，无所事事的，两个老头买杯咖啡，可以屁股不挪地坐上一整天，也不知他们哪来那么多话可说。深夜之后，大街小巷里还是人影幢幢。年纪很小的吉卜赛女孩子，向酒吧里的客人推销快要蔫掉的玫瑰花，五十生丁一朵。白衣白帽的阿拉伯人守在简陋的店堂里抽水烟，一大坨羊肉疙瘩悬挂在旋转烤肉炉中，慢火烹烧，整条街上肉香弥漫。国粹常常去买他们的羊肉煎饼做晚餐。满面胡子的大汉拿了把剔骨刀，把羊肉一片片削下来，再用一张煎饼包裹了，浇上各种酱料，加上洋葱丝、胡萝卜丝和香菜。味道还不错，更主要的是价钱便宜。

一些鬼鬼祟祟的小铺子，暗灯瞎火，终夜开着门，做的是私酒生意，也卖吗啡、杜冷丁，据说各种止痛药品在退伍兵中需求量很大。还有销售各种赃物的黑店，从偷来的珠宝、古董、烈性犬，一直到各种军火武器，听说只要肯出大价钱，二战时的轻机枪、冲锋枪都能买到。更令人提心吊胆的是，在黑暗小巷的路灯下，门洞里聚集了好些流氓恶棍、醉鬼、皮条客，一个个面目凶狠，神情鬼祟，有如杜米埃版画中的人物。在每个街角都站着三五个妓女，高跟鞋哒哒地在石子路上敲过，在幽暗的街灯下来回走动，抽着烟，招徕着寻芳客。

刚搬来时，每次经过这些街区，国粹总是脚步匆匆，人家告诉他过这地方是充满危险的沼泽，这些游荡者更是一串麻烦果子。吉卜赛人偷东西的手法高明，防不胜防。而成群结队的流氓会无端寻衅，攻击路人。某个酒鬼，前一分钟还躺在角落里喃喃自语，下一分钟会突然跳起来大发神经，把酒瓶子砸在行人的头上。也有妓女如果拉客不成，会不依不饶地跟在过路人背后，跳着脚破口大骂。种种想不到的意外都可能发生，他一个外国人，法语又不怎么道地，一旦被这些人缠上，那可是叫天不应呼地不灵。

到目前为止，国粹还没碰到什么大麻烦。反而，他被这种生机勃勃，层次丰富的底层生活所吸引。常常，他会情不自禁地在广场的角落里坐下来，在树荫下抽根烟，饶有兴趣地观看煤气灯下上演的种种剧目。情侣们赌气吵架，便衣警察抓吉卜赛小偷，妓女们争风吃醋。有虐有闹，又哭又笑，真如一幕巴尔扎克笔下的人间喜剧。

比较锥心的是看到一个侏儒，坐在一部婴儿车里，被家人推到广场上来卖艺。这侏儒的身体如三岁孩童，却长了一张成人的脸，涂满了白粉，在腮上点了两块胭脂红，戴着小丑的尖锥帽，童车上还挂了几枚破旧的玩偶。而他的表演基本上是以插科打诨，讲滑稽笑话来招徕观众。由于身体无法动弹，全靠了脸上的表情和两只短短的残手来发挥。演来演去，也就是那么固定的几套戏法来博路人一笑。国粹却更多地看到人世间的悲凉和无奈。

有时看到路边的妓女堆里，有一两个雏妓混迹其中，年纪不过十四五岁，一脸的青涩，却在肮脏的街头拉客。而且脸蛋身材就是去做明星也是可以的。国粹心中大呼可惜：如花似玉，大好人生，何必去做这个勾当？从事这个行当的女子，衰败极快，难道她们就不晓得珍惜？还是命运弄人，有其不得已的苦衷？

不过感叹之余，国粹也晓得，人生难以论断。妓女这个特定人群，在法国的艺术史中有其不可忽视的地位。在雨果、巴尔扎克、小仲马、梵高、罗特列克的作品中都留下痕迹，像罪恶之花一样芳香扑鼻。

去得多了，在这令人眼花缭乱的地方，国粹竟然还交了几个朋友，他跟刚认识的人一块喝酒，听阿拉伯音乐，看街头舞者表演。高谈阔论，恣意大笑，以致忘了时间，等到人群终于散去，他起身走回家时，常常已过半夜。淡青色的晨曦已在寂静的街上浮动，空中响起第一声鸟鸣，拐角上飘来新鲜出炉的面包香味。国粹推开公寓的大门，穿过铺着青石板的天井，疲惫地爬上七楼，倒在被褥凌乱的床上睡去。

这一切都是艺术家梦寐以求的，放纵天性，无拘无束。但是，如地狱般的贫穷，也如影相随。确切无疑的是，苏州家里是不会再寄钱过来了，国粹现在没有收入，房租不管多廉价，还是每个月要缴的。酒要喝的，画布和颜料也是要买的，而且死贵，唯一能做的是节衣缩食。他本来就瘦，来了巴黎七八个月，更见消减，面有菜色。虽然云裳说过，他那儿随时可以通融。但以国粹的个性，宁愿挨饿，也不会轻易跑去傅家求援的。他现在仅有的进账，是给授课教师做助手，帮他们买咖啡。每当下了课之后，还要收拾整理画室，扫地清垃圾，为下一节课安排模特儿。这样一星期可赚几十个法郎。有时在咖啡座上为客人画速写，偶尔会卖掉一两张，这点小钱只够他买香烟，吃上一顿还像样的饭食。

国粹的作息是早上睡懒觉，下午去学校，晚上画画或出游，到住宿处已经是过半夜了。他很少见到同楼层的邻居，有时在楼梯上匆匆一瞥，都是些脸色青白，满面晦气的失意者：身份不明的女人，或是风烛残年的退休老头儿，刮胡子刮破了脸，贴着渗出血迹的纱布，穿着正式的三套头西装，但长年没有清洗，反而更显得邋遢。可怜的老头儿挣扎着不灵便的腿脚，下楼去买些食品杂货，再喘着大气爬上楼来，中途至少要歇个十来次。巴黎老公寓的楼层特别高，底楼是门房、洗衣房及储藏室。二楼的公寓是最昂贵的，越往上越便宜，公寓虽有电梯，也只到六楼。七楼至少相当于十楼，就算国粹这般年轻力壮之人，下楼之后忘了东西，都懒得再爬一次去拿。楼里的人见了最多点个头，互相不交谈，都是沦落之人，认识了又如何？

在他房间的斜对面，住了个年轻的外国人，看来才十八九岁，淡亚麻色头发，长得高大肥胖，满面雀斑的婴儿脸。他跟国粹差不多的作息，终年晚归，在楼梯上遇到过好几次。每次碰到国粹，总要问一声：今天是礼拜三还是礼拜四？开始国粹还一一作答，后来就发现了不对劲，哪有人同一个问题问上几百遍的——这个年轻人的脑袋瓜肯定有问题。仔细看去，好像眼神也不对，直通通地盯着人，眼白多眼黑少。傻大个虽然聒噪，不过倒是人畜无害，有时还会提了半瓶伏特加来敲国粹的房门，一开门，也不等主人邀请，直别别地就挤了进来。国粹的房间本来就小，又挤进一个大块头，更是局促了，只好坐在床上喝酒聊天。

年轻人是俄国移民的后代，有个长得不可思议的名字。国粹笑说："这么长的名字，听听头都晕了，我是绝对记不牢的，我看还是叫你礼拜三好了。"年轻人也点头笑纳。

礼拜三的父母是三十年代末，从圣彼得堡逃到法国来的犹太人，但混血已经混得很杂了。父母生下他之后就不知所踪，礼拜三是在孤儿院及各种救济所里长大的。读书也只是断断续续地读到普通中学，身无长技，所以只好在洗衣作坊里做些跑腿送货之类的低级工作。礼拜三东拉西扯一阵，又神秘兮兮地告诉国粹，说他是有残疾人身份的，每月可从政府机构得到一小笔津贴，而他把这笔津贴全部花在嫖妓上面："法国政府帮我娶老婆。哈哈。"

国粹惊诧："你把这个叫'娶老婆'？"

礼拜三扳着手指头算："嗯，一个月二十五法郎，睡一次十个法郎，这月娶两个，下月就可以娶三个。"

国粹摇头："哦，不要搞出病来，不合算的。"

礼拜三晃了晃手中的伏特加酒瓶，说："不要紧的，搞完了，用伏特加冲一下，就行了。"

看国粹不尽同意，礼拜三又说："不让我搞，是不行的，这桩事情比吃饭还要紧。如果不能搞女人，我宁愿死掉。"

国粹看他那像狗熊一样的身板，脑子却不怎么管用，做的又是枯燥活计，身体里的精力真是无处可去。不让他去嫖妓，大概真会憋出病来的，或者是发泄在更为邪门的地方。这样一想，国粹也宽容了，凡人都是为食色性欲苟活于世，漂浮于海。他也在其中，幸运的是，他还有一块艺术的绿洲，可以憩息。

贫穷，孤独，前途渺茫，国粹一个本来出身于富足家庭的纨绔子弟，终于开始尝到人生的况味。所有的东西，没一件是可靠的，可以长久拥有的。故乡、家族、地位财产，随时可能随风而去。在这些东西消逝之后，接下来面临崩毁的是人的心绪、健康，以及对人生的信心。一旦到了这个地步，也就是真正地坠落到底层了，如佛家所说的"阿鼻地狱"。

万幸，国粹虽然落魄，但还算健康，心绪也没有太大的波动，最要紧的，是他对艺术热爱没有丝毫减少，相反，由于艰苦的境遇，艺术是他唯一的慰藉和支撑，使他能在异国他乡孤独地捱下去。

二十七

到达巴黎的第一个礼拜，承曦是在梦幻般的恍惚中度过的，对她说来，巴黎是个遥远的梦，而如今真的身临其境，在感觉上简直不可思议。

第一夜，她辗转反侧，通宵失眠，一清早就跑出去，走到巴黎圣母院前面的小广场上。清晨的阳光浸染着塞纳河的两岸，水流平缓，波光闪耀，空气中充满了河水的湿润气息。怔忡之间，一群通体洁白的鸽子从身边掠过，宛如梦中。转身仰头看去，蜜糖般的阳光洒在脸上，高处教堂的塔尖与蓝天融为一体，钟声倏然响起。承曦的双腿抑制不住地颤抖，梦寐已久的景色，此刻竟然真的一一呈现。

她随着望弥撒的人群走进圣母院，在高高的穹顶之下，大玫瑰花窗色彩迷幻，折射出天国之光，令人目眩神迷。宣讲台前摆满鲜花，祭坛上烛光闪耀，须发皆白的神父在讲道，抑扬顿挫，承曦一个字也听不懂，但不妨碍她随着众人画着十字，一起下跪。大风琴响起，一群儿童在祭台旁颂唱圣诗，童声宛如天籁。神圣的感觉，像春雨般沐浴着她疲惫的身心，人生中所有的不如意，在这一刻如风中的鸿毛翩然而逝。一个半小时的弥撒，对她来说过得太快。弥撒出来，她站在圣母大教堂前，轻轻地抚摸着大门上的浮雕、石壁和栏杆，又坐在圣母堂旁边的小花园中，久久不忍离去。

这里是巴黎，一切都是美的，身下的石凳摸上去是温润的，吹落在脚边的树叶保持着完美形态，街边咖啡店里的橱窗五光十色，各种点心勾人馋涎。连路上汽车排出来的废气也令人陶醉，是工业文明的一道小小的注解。

承曦羡慕那些白衣黑巾的修女，宁静的脸容，飘逸的身姿。她们远离尘世，一心侍奉上帝。没有纷争，焦躁，疾病和愁苦，灵魂如水般透明和纯净。如果有来生，承曦愿意投胎做个修女，潜心静修，在晨钟暮鼓中度过平安的一生，不要男欢女爱，不要家庭牵挂，只要天国的和平和上帝的眷顾。

承曦住在左岸小旅馆里，晚上躺在床上，还是心潮起伏，人如果不需要睡觉该多好啊，那就可以多出很多时间，把大街小巷逛个遍。巴黎是那么丰富安宁，色彩明快，承曦在一大清早走上街头，看乡下人的卡车在菜市场卸下五颜六色的新鲜蔬果，沾着露水的鲜花。烘焙房门前，主妇们排队购买刚出炉的面包。转角上的咖啡店正在准备营业，年轻的女招待睡眼惺忪地擦桌子，摆餐具，等待第一批客人上门。

塞纳河上起着蓝色的晨雾，一艘平底船无声地在水面上滑行，河对岸的建筑物如海市蜃楼般飘渺。承曦徒步穿过整个城市，从旅馆走去埃菲尔铁塔，跨过亚历山大三世大桥走到凯旋门，再沿着香榭丽舍大街一直走到圣迈科广场，来回十来个小时走下来，一点都不感到疲累。路边的鲜花铺子里花团簇拥，承曦见到许多她从未见过，叫不上名字的花草，它们的形状、色彩，香味都使人心旷神怡。百货商店的橱窗里有那么多的新奇展品，漂亮的布料、时装、鞋子、钟表、精致的餐具、女人家的首饰，各种各样的奢侈品。她虽然买不起，但是看着也是好的，想象着有一天也许会拥有这些东西。或者，就算是一辈子买不起，能够厕身其间也是令人欢喜的。她会在路边小咖啡摊坐下来，点一杯加了起泡牛奶的咖啡，和一块名曰拿破仑的酥皮小点心，一口咬下去，新鲜的奶油满溢口腔，那美妙的滋味使人有飘飘欲仙之感。看到路人在喷泉上喝水，承曦也用手掌接了一口，清凉甘洌。这是她生平第一次喝生水，以前在杭州的虎跑泉水，打回来也要烧开之后再喝的。

每天一早，承曦在背包里放两个苹果，插一条面包。一个礼拜下来，逛遍了埃菲尔铁塔、先贤祠、凯旋门、卢森堡花园、查理三世大桥、协和广场上的方尖碑，巴黎的宏伟和美色令人眼花缭乱。承曦还有最后一个心仪之处——卢浮宫没去，就像小孩子把喜爱的糖果留到最后一刻那样。一直听承晚和国粹他们说起，那是个像圣殿般的地方，最高最美的人类文明荟萃之地。

终于要去卢浮宫了，承曦刻意打扮了一下，薄薄地施了胭脂，敷了蜜色的唇膏，穿了条红绿相间的精纺格子呢长裙，英国货，她在香港买的。上罩一件淡米色镂花羊毛衫，系了条西湖丝绸围巾，提了小牛皮手提包。对镜自览，竟然有点像去约会那样的心情，还缺了什么？一对耳环？回忆瞬间袭来，物去人非，不由使她感伤。赶快搁开这个想头，去看卢浮宫应该有个好心情。

今天是个阴天，卢浮宫正举行秋季大展，是巴黎一年一度的重要活动。门前广场上聚集了很多参观者。男士们穿礼服戴礼帽，领结系得端端正正；女士们也是礼服长裙，各尽其妍。近年来法国流行女士戴帽子，各色各样的顶上风光极有看头，或是宽檐帽装饰着彩色羽毛，或是圆形无檐帽缀了一大朵绢花，也有带半截面纱的古典式，更有俏皮的女生穿了西装，反戴了男式鸭舌帽。承曦看得眼花缭乱，一顶帽子也能变出这么多的花样。

里面人更多，在通往胜利女神雕像的台阶上，人群摩肩接踵，某男士的高筒礼帽落地了，像皮球般在人群的脚下滚来滚去；某女士的坠地长裙给人踩住了，差点绊跤，身边的护花使者不答应了，坚持那个无心惹祸者道歉。再往前走到挂着名画蒙娜丽莎的厅里，人更多了，里一层外一层围着，风度翩翩的绅士们也顾不上女士优先了，一旦有个空隙马上挤进去。承曦不能算是矮个子，但前排的看客不是高头大马就是帽子遮着视线，她使劲踮起脚尖，也只看到蒙娜丽莎的半张脸。承曦千辛万苦地跑来法国，就是为了完完整整看一次蒙娜丽莎呀，无论如何都要挤到第一排去，不能有任何人，任何物体挡在她和蒙娜丽莎之间，才可以了却这么多年的心愿。

在承曦往内圈挤进去时，有个男人也在她身边推搡。承曦还特地回头看了一眼，那个男人黑发黑须，穿得倒是蛮得体的，三件头的西装，戴了个蝴蝶领结。男人大概晓得举动不甚合礼貌，含含糊糊说了句"Pardon"，咧嘴一笑，露出一排黄色的烟垢牙。

大概被那副不太雅观的牙齿影响到了，承曦站在蒙娜丽莎的画像之前，心里多少有一丝失望。年深日久使得画面发黄，暗棕黄的调子使得蒙娜丽莎的皮肤看起来有陈年牛皮的质感，而完全不像传颂中那样，是风华绝代的年轻女子。黑色的衣裙看起来像是寡妇穿的，连背景中的风景，也是呈枯黄一片，天空是黯淡的，地上的山川河流都缺少活气，恐怕承晚阿哥的水彩风景画都要来得高明些。这样想着，承曦又觉得自己有大不敬之违，既然阿哥、国粹、云裳他们这些行家对这张名画都推崇不已，肯定是自己没看出好来。于是又左看右看，终于看出，那脸上的一丝微笑的确是神秘异常，女人的眼神含情，嘴角上翘，欲言未言，好像一个旖旎的故事就要发生，又在踌躇和停顿之中，像只猫伸出前肢，脚掌却还未着地那般。从这个角度看来，画家的确是高明的，含而不发，一个女子隐秘的心情萌动，以一抹若有若无的微笑表现出来。

卢浮宫如海，无边无际，承曦像条鱼似的在艺术的波峰浪谷中巡游，有时被一具美丽的雕像带到天上，有时又站在一张描绘可怕灾难的油画之前战栗不已。她总算有些明白，为啥阿哥和国粹等人会因如此着迷，一会儿大喜，一会儿癫狂，一会儿沮丧。艺术的魅力直如鸦片，令人欲罢不能。而其中蕴含之精神，竟能如此阔大，深邃，洞穿世事，上达天庭。

从早上十点钟进入卢浮宫，不停不歇地走了四个多小时，出来时，承曦才感到腰酸腿软。在里面时不觉得，上上下下只顾了看画，人高度兴奋，此时却感到又累又饿又渴。她走进一家咖啡店，点了杯咖啡和一份简单的餐食，吃完才觉得缓过来些。准备付账时，她发现什么事情不对了，她手提包的搭扣被打开，里面的钞票、香港身份证、进入法国的旅行文件全部不翼而飞。

承曦的脑袋一下子像要爆炸了，赶紧把手提包里里外外翻检几遍，所有的夹层都找遍了，只留下一条手绢，一支口红，以及一些女人出门的小装备。她的思维停驻了好一阵，脑袋一片空白，想着是否把钞票和证件留在旅馆了？平时以防旅馆里不安全，她总是把所有值钱和重要的证件都带在身上。今天会不会是个例外呢？

见她迟迟未付账单，侍者的脸色变得很难看，两人又语言不通。承曦又急又窘，不由得掩面而泣。店主也来了，还是牛头不对马嘴，最后承曦留下手上的一只戒指，说了届时拿钱来赎，才得以脱身。

赶回旅馆，房间被她翻了个遍，枕头被褥下，床底下，小柜子里，自己的行李箱被打开又关上，关上又打开，心里已经晓得了，但还是抱一丝侥幸："老天啊，求求你了，不要让我刚踏入天堂，又坠下地狱。"人在异国他乡，人生地不熟，语言又不通，身边的钱财被偷，缴不出旅馆费用，连下一餐都没着落。

坐在凌乱的床上，承曦的大脑空白了好一阵子，被一个念头反复地纠缠，钱包是什么时候丢的，如何丢的？用早餐时？排队时？上盥洗室时？都不像，其中最大的可能是在看蒙娜丽莎的时候挤丢的，但她明明记得，提包的搭攀是扣上的。那么，唯一可能是当时身边的男士，紧贴着她，还朝着她笑……但可能吗？法国人应该是彬彬有礼的绅士，吟花弄月，画些美妙的图画，怎么可能去做这种贼骨头下三滥的勾当？

想着想着，承曦想得头都疼了起来，房间角落里有个洗手的水斗，承曦打开水龙头，用凉水泼在脸上，却一眼看见镜子里朦胧的人影，头发蓬乱，眉头紧蹙，眼神空洞，牙关紧咬而面容扭曲。

承曦被吓住了，这是我吗？怎么变得像个神经病一样。

窗外，天已经全黑了，附近的教堂响起最后的钟声。承曦像头困兽似的在狭小的房间里打转，站起坐下，一刻不得安宁。实在累极了，最终合衣倒在床上睡着了，但是睡得很不安稳，时醒时睡，在依稀的梦境中，她和国粹坐在一辆黄包车上，到了一座桥顶，车夫突然放把，车子沿着倾斜的桥面，不受控制地飞速滑行而下。

二十八

十一月的巴黎是灰色的，天气阴寒入骨，终日下着蒙蒙细雨，人也被弄得情绪全无。这天傍晚，国粹早早地从学校回来，最近人莫名觉得烦躁，作画也极不顺手，往往一张画到八九成了，自己却越看越不顺眼，改来改去，只是越改越糟，最终是用刮刀全部刮去。反复几次如此，着实令人泄气。其实自从他来巴黎之后，看多了大师们的名作，自然会对自己的作品产生不满，诸般破绽一眼明了。可是艺术的精进并不是一蹴而就的，再具才情的艺术家，也总会有阻塞停滞，挣扎了前行，又是停顿，被磨得遍体鳞伤，也不见得能攀上下一个高峰。

回到宿处，国粹倒头小睡了一阵，醒来是九点多钟。百无聊赖，趴在窗口抽烟。望出去鳞次栉比的屋顶，延绵在黯淡的夜空下，一轮昏月，隐在时雨时驻的云层之中，犹如英国画家透纳某张阴沉的水彩画。他窗口正面对着六楼人家的餐厅，这家人大概在举行盛大的家宴，宾客们笑语喧哗，推杯换盏，一道道菜肴不断地被端上来，直引得他饥火中烧。晚餐时，国粹只吃了个冷三明治，两片面包夹了一片奶酪、一片火腿，早就消化到爪哇国去了。找遍斗室，只找到两个干瘪的橘子，多日前被他遗忘在小橱中的，拿来剥了吃下，反而更饿，很想来碗热乎乎的汤羹，再加一盘火腿蛋炒饭，或者是在苏州街头巷尾的馄饨摊子前，站着吃一碗滚烫的小馄饨，汤里有紫菜和虾皮，滴上几滴辣油，那将是多么美妙。国粹想得口水直流，冲动地想出门去吃个宵夜，摸摸口袋，只有零碎几个角子。再想想，也懒得雨夜出门，只好喝了一肚子的凉水，抽了两支烟，重新上床躺下。

国粹却睡不着，各种思绪缠绕不已。天花板上光影浮动，如水波荡漾。隔壁窗台上，传来鸽子的咕咕夜语。雨夜斗室，分外寂寥，不由得想起故国种种的热闹：在这秋冬交接之时节，家家宴请，朋友间也互相回请，白天晚上，差不多顿顿都有应酬。江南物产既丰富，苏沪地区更是食不厌精脍不厌细，常有大户人家，专请了名厨掌勺，接连几日烹制佳肴待客。这季节，阳澄湖大闸蟹也上市了，一两块洋钿可买一大蒲包，清水煮了，温了花雕酒，三两好友消磨一个秋雨之夜。过后打牌搓麻将，跳舞听戏看电影，节目不断。他总是人群的中心，派对的王子，众多女子对他青眼有加，只逞了少年意气，都被他一一辜负。明知艺术是条荒僻寂寥之途，却执意为之。如今食不果腹，蜗居在巴黎的小阁楼上，独听冷雨敲窗，也算是自找的。

樱之在初秋时节回了伦敦，一直没信来。各人都于羁旅之际，收不到信也是寻常之事。不知她仍在伦敦，还是随钟母回了香港？当年画的得意之作《女人与花束》，为了便于旅途携带，从画框上拆了下来，与别的油画卷在一起塞在床底下。几次想寻出来重新裱框，只是懒心懒肠地提

122

不起劲来。

又想到承曦，不知在天涯何处。这个女子倒是真正使他心动过的，西湖山水之间，灵隐大雪之时。一颦一笑一侧首，肌肤相亲，缠绵悱恻，恍然还在眼前。实际上却缘分极浅，算下来也只交往了十几天的工夫。如今鸿影无踪，不知此生是否还能相见。

缘浅又如何？缘深又如何？假如承曦真的跟了他，他能让她住在这么逼仄的地方吗？他能让她在巴黎过上一份像样的生活吗？吃饱穿暖，品茶侍花，观剧出游？他不能，他连自己的温饱也顾不上。历来，嫁给诗人和艺术家的女子，多是下场凄惨，当年莫迪格里亚尼穷困交迫，患肺病辞世，他不满二十岁的情人，也抛下尚在襁褓中的稚儿，从窗口一跃而下。更加不堪的是，太多的当年佳偶，所有的热情被点点滴滴平凡生活磨去，从情人变成路人，再从路人变成仇人，终日吵吵闹闹，人生也在鸡鸡狗狗中消磨殆尽。莫迪格里亚尼的例子是惨烈，是极端。而大部分人没勇气走到那一步，只好在日常的污水坑中慢慢淹死。

过去的，就让其过去吧。如果你现在没有房子，就永远不要建造，你现在孤独，就永远孤独，看书，写长长的信，在林荫道上散步，落叶纷飞。

国粹在朋友们之间是出了名的懒笔头，你给他写十封信也不见得会回你一两封，就是写了，也是寥寥几笔。好像多写一个字就占用了他大好时光似的。照他自己话说："常常见面的，写什么信，多此一举。"

在这个雨夜，他却莫名其妙地有着写信的冲动，找了半天没有信纸，只好把香烟壳拆开，用铅笔在反面空白处写下：

承曦吾爱：

一别经年，甚是想念。回溯以往时日，百乐门之舞，杭州之游，国际饭店之夜，一切历历在目。此情可待，却为留学，劳燕分飞，原想一年半载即可重聚，但命运弄人，世情丕变，竟然隔绝至今。

人世所择有数，万难两全，为艺术放弃爱情，抑或为情而放弃艺术？当年之绝决，似无转圜之可能。如今回想，竟不能肯定是耶非耶。人生太过匆匆，缘分错过，不知哪一天才能重续，每每想及，惘然不已。

虽不宜在此际提起你我之约，但也不容易放下。我只晓得，如果再容我作选择的话，也许跟当年大不同。此间偶有流言，说你订婚了，我是一百个不信。乱世蜚言，信者信之，不信者恒不信。知你者，莫如我。骄傲聪慧如你，必不会随便许身下嫁，毕竟配得上你的，全世界数过来，也不会有几个。况且，能与你同声同气的，还远在巴黎，画未竟，墨未浓。

巴掌大小的香烟壳纸，很快写满。自己看看，也觉矫情并肉麻得可以，刚想撕去，又不忍，此信竟是他有生以来第一次对一个女子抒发思念之情。虽软弱彷徨，但也是他当下心情之写照。想了想，反正也没处可寄，便随手把纸片夹在一本书中。

国粹所不知道的是，他所思念的女子，正住在离他居所直线三点二公里的地方，此刻正陷入一个巨大的困境之中。

在学校里不常遇见云裳兄弟，虽在同一学校，见面的机会并不多。课次时段不一是主要原因，还有一个原因是国粹有意避开云裳兄弟，没人想天天面对债主的，虽然云裳绝口不提钱的话题，国粹还是觉得不自在。

云裳他们由于余先生的关系，认识了一批留法学生，常开派对，也几次写信过来，请国粹有空过去坐坐。国粹都没有应邀。

这天在学校门前碰见了两兄弟，云裳一把拖住他，说："国粹兄，总有三四个礼拜没碰过头了吧。几次聚会，晓得你闲云野鹤，也不敢来招你烦。这个周末余家阿哥来巴黎出差，有个派对，邀请大家过来聚聚。"

国粹淡淡地："代我向余先生问好，派对嘛，我就免了吧。"

"可这次还有个朋友会来，而且点了名要见你……"

"是谁？"

"人家关照过的，不得透露。反正，你来了就晓得了嘛。"

国粹苦笑："云裳啊，你真是个派对大王。可我能不受打扰画画只有晚上那段时间。"

云鹏打哈哈道："画画是一辈子的事情，也不在乎一个晚上。"

国粹还是摇头："算了，你们俩就放我一马吧。"

云裳看国粹坚拒，没有办法，只好和盘托出："啊呀，实话告诉你吧，是樱之写信来，说她订婚了，跟未婚夫到巴黎来旅游。关照了要见你，你好意思让人家不开心吗？"

"真的？"

"当然是真的，这种事不可以开玩笑的。"

"喔，这倒真是个好消息，真为樱之高兴。那么她男人是做啥的？"

云裳摊摊手："我们也没见过，据说家世不错，人也老实，对樱之很是照顾。"

国粹犹豫不定。

云裳催迫："那就说好了喔，这个礼拜五夜里七点钟，我屋里的地址你还记得吗？总有三四个月没来了。"

国粹晚到了十五分钟，一出电梯门，就看见一部轮椅摆在过道里。客厅里笑语喧哗，有香槟酒开瓶的声响和餐具的叮当声，宴会已经开始。国粹在过道上的镜子前理了理领结，看见自己的鼻尖冻得发红，便搓热了手，在脸上捂了一会儿，才走进客厅。一眼看见樱之端坐在窗前的一把古董椅子上，身边围了好几个客人。其中一个陌生的小个子男人，戴副金丝边眼镜，头发中分，一身西装笔挺，神色颇为拘谨。国粹想这人大概就是钟樱之的未婚夫了。

樱之一转头，看见国粹进来，便撑了一支玉色的象牙手杖站起。偌大的客厅突然静了下来，在众人的目光下，樱之步履蹒跚地向他走来。国粹一言不发，微笑地看着她穿过大厅，来到他面前停下。樱之抬起头来，脸容如花盛开，眼中的神色像第一天看见那样，纯洁无辜得使人心痛。国粹不由得微微晕眩。时光停驻在这一刻，大厅里鸦雀无声，暗流涌动。

樱之摇晃着，站立不稳，好像是要倒进他臂抱中，国粹赶紧一手扶住，展开一个笑脸问候："总有一年多没见了，你都还好吗？"

樱之一句话也不说，只是盯牢了他，轻轻地点了点头。

晚宴开始，国粹被安排坐在樱之和未

婚夫中间，这样的安排反而使他觉得不舒服。做船运生意的未婚夫彼得倒是彬彬有礼，讲一口带广东腔的国语，间或夹杂着几句英语，只是国粹跟他没什么共同话题，谈话难以融洽。更使人不知所措的是，樱之在整个宴会期间，恣意妄为，全然不顾别人的眼光，不时地把手放到国粹的手臂手背上，还用叉子从他的盘子里挑拣食物吃。这样的亲密举动令所有的宾客们感到尴尬，未婚夫则是少见的好涵养，正襟危坐，目不旁视，专心对付盘中的香草焗蜗牛。云裳看在眼里，装着是老友间的寻常，一面尽力把客人的注意力引开去。

"你们说，会不会引起另一场世界大战？"

"那也相隔得太近了，第二次世界大战才结束了没几年。"

一个客人惊魂未定地说："老天爷保佑啊，千万不要打仗吧，打起仗来实在太可怕了。当年日本人在香港掼炸弹时我才十二岁，一辈子记得那种炸弹掼下来时的尖啸声。撕心裂肺，几秒钟后轰的一声大响，然后是房子倒塌的嗤嗤声。一头一身的灰尘，也顾不上哭，快点逃命。说不定第二颗炸弹又下来了。"

另一个客人说："现在有了原子弹，没有什么'第二颗'了，一颗掼下来就玉石俱焚，人都死光。"

"据说苏联人也造出了原子弹。那么好了，苏联美国，前世冤家，互相掼原子弹，这个世界要完结了。"

"这不太可能，政客们不肯与民众同归于尽的。最后还是地面战争决定胜负。"

"美国人打仗还是有两下子的，当年有诺曼底登陆，打败德国人。"

有人大笑："嘘，你这样夸赞美国人，法国人要不买账的。"

"法国人自从拿破仑之后，没有打赢过任何一场战争。不买账又如何？"

席上起了一阵轻轻的笑声，就算这些留法、亲法的侨民，对于法国人嘴硬骨头酥的作派还是晓得的，不时也会调侃一番。

余先生为生意来往高棉、香港及巴黎多次，消息灵通，是众人关注的另一个中心，只见他叼着雪茄，一副胸有成竹的样子，说："要说呢，危机，其实也是商机，打仗这个物事，也就是拼个人力物力。原来二战之后，我们橡胶园的产品一直滞销，但近来打仗要造飞机大炮，生橡胶的行情看好。我后天就要乘飞机去香港，据说内地也有意购买我们的货色。"

云裳有点忧心："老头子晓得吗？"

"就是舅舅给我打电报，要我赶快去香港，他已经在那里了。本来我还想在巴黎多待几天的。"

客人中有人嘀咕："这个当口回去做生意，是否太冒险了？"

余先生皱了眉头，说："危险当然有的，但是你晓得，做生意的要诀就是'财在险中求'。要安生，开爿咸鱼铺子好了。"

云裳兄弟还是有所不安，余先生安慰道："别担心，舅舅他做了一辈子生意，每次都是掌握先机。多少次风浪过来，都是全身而退，还赚着了钞票，他老人家精明着呢。"

酒足饭饱，有人吵着要跳舞，于是撤去桌椅，沙发移到墙边，腾出一块地方，大概可容下四到五对舞伴，再有人加入的话，就要互相撞车的。调暗了灯光，在一架留声机播出的法国香颂中，宾客们翩然起舞。

暗影之中，国粹坐在沙发的角落里，而樱之紧紧地靠着他。国粹越是往里让，樱之越是靠过来，还生气地捶了他一下："怎么啦，这么不待见我？"国粹轻声说："别这样，客人们都看着呢。"说着向樱之的未婚夫方向努努嘴。樱之气恼地说："那么我让他先回旅馆去好了。"国粹急忙阻止："倒不如是我先走的好。"待站起身，看见樱之怨怪的眼神，心中不忍，复又坐下："好好说说话吧，大家都为你订了婚而开心。"

樱之咬着下唇，微微地摇了摇头："你们大概是担心我嫁不出去吧。"

"瞎说，你想到哪儿去了？"

每当樱之摆出这种挑衅的姿态，国粹就有一种无力感，不知道要怎么应对这个又迷人又难缠的女人。

樱之凑到他耳边，轻声道："我问你呀，你觉得我报名去学画画怎么样？"

"你怎么突然想起要学画了？"国粹疑惑道。

"可以留在巴黎，跟你们这些坏人做伴呀。"樱之拍了一下国粹的手。

"那么，你未婚夫赞同吗？"

樱之撇撇嘴："他要不肯，取消婚约好了。"

国粹迷惑道："真有这个必要吗？"

"什么叫必要？"

国粹不响，伸手在口袋里摸香烟。

樱之盯牢了他："怎么不作声，还是你认定我没画画的天分？"

香颂低徊缠绵，舞客的裙裾摇曳，薄暗中，女人的瞳仁炯炯发亮，国粹低头抽烟，一声不响。

二十九

所有的医生们，包括伦敦、香港等地的名医，都说钟樱之小姐受了这么严重的伤，还能够重新站起来是个奇迹，虽然他们不敢确定是康复疗程的结果，但并不妨碍他们把这奇迹归纳为现代医学的巨大进步。钟母更是如同重生，感激涕零地跑去露得，捐了一大笔款子给圣母大教堂。云裳兄弟说那一趟露得之旅太值得了，这是他们人生中唯一一次见到圣母显灵。而樱之自己，一口咬定是因为国粹失踪了而又出现，在突然的刺激之下，使得她的神经系统一下子贯通的。

她心中认定国粹是她的贵人。

其实樱之还说不上痊愈，她必须依仗手杖行走，最远的距离不超过两三百米，所以轮椅还是必备的。也上不了楼梯，三四阶的台阶，要一手撑了手杖，另一手扶了扶手挣扎上去。而且，在寒冷潮湿的天气会背痛，厉害时必得靠吗啡止痛。但是跟完全瘫痪在轮椅中比起来，已经是不可同日而语了。

樱之的容貌，原来就出众，现在年近三十，又添了一股经历人世沧桑的韵味。沧桑并未减弱她美好的容颜，倒像是玫瑰带霜，兼有冰霜与春风，凌厉和娇艳。

在樱之回香港休养之际，一次节日聚会上遇见了世家子弟彼得，惊为天人，随即对樱之展开锲而不舍的追求。不管樱之身有残疾，并且拒绝了他一次又一次，也不以樱之喜怒无常的脾气为忤，彼得展现出无比的韧性。樱之莫名其妙地大发脾气，彼得还是和颜悦色，不愠不恼。好几次，樱之暴跳如雷把他赶出家门去，第二天还是一篮鲜花送到门口。樱之这么硬心肠的女子，也被他的择善固执所触动，甚至直言相告："你这是何苦呢？我们不是同一类人，不要在我身上再浪费你的心思了。还是去找个合适你的女子吧。我大概这辈子不会再谈恋爱的。"彼得却答道："爱情是个互相感化的过程，精诚所至，石头都会开花的。至少我在努力，哪怕是有一丝希望。"

钟母和她身边的朋友都看不过了："樱之啊，莫要搞错！彼得是少有的好男子，这种好脾气的男人，现在已经觅不着了，能遇上，就是前世福气。"再加上彼得家庭背景良好：老窦是英国爱丁堡大学毕业的工程师，在香港做到级别很高的职位；母亲娘家是广东中山有名的望族，跟香港许多头面人物都是亲眷；彼得自己亦在英国留学，归来之后在船运公司做高级职员。这样的优秀男子，自是众多待嫁女子的首选。可是彼得偏偏情有独钟，甘愿做低伏小，殷勤备至，以讨得樱之一个笑脸，或者一个赞许的眼神。

在众多亲朋压力之下，樱之无情无绪地跟彼得订了婚。多一个选择无妨。

大众的认知是，艺术家，是不可能也不会好好过日子的。樱之身边的例子太多了，国粹就不说了，就像是云裳兄弟，那么温文有教养的人，也是把一间豪华公寓住成狗窝，被单上、桌布上，甚至浴室的毛巾上都是颜料。换下来的衣服丢在床下，冰箱里除了伏特加和啤酒之外再无其他。幸得他们是生于富贵之家，可以雇请用人来打扫，隔三差五有厨子上门帮他们料理餐食，否则的话也是饥一顿饱一顿。都说人生是正餐，艺术仅是饭后一道甜点，如果人生过得糟糕无比，那小小一坨甜点又有多大的意思呢？毕竟不可能每个人都成为梵高的。

如果不是受了大伤，少女钟樱之也会有个正常的人生，读书，习舞，在某个律师楼做见习，遇上某个家世良好的男孩子，谈上一两年恋爱然后结婚。生儿育女，置办家居。如同大部分的香港女孩子，走过平实的一生。

但是经过人生这么大一个挫折后，无数的夜晚，樱之辗转在病榻之上，突然看出生命的无常，你以为设定好的生活计划，一下子可以被全盘推翻；你以为人生会按部就班走下去，却不知道意外和明天哪个先来。她这条命也可说是捡回来的，失而复得，她要随心所欲地再活一次。

但是被困在轮椅上，何谈随心所欲？家庭破碎成这样，父亲入狱，母亲变得神经兮兮，亲戚朋友一夜间避之不及。身有残疾的她不可能有正经的工作，也不可能再去上学。跳舞——本是她人生中唯一的寄托，而现在连走路都是痴心妄想了，这样行尸走肉般的人生的确了无生趣。正如钟母所说的，在船上，是她自己松开了轮椅的固定轮子，在风浪中滑入海里，与蓝天碧海融成一体，对任何人来说是个最好的结局，快速，干净，凄美，风过无痕，并且没人会被责备。

她不知道是应该感激还是责怪国粹，如果不是他拉住轮椅，她今天已经与一切的烦恼告别。但是，你既然挽留了我，那你就要对我的余生负责。

樱之倒并非一定要嫁给范国粹，她要这个男人对她动情，更要俘获这个男人的心。

但范国粹的风流秉性人尽皆知，钟樱

之怎么可能看不到这点？那副翡翠耳环，一看就是哪个女子给他的定情之物。樱之既是赌气，也是好奇，她要看看，究竟是什么样的女子能使国粹动心，所以她偏要扣住这副耳环，看国粹急得像热锅上的蚂蚁，心中好笑。

三十

赵承曦的个性，温柔和决绝兼备。平时看起来柔弱，向往着舒适美好的东西。但一旦陷入了绝境，反而把她身上所有的求生欲都激发出来。

钱包看样子是找不回来了。旅馆方面，还好当她住进来时，预先缴付了两个礼拜的房钱，暂时还不到燃眉之急。眼下，她要尽快找个工作，支撑她的日常生活用度。她安慰自己，车到山前必有路，当年她在香港，一不会当地方言，二无半点谋生之技，不也是苦苦地撑了过来吗？听人说，在巴黎东南面，靠近里昂火车站那边，有些东方人开的店家和作坊，也许会招人做工。无论什么重活苦活，只要能在巴黎耽下去，承曦都愿意做。

翌日早起，她就安步当车，一径往里昂火车站方向走去。

这是个非常破败的区域，街道肮脏，人员杂乱。由于靠近火车站，四周是大片的储货仓库，车辆进出频繁。间中有些手工作坊，修理旧家具的，刻墓碑的石器作坊，皮件作坊和成衣铺子，也有阿拉伯人开的羊肉店，蔬果杂货铺，以及一些冒着蒸汽的洗衣坊。有运货卡车停在作坊门前，卸下整筐的被单和桌布，再装上洗干净熨平，打包叠好的衣物开走。承曦并没有确切的方向，只是凭了感觉，走过了三四个街区，既没见到哪儿有东方人开的店铺，语言又不通，也不知如何向人询问。她心中开始慌乱起来，不晓得如何是好。

傍晚时变天了，下起了蒙蒙细雨。承曦饿着肚子，一身湿漉漉地回到旅馆。当晚，她用最后的一点零钱买了个三明治，就着白开水吃下。面对着房间里四面光秃秃的墙壁，承曦的心情灰暗到极点。在杭州，最难的辰光是老娘遽逝，亏得身边还有个沈文渊帮着处理大小事宜。虽然伤痛入骨，但是还有人一起分担。就是在香港，也没有这么孤单的感觉，看到街上的市招，来来往往的黄面孔，晓得至少是同文同宗，心里也就没那么无依。在巴黎，人家一看你就是个外国人，而且是没钱、没根底，不懂也不会讲法语的外国人。这儿不是你的国家，要来观光小住是没问题的，但如果要扎根下来，谈何容易？

真叫人欲哭无泪。夜深了，承曦疲乏至极。入睡后乱梦连连，依稀回到杭州，西湖烟雨朦胧，老屋衰败却温暖，天井中的老梅树绽出新叶。姆妈应该还在，隔着走廊，房间里透着一股熟悉的鸦片烟的幽香。厨房里，王妈正在煎炸烹煮，炊气弥漫。阿哥慵懒的声音传来："承曦啊，今朝夜饭吃点啥？"

醒来发现泪湿枕巾。

第二天照样出门，走了一上午，从昨天早晨起，她只吃了一个三明治。越走脚越沉重，几乎迈不开步子，承曦实在被逼无奈，在一家小铺子里偷了个面包，掩藏在衣襟下，步履匆匆地出了门。回头一瞥，老迈的白发店主正怀疑地注视着她，神色惊诧，但什么也没说，默默地看着她走出了店门。承曦走进一座街心小花园里，躲在树丛后匆匆地吃下干乎乎的面包，巨大的羞辱和委屈一起袭来，不禁泫然泪下。赵家大小姐，曾经的龙井茶园主人，大宋皇朝的后人，如今却沦落到在异国他乡做贼骨头？但是没有这只面包充饥，也许下一刻她就会脱力昏倒，饿毙在巴黎街头。不管你是天潢贵胄，还是升斗小民，都要肚里有食，一根背脊骨才能挺得起来。

承曦奔走了两天，一无所获。时近正午，正是做工的人吃中饭的时间，咖啡馆、小饭店坐满顾客，面包篮里有堆着新鲜的面包，厚瓷盘子里盛着肉类和蔬菜，整条街上飘着一股烹煮食物的味道。承曦只觉得胃里一阵痉挛，随即眼前金星乱冒，胃里直返酸水。两天下来，她只吃了很少的食物，前天那个偷来的面包，还有一包在旅行箱里找到的饼干。实在饿得受不了，还是走进前天去过的铺子里，白发店主看到她进来，眼睛一暗，随即装出忙着招待别的顾客的样子。承曦心如鹿撞，强忍着夺眶而出眼泪，如果能扑到柜台上大哭一场，也许能稍微化解她心里的苦恼。但她不能那样做，人家在做生意，不管个人有多少不幸，社会还是要以一种文明的姿态维持在那儿。你受了伤？回到你自己的洞窟里去舔伤口罢。

承曦在店堂里兜了一圈，拿了个最便宜的面包。悄悄回头一瞥，正好看见老店主满是怜惜的目光。

傍晚回来，心思恍惚地走错了路。途经一处陌生的街区，发现在幽暗的街道上，低档酒吧门前，或是公寓台阶的两侧，有很多女人无所事事地闲逛，也许有上百个。仔细看去，发现各个人种都有，大多数是白人，也有一些阿拉伯人和黑人。年龄从十几岁到四五十岁，很多是年轻的女孩，但已经是满脸的风尘。还有些女人看起来有把年纪了，肥胖臃肿，头发都灰白了，也站在那儿。这些女人们个个都浓妆艳抹，涂了脸，戴了很夸张的假睫毛，抹了鲜红色的唇膏，穿着很短的裙子，脚上蹬着高跟鞋，把两条光溜溜的大腿露在外面。在幽暗的街角小广场里，更多的女人聚成一堆，抽着烟交谈，有人在高声喧哗，像是在吵架。也有些单个女子一面在街上漫步，一面左顾右盼，从街这头走到那头。走累了，就靠在墙上抽烟，抬起一条腿抵在身后的墙上。承曦注意到一个喝醉的年轻女子，从轮廓看起来像是混血儿的模样，身材也很是曼妙。从酒吧出来，蹲在矮墙上，从挎包里掏出烟盒，发觉没烟了，随手一扔。站起身把手里的小挎包甩在肩上，高跟鞋嗒嗒地敲响着石子路面，走进对街的小烟纸铺里去。

另外，这条街上很有些鬼鬼祟祟的男人，拖着脚步从这头走到那头，帽沿遮住大半个脸，风衣的领子竖起，侧了头，打量着路灯下的女人。偶尔会停下来，轻声跟某个女人交谈几句，然后就跟了女人闪进旅馆去。

承曦再迟钝无知，也大致上晓得，这就是烟花市场，是女人出卖自己的地方。但第一次亲眼目睹，内心受到震惊是必然的。巴黎的人肉市场规模竟如此庞大，莺莺燕燕熙熙攘攘，延续两三条街，又如此的肆无忌惮。妓女们的目光漠然，直通通地看着她，就像看一棵树，或一杆路灯，脸上透出一股无谓又轻蔑的神情。但一旦见到个男的，也许是潜在的客人，这些女人的眼中就放出像狼一样的幽光，大抛媚眼，讨价还价，互相争夺。然后是谩骂，几乎大打出手。在巴黎光鲜的外表下，竟然也有这么一群女人，为了几个法郎，不但廉价出卖自己的肉体，还把女人的自尊也一起踩在脚下。

承曦七高八低地一路摸回旅馆来，脚骨还在打颤。在感叹之余，承曦突然间想到：再有三四天，旅馆的账单就要到期了。看样子，她如果找不到工作，是不可能付得起旅馆的费用的。不付账的结果，就是她将流落街头。那怎么办？已经三四天奔波下来，脚骨都要跑断，却还是一筹莫展，承曦真正到了山穷水尽的地步。难道……她也会像那些女子，走上这条路？

像一个晴天霹雳打在面前，承曦不由地停下脚步，会吗？会吗？她赵承曦真的到了这个地步，逼得要出卖自己的肉体来生存下去？为了赚几个糊口的法郎，逼得要去勾引陌生人，在张三李四面前宽衣解带，跟他们行苟且之事？她这么骄傲的一个女子，将被那些恶心的男人玩弄，侮辱？她剩余的人生，将在那条黑暗的小街上踟蹰，流荡；她的肉体，将在肮脏的旅馆房间里被分割，被廉价出售；她的人格和自尊，将被踩在脚下，辗转呼号，永不复生……

承曦想到此情此景，已经是魂不附体，不敢再想象下去了。

进了房间，坐在床上，浑身还是瑟瑟发抖。承曦接了一杯冷水喝下，极力镇定下来。冷冰冰的现实放在面前，承曦清楚地看到眼前的绝境，没有钱，也找不到工作，无人可以求告。除非回杭州去？不对，回杭州是要路费的，而她下一顿餐食都无从着落。

黑暗中，她仰起头向虚无呼唤：上帝啊，佛祖啊，不要把她的一切都拿走吧。让她保持清白之身，和最后的一丝尊严吧。

佛祖和上帝都一声不响，黑暗广袤无边，人间太过遥远，也太过庞杂，而沉沦者何止千千万万，有大能者也不可能一一顾及，被遗弃的，陨落的，被命运洪流冲刷的，自求多福吧！

三十一

承曦在出门之前问自己：真的一无办法了吗？

饥饿，和失身，哪个更可怕？

她回头看了看狭小的旅馆房间，床上摊开的箱子里除了几件替换的衣装，什么也没有。她随身的挎包，也是空空如也。而她，已经是一整天没吃任何东西了。

是的！已经到了山穷水尽的地步，面前只有两条路——她要么去跳塞纳河，要么，出卖自己的肉体。

已经没有退路了，承曦反而平静下来。

承曦没有那种超短的裙子，依照中国人守旧的观念，女人穿裙子露出膝盖是不登大雅之堂。从香港带来的替换衣装里，只有一条长及脚踝的绸裙，淡绿色，镶了荷叶边。眼下没啥选择，也只能是它了。上身的衣装，她挑了好久，唯一露得比较多的是一件绉纱无袖短衫，开斜襟的，盘扣一直扣到喉间，倒是把肩膀和胸脯的线条衬托出来了。她盘起头发，在镜子里看来看去，几番颓然。这副不三不四的装扮，实在不像是要上街去勾引男人，反而像煞是去参加舞会似的。她对自己苦笑：舞会，那是前一世的事情了。现在是到了生死存亡的关头，还去想舞会那种不着边际的事情。她只有这些衣装，唯一能补救的是，把脸上的妆尽量化得浓一些。

从走上街头的第一刻，承曦的双腿不禁瑟瑟发抖，迈不开步子，自感像是被剥光衣物，赤身裸体地走进了斗兽场。斗兽场巨大无比，暗处布满了绿幽幽的窥视眼睛，贪婪又凶狠。承曦知道那是一头头潜伏着的猛兽，下一刻就会露出獠牙，突然跳出来咬住她的咽喉。而她也明白，如果要在巴黎耽下去，羊入狼口是没办法的事。她唯一希望的是，被咬的第一口不要太疼。

路灯下的那些妓女，先是用诧异的眼光看着这个东方女人，过了一刻，凭了女人的直觉，便晓得来了个抢生意的，并且是个新手。虽然都是沦落之人，并不妨碍她们滋生出天然的敌意。一个大块头女人，走过她身边时，故意别转脸，用肩膀很重地撞击她，再假惺惺地道歉，顺便把一口烟喷到她脸上。有些年纪大的妓女更是恶劣，直接朝她身上啐唾沫，用一串快速的法语粗鲁地咒骂她，并作势要用香烟烫她的脸，叫她滚远点。

承曦原本还有点缩手缩脚的，被众妓女们一挑衅，反倒坚定了她的意志：再苦再难，我也要在巴黎活下去。既然下定了决心背水一战，你们这些小伎俩别想吓退我。她冷着脸，不去理睬那些人的叫骂，真的靠得太近了，就站定脚步，目光中带着被逼到角落里猫的凛然——你再进一步惹她，也许真的会拚死一搏。

那些女人虽然吃相难看，倒也没进一步的动作。

承曦并不怎么害怕那些女人，但是当一个个男人从她身边经过，她会不由自主地双腿颤抖。这些面目模糊的陌生男人，不管高矮俊丑，都将是她的债主，每一个都可以掏出几张钞票，把她带去街边的下等旅馆，在那里承曦将被剥去衣物，任由他们糟蹋踩蹋，还不得反抗。此时此刻，承曦才真正体会到"人为刀俎，我为鱼肉"的绝望，只有当自己沦落到"鱼肉"的地步，才能体味到人间至惨，不过如此。

但奇怪的是，承曦在街边站了很久，却没一个嫖客上前询价。也许是她东方人的外貌，她的打扮有异与别的妓女，以致嫖客们迟疑着不敢确认；也许是她不懂这行这业的门槛，不懂怎么搔首弄姿用眼风来勾引客人，站的也不是地方。反正男人们从她身边经过，朝她投来暧昧的注视，诧异并好奇，但没有进一步的动作。这对于承曦来说又是宽慰又是惶恐。宽慰的是，待宰的羊羔至今还未被牵上屠宰场，对一个女人说来，还未临到最不堪的地步；惶恐的是，如果连这最低贱的卖身求存都办不到，她要如何在巴黎生存下去？

承曦身心俱疲，万念俱灰，也许她只有一条路可走，从查理三世大桥上一跃而下，那样就可以一了百了。至少她还保持清白之身……但她才只有二十三岁，正是苏小小的年纪，人生果真是一场接一场的悲剧吗？

在街角的路灯下，一个高个子男人停下脚步，向她望来。承曦看这人穿着得体，正式的三件头西装，蝴蝶领结，头戴礼帽，不像是一般的寻芳客，倒像是一个温文尔雅的教书先生。承曦有些畏缩，不过强迫自己朝着男人微笑。男人犹豫了一下，便朝她走来。来到她的身边，男人摘了礼帽，俯下头来看她，目光诧异，脸上的神情带着惋惜。男人开口说了一大串法语，承曦一句也听不懂，只会惶急地一下摇头一下点头，手足无措。男人看到别的妓女正朝这儿看来，便挽起承曦的臂膀，带她走进不远处的一家咖啡馆。

男人叫了两杯咖啡，点起香烟，与承

曦隔着桌子对面而坐,久久无言,一对湛蓝的瞳仁盯视着她。承曦被他看得不安起来,在桌下绞着两手,战战兢兢,不知道接下来这个文质彬彬的男人会有什么举动?也许妓女和客人一块喝咖啡是为了培养气氛?就像中国人嫖妓喝花酒那样,行苟且之事的前奏?承曦神志错乱地臆想着,猜测着。对方却只是沉默地抽着烟,一言不发。承曦低垂了头,眼角的余光看见男人放在桌上的一只手,夹着香烟,同时神经质地轻轻敲击桌面。男人的手指修长,指甲修剪得很整洁,在食指和中指间,有一抹尼古丁熏出来黄色痕迹。这一瞥,无来由地使她想起国粹,这个可恨的男人手型也是如此瘦长,指间也是有这么一抹尼古丁的留痕。心中不由得泛起一腔酸楚。稍一抬头,正好撞上对面男人的目光,专注、好奇、责难,又蕴含着一丝抚慰。承曦心中大愧,但又苦于语言不通,解释不清,只能再次低头不语。

在夜幕笼罩下的咖啡馆里,人声喧哗,灯红酒绿。巴黎的夜生活一如既往的生气蓬勃,人们不倦不眠地追求世俗的享乐,欲望蒸腾,如汹涌的河水奔流而过。一个个失意者,痛苦沉沦或走投无路,在他人眼中都是那么不足道,宛如激流中一株浮萍,混合了细碎的泥沙,转瞬即逝。

面前的咖啡杯子,小小的一枚,比箍鞋底的顶针大不了多少,盛了浓黑的液体,如柏油般黏稠,尝之极苦。但过一会儿,唇齿间又有回甘的醇香。在相对无言中,又在咖啡因的强烈刺激下,承曦心神恍惚,情绪迷乱。她的意识中不断浮起一幕幕的幻觉,绮丽却荒诞,又极快地变异、消逝。意识离开了肉身,居高临下地看见自己,赤脚行走在一处悬崖边上的宫殿里,远处的落日风景奇异瑰丽,深浓的玫瑰红蕴含着末世的感觉。而身边熙熙攘攘的都是陌生人,说着奇怪的语言。她脚步踟蹰地漫行其中,随手拨开迎面而来的人群寻找着。但是具体要寻找什么,自己也不甚明了。她内心被一种无名焦虑所驱使,过去的年月,熟悉的风景,亲近过的人,都如走马灯似的在身边一一飘过,她一概熟视无睹,继续跌跌撞撞地做她盲目的寻索。意识深处有一个声音,催促道:赶快,赶快,就要来不及了。声音尖锐而急迫,使得她停不下脚步。而遥远的云层中有一双瞳仁,像星辰般闪烁,穿透前世的重重迷障注视着这一切,若即若离,无可描述,只有在灵魂交接之际才能确认。

对面的男人笃笃地敲响桌面,承曦倏然惊醒过来。男人看了看腕表,站起身来,很严肃地盯着承曦,眼中有一种怜惜的神色。承曦在这般眼光下觉得像被烈日烧灼一样,羞愧得连头都抬不起来。男人又俯下身,把手搭在她肩上,很诚恳地说了一番话,看承曦还是不懂。男人无奈地苦笑一声,摇了摇头,从西装内袋里拿出钱夹,数了几张钞票放在咖啡杯下,转身走出了咖啡馆。

男人的背影一俟消失,承曦便极快地俯身过去,用颤抖的手指取回了那几张钞票,紧紧地握在手心里。她本是经手过无数银钱的人,但此时此刻,这几张被捏成一团的钞票,比她一辈子所拥有过的财产显得更沉重。感到手心中的纸币,它湿润,微微地颤动,竟如小动物般呼吸着。一股巨大的虚脱感瞬间浸透承曦全身,如一个即将溺水之人,没顶之际双手乱抓乱舞,突然被她抓住一根树枝。虽然没有完全脱离危险,但至少可以喘上一口气了。

走回住处，清点男人留下的钞票，在手心里都捏出汗来，钞票上头戴花环的女神面目糊成一团。她用手指把钞票展开抻平，一共是四张二十法郎的，一张五法郎，一张一法郎的钞票，共计八十六法郎，承曦小心翼翼地叠好，藏在贴身的口袋里。她毕其一生，永远记住了一个陌生绅士的馈赠，也永远记住了八十六这个数字。

翌日，承曦又回到那家小小的杂货店，老板正在看报，见到她进来，照例把眼光调开去。承曦在店堂里兜了一圈，拿了一个小面包，径直走向柜台，放下一张五法郎的纸币，又向老板深深地鞠了个躬。老板脸上现出诧异的神情，但什么也没说，把找零给她。承曦笑了笑，摇手拒绝，又鞠了一个躬。

就在她将要出门之际，老头嘶哑地喊住了她，并撑了手杖，一瘸一瘸地走出柜台。承曦转头看去，老头总有六十多了，手一直在抖，脸上冒出的胡渣子全白了，而且是个残疾人，少了一只左脚，裤管底下露出一截木棍。承曦不由得大感惭愧，这么一个风烛残年的可怜人，却几次去偷他的面包。老板的神情严肃，却很诚恳，一直重复地说一个词：travail（工作）。看到承曦点头，老板显得很高兴，即刻关店落锁，撑起了双拐，把承曦引领到横街后面一个很大的院落，一长排库房罗列两旁，院子里晒满了各色衣服被单，扎着头巾的女工在收取晾干的衣服，空地上有股强烈的烧碱味道。老头打开其中一间库房的后门，一大股蒸汽涌出。隔了乳白色的蒸汽，承曦看见在不大的库房里，有七八个模糊的人影，正在洗衣烫衣，一房间的忙碌。

老头叫住人群中一个精干的中年女子，把承曦引到她面前，说："玛雅，这就是我上次跟你提起过的女子，她不会讲法文，可是她愿意工作。看在圣母的面上，留下她吧。"

承曦看着玛雅，像是欧洲和北非人的混血，轮廓很深，一头鬈曲的黑发裹在头巾里，脸上长了些暗疮，嘴唇上有淡淡的茸毛，在说话间，正举起手臂整理头巾，露出腋窝里浓重的腋毛。玛雅嘴上叼着香烟，一边整理着头巾，一边上上下下打量着承曦，一边跟老头说话。末了，抓了承曦的手，摊开了手掌仔细审视，不认同地摇头："哦，皮埃尔，你看这手，这手上的细皮嫩肉！她是吃不了这个苦的。"

承曦在一旁看着两人的对话，她是何等机灵之人，虽然听不懂法语，但看到玛雅的犹豫神色和老板尴尬的表情，即刻明白人家是嫌弃她不一定能胜任这工作。如果她想在巴黎待下去，而不想再走到街头卖笑的境地。那么，这份工作是她目前唯一的救赎。

承曦出生在富裕人家，的确是从小到大没洗过衣服，但她至少看见过王妈怎么洗衣服，当即脱去外套，挽起袖子，把一双细皮嫩肉的手浸入堆满衣物的铝盆里，一声不响地洗起被单来。

三十二

学校里在春假期间，常常举办一两次小型画展，在大教室里展出四五十幅画作及雕塑，一方面是汇报展出，另一方面也有意招收新的学生。展出时举行个小型酒会，邀请报纸记者，收藏家，以及画廊经营者前来参观。偶尔，有人会出资收购几张画作，被选中的学生就如中了头彩那样。

云裳的一幅油画被人买走了。

云裳画的是拉丁区的一幅街景，阳光显得沧桑，老楼危立，包着头巾的阿拉伯人走在石板路上，转角上有间鲜花铺子，一丛五彩缤纷颜色吊出了画面的亮度。画幅很小，十五乘二十一厘米左右，用笔极为细致，细节丰富，连花瓣上的露珠都画出来。装配了金色的雕花镜框，巴黎的中产人家用来装饰小客厅，或者挂在过道里显得很是合适。

这幅画是上学期和国粹一起出去画的写生，国粹那段时光迷恋野兽派画家郁特里罗和保罗·克利，热衷平面，用线、变形、幻觉，及抽象。两人画画时还不忘互相调侃一番。

国粹的嘴巴最是不肯饶人："云裳，我看你连吃奶力气都用出来了，巨细无遗，但还是画不过照片，何苦呢！"

云裳反驳道："修拉说过：每一幅自然景色都可以分解成最纯粹的颜色。最宏观的自然也是由最微小的分子所组成的，我的画，师法自然，解构自然，岂是照片可以比拟的？"

国粹摇头嗤笑："算了吧！乔治·修拉的《大碗岛的星期天下午》，把人都画成了木偶。在我看来，这个运动，那个思潮，最为失败的就是修拉这一伙，不知中了什么邪，把一个活活泼泼的世界，画得像洋铁皮剪出来似的。云裳你也真是的，既然剃了头落了发，却拜了个最不会念经的笨嘴和尚做师父。"

云裳反唇相讥："啊，你的师父——那个保尔·克利也好不到哪里去，画像幼儿园儿童的涂鸦，人不像人，鬼不像鬼。现在，外面各种各样的野狐禅多得很，阿狗阿猫画两笔画，再弄个乌鸦嘴理论家吹捧几句，报纸上一登，啥个新流派就出来了。其实是没啥价值的。"

"哎，你到现在还在谈论'像不像'？从印象派后期起，艺术已经走出形似的范畴。这点都没有超越，我看你法国是白来了。"

云裳说："房子总是从地基开始，油画对中国人来说是全新的画种，路也走不稳，就想去赛跑？所以说你国粹兄好高骛远不是没道理的。"

国粹只是冷笑。

云裳还不罢休："我说啊，你这种风格最是尴尬了。保罗·克利，虽然普罗大众看不懂，至少在评论界看来，他也算是自成一派，多少还会有些市场。你跟在后面画虎成猫，又是小巴辣子一个，没啥名气，评论界既不会把你当一回事，大众也不会来买。真叫驼子跌跤，两头不着地。"

"不是我说你，云裳，你家财万贯，怎么还是这么的俗气，开口闭口就是卖画？家里又不等你的米下锅。"

"国粹老兄，卖画，不见得就是俗气。莫奈，德加，印象派大画家们哪个不卖画？梵高这么一个画痴，也心心念念想卖掉几张画，来维持他的日常开销。一个画家，能够以他的作品谋生，并赢得世人的承认和喜爱，这是作为一个艺术家最高的境界。"

国粹说："这个你就不懂了，梵高如果不画画，真的会死掉。就算一张画也卖不出去，他不还是照样没日没夜地画，毒日头底下跑出去，夜里黑咕隆咚回来，把自己弄得像人干一样。可见，画画跟卖画是两回事。其实照我看来，画画与卖画的关系，有点像人类要交媾，这是原始的冲动，抑制不了的。至于生孩子，只是交媾后的副产品。"

云裳不由得嗤笑："越说越离谱了。要说开无轨电车，你国粹兄该是全世界第一块牌子。我投降，好了吧。"

卖出了第一张画，是件大事，傅家兄弟借这个由头开了个盛大的派对，邀请所有在巴黎的朋友参加。请了饭店的厨子来烧菜，开了两箱香槟酒。云裳被众宾客们一一敬酒，不觉有了几分醉意。平时一向内敛低调的他竟然放出大话——总有一天，要把作品挂进卢浮宫。这本是每一个学艺术的青年的终极目标，无可非议。但由云裳这么一个学业还未完成的学子口中说出来，多少有点狂妄的意思。只是在这种欢庆的场合，众人没觉得有何不妥，起哄笑闹一阵，也就忘记在脑后了。

生性敏感又自傲的国粹却被刺激到了，整个晚会期间，他一直独自喝着闷酒，喝得脸孔发白。醉眼蒙眬地望出去，满屋子的人都被一种浅薄的喜悦所裹挟着，一张不入流的写生画，侥幸被人买走了，竟然觉得就此在艺术神庙中登堂入室了。这些人既无知又可笑，艺术竟会如此廉价？

那么，他干吗混迹在这些人中间？就为了吃一顿丰盛的晚餐，同时开怀畅饮各色美酒？是的，国粹近日买了一批亚麻油画布，加上二十支狼毫画笔。口袋里剩余的钞票仅够吃三明治充饥，喝小铺子里最便宜的劣质酒。的确，饥饿使人意志软弱，被人家一招呼，就兴冲冲地来赴宴了。现在肚子填饱了，但逆反心思又腾起了。

还是早点离开好，国粹晓得再耽下去，自己控制不住会说出难听的话来，甚至与人吵架都有可能。云裳也没有多作挽留，倒是云鹏送他下楼。分手之际，云鹏盯着他问道："国粹兄，你近来气色不是很好，是否有啥难处？要是我们帮得上忙，千万不要客气。"

国粹冷笑一声："我是个成年人了，不好总在人的羽翼下过日子的。既然做了艺术家，烦难是免不了的。多谢你们一次次下问。"

说罢，头也不回，扬长而去。

回到宿处酒意上来，国粹倒在床上迷糊了一会儿，却被一阵拍门声惊醒。

开门赫然见到对门的邻居星期三，庞大的身躯一堵墙似的堵在门口，笑得脸如满月。国粹正酒醉渴睡，实在无心思与这个大块头纠缠。刚想拒绝他，星期三只是轻轻地把他一推，就像头河马似的挤了进来。国粹头脑晕乎乎的，看出去满房间都是星期三，像一串巨大无比的气球，小小的房间都要被他撑破了。

星期三一屁股在床上坐下，从怀里掏出一大瓶伏特加，拧开盖子自己先喝了一大口，再把酒瓶递给国粹，搓搓手，很认真地说："画家先生，我过来是想请你帮个忙。"

"请说，我能帮你什么忙？"

国粹只想早点送他出门，再去睡回笼觉。

星期三掏出一截铅笔，几张信纸，神秘兮兮地凑近国粹："是这样的，我想请你帮我写一封情书。"

国粹大吃一惊，不防一口酒呛在喉咙里，一阵大咳，好容易平息下来，不禁莞尔："你跟妓女睡觉，还要写情书？"

星期三摇着一根像胡萝卜似的手指头："Non，non，这个情书，是跟妓女没关系的。画家先生，告诉你一个天大的秘密：

我恋爱了。"

这真是天大的奇闻，国粹只觉得好笑，这世界真是荒谬至极，连这傻子也要谈恋爱？

他忍住，不让自己笑出声来："太好了，真是为你高兴。不过，这情书，还是要你自己写，别人是不能代劳的。"

星期三苦着脸："要是我能写就好了。"

"你不是也上过初级文法班的吗？再怎样，写一封简单的信，还是没问题的吧？"

星期三摇手，说："不是法文信，我想请你帮我写一封……中文的情书。"

国粹简直不敢相信自己的耳朵："你说什么？为什么要写中文信。难道，你是看上哪个中国姑娘了？"

星期三猛点头，笑得嘴咧到耳根处："我做事的地方来了个 Belle fille Chinoise（美丽的中国女孩）。"

国粹好笑之余，只觉得这傻子荒唐透顶——整个大巴黎地区，就没有几个中国侨民，中国女人更是凤毛麟角，傅云裳家里开大派对，来宾差不多全是男的和尚头。偶尔有个外交人员的家眷，面孔像被熨斗烫过似的扁平，也被人众星捧月似的围着。怎么会冒出来个中国女人，就这般轻易被星期三看见了？还爱上了。这傻子脑筋不清楚，一定是哪个亚洲国家的女人，安南人，老挝人，或是暹罗人，被他看上了，却误以为是中国人。

星期三又把酒瓶递过来，眼中一股迫切之情："画家先生，求你了。无论如何你要帮我这个忙。赶快写吧，完了我请你到 MAXINE 去吃饭。"

如果星期三说请客去喝杯啤酒，倒还不怎么离谱。但靠近协和广场的 MAXINE，是全巴黎最贵的饭店，像星期三这种做苦力的外国佬，一辈子都不可能走进 MAXINE。情急之下乱许愿罢了。

国粹被逼无奈："好吧，那么，这个 Belle fille Chinoise 叫什么名字？"

星期三想了半天："这个？我也不知道她叫什么。"

国粹摇头："连名字都不知道？还谈什么恋爱！好好好，你说吧，我帮你用中文写下来。"

星期三虽然上过法国的普及学堂，但他的白痴脑袋存不住任何东西，程度跟文盲差不多。只见他抓耳挠腮地想了半晌，还是啰里啰嗦地语不成句。只好求助国粹："我实在说不好，你就代我拟吧，尽量拟得动人些。"

国粹本来就情绪不好，酒醉睡下了，被这个星期三无端搞醒，此刻头痛加渴睡，不由心里就起了个恶作剧念头，何不捉弄一下这个傻子，省得他下次再跑来求代笔。

于是喝了一大口伏特加，趁着醉意，潦草地一挥而就。

某某小姐大鉴：

听说你来自中国，貌美如花，而且准备与这个星期三谈恋爱，真是要恭喜你了。他傻人有傻福，能把一辈子过成一天，睡下去之前是星期三，醒过来之后也是星期三。你如果嫁给他，真是太好了，今后的日子永远是星期三。这样的人生，倒也简单了，不必为明天发愁。正如古语所说：譬如蚍蜉，朝生暮死。

话说回来，我们都是人形的蚍蜉，男蚍蜉，女蚍蜉，再繁殖出一批小蚍蜉。生下来，活十几年或几十年，然后死掉。循环以往，生生不息。

唉，我不知道为什么要跟你这样一个

素昧平生的人说这些，但我也抑制不住自己，因为我是个被摒斥于世界之外的失败者，在寂寞中长出了满身的毒刺，就想恶毒地嘲笑一些人，一些事。而你正好被星期三端到我面前来，那么就由你来承受吧。虽然你是无辜的，但萨特说过：他人即地狱。无辜并不是保证我们不受伤害的必要因素。

　　亲爱的小姐，当你读完此信，千万记得要给我们亲爱的星期三一个大大的拥抱，然后告诉他这封情书写得如何美妙，你被感动了，差不多就要动情了，并且在认真考虑与他结婚，这样他会感觉人生之奇妙。为什么不呢？这个世界是这么荒诞，使得任何恶作剧都显得微不足道。戴上面具，投身于这场化装舞会吧。不要忘记，我们都是朝生暮死的低贱生物。

　　星期三赞叹道："画家先生，你可真能写，一写就是一大篇。叫我，写两行就没词了。你都写了些什么啊？"

　　国粹已经是倦得连眼睛都睁不开了，敷衍道："当然都是写的好话，她看了保证高兴。"

　　星期三把信纸叠好，小心地放入贴胸的口袋："画家先生，我要请你好好地喝一场酒，还要请你去美心大酒家……"

　　国粹把他推出门去："好了，好了，今天晚了。祝你幸运。"

　　门一关上，国粹像摊泥似的倒在床铺上，睡得人事不知。

三十三

　　玛雅并没有言过其实，洗衣坊的工作，看起来简单，但并非是谁都承受得了。承曦差一点就熬不过去。劳累枯燥且不去说，最使她受不了的是，作为洗衣女工，意味着一双手必须终日浸泡在碱水里。承曦干了一个礼拜之后，手上开始大片地脱皮。两个礼拜之后，手上皮肤就像田鸡皮一样，轻轻一撕，就被整片地撕了下来。新的皮肤长出来没两天，又起泡脱皮了。整双手变得又粗糙又残破，手指肚也起皱脱水，掌心像砂纸一样，指缝的中间都露出红的嫩肉，又痛又痒，连手指甲都变脆，一不小心就豁掉一块。承曦本来有着一双兰花般的纤手，光洁修长，皮肤细腻。现在伸出来十指破碎，伤痕累累，令人目不忍睹。但是为了活下去，每天早上，她还必须要咬紧牙齿，把这双伤痕累累的手浸到碱水中。

　　一天做十个小时，赚来的菲薄工资，仅够承曦维持最起码的生活。她在靠近巴黎植物园的拉丁区租了个小房间，和几家人合用厨房厕所，整幢楼都是工薪阶层，穷，人种混杂，小孩众多，锱铢必较，吵吵闹闹无日不有。承曦努力置身事外，想尽办法节约每一个生丁。自己带午餐，晚饭也吃得很简单，吃完就早早地上床睡了，因为第二天要早起，走路四十分钟去洗衣坊上班。这种出卖体力的底层工作，对于出身于富裕家庭的承曦的确是个挑战，不但是肉体上的，而且还有心理上的。以前你支配别人，现在你被别人支配，全然地否定你的一切自我认同，叫你向东不得向西。不服？工头一句"你明天别来了"，就可以要了你的命。

　　女工头玛雅是个精干泼辣，但处事非常公平的女人。出生于马赛，有四分之一的阿尔及利亚血统，家里贫穷，靠了坚韧吃苦爬到这个位置，所以她对别人的要求也是吃苦第一。洗衣坊如果来活儿多，工作做不完，那工人就必须加班，八点不行就加到十点，十点做不完就加班到半夜，偶尔，做个通宵也是有的，没有额外工资。并且工人不得有一声抱怨，玛雅会当场跟你翻脸，手一挥让你结账走人。

承曦刚来时，有点怕这个像鹰隼一样的女人，眼睛一瞥看到你骨子里去似的。承曦吃亏在不懂法语，也正因为如此，免去了不必要的交流。有时承曦正在埋头干活，却感到玛雅两道挑剔的目光紧盯着背脊上。这也难怪，承曦初来乍到，又有语言隔阂，有时领会不了工头的命令，出了差错，使得玛雅大光其火，几次大喊大叫，把她洗过的衣物扔在地上，命令她重新洗涤。承曦心里无尽委屈，却一声不响地拾起衣物，含了一泡眼泪重新洗过，新洗出来的衣物比原来还要干净。几次之后，玛雅终于认可承曦的努力，对她的态度趋向平和，就是承曦偶尔出了差错，言语上也不是那么咄咄逼人了。其实洗衣是个纯体力的活计，但也有些诀窍，聪明人稍微用点心思，就可以事半功倍。承曦人聪明，当年也曾家务茶园一肩挑，当然晓得事情要区分轻重缓急，力要用在关口上。没过多久，承曦手上的活就比老伙计干得还要出色，还要干净利落。

玛雅只是个作坊管工，上面大老板还另有其人，听说是个犹太人，为人苛刻，拥有多种生意，家财万贯，从未在工场里露过面。这爿小作坊总共十一个工人，六个洗衣女工，三个熨衣女工，还有一个专事修改补缀。只有一个男的年轻杂工，五大三粗，包揽了作坊里所有的重活脏活。此人满头黄毛，眼睛斜视，笑起来傻相毕露。人倒是热情，不管生张熟魏，见人就来一个大拥抱，也不管人家是否吃得消。承曦第一次被他熊抱时，虽然晓得是法国人特殊的礼节，但还是差点憋过气去，从此就怕了这个没轻重的家伙。别看这男人傻乎乎的一个，却是万绿丛中一点红，是作坊里众多女工人的开心果子。日常里做工无聊，双手忙着，嘴巴却闲着，常常把傻大个拿来打趣配对，女工们都是粗人，配对的意思，不外是男女裆下那点事情。有时说过头了，弄假成真，互相之间争风吃醋也是有的。男人傻乎乎的，还真以为自己是大众情人，到头来，发觉是被人戏弄了，大发一通蠢头脾气，把作坊里的东西乱砸一气，差点伤到人。玛雅火大，几次警告他如果再犯，就要开除他了。但是，傻子正因为是傻子，被人一挑逗，即刻故态复萌。玛雅虽然嘴上威胁着，但真的要换个人也是麻烦。傻子嘛，你又能拿他怎样？只好糊里糊涂地混过去算了。

这些都与承曦无关，她秉承着上班干活，下班走人。回到住处倒头就睡，毕尽全副精力，努力在巴黎生存下去。

但渐渐地她就发觉有些不对头，这个男人老是在身边打转，很殷勤地帮了承曦绞床单，搬重物，以及七七八八一些重活杂活。对此，承曦是心存感激，洗衣坊里有些吃重的体力活，一个女人独自是很难做好的，比如说绞干床单，承曦就没那么大的手劲，怎么也绞不干。承曦开始会说些简单的法语，"你好""谢谢""对不起"之类的日常用语，也对他表达了感谢之意。但这男人接下来就邀请承曦出去喝咖啡了，承曦本能地晓得，这是法国人男女勾搭的最初步骤。来巴黎两个多月了，作为一个女人，虽然她有时也被某个白种男人的英挺俊俏外貌所吸引，会有片刻间的目眩神摇。但眼前这个男人，绝不是承曦可以承受的类型。首先，浑身是毛，像野人一样。人又长得过分高壮和胖大，一大团肉山肉海，平时他在旁边晃荡时，承曦会有一种被泰山压顶之感。他的言行作派，跟小孩子一样，常常与女工们肆意调笑打闹，大家都是乱来，上下其手无时不有，有时会闹过头，男人和女人在作坊里大打出手。说明此人没受过太多的教育，也就是出卖体力者的阶层，今后也不会有多大出息。笑起来倒是很饱满，像个孩子般没心没肺，声如洪钟，震得人耳鸣。承曦最为讨厌的是，他身上有股浓烈的酒酸味，一靠近就冲鼻而来，像是泔水桶里腐烂的水果，令人窒息。

虽然承曦刻意跟这个男人保持距离。但这一根筋的胖男人，岂是肯轻易罢休的？下班时他会在门口等着承曦出来，不管承曦装作听不懂他的邀请，他会直别别地上来，搂着承曦的肩膀。承曦哪见过这个架势，被他吓得够呛，好不容易才挣脱出来。第二天下班，承曦刚想出门，一眼望见院落大门口有个庞大的身影堵在那儿，跨出去的脚又缩了回来。直等到玛雅下班，才挨着战战兢兢地一块出门，总算躲过一场纠缠。

玛雅点着自己的额头，跟承曦说："这胖子的脑子有点问题，作坊里每个女工都被他纠缠过，不理睬他就是了。他人不坏，是那种没心眼的，像发情小公狗一样，你踢他一脚，吠几声，过会儿就忘了，还会跑来舔你的手。"

承曦无语，加快脚步，并不时回望，生怕胖男人追来。

玛雅抽了一口烟，耸耸肩说："话说回来，男人都是公狗，没有例外。"

这种狠话，也就法国女人敢说，中国女人，从小在男权的社会中长大，几千年来的男尊女卑熏染下，男人们，父兄们再无能，再无良，还是女人头上的一片天。承曦心中动了一下，可不是嘛，她人生中的一个个男人，从父亲到兄长，再到恋人，都是这种差劲货色。可他们却是一家之主，高高在上，拥有绝对的支配权。承曦作为一个传统的中国女子，活了二十多年，竟然对此从未质疑，直到今天被玛雅一句话唤醒。

不要给男人好脸色，只会把他们给惯坏。

洗衣坊里有个改衣服女缝工随了老公回家乡去了，职位空了出来。这是最轻松，也最赚钱的位置，工资高，既不用辛苦地洗衣熨衣，而且常有主顾们打赏小费，所以作坊里人人都盯着那个职位。想不到玛雅竟然让来了没两个月的承曦去顶这个职位。这引起众女工的不满：这个东方女人连法语都不会说，她凭什么一来就占据了作坊里最好的工作？

其实精明的玛雅有她自己的打算，缝、改衣服是个精细活计，而这些底层出身的女工都是粗人，手指头比擀面杖还粗，并不一定能够胜任。承曦虽然落魄，但看得出有过良好的家教，也肯努力。稍加点拨，应该没问题。而且，法国的工会势力强大，各行各业的规定多如牛毛。小小的洗衣坊也有个分会，工会会员接了缝衣工，必须要增加工资。不如给了临时工承曦，还是拿着原来的钱，一举两得的事。

福祸相倚。承曦刚来时，弱小无助，楚楚可怜，大部分女工们还是很友好的，遇事也肯帮忙。现在这个新人突然占据了众人都向往的位置，所有的脸色一夜之间全部变了。承曦早上进作坊，与人说早安，竟然没一个人回答她。在日常工作中，跟她有关联的女工会显得相当不耐烦，摔摔打打，语气尖刻。接下来，承曦发觉自己被众人孤立起来，像当时她在街头被所有的妓女看成眼中钉那样。

作坊里只有两个人还与她交谈，玛雅与她沟通是工作上的必须，客人的要求，想法，都是要通过玛雅来传达。另外，只有胖子还是对她一往情深，傻人往往固执，不管外界，我行我素，一门心思。

承曦想不到会处于这种尴尬的境地，人情冷暖，本来就晓得一些，现在再次领略一遍，嘴里的味道就更苦涩了。不由得对胖子友善了许多，但还是不能流畅地沟通，也不肯和他一起出去喝咖啡。

承曦晓得，如果要在法国长久耽下去，只有一份工作是不够的。她必须要学会法语，学会与人打交道。据说拉丁区有夜校是免费教法语的，承曦就去报了名，下了班也顾不上吃晚餐，急匆匆地赶去上课，一直要到十来点钟回到宿处，热碗汤，胡乱吃下然后上床歇息。

早前承曦一挨着枕头就可以睡熟的，但现在要入眠变得吃力，总是东想西想，在半迷糊中觉得一切好像是不真实的。她竟然从风轻日暖的西子湖畔来到遥远的法国，从一个闺秀小姐变成一个缝纫女工。白天，头都不抬地在缝纫机前忙碌，晚上睡在一张窄窄的床上，听到隔壁邻居的吵闹声，楼下一层传来野女人肆无忌惮的叫床声，承曦竟然无动于衷。最使她惆怅的是，巴黎再好，但是举目无亲。以前一起相聚欢笑的兄长，恋人，朋友，一个都不在身边。她写过好几封信给承晚，通过香港转寄，却一直没接到回信。

在睡意蒙眬中，承曦心绪万端，想象着自己是个弃儿，父母双亡，一个人躺在命运的摇篮里，在黑暗中顺水漂流，无目的地，无方向，也无人顾惜。教堂的钟声在远方响起，夜空中有鸟的叫声，而孤寂无边无际。每想及此处，承曦会心里一阵抽痛，突然在床上坐起，开了灯茫然四顾，只见光秃秃的墙壁上，一枚前房客遗下的木质十字架，陈旧不堪，耶稣悲苦的面容已经模糊不清。再抬头，一扇盈尺木窗，衬着暗灰色云层的夜空，没有星星和月光，不由得自悲自怜一阵，擦干眼泪之后，再也睡不着了。承曦披起衣服出门，在街角通宵的露天咖啡座，找了张角落里的桌子坐下来，叫一杯咖啡，一份玛德琳蛋糕。用小勺子搅动着咖啡，人却只顾了出神，一无所思。时近午夜，咖啡馆里烟雾腾腾，还有六七成客人，侍应生忙进忙出穿梭不已。明亮的街灯下，从隔壁餐馆出来的情人们勾肩搭背，手牵手，眼风流荡，正酝酿着下一出浪漫情事。夜里出门遛狗的老人在树下抽烟，放任贵妇犬在人行道上拉屎。一个女人在街口大声叫唤计程车。市声偶尔停歇之际，听得到两个街口之外塞纳河哗哗的河水流淌之声，如城市的深层脉动。远处可以看到埃菲尔铁塔的塔尖，灯光像把长戟似的刺向夜空。

时空停驻，直坐到要打烊了，侍者打着哈欠收拾残局，把桌椅用铁链锁起来。承曦才搁下大半杯咖啡，踽踽地走回住处，一头倒在床上睡去。

第二天就头疼欲裂，但还得去上班。身上所有剩余的精力都得集中在手上的活计，无暇他顾。不管你有什么借口，活干得不好，玛雅是毫不留情的。今天送来的活又特别多，承曦干得天昏地黑，不晓得进食，不晓得上厕所，也不晓得什么时候作坊里人都走空了。还是玛雅过来提醒她已经过了下班的时候。承曦昏头昏脑地起身，看到缝纫台上有封信，因为玛雅要锁门，就往兜里一塞，回到家躺下就睡。半夜醒来，记起日间的信，心生奇怪，怎么会有信寄到作坊里来？及拆开，信竟然是用中文写的，读了第一遍未懂，一头雾水。仔细读了几遍，总算悟出些意思来了。信中所言简直是匪夷所思，她在巴黎不认识任何人，也没准备跟谁结婚。一定是谁把事情搞混了，也许就因为她是中国人，谁把信送到她的工作台上来了。法国式的糊涂，张冠李戴也是常见的。

但内心生疑，写信者的口气是似曾相识的，像个鬼影般恍惚不定，但具体的对象又对不起来。承曦还是把这封奇怪的来信归纳为错发错收，就像香港人说的"乌龙"。明天拿回作坊去，问问玛雅是否能把信退回去。

三十四

承晚回到杭州已半年多了，很少出门，终日像只老鼠般把自己关在老宅子中。外面的世界使他无所适从，街上走一走，到处是标语口号，锣鼓喧天，弄得人胆战心惊。跟朋友见面聊天吧，人家满口新名词，总是居高临下地指责他跟不上形势。话不投机，那只好窝在家里，当然跟王妈是没什么好谈的。画画也没啥心思，大多数的辰光是拿了本旧书，对了一排空空的鸟笼发呆。

沈文渊偶尔来访，两人之间还不是很融洽，只是勉强维持着亲戚的面子。不管如何，沈文渊是个干部，天天在外面跑，消息也比较灵通，他说的话，承晚还是肯听的。上次沈文渊说过："承晚你既然回来了，不好蹉跎时日的，应该要寻个工作来做，想靠画画生活肯定不现实。"

这个，承晚自己也深有体悟，回来之后没有进账，手中拮据，只好把祖上传下来的古玩字画，红木家具等，逐件送进旧货店去。可还是杯水车薪，屋里厢处处要用钱：老宅的屋顶漏雨，以致一部分梁柱已经因虫蛀毁坏；另外还有许多待修之处，一直拖延着。老娘姨王妈，也已经几次暗示他了：自从承曦走后她就没拿到过一分钱的工钱，算下来，赵家已经欠了她两年多的工钿。"这个不好赖账的，罪过的啊，这可是我老太婆的棺材铜钿啊。"还有日常支出，小菜铜钿，油盐酱醋，也是天天要给出去的。天长日久，账上加账，压力极大。承晚本来就不善于处置这种杂务，现在更是只好做鸵鸟了。如果能有个工作，有了固定收入，不啻于救之水火。

但承晚面子薄，赵家大少爷，不好意思到处托人。看来也只有靠沈文渊帮他留意了。

这日夜饭时分，沈文渊来了，叫他坐下吃饭不肯，说讲一件事马上就走，有个教职，教初中音乐美术，一个礼拜七节课。

承晚踌躇："音乐？倒是没教过……不晓得可以吗？"

"音乐美术，这些都是闲课，无关大局。你主要教学生画画，偶尔让他们唱两句就可以了。"

承晚放下心来。沈文渊又说："只是有一样，学堂在余姚。"

"这么远！"

"学堂里提供宿舍,平日住校,一礼拜回来一趟。"

承晚犹豫了。

沈文渊说:"你不晓得现在工作难觅,就是在余姚,也有很多的人报名要去。"

承晚心中还是没底。

沈文渊说:"那么你考虑一下,想定当的话,通知我。"

承晚想了一夜,第二天决定还是算了。余姚是大乡下,承晚早先去过一次,路难走,乡间小路一落雨遍翻浆。也没啥吃的,乡下人家的饭菜不但粗粝,而且咸得要死。晚上宿在旅馆里,被褥不干净不说,还被臭虫咬得一身包。想来学堂的宿舍也不会好到哪里去。于种种畏难借口之下,恐怕还是觉得自己一个留法学生,去教乡下的小孩,会被旁人耻笑。

沈文渊耸耸肩:"好吧,随便你。我总归是尽了力了。"

承晚赔笑道:"实在是太远了。稍近些,至少王妈可以照顾我一些。你晓得,我一向是不大会料理自己的。"

沈文渊只是摇了摇头,什么也没说。

薄薄的阳光,照在天井里斑驳的女墙上。四月,鸟雀筑巢,园中海棠树开花,枝叶绽展,结出三两枚小小的果实,微红返青,一眨眼就凋零落地。倾圮的老宅一日日衰败下去。承晚龟缩在家,能不出去,就不出去。老宅里的气息杂陈,春季,台阶上有蜒蚰爬过的痕迹,地砖缝里透出青苔的腥气。在连绵阴雨天中,陈年的木结构散发出的霉味儿。书桌上砚台里的隔宿残墨微微的臭味,栈房里堆放着空的茶叶篓子,厨房里的柴火气和油烟味,也透过板壁渗进来。这些至少是他熟悉的。而外面的陌生世界,处处使他紧张不适。

因为书房漏雨,承晚睡在西厢房里,这儿原是承曦的闺房,处处遗留着女人的气息。承晚倒像是被这股气息所安抚,所慰藉,睡得也比较安宁。早上,他总起得很晚,在拥衾怔忡,半睡半醒之际,旧日的世界依次浮现,轻奢、安适、静好,如今一切如烟远遁。醒来后不无惆怅,也不无宽慰。躺在床上,长时间双手枕于脑后,盯着头顶上一排排的椽子发呆。终及起身,用过早餐,再泡上壶浓茶,书架上翻翻旧书,读半首唐诗,被触动,又陷入沉思。偶尔想提笔作画,已经准备好了画具纸笔,又觉得懒心无肠,复搁笔在案。院中传来鸟鸣,婉转动听,如泣如诉,开窗见一只小小的翠鸟在树梢,只是一瞥即逝。触景之余,打了盆清水,把几枚空鸟笼揩拭一遍。听人说花鸟市场里偶尔会有八哥和黄雀出售,心也动过,几次想去看看,结果还是作罢。在此时节,养鸟或养人,都是问题。反观自己,不就像一只被关进笼子的鸟?

白昼匆匆,等中饭吃毕,下午看几页书,再睡个午觉,醒来差不多日已西斜。傍晚出门去走几步,活动腿脚。在此日暮时分,人迹寥寥,遥望西湖,薄霭隐隐,柳树婆娑,宛如卡米耶·柯罗的名画——《枫丹白露之回忆》。诸多画家之中,承晚自认最是贴近中国人怀素,和法国人柯罗,性格恬淡,与世无争,只寄情于山水之间。夜幕沉降,走回家去,沿湖一圈隐隐灯火,闪烁明灭。此情此景,不由得勾起他对巴黎的念想,夜里的塞纳河上腾起雾气,香榭丽舍大道上的一长串煤气路灯延绵不绝,有如美妇人颈间之琥珀项链,熠熠生辉。他们一行同学四人,酒意阑珊,深夜漫步

142

在巴黎街头，如夜鸟穿越沉睡的森林，远处，圣母院的钟声缓缓响起。去国两年来的经历，现在却像是个醒不过来的梦。

他生来是个性子安静的人，一间房，一壶茶，一张书桌，几笼鸟，他便可以窝在家里一步不离，但此刻，他有生以来第一次在自己的家中感到孤单。

地方干部和派出所是不可能让一个从外国回来的人终日无所事事的，任何一个不事生产的居民都很可疑，你靠什么生活？有否剥削他人之嫌？是否有国外的资助？与资助人是什么关系？在这种压力下，承晚不得已再一次去求助沈文渊，余姚就余姚，住校就住校，都肯了。沈文渊不禁摇头苦笑，怎么会摊上这个碰鼻子转弯的大舅子，真以为余姚的教职会一直等着他吗？当然，郎舅关系还是要维持的，也不能当面嘲笑他，只好答应再帮他留意了。

最后，托了人情，沈文渊总算帮他找到一个丁桥小学的教职，竟然是教体育。承晚书生一个，既不会赛跑也不会做操，球类运动，更是提都别提了。看他为难，沈文渊说："现在不能多说了，先把位置占好要紧，将来再作别的打算。"

承晚苦了脸："我真是一点不会，怎么可以去教别人？那不是误人子弟吗？"

沈文渊揶揄他道："叫叫口令会吗？甩甩手踏踏步会吗？教体育是最简单的事，阿狗阿猫都可以教的。"

承晚低了头，脚尖在地上画着圆圈，末了还是摇头。

沈文渊不禁顿脚道："我的承晚老阿哥啊，你真是留学留得蠢掉了。现在不是会不会的事，而是一个萝卜占一个坑的关头。你不去占，自有人抢着去占。"

赵承晚终于在妹夫的横竖劝说下，来到丁桥小学报到。可是报到第一天，就被小学堂的简陋吓坏了。学堂设在一间老祠堂里，地砖开裂，门窗漏风。除了一块黑板，课桌椅子一概全无，学堂要求学生自己带来。白天上课时，方凳板凳，一片零零落落。上课上到一半，屋梁上有老鼠打架，扑簌簌掉下一捧灰来。祠堂前巴掌大的一方天井，就算是操场。隔壁就是农人家的猪圈，臭气熏天。所谓教师宿舍，就是晚上把几张桌子拼一拼，铺上被褥，早上再卷起来，放在讲台下面。学生呢，从五六岁到十五六岁都有，衣衫褴褛，拖着鼻涕，根本就是一群小叫花子。

照承晚的性子，行李都不想打开，原路返回就是了。

小学的校长姓朱，单名一个勉字。三十多岁的胖子，剃个光头，穿套蓝布中山装，也是杭州下来的。见承晚执意要走，便挽留道："夜都夜了，车子没了。要走的话，也是明朝了。来来来，先吃了夜饭再讲。"

丁桥是朱勉的老祖家，至今还有一个姑姑住在镇上。走过一座石拱桥，鸡肠小巷中有一幢两层楼砖木结构老房子。走进门，堂屋里青砖地凹凸不平，正门开向街面，放了一张八仙桌，两扇菱形砖窗透进幽光。右手边出去，小天井里有口水井，青苔蔓延，一张石板搭成的洗衣台子，一只肥胖的黄猫蹲伏其上。紧邻着灶间，竹竿上晾着一串对半剖开的鳗鲞。一道狭窄的楼梯通向楼上卧房。房子是江南小镇上典型的民居，当年用的木料结实，手工也蛮不错的。只是年深日久，失于保养修葺，有股衰败的气息透出来。

姑姑显得手脚无措："阿勉啊，跟你说

143

过多少次，有客人来要知备一下。我啥准备都没有。"

朱勉笑着，按了老姑姑的肩膀，说："姑姑，随便弄弄就好。你吃啥，我们就吃啥。"

老姑姑嘴里叽叽咕咕地抱怨，胳膊上挎了个篮子出门。朱校长泡好茶，两人在堂屋坐下，门开着，聊家常。

"不瞒你讲，此地虽然是乡下头幺尼角落，其实，我们这小地方也是蛮实惠的，每日三节课，从早上到下午两点，就放了。学生程度浅，也没啥要备课的。放了学，睡个中觉。晚些出去走走，买点菜。东西都很便宜……"

因为丁桥地处偏僻，师资不易。八九十个学生，连朱校长自己，一共只有三个教师，每人要兼好几门课，忙得脚都跷起来。好容易来了个年轻人，而且还是法国留学回来的，如果他肯留下，说起来对学校声名都好。所以，朱校长下足嘴上功夫。

承晚只是啊啊地应着，心想这么个破地方，朱校长你就是讲出花来，明朝还是要走的。

"回杭州，也蛮便当，镇上有两班长途车，礼拜三一班，礼拜六一班，也就一个多钟头，打个瞌铳就到了。"

朱校长又说："还有呢，这儿的乡下人没啥文化，也比较简单，直来直去，没有花花肠子。上海、杭州常常搞运动，到了这里只是走个过场，应付一下上头，不会伤筋动骨。"

承晚听进些了，他最怕的是搞运动，内心有种下意识的恐惧，不晓得哪一次会临到自己头上？特别是他这种从外面回来的人，首当其冲，不但派出所居委会，连四周邻舍乌眼鸡都盯着呢。

夜饭开出来了，小地方人朴实，凡有客人上门，都是尽了最好的小菜来招待。在暗洞洞的电灯泡下，八仙桌上摆了五六只碗碟。当中一大碗是用陈年咸菜露蒸的大黄鱼，总有两斤左右，老姑姑说是从刚回港的捉鱼船上觅来的。鱼身闪闪发亮，筷子搛开来的蒜瓣肉，入口糯滑清香并极有弹性。一碗是新鲜的蛏子，壳薄肉满，放点酱瓜露清炒，盐都不放，尝之鲜美至极。一碗蒸蛋羹，里面放了几枚蛤蜊。一碗是田里刚摘下的菜苔，绿中带紫，又嫩又脆。最为惊艳的是一碟咸蟹，从一个小瓮里取出来，散发出一股浓烈的酒香。雪白的蟹肉软如凝脂，蟹黄像琥珀一样满溢欲滴。朱校长帮承晚斟上善酿，搛了一大块带蟹黄的肉身放在承晚碟子里："乡下地方，没啥小菜，饭要吃饱。"

这顿夜饭改变了承晚的心意，老姑姑烧的家常菜肴，不比云裳家的厨子来得差，更比巴黎的法国大菜合他的口味。鱼虾都是当天捉来的，新鲜至极。乡下人的烹饪虽然简单，却保持了食物的原汁原味。醉蟹更是一绝，老姑姑说是混合了黄酒和高粱酒、海盐、生姜、陈皮和花椒，要腌上个三四天后才能食用。在杭州，王妈因为拿不到工钿，所以在膳食上也不甚用心，总是草草了事。承晚欠了人家，也不好过多抱怨。他回杭州之后不记得吃过一餐适口的饭食，直至今朝。

他跟朱校长两人喝了一斤黄酒，连吃了三碗饭，满面通红，心满意足。如果真的在这里耽下来，上课去应个卯，下课画点小品写生，晚上再喝点小酒，闲云野鹤般，倒也不失自在潇洒。执大乘，殊是不易，只好奉行小乘，随遇而安，活好自己的人生。

144

心下已是肯了，只是还有一点，微醺的承晚对朱校长说："叫我睏课堂间是不行的，我本来就睏得轻，睏不好的话，第二日就没精神。"

朱校长托腮想了一阵，说："学堂里没宿舍，睏课堂也是没有办法的事。但也有人在外面寻个近段房子，出个几块钱租人家间房。"

承晚说："我人生地不熟，两眼一抹黑，到哪里去寻房子？"

朱校长拍了拍额头："这里，他用手指了指天花板，楼上还有一间厢房，用来堆东西。要么，我让姑姑收拾出来，你住过来？"

承晚还在犹豫。朱校长又说："这样好，我早前怎么没想到。索性，你再付点钱，搭伙在这儿。我姑姑死掉的老头子，裤子有洞鞋子脱跟都没关系，但就好一张嘴，一生挑精拣肥。所以她做的饭菜总是很入味，否则，那个死鬼要发脾气的。"

这个不言而喻。

当下，朱校长就去后面，跟老太太嘀咕一阵。回来说："姑姑说：收你六只洋一个月，每顿饭至少一荤两素一汤，房钿亦包括在内，你看怎样？"

看承晚点头，朱校长开心道："那么，今朝你到我处挤一挤，明朝我就叫人把房间收拾出来。"

三十五

承晚原以为避居到乡下小地方，安贫度日，就可以苟活于世。

但是任何的安稳只是暂时的幻象。没人能够未卜先知，至少，沉浸在幻象中还是很欣慰的。

正如朱校长说的，乡镇小学的要求很低，上课没什么章程，也没啥备课的压力。体育课让学生们排成一排，伸手踢腿一番，然后就是放之自由活动。承晚还兼了学校里的代课老师，语文算术，图画手工，什么课缺人了，都拿他去顶缸，竟也被他一一对付下来了。朱校长是个嘴上抹蜜糖的，会上表扬，私下夸赞。承晚面上客气，心里确实很是受用。

心情一旦放松，对现实也比较能容忍了。小镇虽然陈旧破败，但还是蛮祥和的。镇民们也朴实恭谦，在茶馆里看到细皮白肉的读书人，晓得家中有子弟在他手底受教，都要弯腰恭敬一声："先生来了？"满脸皱纹笑得像朵老菊花。

从茶馆出来，信步走去水陆码头，看渔舟晚归，风尘冉冉；看民生营营，柴米油盐，乡人为一毛钱争得面红耳赤；也看酱色母鸭带了一群鸭雏在水里巡游，像一支小小舰队。在路边，有学生端了面盆在卖河鲫鱼，还是活的。于是就让学生用草绳穿了，一并买下。学生却不肯收钱，说是自家捉来的，哪好收取先生的铜钿？承晚必须要像打相打般扭扯半天，才把几张毛票塞进学生衣袋。结果第二天学生带了一蒲包煮熟的菱角，在课间休息时放在讲台下面。

老姑姑把承晚拎回来的河鲫鱼，用油煎透之后，放老酒酱油冰糖，再放大把的葱段小火焖烧。直烧得鱼骨也酥透了，葱段的味道全部吃进去了。尝之鲜美浓郁兼有，鱼肉味美细腻，葱段亦贮满鱼汁，如此佳肴，承晚夜饭也多吃了一碗。第二天早餐，剩下的鱼冻配来吃粥，竟比昨夜的还要入味，鱼肉宛如凝脂，鱼冻则入口即化，配了一小碟醉方，几粒黄泥螺，承晚吃得满头冒汗，意犹未尽地上课去。

承晚付的膳宿费，在丁桥小地方是一笔可观的收入，特别是对姑姑这种没什么进账的乡下老妇来说，六块钱已非同小可，简直是天上落下来的外快。而承晚是个安静、干净的房客，又欣赏她的烹调。老姑姑就用足了心思，不时烧些时鲜小菜来待客。春季，马兰头从地里挖来，洗去泥沙，烫了切碎，拌五香豆腐干，清香满口。三月半蚕豆上市，剥出来葱油清炒，又糯又嫩。四月份清明前后，几场春雨一下，遍山遍野冒出笋来，附近山民挖来，挑担前来镇上售卖，既新鲜又便宜。老姑姑自己腌了蹄髈，又做了鲜笋咸肉汤，鲜笋鱼丸汤，片儿川，油焖笋，荠菜炒白玉片，天天翻花样。承晚是个嗜笋如命的，放开肚皮吃，一直吃到胃出血，被朱校长送去镇医院打点滴。还好没有大碍，休息了一个礼拜又回来上课。

小镇入夜早，八点钟不到就灯火沉寂，家家户户掩门就寝。承晚休养在家，白天睡多了，晚上就清醒，走到天井吃烟，抬头见满天星斗皎洁，突然就起了兴致夜游，于是披了件衣服，拿个手电筒，掩上门扉，漫步往水边行来。

青石板路在月光下白得发亮，两边民居偶尔透出黯淡的灯火，传来小囡夜啼，做母亲的睡意蒙眬地哄他，片刻平复，大概是喂了奶。夜间毕静，远一些的地方有淙淙水声，轻微而连续不断。屋檐间突然响起野猫一声长嘶，倒让承晚冷不防打了个寒颤。突然看见前面就是河堤，黑暗中使人失去了距离感。

河道里长满各种水生植物，水位很低，有些地方露出了河床，水面上映出了月亮，光晕荡漾，像水彩一样泅开。对岸的农田，村舍低低地贴在地面，空旷安静。极远的地方传来几声狗吠，更显得天高地夐，世界深邃无限。承晚站在河堤上，风吹在脸上，带来一丝凉意。月光下，陪伴他的只有自己的影子。

一股深深的惆怅从肺腑而起。

承曦，犹存于世的唯一亲人，你究竟在哪里？

承曦的工作稍微稳定之后，就搬离了原来的住所，公寓里嘈杂混乱不说，隔壁的妓女夜夜交媾的声浪更使人受不了，刺激着身体里不受控制的欲望，会使人烦躁及放弃生活的目标。她常常提醒自己，现在的日子，虽然尚可，但还是如履薄冰。一个不小心，狞厉的现实就会把她扔回街头乞食。她必得打起十二分的精神，对付每一天繁重的工作和紧张的学习，同时计算着手中的钱，善用这些少得可怜的钱，把自己尽量安排得好一些。

新的住处是靠近奥德翁剧院，也是在左岸。老式联排屋的顶层，据说以前作过巡警的宿舍。门口有个小花坛，种了几丛半死不活的红色瓜叶菊，斜披石片屋顶，铸铁楼梯扶手。进门是方方正正的一个房间，大概只有十来个平方米，这房间集客厅饭厅起居室于一身，有一架可以折叠的梯子通向阁楼。厨房极小，比壁橱大不了多少。厕所则像是为小人国建造的，洗手台的龙头关不紧，好在有一个发黄的浴缸，至少可以洗澡。从昏蒙蒙的后窗望出去，围着铁栏杆是一片杂草丛生的后院，几只无人喂养的野猫，蹲在石阶上晒太阳。

承曦非常满意这个地方，麻雀虽小五脏俱全，有自己完全的独立空间，私密，温馨。小厨房有一个水斗，一具炉灶，煮些简单的饭菜也够了,窗台外面还有一个吊篮,让你把隔夜的食物储藏在通风的地方。厕所虽小,但半躺在浴缸里泡个澡,是她一天劳累下来莫大的享受。阁楼就两三个平方米,一半地方直不起身,本来是用来堆东西的,承曦放了一张床垫当作睡处,那么楼下房间就显得空旷些,家具的布置也有了余地。阁楼上有一方天窗,半夜醒转看到月光斜射进来,人会觉得茫然。在下雨的星期天,承曦捧了一杯咖啡坐在被窝里,看打在天窗上的雨水淙淙淌下,世界半暗昧明。

一个廿五岁的女子,不可能对将来没有憧憬。承曦最基本的愿景:不要再一天十个钟头埋头在缝纫机前。她希望有一日能离开洗衣坊,进入法国的高等学校去读书。但她晓得自己的法语、算术、科学底子都不够,这个愿景恐怕是难以达成。还有个想法是去学画画,也是她长远埋在心底的憧憬。小时候临摹过芥子园画谱,加上从小看阿哥画画,耳濡目染,对绘画具有天然的亲近感。但有时又有一种无力感,她真能成为一个画家,作品被悬挂在卢浮宫里,有这种可能吗?

一个偶然的机缘,她晓得这排公寓中就有艺术家居住。公寓管理人送错了信件,她亲自按门牌号码送过去。那位跟她一样,用楼下的空间画画,楼上的阁楼作睡觉的地方。而且,是个女的,花白头发,有点年纪了,单身一人和三只猫一起生活。承曦看到过她在庭院里抽烟,扎着头巾,光着脚穿了男人宽大的衬衫和工装裤,衣服上面布满了斑斓油彩。承曦觉得她有一种巴黎女人另类的好看,通透,自信,随意,在阳光底下放怀大笑,如一捧灿烂的花束。承曦对自己说,如果真有哪一天做成了女画家,她要穿上白色的旗袍,也是沾满了五颜六色,在盛夏的黄昏,赤脚走在门前那条铺了鹅卵石的路面上,微烫的路面使她走路的姿势像是跳跃和舞蹈,一步一跃地到街角小店去买汽水和冰淇淋。

但在目前来说,这一切都很遥远。

不管再忙再累,承曦只要抽得出时间,礼拜天都去逛画廊和博物馆。卢浮宫也算是她的伤心之地,以致她进了门还不停地左看右看,生怕黑衣绅士再一次施展妙手空空。但是她很快就被琳琅满目的画作吸引了,东张西望目不暇接。如果再来一个黑衣绅士也会同样得手。

卢浮宫实在太大了,一次全部走遍太过于耗费力气,反而不能好好地领略艺术在各个不同时段的美好。所以她每次都只看一部分,从希腊、古罗马一直看下来。安安静静的,凝神屏息地站在画幅前面,感受与鉴赏着不同时代艺术家们的风格和技巧,也细细去分辨不同艺术家之间气质的殊异。或者,远远地坐在展厅的一角,耐心地等簇拥的观众散去后,整座洁白的米罗维纳斯大理石像显现在眼前,绝美的裸体栩栩生辉,半侧着身子,无形的手臂提起裙裾,像是马上要从基座上走下来。承曦感受到伟大的艺术品跟观者会在某个特殊的时刻沟通,就像米开朗基罗画的西斯廷穹顶画,上帝的手指在一刹那与亚当沟通那样,身体如电流通过,灵魂颤栗。

她喜欢印象派的风景画,一派阳光明媚,自然赏心悦目,使人感到生命的美好。她久久地站在莫奈画前,画中阳光灿烂,阴影深邃。莫奈善于描绘同一景物不同的角度、光线、时光一茬茬地移动,每一幅景色如同钟表的分针刻出来的。她看得出西斯莱画中所描绘的恬远安静，淡淡的朝阳照在小街上，烟囱里升起第一缕炊烟，薄云在天，空气的颤动，树木抽芽，也看得出画家避世独行的孤独，甚至带了一些羞涩。而雷诺阿最为擅长的享乐场面，莺飞蝶舞，使她忆起当年去百乐门跳舞作乐，无心无肺地，憧憬着人生就像一只奶油蛋糕，不由得就勾起一丝惆怅，好花不常开，好景不常来。

疯狂的梵高，承曦隔了好长一段时间才接受他，而且越看越好，让人浑身战栗的好，感动莫名地好，张牙舞爪地好。但是，梵高过于癫狂，过于浓郁，而且具有天然的悲剧成分。作为小女子的她，不敢太接近，不晓得自己会不会被烈日灼伤。奇怪的是，跟梵高同时代的高更，比起梵高来更为阴郁，更弃世，也更不近人情。他的画却使她入魔般迷恋。她会在高更一张半裸的棕色女子肖像面前站上半天，完全被迷了进去。就是自自然然的正面构图，简单的单线平涂，热烈的大色块，怎么会这么完美地塑造出一个天然、绝无雕琢的原始人儿。肤色如蜜，乳房饱满，肢体舒展，沉静的目光直直地注视着你，一望无遗，勾魂入魄。

高更的画，震慑她的不但是原始的宁静、自然、祥和，还有着人类心中难以察觉的不羁。

有一次，承曦在靠近爱丽舍宫一家画廊里看见高更的一张自画像。身着蓝色的毛衣，侧光的脸，鹰钩鼻子，很高很宽的颧骨，一个很长的下巴，两撇微微上翘的胡须。阴郁狰厉的眼神不像画家，而像是一个面目凶狠的警察，或是低阶的收税员，这种人是不讲情面的，对人间苦难无动于衷的。画像背景是一片鹅黄色，有个褚红色巨大的波西米亚偶像，面目狰狞。在右面的背景上，草草几笔添了个钉在十字架上的耶稣，头歪在一边，眼睑下垂，单薄的身子瘦骨嶙峋，脸上的表情不见得有多少苦痛，下耷的嘴角倒像是在冷冷地嘲笑这个世界。

很多人在画像前稍作停留就走了过去，在他们说来，自画像就是看画家究竟长得什么样子。高更的相貌不甚讨喜，甚至有点粗野，看一眼尽够了。

承曦在这张画前足足站了两个小时，第一瞥之下，画中人的眼神就与她锁定，好像在说："你终于来了，哼！"

承曦在这道目光下感到晕眩，震惊于其中的强横与不羁，她在害怕的同时，又不由自主地被吸引。高更的目光里除了对人的冷酷和不屑，还有一种反驳不了的真实和诗意，真实是这个世界的本相，残酷与慈悲兼有。而诗意是我们了解了世界本相之后的顺服和融入。

如果光是一张自画像，以上可以说是一己之见，或者一厢情愿。但是高更在画的背景里设置了两个不同的象征。画面的右边是波西米亚偶像，暗红、暧昧、丑陋、狞厉，象征了巨大而黑暗的原始力量，跟这个原始力量比起来，人类弱小如蝼蚁。沿着画面的中轴线，左边一片柠檬黄使得画面显得温暖，如盛夏的阳光。基督瘦削得像稻柴秆般身体悬挂着，两只细细的胳膊展开，而脑袋歪在一边。画家描绘基督的手法像是画漫画，不经意，信手涂鸦般，带有使虔诚信徒受不了的亵渎意味——我们所依仗的，抵御黑暗的救主是那么单薄和无助。

承曦第一个反应是不解、迷惑，她闭上眼睛，过了几秒钟再看画面，三角形的构图，画家如一座山似的处在画面中心，右面是黑暗和沉重，左面是光亮和轻扬。目光，还是画中人凌厉的目光，直射观者的心脏，像拷问一样——你明白了吗？你明白这个世界的邪恶比光明强大得多了吗？

谁说画像不会说话？

承曦久久地站在那儿，与画像无言地进行对话。思辨的帷幕一点点打开，在画中，画家代表了人类，站在光明和黑暗的分界线上，成佛或成魔，全在我们一念之间。成魔的道路容易得多，人类本身就带有惰性，太容易被诱惑，被收买，被欺骗；而成佛的道路难得多，你得舍弃，舍弃财富名利，舍弃家庭，舍弃健康和肉身，舍弃得失之心，才能挣脱黑暗，上升到无我无他，清明通亮的境界。

但我们是人类，是软弱的代名词，虽然我们知道光明和黑暗的界限，但我们约束不了自己，我们永远踟蹰在那条明暗分界线上。

尘埃落定，所有人生哲学思考都是在静逸中突然启动的，承曦也是在美术馆里被无明的想法触动了。我们都从同一个地方走来，但是，我们会走到哪儿去？我们之间不同的文明又代表着什么？这一切的大千世界又会是怎么样的一个终局？我们还来得及调整我们的人生吗？

答案是否定的，在我们短促的一生，很少有人能在既定的道路上调转方向，现实比我们强大得多，我们往往高估了自己，只是因为看不透业力。看不透时间的过程也是衰败的过程，等到我们发觉这一点，一切都已经晚了。

承曦并没有找到答案，但是看画和思索给她的人生开了一扇窗，光线开始透进来。虽然还是混沌微明的，但是渐渐地明亮起来。她可以设身处地站在一个艺术家的角度上去看问题。米勒碰到这种景象会如何描绘，梵高或高更又会怎么描绘？要知道，所有的"描绘"后面是个对事情，对世界的基础认识。艺术家不只是创作出美丽的作品，他们的想法，他们想要展示给观众看的东西，更为本质，也更为重要。

年轻时，承曦为了管理茶园和支撑家庭，高中一年级读完就辍学了。到了巴黎，观看博物馆好像是继续学业。她在巴黎一年多的经历，教给她的比全部的人生加起来还多。有苦难，有破裂，有失落，更多的是知识和艺术的启蒙。正因为如此，在博物馆里的收获更为宝贵，是人类精华的浓缩，是普通学校教不来也不可能教的。

一想到明天可以去看美术馆了，一星期下来的劳累全部抵消了。每到周末，她总是很早地吃完晚餐，洗个澡，放松心情，早早地上床休息，以便明天有充沛的体力在美术馆里度过一整天，她是这样如饥似渴地想要充实自己。

在一个阳光很好的秋天，巴黎最活跃的季节，卢浮宫举行印象派女画家班特·莫里索的回顾展。首日，承曦起了个早，从卢浮宫一开门就进去了，她记得第一次听到这个女画家的名字，还是在云裳的家里。但到了法国之后，看得并不多。据说女画家存世一共只有三十多张油画，以及一些小品和素描。大多分散在私人收藏家手里。这次的回顾展，卢浮宫花了大力气从私人藏家手里借来，当然不可错过。

画展在叙力大厅中举行，当然布置得很隆重，除了女画家的作品，还附带展出了马奈的一些画幅。有些写生画看得出是他们同时画的，只是取景角度不同。看了画展介绍，承曦第一次知道莫里索原来是马奈的弟媳妇，马奈的风格对她影响不小，近水楼台先得月啊。莫里索的画是印象派的路子，笔触潇洒，用色清淡明快，画中人物不是少妇就是孩童，花枝招展，一派优雅闲适。但是看过了梵高和高更，莫里索的画就显得单薄，画中人不知人间疾苦，养尊处优。一看之下，觉得轻松愉悦，再看，也就不过如此。承曦兜了一圈，稍微有点失望，但是机会难得，下一次画展就不知道是何时何地了。于是她准备转回到入口处，再从头看一遍。

　　无意中一瞥，她整个人好像一下子掉入冰窖，所有的身体机能都一下子凝固住了。从展厅的入口处走进一个男人，同时侧了身子往后看，并伸出手去，像是在等待什么人。三年多了，承曦还是一眼就认出那个身影，侧面的脸容更显得消瘦，轮廓更深，但更有男人气了。头发还是那么长，被他轻轻一甩往后披去。无论承曦对他有多少怨恨，在这无意的邂逅瞬间，全都消逝得无影无踪。她的心脏雀跃，眼睛直直地盯在前方，如果不是身处人满为患的大展览厅，她肯定要飞奔而去。

　　还没等到挤出人群，她就看见那只伸出的手，牵了一个白衣女子，款款步入大厅。承曦一下子噤住了，即刻抬起手来掩住嘴，迫使自己不要在大厅里叫喊起来。所有关于国粹的传说，一下子全涌了上来，他的风流韵事，拈花惹草，以及跟一个美丽女子的暧昧，如今都猝不及防地呈现在眼前。承曦像是被急速的水流冲击，腿软得要跌倒在地。她咬紧牙关，在心里对自己说：再难受，也决不能倒下，决不在这个男人面前示弱。

　　她正站在展厅的一个角落，边上有扇门，一般情况下都锁上的，外面连着一条长长的走廊。承曦随手一推，门竟然开了，她闪身在走廊上，借着窗帘的遮挡，向厅里看去。

　　国粹背身对着她，正在观赏《阳台上的女子》。他的女伴挽着他的臂膀，整个上身靠着男人。国粹不时侧了头跟她说些什么，状极亲昵，再慢慢移步到下一张画前。女子个子纤细，体态姣好，只是走起路来有些怪异，不自然地拖着一条腿，要靠着身边侣伴的扶持，才吃力地迈出步子。而国粹显得非常耐心，每一步都迈得小心翼翼，一直平端着胳膊，一副尽职的护花使者姿势。

　　看在眼里，承曦心中真是五味杂陈。时隔三年，对这个男人一直是爱恨交加，猛一见之下，汹涌的情愫还是不管不顾地冲破好不容易建起的藩篱，但即刻被一个白衣女子迎头痛击回去。不管有意无意，他太会折磨她，伤她的心了。所谓前世冤家，大概就是这样，以为放下了，平静了，但在一个不经意的时刻，又被狠狠地伤了一次。

　　不经意间，白衣女子的披肩滑落在地上，国粹殷勤地帮她捡起。而那女子把手扶在国粹肩头，侧过身来，一转头之间，承曦看见一张美丽的侧脸，直而挺的鼻梁，精巧的下巴线条，洁白的肤色，眼睛大而有神，宛如晨星。脸上的神情像安琪儿一样，纯洁得令人心痛。承曦心中再不情愿，也不得不承认这是她见过最好看的脸庞，千万人之中也难得一见。就在国粹把披肩给女子披上之际，女子的鬓发被撩起，承曦清晰地瞥见一抹熟悉的绿色在耳际闪耀。

承曦尽最大的力气控制住自己，不要冲出去把耳环从美丽女子耳朵上扯下来，那样的话明天《费加罗日报》头版一定会有大幅的报道；也不要从走廊另一边跳出去，下面是个大理石的平台，人跌下去一定非死即残。她浑身发抖，腿软得站立不住，只好扶了墙壁，慢慢地任自己滑坐到地上。

天哪，把一个女人的定情之物，转赠给另一个女人，并且让她佩戴着公然招摇过市。怎么样的寡情人能如此这般羞辱一个女人？当年再甜蜜的爱情，在此一刻转化为毒汁般的仇恨。承曦的嘴里感到一股咸味，用手一抹，竟然一痕红色，她一定是咬紧牙关之际把自己的舌头咬破了。

承曦撑着扶手，想站起身来，试了几次，腿软得像棉花一样，只得再次蹲下。一个男人从展厅里出来，衔了一支雪茄，正准备点火，看见承曦跌坐在地上，便走过来弯下腰，关心地询问："小姐，你是不舒服吗？"

承曦神志迷乱地睁眼看去，一瞬间她有个幻觉，高更从画幅里走下来跟她说话。此人也是生了一只鹰钩鼻子、高颧骨，也有两撇微微上翘的胡子，眉窝很深，蓝色的眼珠子有冷嘲的意味。但他的表情和话语却是温和的、抚慰的。

承曦摇摇头，再一次地挣扎着站起，男人伸出一只手搭住她的臂膀，扶着她站起身来。好一阵，眼前金星飞舞，只是男人支撑了她，才没有再次跌倒。

"你的脸色非常不好，需要看医生吗？小姐。"男人的语调非常关切，"我可以为你叫一辆出租汽车。"

承曦摇了摇头："不需要，也许是大厅里太闷了，我呼吸一下新鲜空气就会好的。"

男人看她坚持，扔掉烟卷，扶了她，从走廊的另一端台阶下去，出了卢浮宫，沿着河边走了一阵，在亚历山大三世大桥附近，才叫到出租汽车。男人一直把她送到街角，承曦无论如何不肯让他送回家，才算作罢。

男人也叫保罗。

三十六

虽说孤独对于艺术家是必要的，但是极端、长期的孤独却是有害的，会引起神经的高度绷紧，对健康也不利。国粹现在就处在这个点上。

他已经好长时间没参加任何社交了，朋友们的来信拆都不拆就扔掉，时间一久，人家也懒得邀请他。他的日常作息就是画画，干活，回家睡觉。在某种意义上来说，他像只蚕一样，结了个茧把自己封闭起来。茧会成蛹，但这样封闭自己，会有什么结果？

他不知道。

唯一的解脱之途是埋头画画，他的潜意识里有一鸣惊人之想。但首先过不了自己这一关，刚画完时满心得意，过一阵再看看，所有的不足之处全部浮了上来。苦恼之后再冷静自我探讨，最大的毛病是：缺乏强烈的个人风格。

强烈的个人风格就是，观者看了第一眼就说：这是某某人的作品。不用看介绍，也不管画什么题材，从画面上透出来的一切已经宣告，这是谁谁谁的作品，好也好，不好也好，就是舍我其谁。

风格建在人生磨砺上，文化认知上，以及文明传承上。

人生磨砺是每一天每一刻的事，聚沙成塔，生活会带你前行。文化认知是读书多少的事情，认识和知晓开拓人的眼界。文明传承的范畴就更大了，除了表面上呈现的冰山一角，还有掩盖在水面下更为庞大的体量。更深厚，更不可改变，也更潜意识化。

学德拉克罗瓦也好，学莫奈也好，都不可能带来真正的成功。你学保罗·克利学得再精到，再惟妙惟肖，也是一种重复，或模仿。没人被选入卢浮宫秋季大展是因为他模仿某个名家而功成名就的。你必须锤炼你自己的风格，把对世界的认识，自己的语言，和与生俱来的文化标志，熔于一炉。

说来容易做来难。

国粹在尝试了多种风格之后，全都不满意。撞了墙之后，索性停了笔，一头钻进各个美术馆去看画，不带任何成见去看画。以前的画家为什么要这样画？他又想表现什么呢？他试着站在画家当年的角度，从选材开始，一直到收笔结束，画家的心路历程是如何一步步走过来的？他可以长长久久地站在一张名作之前，神游太虚。想象画家身处那个时代，流行的审美，技巧的精进，以及绘画材料的改革，都是他推敲的课题。他同时也关注一些新进画廊的画展，很多从美国过来开画展的艺术家，展出最狂野，最不可思议的绘画作品。照他以前的审美标准，肯定会挥袖而去。这些没有任何形体，只有几块颜色，或者像油漆匠打翻颜料桶，弄得一地狼藉的作品，也算是艺术？也许连涂鸦都算不上。但是他慢慢地看出些名堂来了，并非是随手乱涂，这些画幅中有些内在的东西。画家在追求某种内涵，某种气韵，或者是某种时代的投像。玛瑟维尔看来是受到东方书法的影响，德·库宁的裸女极力表现现代生活的不确定性引发的人内在的狂躁。而狂野的杰克逊·波洛克，随便挥洒的作画风格使他迷惑不已，这种随机性的绘画到底要告知观众什么？背后有人轻蔑地说："美国垃圾。"他虽然迷惑，但却晓得非垃圾可以形容，画家如果锲而不舍地画出几百张"垃圾"来，背后一定有他执着的缘由，他是要显示给观众某些东西，但是观众不懂。波洛克的画展举行两星期，国粹去了四次，每次他站在画面前，苦苦思索，但还是不得其门道。

星期天，国粹还没起床，有人来敲门。国粹被吵醒，想必是星期三又来纠缠，非常不悦，咕哝着骂了一句粗话。门外却是楼下看门人的声音："先生，你有客人，请下楼到门房来一次。"

自从搬进来之后，国粹平日极少有访客，心中诧异谁会在星期天一早来寻他？跳起身来，撸了把头发，脸都没洗就下楼了。连奔带跑下楼一看，不禁大吃一惊。

钟樱之一袭白衣白裙，拄了一支手杖，腋下挟了一条新鲜面包，站在中庭笑吟吟地看着他衣冠不整的样子。

"你怎么来了？"

"为什么我不能来？"

国粹手足无措："那么你等一会儿，让我先上去洗个脸，换件衣服。等会儿我们出去喝咖啡。"

樱之却莞尔一笑："我要跟你一块上去。"

"不行，我那儿乱得跟狗窠一样。还有，我住七楼，是没有电梯的。"

樱之眼勾勾地望着他，说："那么，你

背我上去。"

国粹做出一副痛不欲生的样子："你这是要累死我啊。七楼啊，我肯定吃不消的。"

樱之命令道："喂，别废话。快，我想要上厕所了。"

国粹被逼无奈，只好背起女人上楼，才爬了两层楼，就脚下无力，大口喘气了。

樱之不忍："我自己走一层吧。"

国粹不肯，歇了一会儿，又背起樱之，一手托住她，一手撑了扶手，脚步跟跄地往上挣扎。

背上的女人还不老实，一歇把脸伏在他的脖颈间厮磨，一歇又像只猫似的在他头发里嗅来嗅去。

国粹没好气地斥责："闻什么闻！我很久没洗头了。"

樱之只是嗤嗤地笑："还好意思说！真是的，臭气冲天。"

到了五楼，国粹实在精疲力竭，放下樱之坐在楼梯上喘气。正好星期三下楼，国粹连忙请他帮忙。星期三像是背个布娃娃，三脚两步登上七楼，把樱之放在国粹的房门口，又殷勤地鞠了个躬才离去。

樱之坐在床上，好奇地四处张望。

国粹略略漱洗后，一面煮咖啡，一面说："就这么巴掌大的一块地方，你再看也看不出名堂来的。"

樱之调侃说："我是看有没有女人藏在你房间里呀。"

国粹又好气又好笑："有啊，在床底下，你找找看。"

樱之抽抽鼻子，说："这小房间还真像艺术家住的，进门一股松节油味道。"

国粹耸耸肩："松节油是男人的香水，我一天不闻就浑身不舒服。"

樱之微笑着盯着他看。

国粹把咖啡放在窗台上："小心不要打翻了。"

然后打开窗子，像变戏法似的从外面拿进来一盒白脱油，一瓶果酱。切开面包，涂上白脱和果酱，递给樱之。

"什么，你把食物放在窗外？"樱之大感好奇。

国粹指给她看，窗台外有个如信箱大小的盒子，四周用铁网围着。说："这房间是最高一层，太阳直晒，一到下午就热得受不了。食物放外面通风，可以保存久一些。"

樱之兴奋得像个小孩子："哇，真有趣。你还有什么秘密？"

"哦，有一次我忘了关门，结果早上起来一看，一个面包，两条腊肠都被鸽子吃了。"

"不是猫？"

"七楼，猫上不来。"

国粹盘着腿坐床上，樱之坐在床沿，捧了杯咖啡，唯一的一把椅子上铺了条干净的毛巾，放着面包、白脱和果酱。

国粹歉意地说："地方实在太小，只好委屈你了。"

樱之不响，伸长头颈看窗外，阳光照在对面楼房的墙壁上，有人打开一扇绿色百叶窗，风吹起了薄纱窗帘。

"不过，这是你自己找上门来的，怪不得我。"国粹解嘲道。

樱之突然转回头，看着他，喃喃说道："如果你娶了我，我就跟了你住这个小房间。"

国粹正在点香烟，听了这话一抖，香烟从手里掉下，落在床单上，赶紧手忙脚乱地掸去。

153

"你又来了。胡说些什么!"

樱之双手捧了咖啡杯,睁大眼睛看他,目光中有嗔怪与困惑。

国粹烦恼地说:"樱之,我们是很好的朋友,就这样简简单单地相处不好吗?老说这个就没意思了。"

"什么叫没意思?"

国粹诡笑了一声:"我是说,这么小的地方,你还要来插一脚。真的结了婚,有了小孩,尿布都没地方晾。"

樱之皱着眉头不响,国粹又说:"都说艺术家不适合婚姻,而我,大概是艺术家中最不适合结婚的那个。"

"为什么?"

"我自私,我放浪,我不会量入而出,也不会为家庭着想。"

"还有呢?"樱之眼中竟然有丝笑意。

国粹没好气道:"多着呢。我不懂怎么去谋一份职业,也不懂怎么维持一个安乐家庭。"

"你没试过怎么知道?"

国粹苦笑道:"这还要试吗?你难道没看见,我穷得连自己也养不活了。嫁了我,一块喝西北风吗?"

"没到那个地步。"樱之朝床上努了努嘴,"我们有新鲜的咖啡、面包,还有鸽子吃剩的白脱油和果酱。"

"真是好一张犟嘴。"国粹笑着,用指尖点着樱之的额头:"然后呢?顿顿吃白脱果酱面包?"

樱之躲避着他的指头,仰身倒在床上,咯咯地笑说:"老天爷不饿死瞎眼的麻雀,总归会有办法的。"

笑过,国粹帮两人点上烟,严肃起来:"不说这些了。哎,你的未婚夫怎样了?"

樱之撇撇嘴:"还在香港吧,写信说要来看我,我叫他千万别来。"

国粹摇头:"你也是够狠心的。"

樱之脸上的笑容逝去,狠命地抽了一口烟:"我晓得,他对我就像我对你一样,自作自受。"

国粹不响,俯过身去帮樱之点上烟,心想人与人的缘分真是奇怪,明明唾手可得的,偏偏不要,绝无可能的,反倒是锲而不舍。不过,心里却颇认同这样,他自己又何尝不是如此:不肯循规蹈矩,最烦在安乐窝里耽着,宁可冒险犯难,宁可在外面撞得头破血流。人都是天生一根贱骨头。

樱之靠在枕头上,擎着香烟,用脚尖碰了碰他的膝盖:"哎,范国粹,从实招来,你这个从石头缝里蹦出来的人,有没有人曾经被你牵挂?"

国粹埋头不响,樱之继续用脚踢他:"说呀。"

"有过一个。"国粹点头。

樱之一下从床上坐直:"是谁?"

国粹不作声,只是闷头抽烟。

一只鸽子落在窗台上,咕咕地呢喃一声。

"现在人都不晓得在哪儿了,牵挂也是白牵挂。"

樱之逼问:"我问你是谁?"

"一个女孩子,赵承晚的妹子。其实,我们只见过三四次面。"国粹好像在自言自语,"后来我就到法国来了。"

樱之的脸色煞白:"我早就猜到了,每次云裳他们说起赵承曦,你就像吃饱了老酒一样,一下青筋暴出,一下眉飞色舞。"

国粹没回答,只是把面包瓤子挖出来团成小丸子,丢给窗台上的鸽子。

"你会娶她吗?"樱之不无醋意地叮问。

154

"曾经那么想过。"

"呃……结果呢？"

"没有结果。都是空想，现在她人在国内，好久都没联系了。"国粹若有所思，"人，有时候会发痴的。"

樱之讥讽道："想不到铁石心肠的你也有发痴的辰光。活该。"

"还是这样好。"国粹吐出一口烟，"我不适宜结婚。"

在国粹送樱之回家的时候，她突然想起来："那副翡翠耳环，是不是赵承曦的？"

国粹默不作声地点了点头。

樱之咬牙道："我真笨，原来是定情之物啊。"

又诧异地说："我不懂赵承曦给你一副耳环是啥个意思？男人又不戴耳环的。"

国粹不响，过一阵说："我当初应该让承晚带回去还给她的。"

"怪我咯！"

"我说过是别人的东西，是你扣住不肯还给我。"

樱之生气地啐他："呸！不要说得这么难听，好像我是贪小的，我才不稀罕那副破耳环呢！什么辰光你见到她，我一定双手奉还。"

三十七

从香港重返巴黎亦有两年多了，书读完了，傅云裳兄弟却分家了。

作为一个雕塑家，从泥塑、灌模、翻制，到后期打磨、精修，不但需要很大的空间，也会弄出很大的动静。在居家公寓里搞创作显然是不合适的。两个多月来，云鹏一直在巴黎各处找工作室，最后看中在蒙马特附近的一间破旧的栈房，坐落在一处平缓的小山坡上。站在栈房门口，看得到一片巴黎灰色屋顶之海。这儿冷落僻静，离蒙马特公墓也不远。

新租下来的地方面积很大，总有五六百个平方米，跑马都没问题。栈房原来做过机器修理铺子，脚底下水泥地坑坑洼洼，干结千年的黑色油垢洗都洗不掉。国粹受邀去参观时，三四个阿拉伯工人正在粉刷，天顶和四壁，一律刷成浅灰色。头顶上有一排大天窗，采光倒是很好。角落里竟然还有部用人力拉动的吊车，几根铁链条已经生了锈。云鹏说很喜欢这个新的工作室，准备花上一笔铜钿来改建，铺上新地面，再装上热水汀，那么在冬天也没问题。云鹏对国粹说："你觉得怎么样？我一直想要有个大大的工作室，可以随心所欲做作品，不用收拾，不用顾虑邻居，想怎样就怎样，天塌下来也没人管。"

国粹笑道："的确，你们两个大艺术家就住在小布尔乔亚公寓里，不觉得闷得慌？叫我是手脚都没地方放的。"

云鹏讪讪地："是云裳喜欢那种派头，你晓得，我总是让着他的。"

问起云裳，说刚在吉维尼买了一幢十八世纪的别墅，带一个院子。有个当地人园丁负责帮他打扫，做些杂务。巴黎的公寓还是留着，进城来可以住宿。

云鹏没说，其实兄弟俩分家暗地里的原因是，云鹏寻了个女朋友，日本神户人氏，在巴黎美术学校里学建筑设计。两人交往有一阵了，说是等毕了业，就要结婚的。由于傅家在战争中吃过东洋人不少苦头，云裳心结很重，明里暗里一直表示反对。结果兄弟俩弄僵了，只好一拍两散。

国粹去看房的那次，云鹏的日本女朋友井泽良子也在场，面孔圆圆的，像只红苹果，一脸的孩子气。跟五短身材的云鹏站在一起，正好相配，像两只胖胖的松鼠，煞是相映成趣。国粹从来不相信人以群分那一套，日本人，中国人也好，法国人也好，都有好人坏人，而他最讨厌的是装着一本正经，骨子里却是矫饰无趣的人。眼前这个小姑娘，剪个童花头，天真纯朴，讲几句话，面孔都要红的。看来云裳是反应过度了。

良子租住在蒙马特高地，靠近圣心大教堂的小公寓里，离云鹏的工作室亦不远。国粹被云鹏邀请去吃了一顿很不错的日本火锅。良子的小房间里收拾得一尘不染，家具除了一张榻榻米，一张小矮桌之外，空无一物。国粹和云鹏进门时，良子着一身家居和服，蹲在地上帮他们松鞋带，递拖鞋，并绞来热水手巾。待他们坐定，良子像只松鼠般在狭小的房间里忙进忙出，在小厨房里做饭团，布置碗筷，温清酒。国粹环视小小的房间，见墙上挂了一张条幅，凑近看是密密麻麻写着天上十界诸神的名号，什么大梵天王帝耀天王大广目天王大月天王，还有鬼子母神、大罗刹，最奇怪的是一个叫美恼乱方头破七分，也列在上面。国粹说："这是什么鬼魅玩意儿！"云鹏赶紧嘘了一声，轻声说："这是日本青莲教的咒符，良子信个。你小声点。"

火锅端上来了，里面是鸡肉、蔬菜与蘑菇，蘸着甜酱油，口味清淡。国粹笑说："云鹏，你找了个好老婆，把你伺候得不错，人也温顺脾气好。"云鹏却说："别看良子像个洋娃娃似的，说话轻声轻气，其实也是非常有企图心的，说要做全日本最好的设计师。也很刻苦，画起图纸来可以通宵不寝，一直是班级上名列前茅的学生。"

火锅已经见底，两人抽着烟，喝着清酒，说些熟人间的琐事。又说起傅云裳，作画很卖力，近来也卖出好几张画。他和其他几个画家准备在左岸的一家画廊举行展览，据说已经谈得差不多了。

国粹听了，只是啊啊地虚应着，心中一点也没有波动。近来，他对绘画的前景产生了怀疑，从希腊罗马起，到文艺复兴、印象派，再到现在的毕加索、布洛克的立体主义、达达主义，绘画的十八般武艺全都用尽了。如果只是按照前人的路亦步亦趋，缺少原创，那么一点意思也没有。展出，卖画，都是些浮云。巴黎至少有几万个画家，心灵手巧，技术出众的也不少，那又如何？绝大部分会被人忘怀。就是进了卢浮宫，也是挂在角落里，观众瞥上一眼就走过去了。什么叫虚幻？人的一生全部扑进去，只是得了一个不好不坏的结果。照国粹看来，这比完全没结果更坏，只是证明了你不过是一个中庸之才，可以一头在南墙上撞死了。

云鹏微笑着："想当年，国粹兄也是个画艺的狂热追随者，来到艺术之都巴黎，倒变成一个怀疑论者，也是始料未及。那么，你对自己的绘画前景，有什么计划与期盼呢？"

国粹喝了口清酒，神情显得迷惑："这个，其实我也心中没数。就像上了一列火车，突然发觉并不是直接去目的地的。但在哪儿转车，没人告诉我，问也问不出个结果。"

"西谚说：条条大路通罗马。中国人也说：船到桥头自然直。国粹兄大可不必挂虑，沉潜有时，奋进亦有时，顺其自然吧。"

国粹说："我也告知自己，急也没用。但总有一股焦躁之气，在身体里盘旋冲撞，这却不是我自己能控制的。"

见国粹情绪不对，云鹏换了个话题："前两天表哥余先生来信，说现在人回去做生意，去过一次杭州，拜访承晚不遇，听说去了乡下做小学教师。"

"照承晚的脾性，如果能够平安度日，画些画，教教稚子，倒也不错。"

云鹏有些踌躇地说："信上还提到他妹妹赵承曦，说是也没见到，两年多前就去了香港，后来辗转也来了法国。"

国粹一个激灵，动作过猛，把酒杯碰翻："真的？在巴黎吗？"

一阵手忙脚乱，良子抹干桌上的酒渍，同时收拾起碗盏，给男人们斟上了日本的大麦茶。

云鹏说："只是听说，也不晓得是否确切。信是从香港转来的，已经是好几个月前的事了。"

国粹沉吟不语，云鹏又说："如果在这里，早晚会碰到的。巴黎虽大，但东方人并不多，路上很容易认出来。"

旁边一直少言少语的良子说："学堂里贴出海报，下个礼拜，卢浮宫有班特·莫里索的大展，也是女艺术家喔。国粹君也应该会去的吧。"

三十八

承晚来到丁桥教书已经四个多月了，也逐渐习惯了这里的生活。虽然日子单调，可也平和安宁，远离喧嚣。地方是穷，但山清水秀，民众朴实。有时在无人之际，巴黎缤纷的留学生活会在眼前浮起，左岸的风光，金碧辉煌的卢浮宫，车水马龙的香榭丽舍大道，像煞是一幕海市蜃楼，转眼即逝。不免一阵惆怅。不管如何，现实摆在面前，也只有接受。

春日的一个早上，承晚正在跟学生们上语文课，却见朱校长推门进来，走到他身边耳语道："赵老师，上头来了两个人，叫你到校长室去一下，有点事情要问你。"

承晚一愣："找我？有什么事？"

朱校长说："不晓得呀，你赶快去一趟，大概是不会太久的。"

"课正上到一半，怎么办好？"

朱校长头一摆："没关系，让学生自修好了。"

承晚心中忐忑，到了校长室，在八仙桌的桌首，坐了两个穿灰布中山装的男人，正在看案卷。见朱校长陪了他进来，招呼他在对面坐下，遂对朱校长说："没你的事了。没有叫你，不要进来。"

于是朱校长便点头哈腰地退了出去。

对方继续翻看案卷，甚至都不抬头看他一眼。房内气氛沉重压抑，承晚本来就心里紧张，看到这副阵势，更是通通心跳。这两个人一个年轻些，另一个大概四十岁左右，都像是军人，黝黑消瘦，短发，领口扣得紧紧的，面孔板得铁紧，举手投足间有股肃杀之气。承晚想来想去，实在想不出他们为什么要来找他问话。

对方终于合上了宗卷，问了他姓名住址籍贯。承晚太过紧张，不是前言不搭后语，便是把对方问题的意思搞错，惊慌之态表露无遗。

凭一副审讯口气，中年人切入正题："你认不认识一个姓余的人？"

承晚想了一下，近亲好友中并没姓余的，就摇了摇头。

对方逼视着他："真的没有？好好想

一想。"

承晚开始回想,把四周的熟人排一遍,确实是没谁姓余的。最后想到云裳的表哥,依稀记得好像是姓余,要么是他了。但是,承晚与他隔了一层,总共也没有碰过几次头啊。

年长者不耐烦了,语气很严厉地跟他说:"赵承晚,今天我们来找你谈话,是件很严肃的事。你要老实交代,这也是对你自己负责。要知道,你说的每一句话,都要一五一十记录在案的。如果最后我们发现有与事实不相符的地方,你可能要担负很大责任。明白了吗?"

"明白的。"承晚嗫嚅道。

承晚一辈子没经历过这种场面,桌子下面的腿抖个不停,花了好大力气才重新集中精神,专心回答对方的问题。

"你开始说不认识这个姓余的,后来又说见过面。"

年纪较大的是主要的问话人,一面抽着香烟,一面眯着眼睛看案卷,大部分是他在提问:"你们究竟是什么样的关系?"

"普通的朋友关系呀,我与他真不怎么熟识的。"

问话人有些嘲讽地说:"你说与他不熟,人家却说与你很熟悉的,上个月还特地去杭州涌金门拜访你呢。"

承晚大吃一惊:"这个,我一点也不晓得,也没有见过他。三四个月来,我一直在丁桥没离开过。不信,你们可以去问朱校长。"

"问谁不问谁,这是我们的事,你就不要管了。而你要做的,就是仔细去回忆,把所知道的都说出来。越具体越好。"问话者的语气很生硬。

承晚本来就胆小,被这样一逼问,方寸已乱。

年轻些的说:"你也不要有太多的负担。我们今天来调查,也是对你负责的意思。你要相信人民政府,不会冤枉一个好人,也不会放过一个坏人。"

听了这话,承晚镇定了一下,开始回忆:"姓余的,的确是见过几次面,第一次是在朋友的饭局上。因为不熟,大家又口口声声叫他表哥,姓什么倒忘记了。并不是有意隐瞒。"

"后来又见过几次?"

承晚仔细回想:"在法国,我们一起吃过几次饭,但没啥深入交谈。噢,对了,最后一次在香港,也一起吃过顿饭。"

对方摇头道:"这么说,是见过不少次了,应该有印象。可见你前面说的不大老实。我问你,你们都谈些什么?"

"他是学化学的,我是学画画的。我们之间本来就没有太多的谈资,刚到巴黎时,他帮了不少忙,比如说找房子……"

"我不问你这些,你把你们之间的交谈说一说吧。"

"我真记不起什么具体的事情来了。"

年长的看来要发火,一直在旁边记录的年轻人按住了他,诱导地问道:"你们谈政治吗?"

承晚想了一下:"我对政治不感兴趣,所以我们之间不谈这些。余先生倒好像是说过要回中国做生意的。"

"具体说了些什么?"

承晚真的不记得了,但面前的两个人态度已经不耐烦了。他只好硬拼凑了些零碎的回忆:"他说过,有机会做大生意。还说过,冒险才能有钱赚……"

这场问话,从第二节课开始,直到过

158

了中午才结束。承晚出来之前，这俩人告诫他谈话内容不许外泄，还说他们可能再要回来跟他核实一些事情。承晚被这次谈话弄得失魂落魄，下午在课堂上，写在黑板上的算术习题演算，好几次出错。晚上回到宿处，老姑姑烧了他喜欢的目鱼大烤和雪菜豆瓣酥，可是承晚一点胃口也没有，匆匆扒了两口饭就回到自己房间。

躺在床上，却辗转不能入眠。他想起白天的情景，犹自心惊。承晚实在想不通他到底在哪里触犯了禁忌，姓余的跟他实在是泛泛之交。按照承晚懦弱的性格，从小不愿意也不敢惹事的，平日看到路上有人争吵都会绕行。一生奉行"人不惹事，事不惹人"。正在胡思乱想，忽听门上有轻啄之声，开门却见是朱校长。承晚让进房内，朱校长脸上笑着，但明显带着一丝不自然，搓着手，几次欲言又止。承晚看他这副样子，心中更是忐忑。

朱校长东拉西扯一阵，终于说道："赵老师啊，你来了几个月也没好好休息过，要么，放你两个礼拜的假吧。"

承晚不免狐疑，眼下既不是寒暑假，也不在年节当口，放啥个断命假？

朱校长只好承认了，上有命令下来，在赵承晚的调查问题没有明确之前，不能进课堂执教鞭。

朱校长一脸抱歉："赵老师你千万要理解，这是上头的意思，我也是没有办法的。"

承晚心中翻腾，本以为，早上来人问话，他也所知尽言，应该没事了，想不到手尾远远未清。沉默了一阵，承晚说："既然这样，放了假，那么我想回杭州去住一阵，来丁桥快半年了，还未曾回去过。"

朱校长只是摇头："不可，不可，你要等着，调查人员随时可能再来问话的。"

凭承晚再好性子，也冲动起来："既不让教书，也不让回去。那么，朱校长请你告诉我，我这样不上不落算个啥意思？"

朱校长嘘了一声："啊呀，赵老师，不好这么大声讲的呀。你要看开些，做一世人，总会碰到些冤屈的事情。发脾气是不解决问题的，还是要耐下心来，等调查结束，再回去教书不迟。"

赵承晚烦恼道："调查！调查！一个点头之交，跟我何涉？我真不明白，为啥要寻到我头上来。"

朱校长站起身，先把门掩上，再过去把窗子关好，回到承晚身边，低声说道："早上来的人，跟我透露过一句，说这个姓余的，可能是个台湾特务，特地回来搞破坏的。"

承晚不信："搞错了吧。他是香港人，跟台湾浑身不搭界的。"

"不好这样说的啊。"

"他一个化学工程师，文质彬彬的，怎么会去做特务？"

朱校长道："我的老阿弟啊，这就是你太幼稚了，特务的额头上又没有写着字。再说，特务也有各种各样的，这人大概是个……经济特务。"

承晚本能地感觉到了危险："到底是不是特务，我不晓得。我根本不了解这个人。"

朱校长说："是呀，从不了解到了解，总有一个过程。你也好好地回忆一下，协助破案，也是我们老百姓应尽的责任。"

三十九

阿拉伯工人做事体拖拖拉拉，历时四个多月，工作室还有三分之一的工程没完工。云鹏自己天天督工，扯高了喉咙与匠人们争执，有些打马虎眼的地方，再逼着他们返工。前后六个多月，工作室终于改装好了。原本破烂的栈房焕然一新，七高八低的地面被填平，重新铺上了原木地板。三米高的天顶，敞亮通透，是极为理想的创作空间。靠东面墙上开了两扇大窗，摆了沙发和咖啡桌，窗外蒙马特半山坡上蜿蜒起伏的风景，在黄昏的夕阳下一片金黄。工作室顶棚上安装了白炽灯，靠墙一排架子，放置了云鹏大大小小的雕塑作品。居中处，设了一个模特儿展示平台，四周围绕了大中小三具雕塑旋转台，未完成的泥塑用湿巾围着。室内也安装了取暖的火炉，烧木柴，烟囱从天花板上伸出去。云鹏还想造一个浇铸模型的车间，可是要安装熔铜钳炉的申请，容易引发火灾，被市政办公室否决掉了，原来的地方就空了出来。云鹏就邀请国粹把画室搬过来，两人也好做个伴。

国粹说不心动是假的，虽然学校里可以让他晚间作画，但总是受到时间的限制，画画的灵感说来就来，说去就去。想画的时候，课堂里却有学生上课，晚上再来，灵感早已跑到爪哇国去了。国粹当然也晓得，维持这样一个私人画室是花费不菲，而这笔花费是国粹目前负担不起的。

云鹏说："什么花费不花费的，你不来，不也是照样空在那里。国粹兄，你一向潇洒，就不要拘泥此等小事了吧。"

国粹说："你是晓得我脾气的，不肯吃嗟来之食。租金我就不跟你客气了，至少让我分担一部分电费取暖费吧。"

云鹏笑道："每个月拿张燃气单来问国粹兄收钱，这样的事，我是做不出来的。你一定要付？那么这样好不好，每年让我挑选一张你的作品，这样总可以了，我们两不相欠。"

国粹认同了这个提议。他近来的作品尺寸变得很大，因为他发觉同样的题材，同样的作画手法，尺幅大的冲击力比尺幅小的大了很多。举例来说：杰克逊·波洛克的泼彩画，小尺寸的画，可能被人认为是块边角料，甚至是垃圾；而一张两米半乘一米半的大幅油彩泼墨画，淋漓地挂在一个展览大厅里，观众的注意力不可能不被吸引。在工业社会蓬勃时期，小幅装饰性绘画已经过时。随着公共场所的空间增大，观众们更期待欣赏巨大尺幅的，具有强大冲击力的作品。现在国粹最新的画幅，具象绘画的成分减少，而着重构图气韵和颜色节奏，起承转合，早年学的一些中国山水画功底，不知不觉地融进去了。画面显得既有油画固有的厚重，也有东方的空灵。虽然还有生涩的地方，但是已经显出自己独有的风格了。

云鹏到他画室来看画，说："国粹兄，完全是新的风格。看来你终于摆脱保罗·克利了。这张大作猛地一看，深山大谷，云雾笼罩，有点像你老祖宗范宽《溪山行旅图》的气韵。"

国粹有点得意："像谁也不如像自己。"

"的确。我们刚来时，对大师们崇拜得五体投地，连画面上的霉点也要临摹下来。现在想挣脱却要花大力气。"

国粹开玩笑道："对画家来说，摈弃以前的画风，就像跟女人恋爱，刚遇上时惊为天人，赤了脚也要拚命追；日久生厌要离婚，却是桩伤脑筋的事。"

云鹏叹了一口长气，没说话。

国粹觉出了点什么，问道："今天良子没过来？"

"我们吵架了,两个礼拜没见面了。"

"为啥呢?良子那么好的脾气。"

云鹏苦笑:"你别看日本女人看起来柔顺听话,但是交往下来才晓得,性子倔得像牛一样。哎,你讲得一点不错,艺术家大概是不适于结婚的。但是没有女人,又太孤独了。"

国粹想,你们男女朋友,牙齿和舌头打架,顶针箍的事体也说得天大。我就不来掺和了。

于是换了个话题:"云裳呢?近日他干些什么?"

"不晓得呀,我也很久没见到他了。"

"你们兄弟不是很要好的吗?发生什么事了?"

云鹏有些踌躇地说:"听一个同学说,阿哥有了女朋友,也不知真假。"

国粹笑道:"这不是好事情嘛。女朋友是中国人呢还是法国人?"

"好像是中国人。不过他遮遮掩掩的,不晓得要瞒点啥。"

国粹笑道:"瞒,能瞒多久?你我找个时间过去突击一趟,不就一清二楚了吗?不要通知他,给他一个措手不及。"

云裳前阵子跟画友去了一次吉维尼,参观莫奈故居。他与这个安静的小镇可说是一见钟情,回到巴黎之后也念念不忘,又特地去了几次,计划着要搬去那里,在大师生活过的土地上画画。吉维尼在塞纳河的上游,离大巴黎大概四十分钟火车车程。小镇优雅平和,树林里有松鼠和野兔出没。绿荫覆盖的小街上,安放着铸铁的长凳,居民可以小憩歇脚,听鸟声啾鸣。石卵子路面光滑洁净,孩童们在街心小公园里嬉戏,粉色蔷薇花在民居后院开得一片灿烂。咖啡馆的遮阳篷下,一个穿西装的老年绅士悠闲地看报纸。这儿居民大部分是退休的公务员,生活节奏缓慢舒展。黄昏时分,街角小教堂的钟声悠扬,村口有牧人赶着羊群回栏,竟然如一个世纪之前米勒笔下的风景。怪不得近年来有许多艺术家从世界各地搬来此处。

经纪人带他看了几处房产,结果云裳看中了弗农小镇的一幢诺曼底式房屋,加勒万大道一一三号,离吉维尼十五分钟的步行路程。这幢中世纪的老房子建于十八世纪中叶,有一个前院,汽车可以直接开进来。跨进大门抬头望去,哥特教堂式的大客厅层高达三米,阳光从穹形的拼花玻璃窗射进来。一整面墙的书架上列着一排大英百科全书,落满了灰尘。还有一个巨大的石砌壁炉,走廊上的水晶灯具古色古香。这幢大房子有五个睡房,三个马赛克浴室,配了镀金的水龙头。厨房却是十九世纪的,保留着烧木材的铸铁炉头,横梁上挂满一排擦得锃亮的紫铜炊具。地下室里有个胡桃木的酒吧,吧台上有一架蒙满灰尘的留声机,是四十年代初哥伦比亚广播公司的产品。房子的占地面积很大,花木扶疏,后院纵深,可以一直走到河边,这条河与巴黎的塞纳河相通。远远望去绿茵一片,风中白杨树丛摇曳,水面平和,有人划船,河堤上有人垂钓,一派风轻云淡。

经纪人指着门楣上一处布满绿锈的铭牌,说这幢房子曾经是某个男爵的宅邸,有其历史的意义。虽然房子已空置了两三年,且不乏多处需要修葺。但卖主的要价极为廉宜,也就是巴黎市内一层公寓的价格。云裳倒不在意房价,他喜欢的是这儿的环境,一眼看出去碧绿生青,又靠近塞纳河边，房屋一旦有着水流环绕，就有了生气。云裳又是个古典主义的拥趸，关于建筑的风格，跟巴黎近年来新设计的房子相比，他肯定是选择古典式房子的格局，精工细雕，年月浸染，处处透出一段时光荏苒，温暖悠久的韵味。而巴黎新造的房子像塑料积木，虽实用便捷，但寒酸局促，像煞是即用即弃的便宜货。

恒生银行一笔铜钿汇过来，这幢房子就姓傅了。傅家老爷子一向赞成买进实业和土地，和所有老派中国人一样，老头子的信念也是"有土斯有财"。儿子一说要在法国买个长居之处，老头子二话不说让账房先生寄汇票。还有一个要考量之处是：印度支那近年来更为动荡，法国人一九五三年在奠边府吃了大败仗，在东南亚所有的国家内，反政府势力攻城略地，势力越来越壮大。虽然目前还没危及傅家的产业和生意，但作为商界的老狐狸，总归要未雨绸缪。

近日，还有一件事使傅家老爷子忧心不已：他的外甥，到内地去商谈生意已有个把月了，开始在广州，还有电报跟信函来，说要去上海、杭州一趟，探亲访友及游览，一个多礼拜后，就此没了音讯。这时候傅老爷子还不太担心，人在旅途，通讯有所不便也属正常。两个礼拜之后，还是杳无音讯，老头子想不通问题会出在哪里？外甥是用暹粒橡胶公会秘书的身份，受广东外贸公司的邀请，去广州谈判进口东南亚橡胶的事宜，完全是商务出差。这个外甥，是傅老爷子寡姐的独子，虽然踏入商界不久，但长期生活在法国，差不多是半个法兰西绅士了，不但一表人才，又说一口流利的法语，以及他对橡胶专业的了解，都给这个商业代表加分不少。老头子晓得做生意人在第一次会面之际，对方的形象、气度、派头，往往会留下深刻的影响，在以后的讲斤头时，是占了先机的。老头子做了一辈子的生意，觉得做生意是双方互惠的事情，就是做不成，也不会平白无故翻面孔，毕竟下次还有机会。因为有这层考虑，才放胆让外甥去跑一次，做成最好，做不成，也不至于出大的差错。

老头子在懊恼之余，一方面让暹粒橡胶公会去函查询，另外亲自写信给几个他早前的生意搭子，并附信给云裳兄弟，希望他们通过国内的朋友，了解一下究竟发生了什么事。

云裳兄弟远在欧洲，当然不会很快地有消息。但老头子在上海的一位老朋友，工商界的灵通人物，回信来多多少少透露了一二。据说，余先生大概在上海拜访旧友世交时出了毛病，其中有一位他的高中旧友，是当年国民党军统调查局的高阶，有地下党人命案在身。余先生不明所以，跑去叙旧，人是没碰到，倒引起了怀疑，暗中盯梢了几日，从杭州回沪之后，就被拘押至今。

老头子可谓撑了一辈子顺风船，早年赤手空拳开拓上海商界，凭了过人的眼光和胆识，做得风生水起。到了香港重起炉灶，虽说是强龙不压地头蛇，但也善于周旋三教九流，融龙蛇于一窝。香港竞争激烈，僧多粥少，即奉行"我有人无，人有我走"，重辟南洋疆土。傅家老爷子的人生可说是百战不殆，受尽了上天眷顾。这次却碰上了难题。

风声一俟透露，寡姐便颤颤巍巍寻上门来，三句话未完，开始擤鼻子抹眼泪。傅家老爷子年轻时得到姐夫家不少襄助，才有了今日之家业。如今，人家传宗接代的独子王孙出了事，怎么向姐夫家交代？老头子的表面还撑得住，内心却日夜煎熬。半旬匆匆过去，一无办法，老头子决定亲自跑一次上海，找他外甥。

众亲友都说此举万万不可，老头子却有自己的考量，他身为南洋华商协会的副理事长，亚洲最大橡胶园的东主，在东南亚也算是举足轻重的巨商。凭他的交际手段，暗底里交结几个关键人物。金钱人情双管齐下，不相信会有过不去的关口。老头子信奉"天下熙熙皆为利来，天下攘攘皆为利往"。他外甥只是个生意人，好吧，做生意有赚有赔，我傅某人也认栽了，现在乖乖上门赔礼送钞票来，至少好面孔要给一副的吧。

傅家老爷子把一应事务交给账房先生代管，订了香港到上海的火车票，照他计划，一个月，最多一个半月应该可以回来过端午节。

四十

云裳接到画廊的信函，说他有两张风景画已售出，傅先生可在方便之际来画廊取支票。

画廊的东主艾迪是个又高又胖的哥本哈根人，圆胖脸庞血色很好，两撇往上翘的胡子很像玉米须，鼻梁上架了一枚单片眼镜。终日衔着一支粗大雪茄，喜欢双手拇指插在背心里，在人前挺出一个圆滚滚的肚腩。艾迪人很好，但是个天生的话痨，喜欢滔滔不绝地讲老掉牙的笑话，不厌其烦地把每句话都重复一遍，讲完了并不管别人的感受，自己一个人声如洪钟地大笑。如果艾迪在二十分钟内没找到人跟他讲话，就会憋得面孔发紫。其实支票大可以邮寄，省事方便，艾迪把人叫来画廊，就是为了可以陪他说说话。

云裳到了那儿，免不了要花上个把钟头听艾迪讲笑话，还要做出听得津津有味的样子。中国人拉不下面子，人家有点小癖好，不伤大雅的话都尽量去满足。何况艾迪是他的画廊东主，大家都晓得一个得力的画廊对画家们有多重要，可说是衣食父母。云裳倒没有卖画缴房租的压力，售出作品更重要的意义，是对他作为一个画家的肯定。艾迪那条三寸不烂之舌，鼓动客人掏钱买画的功力不可小看。

画廊坐落在拉丁区，靠近先贤祠。不算很大，但被布置得颇有层次感，大门是玻璃钢制的，就是在打烊后，街上的行人也可以看到布置在画廊里的画幅。进门处有张秘书小姐爱茉莉的办公桌，爱茉莉是个三十多岁的老姑娘，也是个学画的学生，在巴黎大学读书籍插图专业，一礼拜三天来画廊为艾迪工作。画廊呈L形，被分隔成四个部分，每次的展出不超过四十张画，因此布局显得疏密有序。艾迪在顶棚上装了柔光灯，画廊中光线柔和。角落里的留声机放着香颂音乐，女歌手伊迪丝·琵雅芙幽怨的嗓音低徊：玫瑰人生，玫瑰人生，一切都已流逝……艾迪自己的办公室处于画廊后部，正中摆了一张路易十六的古董书桌，桌上有一具小型的青铜雕塑《吻》，是罗丹当年做的小稿。背后的玻璃橱里放满案卷，办公室有一扇通往后天井的玻璃门，开出门去，天井里红砖铺地，角落里长着一株巨大的无花果树，此时正结满了紫红色的果子。艾迪在后院山墙下安放了一具古董马槽，是他在诺曼底乡下收集来的，上面覆了一块厚玻璃，权当咖啡桌使用，秘书小姐在桌上放置一瓶鲜花，再配几把镀铬太阳椅，布置成一个喝咖啡、谈生意的绝妙之处。

爱茉莉为他们端来咖啡和白兰地。云裳抬头看去，无花果树的叶子像一片大大小小的手掌，遮住了直射的阳光；而在枝丫间，一枚枚紫色的果子成熟得正好，顶端裂开渗出淡淡的蜜汁。于是顺手采下一枚剥食。

艾迪皱起眉头："啧啧，你喜欢吃这个？"

云裳说为什么不？新鲜的果子非常美味，并摘下一颗要艾迪尝尝。胖子摆手拒绝，说那种东西是松鼠和鸟吃的。他从来不吃任何的水果蔬菜，只吃肉类和土豆。

天气很好，巴黎最美妙的五月天，两人喝着咖啡闲谈。艾迪说最近他看中了一幅毕沙罗早年的小幅风景油画，正在犹豫要不要买下来。他拿出一张照片给云裳看，常见的法国乡村小景，很简单的构图，左面是树丛，右面是米黄色的乡村房子，一条乡间土路贯穿其间，路上有两个小小的人影，远处纵深是树林和远山。画面很朴素，用了很大的笔触，不像毕沙罗为人熟悉的点彩画法。云裳仔细地端详了很久，不敢肯定这画是毕沙罗的作品，右面的房子倒是有点像他刚买下的那幢，心中喜欢。于是说："毕沙罗的画本来就少见，都被博物馆收藏了。好不容易见到一幅，就不要放过。"

艾迪说近来刚缴完了税，手头有点紧。做画商的，最怕货色留在手上卖不出去。

云裳笑着说："那么，你先拿下，加上你应得的利润，卖给我好了。"

艾迪挑起一条眉毛："一个画家，竟然向他的画商买画。这世界怎么颠倒过来了。"

云裳笑道："凡事都有例外，这个世界才精彩。"

艾迪摇头道："我真弄不懂你们中国人……"

他们坐在后院聊天，通往办公室的门是开着的，看得到大部分的展厅。有时客人会问些奇奇怪怪的问题，爱茉莉答不上来就会到后院来叫艾迪。但有时半天也没一个客人，艾迪得以在后院的暖阳下享受他的午后咖啡。

云裳无意中朝画廊开着的后门一瞥，展厅中好像有客参观，一位戴着宽大草帽，背着身子的女士，正在与爱茉莉交谈着。院子里和风煦煦，头上的无花果树散发出甜腻的气味，树丛间一只硕大的蜜蜂嗡嗡地盘旋不去。坐在对面的艾迪又说了个笑话，而云裳心不在焉，置若罔闻。那个背影莫名地唤起一缕深藏的回忆，如同遥远的召唤，某种情绪开始激荡。可能吗？还是他眼花了？

艾迪正在说巴黎画商间流传的一个笑话，早年间毕加索穷得一文不名，平时在画室里衣衫褴褛，倒也无所谓。有次人家请他赴宴，他只得向好友博拉克借了一身出客行头，但博拉克的脚太小，毕加索穿不进他的鞋，只好仍旧穿了破皮鞋出门，被勃拉克叫住，拿起画笔，在毕加索的破皮鞋上用白色油画颜料画了两笔高光。结果在宴会后的合影里，毕加索脚上的皮鞋闪闪发亮……哈哈哈。

云裳木然地听着，眼睛不时瞥一眼昏暗的画廊里，那个身影若隐若现，宛如惊鸿。

他突然站起身来，丢下谈兴未艾的艾迪。穿过后院，踏入昏暗的画廊。

环顾前后，画廊里已经空无一人，云裳怀疑是否眼花。跑到前台询问爱茉莉："刚才是否有位女士来看画？"

"是的。一位很年轻的女士。"

"人呢？"

爱茉莉转头看了看："刚才还在的呀，大概走了吧。"

云裳很紧张地问："是不是中国人？"

一头雾水的爱茉莉答道："这个我不知道。不过，我确定，她是一位非常优雅的东方女士。"

云裳又问："你看没看到她往哪边走的吗？"

没等爱茉莉回答，便转身推开玻璃门冲出画廊。

午后阳光猛烈，扑面而来，云裳从阴暗的画廊里出来，一瞬间不辨东南西北，几秒钟之后才缓过神来。放眼望去，右手边的人行坡道缓缓向上，尽头处是先贤祠的一级级台阶和一排排立柱，托起庞大的梵蒂冈式的穹顶；左手边是鳞次栉比的商铺、书报摊、服装店以及无数的咖啡馆。行人摩肩接踵，如恒河沙数，一个背影倏忽即逝，何处追寻？云裳的脑子里一片空白，右面是历史和功勋，左面是熙熙攘攘的尘世，他稍一犹豫，就向左手边疾步而去。

承曦两年多来经历了人生大变，也尝尽了世道之艰，人缘之变，因而晓得了人都是身不由己的。在当今乱世之中，平淡安宁的日子，是可遇不可求的奢侈，她不想让过去的阴霾来影响今日。自从她寻得洗衣坊的职位，日出而作，日落而息，年月荏苒，承曦心中的旧日情伤，原已慢慢收口结痂。不料在卢浮宫里不经意地一瞥，伤口被猛然撕开，愈加疼痛，也愈加煎熬。

缘起缘落，也已经许多年了。承曦想不通的是：她为什么始终摆脱不了与范国粹的情仇纠缠。承曦也曾多次下了决心，一定要作个了断，忘了这个男人，忘了关于他的一切，但收效甚微，他的魅影像个无赖，挥之不去，驱之又来。在清醒之际，她也知道，不能全怪范国粹，他天生就是个风流种子。而爱上这么一个薄情寡性的艺术家，大概是她承曦命盘中的一个死劫。也许，正是他给她带来那么多的痛苦和煎熬，承曦才爱恨交加到如此铭心刻骨。好比烈马与驭者，烈马一次次地把驭者摔下地来，驭者虽然伤痕累累，心中还是牵挂着烈马，同时憧憬着驾驭着烈马跃过深渊大谷。

如果冤家们一直保持着相当的距离，过了许多年之后，怨恨的毒素会慢慢褪尽，剩下的是惆怅和缅怀。要命的是猝不及防地劈面撞上，原来的伤口被触动。更不堪的是，当年的定情之物被另一个女人佩戴着，不啻于旧创未愈，新伤更添加了极大的痛楚。

承曦请了两天的假，没去上班。经过这遭打击，在心灵上和肉体上无异于生了一次大病。这几天，天公也不作美，阴雨连绵，一片灰蒙蒙的雨幕包裹着城市和街道，浸染着人的心情。承曦整日地躺在阁楼上，望着天窗上的雨水淋漓而下，不思不想，不吃也不喝，怨恨之情消耗着她的精力，人生之无聊，缘起缘灭，谓之无谓，最终一切归于寂然。

在虚无之中死亡的念头遽然升起，这世界的本质是无意义的，不管是在中国还是法国，所有的美好都是虚幻，而且很快地逝去，留下的失落却长久地侵蚀心灵，直至死亡。

死亡是一切归零。

承曦上班的地方，走十分钟就有个小公墓，她有时在午餐后活动腿脚，走到那一片区域散步。说是墓园，更确切地说像个公园，安宁静谧，草地绿树，大理石雕刻的带翅天使在墓前沉思。承曦从来不敢深入墓园，只是在大门前稍作停留即离去。

现在想来，人活得真是无谓，吃喝工作憩息受苦受累都是为了这具躯体能生存下去，但躯体却受情绪所累，佛说：有情即苦。如能摆脱这具躯体，静卧在绿草之下，跟这个世界再也无涉，永归宁静。

再心灰意懒，人还活着，就不可能一天不起来。承曦一整个下午就这样躺着，最后被尿意逼着起身，下楼去盥洗室解手。坐在马桶上，突然一阵寒意袭来，感觉什么地方有两道目光注视着她，一抬头，倒是吓了一跳，盥洗室的窗台上蹲着一只黑猫，隔着玻璃向她凝望。承曦从最初的惊慌中镇定下来，认出这只猫是附近街区的弃猫，在公寓的台阶上曾经看到过。这幢公寓有些房客们养了猫，但在搬家之后常常把猫留在原址。这些被遗弃的猫们也不走远，寄居在鲜有人迹的储藏间和地下室里，有一顿没一顿地度日。

承曦起身束好裤带，再打开窗子，一人一猫互相注视着。最后，黑猫轻轻地"喵"了一声，但蹲伏在窗台上不敢进来。承曦看去，黑猫浑身已湿透，冷得簌簌发抖，一双微绿的眸子期盼地凝望着她。公寓的居民们一般不去招惹这些野猫，一是脏，二是养不家，由其在街上自生自灭。但此刻承曦心动了一下，伸出手把黑猫从窗台上捧了下来，用一块旧毛巾把它身上的雨水擦干，黑猫乖乖地一动不动，任她照抚。承曦又找出一罐沙丁鱼罐头打开，放在盘子里喂它。黑猫风卷残云地一扫而空，看来是饿了很久了。承曦想了想，把窗子半开着，浴室的门关上，想等雨停了之后，黑猫可以从窗口回到街上。

傍晚雨停之后，再进到浴室，看到黑猫在浴室的垫脚毯上蜷成一团睡着了。见她进来，黑猫抬起头来叫了一声，像是跟她打招呼。承曦蹲下身来，黑猫的眼睛里有一丝期盼——请不要赶我出去。承曦为难了，她丝毫没有养任何宠物的愿望，自己还顾不上来呢。但此刻黑猫的无助眼神，就像当初她丢失了钱包，四处彷徨那样。承曦叹了口气，打开水龙头，帮黑猫洗澡。作为一只街头野猫，黑猫算是乖的，就是被肥皂水辣了眼睛，也只是轻轻地搔刨她的手指，提醒她小心。

承曦还是把它关在浴室里，找了个纸盒子，里面放了几件旧衣服，作为猫窝。浴室的窗关上了，通宵打开不安全。如果明天天气放晴的话，她准备把猫带到公寓前院放走。

半夜里，承曦在迷糊中听到一两声猫叫，伴随着猫爪轻轻的搔门声。承曦抑制住自己下楼去查看的冲动，在黑暗中醒着，和另一个生物共处一室，却驱走了关于死亡和墓地的胡思乱想。承曦渐渐睡实过去，一夜无梦。

承曦在第二天醒来时，突然想到，如果范国粹他人在巴黎，那么，承晚兄长和傅家兄弟也有极大的可能同在此地。前两天真是气昏了头，竟然没想到这点。但是，要到哪里去寻找他们？在几百万人口的大巴黎，同处一城，也可能是鸡犬相闻却碰不到面，而承曦实在是太想见到他们了。

四十一

云裳沿了车水马龙的乌尔姆大街一路寻觅过去，快步走了二十分钟还是不见那个人影。他懊恼自己反应太慢，错过了稍纵即逝的机会。但是，那个身影真的会是承曦吗？他只是瞥到一个背影而已，不敢肯定。巴黎是个大都市，有时会见到身材苗条纤细的东方女性，多数是日本人、越南人，当然也有中国人。云裳怀疑天底下哪有那么巧的事，承曦怎么会正好出现在他的画廊里？虽然这样安慰自己，但内心又不甘，如果真的是承曦呢？那千载难逢的机会不就被他错过了吗？

身边是家生意兴隆的咖啡店，里里外外都坐满了食客。大红色的遮阳棚底下，众声喧哗，红男绿女一对对地隔桌而坐，啜着红酒谈情说爱，老年人看报纸抽雪茄。系着白色围裙的堂倌擎着托盘，上置酒水杯盘，如蝴蝶般穿梭在各张桌子之间。一个走江湖的卖艺者，站在马路沿上拉着小提琴，波兰圆舞曲快速的旋律在弓弦下跳跃着。一只毛色脏兮兮的金色寻回犬，耷拉着舌头，蜷伏在他脚边。

云裳一路疾步急赶，走得气喘吁吁。前面是一个带喷泉的小广场，游客众多，人头攒动，看着熙熙攘攘的人群，云裳更是不晓得到哪儿去找人。眼看无望，身边咖啡店里有个面对着马路的座位正好空着，索性走进去坐下，点了一杯红酒、一份橄榄。

午后的阳光眩目迷离，在蓝色的氤氲中，街上的人群像是庞大的鱼群在水里来回巡游。谁能记住一条鱼的相貌，再从千千万万条鱼中分辨出来？

卖艺者拉完一曲，蹲下去整理他琴盒里的零钱，然后拿了一些硬币向堂倌买了一杯水喂他的狗。

云裳慢慢地啜着红酒，近来事多烦乱，情绪也难以平复。昨日接了父亲一封信，信中先说了些家中琐事，末了提了这么一句：

前个月，公司派你表哥去上海谈些生意，不料弄出了些麻烦。直到今天，人还未曾返港。鉴此，我可能会亲自去内地一趟。

云裳阅后，立即觉得父亲此举非常不妥，今朝一早便拍了封电报回去，劝老头子三思。人在欧洲，鞭长莫及，云裳能做的，也只有这样。

不知怎的，云裳近来常常感到孤独。原来在上海的辰光，他是个最喜欢交结朋友，也喜欢热闹的人，大小派对一个不落，家里也常是宾客盈门。来到巴黎之后，朋友们之间却渐渐冷落下来，大家好像都很忙，都有着处理不完的事情。国粹现在是难得见上一面，就是云鹏，一起长大，形影不离，也有了女朋友，兄弟难得相聚了。照中国人的传统，一家兄弟婚娶大事，总归要等兄长结了婚，然后再弟弟们一个个跟上。在国外，这些都说不得了。可是云裳到现在还没有跟女小囡正式交往过。

按理说，云裳既是富家公子，家财雄厚，又是学艺术的文雅男子，交游广阔，应该有不少女小囡会愿意跟他交往。其实，云裳是个内心羞怯的男子，而且对自己外貌没有信心。好几次双方有了意思，到了要表白之际，云裳又缩了回来，生怕被拒绝，被人笑话。到了法国，女少男多，更是没机会。

在云裳的记忆中，赵承曦的样子还是第一次到他家来的时候，戴顶紫红色法国帽，修长的身材，白净肤色，语言举止有着少女的活泼和清纯，笑起来又很娇嗲。一见之下，云裳即有了好感，还未等他有任何表示，却被范国粹先一步抢去了风头。当晚上在百乐门舞池里看两人跳舞，国粹玉树临风，舞姿翩翩如鸿；而承曦脚步轻盈，腰肢柔软。看到这两人舞姿显示出来的相配和默契，云裳就晓得自己大概是没有希望了。随后他们一起去了杭州，竟然没有一句邀请他这个主人，可见承曦眼睛里只有范国粹一个人。云裳虽然暗暗伤神，但从来没在众人面前表现出来过。

这么多年来，天各一方，云裳没有忘记过他与承曦的短促交往。

在上海时，借参加各种各样的交际活动，身边有朋友环绕，云裳没有感到那么失落。等到在巴黎读完了书，艺术生涯也开始上路了，还买下了自己喜欢的寓所，突然发觉——人生好像还缺了点什么。环顾身边的朋友们，有些已经娶妻成家，范国粹一直是艳遇不断，现在连云鹏也有了女朋友，只有自己还形单影只。

繁华夹缝里的孤寂，玉璧上的一条裂缝，难以弥补。

云裳面前的酒杯已经空了，又叫了一杯，继续坐在那儿苦思。马路沿上的卖艺者喂完了狗，拍拍狗的脑袋，站起身来调整了一下琴弦，开始拉下一首曲子。乐声昂扬起伏，是圣桑的第三小提琴协奏曲。琴声暗哑忧伤，如泣如诉。咖啡馆里的食客们停止交谈，侧过身去，听琴师拉琴，路上的行人也渐渐围拢来。云裳从他座位上透过人群看去，正好看见趴在地上的老狗，四目相对，一人一狗好像无言地互相倾诉大千世界的无尽寂寞。

琴师的技艺非常出色，圣桑的音乐惆怅悠远，跟那些浅薄的圆舞曲是天壤之别。虽然只是独奏，一把琴声也显得抑扬顿挫。听着，听着，一缕温柔与感伤沁入人的灵魂。但是大众并不接受深刻的艺术，宁愿听欢乐但肤浅的曲子。人群聚集起来聆听几分钟，又匆匆散去，在琴盒里并没有留下多少赏钱，只有几张小面额的钞票，和一些铜板。一曲奏完，琴师低头向琴盒看去，失望之情溢于言表，不知他和老狗今晚食宿在哪里。

云裳看不下去了，掏出一张五法郎的钞票，让堂倌去交给琴师。不料堂倌白了他一眼，咕哝着说："几步路，你自己走不动吗？年轻人，难道没看到我忙得差不多要飞起来吗？"云裳碰了个钉子，大愧。早就听说巴黎咖啡馆的堂倌脾气都很大，今天总算让他当面领教了。

云裳喝完杯中的咖啡，结账出了咖啡馆。琴师演奏已毕，云裳走过去，弯下腰把钞票放在琴盒里。金毛犬半蹲着，一双善解人意的眼睛望着他。琴师向他鞠躬并致谢，他好像是波兰或匈牙利那一带的人，法语带着很重的外国口音，说："您夫人刚才已经给了钱，您又再一次给钱，你们真是善良的好心人。"云裳听得一头雾水，微笑答道："我还没有太太。您大概搞错了吧。"琴师显出略为尴尬的表情："刚才过去的那位女士不是您夫人？我还以为你们是一对儿呢。"云裳疑惑道："你说的是哪位女士？"琴师环顾广场，朝着喷水池的方向指去："那位坐在喷水池畔的女士，不是您太太?"

云裳随他指的方向望去,喷水池边一群鸽子正好飞起,一个体态苗条的女士坐在池畔,正在把提袋里的面包屑撒给鸽群。女人侧着身子看不到脸,但是云裳可以肯定,她,就是他寻找了半天的那个身影。云裳甚至来不及跟琴师打招呼,拔腿就往广场奔去。

及到近处,那女子抬起头来,云裳的脚步一下子停驻,同时停驻的还有他的心跳。这不是承曦,虽然眼前女子身形脸容都与记忆中的承曦相似,但是承曦的眼神不可能显得那么沧桑,嘴边的法令纹也没那么深,她还是个二十出头的姑娘。就在他犹豫不决之际,坐的女子站起来了,向他迎来,并且开口道:"云裳哥,终于遇上你。我知道会有这一天……"

云裳不敢相信自己的眼睛,刚才喝下去的那杯红酒全部涌上头来。这是真实的吗?还只是他的幻觉?但站在面前女子的微笑,召回了他依稀的记忆。承曦第一次到他家时,跟大家打招呼时羞怯又好奇的神情;在百乐门舞场气喘吁吁又眼睛放光的瞬间;最后离别之际的不舍,余韵犹在。而眼前的女子,又多了一层陌生的气息,除了眼角的沧桑,脸上还有着一丝苦相,像所有生活艰辛的人不经意地显露出来那样,就是在微笑中也带着一份失落。

面前的女子微微一笑,灿烂如下午的阳光,嘴边的法令纹消失了,眼角充满盈盈笑意。如隔世恍然,云裳从怔忡间醒来,跨前一步,拉了承曦的手,有点哽咽地说:"真的是你吗,承曦?"

那女子走前一步,像是真正的法国人那样,给了云裳一个贴面礼,然后挽上云裳的臂膀。

四十二

国粹这天睡了个懒觉,到蒙马特的工作室已经晚了,一进去,就感觉室内气氛不对,一条女人的披风扔在过道上。再走到云鹏的工作室,更是一地凌乱,一个大陶瓷花瓶碎裂在地上,满地是水,一大束白色菊花扔在工作室的地板上,看起来是被脚踩过,枝叶散乱。更甚的是,一件完成了的小型人体雕塑,已经包了石膏外模,连雕塑带架子都倒在地上,石膏崩开,里面的泥塑已经变形了。

云鹏却不见人影,平时这个时候他都在工作室里忙碌的。

国粹紧张起来,这片区域地处偏僻,也曾报道过发生入室偷盗的。特别是他看见后门开着,顺手拿了把砸石膏的锤子,走出门去查看。

后门外是一片空地,以前的修理铺有些搬不走的老旧机器还堆在那儿,却见云鹏蹲坐在一个木板箱上,两眼空洞,全然没注意到国粹。

国粹见云鹏没事,放下心来,打了个响指。云鹏一惊,回过神来。国粹在他对面的石阶上坐下,点上烟问道:"怎么回事?工作室遭抢劫了吗?"

云鹏这才回过神来,苦笑一声:"工作室里除了泥巴就是石膏,有什么好来抢的?"

国粹挑起一条眉毛,疑惑道:"发生了什么事,你跟良子吵架了?"

云鹏不答,伸手向他:"还有烟吗?给我一支。"

国粹把整包烟扔给他,他是知道些小两口的矛盾的,有时在闲聊间,云鹏会透露出一些。良子为人温柔，读书也努力，并且秉持日本女人的勤勉持家作派。但交往了一阵之后，云鹏发现良子患有甲状腺功能亢进的毛病。大部分时间好好的，也没有什么外显的病症。但是发作之际，最突出的表现就是控制不住自己的情绪，突如其来地发脾气，为了很小的一点事由，或者根本没有事由。开始云鹏还以为是女孩子生理期的神经质，或是不同文化的摩擦。良子在正常的时候，也晓得检讨自己，但过一阵，又控制不住了。两人间的争吵多了，感情自然就淡漠。为此国粹也曾对云鹏劝说："男人嘛，多担待些吧。"

云鹏苦笑："你是晓得我的，并不是要处处争个明白的性子，但有时实在是难以忍受。"

"你不是在学佛吗？肚大能容，人家打你左脸，再把右脸送上去。"

云鹏苦笑："国粹兄，你怎么胡子眉毛一把抓，把基督和佛混在一起，一锅烂糊三鲜汤。"

"意思是一样的。我总不见得鼓励你跟良子去吵个天翻地覆吧。要记住，你是个艺术家，做出好作品是第一要务，别把精力浪费在这种地方。"

云鹏闷闷地垂头不语。国粹又说："要不，出去散散心。前阵子说过要去云裳那儿看看，也好顺便参观一下莫奈花园。"

云裳活了二十七岁，明白了一个事理，一个男人有过女人和从来没有过女人是不一样的。

他心疼承曦去做辛苦的洗衣坊工作，也心疼承曦竟居住在那种龙蛇混杂的下等地方。他费了好多口舌，希望说服承曦搬来吉维尼："房子够大，有得是房间，从房间的阳台上可以眺望塞纳河河岸，还有两个房间面对着葱葱郁郁的树林，早上推窗鸟声啾鸣，空气清新，带着好闻的松脂香味。说句笑话，你不嫌麻烦的话，可以每天晚上换不同的睡房。不，你不用打理家务，一年四季有园丁照拂花园，每礼拜有个法国老妈子会过来收拾屋子。如果你愿意，也可请个厨子来料理三餐，不过可能找不到会煮中国菜肴的人才。如果你喜欢亲自去逛菜市场，吉维尼每个周三和周六都有农夫市场，乡人们带来自家农场的产品，不但蔬果新鲜，还有卖鲜花果仁禽蛋蜂蜜干酪及各式烘焙点心，就是什么也不买，走一圈也赏心悦目。"

"那我要做什么？"

"你累了，你需要休息。我不能想象这几年你是怎么撑过来的。我要你养养，享受法国的一切美好。我们可以早上散步，到镇上去喝咖啡；黄昏去塞纳河上划船，看河面上的落日，我会去购买一条两人坐的平底小舟，花不了多少钱。吉维尼有许多乡村小餐馆，风味独特，所有的食材都是农场里自产的，你点完菜，厨子直接去菜园里采摘，你可以想象那个美妙滋味；或者，我们可以乘火车去巴黎看电影，任何好莱坞的新片，一个礼拜之内会在巴黎的电影院上映。可以到巴黎歌剧院去听歌剧，我现在开始对歌剧感兴趣了，古典的或现代的，各有其所长，就像国人对京剧那种热情，你只有沉浸进去，才能感受到西洋歌剧不可言传的妙处。如果时间晚了，我们可以在巴黎住上一两天，我以前的公寓还保存着，第二天再去逛逛画廊和美术馆，在晚饭前可以回到吉维尼来。"

"云裳哥，你为我想得太周到了。我不知道能不能适应这种悠闲的日子，你知道我很小的时候就料理家里的各种事情，忙惯了。太闲的话，我反而会觉得无所适从。"

云裳托腮想了一阵："我想起来了，承曦你可以进学校去学法文。法文是非常优美但非常难学的一门语言。我来了六年多了，法语也只能应付日常而已。你可以的，女人的舌头灵巧，说起法语来如行云流水，特别好听。我有时坐在咖啡馆里一下午，就是为了听邻座的女客说法语。或者，你还可以学画画，我记得你曾经向往过的。"

"你真的觉得我能学画吗？我可不像你们，琴棋书画俱通。而且，我年纪也不小了，再过两个月就要二十四岁了，在这个年纪学画还来得及吗？"

云裳哈哈一笑："不晚，不晚。柯罗四五十岁时才开始画画；梵高也是二十七八岁才动笔；高更以前是个股票经纪人，到了四十岁扔下一切投身艺术。你才二十四岁，大好年华啊。"

"吉维尼有美术学校吗？"

"我不确定。但是我可以做你的入门老师，这点你应该相信吧。"

"当然，云裳哥如果肯收我做学生，是我的福气。只怕我太笨了，会使云裳哥失望。"

"你是有天分的，只是还没被发掘出来而已。我要做的，就是让你的天分充分表现出来。"

承曦好像是被说动了，踌躇地说："云裳哥你是认真的吗？要搬过来的话，我可不是一个人啊。"

云裳脸都发白了："我不知道你跟人同住，谁？是你的男朋友吗？"

承曦调皮地莞尔一笑："是男的，不过，是一只黑猫……"

有美同居，夫复何求？

云裳生于大富之家，种种奢华都见识过，享受过，就独独缺了女人的温柔滋润。老天不可能面面俱到，常常给了你鱼就忘记了熊掌。你可以不住别墅住小公寓，你可以不吃鹅肝酱而吃三明治，你也可以走路搭地铁而没有私家车，这都不影响正常的人生。但是作为一个男子，到了年纪而没有伴，不但肉体备受煎熬，精神也极为孤寡。这种煎熬难以对人诉说，只是像稀硫酸一样慢慢地腐蚀掉他的青春。

一幢房子如果没有人气，再怎样奢丽考究也是死的，由冷冰冰的石头和没有生命的木头构建起来的一处洞窟，再美轮美奂也是洞窟。

但是有个女人住了进来，一切都不一样了，房子里里外外彻底改观，就像清晨的一束阳光照进窗棂，屋子里的一切都显得生动活泼起来。室内桌明几净，透明的薄纱窗帘被午后的微风吹起。黑猫无声地踮脚穿过过道，跳到美人榻上呼呼打盹。承曦从农夫市场买来一大捧芍药，放置在大厅里的古董柜上。在散步时，随手采来各种不知名的野花，插进水晶瓶里清香四溢，颇有乡野风情。早上起居室里有摩洛哥咖啡和烤面包的香味，下午客厅中有好闻的大吉岭红茶和柠檬的气息。

晚餐往往由承曦亲自下厨，请来的厨子给她打下手，或只有在一边看的份。承曦可以把西方的食材做出各种江南口味，把当地产的白芦笋烫熟，用意大利的生火腿片包裹起来，浇上日本甜酱油；或是把当地特产的牡蛎，放上蒜蓉和橄榄油清蒸；再或者烧一道西班牙血肠炒意大利茄子，放上番茄和新鲜的罗勒调味。云裳吃得赞不绝口："承曦你真是有金手指，善于化腐朽为神奇。到法国这么多年来，我只是求个吃饱，营养均衡而已。自从你来了，我又感受到食物的美妙，享受即将坐到餐桌边来的那一刻。"

承曦只是淡淡一笑："云裳哥，只是些普通家常菜肴，你喜欢就好。"

云裳真是喜欢，不但承曦烹饪的饮食合他的口味，整个屋子里的气氛，使他感到莫名舒畅。早上，他在大厅里画画时，听到有脚步声轻盈地从楼上下来，一路走去厨房里泡茶。一墙之隔，云裳听到女人低低地哼着《魂断蓝桥》的插曲，水龙头的水哗哗流着，杯碟叮当。过了几分钟，承曦端了个托盘走进大厅来，托盘里是一杯加了柠檬的红茶和一碟奶油小点心。承曦把托盘在小桌子上放下，问他要加几块方糖，再走到他身后，把一只手搭在他肩上，看他画画。他不用回头，就可以闻到承曦早上用过洗发膏的幽香，以及刚切过柠檬的手，搭在他肩上，还留有清新的余香。下午之际，云裳收拾起画具，问承曦要不要一起去河边散步？不听见回答，云裳从楼上找到楼下，最后发现承曦躺在院子里的一张吊床上睡着了。一本书掉落在草地上，黑猫蜷伏在她的脚腕处。云裳从来没有这么近地观看一个女人婉约的睡姿，再抬头环顾四周，此时夕阳斜照，不远处塞纳河水波轻拍，园丁在早上刚剪过草坪，院子里散发出植物的清香。此刻的吉维尼，安详，静美，对云裳说来就是天上人间。

他们还没睡在一起，虽然他们的睡房在同一层楼。云裳在男女之事上是很迂的，他只知道男女先要结婚，才能有性生活。而且，他对性生活是怎样一回事，也不甚了了。虽然他在学校的讲台上看过并画过不少女子的裸体，晓得女人的身体结构是怎么回事。但从解剖学走到社会学、心理学的道路又是另一回事。云裳所晓得关于男欢女爱的一些零星知识，还是从国粹、阿伦那些老油条处听来的，又云里雾里不说个明白，直教人心痒难熬。

云裳是相信该来的总会来的。他进了一趟城，就偏偏遇上了承曦，他们也前前后后寻觅了两年多，却踏破铁鞋无觅处，可见一切自有天意。他也说服了承曦，辞了工作，退掉公寓，跟了他一起住到吉维尼来。一切的一切，水到渠成。所以，云裳秉承着有教养男人的礼仪姿态，一直对承曦以礼相待，没有一丝轻薄的举止。

直到一个雷雨之夜，那天从中午起，瓢泼大雨下个不停，啪啪地打在玻璃窗上，疾风从塞纳河上空呼啸而过，望出去后院的好些树木已被摧折。恶劣的天气一直延续到傍晚，入夜后，雨势不但没有丝毫减缓，风好像更狂暴了，并且雷电交加。这种天气，看样子帮厨的女人也不会过来了，承曦刚打开灶火，准备煮些简单的餐食，突然就停电了。

在地广人稀的乡村，碰上停电的黑夜，又没有月亮星光，那是绝对的伸手不见五指。云裳翻箱倒柜，好容易找出一小截蜡烛头。一点微弱的烛光，摇晃着，把人的影子投射在天花板上，更显得房子空荡。广袤黑暗的外部世界，狂风刮过屋顶，发出哗啦啦一阵声响，也不知是折断的树枝撞击，还是屋顶的瓦被吹走了。

承曦还想着弄晚餐，云裳阻止了她："蜡烛很快就会燃尽，届时不上不下。别忙了，我们随便吃点吧。"

承曦在厨房里搜寻，说："面包柜里空

空如也，本来帮厨的会带新鲜面包过来，这雨下得……碗橱里只有几块苏打饼干。"

"没关系，苏打饼干就挺好。"

承曦踮起脚，举着蜡烛继续在碗橱里搜寻："看，我还找到一罐果酱。"

云裳把两把椅子放到窗边，茶几上是半壶冷茶，一包苏打饼干和一小罐杏子酱。大玻璃窗上的雨水瀑布般倾泻而下，承曦笑道："这雨下得可真大，我们像是身在水帘洞里。"

云裳把涂了果酱的苏打饼干放在承曦的碟子里："我觉得像诺亚方舟。"

"什么是诺亚方舟？"

"《旧约》中说上帝要毁灭人类，只让义人诺亚造一艘方形的船，洪水来临时带上妻子、公牛母牛、公羊母羊、公鸡母鸡等一系列家禽上船避祸。"

承曦幽幽道："那也太残忍了吧，干吗要毁灭人类？"

云裳说："人类就是在毁灭和重生中循环。夏虫语冰，我们感觉不到而已。"

"那个诺亚，就是避过了洪水，也太孤单了吧。"

云裳说："只要和自己喜欢的人在一起，不会孤单的。"

承曦不作声。

过了一阵，云裳在暗中摸索着去握承曦的手，承曦稍微挣了挣，也就让他握着。

"我喜欢你，承曦。"云裳哑着嗓子说了句。

窗外一道闪电掠过，一瞬间照亮室内。云裳瞥见承曦紧咬着嘴唇，脸上的神情极为复杂。

两人都不作声，长时间的沉默中只听到哗哗的雨声，房里什么地方大概有扇窗被吹开了，不时传来窗框的开合声。

最后云裳说："这雨下得越来越大了，看样子一时半刻不会停的。你先去睡吧，我去楼下查看一下。"

果然，楼下有一扇侧门被风吹开，水淹进屋子里。黑暗中的滂沱大雨，带着塞纳河水特有的气息。云裳费劲地把门关上，就这么一会儿，飘进来的雨把他淋了个半湿。他摸黑上楼，用干毛巾擦干脸上身上的水，然后进入睡房。

他掀开被单，准备在床上躺下之际，一条手臂伸过来勾着他的颈子。云裳开始吃了一惊，马上就反应过来了。遐想过多次的场景，就在一个倾盆大雨之夜突然来临。他全无准备，也不知道如何取悦女人，更是一句话也说不出，只是紧紧地抱住怀中的女人，身体抖得像片风中的叶子。

在深浓的黑暗中，一只温热柔软的手，沿着他背上的脊椎线，从上到下，轻轻地抚摸着，间或，按摩着他的肩膀与脖颈。半晌，等他终于平静下来之后，一个润滑的身子贴上来，肌肤如水，柔若无骨。云裳在一双纤纤素手的引导下，如蜻蜓点水，走遍了高山大谷，深泽浅滩。云裳在人间蹉跎二十八载，全靠承曦步步引导，云裳在风雨之夜完成了他作为男人的第一次。

四十三

朱校长备了一桌酒菜，请赵承晚吃夜饭。菜肴很是丰富，有天目山鞭笋炖蹄髈、黄鱼鲞蒸肉饼，还有承晚喜欢吃的咸蟹。但承晚没啥胃口，那两个人来过之后，学堂一直没有让他回去上课，就这样吊在半空中，不上不落，再好的筵席摆在面前，也是吃不下的。

本来想着学堂里要给他个交代了，可是朱校长却一字不提，只是一个劲地劝酒搛菜。承晚勉强吃了几口，实在是食不下咽，放下筷子，说："朱校长，我几时可以回去上课？"

朱校长哈哈一笑："不急不急。"

承晚诧异道："那么，是不是朱校长有啥事情要告诉我？"

朱校长把一块咸蟹搛到承晚的碟子里，打哈哈说："再大的事情，也没有吃饭重要。来来来，这一钵咸蟹是老姑姑特地给你腌的，尝尝味道如何？"

也不晓得是嘴里发苦，还是心有旁骛，承晚只觉得今天的咸蟹太咸，壳也太硬，全没以前的鲜美适口。两人心不在焉地吃罢晚饭，朱校长泡上茶，搓着手，几次欲言又止。承晚心里明白了一大半，说："朱兄，是不是学堂要回掉我了？"

朱校长尴尬地笑着："赵老师，我就直说了吧。镇里已经寻了我谈了好几次了，我一直说再等等……"

"还要等什么？"

"等给你一个结论呀。不作结论，我也不敢让你去教课的呀。"

承晚掐指算算，从那两个人来丁桥至今，已经是一个多月了。

"那么，能不能去问问？"

朱校长连连摆手："去问谁？又能问点啥？没鬼，去招个鬼来，岂不是自寻麻烦？"

"朱校长你晓得，这麻烦又不是我去寻来的。我也尽力配合了，叫回忆就回忆，叫交代就交代，还要我怎样？"

朱校长又搓起手来："是这样的，赵老师，今天我们不谈这个，倒是还有个工资的问题。你晓得我们是个小地方，也是个穷地方。镇上的工作人员，都是一个萝卜顶一个坑。每次去领工资，会计朝我哇哇叫呢。"

承晚不响。

朱校长踌躇道："这样吊在半空中也不是个办法。赵老师，你看看这样行不行？你请个病假，回杭州休息一阵。啥辰光事情解决了，你再回来上课？"

承晚闷了几分钟，然后喝干杯中残酒，带着歉意说："朱校长，难为你了。"

承晚提着简单的行李，推开老宅大门，院子里遍地落叶，一片无人照管的景象。青砖过道上落了只死鸟，很多虫子萦萦飞绕。进了客堂，承晚叫了两声王妈，没有人应答，倒是一只王妈养的橘猫，瘦得皮包骨头，听到动静，过来蹭他的裤腿，喵喵地叫。承晚放下行装，四下环顾，一眼见到八仙桌上有封信，蒙满了灰尘，掸去灰尘，竟然是承曦从法国寄来的。

承曦在信里说：

半年多前，经由香港辗转到了巴黎，现在在一家缝纫公司上班。一切都还好，只是举目无亲，实在是孤独得很。阿哥如果晓得傅云裳兄弟的地址，请来信告知。我可以在休息日去看望他们。阿哥如今应该是到杭州了吧？

抱歉母亲故世的消息没有及时告知你，一是当时有种种难言之隐；二是不想影响到你的学业，毕竟远隔重洋，力有未逮，反倒扰乱了你的心情。如果你见到沈文渊，他可以告知你一些当时的情况，以及种种无奈之处。阿哥如果去坟上祭拜，务必请代我向母亲大人多磕几个头。

常常感叹，想也想不到的，今日你东我西，一家人竟相隔了那么远。想起你我当年为了出国的争论，现在看来真是无谓，人在乱世，身如浮萍，竟是半点也不由自己。不过，我还是庆幸能来到法国，吃了从未吃过的苦头，但也见识了巴黎的种种壮观，尤其是美术馆中许多杰作，真可谓"朝闻道，夕死可矣"。

忧心你一个人在杭州，王妈老了，手脚亦不如从前利落。所以你要照顾好自己，吃好穿暖。有事的话可找沈文渊商量，他人头熟，也肯出力。

不知这封信是否会被你收到？我每次查看信箱时，就想起古人说，家书值万金。阿哥如果有便，就给我来信，寥寥几字也没关系，让我晓得唯一在世的亲人还是安好。

妹子承曦

阅毕，承晚很是欣慰，终于得到妹子的信息，想起当初一心赶回来，却全然不是想象中的结果，真叫阴差阳错，造化弄人。闷坐了半晌，时辰已经过午，肚子却饿了起来。于是起身去街上觅食，在小饭店里吃了一碗面。吃毕转来，日头已经西斜，还是不见王妈，连王妈睡觉的偏厢也去叫过了，只好自己提了行装去西厢房安顿。承晚推开掩着的房门，房内竹帘低垂，光线昏暗，一股说不出的味道扑面而来。承晚定睛一看，垂着蚊帐的床上好像有人。心惊不已，叫了几声没动静，过去撩开帐子，一大群苍蝇飞了出来，承晚胃里一涌，刚吃下去的那碗面全部吐了出来。

户籍警来了，火葬场的车子停在门口，邻居们围成一堆，叽叽喳喳说个不停。据户籍警讲，邻居们已经有两三天没看见王妈了，还以为她回诸暨乡下去了，哪晓得竟会死在赵宅的西厢房。赵承晚坐在客堂里接受警察的问话，他受惊过度，脸色煞白，人家问他话，答得七嘴八舌，有几次竟还冒出法语，以致警察好几次不耐烦地训斥他："严肃点，这是人命关天的事情。"

第二天沈文渊来了，唏嘘一阵，说："人真是朝不保夕，今晚睡下去，不晓得明朝起得来吗。王妈说老也不老，只不过五十出头点，哪知道会发生这样的事体呢。"

承晚眼睛发直："我真是弄不懂，她为啥要去死在西厢房？二十几年来，她是一直住在偏厢的。"

沈文渊摇头，说："承晚你就不要去钻这个牛角尖了。人也死了，问也问不出来的。"

承晚烦恼道："她这样莫名其妙地死在西厢房，我还住得下去吗？"

沈文渊劝导他："不要去多想，杭州的老房子，哪幢没有死过人？难道都不住人了吗？"

承晚苦着脸："虽是这样说，但眼不见为净，你不晓得当时那个情景……"

沈文渊不响了，过一阵说："还是请个和尚来做趟法事吧，但不要张扬，最好是在傍晚，那时邻居都在家里烧夜饭，越隐蔽越好。"

虽然请了和尚来做过法事，但承晚还是不安心，西厢房是不敢再住了。收拾出原来的书房，胡乱住了下来。

四十四

没经过这道人生洗礼的男子，就如一株植物没有开花授粉结果，只是无声无息地破土，抽芽，拔节，再无声无息地枯萎。

云裳的人生从来没有像现在这样饱满，在风景如画的吉维尼乡下，与心爱的女人相伴，过着远离尘世的神仙日子。平日，云裳六点钟不到就起来了，盥洗之后，他习惯到后院去活动腿脚。沿着花园小径走上一圈，再走到塞纳河边上，天色微明，草地上带着细细的露珠，云雀在空中啾鸣。第一缕阳光从树丛中透过来，塞纳河水平静无波，河岸，树丛和玉色的晨曦，倒映在镜子般的水面上。云裳眺望着河岸景色，清晨的空气清新甜美，不禁想起西斯莱笔下的乡村景色，也是如此恬淡宁静。法国的田野和河流，一草一木，天生就带着画意与美感。能在这种像诗一样的地方居住和生活，应该说是福气，天大的福气。

散步四十分钟回来，神清气爽。云裳带了杯咖啡，走进他的画室，在承曦起床之前有三个钟头可以安心地画画。前阵子他把楼下的一间大睡房改成了画室，向北的窗子扩大，装了大支光的灯架。画室挂满了他近来完成的画作，中央安放了一大一小的两个画架，他可以在一张画没有干透之前开始画另一张。

心情舒畅，画起画来也得心应手，近几个月是他的丰产期。

承曦大概在十点钟左右下楼，刚刚洗完澡，头发还是湿的，嘴里有牙膏的清爽气息。云裳喜欢一面画画一面跟承曦闲聊，说些法国艺术界的趣事和典故：德加把钱看得很重，平时除了画画就是写信问他的画商纠缠要钱；塞尚跟左拉的友谊为什么会翻脸，因为左拉更佩服莫奈，塞尚吃莫奈的醋；听说高更在大溪地的私生女到巴黎来打官司要继承遗产，不知是真是假，还有刚出版不久即轰动的梵高和他兄弟里奥的通信集。

有一件事云裳暗自感到奇怪，承曦来了几个月了，从不开口询问关于云鹏和范国粹的事情，一次也没有，好像她从来不认识他们似的。云裳当然晓得承曦和国粹之间的感情，但对其中来龙去脉并不清楚。他当然不会笨到去问承曦，当下岁月静好，他才不会去自找麻烦呢。

到了十一点半，园丁的老婆就会过来伺候他们午餐，午餐的菜肴是她在家中准备好了带过来。园丁老婆擅长烘烤各种家常糕点面包，以及烹煮各种各样的乡下浓汤。她煮出来的洋葱汤是一绝，浓郁鲜美，伴着洋葱的清香，融化的干酪拉得老长，云裳说这是他吃过最好的法国洋葱汤。园丁太太带来的新鲜面包也是自家烤炉烤的。农民过日子实在，麸子磨得很粗，烤出来的面包质地紧密，有股绵密的麦香，有时还掺了磨碎的山核桃、茴香籽和腌过的橄榄，吃在嘴里很有咀嚼感。承曦吃了一小块就感觉饱了，说中国人的胃还是更喜欢江南稻米煮出来的米饭。

承曦常常向园丁太太买一只他们农场的活鸡，亲手宰杀了，褪毛破肚，准备晚餐煮一锅松茸鸡汤。云裳在一边摇头笑道："你心可真硬，杀鸡也下得去手，叫我是无论如何不敢的。"

承曦便还嘴道："哼，没有我的心狠手辣，哪来适口充肠的鸡汤？要么，大画家你晚上就吃清炒卷心菜吧？"

云裳只好尴尬地笑："喔，我说说罢了，松茸鸡汤还是要喝的。"

这样小小的拌嘴也是情趣之一，不会影响到过日子的舒适悠闲。

在夏天的周末，吉维尼的市政中心广场上有农夫市场，四周的农民过来摆摊。木条箱里装着各种蔬菜水果，都是自家地里的产品，一清早采摘下来，绝对新鲜。大小形状不同的洋葱就有几十种，大如拳头小如指甲；番茄有红色绿色紫色黄色的品种，圆的扁的长的奇形怪状的；一排小篾盒里盛着鲜红欲滴的草莓，嫩黄色的樱桃和霜紫色的覆盆子，色彩缤纷，看看也是赏心悦目；各色各样的海鲜摊位，剖开的鱼、巴掌大的海虾、大小不一的牡蛎、鱿鱼则是放在藤条筐里，下面垫着冰块；还有些摊位出售家制灌肠和乳酪，烤好的果酱馅饼，新鲜鸡蛋和插在大铅桶里的鲜花。

他俩都很喜欢逛农夫市场，这是周日的一大消遣。承曦穿着露出胳膊和肩头的连衣裙，戴着地中海草帽，提了个草编篮子，兴致勃勃地一个摊位接一个摊位逛过去，草篮子里已经满载了，承曦还是意犹未尽。云裳则是背了他那架蔡司照相机，到处都是入画的镜头，在斑斓的阳光下，脸部轮廓鲜明的农夫们有如从米勒笔下走出来。各种颜色的水果和鲜花本来就是一幅静物画，而他心爱的女子，衣裙飘逸，莲步款款，穿行在阳光和阴影之间，这种画面的光影和色彩是连莫奈都要羡慕的。

有时，他们连午餐都一块在市集上解决，买一份农家煮好的西班牙海鲜饭，一瓶白葡萄酒，再买一盒无花果，用手绢兜着，找一块草坪的荫凉处坐下来，把买来的食物放在摊开的报纸上。远处教堂午祷的钟声响起，两人胃口很好地分食乡下的食物。西班牙海鲜饭下料十足，里面有鱿鱼和海虾、灌肠和青豆，味道浓郁，配上淡淡的白葡萄酒，相得益彰。餐毕剥食无花果，熟得正好，软而不糜，中心一包蜜汁般的软兜。承曦说在杭州时，后面邻家也有一颗巨大的无花果树，结果累累，青丹紫玉。小时候不免眼馋，夏初果熟之际，便伙同了承晚阿哥翻墙去偷采，边采边坐在树丫上剥了吃，吃得两手十指都是黏黏的。有一次不小心还摔下树来，把膝盖也磕破了。

云裳心疼道："几个果子能有多少钱？还要去偷采，难道不怕被人捉了去？"

承曦笑道："小时候手里不过钱，但几个无花果还是买得起的，只是，你不晓得，偷来的果子滋味特别好。"

那一年吉维尼的夏季很热，下午的气温升高到三十摄氏度以上，人一动弹就汗流浃背。云裳本来人就胖，更是怕热，这种天气不能画画，却养成了他要睡午觉的习惯。还是承曦发现的，整个大屋子里最凉快的地方是河边那排大树底下，树大招风，空气流通，又有浓荫覆盖。云裳让园丁在树下放了一架铁床，铺上白色的床单。人躺卧在床上，凉风习习，耳畔是河水淙淙声、风过树梢的沙沙声，夹杂着清脆的鸟叫声，真是绝妙的避暑之处。

近来承曦变得慵懒，午睡倒下去可以睡上两三个小时。云裳只道是天热的缘故，他喜欢看着后院这幅图画，绿草茵茵中一架白色的铁床，白色的床单一角被微风吹拂着，一具曼妙的女人体在床上舒展地躺卧，黑发披散，腰间的曲线起伏迤逦。树枝间光影浮动，摇曳不已的光斑投在被单上。此情此景，真像大师柯罗笔下的水边风景，满眼生翠，在水一方，有女如花。

这种美和奢侈也只有在法国这片土地上才能遇到，倒并不一定关乎银子的事。土地、树木、河流，与世隔绝的安宁，只是这幅拼图的一部分。而隐私的保障，文化的沉淀，人际的融洽，尊重与被尊重，才是法国千年不衰的根底和基石。

一日吃过晚饭，他俩在河边散步。云

裳兴致勃勃地说东说西，承曦却一路沉默，最后云裳也看出来了，问道："你最近是否身体有点不舒服？"承曦只是摇了摇头，还是一声不响。云裳体贴道："要么我们去巴黎住上几天，散散心。我先打电话让他们把公寓收拾出来？"承曦低声说："哪儿也不想去。"云裳就有些诧异了："看你心事重重的样子，能告诉我为什么吗？"

他俩坐在河边的一张野餐桌上，落日的余晖照在对面的河岸上，树丛和灌木都被抹上一层金色。几只白色的水鸟依然在水面上游弋，远方传来教堂晚祷的钟声，在东边的天际，一弯新月淡淡地映了出来。

云裳看着承曦的侧面，在天空的映照下，女人面部的轮廓线纤细精巧，表情却充满了忧虑。云裳的怜爱之心顿生，抚着承曦的肩头，说："有什么心事就说出来。是否有承晚的消息？"

承曦还是沉默不语，云裳感到承曦的肩膀在微微颤抖，更是迫切了："说呀，有什么事情的话，我们一起承担。"

承曦缓缓地转过头来，眼神迷茫，哑着嗓子说："傅云裳，我想……我是怀孕了。"

四十五

自从得知承曦怀了孕，云裳既惊又喜。经医生确诊后，云裳多次向承曦表示，既然已经有了小囡，最好尽快结婚，让小囡在一个正常的家庭出生。这个看来是合情合理的提议，却一次次地被承曦拒绝，并且，死也不肯说明原因。他俩为了这事争执了好几次，虽然说不上算大吵大闹，毕竟也有伤感情。弄到后来，既然每次话题都脱不开这件性命交关的事情，两人都变得畏缩了，同住在一幢房子里，却都有意无意地避开，就是不得已在晚餐桌上见了，也是相对无言，各人默默地吃自己的饭。餐毕，承曦走进客房，关上门，一个人独自过夜。

岁月静好的日子，如冰雪消融。云裳烦恼不已，想借画画来忘却些吧，却百爪挠心，根本没心思提笔。香港橡胶公司主管又来电报说：老头子几周前回去后一直没有音讯；偌大的公司又不能一日无主，作为傅家的长子，云裳需要尽快来香港签署一些必要的文件。

这消息对云裳来说不啻于蜡烛两头烧：一边是音讯全无的老头子，一边又是怀了孕却与他闹别扭的女朋友。前一日他已经订好了飞机票去香港，过一日又去退了。他不放心让怀了孕的承曦独自在此，虽然园丁老婆可以帮忙照顾，可是她一口乡下土话很难听懂，承曦的法语又没有完全过关。傅家一直把头生儿子看得很重，万一有个闪失，将会悔之不及。

唯一能给他解困的是兄弟傅云鹏，也许云鹏愿意跑一次香港，以解家族的燃眉之急。算算他兄弟俩已经四五个月没见面了。当年天天腻在一起的兄弟，竟会变得如此生分。云裳有点后悔不该对兄弟的女朋友说三道四，当初原想的是兄弟手足，说几句也不会有大碍。哪知男人有了另一半之后，就不完全是原来的那一个了。

云裳苦笑一声，这个定论也包括他自己。

他们三人从里昂车站上车时是高高兴兴的。云鹏和良子重归于好，这其中少不了国粹的劝解说合，因此良子送给国粹一盒哈瓦那雪茄作为酬谢。在火车上，两个

178

男人各衔了一支，兴高采烈地谈天说地，有点像关久的猴子挣脱了链条一样。

良子说："我还没见过你哥哥，你们长得像吗？"

国粹笑道："见了你就晓得了，他俩一个模子里刻出来似的。"

云鹏也笑道："还是有所区别的，我长得黑，他比我白净，而且，他看上去比我文雅。"

良子抓起云鹏的手抚摩："是呀，看你这双手，像是个修汽车的。"

国粹说："我与云裳总有四五个月没碰头了，三个不速之客去敲他的门，你猜猜他会怎样一副表情？"

云鹏笑道："大概是吃惊得下巴都要落下来，而且托也托不上去。"

"说真的，我不晓得云裳在那种地方怎么耽得下去？风景再好也是乡下，一整天连个人影也见不到。叫我，大概是要憋出毛病来的。"

"我看你老兄在巴黎也是独来独往的，半天不说一句话，并没憋坏嘛。"

"说话，只是人与人交流的一种。而观看，倾听，厕身于人群，感受人世间的喜怒哀乐，感受一个男人对邻座少女的欣赏，你不要想入非非，欣赏她丰盛的长发和脖子上的茸毛，观察她纤纤十指上残留的蔻丹，薄薄的耳廓透过阳光而显出鲜红色，同时提醒自己近在咫尺的美色凛然不可侵犯。坐在小酒馆里，街边乞丐问你讨点小钱去喝一杯啤酒，你摸出铜板之际会突然想到自己，也许有一天会沦落到同样的境地，谁会来给你买杯啤酒？在街心小公园里，年轻的妈妈怀抱小婴儿，你看着看着就想起自己当年也是这样小小的一团，生命初始如此不可知，人生道路又奇幻莫测。

你早上出门，看到邻居老人挟了条面包，拖着脚步爬楼梯，喘得像条老狗。你会想到他当年也是个精壮男子，而生命日落西山，使人感到无奈又悲哀。云裳住在那种乡下地方，能体会到这活生生的一切吗？我倒不是说完全不能住在乡下，太早了。莫奈也是到了晚年才住到吉维尼去的，云裳他还没到七老八十的。"

云鹏笑着："国粹兄还是那么偏激。人与人大不同，臭干酪有人热爱也有人痛恨，不可一概而论的。"

国粹讪笑道："你说到我的心坎上去了，我可是爱死了臭干酪的。"

云鹏道："我们这次闯了过去，不晓得会见到云裳的女朋友吗？他一直神神叨叨的秘不示人，不晓得是何方神仙？"

国粹说："这又是何必呢。云裳也是廿八九岁的人了，有女朋友也是正常的。"

云鹏叹了一口气："我真是很怀念第一次到法国的那段日子，四个人不分你我，赤诚相待。"

"也会吵架。"

云鹏笑道："还说呢，挑事的总是你，像只刺猬。"

国粹讪笑。

"不过，现在回头看看，就是吵架也是好的。至少比现在大家客客气气的冷淡要好。"

国粹也有些触动："聚散有时，人总要走自己的路。再遇到时，大家还是朋友就是了。"

旁边的良子打断他们："喂，你俩能不能说法语？我一句也听不懂。"

两个男人都坏笑："我们讲的事情，用法语是很难说清楚的。"

良子有点恼火道："你们究竟说些

179

什么?"

两个男人对视了一眼,嬉皮笑脸道:"我们吗?我们在说臭干酪,当然,还有臭男人和女人……"

已是秋季,吉维尼近郊的森林开始色彩变幻,一部分的叶子变黄,却是那种明亮透彻的黄,如伦勃朗的金冠人像,在一片浓绿的底色中跳跃而出。沿途的房子小巧精致,绿漆门窗在日晒之后褪了色,颜色呈现出铜雕般的锈绿色。院墙上探出淡红色的木槿,鹅卵石路面洁净如洗。一个年轻的妈妈推了部童车,与他们迎面而行,童车里的小女孩儿,看到三个东方人,好奇地睁大眼睛,伸着小手点着他们,呢喃着含糊不清的童语。年轻的母亲带着歉意嫣然一笑,宽脸上的笑容像极了勒帕热笔下的乡村羞怯女子。

到了弗农,他们在村里人的指引下找到云裳的住所,却见铁门紧闭。

三人面面相觑,国粹是提议直接闯过来的,搔搔头皮:"云裳这家伙溜去哪里了?看来我们白跑一趟了。"

云鹏安慰道:"我们可以先去莫奈故居,从这儿走过去也不是很远。"

正在说话间,大铁门的边门开了,一个年老的法国妇人探出头来,三人一致认为是找错门牌号码了。但为了保险起见,国粹还是问了一声:"这儿是不是傅先生的住宅?"不料老妇点头称是,并开大了门,延请众人入内。

古色古香的大门是厚重橡木雕刻出来的,屋内百叶窗半掩着,大客厅显得晦暗,一个苗条女子正站在大餐桌前整理花束,背对着他们。听到开门声,女人回过头来,手中一大捧白花撒落在地。刹那间,国粹和云鹏震惊至极地呆立在那儿,一句话都讲不出。国粹过于震惊,还浑身颤抖起来。

空气中静电乱窜,所有在场的人都被这不期而遇弄得不知所措。事后,唯一置身事外的良子说:"这是我见过最诡异的场面,足足有两分钟之久,他们两个死死地盯住对方,好像失散已久的亲人。但那个氛围,又像是有深仇大恨似的,下一分钟就要拿出刀来互相砍杀,我心里只有一个念头,赶快逃出门去。"

一边不知情由的老妇人招呼他们:"傅先生大概在后院,你们请坐,我去请他回来接待客人。"

国粹置若罔闻,他陷入梦境一样的恍惚,太离奇了,承曦突然出现在云裳的屋子里。但真的是承曦本人吗?以前那个天真热情的承曦到哪去了?这个女人的眼光是陌生的,疏离的,全然没有记忆中的亲密。她脸上的表情冷淡,甚至不像是认识他们,更像是面对几个闯错门的陌生人,主人的好心情突然受到打扰,尽量抑制着不耐烦,希望这几个不识相的人尽快滚出去。但是一切的一切,都告诉他,眼前的这个修长身材的女子,就是他多年来求而不得的那个赵承曦。

"承曦。"

他终于听到自己吐出的话语,嗓音暗哑而空洞,像是梦呓。

女子的瞳仁暗了一下,刹那间冰消雪倾。但只是一秒钟,又恢复了冷若冰霜的姿态。她转过身去,用法语对正要出门的园丁老婆说了句:"去把傅先生找来,我不认识这些人。"说完转身进了另一扇门,哒的一声关门落锁。

在大厅的三个人尴尬至极，没人招呼他们，站不得，坐不得。半晌，良子轻声说道："喂，你们没看出来吗？她怀孕了，所以会脾气这么不好。"

正在这时，云裳推门从后院进来，见了他们三人，也是一愣，但马上露出不耐烦的神色："哎，是你们……怎么没通知一声就过来了。"

云鹏不敢置信地说："你不是写信来要找我商量去香港的事情吗？"

"那也要先写信告知一声，最起码先打个电话。"

云鹏还想说什么，他身边的国粹却把他拨开，跨前一步，脸色铁青地发问道："傅云裳，我问你，那是不是承曦？"

往日在国粹面前总是畏缩三分的云裳，竟然不屑地回答："不管你的事。是又怎样，不是，又怎样？"

云鹏在旁插话道："阿哥啊，不管你和承曦是怎么样一个关系，你也应该告知我们，免得大家有所误解。"

没想到云裳一下子发火了："为什么要告诉你们？难道我不能有些私人空间吗？到法国这么久了，怎么还是中国人那一套。"

在一边的良子，看到国粹腮帮子发青，太阳穴上一根筋暴突，拳头攥紧又张开，看样子像是要冲出去打人了。良子下意识地拖住国粹的袖口，却被他一把甩开。

国粹透口长气，再开口，语气倒是还算平静："云裳，我们不是来与你吵架的。多日不见了，我们是开开心心过来的。不曾想到，竟然在此意外见到了承曦，是好事，是大家都盼望了几年的大好事。只是想不通你为啥这样子对待我们，大家都是多年的朋友了，没有道理这样做的。"

云裳冷笑道："算了吧。国粹兄，你看起来率直，其实是个自私到骨子里的人，'宁我负天下人，不可天下人负我'。你想过吗，干吗人家不肯见你？"

国粹像是被大棒击中："胡说！承曦，她是不会拒绝见我的。"

云裳只是摇头，不作回答。

国粹咆哮道："你可以让她当面跟我讲一句：不想见我。我发誓从此不上你的门。"

云裳扭过头去："没这个必要。"

国粹也不与他争辩，径自走到刚才承曦进去的那扇门前，大力拍门："承曦，你听到吗？我是范国粹呀。你出来，我们说几句话。"

云裳上前推开他："你这个样子胡来，我可以拨电话叫警察来的。"

此刻国粹肾上腺素剧增，冲动之下，出手更不知轻重，只是随手一拨，云裳一个踉跄，差点跌倒。

云裳呼哧呼哧地直喘气，国粹已经是脸红脖子粗，面目狰狞，看着也吓人。看到两人真的要动手，云鹏和良子连忙上前劝说，好不容易才把两人隔开。

此时，紧闭的门悄然洞开，脸色惨白的承曦出现了，眼中似有泪光。她谁都不看，一手指向大门："出去，我不想见你，也不想跟你说话。"

众人都惊呆了。虽然承曦没有指名道姓，但是大家都知道她是对范国粹发出的逐客令。

屋子里的气氛紧绷到了极点，空气中似乎有弓弦拉满，响箭飕飕。云鹏一时产生无数个千奇百怪的幻觉：这房子有鬼，多年前曾是古战场，死去的魂魄依然在屋子中飘荡着。此刻他们浮在空中，操纵着

181

这几个人的情绪，引逗着他们的怒气，在他们身体里点起一把火，让他们互相砍杀。冥界的厉鬼渴望着人世间的祭配和奉献。

像是回应他的胡思乱想，突然屋子里传来一声凄厉的嘶叫，众人转头看去，一只通体乌黑的黑猫，像个幽灵似的蹲在书橱顶端，眼睛里射出幽幽绿光，居高临下地看着大厅里的人群。屋里人惊骇莫名，像是被施了巫术般一动不动。眼看着黑猫飞快地跃下书橱，越过大厅，蹿上楼梯进入二楼。

四十六

在等火车回巴黎时，良子说："傅君，你们中国人是不是都跟我一样，患有甲状腺亢进的毛病？"

云鹏没好气地说："你在胡说些什么呀！"

良子说："啊，一个个脾气都这么暴躁，范君的样子像是要杀人似的。"

云鹏狠狠地怼回去："真要说杀人，东洋人干得可不少，侵略中国八年，至少杀掉了几十万中国人。"

良子一脸天真："傅君，真的吗，我看报上一直说中日亲善呢。"

云鹏心里正烦，他们被承曦撵出门之后，像三条弃狗似的，在吉维尼街上毫无目的地打转，最后国粹说要一个人走走散心。云鹏晓得阻止不了，只得由他去了。本来已经一肚子窝囊气，偏偏这个井泽良子说话不知轻重。

"亲善个屁！"一向文质彬彬的云鹏爆出了粗口："拿着机枪大炮到另一个国家来杀人，你说这是亲善？你去问问你的同胞，美国佬是不是拿原子弹来跟日本人亲善？真是死不开窍的日本矮冬瓜！"

良子还是一脸天真，眼睛睁得很大："傅君，你这样说，也包括我吗？"

云鹏的一腔邪火正没处撒，狠声道："对，也包括你。哭去吧。"

良子真的哭了，静静的，眼泪一串串地沿着脸颊滚落下来。云鹏有点后悔，但刚发过狠，也不好马上去安抚。突然，良子一转身跑开了，两手掩面。车站上等车的旅客都朝着他们看，云鹏本想追上去的，结果还是坐在候车椅上没动。

国粹坐在塞纳河边的一个桥墩上，一无所思，一无所感，风吹在脸上，脚下暗绿色的河水，看似平缓，实为湍急地往东南方向流淌而去。像是发了一场高热，热度退去之后只觉得浑身无力，连愤怒都显得有气无力，一股深深的挫败感从头到脚地笼罩了他。国粹不敢相信曾经温柔并善解人意的承曦会变得这么冷酷。虽然他与云裳差一点动手，此刻倒并不怎么怨恨傅云裳，他晓得男人是会为了一个迷人的女子而发疯的，他当年也是跌进温柔乡而不能自拔，差点为此放弃了留学法国的机会。但他不解的是，承曦为什么视他为仇敌呢？

是的，他们曾经山盟海誓，非卿不娶，但时空相隔，事违人愿，责任并不尽在他这儿。通信断绝，雁踪渺茫，即便如此，他又何曾一日忘却与承曦之间的承诺？百乐门的淋漓酣舞，西湖边的浪迹萍踪，时时浮上心头。但错综复杂的人生，并不是只靠了回忆就能支撑下去的。平心而论，国粹在法国的五年多时间，面对种种诱惑，还算把控着自己，他自认没什么对不起承曦的。

女人，到底是种什么样的生物？温柔

起来可以极尽缠绵，怨恨之时又可以极尽刻毒。国粹回想起那短短的几分钟会面，承曦的每一个眼神、表情、语气和动作，莫不透出对他国粹的极度厌恶、藐视，甚至可说是仇恨。国粹此刻的心情，如一樽珍藏已久的佳酿，在打开的一刻发现，竟然是一腔酸水，像硝镪水一样点点滴滴腐蚀人心。

此刻，并非是愤怒，而是悲哀，浓重的悲哀像乌云一样压在他心上。

桥下的河床正位于转弯处，泥沙在河道的中间积起了一处河心岛屿。上面长了茂盛的植物和大丛芦苇，在风中飒飒作响，像一阕幽怨的哀歌。

国粹在堤岸边足足坐了两个小时，抽了无数支烟，脑袋昏昏沉沉，想不起来下一步要做什么，直到烟盒空了，才站起身来去买烟。

从烟草店里出来，国粹发觉身边的人群起了骚动，年轻人在奔跑，年纪大的也朝那个方向张望。国粹本无心顾及，但听到身边有人嘀咕：那个女孩子被汽车撞了，据说伤得很重。

国粹听了置若罔闻，一早上的伤透心肺，他对痛苦的感受变得迟钝了，这个世界上天大发生灾祸，有人受伤，有人死去。有人在医院中弥留，有人在车祸中丧生，在海难中溺亡。看透了，就会觉得在大千世界中，生命是那么轻忽，如草木，如虫豸。万物生成是偶然的，离去却是必然的，有什么必要一惊一乍呢？顺其自然，如风拂过，如水流过，如收藏已久的珍宝在一刹那破碎，如心底的恋情似水流逝。

回到巴黎，国粹找了个酒吧喝得大醉，回到住处倒头就睡，一睡就是一天一夜。在梦中没有执念，没有羞辱，也没有起始和终结。梦抚平焦虑，医治伤痛。梦是困惑者的避难所，是失落者的忘却之浴，现实中难以解开的，在梦中随风而逝。

第二天去工作室，没见到云鹏。也好，大家都是受了一肚皮的气，需要躲起来疗伤。但第三天也不见人影，国粹感到有什么事不对劲。但云鹏人不在，一切都无从说起。国粹想借画画来忘却些，可满脑子都是承曦冷冷的眼神，鄙夷的语气和视他若敝履的决绝。心情灰暗到了极点，根本不能集中精神，一天下来，面前的画布还是空空如也，只是产生了一地的烟头。

晚上心烦不已，又出门去喝了个烂醉。酒入愁肠，吐得一塌糊涂，吐完就在附近公园的长椅上睡了过去。

半夜里，恍惚觉得有人在掏摸他的口袋，国粹被弄醒了。坐起身来，见到长椅的另一头是个瘦削的年轻人，脸色苍白，衣衫褴褛，看上去跟他差不多的年纪。那人朝着他一笑，也不逃跑。国粹头痛欲裂，只想再睡会儿，于是对那人说："公园里有的是椅子，你干吗不去坐，偏要跟我挤在一起？"年轻人向他伸出手来，又像是乞求又像是命令："给我五个法郎。"国粹掏遍口袋，只剩有几个生丁，便掏给了年轻人："我只有这些了。"那人接过零钱，朝国粹诡异地笑了笑，突然就一拳打在他脸上。

国粹被打懵了，本能地想要回击，只是醉酒无力，脚步踉跄，眼看着年轻人一溜烟地跑远。待喘息甫定，觉得左眼看出去有些异样，伸手一摸，竟摸到一手的血，这才惊慌起来。想找人帮忙，现在天还刚蒙蒙亮，公园里偶有几个早起遛狗的，看到国粹这副满头是血的样子，都躲得远远的。最后有个老者陪他到公园的出口处，指引他去最近医院的方向，并且说："年轻人，我不知道你遇上了什么事，但你的伤势需要尽快地去看医生，眼睛肿得厉害。"

去了医院，医生给他做了检查，发现眉弓上开了一条半厘米的口子，还好没伤到眼睛。在医院缝了针包扎之后，医生给了他三天剂量的止痛片。

回家时，在楼梯上碰到星期三，说了缘由，星期三大笑："画家先生，你喝醉了也不该闯到妓女窝里去啊。"

国粹被他说得一头雾水："我就在公园里长椅上小睡了一下，哪有什么妓女窝？"

星期三就解释给他听，这个公园叫作布洛涅森林，是巴黎一处著名的寻芳地，更是很多逃家少女少男的卖春之地。入夜之后，男人们开着汽车，到那儿去寻找猎物，谈妥价钱之后就在路边林子里、长凳上，或在车上解决。

"你大概是霸占了他的地盘，不打你打谁？"

"我说打我的这个人是男的。"

"那又怎样？也许是个皮条客，你占了他招呼客人的地方。也许，他本人就是个男妓。你要知道，很多巴黎男人都是屁精。"

什么乱七八糟的，国粹听得头痛欲裂。

隔了一天，国粹在家里躺不住，躺在床上，脑子里来来去去都是承曦的一张冷脸，再这样下去人要发疯的，于是头上包着绷带，又去了工作室。

刚进门，国粹就感到工作室里有一股诡异的气氛，大门没锁，里面又好像没人，静悄悄的。到云鹏的工作室一看，室内像是遭到打劫一样，雕塑架子倒在地下，好几个石膏像被砸得粉碎，一地狼藉。盥洗室里，看见洗手台上的镜子被打破，国粹又跑到云鹏的卧室，推门也是不见人影，再仔细一看，地上却躺着一具躯体，凑近去看，是昏睡不醒的云鹏。国粹大惊，摸了摸他的脉搏，倒是跳得很快。于是国粹把他架上床去，敷了块冷毛巾在他额上，再返身回到工作室，把地上的石膏碎片打扫干净。

黄昏时，卧室里有了动静。国粹过去一看，云鹏已经醒了，坐在床边，脑袋埋在手里一动不动。

国粹在床边坐下，摇了摇他的肩膀："喂，云鹏，你怎么啦？"

云鹏还是没有反应。

国粹只好陪他坐着，点了支烟送到他面前，也不接。外面的天色像是要下雨，室内显得昏暗，工作室里有扇窗没关上，被风刮得砰砰作响。国粹起身去关上，回来看见云鹏木了一张脸，定定地看着前方，眼神空洞如灵魂出窍。

"喂，云鹏，你到底怎么了？"

云鹏转头向他，动了动嘴唇。

"你说什么？"

"良子死了。"云鹏的语气像机器人一样。

国粹不敢相信自己的耳朵。到底他妈的是怎么一回事？这世界一切都乱了套了。承曦对他横眉冷目，他给人零钱却遭到毒打。现在良子又突然死了。他是发了疯，还是在梦中？

云鹏喃喃自语："我不该，我真不该跟她吵架的，我怎么会知道她出了车站就被车撞了呢？她说服了药，甲状腺亢进的毛病已经平缓了，但是……"

国粹恍然记起，就在他从烟草店里出来之际，人群的奔跑和尖叫，一切场景，声音都历历在目，像是一部旧电影。但他哪知道出事的就是良子呢？哪想到一个如花似玉的青年女子就在他拆开烟盒，衔了香烟正要点火那一刻命丧黄泉呢。

一切都起因于那次倒霉的拜访，说那是死亡之旅也不为过，他，面对情殇伤心欲死，良子是真正遭到了横祸，而云鹏，经过这遭打击，脸色和神情看上去都和活死人一样。

外面开始下雨了，巴黎在这个季节总是淫雨霏霏，城市沉浸在一片灰色的雨幕之中。人的心境也是晦暗不明，国粹和云鹏就在昏暗的工作室里坐了一个下午，不看对方，不言不语，两人只是不停地抽烟，并且喝完了一整瓶黑牌约翰走路。在无常面前，人是无能为力的，只有让酒精和尼古丁来麻醉神经。

已经是入夜了，也没有开灯，两人就在黑暗中坐着。最后，国粹问道："现在你准备怎么办？"

云鹏木然地回答："我也不知道。"

赵承晚向街道居委会打报告，要把涌金门的赵宅无偿交给国家，唯一的要求是给他另外分配房子，小一点也没关系，远一点也可以接受。

沈文渊晓得之后，即刻赶来，进门就说："承晚你这是昏了头吗？住了几辈子的祖宅就这样交了出去？"

承晚道："这个房子啊，我实在住得心不定，吃也吃不好，睏也睏不好。既然如此，想想还是上缴算了。反正我一个人也不需要住这么大的地方。"

"你从小在这房子里出生长大，现在怎么反而会心不定的呢？"

"你不晓得，你不晓得。"承晚一个劲地摇头。

"不晓得什么呀？"

"我一夜数醒，房子里有鬼，到了夜里就窸窸窣窣出来。"

"乱讲，那是闹老鼠呀，杭州城里的老房子家家都有的。你这么大的人连这个都害怕？"

承晚争辩："不全是老鼠。有时我夜里回来，一开门，就听到暗洞洞的房子里有人在叹气，难道老鼠还会长吁短叹？"

"是穿堂风呀。你真是草木皆兵。"

"还有，明明听到有人敲门，出去一看，人影子也没有。有时我坐在书房里，隔着窗户看见，放在廊下的油布伞会自动撑开收拢。你说这不是有鬼吗？"

沈文渊摇头："你胡说些什么呀！想不到你这个留法学生还相信有鬼，现在连小脚老太婆都破除迷信了。"

"不仅仅如此，这幢房子已经多年没修葺过了，处处漏雨，一排椽子都烂了。雨季中，墙角落里会得长出蘑菇来。不修理，哪天房子塌下来也是说不定的。"

看承晚如此固执，沈文渊说："我倒要问你一句，如果有一天承曦回来，你把祖宅上缴了，叫她住到哪儿去？"

承晚沉吟："承曦既然出去了，大概是不会回来的，我晓得她这个人，不要看她是个女人家，心比我还野。"

"我是说万一。"

承晚有点不耐烦了："她真回来的话，我把我的住处让给她好了。我？就是再没办法，也可以去做和尚的，灵隐寺里总归有一处空的蒲团、一只空饭碗的吧。"

沈文渊无语，只得随他去。

在当年十一月，承曦生了个男孩。

头胎的关系，产妇从进医院伊始，直到小孩出生，整整捱了四十多个小时，最后还是打了催产针才生出来。云裳在产房外也等得焦苦，几天下来茶饭无心，头顶心都快要冒烟了。等到护士前来通知他小囝生出来了，云裳竟一下子瘫倒在走廊的椅子上，虚汗直冒，心脏咚咚跳，坐了足足半天才起得来身。护士带他到育婴室外面，隔了玻璃，躺在一排婴儿床里的小毛头裹着蜡烛包，戴着绒布帽子，看起来都差不多。护士指给他看，靠墙第二个就是他的儿子。云裳跂了脚望过去，绒布帽子下露出一缕黑发，左脚大脚趾上系着铭牌。小婴儿不哭不闹，安安静静地睡着。云裳心一下子融化了，一股从未有过的柔情涌了上来，这个小小的肉团就是他的儿子，是他的骨血，是承曦给他的礼物。

出院那天，云裳叫了出租汽车，把新妈妈和小孩接回家中。婴儿的房间早已准备好了，小床带有围栏和纱帐，墙壁漆成天蓝色。承曦却不放心让小孩独处一室，结果是云裳被赶到书房去睡。大卧室的门窗紧闭，窗帘低垂，跨进房门，一股奶腥味和婴儿的尿布气扑面而来。云裳又花重金雇了个专职的保姆，四十几岁的诺曼底乡下女子，膀大腰圆，生过七个子女，请来专门伺候母子俩的饮食起居。

家里多了小婴儿，各种杂事亦跟随而来，忙得不亦乐乎，但最使云裳揪心的是香港传来的消息。表哥的事情到现在还没有眉目，傅老先生为侄子获释多方活动，奔波两个多月，结果还是无功而返，回到香港就病倒了。医生诊视下来，说是胃癌，而且已经是第三期了。看这情况，云裳必须去香港一次。但是这一头是刚刚分娩的产妇和新生婴儿，也需要他的照顾，真叫左右为难。

想来想去，香港还是必须要去一次，身为傅家长子，对家族事业有不可推卸的责任。老头子也近六十了，万一有个三长两短，他会抱憾终生。承曦这一头，有保姆二十四小时陪护服侍，再加园丁夫妇的帮忙，应该问题不大。好在现在飞机出行，节约不少时间。他准备去一个月左右，把事情办好就即刻赶回来。

承曦生产之后人变得很安静，好像是注意力全集中到小婴儿身上，别的都无暇顾及。但是听云裳在这个关头要去香港，承曦当然心里忐忑："一定要去吗？小毛头还这么小，我怕我一个人照顾不过来。"

于是云裳给她耐心解释，一切都安排好了，不会有什么问题的。

承曦有点怨怼地说："喔，你既然肯把新生儿子撇下，香港应该是要天火烧了。去吧，去吧。"

虽然不放心，云裳还是走了，吉维尼开始下雨，灰色的冬天即将来临。

四十七

一个绳结解不开怎么办？

唯一的办法是不去解它，忘了它。

国粹把全部精力都放到绘画上，早上进了工作室，不饮不食，一直画到天全黑了，才回到住宿处。如果口袋里还有余钱，在小店里买个三明治和一瓶威士忌。一天才吃这么一顿，人很快就脱了形。星期三在楼梯上碰到他，说："画家先生，你真像个鬼一样，我看着你飘啊飘地上楼来。"

国粹的房间里没有镜子，他也不想看到自己那副尊容，眼睛闭上就可以想象自己胡子拉碴的落魄样子。人活着就是一张皮囊，更重要的是皮囊里的那股锐气，没有了锐气，再光鲜的皮囊也是皮囊。

可是终究有颓倦的时候，日常的画画已经不能释放焦虑了。极端的神经紧绷需要寻找另外的出口。有时国粹很想在酒吧里找人打上一架，揍人或被人揍，寻求肉体的疼痛来代替精神的重压。

某日，在蒙马特一家酒吧里，国粹喝得半醉之际，看见吧台上有一张似曾相识的面孔，灰发的女子胸口挂着照相机，不停地抽着烟，却无论如何想不起在何时见过。那女子也侧了头看着他，用食指轻轻地叩着前额，然后站起身，端着酒杯坐到他桌上来。女人一开口，沙哑的嗓音使国粹猛然想起，他当年刚到法国，在从马塞到巴黎的火车上和这女子有过短暂的交谈。

女人笑笑，先开口介绍自己："阿黛尔。我们见过面，好多年以前的事了。"

国粹伸手与她相握："是的，在火车上，总有七八年了。"

阿黛尔热情地为他俩叫了一轮酒，然后转头问国粹："你和你的朋友们都好吗？"

国粹不知道自己为什么苦笑了一下，回答："好得不能再好了。我们是在巴黎嘛，人间天堂，还能不好吗？"

阿黛尔微笑着沉默不语，末了说："哦，看来你正在经历所有艺术家都会经历的那部分。没关系，每个人都是这么走过来的。"

国粹叹了口气，说："也有走不过来的，太多的人像只老鼠似的死在半道上。"

阿黛尔微笑着："当然，艺术是条不归路。不过，大家都是心甘情愿的。"

国粹没说话，阿黛尔转了话题："还在画画吗？"

"不画我还能干什么？"

"人活着，能画画，那就很不错了。"

国粹点头表示认同。阿黛尔又点了支烟，问道："你的画室在哪里？"

"不远，就在蒙马特。"

"能参观吗？"

国粹点了点头，说："不过，我现在画完一张，马上就不喜欢。再画另一张，也是同样的结果。所以，很多都是半成品，你不要失望。"

"自我否定？像蛇蜕皮一样。"

"也许吧，我是一条自噬其尾的蛇。"

国粹留下地址，约好了后天早上在画室见面。

国粹回到画室，意外地见到云鹏，距离良子的事情已经过去半年了。云鹏很少出现在工作室，见了面也很少交谈，好像生怕触动了还未痊愈的伤口。云鹏在三个月前，把他以前做的雕塑全部打掉，开始塑制东方风格的作品，人物的姿态，形象都像古代的佛像。国粹晓得题材的选择是反映心境的端倪，不管怎样，云鹏在他的人生中寻找新的方向，是件令人宽慰的事情。

云鹏脸色灰暗，见了他，说："正好要寻你，国粹兄。我最近可能要出国旅行一次，这儿就要拜托你了。"

国粹晓得傅家在香港有些麻烦，老爷子的健康也每况愈下。想来云鹏也是赶回去照顾，于是宽慰道："没问题，尽管放心去吧，什么时候动身？"

云鹏又说："我这一去，可能会有些时日。不过，栈房的租金两年一并缴付了，我在抽屉里留了五百法郎，作为水电费。国粹兄要做的，接到账单后请按时缴付就是了。"

国粹答应了，又问："行装准备好了？是否要我帮忙？"

云鹏突然鬼魅般地一笑，惨白的笑容有着说不出来的况味，既是凄苦，又是冷嘲；既是决绝，又是自弃："人都是赤条条地来去，要什么行装？最好连这副皮囊也一块抛了，彻底轻松。"

国粹吓了一跳："云鹏老弟，千万不要想不开啊！"

"那倒不会，国粹兄，我还不至于那么脆弱。"

国粹安慰道："放宽点心，事情总会过去的。"

云鹏点头："是的，我这次去，主要是把良子的骨灰送回日本安葬。日本人和中国人一样，讲究个入土为安。当年良子也曾说起过，死后想埋在一棵樱花树下。我要为她完成这个夙愿。"

"哦，我以为你要去香港呢。"

云鹏耸了耸肩，没作答。

国粹的工作室乱到极点，画完的画和画到一半的画堆在一起，颜料在地上踩扁了，却还没干透，满地都是五颜六色的脚印。油画刷子东一把西一把。空的颜料瓶就权当烟灰缸了，一个不小心，烟灰却掉到喝水的杯子里，也不知不觉地喝下肚去，有时中午吃剩下的食物忘记扔出去，发了霉长了毛，发出刺鼻怪味。他自嘲说："这地方是脏得连老鼠都要逃走的。"想着阿黛尔要来参观，为礼貌起见收拾一下吧，收拾了一半又放弃了——这本是我的日常工作状态，没必要为一个临时参观者而改变，法国人说过，艺术家有权利不修边幅的。

阿黛尔准时来了，带了一盒新鲜的可颂面包。国粹去转角店里买了两杯咖啡，回来正好见到阿黛尔钻到桌子底下，把他以前的旧作一张张拖出来看。这些画是画完后他觉得不满意，胡乱塞在桌底，角落里，突然一下子被放到光天化日之下，像一群弃儿，被领到生身父母面前的感觉。仔细看去，有几张画还是不错的，雾中之花，需要时间的沉淀。

阿黛尔洗了手，两人坐下来喝咖啡。阿黛尔一边抽着烟，一边眯着眼睛看画。阿黛尔认为国粹的画，已经初步有了自己的风格，但是还不够强烈："你看，这世界上有才华并努力作画的画家多了去，但是一辈子默默无闻，为什么？个性！个性不够强烈。再好的作品，俱在古往今来、铺天盖地的优秀作品中被湮灭了。只有带有强烈个人风格的作品，像乔托和梵高那样地惊世骇俗，才能使人过目不忘。"

国粹抽着烟默不作声，心里认同阿黛尔所说的。只是，他不可能像乔托那样去杀人逃亡，也不可能像梵高那样割掉自己的一只耳朵。个性，在另一种意义上来说，就是宿命，生命就像火把，用什么材料扎成，就决定了火把会怎样燃烧，细细地，长久地，还是猛烈地冲天燃烧，但很快就化为灰烬。

阿黛尔侧了头看着他，突然说："范，上次在酒吧里我就觉得，你的情绪好像很是消沉，是有什么事困扰着你吗？"

的确，这几个月来，国粹在精神上、感情上受到接踵而至的压力。他凭着一个男人的自尊忍着，从未对任何人显示出来，但内心的受损是无疑的，连才见了两面的阿黛尔都看了出来。

国粹自己也不晓得为什么会在一个萍水相逢的女人面前会吐露内心，也许是甫认识之初，阿黛尔就表示出很多善意，是个值得信赖的朋友；也许是内心的压力太大，时时刻刻在崩毁的临界点，必须找到个泄洪口；也许是她比他年长，有更多的人生经历，更能够了解生命的无奈和善变。

阿黛尔静静地听着，一言不发，只是一根接一根地抽烟。很快，面前的烟灰缸就堆满了烟蒂。国粹也真是憋坏了，竟滔滔不绝地说了半个小时，从艺术上的碰壁说到个人感情的受挫，从文化环境说到生命的无奈，从不服命运说到抗争的失败。直到被一口烟呛住，连咳不止。

阿黛尔站起身，把门窗都打开，转身回来，没说任何言不及义的安慰话，只是淡淡地说："出去走走吧，巴黎很大，我带你去看点东西。"

他们约好第二天下午在拉雪兹神父墓园门口见面。

初秋下午的阳光从云隙中透过，国粹在画室里画完画，信步走去蒙马特地铁站。放眼望去，圣心大教堂在他右手边，白色穹顶衬在碧蓝的天幕上。在高高的台阶上，坐满了密密麻麻的人群，游客们在喷泉边上喂鸽子，情人们在金色天穹下拥吻。地铁站旁的垃圾桶满了出来，入口处边上有小丑在卖艺，小丑身材肥胖，穿了红白方格子紧身服，戴顶缨络帽子，滑稽中带点忧郁，很像毕加索粉色时期的人物。张沿街的咖啡桌上，两个上年纪的老男人面对面坐着，抽着烟，做着手势，在激烈地争辩着什么，面前是空空的咖啡杯和餐盘。法国人对夸夸其谈有一种特殊的爱好，对法国人来说，口腔的运动肯定有某种生理快感，看样子不到打烊他们是不会离去的。

阿黛尔关照过他：如果公墓大门不开，在地铁站出口过去两个街口，有一条不为人注目的小巷，公墓的另一个入口处就在小巷的底端。

国粹找到这条小巷，隔着铁栅门，望进去是条林荫道，遍地落叶。斜阳从树干间照射过去，一缕缕蒲公英在逆光中飞舞。铁门旁转出了阿黛尔，一头红发，手上夹着香烟，一身繁复的衣装，黑色长裙、绣金丝的墨绿色大披肩、束腰，再加一件有很多口袋的背心。手腕、耳朵、脖子上挂满了银饰，高筒靴子，胸前挂着她永远随身携带的蔡司照相机。她送过脸颊来和国粹贴了贴，两人进入园门，信步沿着林荫道向墓园深处走去。

时近黄昏，游人不多，阿黛尔的靴子在砾石步道上橐橐有声。

国粹低头点烟时，冷不防嗖的一声，一道黑影在脚边很近地蹿了过去，吓了他一大跳。抬眼望去，是只瘦骨嶙峋的黑猫。在墓园靠近围墙的空地上，在低矮树丛中间，有无数只野猫聚集在那里，或蹲或卧，或互相追逐厮打。再远一些的地方，一片荒草萋萋，其间也有绿盈盈的眼睛在夕阳中闪烁。

国粹惊魂甫定，倒要看个仔细。他沿着小道走过去，更多的猫出现了。这些野猫群居在倾圮无主的墓椁之中，全部都是骨瘦如柴，毛色凌乱，身上一大块一大块的癣斑。有些猫咪看起来才一两个月大，却已经残疾了。国粹看见有只小猫两眼都瞎了，凄惨地嘶叫着，想往母猫怀里钻，而母猫一直在回避，最后被缠不过了，索性把它衔到空地上，自己转身而去。也有些小猫天生一副强盗相，眼神凶狠，缺了一只耳朵，看到有人过来就弓起背，龇出牙齿。大部分的猫像是听天由命，活也好死也好，都无所谓，懒洋洋地卧在草丛里，或蹲在墓碑上用后肢搔痒。

可想而知，动物的世界跟人世间一样

残忍，一样为生存而殊死拼斗。

这些野猫们畏缩而警惕地瞪视着路人，一旦有人靠近，随时准备逃走，或者，扑到你脸上撕咬。

空地上一股腥风吹过，国粹手臂上的汗毛一根根竖起，心中大为震动。墓地里的野猫再低贱，也是一条生命，却活得这么凄惨。法国人喜欢把博爱和善待动物挂在口上，文雅的女士们常常在街上募捐，用来帮助流浪动物。可是如杯水车薪，生命并不是有了良好的愿望就可以圆满的。

佛说有生即苦，而我们世人是短视的，贪欲的，趋利避害的，当生命以狰狞的面目呈现在眼前，我们只会转过头去，因为脆弱的神经承受不了。

国粹站起身，看到阿黛尔站在路边等他，安静地抽着烟，脸上一副视如无睹的神情。

拉雪兹神父公墓是建在一片坡地之上，地势由低趋高，公墓规划为一块块墓区，编了号。较老的墓区早已挤满了，墓碑鳞次栉比，年月沧桑。

上坡道路是用长条的花岗石和砾石铺成，两旁是挤得密密麻麻的坟场，一排排墓室掩蔽在松柏的阴影之中，有些墓室造得很是考究，大理石或者花岗岩的基座，十字架上绿锈斑斑，到处安置着青铜和大理石的雕像，或是摩西手持十诫跣足而坐，或是一位少女低头沉思，或是一位在决斗中死去的年轻贵族仰躺在棺椁之上。艺术，在最后的时刻，给死亡之地带来些许诗意。

走上半坡，回首望去，透过树丛，看得见一部分城市的街景。虽然还有一抹夕阳斜照，但是紫色的阴翳掩了上来，墓地特有的萧瑟之感愈发浓重。

国粹突然想到：当初雨果撰写《悲惨世界》时，不晓得他是否也来这儿散过步？日暮之际在墓地林间徜徉，从而目睹了猫科动物的悲惨世界。他在小说中所描写的底层人物，冉阿让、芳汀和她的孩子，跟这些自生自灭的野猫们何其相像，低贱的生命在死亡的阴影下为生存挣扎。

阿黛尔对这个墓园很是熟悉，带了国粹来到一处文化名人憩息的墓区，其中有巴尔扎克、普鲁斯特、肖邦和王尔德。普鲁斯特墓由黑色大理石建成，墓前光秃秃的，没人祭扫，斯万家族大概已经风吹云散了。巴尔扎克的墓碑上塑有他握着鹅毛笔的一只手，指端粗大，人间万象由这只稍显肥硕的手底流出。王尔德的墓碑前有几束枯干的花束，包装纸在风中簌簌作响。只有肖邦的墓碑前有只小花瓶，插了一束新鲜的紫罗兰。

无论你生前如何功成名就，作品名满天下，身后也是寂寞无限，唯有鸟兽和清风做伴。

这片墓地中也有大量的野猫，躲匿在碑石的后面，在已经锈蚀毁坏的墓椁铁栅门里。荒草丛中不时有黑色、黄色的身影快速地蹿进蹿出。在巴尔扎克雕像旁的一座墓碑上，蹲坐着一只精瘦的杂色老猫，一只眼睛已经蒙上白翳，另一只眼睛却映着夕阳金光四射，像一个心怀歹意的抢劫者似的盯着访客们。国粹被它看得心里发毛，随手把手中的烟头向它弹去。老猫嘶了一声，牙龇了出来，弓起了腰，转身跃下碑座，在荒草丛中消失了。

阿黛尔的声音在背后说："范，不要去惹它们，这些猫都很野，曾有野猫咬死婴儿的事发生，况且，有些猫可能带有狂犬病。"

夕阳的余晖一点点黯淡下去，拉雪兹神父公墓占地又深又广，在一些年代久远的墓区里，很多墓碑已经碎裂倾圮，荒草萋萋，墓中人的子孙大概也已经寿终正寝了。

起风了，树梢摇曳，墓区里阴影幢幢，大批归巢的鸟雀在墓地上空盘旋聒噪。国粹和阿黛尔抽着烟，走走停停，不时地驻足，试图辨认镂刻在碑文上的墓中人的生卒年代。从十六世纪起一直到现在，男女老少，各种阶层，辉煌或平淡，尊贵或贫贱，都毫无例外地被遗弃在虚无之中。

他们转身向出口处走去，一路上，墓园中还有零星的身影徘徊。在一座新起的坟墓前面，一位身穿紫色衣服的年老妇人跪在地上祈祷，再起身把一捧白色的花束供在墓前。

死亡时时刻刻地潜入生活，这老妇人祭拜的是她新亡故的夫婿，还是先她而去的子孙？国粹走出好远，那个老妇人孤单而忧伤的身影还在眼前，忍不住再回过头去，碑林和树木都已隐没在一片薄暗之中。

时间慢慢地、不停不歇地腐蚀一切。落叶在阴影中无声地飘落，暮色浓重地合了起来。

在出口处，国粹去上了个洗手间，出来后，看到阿黛尔站在墓园铁栅前抽烟，在茫茫夜色中，她像极了一个从无依之地飘出的幽灵，脸庞在袅袅烟雾下显得模糊而苍白，只有一头红发依然如火。

晚饭是在附近一家阿拉伯馆子吃的，幽深的饭堂里只有他们一桌食客。堂倌头戴白帽，系一袭脏得要死的围裙。阿黛尔点了薄荷茶和色拉，国粹点了份烩羊肉加米饭。阿拉伯人烹饪的食物味道真不怎样，色拉就是黄瓜片和切碎的番茄用醋和油拌一拌，羊肉由于放得时间太长，变得很干很硬。不过两人的谈话兴头明显大过面前的食物。

国粹感叹："其实，这个墓园离我以前的住处也不远，每次经过，也没想到进去看一看。不过，在中国，墓地都是远离城市的。"

阿黛尔说："当年巴黎还没有这么大，拉雪兹神父墓园也算是边缘的。"

国粹笑说："刚来的时候，我们找的房子在墓地边上，我的朋友吓坏了，怎么也不肯住。"

"为什么？"

"中国人对死人是很排斥的，凡是挨到死的事情，都唯恐避之不及。"

阿黛尔挑起眉毛："人都是要死的。"

国粹啊啊道："是的，但是不能说，也不能挨着住，城市里更不能有墓园。"

阿黛尔不以为然："为什么不？生与死是一体两面。人在城市里恣意享乐后，看一眼墓园，我们最终的归宿之地，惊觉人类、社会都在死神的注视下苟且偷安。不是吗？"

国粹笑道："就像那些野猫？"

阿黛尔不动声色，自顾自地又点上一支烟。

国粹还在纠结："法国人不是喜欢标榜博爱的吗？为什么没人去管一管那些野猫？"

阿黛尔说："人类能管好自己已经不错了，野猫们，就让自然法则去管吧。"

"哦，让它们自生自灭？"

阿黛尔看了看他，眼睛里有很冷硬的神色："生物界是有等级的，每个生命自有它的际遇和挫折。没有办法，这是自然要生物必须走过的路。再说,太过痛苦的生命,死亡也许是更好的解脱。"

国粹被阿黛尔的神色和语气震慑了,平时和蔼可亲的女摄影家也有她冷酷的一面。国粹欲言又止,从烟盒里取出香烟,阿黛尔把打火机凑过来:"你不这么认为?"

国粹吐出一口浓烟:"你的意思是,生命在很大的程度上是无意义的,比如这些猫。"

阿黛尔淡然答道:"生命当然有意义,不同的生命有不同的意义。这些野猫生命唯一的,也是最重要的意义是——自由。"

当"自由"这两个字从阿黛尔嘴里缓慢地说出来,国粹如一桶冰水从背脊上浇了下去。是呀,历史,就是个大墓园,人类只是昙花一现,无论你是功成名就者,还是默默无闻的小人物,最后都被埋葬在一片广袤的虚无之中。生命是没有终极意义的,真要追究,生命所有的意义就在活着的一刹那,自由自在地做自己。做一只瞎眼的小猫,做一只惹不得的老猫;做一个贫穷但随心所欲的艺术家,做一个一事无成但参透生命真谛的人。

夜深了,满面倦容的堂倌把碗盏碰得叮当响,意思是饭店要打烊了。阿黛尔把烟蒂在满满的烟缸里按熄,站起身说:"喂,范,别想得太多,人生很高尚,也很低贱。实在烦闷了,去找个妓女,发泄完了,你会觉得一大半麻烦也随之而去。"

四十八

云裳在圣玛丽医院单人病房中见到了他父亲,傅老爷子原来是个非常精明的生意人,从宁波慈溪到上海,从上海到南洋再到香港,商海沉浮半辈子,大风大浪,风云诡谲,啥个场面没见过?老头子而且是个极有自信的人,自忖从小智力比同龄人高出一大截,虽然也是苦出身,但一步步从穷途险境中走过来。他在商界做出的决断,可谓洞烛机先,一次次反败为胜,也为他证明了这点。

云裳从小文弱,文弱的孩子总是有些怕他强势父亲的。老头子虽然宠爱这个长子,但对他的艺术追求并不以为然。艺术玩玩可以,作为癖好也可以,但人生最大的生活目的是在一张纸上涂抹上五颜六色,你说能有多大出息?

好在家中资财够几辈子吃用,老头子也不去拘束他,但日常言语中还是常常流露出艺术无用的调调,不无讽刺讥笑。所以,除了亲情之外,父子间多少有丝隔阂。

这次见到老爷子,云裳不禁大吃了一惊,不知是不是疾病的关系,还是回去不顺利,老头子从没如此委顿。不但脸色发灰,眼神黯淡,而且以前那种"无论如何,我就不信白相不过侬"的精神头没有了。老爷子看到儿子风尘仆仆从万里之外赶回来,再看了小孙子的照片,顿感莫大的安慰。在用人和云裳的帮助下,从病床上坐起身来。云裳捧起熬好的参汤,用汤匙一匙一匙喂父亲。喝完参汤,老头子精神足了点,说起他的内地之行。

傅老爷子本来打算一个礼拜搞定事情,最多也不过半个月。他在上海经营廿多年,有一大批工商界头面人物的朋友,有一两个朋友讲起话来应该有些作用。最主要的,老头子熟悉上海人的行事作风,侬敬我一尺,我敬侬一丈。人在江湖,总会碰到些事体,这次你帮了我,下次也许有我出力的场合。商场就是个人场,人际关系搞好了,生意也就一帆风顺。老头子有这个信心，他只要一开口，朋友们都会鼎力相助的。

他在国际饭店住下，发出请帖请老朋友们在新雅饭店吃饭，结果二十个人只来了六个，其中两个人是来打招呼的，屁股还没坐热就拱手告辞。老爷子心里凉了半截，但面上还是声色不露，也绝口不提来此目的，只是往老交情上面说。席散之后，客人都走得差不多了，其中一个又返回来，说："傅老，大家也晓得些你家的情况，头颈不要犟，早点脱身为是。"

老爷子说："我还是蛮感激这位朋友的，他返身回来提醒我，也是冒了风险的。只是我来也来了，怎么可以不试一下就打退堂鼓，回去怎么向你孃孃交代？不管怎样，用尽我在上海的老关系，也要试一试的。"

跑公安局，跑工商业联合会，脚骨亦跑断，还是不得其所以然。老爷子做惯了大老板，多年来都是他吆喝人家，哪有被人吆喝的。如今可好，被门房吆喝，还只好忍住脾气，赔上笑脸。为了外甥的获释，老爷子啥个冤屈都吃得下，再吃不下，嚼碎了也要咽下去。

尽管跑断腿，尽管赔笑脸，但是两个礼拜过去，半点进展也没有。这时想起朋友的忠告，不是没有道理的。

正在一筹莫展之际，有个老相识来国际饭店拜访。说是老相识，也是商场上打过交道，做过几笔小生意。听人说，这位人士是黑白两道都兜得转，因此老爷子防他三分，生意照做，但一直并无深交。来客寒暄过后，直入主题："傅先生侬出去也好几年了，我是为朋友着想，跟侬略微指点一下形势。"

老爷子一拱手："洗耳恭听。"

来客点上一支雪茄烟："第一点，侬外甥是否犯了法，会经过调查得出个公平的决定。没有这一点，啥也不要谈。"

老爷子感到话语里的分量，一声不响。

"第二点，作为海外侨胞，尽最大的力量来支援祖国的建设。国家目前百废待兴，需要侨胞们鼎力相助。"

老爷子一听就明白了，只要能帮到外甥，出点血也在所不惜的，于是说："这当然，大家都是中国人，血浓于水不是？我会竭尽全力的。"

来客说："目前中国人民志愿军在前线保家卫国。前方战士急需胶鞋，侬傅先生是做橡胶生意的，应该可以助一臂之力。"

老爷子当即表示，愿意捐献两百吨熟胶，一俟回到香港就着手办理。

客人显得既满意又不满意："能有这个心思就好。不过啊，傅先生侬家大业大，理应可以做更大的贡献。"

老爷子连忙解释，橡胶这物事，在市场上还没生产出来，先已经在交易所卖了。商家怕市场有波动，手里一般都不留太多的存货。两百吨，是他目前能拿出手的最大数目了。

客人意犹未尽地说："前面的路还长呢。你的言论是一方面，更看重你的行动。"

老爷子连忙保证："只要我做得到的，一定会尽力去做。"看到客人要起身告辞，老爷子追问了一句："我外甥的事，也恳请助一臂之力。"

客人打官腔道："我不是说过了吗，一定会秉公处理的。另外，也是要看侬的表现……"

云裳一声不响地听着。

老爷子又说："我晓得了，这个情况之下，我耽下去也没什么用。再过几日，或许连我都走不脱了。"

云裳道:"一无办法了吗?"

老爷子叹道:"鸟为食亡,人为财死。生意人的死穴呀。"

云裳小心翼翼地问道:"那表哥怎么办?"

老头子眼睛黯了下来,好一阵不作声,末了眼带泪花地说道:"我真对不起侬嬢嬢。如果我此生办不成这桩事体,就要交给你了。只要有可能,无论如何要救你表哥出来。"

云裳看父亲伤感,连忙劝慰道:"爹爹先养好身体,别的都好从长计议。"

老头子固执道:"我要侬答应我。"

云裳说:"一定会。我们不但是表兄弟,而且他亦是我最好的朋友。"

老爷子又问道:"云鹏近来如何?"

云裳有点踌躇:"我们见得不是很多,他住在巴黎,我住在吉维尼。"

老头子一听就晓得兄弟俩有了隔阂,不高兴地说:"不管住得多远,兄弟就是兄弟,没有比这个再亲了。侬是阿哥,有啥事情要多让着点云鹏。"

云裳唯唯答应,老爷子这才平静下来,拿起放在床头的孙子照片,再次细细端详。

涌金门赵宅上缴后,赵承晚搬家了。新的住处在南山路上,三间瓦房呈品字形。正中的一间承晚用来做了书房兼客堂,朝北的一间做了厨房,朝南的厢房是承晚的睡房。这房子其实年份也不少了,只是刚刷了墙,用水泥铺了地。承晚匆匆看过就应下了。他中意的是门前有棵大柳树,走出门就看到西湖,小菜场就在一步之遥,生活起居倒是蛮方便的。住下后,才发觉离客堂后窗不远是个公共厕所,人来人往,时时刻刻尿臭逼人,只好把后窗钉死,但是天热之际,还是有一阵阵熏人的阿莫尼亚气味飘来。

房子是要付房租的,三块七角一个月。承晚现在没收入,付这点房租也感到吃力,于是一面托人寻合适的工作,同时写信向妹妹赵承曦求援。

承曦很快寄来了五百法郎,承晚手里有了度日之资,放心不少,寻工作也不太上心。他早上睡个懒觉,起来后泡壶茶,可以发上半个时辰的呆,再翻翻书,去街边报栏上看报,或跑一趟花鸟市场。午饭是一碗片儿川打发的。说是下午要画画了,可拖三拉四,半天都没开张,或者觉着困意又上来了,再回到床上小睡片刻,结果醒来天就暗了。

承晚荒废了画画的心思,长年累月无所事事,人很容易疲沓下来。现在他手里有了一笔五百法郎的外汇,这在当时算是一笔巨款,也不用上班应卯,可以让他在一段时期内衣食无忧。承晚本来就是个好吃的,现在更是沉溺于口腹之欲。一人吃饱全家不饿,承晚三天两头到外面下馆子,凡是杭州有大名声的饭店被他吃了个遍,坊间有所口碑的小饭铺也常常去光顾。吃罢了饭,回来还要细细记下,今日所食何馔,并一一写下评语:哪家的东坡肉做得好,腴而不腻,诀窍是猪肉煮熟后要过一遍冷水;哪家的龙井虾仁炒得生脆滑糯,除了进货要新鲜,虾仁要不大不小,油温、勾芡、着味、起锅都要恰到好处;哪家的清汤鱼圆做得灵光,鱼骨拆得干净,鱼茸要在砧板上甩上三四十遍,如此做出的鱼圆口感润滑鲜美,弹性十足。承晚吃得多了,口味亦愈发刁钻起来,对厨师的烹饪手法也了然于心,有时会生出"大饭店也不过如此"的心思，于是自己尝试烹制。承晚原是个聪明人，在烹调上用了心思，又在法国生活过几年，吃过上等筵席，晓得食物原味之可贵，中西融会贯通，很快就学会烧一手出色的杭州菜。请了沈文渊和几个画友吃饭，六菜一汤，味味精彩，大家都吃了一惊："承晚你啥辰光学会这一手厨艺的？西湖醋鱼竟然做得比知味观还要赞。"承晚只是笑笑，并不多作解释。

承晚有时会想，虽然看不到什么前途，但日子能过得平稳，还有些不足道的小乐趣，人生也可以交代得过去了。毕竟不是人人都能成就大事业的，时代、命运、机缘、个性、能力，种种因素，他不是最弱的，也肯定属于中等偏下的。晓得了物竞天择，万物如此。他尝试过了，也就心安理得了。

四十九

在香港已经耽了一个半月了，老爷子的情况还是起起伏伏，没有大坏，也不见好转。云裳却不能再等下去了，他的新生儿子在吉维尼，也答应过承曦尽早回去的。在临行之前，他与公司的会计师谈了一次话，这会计师是牛津大学毕业的，他父亲也为傅家做账房先生多年，是可以信任的世交。

会计师叫安东尼，西装笔挺，年纪不大却已经谢顶。他点上一支哈瓦那雪茄，说："云裳，你要有心理准备，老爷子这个毛病，就像黑暗中走路，晓得前面是悬崖，但是什么时候一脚踩空却没人知道。"

云裳疲倦地撸了把脸："所以我坐到这里来听你的高见。"

"公司不能一日无主，你要考虑搬回香港来。"

云裳踌躇道："这需要从长计议了。我住在法国也八九年了，不是说搬就可以搬得了的。"

安东尼很犀利地盯着他："我想，你大概也不是很热衷于接手公司。"

云裳点头："的确。说起做生意，我是一个白丁，既没有这方面的经验，也没这方面的热情。"

安东尼托腮沉思，好一阵不作声，末了说："我理解。如果作为长子的你不想从商的话，那么云鹏呢？"

云裳苦笑着摇头："他更不是那块料子了，叫他去做生意，只怕会是把本都贴给人家。"

安东尼不解地笑道："你们傅家兄弟怎么会是这个样子，让你们继承生意，做大老板，像是要你们的命一样。"

云裳说："天下无不散的筵席。再说，人各有命……"

安东尼严肃起来："这样的话，公司只有一个出路，清盘出售。你可要想清楚。"

云裳耸耸肩："C'est le destin.（也只能如此了。）"

安东尼迷惑地说："你说什么？"

云裳回到法国已经是十一月底了，这年冬季吉维尼终日下雨，房子里的气氛也变得晦暗。而且，承曦的脾气也变了，变得隔膜和生涩，面对远途归来的云裳显得非常冷淡，甚至拒绝与他同床。请来照顾母婴的诺曼底女人私底下告诉他，他在香港这段时期，承曦常常一个人关起门来哭，一整天也不出房门，而且，对小婴儿也不是很上心。云裳听了忧心如焚，私下跟家庭医生探讨，晓得女人会患上一种叫"产后忧郁症"的疾病，只有靠耐心引导，疏通情绪，假以时日才能恢复过来。

于是云裳愈加小心，处处迁就承曦。在吉维尼的大宅子里，表面上生活继续着，男人和女人互相间也算平和。但是云裳知道，他们之间的亲密感还是没有恢复，自从他回来之后，承曦只有与他同床共寝一次，做爱时也显得心不在焉。男女之间的感情标尺，没有比性生活的和谐更能说明问题了。云裳也婉转地跟承曦提起过，承曦却不以为然："小孩子都有了，你老是提这个没意思。"云裳虽然郁闷，但也不好多说什么。

云裳有时会想，两年之前，一切看来都是那么顺畅，他的画开始被画廊接受，在收藏家中奠下了一定的口碑，还买下了理想中的房子。更重要的是，他竟然鸿运当头，和一直心仪的女子在一起。虽然他们没有结婚，但这是在法国，人们更看重男女之间的感情，远远超过那张结婚证书。法国的大文豪萨特跟波伏瓦的故事被人广为传颂，况且他和承曦还有了一个儿子，还有什么更能证明感情的契合，父精母血，这个小小的人儿身上承载着两人的希冀，愿望，和生命的延续。曾几何时，一切都脱出了他的掌控，变得酸涩并莫测了。

云裳太在意承曦了，他不可能悟出，世上的花开与花落，都有着它的缘由，其中的变化缓慢而不易察觉，无论怎样，结果是一定会显现出来的。不管你惆怅还是追悔，千百年来世界就是这样运行的。

就这样过了半年左右，傅家老爷子终于不敌病魔，在四月的最后一天往生了。云裳又去了一次香港，主持大殓。使他吃惊的是，虽然早就打电报到日本去通知云鹏了，他竟然没有来香港出席葬礼，而且没有一个字的解释。使云裳特别尴尬的是，不晓得如何向众多来吊唁的宾客解释。葬礼在愁风惨雨中匆匆结束，云裳即刻又陷进老爷子的三房妻妾财产争夺战之中。自家的老娘天天跟他哭诉，抱怨老头子怎样偏心袒护另外两房；而另两房的姨娘也都不是省油的灯，面上客气，但言语犀利，事事争夺，锱铢必较，人心永远是不会满足的。

这次云裳在香港耽了两个多月，总算摆平家中的麻烦。接下来还要对付公司的事宜，跟客户，跟银行，跟海外橡胶园的管事，跟欠债的，跟债务到期的，无数琐碎繁复但必须处理的事情。云裳一个画画的，哪曾有过面对这种处理账册、报表、税务、收支平衡表、库存、工资单，以及林林总总无数伤脑筋的事情？一个头真的变成两个大。也就是在这当口，云裳下定了决心要把公司处理掉。如果他一旦松口接了手，那么，他的前半生将被完全否定掉，成为一个庸庸碌碌，终日钻营的商人。而且云裳自忖，他可能连个一般意义上的商人都做不好，他没有那种唯利是图、嗅觉灵敏兼杀伐果断的心性和素质，与其委屈自己，不如现在抽刀断水，早点做个了断，反正傅家的财产也够他们这辈人生活无虞了。

于是，找物业掮客上市，去律师楼开会，到机关办理必要的手续，付掉欠账，追讨未付款，三头六面交割，整个过程像煞是一场小型战争。如果没有安东尼在一旁襄助，云裳真的想要去撞头了。好容易告个段落，接下来的收尾事务全权委托安东尼，云裳像逃命一样逃回了法国。

在吉维尼，一封冷冰冰的信在等着他，承曦在信中表示，她已经尽了最大的努力维持他们的关系，但遗憾的是，情况实在超出了她能承受的界限。她的精神与肉体都濒临于崩溃的边缘，为了挽救自己，也为了他，她决定搬出去独立生活一段时日，静心想一想今后到底怎么走，让云裳不必担心，以前再辛苦，她也撑了过来，现在至少对法国更了解了，法语也有所长进，想必是不会有大问题的。

她留下儿子，虽然不舍得，但一则她在漂泊无定之际，带个婴儿是不现实的，而留在吉维尼，诺曼底女人会很好地照顾他；第二作为傅家长子长孙的儿子，对云裳的意义大过对她的，她不想把事情做绝。

她带走了一千法郎，就算是向云裳借款，一俟她有了能力即会偿还⋯⋯

不啻于一个晴天霹雳打在面前，云裳读了三遍还没弄懂信里的意思。在香港耽搁了些许时日，他想过承曦也许会抱怨和争执，但绝对没料到她会如此绝情地一走了之。他双手发抖，脑子一片空白，不晓得如何应对这个局面。

当晚，他晚饭也不吃，在育婴室坐了一夜，喝光了一整瓶威士忌，痴痴地盯着看儿子的睡容，听着小家伙对他喃喃吐出不成章节的字句，想不通这么可爱、这么无助的一个宝宝，当娘的怎么舍得离他而去？

生活对穷人不易，对富人也会露出狰狞之容。

一夜数醒，清早起来，在浴室的镜子里看到自己面容，双眼通红，腮帮浮肿，鬓边突然生出了很多白发。这一年，他才虚岁三十一岁，在记忆中，他的家族没人有少年白头的先例。

接下去几个月，云裳一直在寻找承曦的下落，总觉得如果能好好地恳谈一次，也许能够改变承曦的心意。但是到哪儿去找呢？吉维尼当地不可能，就这么一点地方，每个街坊邻居都互相认识。内陆也不太可能，一个外国单身女子很难生存下去。唯一可能的去处是巴黎，只是巴黎这么大，要找一个人，不啻于大海捞针。但云裳相信既然当初他能在乌诺大街上碰见承曦，现在看在待哺婴儿的份上，老天也会赐予他机会。

他跑遍了整个巴黎二十个区，在地铁口的咖啡座上一坐就是半天，注意进出的人群中有没有承曦的身影。他去妇女用品商店，承曦的大部分衣服还挂在吉维尼的衣橱里，诺曼底女人说她离开时只带了两只小手提箱。她总要添置些换季的衣服吧，在巴黎，女人不可能老是穿同样的几件衣服，就是下层女工也会根据季节流行更换衣装。他去菜市场，去越南人开的东方杂货店，去承曦以前住过的街区，以及她工作过的洗衣坊。凡是他能想得到的地方都去过了，可是上帝没给他第二次机会。

坐在咖啡座上，云裳常常陷入恍惚，他的人生出了什么问题？就如一个健康的人突然被一种不可名状的疾病所侵蚀，前一天还好好的，活蹦乱跳的，接下来就被放倒在床上爬不起来。云裳自认他对承曦是一片诚心，愿意结婚成家，愿意承担责任，愿意共度余生。当然他有疏忽和不到的地方，但是谁又没有呢？主要的，他是深爱承曦的，像一个男人爱女人那样想跟她生儿育女，白头终老。但是他的一片诚意被弃之如敝履，承曦竟然毫无留恋地抛下一切，决绝地走出他的生活，连新生儿子都挽留不住。

在一家偏僻的咖啡馆外面，云裳看见两只狗在街上游荡，一灰一黄，差不多大小，都带着项圈，大概是附近公寓大门没关好偷跑出来的。黄色那条狗应该是小型的猎犬，细腰长腿，敏感并警觉；而灰狗是条很明显的杂种狗，耳朵耷拉，毛色有点乱。两只狗东嗅西嗅，慢慢凑近，然后小心翼翼地去嗅闻对方的体味。黄狗的尾巴绷得笔直，灰狗却一直在摇着尾巴，从摇尾巴的频率上来看，灰狗很有讨好对方的意味。突然，毫无征兆地，黄狗开始对灰狗凶狠地咆哮，并且龇出獠牙，摆出攻击的姿态。灰狗一愣，畏缩地转身跑开，一直摇晃的尾巴也夹在胯下。

云裳只是心不在焉地观看着，外界的事物很难进入他的内心。旁边有个咖啡客却看得津津有味，在灰狗跑开之后，转头微笑地对他说："Elle ne l'aime pas.（她不爱他。）"

说者无心，听者有意。云裳闻言，如被一桶冰水灌顶。男人和女人，如同母狗和公狗，没有化学反应的话，再献殷勤也没有用。

她不爱他。也许，她还爱着范国粹。这是一切问题的症结所在。

五十

爱情能与仇恨并存吗？这又是个无解的问题。

在一切冤结之中，情仇也许是最难解开的一只死结。因为情仇意味着付出与背叛，牺牲与出卖；意味着最隐秘的欲望被折损，在人格上被否定，尊严被撕去。女子那一方更是在意始乱终弃，杯中美酒从此变毒药，喝下这杯毒药，心灵上非死也残。

诡异的是，虽然在情感上已经全然否定了对方，把对方从存在的意义上判了死刑，在日常中也持着敌对的态度。但那个影子却化为无形的鬼魅，隐身于潜意识的领域，在最不设防之际出现，骚扰她，调戏她，羞辱她。女人却全然没有办法反击，因为这个鬼魂是住在她心里的，是她自己召唤来的。

这一切都是潜意识中的潜意识，被紧紧地按在水底下，不容许上浮到日常中来。但那种内在驱动力却始终存在，使人做出阴差阳错的决定和行动。

承曦生完孩子之后，情绪变得起伏不定。乡村生活、吉维尼的大房子、花园、河畔的风景、集市，都不再带来新鲜感。日复一日，世界变得刻板与狭小，察觉到这一点使她陷入一种无名的烦躁之中。照理说，她的人生经过大起大落，现在的状况应该说是最安定的。只要她愿意，这样的安定可以一直延续到生命的终点；她只要点个头，云裳就会为她举行盛大婚礼。可是她顾虑到和沈文渊的关系，从未应允。隔了重洋，就这样含糊地过下去也不会有什么问题。云裳是个温良宽厚的好人，给了她温暖和允诺，但代价是放弃她自己，仅仅做一个母亲和妻子，别无其他。可是承曦还有梦想。

承曦从这个时候开始抽烟，她原本是不大喜欢女人家吃香烟的，觉得总有种风尘气。后来因了国粹身上的烟味，香烟味道变得可以容忍了，甚至还被吸引，毕竟家里的父亲和阿哥都是抽烟的。第一支香烟是流浪在街头时吸的，只为了人家看她不是那么稚嫩。在洗衣坊时，偶尔也会跟玛雅抽上一支。搬到吉维尼来后,就没再抽过了。一直到生完小囡,庞大的空屋子,远在天边的男人,作风强横事事要做她主的保姆,压抑的气氛使她沉寂终日。想起这几年来的沉浮,她心底突然破开一个洞。香烟在这时就不单单是装饰,而是必须的透气孔了。

她始终没忘记要去学画,梦想有朝一日也许她的作品能像班特·莫里索一样挂进卢浮宫。虽然是极为遥远的梦想,常言道千里之路始于脚下,但也要有契机去启动这个梦想。云裳当初说过让她学画,但共同生活几年来,他从未再提起过这个话题,在他看来,大概女子的人生就只安于在一幢房子之内,一个摇篮之畔,一具炉灶之前,而绘画和艺术却是跟女人无缘的。她的确为此忧郁过一阵,在生完小孩之后,这种忧郁的感觉反而增强了,并带有时不我待的急迫感。如果再生一个到两个孩子,这辈子就不要再幻想去学画了。

出走,是在一个早上突然决定的,她与诺曼底女人都在厨房忙碌,她从花园里回来,正在整理花束准备插瓶,诺曼底女人在煮奶瓶,小孩的摇篮就放在旁边,听闻到小孩啼哭,两人都过去查看,不料儿子竟然视她于无物,却伸出双手要诺曼底女人抱。就在这一刻,承曦卸下一个大包袱,心里同时感到酸楚与解脱。她什么都没说,很平静地回到自己的房间,写下给云裳的信,然后收拾了简单的行装,在下午乘长途汽车来到了巴黎。

在旅馆里住了几日,承曦在蒙巴纳斯附近找到一个顶层小公寓,里头有简单的家具。再经过一段时期的搜寻,承曦报了名参加一个教授初级学画者的私人画室,一礼拜上四天课,两个白天,两个晚上。

上第一堂课时,教师推开门走了进来,承曦直觉得这人怎么有点眼熟,可是一点也想不起来何时何地见过面。直到课程要结束之际,教师做了一个不经意的动作,承曦突然记起这个颧骨高耸眉框很深的男人,跟她在莫里索画展上曾有过一面之晤,在她差不多要昏倒之际,男人搀扶了她下台阶,走过两个街区,还给她叫了计程车。

她也恍然记起了这个男人叫保罗。

同在巴黎这样一个大城市中生活,熟人碰见的几率虽然很小,但却始终存在。承曦就在巴斯蒂尔广场地铁站转车时,见到过国粹一次,但当时国粹面向站台,并没有注意到她。远远地望去,国粹夹着香烟,长发扎成一束垂于脑后,他穿了件铁灰色的长风衣,风衣下摆上沾着油彩。人还是那么消瘦,而且背竟然有点驼了。侧面看去,国粹的神情寥落,疲倦,并且不断地咳嗽。在一刹那,承曦心里突然涌上不可抑制的柔情,过去种种伤害、怨怼,一下子烟消云散。站在离她二十米远的站台上,只是一个脆弱的男人,身上散发出来的失意和伤感,就是隔了熙熙攘攘的人群也传递了过来。承曦熟悉这个冤家的一切,他的身体,他的气息,他的微笑,他的脾性。只要她有勇气走过这二十米的距离,嫣然一笑,从背后拉一下他的袖口。然后,他就会回转身来,在惊讶的神情浮上脸庞之前,先把她一把抱住,浑然忘我,恍如隔世。

拐角上的墙壁挡住了她的身影,承曦最终还是没有跨出这一步,心中的暗伤,以及自尊,使她挪不开脚步。她只是远远地凝视着那个身影,一无所思,直到地铁进站了,国粹随着人群上了车,列车离开站台进入隧道，她才转身离去。

那段时日国粹的确处于他人生的低潮时期，情人的绝情，朋友的离散，生活的困苦，艺术又停滞不前。作为一个感性的艺术家，不可避免地走上一条孤绝和避世的道路。他常常在画室里不吃不喝地画上十几个小时，累了就在满是垃圾的地板上小睡一会儿。等到这个阶段的绘画热情消耗殆尽，他就几天不去画室，在小阁楼里蒙头大睡，半夜里出去喝酒，喝劣质的杜松子酒，喝到自己胃穿孔。并且，在星期三的怂恿和带领下，他开始嫖妓。感情死了，但肉体还苟活着，并且像一头野兽般要吃要喝要发泄，过后，才晓得自己在堕落。唯一支撑他的是，他还有很多画没画完，绘画的终极目标没完成，而这个目标无形无状，像海市蜃楼一样在前面时隐时现，他要不顾一切地追上去，攫取他的猎物。他的身体，已经有崩坏的前兆，但他并不很在意，肉体怎么破败都可以，而心中的艺术使命像根鞭子一样，抽打着这具破败的肉体，逼着他前行。

钟樱之跟他纠缠多年，眼看结缘无望，终于决定要回香港结婚。临行之前，樱之最后一次来到他的小阁楼。这是个秋天的落叶时分，窗外云层浓厚，欲雨未雨，小阁楼里晦暗微明。国粹开了一瓶波旁白兰地，是一个画廊老板送给他的。国粹把琥珀色的酒斟在杯里，递给樱之，同时举起自己的杯子："谢谢你陪了我这么多年，也许，在我的人生中，你是唯一痛惜我的。"

樱之自嘲："也是一个赶都赶不走的。"

"我从来也没赶你啊。"

"每次离开时，你都如释重负。你敢说你没有？"

"你看你说到哪儿去了！"

樱之哼了一声，把酒一饮而尽，眼神迷离，苍白的脸上升起红晕："我问你呀，我欠了你的，你也欠了我。我们要怎么还？"

国粹也是半醉了："你就要走了，我们能不说这些吗？"

"偏要说，不说就没有机会再说了。"

国粹苦笑："你一定要说，那就说吧。"

樱之叹了一口气："我自问也是尽力了，却还是没缘分。"

"但我们不是最好的朋友吗？这比什么都重要。"

樱之嗤之以鼻："对一个在恋爱中的女人，仅此是不够的。我再问你最后一次，你说一句，我就不走了。你肯娶我，那最好；你不娶我，但就这样腻在一起，也挺好。"

国粹环顾了一下寒酸的小阁楼，缓缓地摇了摇头。

"不行，如果我答应了你，将来你会恨我的。"

看樱之不响，国粹又说："你知道，我养不起你。"

"我不要你养，而且，我会养着你，让你一心画画，为你做模特儿。"

看到国粹挑起一条眉头，做出不相信的表情，樱之说："钱，我可以去问我妈要。并且，我是独生女，我妈的财产总有一天归我。"

"那钟太太要恨死我了。"国粹笑道，"而且，你是知道我的，我是不会让你那么做的，这与我的人生信条不符。"

"我也可以去做女工啊，再不然，就是去做妓女也行……"

话还没说完，就被国粹一把捂住嘴：

200

"不许胡说。如果到了那个地步，我还算个人吗？"

"你不知道当女人被逼急了，什么事都干得出来。"

国粹嘶哑着声音说："我最不愿意看到的是你去糟蹋自己。这个世界已经够污糟了，求求你，就不要把我心里最后一丝光亮也掐灭了吧。"

樱之咬着嘴唇，久久不作声，最后低声说："喂，你转过身去。"

听到背后脱卸衣衫的窸窣之声，他知道樱之在做什么，却无力阻止。

国粹走到窗前，俯身向外眺望，七层楼的天井深不可测。他思维停止，只感到身心处在一个极为软弱的时刻。在灰暗的云层底下，一对鸽子在对面公寓的屋顶盘旋，久久不肯栖落下来。

等他回过身来，一具雪白的玲珑肉体，在薄暗中熠熠发光，脸含桃花的樱之，扶着椅背站在房间的中央。

"你能抱着我吗？"

国粹一声不响地走过去，抱起她，女人的发丝拂在他脸上，带着江南深秋的桂花气息。樱之像个婴儿似的蜷缩在他怀里，光裸的肉体轻盈，皮肤冰凉。国粹把她放在床上，拉开毯子盖上。自己坐在床边，两人的手握在一起。

窗外，一街之隔的小教堂，晚祷的钟声响起，断断续续敲了七记，夜色掩了上来。

在薄暗中，樱之把他拉近，很轻地耳语道："问你呀，你真的不想要我的身子吗？"

国粹摇头："我已经脏了，我曾去找过妓女。"

樱之抚着他的脸颊："我不在意的呀。"

国粹还是摇头："你要结婚了。"

樱之有点幽怨地推了他一把，说："你这是何必呢！其实我是什么都肯答应你的。"

"正因为如此，我更做不得这件事。那太辜负你了。"

樱之躺在黑暗中静静地哭泣，偶尔哽咽一下。国粹一只手撑着额头，一只手被樱之紧紧地攥着，两人一句话也不说。

时光流逝，酒喝完了，窗外月色迷离。

国粹背着樱之下楼时，肩膀上被狠狠地咬了一口，一个趔趄差点摔下楼梯去。国粹痛得叫出声，只听得樱之在身后幽幽地说："我真是恨死你了。一个没心没肠的坏人，不咬你咬谁？"

钟樱之的未婚夫彼得特为飞到巴黎来，陪护未婚妻回香港。在动身的前一晚，彼得邀请国粹参加他们的告别晚宴，订位在靠近爱丽舍宫的一家香港人开的餐馆。国粹本来是不想去的，他见了彼得，总觉得几分尴尬。但是樱之也写了信来，说："你不来的话我会很生气的。"于是就换好了衣服去赴宴，餐馆不错，低调但奢华，菜品也很不错，香港大厨师融会中西之长，炭烤小羊排，葱姜龙虾和松茸饭都别具一格。可是面对美食佳肴，三个人都吃得很少，话语也很少，席间气氛压抑。最后樱之命令她的未婚夫："你先去对面的酒庄挑几瓶波旁白兰地，回香港去好送人。"

彼得很听话地站起身，说："你们慢慢吃，慢慢聊。"

国粹看着彼得的身影消失在餐厅门口，对樱之说："你这又是何必呢。"

樱之却置若罔闻，从随身拎包里取出一个信封递给国粹。打开一看，是用五张百元法郎钞票叠成的一个万字结，万字结里还包有东西，拆开来，叮当一声，两枚翡翠耳环赫然在目。睹物思人，国粹不由得一声长叹。

樱之幽幽地说道："这下称了你的意吧！可以拿去跟她交差了。"

国粹摇头苦笑："你晓得的，物是人非。不过我会想办法转交于她。"

又把钞票推回去："钱我不能收。"

樱之眼睛一瞪："你不怕我从窗口里跳出去吗？"

"哎，但你也要顾着一些我的自尊心呀。"

"我要回香港了，法郎于我一无用处，拿好呀。"

国粹无奈，收好耳环与钞票，点上香烟，樱之也伸手要了一支。

国粹突然想起了什么："差点忘了。"伸手在西装内袋里摸索，随即掏出一个纸包，递给樱之："给你做个纪念。"

樱之挑起一条眉毛，诧异道："哦，太阳从西边出来了？是什么东西？"

国粹笑道："自己打开看呀？"

樱之打开看到是一挂银链，又拈起坠头细看，脸上表情复杂。

"像不像你？"

樱之点点头，撑着桌子站起身，走到国粹面前，命令道："帮我戴上。"

国粹帮樱之戴项链时，感觉到女人身体微微颤抖。

回到座位坐下，两人抽着烟，一声不响，此时无声胜有声。樱之的脸容经过了十来年，烟酒不辍，却并无多大变化，依旧黑发如瀑，额头平展明亮，肤质光洁细腻，瞳孔深得像一潭湖水，盯着看久了，真的会晕眩。

国粹晓得，樱之此去，他的一部分人生也将随之而去，前路更是孤单。

五十一

云鹏一走两年多，开始时还偶尔有一两封信函，国粹由此得知他从神户搬去了京都，借住在清水寺附近的一间僧舍里。云鹏还在法国时，受当时迷恋东方文化的风气影响，雕塑的风格就已经趋向于安静内省的佛教艺术，所以国粹也没觉得住僧舍有什么问题。但后来通信就越来越少，最后绝迹了。只是蒙马特工作室的租期到了，房东询问国粹你们是否还要继续租下去。国粹为此事连续给云鹏写了三封信，但一无回音。这个高昂的租金国粹当然是负担不起，只好搬家。大幅的油画塞在公寓的地下室里，小幅的堆在自己的斗室之中，这样更是连转身的余地都没有了。

人生道路越走越窄，国粹现在真的是孤家寡人，云裳与他不来往了，云鹏又行踪飘忽，承曦视他如仇敌，承晚也久未通信，如今连钟樱之也不在了。他平日交往的人变得只剩两个，一个是星期三，还有就是阿黛尔。

一般都是星期三来找他，带了酒，烂屁股一坐就是三四个小时。天南地北地吹牛：哪个阿尔及利亚的小婊子被他收拾得像一帖药；哪个比利时小妞有一对妙不可言的乳房；又有哪个女人和他在旅馆里弄得惊天动地，连警察都来了。国粹有时被他说得血脉偾张，但有时又感到悲哀：万物之灵的人类，贵族和平民，艺术家和体力劳工，同样被低等的欲望驱动和消耗，兽欲常常占上风。他看自己也不是个东西，常常迷恋于沉沦的快感。

有时实在无聊了，他也会被星期三拖

着去泡酒吧。一个晚上兜兜转转跑四五个不同的酒吧。喝酒,一半是消愁,一半是下意识去勾搭酒吧里的单身女子。在巴黎的酒吧中,并没有很公开的妓女拉客,做得太露骨了,酒保也许会过来干涉。但某些女客人的确是干那行的,来酒吧只是她工作之余的休闲而已。如果看得上眼的话,大家都晓得这场戏怎么唱下去。国粹碰到过大学的学生、小戏院的女配角、跟他一样住在阁楼里的女作家,当然也有年轻不安分的女工、夏天来巴黎度暑假的外国学生。星期三喜欢那些粗野风骚的,体力充沛的,因此常常嘲笑他对女人的品位。同样,国粹也看不上星期三那些毛孔粗大的,屁股像磨盘一样,洒了大量廉价香水也掩盖不住腋下狐臭的女子。他情愿自己解决。

有时,身边的女子已经在催他走了,而半醉的他,却凝望着酒吧的深处。恍惚间,图卢兹·罗特列克的鬼魂在吧台后面一瘸一拐地走过来,再爬上邻座的高凳,凑近他耳边窃窃私语:"老弟,艺术家的人生,就是如此跌宕,你是帝王也是乞丐,所有的美好,所有的脏臭,都是我们要去领略的。在美学上,美丑是一视同仁的,也许,邪恶的美在某种程度上,更胜于常规的美,层次更为丰富,其内在的挣扎,顽强的生命力,以及孤注一掷的绝望,都有一种耀眼的美,正如波德莱尔所咏的恶之花……"

阿黛尔常与他见面,带他去长时间地散步,到乡间,到附近山里,乘火车去波尔多,拜访一座差不多被废弃的酒庄。整个酒庄建筑是石砌的,品酒室设立在一个岩石山洞里,隔着大幅玻璃,栏杆外面就是很深的峡谷,风景极美极奇崛,酒也不错,但客人寥寥。阿黛尔说:"你看这个酒庄,小时候父亲带我来过,酒庄主人是个非常有格调的老派绅士,穿燕尾服戴高顶礼帽接待客人,生意做得很成功。但传统的手工经营抵挡不住商业大潮,等到酒庄主人故世,下一代就耐不住寂寞,酒庄经营得心不在焉,变成我们今天看到的样子。"

他们在出游期间常会有很严肃的交谈。阿黛尔的身上有一些很矛盾、很奇怪的特质,很沉潜也很极端。比如她说:"时间就是上帝,人类在时间中是很偶然的现象,人依存自然,但自然并不一定需要人类。如果你留意,在我们不算长的一生中,我们可以看到很多事物的消亡和兴起。从大的方面来说,在你们中国,马克思主义者取得政权之后,一个有两千年历史的国家彻底改观。这一切的斗转星移,都在我们不知不觉之中完成的。"

国粹多少有点迷茫:"你说的这些,离我很远,而我眼前的烦恼是怎么在艺术中找到自己。"

阿黛尔目光炯炯:"我的忠告是,剔开你自己。"

"'自己'就是握着画笔的我啊,怎么能把自己给剔出去?"

"这我不能告知你,你要自己去体会。"

阿黛尔有时会带他去一些有趣的沙龙,其实就是些不入流的文化人聚会。国粹见到了一些患忧郁症的作家,据说忧郁症是当下最流行的富贵病。某位小有名气作家,脸色苍白得像具石膏像,胡子修剪成左拉的样式,跷了腿抽着烟斗,满面严肃地批评戴高乐总统的阿尔及利亚政策,对苏俄的斯大林政权又大加赞扬。另一位作家穿了件夏威夷大花衬衫,色眯眯地看人,说些什么"男人跟男人恋爱是爱情的最高境界"。国粹本能地厌恶这种人，避之唯恐不及。

更多的是会见一些和他一样贫穷的画家，这些家伙都住在旧仓库里、废弃洗衣坊的阁楼上，床和家具都是捡来的，人永远处在半饥饿的状态，依然卖力地画着也许永远卖不出去的画，并自认为是毕加索第二。见了国粹的东方面孔，便认定他是日本人，而且是画毛笔画的。国粹去看了他们的画展，并没有觉出什么新意，还是炒立体主义和野兽派的冷饭，便在心中暗笑。首先，艺术贵在独创性，不可能有毕加索第二的，这些法国人可能没听过齐白石说的"学我者死"那句话吧；再者，那毕加索老头儿像条变色龙似的，你才学到一半，他又变了，你岂不是累死？

但国粹也在这些人身上看到自己年轻时的影子，一名艺术新兵所特有的狂妄和青涩。走出好长一段路，再回过头来看自己，不由得感叹万分。

还有些痴迷的戏剧爱好者，有年轻人跟上了年纪的，从演戏学堂里学出生意来，自己又演又编又导又做杂工，节衣缩食，众筹租下半荒废的小剧院，到处送戏票请人去看。或者就在旧仓库里开演《哈姆雷特》，几幅床单一拉算是背景，观众席地而坐。演到奥菲利亚溺水那一幕，突然身边有女观众就地躺下，翻着白眼作溺水状。据说这是最新的现代潮流，台上台下演员观众互动，使人有临场之感。每次演完，总会接着开一个乌烟瘴气的派对，有阿拉伯羊肉煎饼吃，有最便宜的红酒喝，这群人就很满足了，男男女女又笑又跳又自我表演，通宵达旦地胡闹到天亮。清早三四点钟，国粹从派对出来，已经疲倦得连眼睛都睁不开，脚步飘摇地走回家去。途中穿过沉睡的城市，街道一片静谧，天色已经透出淡淡的青色雾霭，空中有鸟鸣声传来，而街角的面包房飘来烘制新鲜面包的香味。

阿黛尔在所有的人际圈子当中都游刃有余，也受到大家的欢迎。她会做很好吃的乳酪蛋糕和果酱馅饼，在派对上众人分食之际，她叼着烟，端起相机咔嚓咔嚓地拍照。国粹第一次在火车上见到她时，就觉得三十来岁的她显得很老相。这十来年过去，阿黛尔的头发花白了，脸上的皱纹更深了，香烟是从不离嘴的。那种黑烟丝的摩洛哥香烟，一天总要消耗掉三四包之多，这显然对她的健康造成影响。但阿黛尔自己好像并不在意，偶尔有人谈起这个话题，她总是轻描淡写地说："非洲人的平均寿命是三十一岁，我已经超过他们好多了。"

阿黛尔的为人处世常令国粹迷惑，法国女人风情万种是有名的，文学和艺术都离不开这点。但阿黛尔却好像没有性别上的特质，既不会引起男人的遐想，也不会跟女人争风吃醋。相熟的男人女人，甚至都可以当着她面换衣服，而不会感到尴尬。她也对所有男女一视同仁，和任何人都能打成一片。但国粹看出，她也不会跟谁走得太近，换句话说，真正的知心朋友，可说是一个也没有。国粹也不知道为什么阿黛尔对他一个外国人、穷画家倒是照顾有加。

阿黛尔身上最令人看不透的，是她对世界上发生的任何事情都不在意，如果有人说明天要在巴黎扔原子弹了，阿黛尔也会好整以暇地把她的底片冲洗出来。同样的，她对发生在自己身上的得失也不大在

204

意，她的吃饭家什照相机被偷走过好几次，家里两度被撬窃，唯一的亲人姑妈过世，她都表现得很平静。甚至当她的身体有恙，医生说："抽这么多烟，你的肺会烂掉。"她照样是照抽不误，抬抬眉毛，说："喔，医生，活到老年，是一种折磨，我才不要活到七老八十。"

在国粹的潜意识里，不管在什么情况下，生存是第一重要的。正如那句"好死不如赖活"，不管是士大夫还是贩夫走卒，包括自诩为艺术家的，无不如此。在阿黛尔身上，国粹看到了对生命的另一种理解：自在，自由意识跟生命本体在一条平行线上，但又是两个独立的个体；自由意识冷眼看着生命在进程中的种种变化，因为晓得不管怎样，最终的归宿都是一样的，所以理解更重要，而不是代入，体验更重要，而不在乎得失。

这种潜移默化的世界观对国粹的画也有所影响。阿黛尔从不评价国粹的作品，要说，也是泛泛而论。比如她说，一张照片，除了你看到的，没有被看到却被你感知的那部分更重要。当时听了不觉得，但事后想起，觉得她的说法很是透彻：看到的是第一扇门，引起感知的是第二道门，触及魂魄引起颤栗的是第三道门。平面绘画艺术一样得有纵深，不然，绘画只是一块挂在墙上的装饰品而已。

生活在巴黎十来年，国粹此时的绘画已经摆脱了具象的因素，他从宋代画家米芾的大墨点写意画中得到灵感，摈弃细节、透视，以及三度空间，追求气韵、律动，特别注意留住画面上的偶然性效果。他面对一张空白画布伊始，完全不晓得在结束时会出现什么样的画面效果。在作画的过程中，他尽量使自己处在随心所欲的状态中，不预设，不追求完整性，不限于材料的运用。把以前学校教他的东西，能抛弃多少就抛弃多少，像一个婴儿般去看世界，让多年的绘画本能自动介入。

一年多下来，在这种试验的过程中，他的画面呈现出两极，有些画绝对不能看，是完全失败的试验品，但有些画却美妙至极，浑然天成。画面没有人工刻意的痕迹，好像是颜料在画布上自由地流淌、舞蹈、相撞、融合，互相渗透，互相烘托。在一片不同色相、不同深浅的绿色中，一抹妖艳的粉红色突兀跃出，红绿相映，相冲相克，却结合得天衣无缝。在蓝色的氤氲之中，细细一线柠檬黄贯穿，如同黎明在峡谷中看到日出；或者就是黑白大混战，在犬牙交错中却有一点鲜红溅出，如响箭嗖的一声射入肌体，血珠涌出，又如美人在战乱中策马出逃，一骑绝尘。

国粹觉得他一直追求的绘画理念和风格，在混沌中开始冒头了，如同水中巨蟒，虽然还深藏在水下，但已经几次腾出水面。只是惊鸿一瞥，他可以确定，水下有蟒。

开始有画廊注意到他了，参加了几次画展，偶尔会卖出一两张。国粹终于看到希望，可以用绘画来养活自己。但是有一个问题，每次他画画的时候，如果脑子里腾起"这幅也许能卖掉"的念头，这幅画就一定画不好，屡试不爽。孰取孰舍？当然是画好画。如果说为了赚点小钱而去画平庸讨好的画，等于把他的人生全部颠覆了，还不如守着家传的当铺混吃等死一辈子。

但现实是毫不留情的，国粹可以一天只吃一顿饭，可是香烟和酒是少不了的，没这两样东西他就画不了画，做不成任何事情。他安慰自己，要成为一个大画家，必须经过受穷这一关，莫奈、梵高、毕加索、莫迪格里亚尼，都穷过，而他们在穷困年代的画作，反而是最纯粹、最有内涵的作品。人生的载体有限，容纳了太多物质的容量，留给精神和灵性的空间就会减少。

樱之常常来信，诉说些对香港生活的不满。每次都在信里夹上一张百元港币的钞票，在钞票上写着"香烟钱"。国粹好气又好笑，说了她几次不听，只好把钞票往枕头底下一塞。到了真的山穷水尽之际，翻箱倒柜找出来，拿去银行兑换了，也真不无小补。

靠飞鸟衔来的食物过日子只是个美好的童话，一个人的生活再简朴，也还是有很多意料不到的开销。除了烟酒，国粹最大一笔支出是画布和颜料，画布，有时还可以反复运用，画得不满意可以涂掉重画。颜料是越来越贵了，国粹又习惯于厚涂和抛甩，颜料的消耗极快，而手边不囤积大量颜料的话，国粹会睡觉都不香。每次画廊付了他钱，总是先买好大量的画布、颜料，像一个贪婪的商人大量囤积货物一样。

顾了这头顾不了那头，画布颜料痛快一买，有时房租就缴不上了，虽然没几个钱，但是一分钱真的会难死英雄汉。代收房钿的门房老太太，见了他脸色也不是那么好看了。国粹甚至想过去卖血，可是他日夜颠倒，饮食不周，身体已经很瘦弱了，人如果生病倒下，那窟窿就更大了。

死循环，你必须留住本钱才能画画，但画画又特能消耗本钱。纺织厂织布，铁厂造机器，消耗的是棉花和铁矿。艺术家创作，消耗的是人生和健康，同时榨干灵魂。

五十二

都说入门容易深造难，承曦凭她的聪明和勤勉，以前看阿哥画画时的耳濡目染，在绘画班上学了三四个月后，竟然能初步掌握基本的造型和色彩了，连她自己都不敢相信。

保罗教授是个很开放的老师，第一堂课就说："什么是绘画，绘画就是玩耍，不要太认真，你画一个圆一点的苹果，或者画成扁一点的苹果，苹果的滋味不会改变，这个世界也不会因此革命。记住，我们是在营造一个虚拟的世界，而虚拟世界中，是容许奇奇怪怪的东西存在的。"

或者说："已经有高更、梵高和塞尚在前面领路了，你还想做个拙劣的具象世界模仿者，我真替你的银行账户惋惜。虽然我收到了学费，但在我心里还是要骂你是个不堪调教的笨蛋。绘画，就是画你自己的五脏六腑，画在你视网膜上一闪而过的幻象，画你的绮想，画你的梦。或者，画你最说不出口的欲念。"

最后，保罗教授斩钉截铁地说："在现代艺术中，画龄不重要，技巧也不重要，而个性，是决定你作为一个艺术家是死是活的唯一要素。"

承曦就在这种惊世骇俗的指导下画出了她第一张油画——白色与黑色的交响曲。画面由白色和灰色组成，大小不一，形状各异的白色色块，间隔着黑色与深灰色的轮廓线，画面上厚薄不一的笔触，形成波动的节奏，右下角画有隐隐约约的一株玫瑰，像一道干枯的血痕。

保罗教授抱着胳膊看了很久，挑起眉毛问她："女士，别告诉我，你真的从来没学过画画?"承曦摇头。其实,她心里大概知道这画意象的最初起始:早年某个春日,阿哥刚刚写完的一幅书法,才揿上印章,一只灰猫突然跃上书桌,棉纸被掀起,墨汁淋淋漓漓,互相重叠粘连。但她不晓得只是很久以前生活中不起眼的一幕,为什么变成了她生平第一幅油画。

保罗教授从此对这个女学生另眼相看,他并没有认出这个女子在卢浮宫里曾与他有过一面之缘。以前也有外国人来他画室学画,大都是有钱有闲者,崇尚法兰西文化,到他画室里来蜻蜓点水一下,不管成不成,也算沾了点文明之光。这个女子却有些不同,但何处殊异,他也讲不出来。

保罗教授不像法兰西学院那些冬烘先生,穿三件头的老式西装,散发着一股酸气。他梳一个大背头,浓密的胡子和鬓角修得整整齐齐,服饰和皮鞋永远是巴黎最时尚的。平时开一辆红色英国敞篷小跑车,招摇过市,很容易被人认为是个纨绔子弟,但他的确是个有修养,也具有独特眼光的艺术教授,同时也是个伊壁鸠鲁的信徒,注重当下,看淡名利,讲究人生享受。

在结业时,学校里办了个小型画展,承曦第一次看到自己的画,被装在镜框里,挂在大厅中展览。那种感受一言难尽,可能与不可能之间的屏障突然消失,像阴霾的天气太阳微微冒出头来,世界开始微笑。本来低沉的心情一扫而空,前面的风景在雾气弥漫中渐渐显露出道路来。

有一天,她也许会有自己的画室,不需要太大,但要有明亮的大窗户,结实的橡木地板;有一张旧的,但货真价实的路易十六时期的美人榻,可以在画画间歇时半倚着看画;有罗马式的大理石花瓶,插满了四季鲜花;有俄国式的银质大茶炊,画室内茶香弥漫;画商们跟她约时间来看画,为她举行画展;周末从画展开幕酒会回来,她将脱掉高跟鞋和旗袍,穿着文胸和内裤在空荡荡的画室中独自跳舞,再喝个烂醉,在美人榻上睡得人事不知……

一个念头突然来到心里,阿哥如果到画展上看到她的画,会不会惊讶莫名?他将会怎样评论?还有那个人,他会怎么想?

遐想被打断,擎着酒杯,头戴巴拿马草帽,一身花格子西装的保罗教授来到她身边,俏皮地举了举帽沿:"赵女士,你是这个班上,唯一学费花得不冤枉的学生。我有这个荣幸邀请你跳舞吗?"

有时,赵承晚会把在法国时期画的画拿出来,摊在桌上,背着手一张张看过去,好像是看别人的画作。这些画作的确有种陌生感,他诧异当时怎么会有那种感觉?阳光明亮,色彩优雅,画面呈现着朝气蓬勃的气象。再看现在的画作,透出一股郁闷滞涩的味道,颜色浑浊,笔触也显得僵硬。"橘生于淮北为枳"大概是有些道理。画画也讲究天时地利人和,天时和地利是主要的,人在不同的环境下,认识不同,感受不同,手下画出来的东西也不同。

他回到杭州之后,画画的欲望好像减弱了,十天半月不动笔,内心也没有什么歉疚感。作为一个普通老百姓,生活中比画画重要的东西多了,安定的日子,口腹之欲与小乐胃,身体健康和阖家平安,都直接关系到你的人生。

南山路三间简陋的平房,的确是他托以隐身的南山,每天去菜场采购来的食材,就是他人生中天天绽放的一片菊花之海。

教书是教不成了,但在当下的环境里,不劳动者不得食,任何人都不好窝在家里游手好闲的,左邻右舍会有闲话,街道里也不会放你过门。但承晚除了画画之外别无所长,虽然会讲法语,可惜中小学不开法语课,去教大学嘛又有些不够资格。高不成低不就,最后给他安排了一个街道工厂的职位,在信封车间里粘信封。承晚上了几天班,觉得倒是还好,不需要什么技术,不用动脑筋,也不怎么累,就是工资太低,除了缴房租吃饭,可说是一无剩余。还好承曦每隔几个月,会给他寄来一两百法郎,让他改善一下生活。

晚春时节,承晚沿着南山路散步,柳树飘絮,西湖湖面上积聚了一片茫茫白絮,水面显得浑浊。路过苏小小的坟,已经被铲平了。他记得上次是跟国粹和承曦一起来的,曾几何时,大家飘零四海,音讯寥寥。人生竟会有那么大的变幻,如柳絮一样,身不由己,今朝不晓得明朝。

既然明白了命运的不可测,安排好个人的小日子是唯一可做的。承晚三十出头了,还是独身一人。也有热心的街坊给他提过亲,承晚被催迫着去看了,不是嫌对方相貌平平,就是相处下来觉得无话可说,总是不成。介绍人就不高兴了:"拿什么架子,也不看看你自己,法国留学生在粘信封。还不如人家一个正儿八经的学徒工,有工资有奖金,还有劳保。你有啥?亏你还要挑三拣四。"

承晚笑笑,道个歉,也不反击。心里晓得将就的婚姻,不是委屈了自己就是委屈了别人。更何况贫贱夫妻百事哀,单身,结婚,怎么过,都是一辈子。

放下了这层心思,日子倒是过得更潇洒了,一人吃饱全家不饿。手上有钱的话就下个馆子。现在承晚觅食的门槛更精了,晓得有些菜肴名过其实,像西湖莼菜汤,

从来不叫。有些自己家里也能烹煮的菜肴,如东坡肉,选取好的猪肉,用足料,讲究火候,成品不一定比饭馆的差。他下饭馆,专门挑选那些要费大工夫的,或者在家里没有条件做的菜肴,细细品尝,自得其乐,人生也仅在于咀嚼之间。

不过,午夜梦回之际,承晚看到自己和国粹等一干志同道合的朋友,年轻而生机饱满,在深夜漫步于巴黎街头,在卢浮宫里流连忘返,一张张伟大的杰作闪着天堂之光。醒来不禁怅然,短短几年,初心已逝,但艺术的光照不曾完全消失,在他平淡无奇的日子里牵起一丝余韵。

五十三

这一年的冬天,大巴黎地区流行着一种很可怕的感冒。国粹也中招了,发高热,咳嗽,浑身酸软,连续两个礼拜不能起床。后来总算痊愈了,但对他身体消耗太大,每天爬七楼变成一个大挑战。而且,由于他多次拖欠房租,与公寓的管理方面也闹得不太愉快,因此国粹一直想搬个家,但苦于合适点的房子太贵,便宜的房子又太小,或太远。

最后,有个熟人给他介绍了一处位于圣米歇尔广场的房子,离巴黎圣母院不远,在四楼,房租也很便宜。国粹去看了,房子差不多有两百年了,是路易十六时期建的。门面看来还不错,黄铜扶手,廊柱上雕刻着圣经故事,房子有着法兰西全盛时期的余韵。但仔细看去,外部台阶下陷,地砖缺失;里面泥灰墙面开裂,门窗都关不严,房子像个年逾古稀的老人,颤颤巍巍地还站立着,只是沧桑得很。在三楼走廊的尽头,一扇小门后,有一道窄窄的楼

梯通往阁楼，走上暗洞洞的阁楼，一股灰尘味道扑面而来。走道两边分隔成一小间一小间，挂着锁，是楼下公寓住户存放杂物的储藏室。在朝北的尽头，有一间稍大些的房间，人字形斜顶，有一扇窗户对着塞纳河，看得到圣母院的塔尖。国粹估量了一下，房间里大概能放下一张单人床，另外还有十来个平方米地方可以画画。风景不错，朝向也是他喜欢的，当即表示要租下。公寓的管理人说："按理说，这儿是不能住人的，因为这一层是储藏室，没有盥洗设备的。以前有个歌剧女演员住这里，每天吊嗓子，楼下住户抱怨，被我赶了出去。如果你保证不弄出太大的声响，影响到别的住户，我可以睁一眼闭一眼。"国粹问道："那么，我要上厕所怎么办？"管理人踌躇了一下："我可以给你一个便壶，像医院里用的那样，你自己负责清理。"带国粹来的介绍人觉得不合适，没厕所不行，怎么能住人，拉了国粹要走。管理人冷笑一声："你要晓得，这种路易时代的房子，从建造伊始就没有厕所，几百年不是也过来了吗？"国粹倒是觉得没什么大不了，说："平时我可以到楼下的酒吧去用盥洗室，夜里，有个便壶也就可以了。我们中国乡下的房子，大多数是没有盥洗室的。"

介绍人只好耸耸肩："反正是你住，我才不在乎呢。"

国粹身无长物，一张单人床垫，一只小书桌，一把椅子，再加上一台木制画架，雇了一辆出租车就搬了过来。当夜他被窸窸窣窣的老鼠活动声闹醒，恍惚之余，有一阵子不知身在何处。抬起身，望见窗外一弯新月挂在圣母堂的钟楼之畔，才恍然想起这已经是他在巴黎第五次搬家了。

国粹等到住进来后才晓得，阁楼上不通风，不但有挥之不去的灰尘味，还有老鼠做了窠的味道，以及屋顶上大量鸽子粪被太阳蒸晒出来的味道。所以一直得把窗开着。但在深秋时分，有几天巴黎的气温降到四五摄氏度，整夜开窗冷得吃不消。国粹只好一根接一根地抽烟，以此掩盖那股百味杂陈的老房子味道。

他的作息习惯是晚睡晚起，白天要睡到近午才起来，然后下楼喝咖啡，顺便借用厕所，料理一下个人卫生。楼下的德国酒吧在白天是咖啡馆，也供应一些家常餐食。国粹总是点他们的煎蛋卷，满满的一大盘，蛋卷里面有蘑菇、腌肉、洋葱，以及很多的奶酪，配上油煎土豆块，这一盘够支撑他大半日。时间久了，只要等他一坐下，老板娘兼女招待克洛伊就会朝他微微一笑，吩咐厨房：中国人要的煎蛋卷。然后她把咖啡送上来。

某夜，国粹下楼去买香烟，克洛伊正在天井里洗刷酒杯。看到国粹就叫住了他，把一大袋食品递给他。国粹不肯收受，克洛伊说："这些食品都是没动过的，你不拿，也是要扔掉。"国粹看她满脸诚恳的样子，只好接了。回到楼上打开一看，计有用蜡纸包的德国的大蒜灌肠两大条、荷兰硬干酪一大块、几听酸菜罐头，还有一大条当天的荞麦面包。也算是雪中送炭，这些食物够他吃几天了。

看来传说中乌鸦给苦行僧送粮食还真有其事。

国粹跟酒吧里的上下都混熟了，大家都知道他是个画家，也许有一天会出人头地。国粹在酒吧里帮人画肖像，有时把新画完的油画挂在酒吧里展览，偶尔会有人来买。据克洛伊说买家是美国来的游客，还要把画打包，给他们寄到纽约去。卖了画,国粹手头相对宽裕了点,这才想起他需要买些衣服和鞋子,脚上那双鞋底已经脱胶了,随时都可能散架。在歌剧院附近的商场里,不期然见到傅云裳,正在购买童装。想到当年的好友就这样不复来往,国粹心里忐忑,但也没有转身走开。云裳付完款一抬头,也见到国粹,两人踌躇了几秒钟,然后互相趋近,握手,两人都语无伦次,眼里泛着泪花。

到咖啡馆坐定,一时都找不到话头,最后还是国粹先开口:"是个男小囡?"

云裳点头:"三岁多了,差不多要四岁了。"

国粹发觉云裳神色有点难言之隐,便笑笑说:"好事情啊,又是一个未来的画家。"顿了一顿,又问,"承曦她都好吗?"

云裳脸上的表情扭曲,像是要哭出来似的,闷声说道:"在两年前,她离家出走时,小囡只有几个月。"

这下轮到国粹吃惊了:"怎么会?这完全不像是承曦的作派,你们吵架了?"

云裳沉重地摇头:"吵架倒好了,至少我可以晓得啥地方做错了。她就这样留了一张字条,就此不见影踪。"

国粹一句话都说不出来,望着云裳头上新生的丝丝白发,内心百感交集。

两人沉默好久,最后国粹转换话题:"有啥云鹏的消息吗?"

云裳摇摇头:"我正想问你呢。很久没他的音讯了,老头子的大殓他也没来。"

"我接到他最后一次来信也是两年多前了,说是在京都的一个僧舍借居。"

云裳的眼睛黯了下来,幽幽地说:"他真的做了和尚,我也不吃惊,但一下子听到这个消息,还是难以接受。"

国粹安慰道:"信上说只是住在僧舍里,不一定是做和尚。"

云裳长叹一口气:"是啥命,就是啥命,犟不过去的。"

咖啡凉了,两人站起身来告别,互相说保持联系,但心里都晓得,再也回不到过去那样的状态,人生到了一定的分岔口,余下的路,注定了要你独自去走完。

云裳回到吉维尼已是傍晚了,诺曼底女人正在给小宝洗澡,小家伙是个好动的小囡,在浴缸里玩大轮船,尖声大叫,溅得浴室里满地是水,诺曼底女人身上也湿了一大片。看到爸爸进来,即刻乖了几分,眼睛眨巴眨巴的。云裳拿出新买的衣服,让诺曼底女人给小宝浴后穿上,然后来到自己的书房。

单身男人带个小囡,总是有许多说不出的困扰。云裳最大的困扰是:要不要回掉诺曼底女人。倒不是说她带小囡不尽职,相反,而是诺曼底女人母性实在太强,太过于独占孩子了。小宝叫她妈蒙,不但是昵称,小宝实际上也真的依恋这个妈蒙。爸爸站东头,妈蒙站西头,如果有选择,小宝一定是飞奔妈蒙而去。相反,云裳为小囡做点啥,妈蒙一律有话要说,不是嫌云裳不懂育儿,就是说动作不够轻柔,要弄疼小孩子了。可气的是小宝一听这话,马上小嘴一咧,做出一副要哭的样子。云裳担心长久以往,他会完全失去对小孩的掌控力。

但是幼儿天生对女性的怀抱有所依恋,何况小宝从小便失去母爱。云裳也不想家里一大一小两个男人对煞,可是诺曼底女人得寸进尺,越来越不把他这个做父亲的放在眼里。云裳觉得是时候做出取舍了,心里油然生出抱怨:承曦如果不是这样甩手一走，怎么会轮到他去伤这个脑筋？

两年多了，他还是没弄明白，承曦为啥要出走？承曦跟他偶然相遇，然后住在一起，是水到渠成的结果。就算上床，也是承曦主动，他并没有一丝一毫的逼迫跟强求。他一直独自回溯与承曦交往中的一情一景，一切看起来都那么正常，温馨又甜蜜，就与所有恋爱中的男女一样。就是在她出走之前，也没有任何反常的征兆。

唯一的，也是很牵强的解释，承曦还对国粹怀有某种幻想。这是他今天见了国粹之后，突然跳入脑海的一个念头。但是看国粹的言谈磊落，不像有所遮掩。那么，到底是为了啥？

云裳长啸一声，仰躺在靠背椅中，双手掩面。

差不多在国粹和云裳坐在咖啡馆里交谈之际，隔了几条街，在一家叫"花神"的咖啡馆兼餐厅的二楼，赵承曦跟保罗教授相对而坐，打着领结的侍者殷勤地送上菜单。但承曦因为紧张，只点了咖啡和一片清蛋糕，一杯矿泉水。保罗教授则叫了一杯白葡萄酒，鹅肝和面包，以及半打牡蛎。承曦环顾四周，座位临窗，窗外设了花坛，鲜花簇拥。这时已经过了午餐高峰，餐厅里只有两对食客，倒是个清静的聊天好场所。

承曦跟了保罗教授出来，是反复犹豫过的，保罗是个好教授，犀利但不失幽默，也晓得如何去激发学生的潜能，在他手把手的指导下，承曦画出了她生平第一张油画，树立了莫大的信心。承曦非常感激教授的鼓励和肯定，可是当保罗教授邀请她在课后去咖啡馆坐坐，她很明白这后面的意思，不由得踌躇。

保罗教授应该是高卢人和摩尔人种的混血，黑须黑发，体格强健。大概是三十八九岁的样子，身上焕发着一股强烈逼人的男性气息，而且不加掩饰。如果承曦和他在课堂里靠得近些，一股古龙水，加了蜂蜜的烟草，混合着强烈的男性荷尔蒙味道扑面而来。如果他站在几步开外，双臂环抱，一只手托了下巴，盯牢了你看，那种感觉简直是他用眼神在一件件地剥除你的衣服。承曦作为一个经历过男女情事，且正当盛年的女人，当然晓得他的"邀请"是什么意思，那种赤裸裸的生物信号，无耻而直截了当。但承曦面对着一个异国男人，有着本能的惧怕和畏缩，并且，她刚开启了人生新的篇章，不想有个男人来搅乱心境。

但保罗教授岂是轻易回绝得了的，他的表情和眼神明确无误地告诉你，拒绝他的邀约是一件多么愚蠢的事情。在保罗教授多次锲而不舍地邀约后，承曦松动了，觉得仅仅是一块喝杯咖啡，应该是不要紧的，于是同意在只上半天课的周六，午餐后一块喝个下午茶。

第一次坐上保罗教授的汽车，座位很低，仿佛贴地而行，车内部的空间也很小，有一股鞣革混合了汽油的味道。教授一手擎着香烟扶在方向盘上，另一手伸过来搭在她肩上。承曦本能地想摆脱这只搁在身上的手，又怕干扰了教授驾车，只好僵着肩膀不动。教授是个急性子，车技也很了得，红色小跑车像箭一样掠过大街小巷，在高低不平的卵石路面也不怎么减速，承曦觉得骨头架子都要散了。到了地方，教授打开车门扶她下车时，承曦感到一丝晕眩，此时她恍然看到她的人生分为两条岔道，她正身不由己地踏上一条不可知的道路。

席间，基本上都是教授一个人在说话，承曦静静地坐着，小口啜饮着咖啡。她的法语还没到可以深入讨论问题的阶段，聆听是最适合的姿态。

她并不是完全听得懂教授关于现代绘画和哲学的关系，也分不清教授嘴里出来的一串串人名谁是谁。承曦坐在教授的正对面，放平视线正好看到教授敞开的领口，下颌与喉结。保罗教授长着一个很方正、坚硬的下巴，胡子刮得铁青，在咀嚼食物时，牵动着腮帮子上结实的肌肉。而男人在仰起头来大笑之际，粗大的喉结上下滚动，给人一股强横的，如动物发情似的视觉冲击，迫使承曦垂下眼帘，不敢再看。而教授持着刀叉的手，骨节分明，稍微挽起的袖口，露出一小截前臂，长满了浓密的体毛。他正用两根手指托起一个带壳牡蛎，挤上柠檬汁，递到承曦嘴边："很新鲜，要不要尝一个？"

承曦摇着头避开，笑道："我们中国人不吃生的食物。"

"哦，你不知道你错过了何等的美味。"

保罗教授把牡蛎凑到自己嘴边，用叉子挑起半透明的牡蛎送入口中，然后一仰头喝干壳里的汁液，说："新鲜牡蛎的味道像是亲吻女人湿润之唇。"

教授说出这么隐晦挑逗的话，湛蓝色的瞳仁纹丝不动，像是给一个严肃的学术问题作结论。承曦半懂未懂，但显然被话语中的暗喻所刺激，脸一下子飞红。

教授放下叉子，用白色的餐巾抹嘴，很平静地说："赵，我从来没有过东方女人。"

承曦的直觉是她应该马上站起来走掉，但是她太慌乱了，说这话的是她的教授，下学期还要跟着他学，她不想刚刚才建立起来的融洽关系，就此被破坏掉。再进入深一层的内心，那儿有股陌生的、骚动的情绪在冒头，在盘桓。无关理智，无关感情，也无关爱，只是一种原始的冲动，想体验冒险，也想取悦对立的性。但她嘴里说出来的却是一句莫名其妙的话："我是不想结婚的。"

保罗教授笑了："跟我一样，但这并不妨碍我们享受一些乐趣。对吧？"

五十四

傅云裳想不到承曦就这样闯了进来。

他正在自己的画室里作画，听到育婴室传来儿子的哭声，以及诺曼底女人的争执声，急忙放下画笔，开门出来查看。

在大客厅里，云裳惊诧地看到，承曦正抱着两年多没见的儿子哄他。不过小宝并不买他妈妈的账，正嚎啕大哭，一个劲地挣扎着要往妈蒙怀里扑。而诺曼底女人双手叉腰，满脸嫌弃地在一旁絮絮叨叨，直说得承曦火起，大喝一声："闭嘴。"

诺曼底女人不响了，噔噔噔地走进厨房，把门重重地摔上。

小宝一见保护人走开了，哭得更是大声了，平时，爸爸并不是他的首要选择，但总比被一个陌生女人抱着要好，于是转身向云裳扑来，哇哇地哭叫，眼泪鼻涕糊了一脸。

云裳太过意外，也太过激动。承曦突然出现，使得他不知道如何应付眼前的局面。心里还有一丝侥幸，也许是承曦想通了，女人最终的结局都是回归家庭。他要好好地想一想如何应对这个局面，把握了这个机会，破镜也许可以重圆。

212

他站定不动，没有上前一步把挣扎不已的小宝从承曦手上接过来。

突然，一个黑须黑发的高个子男人，不知从哪里冒了出来，款步来到他面前，伸出手来，要与他握手。

云裳大感愕然："你是谁？你怎么会进来的？"

男人抬了抬帽沿："在下是保罗·达萨里，艺术教授，赵女士的朋友。"

云裳压抑着心中的怒火，敷衍地与他握了一下。随即向承曦走去，两人在一步之遥站定，互相看着一语不发。承曦怀中的小宝，大概也感到了氛围的凝重，停止了哭泣，头转来转去地看着父母双方。

"我来看看儿子。"承曦垂着眼睛，声音带点嘶哑。

云裳的喉咙里像是被什么东西堵着，脑子里也极其混乱。那个男人的出现，如同一棍子敲醒了他，承曦已经不是以前的那个承曦了。她依附于另一个男人，一个法国男人，而且公然把他带来此地。从那男人大大咧咧的态度看来，他们绝对不只是朋友的关系。

被侮辱的感觉在云裳心底漫起，他抑制着自己不要发作出来。再羸弱的男人，也是要尊严的。男人女人之间不管有着怎么样的恩怨，都有消亡或修复的机会，但当另一个男人参与进来，一切都不一样了。承曦到底跟他有什么深仇大恨，要如此般来羞辱他？

承曦感觉到云裳的怒气，想缓和气氛，微笑着说："小宝他大了许多。"

云裳板紧了面孔一声不响。

"我们今天去参观吉维尼的莫奈故居，顺便就过来看看小宝。"

"两年多了，你才刚刚想起来要看他？"

承曦把臂弯里的小宝放下地，直起身来，说："云裳，我是来看看儿子，不是来与你争吵的。你大可认为我是个不合格的母亲。至少，他在你身边长得很好。"

云裳怒极反笑："说得好轻松，小孩子岂是见风就长的？承曦，你怎么不想一想自己作为母亲的职责？"

承曦的眼神变冷："我说过了，我不是来与你吵架的。如果你认为我没有尽到职责。那么，我可以马上带他走。"

云裳用尽全身力气大喝一声："你没有这个权利。"

小宝被父亲的吼叫声与扭曲的面容一激，又放声大哭起来。诺曼底女人从厨房出来，一把抱起小宝要走。承曦一愣，随即赶过去，想要把小宝从诺曼底女人的怀中挖出来。云裳一看情形不对，也上前阻挡。三个大人加一个大哭的小孩，客厅里乱成一团。

那个陪同承曦前来的保罗教授，本来远远地站着，背着手望了窗外，一副与他无涉的姿态。此刻一步跨了进来，他双臂环在承曦胸前，把她拉开护在身后，不无恫吓地伸出一根手指，指着云裳说："老兄，你不可以这样对待一位女士。"

面前的男人高大健壮，空手赤拳是打不过他的。云裳如果此时手里有支手枪，他不晓得自己会不会朝着这人扣下扳机。云裳极力抑制着怒意，一手指向大门："你，你没资格来说三道四。请你出去。"

那男人却微微一笑，露出雪白的牙齿："保持风度，我说老兄，在任何情形下都要保持风度。这是做一个绅士的第一条守则。"然后转身向着承曦，伸出手臂，说，"亲爱的，在这种情况下，我觉得我们不适于再耽在此地。请吧。"

213

云裳眼中要冒出火来,看着承曦示威般倚在法国男人的手臂上,走出门去。保罗在带上大门之际,还不忘把头伸进来,抬了抬帽子。随着门锁咔一声锁上,留下云裳一个人站在客厅里发呆。

大餐桌底下扔着一顶草帽,女人们在社交场合戴的那种宽边草帽。诺曼底女人平时扎一条头巾,从没见过她戴草帽。云裳走过去,捡起草帽来查看,米黄色的细麦秆编织的,做工很精致。草帽外层围着天蓝色的缎带,里面也有一圈防汗带。云裳把帽子凑到鼻子前面闻了闻,一股熟悉的、久违的味道沁入鼻孔,不由使他颤抖了一下。然后,云裳用手指小心翼翼地从防汗带上,抬下一根长长的黑发。

红色的小跑车向巴黎疾驶,承曦的长发在风中扬起。两人都沉默着,保罗直视着前方,轰着油门,超过路上一辆又一辆的汽车,车速越来越快。

承曦晓得保罗的脾气,遇到事情不顺心时,喜欢开快车来排遣郁闷。今天的会面的确很糟糕,承曦没料到与云裳一见面,两人火气都会那么大,以前他总是很温和、很包容的。两年多来,承曦也常常自责离开了儿子,但养育儿子和承曦想做画家的梦想有所冲突,出走也是无奈之举。

承曦转头看着保罗,想要他把车速放慢一点,现在是下班时分,公路上的车辆众多。像保罗这样高速驾驶并不停地变换车道,是很容易造成危险的。但是又一想,保罗并不是那种肯听人劝说的个性,你越说他,他可能把车开得更加疯狂。

承曦常常回想跟保罗同居的这段时间,其中有太多的无奈。有时会自问:到底爱不爱这个男人?承曦自己马上否定这个问题,在经历了被抛弃和背叛之后,再来提这个问题是愚蠢的。承曦现在只爱自己,只关注自己的艺术前景。对旁边这个浑身汗毛、强壮的法国男人,只有肉体的贪恋,如果这也算是一种生理之爱。她跟保罗的关系,像是牛奶掺进了咖啡,你中有我,我中有你,难以简单地用爱不爱来定义了。

保罗带她进入艺术大门,也给她充分的自由去探索。保罗把她的作品送去参展,给她介绍画廊,也给她介绍私人收购者。在有关艺术性和商业性怎么平衡的问题上,保罗有很中肯、很实在的建议。可以说承曦走到今天,保罗有着切切实实的、不可磨灭的功劳。以前遇见的男人,没有谁真正认为她承曦可以成为一个艺术家,包括国粹和她的亲哥哥承晚。保罗是第一个,他认真地发掘她的潜质,鼓励她,扶持她。承曦不可能不感激保罗为她做的一切。

所有的关系都在不断地被催化,如果能保持施教者与受教者的关系,那最好了。可是承曦没能守住这条底线,轻易地跌了进去。男女一旦上了床,所有的化学成分都改变了,这不是愿意不愿意的事情,身体醒过来了,要夺取理智的话语权,看事情的眼光也会变得不一样。

承曦经历过不止一个男人,也生过孩子。但她并没有了解到男女之间性的奥秘,其中的丰富与玄妙,可以从一到无穷数。就如一片处女地,以前只是表层土壤被触动过,可以说还是一张白纸。但是这片土地被一个熟练的农夫,驾驭着一头力大无穷的耕牛一遍遍地深耕之后,土地的物理化学成分都不一样了,长出来的植被也呈现出不一样的景观。

保罗像头公牛似的强健,法国男人又天生懂得在床上怎么伺候女人,取悦女人。

性的深层快感使人欲罢不能，飞升到某个临界点之后，人就回不来了。他们曾经在比利牛斯山谷中的旅馆床上，三天三夜没起身。时值四月，春雨绵绵，整个世界都是湿漉漉的，没有任何地方比一张舒适的床更使人留恋了。旅馆的建筑古色古香，铺着彩色陶瓷地砖，有着带骑楼的阳台。他们的房间在楼上，绿色百叶窗。窗外是一片褚黄色向上延伸的坡地，坡上岩石嶙峋，树木低矮，典型的比利牛斯山峦景观，偶有山羊和野兔出没。第三天，承曦在清晨醒来，发觉月经来了。在浴室里，镜中的自己头发散乱，眼睑浮肿，由于纵欲而苍白的脸容，像极了聊斋中的某个女鬼。承曦怔立了半响，脑中一片空白。回到卧室，保罗还在酣睡，头侧向一边俯卧着，全身赤裸，伸展着强壮的四肢。承曦凝望着这具人体，静止中依然散发着强烈的性诱感。承曦点起一支烟，披了件浴袍走到阳台上，蒙蒙细雨与清晨的雾气交缠缭绕，山谷里透出一片淡绿色的氤氲，在雨水中渲染开去，铺天盖地。

所有的欲望都会成瘾，这是生物的蛋白质特性所决定。不要说人类是理性的动物，历史的风向往往在欲望的催动下转向，朝代的更替也与荷尔蒙脱不了干系。作为一个女人，承曦如同山谷中一株植物，久旱逢甘霖，枝叶伸展，全身的细胞都感到欢欣。不说是贪得无厌，至少也是乐此不疲。退一步来说，这样的人生倒是简单了，心灵的追求是艺术，肉体的慰藉是性爱。哦，上帝的归上帝，撒旦的归撒旦。

但是，女人始终有个与自己心灵告解的时刻，爱？还是不爱？哈姆雷特式的，锲而不舍地追问。承曦不得不对自己承认，与保罗的爱，是肉体的欢欣之后的延续，强烈并醉人。但她在肉体的碰撞中找不到灵魂之爱，像当年爱范国粹那样，欲生还死，把自己确确实实全部交出去的爱。也许人生每一个阶段，对爱情都有不同的诠释。那么，最好还是安于现状。

五十五

国粹与傅云裳约了在巴斯蒂尔广场一家咖啡馆见面，是云裳写信邀约的。自从上次在百货商场偶遇之后，国粹常常想起云裳头上的一大丛白发。看来每个人都有不如意处，有钱人穷人，男人女人都一样。国粹自己，自从上次患了重感冒之后，落下一个咳嗽的病根，发作起来咳得上气不接下气。医生叫他戒烟，国粹他岂是肯乖乖就范的性子？医生说归说，咳嗽药水像喝水一样地灌下去，但烟还是照抽不误。

傅云裳的气色比上次见到时还差，国粹吃惊地问："你怎么啦？"云裳闷闷地说："请你出来，是要拜托你一件事。如果我死了，请你多少照看一下我的儿子。"国粹大惊，一把握住云裳的前臂："你发什么神经，死啊活的，到底发生了什么事？"

云裳双手掩面，一声不响。过了一阵才说："其实也没什么，只是突然想到，如果我有个三长两短，儿子竟无人可托付，才把你约了出来。"

国粹大摇其头："云裳啊，你真是捏了个鬼来吓自己，没病没灾的，说这些做什么？人生不易，遇到再大挫折，也是要硬了头皮扛过去的。最不好的就是死啊活的，千万不要想不开。"

云裳道："倒并非如此，我只是越来越觉得，人生无常，今天看来一切都蛮好，花好月圆，在下一分钟就可以改变。以前我们都浑浑噩噩地活着，如梦游一样，突然惊醒，发现原来是走在一条羊肠小道上，旁边俱是深渊，不由得吓出一身冷汗。"

国粹皱了眉头，说："云裳你是言过其实了，人生无常，没人晓得将来，每个人都这样活着，也只能这样活着。不能去东想西想，所以郑板桥说'难得糊涂'。好像记得以前还与你争过，现在倒是你犯浑了。"

云裳不响，国粹换了个话题："好了，不说这些了。小囡好吗？"

"四岁多了，皮得要命，是闷皮。"

国粹笑了："像你吧。"

云裳摇头："不完全是，脾气犟得要死。有时我盯了他看，弄不懂这个一半像我一半不像我的小家伙是哪儿冒出来的。"

"也许像云鹏吧。"

云裳一拍脑袋："你看我这记性，真是的。"伸手从口袋里摸出一封信来，递给国粹，"云鹏来的信，其中也有些话是对你说的。"

国粹接过信来，有点好奇，消失了好几年的云鹏终于想起要写信了。

淡青色的信封上有隐约的印花，信却是用毛笔写在旧式纸笺上的，已经多年没看到这种样子的信笺了，展开读之，恍如时光倒流。

云裳：

此信也许是我最后一次与你交谈，两日后，我将割断尘缘，落籍于大石禅寺，从一个普通沙弥做起，寻求我的第二次人生。

你们不要过于在意，我并不是走投无路才作此决定。日本的佛堂同时亦是一间学堂，让困惑的众生，参透自己存在于这个世界的意义："世"是当下，而"界"是给你划出的局限。我曾经纠缠于世俗，寻求成功，失落于情缘的得失，终日焦躁而不得解脱，直至寻得佛理，才如醍醐灌顶般醒悟过来。

佛的地界是个清凉所在，引导和教育众生认识到我们所见所闻的局限与无谓，我们看到的世界，只是自身的幻象，如飞鸟在潭水之上的投影。佛理擦亮众生心中的灯，告知我们在一仰一俯之间的漫长和流逝千年的匆匆。时间之外还有时间，世界之上另有世界。由此我们晓得了人是小如芥子，又大如天地。晓得了这些，我们就可以穿越过去和未来。我们从何处来，到何处去。

所以，我能跨进佛门的槛，心里是欢欣的，从此卸下了人生的负重，变得一身轻。不会反顾，也没有留恋。

如你遇到国粹兄，请代我向他告别。作为朋友，我们相伴了许多年，也是可贵的缘分。虽然我们在尘世不再交往，这缘分亦不会消亡。今后他继续在人间修炼，而我则换了另一处学堂而已。告诉他，后会有期。

云鹏鞠躬

国粹沉默地看毕，照原样折好放回信封里，递给云裳。

好久国粹才开口："看来他真是铁了心的。"

云裳说："云鹏小时候就有些与众不同，阖家去庙里做法事，云鹏总是流连忘返。后来也曾多次说起过——他前世是个和尚。我总有个预感，也许他到年老时会出家。只是想不到他在盛年之际，就遁入空门。"

"哎，青灯黄卷，做啥不好，去做和尚。"

云裳耸耸肩："他自己做的选择，旁人再说也是没用的。话说回来，如果你国粹兄做出某个决定，肯听别人劝吗？"

国粹笑了："当然不肯，谁说也当他放屁。"

"那就是了。"

"只可惜从此少了一个伙伴。"

"天下没不散的筵席啊。"云裳感叹道，"现在巴黎就剩你我两个了，我们要多保持来往啊。"

国粹双手抱在脑后，像是在出神，心里想：人本来就是孤独的。早年聚在一起，只因为不晓得自己到底要什么，抱团取暖罢了。现在都走了不同的道路，所谓的保持来往，也是表面上的。倒不是刻意疏远，实在是人生到了不同的阶段，找不出太多的共同话题来。

想着是告辞的时候了，不想云裳又说："还有件事想跟你说。上个礼拜天，赵承曦突然过来看儿子。"

国粹一激灵："喔，这倒是件新闻。她还好吗？"

云裳一脸尴尬地苦笑："我想还不错的。不过，她竟然带了个法国男人一起过来。"

国粹心想，这大概就是云裳约他今天出来的主要原因了。

"那人据说是个艺术教授。"

"你怎么知道？"

"他自己介绍的。"

国粹尽力让自己平静，微笑道："你怎么招待他们呢？"

云裳摇头："还招待呢，承曦差点跟保姆打起来。"

"为什么？"

"赵承曦她想带走小宝。"

"要我说，女人家想要孩子，也是情理之中。你就放开手，给了她，一身轻松地画你的画，多好！"

云裳沉重地摇头："国粹兄啊，你是从来没带过小囡，说说风凉话容易。小囡又不是物事，说掼下就掼下，说带走就带走？"

"嗨，你真是想不开。"

"你叫我怎么想得开？一个哇哇哭叫的小囡，又要喂奶又要换尿布，费心费力地带了三四年，突然一下子要从你身边带走，每个人都会受不了的。"

国粹笑了："又要怨天怨地，又不肯放开手。所以我说的没错，倒是你想不开，一点都不同情你。"

云裳有点恼怒地说："小囡三四岁被人带走，想到他也许会叫别人爸爸，而把你忘个精光，没有一个做父亲的受得了。"

国粹也收起笑容："所以说你想不开呀，就是叫一声爸爸，又如何嘛。中国人有句老话：子女都是上一辈子找来的债主。想想我们自己，也是生下来就一直在讨爷娘的债，回报却是少之又少。你说是不是这样的？"

云裳气极反笑："我真是昏了头，忘记了你国粹兄是有名的歪理大王，竟寻上门来讨安慰，也是我活该。"

国粹却一本正经地说："云裳啊，我不是来跟你讲道理的。我晓得，现在无论说正理或歪理，你反正都听不进去的。我要说的是，像云鹏一样，要放得下。因为人生中有太多的事情你左右不了，有时连得上帝和菩萨都是没办法的。我们唯一可以做的，是完成自己的职责——画画，画出心中想要画的画，力所能及。除此之外，一切都是空话屁话。"

云裳不响，似乎有所触动。

两人默默地坐了几分钟，外面下起了小雨。国粹站起身来，戴上帽子，拍了拍云裳的肩膀，说："好了，你自己多保重。"转身离去。

云裳端坐不动，看着国粹离去的身影。他注意到，国粹右面的裤腿已经破得丝丝缕缕，一只鞋的鞋跟，已经脱了胶，走起路来像张嘴巴似的一张一阖。

国粹为了省地铁的钱，冒雨走回家来，从巴斯蒂尔到圣米歇尔广场，紧赶慢赶也要半个钟头，到家时身上差不多湿透了。进了门赶快脱下，再把湿了的衣服挂起来。穿着内衣坐在床沿抽烟，环顾房间，这么小的地方也是塞了林林总总不少杂物。除了床和书桌，多出了一个镜子碎裂的大橱，楼下住户扔在楼道里不要了，他搬回来置放替换衣物。斜对了窗子，有个一人高的画架，上面放着一张一米见方的画布，刚刚起了个稿。靠墙还有同样尺寸的一叠空白画布。

前一阵拉丁区有个画廊答应给他举行一个画展，要求他画一批同样风格的画作。画廊经纪人拉斯曼说："你必须向收藏家们证明，围绕着同一个概念，你的风格是可以不断创作出新的作品，有可能形成一个新的流派。所以说，你需要以数量来证明这点。你如果有二十到三十张的话，我可以给你筹备一个展览。"

国粹在法国耽了十多年，深知当前绘画界是一场混战，所有的流派都轮番登场，都想以自己似是而非的观念压过别的流派。在这种混沌的状态中，一个外国人跟随在这些流派之后，是永远没有出头的可能。倒不如从自身的文化中寻找，将一个东方人看待宇宙人生的感觉融合到画中去，以东方人的表达方式来阐述天人合一。阴晴圆缺，周而复始，东方人很早就对天地与人之间的关系有独特的理解。他要做的就是找出一种特殊的语言在画布上阐述这些思想。

东方人是以点和线来描绘视觉感受的。西方人讲究三度空间和透视，不过在近代，西方的画家自己推翻了规则，重新回到二度空间，毕加索和马蒂斯都把绘画中的理性因素降到最低，甚至以儿童的心态来处理画面。新的绘画着重开创性，随心所至，着重另辟蹊径，自由发挥。

国粹点上香烟，把油彩颜料挤在调色板上，从一个大瓶子里倒出松节油，顿时整个房间里充满了挥发性的松节油气味。国粹深吸了一口气，他喜欢闻这股味道，很阳刚的感觉。亚麻仁油的味道也很诱人，没松节油那么强烈刺激，温婉得多，像个不声不响却事事给你安排得妥帖的女子。

但是今天却情绪不佳，画思屡屡中断。云裳说的那些事情，一直在他的脑海里打转，令人分心。最使他触动的，倒不是赵承曦跟法国人同居，虽然那也使他心里不好受，也不是云鹏出家的消息。反而是云裳托孤的那些话语，引得他遐想连篇。他们几个到法国已经十多年了，时光如梭。仔细看去，每个人的身上都发生了巨大的变化，跟当初在马赛港口上岸时，已不可同日而语，生活在不知不觉中把每个人都颠了个倒，面目全非。傅云裳大概也是悟到了世事无常，才会对他有托孤之意吧。

这个世界上每日有人出生，也有人死去。有人成功，也有人失败。只是谁也不晓得变化会何时到来，哪一刻是你最后的凝望。你最后的时刻又会和谁在一起，那时你渐渐凝滞的瞳仁会留下什么样的印象。每个人都在逃避死亡,却又知道是逃不了的。于是想在最后的时刻到来之前,尽量在世界上留下自己的印记。小狗到处撒尿,鸽子无休止地追逐异性,一小时内不停不歇地进行二十次性交。艺术家到处涂鸦,办展览,千方百计地亮出自己的羽毛,其内在的冲动是一样的,想让自己的印记尽可能留存得长久些。

他不就是像狗一样,被艺术女神牵着,希望能在大大小小的画廊里撒点尿,留点印记,让观众们闻一闻,最好把尿撒进卢浮宫去。想到这儿,国粹自己不禁失笑,这个喻想虽然荒谬,但与事实很相近。狗不撒尿要憋死,艺术家不画画,不展览也会憋死。

五十六

承曦很快发现保罗教授还有别的女人,而且还不止一个。

这是凭逻辑推理就可以得出的结论。风流成性,而且具有强大男性魅力的保罗教授,活跃在充满诱惑的巴黎艺术界中,怎么会没有女人?承曦虽然还没天真地认为保罗是个冰清玉洁的童男子,但至少不希望自己同时和一个或多个女人分享一个男人。

保罗倒也并不隐瞒,他很坦然地告诉承曦:"有时还同以前的情人们有着联系。我不想隐瞒。是的,有时我们也会上床。不过,这都不重要。重要的是,承曦,你和我,我们拥有共同的生活,一起画画,一起看展览,一起吃饭睡觉,分享彼此,这比什么都重要。但有时候,我也需要从一成不变的日常中走开一会儿,透口气,见一些新的面孔,寻找一些新意,也需要占有一些新的肉体。这对我的身心健康有益,别忘了我是个艺术家,需要每天有新的、不可知的刺激来振奋我的灵感。"

承曦当然心有不甘,在某次争吵中她问保罗:"我问你,如果我回到吉维尼儿子的家里去住上一个礼拜,你会怎么觉得?"

哪想到保罗笑眯眯地回答:"我一点不在意,希望你有个开心的假期。我相信,等你回来之后,我们会更融洽地相处。"

承曦气极:"如果我决定不再回来的话,你觉得如何?"

保罗只是耸耸肩:"作为一个画家,你已经上路了,没有我,你也会在绘画道路上走下去。你知道我对你抱有很高的期望,虽然不在一起,但我会期盼着在某个画展上欣赏你的作品。"

承曦知道保罗说得没错,像他这种艺术家绝不会有从属感,也不会要求女伴一定要从属于他。好即合,不好即分,更不会有从一而终的概念。对他说来,每一个女伴只是在人生旅途上的某一个驿站,没有道理他会为了驿站上的风景而留下不走的。

承曦又能怎么办呢?保罗是法国人,老话讲"非我族类,其心必异"。她虽然人在法国,天天吃法国饭,讲法文,学习法国人的文化,但法国人在男女关系上的轻率和滥情却是她难以接受的。这无涉人品,也不关责任。只是两个不同文化的相异之处,保罗说服不了她,她也改变不了保罗。

承曦不会再像少女一样把自己无条件地交付出去,她也不会要求跟保罗结婚。虽然看到,也感到保罗与她之间有着根本认同上的分歧。但是在现实中,承曦还是依恋着这个男人。按理说,女人原来是肉体跟着感觉走的，没有感情的话，肉体不会有反应。但是时间一久，却产生了微妙的变化，在男女关系的取向上，肉体的因素大大地上升，在某种程度上可以跟感情分庭抗礼。她现在晓得，在孤独时有个赏心悦目的男人相伴意味着什么？而一场淋漓尽致的性爱对一个三十出头的女人又意味着什么？

意味着昏晕、痴迷、狂喜、逃避现实、放弃自己的意志，意味着身不由己，也意味着理性无足轻重，更意味着女人到达了很少有人领略过的彼岸，无生无死无明无晦无始也无终的彼岸。

承曦好像明白了些，当年老娘为什么戒不掉鸦片。内心的支撑倒了，人就必须借助于一些外部的事物来支撑自己。对某些人说来是鸦片，对某些人说来是性爱。

承曦是幸运的，人生中还有绘画支撑着她。

所以承曦跟保罗吵归吵，但还一直住在一起。

苦闷的是，她没人可以诉说，一个也没有。她在世上唯一的亲哥哥，承晚也跟她话越来越少了，偶尔来信，信中除了说些家里的琐碎小事，就是抱怨诸事不顺，日子怎么难过。封封信都是抱怨之语，像一个受尽委屈的孩子。承曦看得又郁闷又冒火，有时真想骂他几句，再一想，他生来就是这样懦弱的个性，骂了他，也不可能有任何改变。作为他仅存的同胞姐妹，唯一可做的是，尽可能地周济他一些。

承晚做梦也没想到，就这么一个跳蚤般大的生产组，竟然也要揪右派分子。

街道支部书记来作报告说："你们这儿十三四个人也分到配额，别以为单位小，就放松了警惕。"

生产组里的十来个老大妈和大脚娘姨，劳动人民出身，没读过书，连大字都不识几个，右派分子自然派不到她们头上。环顾工场间，就晓得这顶帽子非他赵承晚莫属了——从外国回来，还有直系亲属在外面，别的不说，凭这一条就大有里通外国的嫌疑。而且，他的经济情况又不明不白，生产组的组员拿最低工资，能吃饱饭就不错了。这个赵承晚却常常在组里宣扬资产阶级的生活方式，吃喝玩乐。按理说他那几个死工资，绝对上不起馆子的，广大群众就要问了，他的钞票从哪里来的？

就是他了。

承晚想来想去，既然你们要我做，那就做吧。在讨论的过程中，自己也举手同意被划成右派。

板子打下来是痛的，先是被要求写检查。这是承晚视为最头痛的事情，写个三言两语交差，肯定是过不了关的。一而再，再而三地催逼，把他实在弄得烦死了。某日喝了点酒，一冲动，竟然照抄了一段《滕王阁序》送了上去。

街道上的头头看不懂这些，层层送到上面甄别之后，大祸就此闯下。本来只是抓他去充个数，风头一旦过去，识相点的话，还是能继续做他的小老百姓，偶尔吃块东坡肉是没问题的。层层报上去之后，市里把他定性为极右分子，屡次批斗，检查写得叠起来有一尺多厚。最后街道上宣布，把里通外国的赵承晚送去安徽白茅岭农场劳动改造。

承晚一介书生，从小娇生惯养，哪有吃过这种苦头，现在叫天不应呼地不灵，一下子陷入了绝境。他生来不是个能与现实抗争的个性，碰到问题总是一退再退。

人生难料，世情诡谲，走错一步，接下去就是步步错。落入这个境地，悔之不及，苦果也只能自己承受。

管教所的邝副所长是个广东人，早期也曾经是个美术青年，参加过鲁迅举办的木刻讲习会，投身革命之后，就把美术搁下了，也很少跟人透露他早年的这段经历。他翻阅了赵承晚的档案，得知他曾在欧洲学习绘画，于是留了个心，在一段时期之后，把赵承晚调去伙房帮厨，承晚总算稍解倒悬之苦。此时已出现粮荒的迹象，接下来几年更是难熬，如果没有这调动，承晚估计自己在六十年代初的那几年很难存活下来。

五十七

范国粹的画展可以说是成功的，巴黎绘画界唯新是瞻，还没有见过这样把东西方的审美、不同的绘画元素，以新颖的手法糅合在一起的风格。但也有些不确定，众说纷纭，各种褒贬的评语都有。《费加罗日报》专写美术评论的让·阿瑟·伦内斯，是个出名的毒舌，很少说人好话，也写了一段评语：

……范的绘画，命曰"无题"，也真是无可名状。一瞥之下，使人想起跌下脚手架的油漆工，又打翻了油漆罐子，颜料飞溅，整个画面混乱不堪。参观者会皱起眉头："喔，又来了一个杰克逊·波洛克的模仿者。"真是要命，伟大的法兰西传统就被这些自称画家的野蛮人给污染了。

我们听见安格尔在坟墓中痛哭，看见德拉克罗瓦在天堂里捶胸顿足。

但且慢，你无奈，是的。既然大老远地来了，哭也哭过了，不妨仔细地看上几分钟，奇怪的事却发生了。你会发觉同样是打翻颜料罐子的游戏，这个家伙的手势却比波洛克少了些粗暴，多了些文雅。波洛克的画面表现出一种杂乱和不拘，范，却显示了某种内敛和控制，同样是飞溅，溅得到处都是的色彩却分布得那么美妙，就像一棵不经修剪的树，天生拥有美丽的身姿。画布上的每一块斑点都是清晰可见的，但又好像的确是在流动的，斑点与斑点交相辉映，像秋天的落叶覆满河床，水流淙淙。

我恍然看出画面里有一种深思，像戴高乐将军伫立在阿尔及利亚的广袤荒漠之中，突然撞上终极的考问：世界是偶然的，还是必然的？同时，人在空旷之地感受到了时间的宏大与荒凉。最后，画中还有一种古老的文化咒语，沉潜又高昂，但我不懂它要传达的信息。

在技巧上使我迷惑的是：这些不可思议的色彩组成的韵律画面，真是随机洒上去的吗？换句话说，梅里美闭着眼睛用一只手指在打字机上随机敲打，真的能写出伟大的小说来吗？也许能，也许不能。世界难解，昨是今非，我们永远得不到准确的答案。我仅知道的是，中国人是不可思议的。他们生活在一个谜一样的国度，有自己独特的食物、哲学和审美。他们长得与我们不同，他们的脑回路也许和我们不一样，眼睛看到的景色也与我们不同。我们认为是实体，他们认为是意象。因此，最后落到画面上的也不一样。

这是我看了画展的仅有印象——中国人是个谜。

如果人类真是从外星来的，那么我们和他们肯定来自不同的星球。再多我也说不出什么了。如果你还有别的问题，干吗不多走两步，去问那个中国人，他正站在画展的角落里抽烟，身上的西装已经很旧了，头发也没怎么整理，而脸上的表情，好像我们全都他妈的欠了他一样。

别来烦我，我正忙着看画，晚上还有评论要写呢。

国粹在画展酒会上见到过这个伦内斯，估计是五十来岁，小个子，留着花白山羊胡子，穿着考究，戴一个单片眼镜，耷拉着眼皮，跟人说话爱理不理的。后来知道他天生是眼睛有问题，出生时，视神经被产钳给夹坏了。伦内斯见了国粹，用手抬一下单片眼镜，问他："喔，你就是这个画家，日本人吗？"

国粹礼貌地说是中国人。

伦内斯嗯了一声："我想也不是，日本人舌头短了一截，他们说的法语真令人难受，像是锉刀在磨我的牙齿。你说的话，至少我还听得懂。"

国粹不禁好笑，这个怪老头夸赞人也夸赞得别出心裁，说你的好话也让人觉得芒刺在背。

但画却卖得不甚理想，收藏家们还在观望，一个画展还说明不了问题，不晓得这种新颖的画法是否是昙花一现。半个月下来，只被订购了三张画，一大两小。国粹所得的钱款，除去了材料费，所剩无几。这还不是最要紧的，国粹因连续几个月不眠不休地赶画，劳累之外再加饮食荒疏，香烟又抽得没节制，他的重感冒不但没有痊愈，反而转为肺炎了。刚过了新年之后，国粹突然咳嗽不止，伴有吐血，下楼时脚一软滚了下来。公寓管理人把他送进医院，住了两个礼拜才出院。病愈后再爬上三楼，都觉得气喘脚软。

推窗望出去，是巴黎圣母院高耸的钟楼，正沐浴在金黄色的夕阳之中。沿河一排排建筑、树冠和教堂的穹顶，在天穹之下都像是铜雕的质地。黄昏淡紫色的阴影下，一群鸽子在盘旋。塞纳河上游船无声地滑行，轻软飘渺若在梦中。再远处，圣米歇尔广场上点点灯光已经开始闪烁，入夜之后的巴黎将无比灿烂。国粹站在窗前，感觉整个人是空的，无思无想，也没有作画的冲动。世界和他，缓慢地开始分离、脱序。这种心情就如一个手工匠人，做完了活拿了工钱出门，再回头望一眼曾为之付出心血的地方。

国粹觉得这仅是一时的感触，他只是工作得太久了，有点累，休息过来就好了。医生一再叫他戒烟，但戒了烟，连人生最后一点赖以纾解的东西也没有了。

在神经绷紧之时不觉得，但大病初愈之际，人一旦松弛下来，一丝孤独感潜入心中，弥漫开来，世界突然显得无比空旷，人与人之间显得何其遥远。这个世界上有几十亿人，但与他亲近的，几乎可说一个也没有。他的原生家庭，远在地球的另一端，已经多年没有他们的音讯了。最近收到的一封信，还是三年前国樟从香港寄来的，说是小妹滋祯在六年前嫁到横塘，妹夫倒是忠厚老实的手艺人，细工木匠出身，不过也是做一日吃一日。老母亲范应氏已经到了风烛残年，也只好搬去横塘跟了小妹过活。至于苏州祖传的当铺房产等等，早就公私合营了，已经不用去再想。

他伤感，那个世界已经离他很远很远了，但记忆深处的童年和少年，有时还会出现在睡梦中，如一间久闭屋子里的蒙尘之镜，偶尔像回光返照般，使人恍如隔世。

这些年来他一个人在异国，一直是孤身独行。此刻环顾，身边竟如此荒凉，独立不羁如他，此刻也渴望能依偎在某个人的身边，一个能够面对面畅怀倾诉，或者面对面沉默不语的伴侣，只要感到身边另一个人的体温、呼吸，或是仅仅的一个眼神交流。

孤独是一只青鸟，在蓬莱之路上下翻飞。

他流浪得够久了，人生中所有的疲惫和软弱在一刹那全部袭来，忘记绘画吧，忘记卢浮宫博物馆，忘记艺术所带来的狂喜和痛楚，像一个被遗弃儿童那样寻找一些温暖吧。弓弦已经拉开到极限，在下一次箭镞射出去之前，松弛一下，让一切恢复原状。世界无限，但人生来脆弱。这么多年下来，应该明白，我们只是一群朝生暮死的渺小生物，永远填不满这个无垠之海。

窗外暮色四沉，河上紫色的氤氲弥漫。国粹擎着香烟，眺望着天空中一只孤单的鸽子徐徐降落在对面屋檐，频频向他这个方向回首，再钻入窗台下面的巢穴。圣母院的钟声响了七下，一弯淡淡的新月悬挂在塞纳河上空，离水面很近。下面楼层里有人在弹奏着巴赫的弥撒曲，琴声若断若续，一音节有，一音节无地缓缓流淌，安静如水却隐含忧伤。国粹想起了曾经跟钟樱之一起走过初夏的林荫道，也有人在黑洞洞的店堂里弹奏萧邦的乐曲，不同的曲子，却是同样的情绪，月照古人亦照今人。

他如果给樱之去封信，樱之肯定会毫不耽搁地赶来巴黎，但他不想这样做。

国粹扔掉烟蒂，关上窗子，回到书桌前坐下，打开最上面的抽屉，取出一个小木盒子，里面放着承曦的翡翠耳环。他想要物归原主，但一直没有机会跟承曦碰面。而且，托云裳转交也好像不太合适。就这样，这副耳环还留存在他这里，被装在一个小锦袋里，躺在抽屉的深处。平时他不敢取出来，生怕睹物思人，更不愿因为伤感而扰乱了心境。

这只锦袋如火柴盒大小，用乳白色的绸缎制成，翻盖上缀有两颗小珠子，用一根红色的绫丝线系在一起。国粹解开绫丝线，把两枚绿色的耳环倾倒在手心里。一抹鲜艳的绿色在他掌心中微微颤抖，像是活物一般，浅浅地呼吸着。当年在舞会上初次见这副耳环，冬夜里，承曦在百乐门舞池中酣舞，刚认识的年轻女孩羞怯地低眉含笑。薄暗之中，吉特巴乐曲回荡，女孩跳得微微冒汗，喘着大气，扑面而来的青春气息令人迷醉。曾几何时，一切都面目全非，只留存下这两枚绿色的余韵。

国粹直到现在还未明白过来，为什么承曦会视他如仇人？在吉维尼的那一幕像个可怕的噩梦，如今他一闭眼，承曦那副咬牙切齿的表情还历历在目。他对承曦的感觉没变过，在分离的年月里，他身边有女人，没错，这毕竟是二十世纪，男女可以自由地交往。但他仅仅对承曦一个人许下承诺，而且，至今也一直信守了这份诺言的。

我们的一生，注定会遇上许多猝不及防的改变，现实与愿望相逆，努力与收获不成比例，而误解像蛛网一样缠绕了我们的前世今生。但作为一个后知后觉的凡人，面对了这一切，又能如何呢？

承曦和保罗又发生了一次激烈的争吵。缘起是工作室雇请了一个模特儿，卡莉，十八岁的黑色鬈发阿尔及利亚女子，小骨架，淡淡的橄榄色皮肤，体态非常丰腴和肉感。鹅颈细腰，年纪不大，胸脯却发育得很好，异常饱满却不下垂。手腕和脚踝上戴着一串银环，举手投足叮当作响，宛如德拉克罗瓦画中所描绘的中亚细亚女奴。但是最令人过目不忘的是她的眼睛，又大又黑，长长的睫毛忽闪忽闪，一闭一瞥之间，秋波荡漾，简直是勾人魂魄。当她绾起头发，擎了支香烟，披了一件绣着仙鹤的日本浴衣走进教室，莲步款款，腰胯一体，像只猫一样侧身坐上模特儿展示台，腰带一抽，金蝉蜕壳似的卸下浴衣，袒露出诱人的胴体，连承曦都被她惊艳到。教室里更是起了一阵骚动，学生们低低地惊呼，有个调皮的男生吹了一声长长的呼哨。骚动中，教室后面一只画架啪的一声倒下。卡莉骇叫一声，随即掩口而笑。那种娇媚样子连保罗教授都忍不住动容。承曦注意到他的瞳孔收小，喘息变粗。承曦对身边这个男人太了解了，这是他情欲亢奋的预兆。就如猛兽不会放过猎物，保罗不会放过任何一个引起他欲望的女人。

担心也没用，事情在一礼拜之后急转而下。

承曦在课间下楼买了杯咖啡，回来路过学校的后巷，不料正巧瞥见卡莉坐上了保罗的红色跑车。保罗伸出手臂亲热地揽住女人，而卡莉则凑过身去亲吻男人的脸颊。跑车很快转过街角，一晃而逝。承曦一整个下午魂不守舍，面前的画布上是一团糟的颜色，并且一心不在焉，还被调色刀割破了手掌。当晚，保罗没有归家，承曦也一夜没阖眼。以前和保罗太多次地发生争执，没有结果，承曦也学会睁一只眼闭一只眼，不让自己去动真格。就如保罗说的，艳遇只是个偶然事件。但这次有所不同，承曦下意识地感觉到，自从她和保罗同居之后，最大的危机来临。

保罗竟然两天没露面，课也不来上。学生们也猜得到是怎么回事，教室里人心惶惶，各种传言都有。承曦本想以画画来忘却烦恼，人在教室却根本定不下心来，画了半个钟头，胡乱收拾一下就回家去了。

公寓是以保罗的名义租下的，承曦回家洗了个冷水澡，抽了两根烟，想定下心来，仔细想一想今后何去何从。保罗他私下偷情，承曦也就忍了，但这样公开地招蜂引蝶，是个女人都会受不了的。唯有跟他摊牌，要么辞退那个卡莉，要么一刀两断。

承曦很快地收拾起自己的衣物，装进还是当初来巴黎时的那两只皮箱。环顾这个跟保罗共同生活了三年多的公寓，通往阳台的长窗敞开着，微风拂动薄纱窗帘。餐桌上玻璃缸中插花已经败了，落英缤纷。而卧室里浮动着男人薄荷剃须膏和床笫的气息。承曦不由得思绪万千，回想从杭州出走至今，一直漂泊流离，一次又一次地搬家，但这趟与前几次有所不同，以前是抱了强烈的求生欲望，而这次离去，却感伤莫名，并且身心俱疲。

承曦在楼下等候出租车时，看见保罗的红色跑车在对街快速地驶来，一个U形转弯，在她面前刹住。保罗下了车，诧异问道："你这是要出门去？啊，你的手怎么啦？"承曦告诉自己，面对了他，无论如何要坚强，眼泪却不听话地淌了下来。保罗见了一愣，走过来揽住她，低声说："喔，别小孩子气了。"承曦挣脱出他的搂抱，斥责道："你实在太过分了。"保罗看定她，说："我们能不能心平气和地谈一谈？"承曦脑子一团混乱，拒绝道："已经谈过多次，有用吗？"保罗说："你如果能冷静下来，我们好好地谈一次，这对你我都有好处。"承曦情绪激动地再次拒绝："我不想听，也不想谈。"此时正好有出租车停下，承曦跳上车子，两个皮箱还留在街沿上，司机下来搬箱子，而保罗双手插在裤袋里，也没阻拦，默默地看着出租车离去。

　　住宿在旅馆的前两天，承曦不晓得日子是怎么过的。旅馆，总是会给人一种漂泊的暗示，前台职员的假笑，隔壁的客人鬼鬼祟祟，空空的走廊里总有莫名其妙的脚步声。因此晚上睡不安稳，早晨连起床的劲头都没有，茫然地看着淡青色的天光从窗帘中透进来，不知道这一天要怎么度过，最后强迫自己振作起来，简单地收拾了一下，去塞纳河边走走。是个阴天，塞纳河的两岸依然生气勃勃，亚历山大三世大桥上游客熙攘，在卢浮宫前看展览的人排了长队。承曦裹紧了披肩，机械地，无目的地走着，风拂在脸上，竟然有凉意，才晓得不知不觉地流泪了，于是就狠狠地责怪自己："你的骄傲呢？你的自我呢？记住，你到法国来不是为了任何一个男人，而是为了你自己。你有自己的人生，自己的绘画，让男人都见鬼去吧。"

　　承曦在咖啡座上喝了杯咖啡，抽了两支烟，感觉好了点。回到旅馆，发现自己例假来了。当时离家时神魂俱失，好些必需品都没带出来，必须回去一次。她估计此时保罗应该在学校上课，于是搭了地铁回家来。

　　上楼后发觉公寓的门虚掩着，保罗平时大大咧咧，不锁门是常有的事，承曦并不在意。她轻手轻脚地走过道，来到客厅，却发现屋中有个陌生男人，背对着她坐在桌前。那个男人听到动静，转过头来。承曦诧异地问道："你是谁？你是怎么进来的？"

　　男人站起身来，并没有马上回答她的问题，只是让她在餐桌边的一把椅子上坐下，并为她倒了一杯水，再给她看了证件，是十二区的警官。承曦心里一紧："发生了什么事？警官先生？"

　　警官埋头在桌上的案卷中，一边微微地摇头："真是不幸……女士，你必须镇定……"

　　承曦哪定得下心来，各种可怕的念头涌上来，是保罗，保罗他发生了什么事？

　　警官在案卷中抽出几张照片放在承曦面前，她一眼辨出这是保罗的红色小跑车，车身被撞得完全变了形，挡风玻璃粉碎，一个轮子不见了。承曦惊呼一声，扔下照片，双手掩住了面孔。

　　据警官说，在前天半夜十一点左右，这辆红色的小跑车在里昂火车站附近以极快的速度行驶。车篷没拉起，因此有人看到车上的一男一女好像在吵架。女的曾经用手拍打方向盘，又站起身来，想从高速行驶的车子里跳下。男人一手驾车，一手去拉女人，险象百出。但是车子撞毁的地方是离火车站有一里多路的贝西公园附近，那地方夜黑人稀，没有目击者看到失事的经过，只是街区的住户听到巨响，才由警察局派人去查看……

　　承曦已经心神俱失，耳中听到警官的话语，但不怎么明白话中的意思。

　　去勘察的警察也迷惑，当时虽是黑夜，但还有路灯，车祸地点的路况也不是很复杂，怎么车子就会偏离了马路，撞到六百公尺远的树上去呢？"女士，我今天过来，就是想找你谈谈，教授是否有心脏病的病史？"

承曦摇头。

警官翻阅卷宗："他是个老司机了，驾龄已超过二十年。那么，他喝酒吗？我是指喝很多的酒。"

承曦先点头再摇头："他是喝酒，但最多也就是三四杯红酒的样子。"

警官摇头："是吗？所以我们难以下结论，车祸可能是由于驾驶不专心引起的；也可能是出现机械问题，如刹车失灵、爆胎等等；也可能是喝酒闯的祸。不过，现在说什么都晚了。"

警官在胸前画了个十字。

承曦回过神来，问道："保罗他人在哪？"

警官有点怜悯地看着她，说："以近一百公里的速度撞上大树，人是很难生还的。女士，你要节哀。"

承曦已经有点疯狂了，拉住警官的袖子："他在哪里？我要去看他。"

警察再一次摇头："不行。女士，不是我阻拦你，尸体撞得不成样子，认不出来了。我们是根据汽车牌照和钱包里的驾驶证才确定教授的身份的。"

承曦感到眼前一片空白，像是要昏厥过去的样子。

恍惚中听到警官的声音从很远的地方飘过来："女士，你还好吗？要不要去看医生？我的汽车在下面，可以带你去医院。"

承曦深吸一口气，强迫自己回过神来。警官已经收拾起案卷，在一张纸上写了个地址，交给她："这是殡仪馆的地址，你可以联系他们。如果有需要帮忙的地方，可到十二区警局找我。"

在出门之际，承曦问道："警官先生，我能不能问一下，那个女的怎样了？"

警官耸耸肩："当然活不了。可惜，才十八岁。"

五十八

国粹的健康状况并没有改善，肺炎虽说是好了，但他自己不在意，依然故我，拖着羸弱的病体继续作画。几个礼拜下来，咳嗽变得更为剧烈，常常咳得喘不过气来。食欲也变差了，一天不吃东西也不觉得饿。人瘦了七八斤，他本来就是偏瘦的体型，这样一来竟有形销骨立之感。

阿黛尔见了他，说："范，你真应该注意点自己的身体了，画画——没那么要紧，世界上的美术馆已经够多了。"

国粹笑道："再多，我至今还不得其门。"

阿黛尔摇摇头："身体弄垮了什么都没有，放松些吧。"

国粹不屑地说："小心翼翼地活到七老八十？眼花手颤，排队领救济，然后拖着脚步爬楼梯，喘得像条狗？老天，我才不要活成那样。"

阿黛尔笑道："说得也是，老来苦，我也不想活那么久。"

两个人坐在咖啡座上聊天，又抽了一整包烟，其间国粹又一次大咳。阿黛尔担心地望着他："说是那么说，但你还是要去看医生，听到吗？"

国粹喘息道："医生没什么用，等会儿我上药店买一瓶止咳糖浆。"

阿黛尔凶他："你会把自己咳死的。"

国粹苦笑："我已经四十三岁了，死而无憾。"

阿黛尔斥责道："胡说八道。"国粹耸

耸肩："还不是跟你学的？你自己说过的话忘记了？"

两人相视大笑。

但是一语成谶，国粹在两天后又一次病倒了，这次发病来得很凶险，一连三天起不了身。幸好公寓管理人留了心，上来探视，见到国粹病得人事不省，连忙叫了救护车，把国粹送进了医院。

这间博纳医院在二战前是天主教会所创办的贫民医院，现在是属于社会福利性质的医院，主要由政府拨款维持，病人也多是下层市民及退休的老年人。医院显然负荷过重，医生和护士都疲累不堪，一脸的苦相，病人受到的照顾也不会好到哪儿去。但是医护人员还秉持着希波克拉底誓言，以有限的资源，尽最大的可能来救治病人。

国粹一进医院，就被送进急救病房，拍摄了X光片，用药扩张气管及输氧。待病情稍微缓和些，国粹被送进加护病房。

第二天早上，国粹清醒了些。前来查房的是个中年医生，耳朵上架了支没点燃的香烟，自我介绍是勒庞博士。眼光犀利，口气却含讥带讽的，他翻了翻病历，嘀咕道："嚄，是个艺术家？梵高的教训还不够？"

国粹虽然还是喘得上气不接下气，但也忍不住反唇相讥："教训是，千千万万的人知道梵高，但有几个人晓得一个小小的医生？"

勒庞博士倒是笑了："哦，为了艺术死而无憾，对吧？"

国粹说："如果能做到像梵高的一半，也真的死而无憾了。"

勒庞博士摇头道："别发痴了，你成不了梵高的，你只能成为你自己。再怎样，为了一个虚幻的理想而舍弃健康和生命，是不值得的。"

国粹朝医生翻白眼："你一个小布尔乔亚懂什么！值得不值得，只有自己知道。"

勒庞医生竖起一根手指，威胁道："喂，老兄，别忘记，我是你的临床医生。"

国粹耸耸肩："我才不在乎呢。你有你做医生的准则，我有我做一个艺术家的准则。"

勒庞博士的神色柔和了些，微笑着摇头，他大概从未见过这样的病人。

"好吧，现在不是争论这些狗屁准则的时候。我当然会尽我的职责，但现在的你，不是他妈的什么艺术家，是个病人，配合好医生护士是你的职责，明白了吗？"

国粹点点头。勒庞医生最后说道："好吧，你如有任何需要，请让护士通知我。"

国粹说："我现在就有一个小小的请求。"

"什么？"

"你能不能把耳朵上的那根香烟给我留下？"

傅云裳收到一封陌生的来信，寄信人的姓名从未听说过，但地址却有些眼熟，拆开后发现是国粹的公寓管理人写来的。

先生，非常冒昧地写信打扰，但我觉得有这个必要通知您，您的朋友范国粹先生，在一个礼拜之前突发重病，被送入巴黎公立医院的博纳分院。医生表示情况很不乐观，委托我寻找他的亲属或监护人。于是我用备用钥匙进入范先生的房间，仅仅找到您的地址。请您尽快跟医院方面联系，具体地址是圣安托万路三一号，医生的名字是皮埃尔·勒庞博士。希望上帝保佑他。

云裳自己家里也是一团糟，前一阵诺曼底女人的女儿生小孩，请了假回去照顾女儿。新请来的保姆跟小宝不合，儿子不肯要她，老是缠着爸爸，使得云裳分身无术。但想到国粹身患重病，又是孤身一人，朋友的责任，使他无法袖手旁观。于是硬起心肠撇下哭闹不已的小宝，隔天就动身往巴黎来。

第二天赶去医院探望，惊见国粹鼻孔里插着氧气管子，脸色发灰，人竟瘦得脱了形，意识也不是很清楚，讲话讲到一半就昏睡过去。云裳不禁唏嘘，离上次见面，也就是半年多的样子，到底发生了什么？这时护士过来说："医生有些话要跟你说，请到护士室去等候。"

云裳坐在空无一人的护士室里，心绪难平，刚认识范国粹时，两人都是不满廿岁的青涩少年，狂妄无知，作天作地。只是秉持了一腔对艺术的激情，相偕来到欧洲来闯荡。二十多年过去了，人生跌宕，回头一望，变化竟如此之大。

国粹的病情看样子不容乐观，同代人竟已经走到生命的边缘，真是悲从中来。再想自己，里里外外也是伤痕累累，表兄被拘至今，父亲因此亡故，兄弟遁世远走。而最大的伤痛是承曦出走给他的打击，心里的创伤一直恢复不过来……

医生进来了，草草地打个招呼，坐下就取出烟来，点上火抽了一大口。勒庞博士看来也就是他们这个年纪，四十出头点，但是看起来很憔悴，头已经秃了，原来应该是很英俊的相貌，也因为有两个很大的眼袋显得沧桑。也许是抽烟过多，脸色也是发灰。如果不是他身上那件白色的医生褂子，很有可能被人认为也是医院里的一个病人。

医生一面翻看病历，一面抽完两支烟，才抬头对云裳说："病人的情况不大好，你要有所准备。"

云裳虽然早有预感，但医生这么说，还是感到压力剧增，问道："是很严重吗？医生？"

勒庞博士也不作答，从病历里抽出两张X光片，招呼他："你过来看。"

在日光灯惨白的光照下，医生举起的X光片呈现出两根纤细的锁骨，下面是一个穹形的胸廓，围着一排细细的肋骨，乍一看，好像不真实似的。云裳有一个非常奇怪的念头浮起，他跟国粹太熟悉了，熟悉国粹从年轻到中年的面容，也见过国粹的方方面面，喜怒哀乐，但这是第一次见到国粹的身体内部。人类放在X光下都是这么一副没生命的骨骼，不管外表如何光鲜，我们都是一个个行走的皮囊。

勒庞博士衔着香烟，要云裳注意左边的一片阴影："看看，全部浸染了。就是说，左边的肺已经是一块死肉了，右边也有问题。肺功能直接影响到心脏的功能，现在是靠药物和氧气吊着。"

云裳喃喃道："前几个月还好好的，怎么会呢？"

勒庞医生举起手里的香烟："是这个。"

云裳不禁目瞪口呆。

勒庞自嘲地说："不要这样看着我，我二十多年来医治病人，也希望哪一天有人会来救治我。"

云裳半晌回过神来，问道："医生，情况有多严重？"

勒庞博士盯着他，眼神像是死鱼，又

228

狠抽了一口烟，答道："你说一个人只剩四分之一的肺，还能活多久？"

云裳心里抽痛，但还是固执地问："多久？"

勒庞掉开眼光："好的话，两个月；坏的话，几天。"

说完站起身来，在出门之际又回过身来，说了一句："记住，悲伤无益。有一天我们都是要死的。"

一连七八日，云裳都陪护在病房里。国粹有时比较清醒，能够坐起来交谈几分钟。两人都避而不谈病情，只是说些过去的轶事，偶尔还开几句玩笑。国粹虽然病着，还是秉持着一贯的作风，尖牙利嘴，一句也不肯让人。云裳跟他你一句我一句地斗嘴，心里却是高兴的。直到国粹感叹一声，说："云裳，我记得还欠了你不少钱，届时把我的画拿去吧，好歹能抵上几许。"

云裳连忙打断他："你胡说八道什么，我才不要你的画。赶快好起来，卖画赚钱还我才是正经。"

国粹虚弱地笑了笑，说："好吧。"

过一会儿，又把云裳叫过去，轻声说："帮我一个忙好吗？"

云裳猛点头："当然，当然。"

国粹调皮地咧了下嘴："说话要算数？"

"我什么时候说话不算数了。"

"好，帮我去买包香烟来。"

云裳差点跳起来："什么？你不要命了！"

国粹嘘了一声，压低声音："我不抽，只是闻闻。"

云裳苦笑："真没见过像你这样的。"

国粹打哈哈道："啊啊，二十多年朋友做下来了，你还不了解我？"

回到自己巴黎的公寓，云裳已经半年没过来了，到处蒙着一层薄薄的灰。他也懒得叫人收拾，拉开床罩合衣躺下。人是身心俱疲，但却心思翻腾不已，想到范国粹，二十几年的朋友，不管他们之间有什么过节，但举目四望，能够交谈，互相理解，又志同道合的，也就是这么几个，而国粹是最知根知底的。如今一个这么有活力，生趣满满的人，躺在病床上，命悬一线。想到也许今后世界上再也没有一个范国粹，不禁一阵寒意袭来。人生真是不可思议，原以为是天长日久的，也许下一刻就会失去。

迷迷糊糊地小睡了一下，醒来已是黄昏，想起一整天还没吃过东西，于是下楼去找了一家咖啡馆，胡乱吃了点东西，就回公寓来了。进门时，公寓管理人叫住了他，递给他一封电报，说是刚送来，他代为收下的。

拆开电报，竟是吉维尼的保姆拍来的："有个陌生女子，几次过来要抱走小宝。你最好能回来一次。"

云裳不觉大惊，这女子是谁？诺曼底女人？还是承曦？保姆也不说清楚一些。现在儿子是他唯一的亲人，性命交关，他必须要回去一次了。

真叫蜡烛两头烧，这儿国粹生死未卜，那儿家里又出麻烦。云裳烦得一夜未睡，第二天，先去医院雇好了两个看护妇，轮流值班看护国粹，自己再雇了车回吉维尼去。

回到吉维尼，惊见只有保姆一人在家，云裳忙问："小宝呢？"

保姆满不在乎地说跟了他妈妈出门上公园了。

云裳更是紧张:"你怎么可以随便让她带走小宝?"

保姆是个大而化之的卢瓦河谷乡下女人,也不甚晓得小宝父母之间的过节,答道:"我没有权利不让一个妈妈带小孩出去玩。"

云裳被噎住了,心想跟她也解释不清,只好返身出门去寻找。

弗农是一个小得不能再小的镇子,公园在南面,靠近吉维尼,走十来分钟,过七八条街就到头了。时值傍晚,小镇歇业得早,一些面包铺和咖啡馆已经上了窗板,准备打烊了。云裳脚步匆匆,想到马上要再次见到承曦,心里不由得忐忑,不晓得她那个法国男人是否也会在场。他告诫自己,无论如何,不能像上次那样失态了,回想起那一幕,云裳自己也觉得不像一个有教养的人。

吉维尼公园虽小,但里面树木成荫,草坪连绵,门口没有围栏。园中置放了长椅,有喷水池,一座儿童滑梯,几架秋千。此时阳光西斜,隔着半个街口就听到小孩子的欢闹声。

走近公园,云裳看到一个女子的背影站在树荫之下,亭亭玉立,而小宝和一个陌生的男孩子在草地上飞奔着疯玩。这幅景象使云裳陷入某种幻觉,就像他本来心目中所描绘的家庭生活:远避尘世的家居,宁静的午后,活泼健康的孩子和温良贤惠的妻子。

但是,现实和希冀之间隔了一条看不见的鸿沟。他站在几步远的树荫下,好一阵没作声,不知如何开口跟承曦打招呼。

还是小宝先看见了他,欢叫一声向他奔来,承曦也转过身来。云裳先接住了儿子,再抬起头跟承曦打招呼。一眼看去,承曦好像非常憔悴,脸色苍白,带着两个黑眼圈。虽然承曦微笑着向他致意,但那微笑明显地带有苦相,云裳从来没见过承曦这种神态,不由一下子呆住了。

他们相偕走出公园,一路默默无语。在街角,承曦站定,说你们回去吧,而她准备去找一家客栈过夜。云裳想了想,说:"你还是住在家里吧,你的房间还空着。"

小宝在一旁雀跃,牵了承曦的衣襟,满脸是期盼的神色。承曦摇头,说:"小宝乖,妈妈明天再来看你。"

云裳叹了口气:"承曦,是这样的,我明天必须要赶回巴黎去,也许会耽搁一阵子。你如果能住在这里一段时间,陪伴小宝,我也比较放心。"

承曦抬头问道:"为什么?"

"范国粹躺在医院里,很可能不久人世。"

像是被一个霹雳打中,承曦本来就苍白的脸色顷刻变得像死人一样,下嘴唇不由自主地颤动,手里拿的包掉落在地上,小宝捡起交还给她,她也视若无睹,人不住地摇晃。云裳生怕她突然晕过去,连忙伸出手去搀扶。

承曦甩开他的手,声音像是在梦游:"他怎么了?"

云裳被承曦的反应吓着了,不敢讲得太肯定:"范国粹生了肺炎,已经住在医院里一段时日了,医生说他情况不太好。"

"怎么个不好?"

"一边的肺已经烂了。"

承曦突然就蹲下身去,双手掩面。云裳想去扶她,承曦晃着肩膀躲开。小宝也受了惊,一叠声地叫妈妈。

230

良久，承曦自己站起身来，脸色还是很难看，但已经恢复了镇定。她对云裳说："那么，我今晚就跟小宝住，明天我跟你一起去巴黎。"

深夜，云裳翻来覆去睡不着，再次与承曦在同一个屋顶下过夜使他心潮难平。自从国粹生病，他想了很多，浮生如梦。而人生不啻于在暴风骤雨中的一条破船，随时都可以倾覆。现在想来，以前是对身外之物太在意了，什么艺术成就、朋友间的意气之争、男女感情上的占有，跟生命一比，全都不值一提。可惜他醒悟得太晚了些，也许还不晚……

这时，他听见通向花园的门开了，从窗口看见承曦在月光下走向河堤，飘忽得像个夜行的女鬼。云裳心里一紧，连忙披衣下床，赤脚跟了出来。

月光如幻，映照在浅蓝色的草坪上。望出去四周的风景朦胧，静寂无声，不似在人间。草坪上暗生露水，沾到赤裸的脚踝上，一片凉意沁入身体。云裳远远望见承曦伫立在河岸边，月光清晰地勾勒出她的身影，孤单而飘渺。

等他趋近，承曦回过头来，脸色惨白得像死人一样。两人相对，一言不发，河水在脚下无声地流淌。此时一股奇怪的气味传来，云裳走前一步，抓起承曦的左手，扳开手掌，只见一截尚未熄灭的香烟蜷握在掌心中，而掌心里已经是燎泡连连，疤痕处处。

云裳的嗓音颤抖："你这是何苦呢？"

承曦不答，挣扎着要把手抽回来。云裳轻轻地拥住她："回去吧，明早一早就要动身。"

回到屋内，云裳为承曦清理了手掌上的伤口，再用绷带包扎起来，然后回到自己的房间里躺下，但是翻来覆去就是睡不着，太多的事情在脑子里打转，像是走马灯一样。这时他听到隔壁承曦的房间里有响动，开门的吱呀声，先是到了客厅，渐渐地，脚步声来到他的门前，踟蹰良久，然后房门被推开，一个人影站在那儿。

云裳坐起身，扭亮了台灯，嘶哑着声音问道："你也是睡不着吗？"

承曦一言不发，自行上了床，背对着他躺下。云裳一时手足无措，过了一阵，才轻轻地抱住承曦。黑暗中，可以感到女人一直在抽泣，并且一阵阵地颤抖。云裳本能地晓得，在这种时候，任何安慰的话语都不会起作用。他所能做的，只是安静地拥住女人，眼看着窗外天色一点点亮了起来，花园里的鸟儿开始鸣叫。

五十九

国粹把云裳给他买来的香烟拆开，像个守财奴藏匿财宝似的，一支支地藏在盥洗室的卫生纸卷里。瘾头上来了，拖着输液瓶，走到后院，坐在树荫底下抽上一支；或者，在半夜里无人之际，躲在盥洗室里偷偷地抽上两口。尼古丁是天使又是魔鬼，烟雾沉浸到衰败不堪的肺脏，引起剧烈的呛咳，然后是闷闷的胸痛。但同时，尼古丁也松弛着他的神经，平缓他躁动的血液。

至于生与死，他没去多想。已经一只脚跨在门槛上了，多抽一支烟与少抽一支烟没有太大的关系。

最近，他常常梦见当年与朋友们在湄公河上旅行的片段。炎热的天气，蚊蝇肆虐，一望无际的滔滔大水，冲刷着岸边的红色土壤。每个人都大汗淋漓，空气中弥漫着热带水果腐败的气味。他们在陌生的城市里探寻，迷失在错综难辨的大街小巷里。青藤缠绕的废弃宫殿里众佛寂寞，枯坐千年，在衰败和虚无的时光中拈花微笑。黄昏将临，护城河水映着天光，大批的鸟雀在天空盘旋，废弃的皇宫显出诡异的美，一个曾经辉煌的时代消失在历史缝隙之中。

梦境是断断续续、飘忽不定的，但最后定格的总是一张神秘莫测的笑脸——高棉的微笑。这张石头刻出来的笑脸在他意识中盘旋不去，仿佛是一道咒符，一个谜，终其一生还未解开的谜。

他咳起嗽来一次比一次凶猛，简直是撕心裂肺，下意识地知道自己来日无多。他能感觉到身体里的器官开始断断续续地罢工，肺会像溺水般透不过气来，而心脏会停止跳动十来秒钟。但他并不是很害怕，倒是像深夜来临，一天工作的劳累泛上来，总算踏进家门口，渴望能睡个深沉的好觉。

回顾走来的路，有所遗憾吗？当然有，他不是个好儿子，也不是个好长兄，甚至不是个好情人，他辜负了承曦和樱之，虽然不是他的本意，但造成的事实如此。而对于选择了艺术这条人生之路，一点遗憾都没有，不管成功与否，也不管画得好画不好，他已经走完了这条参悟之路。艺术，与宗教一样，是引导信徒寻找真相的生命之路。

他今年四十三岁，虚岁才四十四，应该说正是盛年。人生匆匆，白驹过隙，就此离去，当然有些失落。但太多的人活到七八十，却是碌碌无为一生。与长命百岁比起来，他更愿意活得精彩和丰富。

所以说，他也不遗憾。

不过，他还有几封信要写。

承曦在医院门口收住脚步，点上香烟，犹豫地对云裳说："还是你先进去吧，我要想一想。"

云裳一晚上没睡好，此时眼睛里布满了红丝，嗓子也有点嘶哑："怎么啦，又改变主意了？"

承曦咬着下嘴唇，慢慢地摇头："我，我心里慌得很，大概还是没做好准备。要么，我明天再去看他吧。"

云裳很疲倦地说了声："好吧，随你的便。"

走出几步，又返回来，掏出钥匙交给承曦："这样吧，你到公寓里去休息一下，睡个午觉，你昨晚也没怎么睡。"

承曦点头，转身离开，她虽然很是疲累，今早清晨七点就起来赶班车。但她现在不想去公寓，她要走一走，好让纷乱的心情平复些。

她心里挣扎不已，还是不晓得如何去面对以前的情人——躺在垂死病床上的国粹。

她毫无目的地沿着勒杜·罗兰车站，一直走到生机勃勃的巴斯蒂尔广场，承曦拐进一家咖啡店，坐下来喝了一杯咖啡，抽了两支烟。午餐时分已过，咖啡馆里还是人群熙攘。邻座有一对青年男女，一刻不停地在接吻，粘粘糊糊地像煞是一对相思鸟儿。承曦心中感慨万千，人人都曾年轻过，都对爱情趋之若鹜，其实我们不知道的是，爱情这种东西，也许这一刻是蜜糖，下一刻就是毒药，神魔互相转换只要一刹那。回想起自己半生走过的情感之路，心中苦笑，人生是怎么样的一场荒诞喜剧啊。

喝完咖啡，她折向南面，沿了巴斯蒂尔大道一直走到塞纳河边。再走到圣路易岛，越过大主教桥，前面就是勒内·维维亚尼广场。她站在河堤上眺望塞纳河，正值退潮时分，绿色的河水湍急，西堤岛裸露出了一段石基。她的人生也如河流般奔腾而下，湍急而失控。再转过身来，阳光正好从西面照射过来，高高耸立的巴黎圣母院，在逆光之中一片曚昽，像是莫奈画的教堂系列中某张作品。承曦身心俱疲，神思恍惚，此刻突然产生了一个幻觉，她竟然在广场上的人群中，很清晰地看到了范国粹，站在对街莎士比亚书店前的喷泉旁边，正在用手掬了泉水喝。范国粹还是年轻时的样子，长身玉立，脸容清癯，头发被晚风吹起。喝完了水，国粹抬手整理了一下头发，在人流中回过头来，朝她莞尔一笑。

然后融入熙熙攘攘的人群之中消失不见。

承曦怔了半晌，然后腿一软，跌坐在路边石沿上。目睹了刚才那不可思议的一幕，受到极大的震撼，手也抖得厉害，连续擦了几支火柴都点不着香烟，最后还是一个路人把打火机伸到她面前，帮她点上了香烟。承曦狠狠地吞下一大口烟雾，心中一阵抽痛，她明白，她人生中最大的怨结一下子消融了。如果她的第八感觉是正确的话，范国粹的魂，在这一刻已经离开了巴黎，离开了这个世界，也永远离开了她——赵承曦。

巴黎的黄昏，正是一天享乐开始的时刻，广场上人流熙熙攘攘，没人注意到这个蜷缩在广场角落里，把面孔埋在手心里的女子。也许某个心细的路人从肩膀的微微抽动，可以看出这女子在哭泣，但没人停下来。巴黎人是世故的，而且很是尊重人与人之间的隐私，谁没有些难以诉说，难以排遣的事呢？也许，她哭上个几分钟就会好的。在巴黎最大的好处是，谁也不认识谁。

但低声的啜泣渐渐变成凶猛的恸哭，承曦一辈子没这么感到痛楚过，痛到她自己根本抑制不住。多年来压抑的情感，爱也好恨也好，此刻全化成眼泪汹涌而出。她一定是哭出声来了，有人停下，递给她几张面纸。一个女人用很沙哑的声音问道："喂，你还好吗？宝贝儿。"

承曦泪眼蒙眬地望出去，面前是一双穿着玻璃丝袜的腿。抬起头，看到一个浓妆艳抹的女人，穿着暴露，双手交叉在胸前，涂着丹蔻的手指擎着香烟，居高临下地看着她。承曦凭直觉猜出这个女人是做街上生意的。

承曦含糊地应了一声，擦去眼泪站起身来，同时把烟蒂掐灭在手心里，然后走出人群摩肩接踵的广场。她完全不辨东南西北，也不知道此刻要到哪儿去？虽然云裳给了她钥匙，但是她晓得自己不会回到那间公寓去，那里不是她的归宿。她也不会赶到医院去，因为她晓得范国粹已经离开了，她不想要面对一具没有生气的尸体。

天一点点暗了下来，塞纳河边的旧书摊上，亮起了一串串的挂灯，摊主们整理书箱，准备打烊。靠在码头上的游船倒是灯火辉煌，甲板上响起香颂乐队的演奏——在巴黎的天空下，歌女的声线沙哑而娇柔。街角上的酒吧和饭店开始上客，兜着围裙的仆役端着托盘忙进忙出。马路上车水马龙，流光溢彩，巴黎的傍晚是一天中最具活力的时候。

承曦头脑里一片混沌，范国粹，这个一生一世的冤家爱人，真的走了？真的从此告别了这个世界？再也看不到他时而严肃时而嘲弄的脸容,不再有机会和解,也不再有平静的心情回首来路。这个死结再也解不开了吗?

人生仿佛一下子被掏空,她不知道接下来要怎么办。她此刻能做的,只是机械地在河堤上疾步漫行,惶恐,无措,像一头被猎人追杀的动物。风吹拂在脸上,而眼泪一直流,被风吹干,脸上的皮肤因此绷得紧紧的,嘴唇上一丝咸味。

她在半昏晕的状态下,一路走到东头的托耐尔大道,在一个公车站台坐了下来,两眼空洞,神情呆滞。公车司机打开门招呼她上车,她全然无视。坐了几分钟,又站起身原路折返回来。走到西边圣米歇尔的桥头,又一次踟蹰不前,然后再次回头,像极了一条惶急流窜的迷路狗。

天完全黑了下来,突然,身后半个街口之外巴黎圣母院的大钟鸣响,钟声宏亮,穿透夜色,回荡在塞纳河上空。承曦浑身一凛,耳朵里嗡嗡作响,人倚在堤岸的石墙上动弹不得,一无所思,一无所想。

钟声是时间的分割器,是一段乐章的休止符,是过去时光的帷幕,落下之后永不升起,更是生命的最终结算——Le point sans retour（不归路）。

云裳赶到医院时,已经是午饭时间了,走廊上飘着烤鸡和咖啡的味道。值班护士要他去家属等候室等着,说现在是医生的午休时间,不能去打扰。

等候室在走廊的另一头,半截墙壁漆成深蓝色,半截漆成淡米色,墙壁上挂了些拉伯雷寓言故事的版画插图。室内不通风,有一台小风扇嘶嘶地响着,气氛压抑。云裳进去时,里面已经坐了几个等候的人。角落里,一个阿拉伯男人,大胡子,戴着顶小白帽,正闭了眼睛,平摊了双手,前前后后摇摆着念着祷词。

云裳找了个空位坐下,闭上眼睛。他真的累了,一礼拜多在医院陪护,又匆匆地赶回吉维尼。昨晚根本没怎么睡,今天一早又赶了出来。

在梦中,他大汗淋漓地在密林中行走,身边虽有同伴,但看不清他们的面孔。晓得不是他一个人在荒无人迹的地方独行,至少比较安心。密林中道路崎岖难行,而且看不到前景,但这时不能回头,只好继续向前。

终于看见光亮了,前面是座峡谷,有条小路蜿蜒而下。他们一行人鱼贯而行。峡谷中的崖壁上雕着各种各样的石面人像,表情各异,有怒目圆睁的,有愁眉苦脸的,也有玩世不恭的。其中一尊石像,始终微笑着,云裳觉得很是眼熟,却无论如何想不起在哪儿见过。然而一分心,脚下一个没踩稳,人就直坠入山谷。

云裳倏然惊醒,头顶上的日光灯直刺眼睛,角落里的阿拉伯人一下匍匐在地,一下直起身,大声念着祷文。同室的人都垂着视线,不去看他,此情此景实在怪诞。怔忡间,墙上的喇叭响了起来,云裳听到叫他的名字,要他去护士室里见医生。

还没走近护士室,云裳就闻到一股呛人的烟味。推门进入,勒庞博士从报纸上抬起金鱼眼看他,眼神中有股奇怪的神色。云裳心里咯噔一下,已经有了不好的预感。当他战战兢兢地坐下之后,勒庞博士又客气地问他要不要喝水?云裳拒绝之后,医生再拿出香烟问他要不要来一支?弄得云裳心烦意乱,又不能催他,只好忐忑不安地沉默着。

勒庞博士今天好像谈兴旺盛,先从六

十年代戴高乐退出北约说起，是跟美国人撒娇，这撒娇又如何影响到中东局势，直接导致了蓬皮杜的石油政策失败。又说起苏菲亚·罗兰近日在巴黎引起的轰动，人们都发疯了，简直可以说是倾城而出……

医生亢奋地滔滔不绝，就是不提国粹究竟怎么样了。

勒庞博士把手里的报纸折成小块，又把写字桌每个抽屉打开又关上，手忙脚乱地一阵翻找，不知要寻找什么。一面继续他的话题："石油政策影响到每一个人，医院比平时忙一倍，但收入没提高多少，为什么？石油涨价了，百货都跟着涨，咖啡涨价了，送蔬菜的运费涨了，肉类也涨了，连医院的救护车油费都超出一大截。人们一发愁，健康也跟着往下走。社会的烦恼，人类的烦恼，人生的烦恼是连续不断的啊。依我看，从这个角度解释，苏菲亚·罗兰就是巴黎人的麻醉剂呀。"

云裳实在听不下去了，找个岔子打断勒庞博士："医生，我的朋友怎样了？他还好吗？"

勒庞博士把手边的抽屉很重地摔上，人突然瘫软在椅子里，眼神空洞地直视前方，语气颓然暗哑："先生，我要告诉你的是，你的朋友幸运地摆脱了这一切，他再也不会烦恼了。"

六十

云裳从护士的手里接过范国粹的遗物，一只旧的欧米茄手表，表面已经磨损，秒针还在滴答走着，一双鞋底磨得薄薄的皮鞋，一件呢大衣，肘部已经起毛了。护士说病人贴身衣物有传播病菌的可能，已经被处理掉了。

"哦，还有这些信，是在他床边的抽屉里发现的，我看不懂上面的文字，也交由你处理吧。"

云裳把所有的东西装进袋子，把三封信揣进上装内袋里。现在他脑子完全滞止，所有的动作都是机械性的，护士怎么说他就怎么办，像个木头人。

走出医院大门，一只黑色的鬈毛狗正在路边撒尿，边尿边斜了眼看他，好像说你看什么看，没见过狗儿尿尿？告诉你，世界上再没有比尿尿更重要的事了。云裳呆呆地看着狗儿一路小跑跟上主人，再回过头来看了看博纳医院破败失修的大门，想到一只狗还活蹦乱跳，而一个大活人范国粹就此走完了他的人生路，一瞬间悲从中来，热泪涌出眼眶，不能自已。

回到自己的公寓，承曦不在。云裳跌坐在椅子里起不了身，神思昏昏，一直觉得同龄人死亡是件非常遥远的事情，现在却猝不及防地来到了身边。世界上再也没有那个风流倜傥的范国粹，连同他的才气、固执和不讨人喜欢的坏脾气一块消失在茫茫黑夜之中。云裳此刻还不敢相信，这样一个活生生的人再也不会回来，他宁愿相信他是出了一趟远门。但是残存的一丝理智告诉他，是的，范国粹永远不会回来了，他的人生中从此缺了一块。

良久，云裳在恍惚中醒转来，天色已经暗了下来。承曦不见人，也许是去了医院。云裳有些担心，但也只能等待。突然想起国粹留下的信件，从内袋里取了出来，一共是三封，其中有一封写着他的名字。

云裳吾友，是到了说再见的时候了。
你还记得吗？在民国三七年，你和云鹏，还有几位朋友到苏州来玩，我们去了

235

寒山寺，那天下着大雨，寺内空无一人。我们几个捣蛋鬼，在人家寄存棺材的空房间里装神弄鬼，互相吓唬，又在大殿上打翻了香炉，撞倒了经幡。云鹏还被我们撺掇着撞了几下大钟，钟声之宏大，把我们自己都吓了一跳，笑说正晌午的钟声也到客船。结果却不妙，声响唤出来个胖大和尚，手中捏了一支扫帚，作势要劈头打来，我们几个连滚带爬地逃出山门，淋成落汤鸡回来，煞是狼狈。

二十多年前的一幕闹剧，历历在目。年轻人真是不晓得天高地厚，恣意妄为，但生趣也满满。还有很多趣事，至今想来都使我莞尔一笑。我真的很庆幸交结了你们这批朋友。

还要嘱托你一件事，我房间的书桌抽屉里，有一个小盒子，里面有一副耳环，请你想法子带给承曦。这事是我一直想办而没能办到的。千万拜托你了。

同时，请你顺便把我的房间整理一下，交还给公寓管理人，在我居住期间他一直很照顾我。我的那些油画，就留给你作纪念了。好也好，坏也好，你是我人生一路走来的见证人。

另外两封信，一封请你当面交予承曦。另一封，请你寄给香港的樱之。我蹉跎一生，最对不起她俩，这是我内心最为歉疚的心思，要恳请她俩包容宽恕我些。

国粹绝笔

云裳读信之际眼睛已经模糊，读完信，再也撑不住，泪水泫然。自从他成人之后，从没这样伤心欲绝。既是对友人离世之痛惜，也是哭自己，生命中最堪回味的一段华彩，也随着国粹离去而随风消逝。心里一直堵着的块垒，开始松动，所有的恩怨、

龃龉和误解，随着泪水的涌出而消融。人生其实很狭隘，你活得再长，周游再广阔，真正能与你生命相交的就那么几个。和谐也罢，冲突也罢，你们的生命互相磨砺，像古人佩戴的两枚玉佩，相击相倚，叮当作响而满身晶莹。

国粹宿处的管理人，是一个沉默寡言的瑞士老头，他引导云裳登上三楼，再掏出钥匙打开通往阁楼的侧门。在踏上楼梯之前，云裳好像看到范国粹的影子，在深夜疲惫地回来，走上三楼，已筋疲力尽，不得不扶着门框歇一歇。再打开昏暗的楼道灯，登上阁楼窄窄的楼梯，两旁扶手上蒙了一层灰尘。阁楼上，别的房客遗弃的家具什物堆在过道两边，如静止不动的史前化石。楼道里终年有一股久不通风的隔宿味道。

管理人沉默着，在一大串钥匙中找了好久，终于打开了国粹曾居住过的斗室。云裳隐约闻到一股熟悉的烟味，是国粹常抽的高卢人牌香烟。在跨进门之前，满脑子想象着国粹在此生活的点点滴滴，现在身临其境。如果国粹突然出现在室内，他也不会太过惊奇。管理人把门开着，说他在下面还有些事情要办，先下去了。如果有啥需要，在窗口叫唤一声，他就会上来。

云裳转身环顾，首先映入眼帘的是国粹的单人床，铸铁床架的漆皮已经剥落了；被褥像是匆匆叠起，床上的枕巾被单也不怎么干净；墙壁上挂着国粹的几套替换衣装，衣物上落满了灰尘。云裳认出那件藏青色西装是在培罗蒙定做的，从上海带来，一直穿到现在。再转过身，在朝北的窗下，竖着一具很大的画架，占据了半个房间，旁边搁着的画笔和调色板都已经干掉了。

画架背后，一大叠一米高乘一米五宽的油画，面向墙壁排列着。云裳匆匆地翻看了一下，这些年来，国粹的艺术观全然脱胎换骨，其中不乏有一些陌生的，但具有挑战性的画作，云裳出于多年浸淫于艺术的直觉，晓得是杰作，不过现在无暇细看。

在床边的小书桌亦是最便宜的货色，人家用来给小学生做作业的，又矮又小，不过好歹有两个抽屉。云裳先拉开右面的抽屉，里面有两包还未拆开的香烟，一把旧的刮胡子剃刀，一些零碎硬币。拉开左面的抽屉，里面是些信件，扎成一束。一个装雪茄烟盒子，打开，是一个锦袋，乳白色缎面已经褪色。云裳心跳不已，揸在手上久久不敢打开，这副耳环岂止是件普通首饰，更是国粹生命中最紧贴的两个人的感情见证。而云裳自己，在这段感情中一直处于一个尴尬的地位。

云裳摇摇头，苦笑一声，把锦袋中的物件倒在手心里。叮的一声轻响，两枚翠绿色耳环滑出，熠熠生辉，握在手心里凉意透骨，仿佛是两枚尖锐的箭镝，嗖地穿透年月，鲜活地带来二十多年前点点滴滴的回忆。曾几何时……宾客满堂，笑语欢颜，一个豆蔻年华的少女出现在他的客厅里，巧笑倩兮，如一株水仙含苞欲放。冬雪之夜，在百乐门大舞池中金蛇狂舞，摇曳生姿，迷倒众生一片。翠色的青春，翠色的人间，翠色的坐标，标示出二十几年的沧海桑田，白驹过隙，死生瞬间。

云裳在房间里坐了好久，恍恍然像做梦一样，一会儿思念故友，一会儿伤感并自伤。直听得邻近教堂晚祷的钟声响起，才醒转过来。整理好国粹的遗物，把信件和雪茄烟盒子收在皮包里，余下的家具和衣物都不要了，让公寓管理人去处理。画幅都要带走，明后天再请搬家公司来人运走。门背后，挂着一顶深棕色的呢帽，国粹平时常常戴的，云裳要带走留个纪念。

要走了，还有什么遗留下的？这伤感之地，挂角之巢，云裳是再也不会来了。那么，最后检查一遍吧。

与吉维尼的乡村大房子相比，这里只是一间蒙尘的陋室，面积亦不过廿来个平方，一眼看尽。家具也极其简单，一床一桌一椅，仅此而已。云裳环顾四壁，只是不经意地一撩床单，赫然发觉床底下有一具扁扁的便盆，是医院中给卧床病人使用的。而在这枚床下的便盆里，竟然还有一团大便，已经干结变硬，时日长久，所以不闻异味。

云裳震惊得无以自持。从眼前这个小小的细节来看，可以想象国粹在病重之际，境况是怎样的凄惨。病中无人照顾，饮食肯定是缺乏的，也许连要杯热水都得不到。腿脚乏力，连走到楼下咖啡店去用盥洗室也如跋涉过荒山大川，只好用简陋的便盆解决，也没人帮他清理。

云裳狠狠地捶着自己的额头，心酸至极。最后一次在咖啡店见到国粹，已经看出他的情况不太好。余下的时日，忙东忙西，竟没有去关心。作为年轻时一路走来的老朋友，也实在是太说不过去了。

傅云裳泪流满面地走下楼梯，把钥匙交还给公寓管理人时，竟然哽咽得说不出话来。瑞士老头一声不响，把他带进自己的小公寓，让他坐在破沙发上，然后在厨房里烧水煮茶，给了他一杯热茶，一小碟饼干，并在茶里滴了几滴白兰地。云裳一口喝完，才觉得好些。

接下去一个礼拜，傅云裳忙得手脚不

停。去巴黎市政府部门办理死亡证明，报纸上登讣告，挑选墓地，安排葬礼。巴黎人做事拖沓是出名的，到政府机构去办事，更是需要有无比的耐心。云裳一天要赶几处地方，不得不为了些细枝末节和办事人员扯皮，直弄得自己口干舌燥，身心俱疲。在这期间，承曦一直没露面，既没电话也没信件，也不知道她是否晓得国粹已经亡故。云裳虽心生诧异，以他对承曦的了解，她就是再恨国粹，也不会对一个死者这样绝情的。

下葬这天，微雨蒙蒙，空中掠过的寒鸦、满地落叶和相邻墓前的残花更是衬出了墓园的寂寥。但葬礼上还是来了不少人，有几个是艺术学校的同学，当时俱是菁英少年，现在都秃顶了。令人意外的是，洛特教授也来了，老头七十多岁了，胡子头发全白，一只眼睛起了白翳，走起路来也颤颤巍巍。云裳与洛特教授握着手，唏嘘得一句话也说不出来。老头子只是一声接一声地叹气，连说："可惜了，可惜了，范是很有才华的。"

管公寓的瑞士老头和楼下咖啡店的老板娘也来了。还有一个高大肥胖的年轻人，自我介绍是国粹当年的邻居。云裳觉得他怪怪的，说话粗声大气，逢人便问："今天是不是星期三？"但实在太忙，无暇多想。

有个女客看来面熟，但无论如何想不起在哪见过。这女子一身黑衣，鹰鼻深目，面容很是苍老。但神情宁静，有一种祸福不惊的从容。云裳直到看见她点烟之际，才想起来，这个女人是他们从马赛到巴黎的火车上见过的。云裳抽了空跟她聊了几句，晓得她一直跟国粹有所联系。靠近了看，女人虽然口气淡然，但眼神里还是有一股物伤其类的悲哀。

葬礼预订由当地教堂的神父主持，云裳晓得国粹是个无神论者，但葬礼的费用中就包含了神父的费用。云裳一礼拜忙下来心神交瘁，也就答应了。

雨渐渐下大了，神父在雨中含糊不清地念着祷文，没带伞的宾客们开始四散开去躲雨。云裳是带了一把伞，看见洛克教授淋在雨中，就过去给他撑伞。就在这一刻，他瞥见有个熟悉的身影在人群后面一晃而过。他急忙把伞交给教授，老头却拖住他："你不要走，葬礼后，我还有话要跟你说。"云裳花了不少工夫给老头解释，再转身去寻找，却找不到那个身影了。云裳不禁疑惑是否自己看花了眼？或者是雨雾迷蒙？

葬礼过后，云裳被一股颓丧的气氛所包围。天气又不好，一连下了两个礼拜的雨，本来很明亮的公寓，白天也是阴沉沉的，更是令人郁闷。云裳整日地横卧在沙发上胡思乱想，已经好多时日没画画了。云裳现在觉得，原来显得很重要的艺术，在生老病死的日常中不过是个点缀。没有艺术，人们还是欢笑，哭泣，为琐事烦恼，为小事争执。世俗是强大的，日子是一天天地过，烦恼也是你不去找它，它会来找你。相比之下，国粹的一生倒是真正的潇洒，不拥有，不留恋，也不被羁绊。空身来空身走，一生游戏人间。云裳自问是做不到的，真正的艺术气质是与生俱来的。

可是，艺术女神并没有眷顾一生都侍奉她的艺术家。

那天葬礼之后，云裳和洛特教授坐在咖啡馆里，两人都被淋湿了。洛特教授的眼镜上泛着雾气，他一边擦拭镜片一边说：

238

"哎,像我这种完全没用的老头子不死,倒是我的学生先走了。"他举了举手中的老花镜,"上帝大概是丢了祂的老花眼镜吧。"

云裳哑着嗓子说:"是的,范国粹,他是走得太早了些。"

"老天是不公平的,给了你才华就不给你寿数,古来如此。老了,有时比死还无奈,像莫奈和雷诺阿的晚年,画的质量也是大不如以前。"

两人沉默不语,暗自神伤。过了一阵,云裳说:"范有一些画留了下来,等我整理完毕之后,请你过来看。"

洛特教授用手帕抹了抹眼睛,点头道:"那是一定要来看的,我一直对你们年轻人的新奇想法感兴趣。"

云裳说:"范有些想法非常新颖。如果有可能,我想筹备一个回顾展,向大家介绍他的艺术,同时也是对逝者的纪念。"

"好!好!范如果地下有知,会很庆幸有你这样的朋友。"

六十一

承曦是从报纸的讣告上晓得国粹的葬礼日期。

她下意识地害怕接到这个讯息,前天在勒内·维维亚尼广场上,一定是自己喝了太多的咖啡,从而产生了幻觉。现在的医药发达,国粹也没到七老八十。再说,上帝也不应该那么苛刻,保罗出了车祸才刚走,死亡的阴影不会这么快地再一次降临到她的头上。

但心中一直焦躁不安,也不敢打电话给云裳,生怕从他口中证实了这个噩讯。整整一个礼拜,饮食荒疏,夜晚失眠,白天人如行尸走肉,什么事也做不了。唯一不忘的事是,一清早出去买来各种报纸,整个上午就坐在咖啡馆里抽着烟,翻看各种报纸的讣告版。

这一日翻阅到《费加罗日报》第四版上的讣告,曰:

中国画家范国粹先生的葬礼将于某年某月某日下午两点,在蒙马特墓园第××× 号墓位举行……

承曦死死地盯住黑方框里的两行花体字,双手捂面,黯然神伤。

噩耗既被证实,痛定思痛,承曦反而平静了下来,如同生了一场大病,几日几夜地昏睡,终于在一个清晨醒来,虽然还是浑身酸痛,但头脑却清醒了。

她会去参加葬礼吗?不晓得。她想到自己也许会在葬礼上失控。

她与范国粹的情缘,直到现在还难以理清。那段二十几年前的相遇,既是心里的瑰宝,也是心中最深的创痛。如一个解不开的怨结,在人间纠缠不休几十年。现在终于等来了剧终,死亡像一场漫天大雪,掩盖了所有的不堪、恨意、嫉妒和辜负,倒是显出一片晶莹的景色来。人生一世,毕竟有过那么纯净的爱情,少男少女如雪地上两只白兔,相戏相逐,相亲相爱。如今生死相隔,恩和怨也到了尽头,剩下只是伤痛和缅怀。

她会去的,她要去跟国粹告别。但这是她和国粹之间的私事,承曦不想出现在众人的面前,她不要别人看到她哭泣。

葬礼那天,天色晦暗,雨下一阵歇一阵。秉承了法国人一贯拖拉延迟的作风,葬礼晚了差不多一个小时才开始。承曦到

239

达墓园之后，望见人群还聚集在墓前，踌躇了一下，她转身拐上另一条小径，往相反的方向走去，毫无目的地，在墓地里踟蹰徘徊，神思飘忽，从一个墓区走到另一个墓区。一直等到葬礼结束后，人群开始散去，走远，她才从相反的方向走出来，来到刚合拢的国粹墓前。

蒙马特墓园已有两百多年历史，离圣心大教堂不远。二十世纪以来，接连发生了两次世界大战，阵亡者众多，很多战死的军人都埋葬在这里。还有众多的历史名人和艺术家，安息在此墓园中，吸引着大量游客慕名来朝。虽然从上个世纪起，墓园经过几次拓建，至今还是一位难求。园里每个区域都分号，在区域里，密密麻麻的墓位连着墓位，空间显得拥挤不堪。

一眼望去，墓园依坡而建，园中树木扶疏。花岗岩石块铺成的步道两边，处处是达官贵人考究的墓室，巨大的大理石墓碑，罗马式的石柱，安放铜制棺椁的墓室。墓园中到处竖立着青铜和大理石的雕塑，或者是忧伤的天使，或者是沉思的哲人。时光荏苒，风雨侵蚀，大理石已经发暗变黑，野生的藤蔓悄悄地爬上墓台，小动物在其内作巢。而风霜，雾气，使青铜雕塑蒙上了斑斑绿锈。

墓园亦是直观的生死课堂，任你生前声名显赫，家财万贯。百年之后，寂寞毫无差别地抹去一切。

国粹的墓位在园中偏僻的东南角。左边的墓位上，竖着一块很朴素的灰色花岗石，粗糙的石面正中镂刻着一个十字架。一个叫佛朗索瓦的女人躺在那儿，生于一八九二年，卒于一九四五年，享年五十三岁。墓碑上镂刻着一行花体字，承曦仔细地辨认了一阵，碑文的意思是：有一天我们会再次相遇。右面是个男孩子的墓，死于一九五二年，只活了九岁。家人一定很伤心，小孩子已经逝去了二十多年，墓前还供奉着玩具火车和新鲜的花束。

国粹的墓穴是很窄的一块，如一张单人床般狭长，刚覆盖上去的新土松软，湿漉漉的泥地上遗留着几束参加葬礼客人带来的花束。

承曦站在花岗岩步道上，踟蹰不前。她还是不敢相信：这个男人，现在就冰冷地躺在三尺泥土之下。

在走到墓穴之前，承曦从手袋里掏出化妆镜，整理自己的鬓发和脸容。下意识地，她不想要国粹地下有知，看到她如此苍白憔悴的模样。

承曦今年刚过四十岁，算起来，人生中已经历了四次死亡事件。每一次都痛彻心扉，像是从她生命中剜去一块。

母亲的遽逝，是她年轻生命中第一次直面死亡。每当想起在停尸房中，母亲牙齿暴出，死不瞑目的遗容，还是如雷殛击，心脏一下子为之紧缩。

有时，曾经同屋的依琳会飘然来到梦中，还是捧了一本书，低着头目不旁视。突然间抬头，幽幽地问她："你真的有亲戚朋友吗？我可是一个亦没有。"她从梦中醒来，一身冷汗淋漓。

保罗，是她走上艺术之途的引路人。他为她打开了一扇自信之门，她曾经徘徊很久，一直不得其门。在这点上，承曦非常感激他。强壮的保罗也是她的床伴，着实让她领略了法国男人的热情和风流。几百个巴黎的日日夜夜，日常交融，有喜有恼，有得有失。承曦有时会觉得，虽然跟这个男人日夜相处，在一张桌上吃饭，躺在一张床上，但总有些说不出来的隔阂。在肉体上保罗可以令她疯狂，在情绪上和心灵上，保罗却始终不能与她趋于一致。承曦又宽慰自己，天底下没有十全十美的男女关系，大家都是如此这般将就着，她也懒得去改变。

本来以为日子就如此这般过下去了，却怎么也想不到这么一个充满活力的男人，突然就在一夕间被车祸带走。

从此她领教了什么叫作无常，"旦夕祸福"这四个字，可以猝不及防地发生在每个人的身上。

而面前这个躺在泥土里的人，真的算起来，与她相处的日子最少，前后不过两三个礼拜，却影响了她半世人生。初心为他而起，初夜，也是给了他的。长久以来，承曦的情绪为他起伏，内心最深的喜悦与怨恨也是由他而被牵动。承曦不止一次地自问，为什么这个人像魔障一样存在于她的人生中？

从来没有答案。她也曾一次又一次地对自己发狠，发誓要把这个人彻底从记忆和思维中驱除出去，再不去想他，就当从来没认识过。但是，关于范国粹的回忆一次次地潜回来，搅得她时时不得安宁。

直到此刻，在死亡面前，一切的爱恨也随之消逝，终极的和解降临。

连绵的雨，下一阵停一阵，承曦独自撑着伞，站在墓前，孤影伶仃。雨丝飘洒，她的下半截裤腿已经全淋湿了，脚也冷得像冰一样。脸上化的妆已经全糊了，头发粘在前额上，泪水和雨水交融一片。

天色暗了下来，风雨交加，墓园里碑影重重，大批归巢的鸟雀聒噪声此起彼伏，墓园中更加显得无比凄凉。承曦不禁感到一丝害怕，身后的走道上已经没什么人了。一个多小时站下来，承曦腿也酸了，情绪上也快撑不住了。

是告别的时候了，死者安息，生者，还得继续在人间跋涉。

她收起伞，蹲下身来，伸出两只赤裸的手掌，覆在潮湿柔软的泥土上，深深地按下去，直到泥土全部没过手掌。她做这些是无意识的，只觉得这是分手二十多年之后，她在物理距离上最接近国粹的时刻。最终她站起身来，由于蹲久了，一阵晕眩袭来，晃了晃，差点跌倒。此刻突然天上传来一声响亮的鸣叫声，抬头看去，一只体型庞大深褐色的大鸟，从她头顶上振翅掠过，向渐渐黯淡的西方天际飞去。

承曦回到家中，又冷又累，情绪也极低落，衣服没脱就躺倒。本想歇一会儿，却就此起不了身。到了夜里，承曦发起了高烧。人在乱梦中昏昏沉沉，好像回到当年，第一次到访傅云裳的家中。客厅里有人在弹奏钢琴，是熟悉的《魂断蓝桥》，琴声缠绵悱恻。而众人正在高谈阔论，同时都在抽烟，一房间的烟雾弥漫，直呛得她咳嗽连连。承曦走到窗边，想呼吸口新鲜空气，却被一个背身而坐的人挡住。她情急之下，猛推那人的肩膀："让开点呀，我气也透不过来了。"那人身子沉重，无论如何也推不动。她憋气憋得难受，差不多要哭出来了。那人慢慢地转过身来，竟然是国粹，朝她粲然一笑，说了句什么，然后顺手推开身后的窗户，窗外呈现出一片春天的景象，万物正在复苏，一片绿意盎然。她疾步走过去，想做个深呼吸，却不防长裙子被家具钩住，一个踉跄，人就跌出窗外，无底深渊，落叶纷飞。

她遽然醒转过来。

承曦在床上坐起，心脏还在怦怦地跳，伸手摸到床边柜上的香烟，点上后深吸一口，即刻引来更厉害的呛咳，只得又按熄在烟灰缸里。

这是从来没有的事，老娘走了一年多，才在她梦中出现。七八年来，也仅仅梦见过一回依琳。保罗去世八九个月了，承曦从未梦见过他。而国粹在下葬的第一天，就与她在梦中相遇，清晰得如在眼前，连他的笑容，也依旧温暖如斯，又带着一丝邪魅和调侃的意味。

但他说了句话，承曦没听清。明明看到他的嘴唇翕动，字节很短，就两三个字。到底是说了什么？还是要告诉她什么事？承曦抱膝坐在床上，努力地回想，但是一无所得。

接下去几天，承曦什么事也做不成，魂不守舍地一直想着国粹在梦中说的那句话，但是毫无头绪。隔了一个礼拜，承曦又去了一次墓园，心想也许看到了国粹的墓，她会突然想起来。

在墓园里，承曦看到几个工人正在安装墓碑。水泥的基座已经浇铸好了，墓碑是块粗糙的花岗岩。青灰色，只在上半部有一块地方抛光，抛光处镂刻着两行文字，一行是法文名字，一行是中文名字，然后是生日卒年，非常简洁。

承曦直等到工人安装完毕，收拾起工具离去，才走上前去，抚掌着新石碑粗糙的石面，把指尖按在国粹的名字上。叹了一口长气，然后把带来的花束放在墓碑上。

你说了什么？国粹哥，你到底说了什么呀？

承曦在心里一遍又一遍地问道。

坟墓沉默着，四周安静，偶尔传来一声鸟鸣，像是提醒承曦——死人是不会说话的。

六十二

国粹的中年亡故，给傅云裳带来的精神打击很大，虽然在表面上看不出来。这个出身于富家的男子，第一次体验到生死不由人的无奈。他变得消沉，不时在眼神中流露出惶然的神情。他只有让自己忙碌，像安排国粹的葬礼，定制墓碑，以及一系列的杂事，以此来减轻些对老友照顾不周的内疚。国粹留下的两封信，写给樱之的早已寄出，但是要给承曦的信，以及那副耳坠，却一直延搁下来。

承曦自从出走之后，云裳并没有她的联系方式，但他是知道她学校的地址的。亲自跑了去，却被杂务告知赵女士已经很久没来学校了。云裳无法，只好留了个字条，说国粹托他转交些东西给她，希望见信后尽早联系。

承曦在一个多月之后上门，云裳看到她的面孔蜡黄，气色灰败，不禁担心地问道："你还好吗？"承曦摆了摆头，说："没什么，上个礼拜有点感冒，才恢复。"云裳下意识地伸手去摸她额头，被承曦躲开了。云裳感叹道："国粹这次生病，使我想到，我们都不年轻了，要当心自己。"

承曦咬着嘴唇不作声，走到阳台上，从包里摸出烟来，背着他点上火抽了一口，问道："小宝呢？他还好吗？"

云裳说："保姆带着，我这些天也分身乏术，一等事情完结，我要把这个公寓退了，这样两面跑太累了。"

承曦只是抽着烟，不置一词。

沉默了好久，云裳又说："承曦，我想

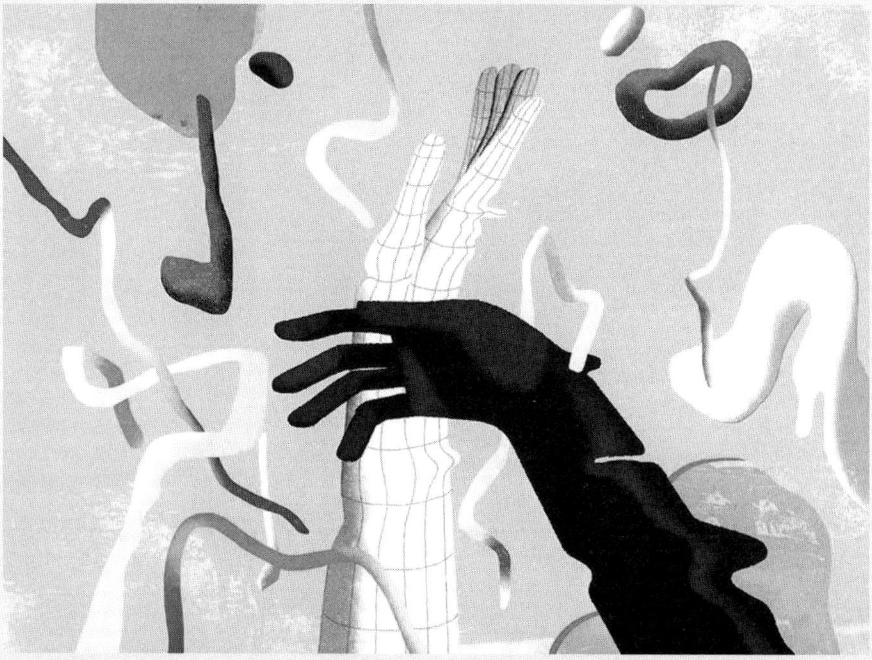

了很久，你还是回来吧。不管我们之间有怎样的隔阂，我们总还是小宝的父母，他才刚刚五岁，他的成长途中需要我们。你可以画画，我会继续雇佣保姆照顾小宝，不会有干扰的。但是你在他身边，他会更加安心，也有利于他的成长。"

承曦没转过身来，也没接云裳的话。

云裳看着承曦的背影，四十出头的女人，还是有着婀娜的腰身，修长的腿，圆润的肩膀。云裳暗自承认，在他心底里，还是很喜欢这个女人，如果她肯回来，那么云裳愿意尽最大的努力来修补他们之间的关系。

承曦慢慢地转过身来，云裳惊诧地看到她握紧的拳头里，有一缕细细青烟遁出。但承曦脸上纹丝不动，只是很平常地问道："喔，我还有个约会要去赴。云裳，你要交给我的东西呢？"

国粹的信是写在便条纸上的，一共七张，字迹忽大忽小，可以看出是分几次写完的。

承曦，见字如晤。

我常常想起那次在杭州醉酒，那是我生平唯一的一次大醉，和你脱不了干系。

想起来，那岂止仅仅是一壶女儿红，第一次见到你，我就感到你会是我人生的醉意。我还记得当你跨进傅云裳家的客厅时，双颊冻得通红，眼睛却亮晶晶的。我吻了你的手，但是，你不知道，你的手却一下子触碰到了我的心。

我一直怀疑那次杭州之行，根本就是一次醉乡之行。山也醉，水也醉，茶醉片儿川醉，灵隐寺里的和尚哪是在念经，分明在咏唱着醉酒之歌。

所以，你轻易地用一壶女儿红就灌醉了我。

这醉，不是一宿睡过就能醒转的，我一直沉醉到今日。

我带了这醉意来到法国，在艺术长河中随波逐流，与我所见到、所身受的苦涩现实比起来，我情愿沉溺在你带给我绵长的醉意里。

还记得我们说过的梅杜莎吗？爱情就是梅杜莎……

看她一眼，人就变成了石头。

看到此处，承曦如醍醐灌顶，郁结在心的疑问一下子贯通。在梦中，国粹微笑地说了个词——梅杜莎。

梅杜莎住在人心中，凡是求而不得的意念，就郁结成梅杜莎。

她将长久地追随你，在你心里河流上唱歌，昼伏夜出，我一直听到那歌声，就是现在，在医院的病床上，歌声还在我耳边萦绕。（第一页）

我承认自己是个失败者，我既不能使自己喜欢的女人幸福，也未能在艺术上取得成就。我有个教授说过："艺术是座高山，很少有人能一路攀到顶端。途中还有人跌倒，受伤，甚至送了性命。"那么我也没什么好抱怨的了。每次我想起教授这个比喻时，我脑中就出现一幅画面，高更在大溪地的月夜，穿着土人的木鞋，登上山冈。月光清亮，四周寂静，只听到木鞋的鞋底敲击着花岗岩道路的声响，坚实，沉重，富有节奏感，回声飘落脚下的谷地。也许这就是投身艺术的意义：无论能不能攀登到顶峰，只为在空虚的世界中，用一

步步的脚印，敲出自己人生的回音。（第二页）

我很少对自己的过往后悔，但我确实后悔没有花更多的时间跟你在一起。总以为来日方长，却不知人间的情缘转瞬即逝。现在说这些已经晚了，但我还是庆幸我们有幸相遇。人世匆匆，触目所及的是大片的荒漠，觉得一方清泉难能可贵。与你相遇，滋润了我孤独的一生。再回想一下，只要是真心相爱，时间长短又如何呢？我躺在医院的病床上才悟出，人的一生，到最后日子里留存在记忆中的，只是为数不多的几件事，几个人。而你我之间的一切，始终清新如昔。（第三页）

有一句话，我想了好久。你应该不会责怪一个行将就木的朋友，那我就不妨直说了吧。我很希望你能和云裳在一起，请你代我好好照顾他（我知道男人也会非常软弱），一家人在一起，小宝也会开心得多。我晓得，云裳是非常喜欢你的。他是个好人，好朋友，我当年也不知珍惜，常常意气用事，言语冲撞他，调侃他。只有经历过人生种种困境，才晓得有朋友跟你一路走来，对你不离不弃，是多么难得。

人间不易，哪有事事都如人意的，我们都是一身毛病的平常人，还得互相体谅担待为好。（第四页）

我身无长物，想给你留点纪念也找不出来。你跟云裳说一下，在我留下的画里挑两张吧。关于画，我还在尝试，总觉得没达到我想望的效果。画是我人生苦苦求索的一个印记，也是我的一声叹息。（第五页）

噢，如果你去选画，我建议你选那张《绿色系列 1971》，大概是 60×50 厘米左右。画并不大，但是我自己很看重的一张。我画此画时，发着高热，产生了幻觉。耳边常有一股声音伴随着，不是音乐，但是与音乐有些相似的一种律动，像大海深处的暗流潮涌，无光无色无声无生无灭，但是感到在呼吸，很深很广，很有规律地呼吸。

一会儿又像是在废弃的古代宫殿里，长风吹过，空荡荡的房间和天井发出回声，像是被幽闭的灵魂在呼啸。

或者是暗夜里，在森林中独自行走，不知前路在何。头顶上方的树梢在不停地摇曳，夜鸟振翅，声响诡异。一束月光透进密林，穿过层层枝叶，像是一串晶莹的翡翠首饰。

还有一件奇怪的事，此画在接近完成之际，我眼前常常浮起一张微笑的脸庞，深思而宁静。这张脸，似曾相识，但又并非是我认识的任何人，反而像是一种很遥远的记忆，也许是几辈子前的记忆。我现在变得很相信灵魂不灭，穿梭轮回，否则我们活着，我们所做的一切都毫无意义。（第六页）

是说再见的时候了。我要谢谢你，承曦，给了我此生美好的理由。再见的意思，就是一定会见到。承曦，我的爱。（第七页）

承曦看到一半，已经哭得不能自已。以致最后两页只看到一个个字在眼前跳跃，却不明了其中意思。去浴室冲了个冷水浴，强使自己镇定下来，可是一拿起这几页大小不一的纸，手就剧烈地颤抖。她点燃香烟，吸了两口之后，再在手心里掐灭。肉体的疼痛暂时压制了情绪的动荡，勉强集中精神，心如刀割地看完了最后的两页。

她倒在床上，已经欲哭无泪，脑子里只有一个念头：人生怎么会错得这么厉害？我现在怎么办？

不知道。梅杜莎……

一个初春的下午，云裳正在画室里作画。近半年来，他曾多次想静下心来画些画，但是办不到，每次拿起画笔，脑子里就浮起国粹房间里的那坨大便，像是一个辛辣的嘲笑，不禁自问做一个艺术家的意义究竟何在？经过了相当一段时间以后，他才能抛开种种杂念，每天画上几个钟头。云裳非常珍惜这安静的片刻，关照保姆，如果不是要紧的事情，不要来打扰他。

所以当他听到前院的大门开了，只想大概是园丁把他的卡车开进来，也没去关注，照旧专心画自己的画。但听到楼下的门也打开了，保姆在门厅里跟人说话，他浑身一激灵，跑到窗前，正好看见一辆出租车离开。

他赶紧扔下画笔奔下楼来，在楼梯转弯处，云裳看到门廊里搁了两个行李箱，保姆一手牵着小宝，正在与谁交谈。听到他下楼的脚步声，门廊里的两个人一起回过头来，他一眼瞥到赵承曦憔悴的脸，两人目光一瞬间对上，承曦眼中的神情复杂，其中含有踌躇、疑惑、警惕，还有，祈求和解……

[特约编辑：俞东越]
[插　　图：岑　骏]

雁奴拾捌拍

秦培春

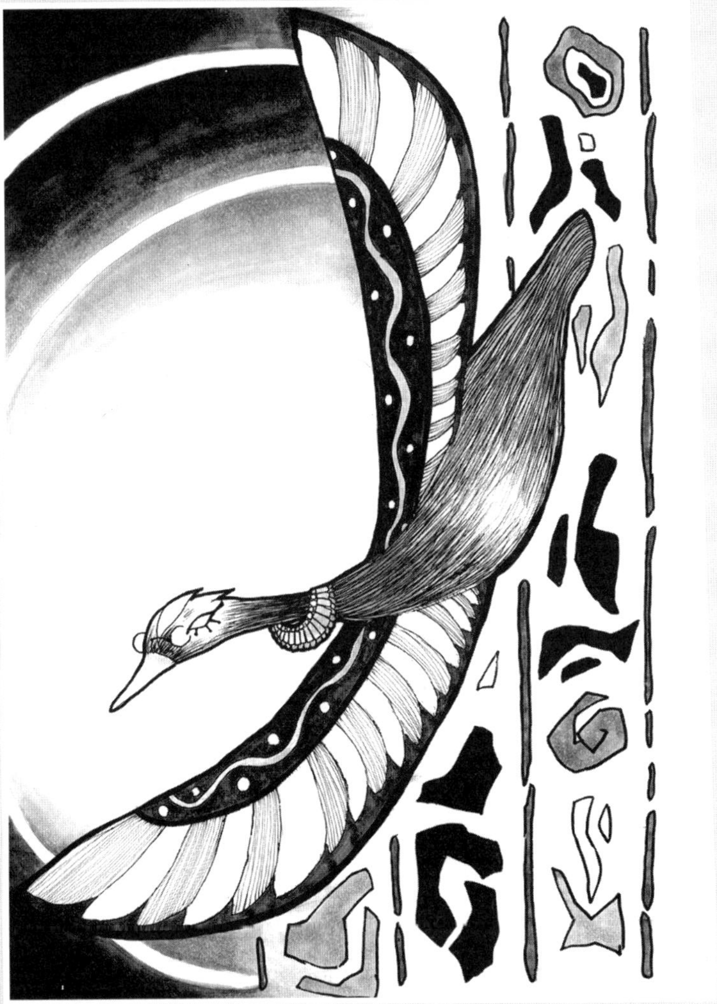

楔子

相传，古有大雁国。鸿蒙初辟时，发祥于北溟。雁之众，飞起遮天蔽日，落下不见水面。其群聚湖上苇丛，何止千百万？至第四冰川纪，气温陡然大降，北溟坚冰覆盖，冻土深十尺有余。大雁为求生存，举国南迁。迢迢万里途中，历经野马奔腾般游气，阅尽苍苍茫茫的蓝色，大雁身心收获了从未享受过的自由。每当飞行力竭，俯视茫茫四野，只见冰川横流崩裂，竟找不到一块安全栖息之地。雁阵抵达南溟时，十已九折矣。

冬去春来，大地回暖。在南溟大泽，大雁国寥寥剩勇，面向北方，忽起故国情思。连续好几个黄昏，一雁唱起家乡歌谣，众雁和鸣，一时声动南溟。又有雁回想起南迁途中，长空万里极乐的旅行，思乡情急外，心中又升起对自由逍遥的渴望。于是，呼号集结，扶摇直上高天，踏上万里北归之路。

就这样，大雁国国民每逢秋来春至，便呼朋唤友，南迁北归，往返于南溟北溟之间，已经有数百万年了。

时至两千五百年前，一个初秋的清晨，正逢人间"白露"时节。"露是今夜白，天凉已浸衣。"当诗人们添加秋衣，吟诵步步逼近的斑斓秋色时，一队从北溟大雁国南迁的雁阵正飞越战国时期的楚、宋交界上空。雁阵中，一位名叫"云中客"的大雁突发奇想，独自展翅扶摇，直上平流层云天。云中客感觉到双翼间风起云涌。拍翅鼓动之下，大地随之摇荡。他看到天宇间苍苍的蓝色，一股自由气息在双翅间流淌。

他俯身下看，看到大片大片的漆树林。在林间空地上，哲人庄周正鼓盆而歌。这时，庄周也看到了云中客。

四目相对间，云中客和庄周同时做了一个短暂的梦。云中客梦醒后，发现自己正只身飞翔在漆树林上空，他看见梦醒后的庄子正散步林间，吟诵《逍遥游》。这篇千年传唱的诗文被列为《南华经》经文之首。

经庄子《逍遥游》点化，云中客直飞九天，飞越天界之门，成为雁神。

自此，每当春秋两季，大雁南迁北归时节，雁神云中客便会降临云霄之下，沿天路巡游，营救遭劫的雁阵，引领迷途的孤雁，护佑雁国众生。

三十年前初秋的一个早晨，云中客飞临故乡北溟，湖上正弥漫薄薄的雾幔。他看到雁国儿女翅膀上的灵魂，在雾中时隐时现。这时候，云中客看见，有一个光点如星星闪亮，穿过雾幔，显得夺目而瑰丽。他不由自主地朝着瑰丽的灵魂飞翔。

阳光照临，雾神奇地散了。云中客与阳光同时降临在贝加尔湖。

牵动云中客眼神的是一位名字叫云儿的少女雁，瑰丽的闪亮正是从云儿翅膀上发出的。当云中客飞落在云儿面前，发现云儿的羽毛和容貌如闪亮的灵魂一样美丽出众。从此以后，云中客的眼神再也没有离开过云儿。

云中客降临凡间，一年、两年、三年……天界之门对他关闭，他的神性渐渐消失。就这样，三十年快过去了。

序诗

是时候了
我要来讲关于雁奴的故事

南去的大雁正列队从天空飞过
在我书桌的稿纸上投下浓重的秋色
我恍然破解了其中的密码
在莽莽草原上发现通向天空的车辙

白云间传来大雁的鸣和声
惊动了湖边棚舍里的鹅群
白毛红掌们顿时变得躁动不安
颠覆了骆宾王少年时的田园梦境

是时候了
我要来讲关于雁奴的故事

一阵阵悲切的呜咽从千年外传来
那是蔡文姬的胡笳吹奏的乐声
这声音像雷电击碎的竹简随风散落
至今还残留在我的梦中

我曾经穿越古今　苦苦追寻
蓦然抬头　天边飞过一瞥惊鸿
胡笳的残音戛然而止
天地间奏响恢弘的大吕黄钟

是时候了
我要来讲关于雁奴的故事

凭谁说　雁过便无痕
你的故事传遍日月星辰
我分明听到风和雨的私语
还有　白云正告诉白云

你舞动精灵的翅膀随意涂鸦
天上便呈现出亮丽的彩虹
从你的眼神里我能读出诗句
你自己就是辽阔天空的行吟诗人

是时候了
我要来讲关于雁奴的故事

北溟有鱼　其名为鲲　化为鹏
风中传来庄子鼓盆而歌吟
鸿蒙初辟　混沌渐开　雁乃生
耳边响起远古的回声

你美丽的长脖子伸向前方　旖旎而来
忽而扶摇直上，双翼如垂天之云
"莎莎"　"莎莎"　"莎莎"……
风吹动芦苇　声声呼唤你的姓名

是时候了
我要来讲关于雁奴的故事

戏剧的大幕正徐徐拉开
动人的结局已先声夺人
一个家鹅振翅从湖面飞向春天的天空
飞向一列北归的雁阵

只见莎莎从雁阵出列　去迎接她大地的恋人
云中呈现出新世纪的天地之吻
是啊　大地和天空相思得太久太久
何不让我　去迎娶这片自由的天空

是的
是时候了
我要来讲关于雁奴莎莎的故事

——作者又记

第壹拍 吾家有女初长成

大雁国发祥地"北溟",地处遥远的西伯利亚东南。汉代叫她为"北海",当今俄罗斯人则称之为贝加尔湖。

入夜,月光如雾,把整个贝加尔湖深锁在无边的梦境里。此时,如果有一只巨人之手,轻轻掀开雾幔一角,贝加尔湖便从一个梦境跌入另一个梦境:影影绰绰间,可见大雁的宿营地一个连接着一个,绵延千里。

在湖畔的芦苇深处,竟埋伏着十万大雁,而每一个营地里,都有一个雁奴,不眠不休地为同伴们巡逻放哨。

猛然,黎明时分的阳光破云而出,照临湖面。

阳光的光线似乎是无声的,但对于某些物种,却如同隆隆雷声,惊醒他们沉睡中的时间意识。贝加尔湖畔的十万大雁同时惊飞而起。

铺天盖地的雁群向着太阳转动扶摇羊角,直上云霄。一时间,无数翅膀振翅的声音,翅膀拍打芦苇发出的索索声响,伴随着双翼鼓起的滔天气浪,还有万千大雁此起彼落的鸣和声,组成惊世骇俗的交响。

顿时,天空和湖面暗淡下来。

起先,大雁冲天飞翔显得纷乱而无序。不一会儿,云霄里传来大雁的鸣和应答。十万惊鸿迅速变得整齐,从容而优雅。

于是,人们看到,天空中显现出无数人字列阵。成千数万个大雁排列成人字,围着太阳橙红光晕,扇动翅膀,层层叠叠,遮天蔽日。

晨光云影中,传来一阵阵齐声呼喊:"莎莎!莎莎!"

莎莎是谁?莎莎是一个雁。

她的弟弟萌娃和她的姐姐娜佳是另外两个雁。

当然,她的父亲云伯和母亲云娘也都是雁。

三十年前的夏日清晨,云中客造访贝加尔湖。他在湖面上空盘旋三圈后,在一个少女雁面前降落下来。他的眼神露出毫不掩饰的痴迷。这个少女雁名叫云儿。

后来,云中客成了云伯,云儿成了云娘。

千呼万唤声中,从雁阵中飞出一个大雁。少女莎莎独自飞翔到雁阵组成的圆圈中心,扶摇起舞。

莎莎将头和颈伸向前方。她的额上有一道白色的羽纹,这使她于蛮性之中越发显得娇媚。

盛夏的这一天,莎莎要在贝加尔湖上空举行飞行表演。

她像一个舞动的精灵,高声鸣唱着快乐的歌曲。

她听到云中的一个雁阵传来骚动。

莎莎的弟弟萌娃身体突然下沉,猛然下降了上百米。萌娃大吃一惊,连忙使劲拍打翅膀,稳住身体,不让自己继续下沉。

"怎么啦?"

云伯发现异样,连忙带领群雁一起往下沉,好让萌娃补上雁阵的空缺。

"没,没什么,刚才,打了个盹……"

萌娃甩了甩脑袋,醒了醒神。

"飞着都能睡！怪不得叫你瞌睡雁！"这是萌娃去年出生的姐姐娜娃在说。

萌娃不好意思地笑笑，他伸展双翼继续飞翔。

莎莎的飞行表演进入新的境界。

她盘旋一会儿后突然收缩双翼。她半张着翅膀向下旋转，犹如一片骤风吹落的枫叶。

这又引来一阵阵惊呼。

莎莎快贴近湖面的时候，才又把双翼全部打开。她与湖面平行飞翔。

她优雅地在湖面上空曼妙地飞行。

贝加尔湖还有一个梦幻的名字"天之镜"。当莎莎贴近湖面飞翔时，她看到镜子里天空的景象：

太阳落进湖中，蓝色的湖面分不清是天之蓝还是水之蓝。落入湖中的太阳显得面容苍白。一朵朵白云在湖水中悠闲地飘荡。

比白云更悠闲的是莎莎的情影。

贝加尔湖成了莎莎的梳妆台。她对着镜子般的湖面用喙梳理身上的羽毛。

居住在湖畔的人们流传着一句谚语：

"大雁飞时不见天，大雁落时不见水。"

悠闲的莎莎突然感到眼前一黑，大片大片的黑色精灵从天而降。刹那间，莎莎面前大片蓝色水域不见了。而天空，却豁然开朗起来。

云伯和他的雁阵也降落到水面。

萌娃："姐姐就是爱炫技！"

云伯："你也炫一个我看看！莎莎已经飞到六千米高，你才飞不到她的一半！"

萌娃："她比我岁数大！"

云伯："她才比你大一天！"

萌娃这才不吱声了。

娜佳浮在一旁的水面，她的眼神那样忧伤。她的情郎在春天向北的归途中受伤失踪了。

薄雾渐渐散尽，远处青黛的山和山头上的白雪，近处树影芦影婆娑，都慢慢浮现出来。一个大雁不知从哪儿起飞，在空旷的天空漫步而来。他是那样强壮而神采奕奕。

云娘："是二侠！"

云伯："好一个飞行健将！跟他哥哥一样出色！"

萌娃："他哥哥是谁？"

云娘怜爱地看看一旁的娜佳。

云伯："他哥哥就是远近闻名的大侠！还不知是死是活！"

娜佳突然大声喊叫："他一定还活着！我一定要找到他！"

娜佳的眼里充满泪水。

二侠从空中缓缓落到水面。

莎莎身边，又多了一个雁。

二侠慢慢向莎莎靠近。

莎莎对他视而不见。

二侠轻举双翼，伸展尾羽，伸长的脖子显示出优美的弧形。

二侠见莎莎毫无反应，朝一旁游离了几步。然后，二侠转过头，加快速度，在水面像战舰一般朝着莎莎高速滑行。直到快到莎莎身边，他才止住。

莎莎用余光看了他一眼，一脸的困惑。

萌娃："他这是干啥？"
云伯："他在示爱！哈哈……"
云娘："你笑啥？莎莎还什么都不懂！"
云伯："没错！想当初，你才四个多月年纪，我也演过这一出！"
云娘："亏你还记得！"
云伯："咱们大雁国，小伙子总是分不清女孩的年龄！"
萌娃："可不是嘛，我就看不出娜佳姐姐和莎莎姐姐谁大谁小！"

懵懂的莎莎把二侠当成空气。她看都不看二侠一眼，便又从水面飞上湖滩。

莎莎独自在湖畔散步。她像女模特走T台。二侠不知何时又来到她的身旁。他看莎莎的眼神近乎痴迷。

二侠追随莎莎，模仿莎莎的每一个动作。莎莎抬起左脚，他也抬起左脚；莎莎抬起右脚，他也抬起右脚。莎莎将抬起的右脚停在半空中不动，他甚至也将右脚停在半空中，二侠没站稳，摇晃了一下，两眼还是不离莎莎。

二侠终于站稳定格在那里。做这一切动作的二侠显得魂不守舍。

【关关雎鸠　在河之洲
窈窕淑女　君子好逑
历代注释《诗经》的文人为雎鸠为何种鸟争论不休。直到清末民初历史学家吴秋辉提出"鸿雁唯一"说，才平息了几千年的争议。自此，这天下第一情诗的主角便非鸿雁莫属了。】

雁国的男性个个都是翩翩君子。女子个个都是窈窕淑女。尽管二侠对莎莎大放其"电"，而性懵懂的莎莎却没有要"回电"的意识。

二侠便不再强追，悻悻地飞走了。

二侠的来去，并没有打破莎莎内心的平静。她甚至没有目送二侠飞去的俊影。

她独自抬头看着天空，出神地看了很久。她自己也不知道在看什么。雁过无痕，天空洁净辽阔。一种从未有过的感情从心头掠过，是一种寂寞之情，是未成熟的少女才有的一种寂寞之情。

好在，这种寂寞之情突然袭来，很快便烟消云散。

这时，莎莎感到天空有黑影掠过，虽然，这黑影只是在遥远的天空闪现。莎莎还是真切地感觉到了。

"苍爷！"
那是莎莎刚出壳就认识的至亲。他已经有很长时间没有来陪伴她了。

在遥远的贝加尔湖上空，老鹰苍拓正领着他的儿子苍戈在空中巡视。

"你在这儿等着，我独自下去！"苍拓对儿子说。

"爸，你一定要把她抓来，妈妈快饿死了……"

"别再说了！"
此时的苍拓，脸上表现出杀手的凶残。

苍拓不再跟儿子多说，振翅朝湖畔的莎莎俯冲而下。迅猛而无声，使他的身影更显得不祥。

"苍爷！"
莎莎向他快乐地呼喊。

254

【无论是老鹰苍拓,还是大雁莎莎,他们至死忘不了那一刻:那个五月的贝加尔湖黄昏……】

第贰拍　致命的邂逅

在美丽的贝加尔湖畔,每年都要诞生几万个幼雁。**岸畔花,芳草地,碧水蓝天**……试想想,在这春光沉醉的季节里,要一个酷爱游玩的母雁,连续三十天足不出窝,终日在一个芦叶和枯枝搭建的球形茅屋里"宅"着,专心听着身下几枚雁蛋的动静,是多么不可想象的事情?可是,这就是母爱。

说春季是贝加尔湖母爱爆棚的季节一点都不夸张。

雁国文明里,历来有"出壳认母"的传统。在孵化幼雁的三十天中,母雁都是足不出户地"守窝"。几乎每一个幼雁出壳降生后,睁开双眼看世界,第一眼看见的生灵,总是自己的母亲。理所当然地,雁之初,母亲就是幼雁的至亲,她的整个世界。

当然了,倘若恰巧母雁外出的时候,幼雁出壳了,第一眼或许什么生灵都没看到。也许,是一只美丽的蝴蝶,一个飞翔的红蜻蜓,幼雁什么也没来得及认就消失了,那也不会酿成什么有趣的故事。

莎莎的遭遇则更为罕见。她出壳后第一眼看见的,竟然是大雁的天敌——老鹰苍拓。

那个五月的黄昏,笼罩莎莎的壳裂开了。夕阳金红色的光线从苇墙缝隙里射进来,她觉得有些炫目。她站起身来颤颤巍巍走了两步,脚下的一枚雁蛋绊了她一下。

那是她未出壳的弟弟萌娃。

萌娃被触碰后,在蛋里使劲挣扎。那枚蛋随着晃动了一会儿。

一切都静止下来。莎莎好奇地看着脚下晃动的蛋,直到雁蛋停止晃动。

莎莎不再理会蜷缩在蛋里的弟弟,踽踽踹踹走出雁巢,她那么迫切地想认识这个世界。

周围没有一个活动的生灵。世界似乎是一片混沌。

夕阳照射在芦苇上,眼前是交替晃动的光和影。莎莎继续往前走。一个黑色的巨大身影从天而降。

莎莎抬起头,在她前方不远处,站着一个黑色的庞然大物。

黑色的庞然大物也发现了她。

他们俩对视了一会儿。

将近一个月的时间,云娘几乎足不离巢。她专注于孵育身下的两枚雁蛋。而云伯也总是在巢外巡逻,守护着他的爱巢,等待着孩子的出生。

云娘今年快三十岁,她出壳不到五个月便已是一位美丽的少女雁。也就是那年夏天,一位自称"云中客"的雄雁降落到贝加尔湖畔。"结伴不问来处"是雁国文明博大的传统。鸿雁从来不排斥异国的移民。北海雁国以鸿雁为主体。在贝加尔湖上空,我们常常看见灰雁、豆雁、斑头雁、白额雁结伴飞翔,甚至可以捕捉到阿拉斯加蓝雁美丽的身影。他们从哪里飞来，为何而来，鸿雁从来不需要报关签证。云娘正用她的体温催化子女尽快出壳。她甚至已经感觉到身下雁蛋自己在晃动：两个调皮鬼在蹬腿呢。

因为口渴离开爱巢去湖边饮水，云娘把肠子都悔青了。云伯也一样，后悔不该陪着妻子一起去饮水。

什么时候不可以？偏偏挑这时候？

把两个未出壳的孩子留在空巢里？

可惜现在，一切后悔都晚了。

就在莎莎和苍拓对视的时刻，莎莎的父亲云伯和母亲云娘正游上岸准备飞向爱巢，他们举起双翼准备起飞时，立刻把翅膀收回。他们俩同时看到不远处危险的场景。莎莎还只是一个潮湿的小球，稀疏的幼羽粘贴在身上，她的面前正站着庞大的猛禽苍拓，他们甚至看到苍拓向身下的莎莎伸了伸脖子。他们的身体同时颤抖了一下。

前年四月，他们曾经目睹了苍拓用利爪把一只小山羊抓起，盘旋在贝加尔湖上空炫耀武力。

苍拓已经在附近的一棵树上窥视了很久。

前两天，他的儿子苍戈刚降生，正在他山岩的巢穴嗷嗷待哺。他早已瞅准了这个雁巢里的两枚雁蛋，正伺机偷雁蛋给幼鹰充饥。

当他看见雁巢里走出一个刚出壳的幼雁，心中一阵窃喜。

苍拓已经四十岁，这个岁数对鹰来说几乎是一个极限。他的爪子不再尖利，他的鹰勾嘴也磨平了。前些天，他抓住一个野兔竟然让它挣脱掉进湖里。眼前这个湿乎乎移动的小球，他轻易地就可以叼走，或者他上前一步就能踩死她，将她捎回巢穴。

鹰群里流传着一条古训：当你捕捉猎物时别注视对方的眼睛。意思是担心你面对可怜哀求的眼神会动摇鹰的意志。但猛禽苍拓，他从未为动物乞怜的眼神所动。四十年来，成千上万生命被他残忍杀害，成为他的美味佳肴。

苍拓从未猎杀过刚出壳的鸟，此刻，有一种古怪的好奇心在他心中涌动。他想仔细看一看，面前这个乳臭未干的幼雁会有怎样的恐惧乞怜的眼神，他想象着，当她在鹰爪下垂死挣扎会发出怎样的声音？

他的这种想法不仅残忍还有点变态。

莎莎离他很近，苍拓必须弯下脖子才能看清楚莎莎的眼神。

这个毛茸茸的小球蹒跚着朝他走来。从她的眼神里，苍拓既没有读到恐惧，也没有读到哀求和乞怜。苍拓有些失望。

莎莎看到苍拓，竟加快蹒跚的脚步，朝他走来。面对混沌的广阔世界，苍拓是她见到的第一个生灵。幼雁的"出壳认母"是一种致命的天真。莎莎眼神里布满了纯真。这是一种毫不设防的亮色。纯真之外，还有点委屈，她对这个世界还一无所知。面前的苍拓，成了她唯一的依靠和救星。

就在莎莎朝他走近的时刻，苍拓伸过去的鹰嘴停住了。他甚至闻到了莎莎血肉的香味。苍拓的眼睛里迅速闪过一丝困惑。他眨眨眼睛，眼前竟浮现出前几天他儿子出壳的模样。他看到的眼神跟他儿子的眼神同样纯真、同样不设防。如果面前的幼雁跟他刚出壳的儿子同时站在他面前，他可能一时分不清谁是鹰，谁是雁。他感到自己浑身哆嗦了一下。苍拓把伸出的脖子又缩了回来，眼里露出一丝诡异的微笑。

西伯利亚五月的料峭寒风吹来，吹过莎莎身上薄薄的细羽，莎莎打了个寒战。

不知为什么，苍拓并没有使用他的利器，喙和爪。

他竟然半张开双翼。莎莎快走几步，藏到苍拓的羽翼下。

不远处，云伯和云娘一直屏住呼吸看着苍拓和莎莎。

苍拓放下翅膀，护着莎莎。云伯和云娘已看不见自己的女儿。他们定格在那里，唯恐发出一丝声响，会随时惊醒梦幻般的苍拓。

苍拓的眼睛里又闪过一抹微笑。微笑中混合着莫名的自我感动。

云伯和云娘从未见过老鹰的这种表情。以往，他们看到的老鹰，脸部只有凶残，凶残的脸部固化成一个面具。他们甚至怀疑老鹰是否还会笑。

云伯和云娘也困惑起来，以为自己已坠入梦中。

空中传来几声雁鸣。几个大雁掠过天空远去了。

雁鸣声惊醒了幻梦中的苍拓，他突然想起什么，展翅起飞。他俯身看了莎莎一眼，扶摇直上天空。

在高空飞翔的苍拓，脸上依然挂着那一抹微笑。他分不清此刻的自我感觉是崇高？是虚荣心还是别的什么？既陌生又确实实存在着。

云伯和云娘也像从一场噩梦中醒来，他们迅速飞落到莎莎面前。

就这样，莎莎完成了她奇异的"出壳认母"的仪式。

"你们是谁？"

"为什么来这里？"

莎莎面对亲生父母，眼神由疑惑变为恐惧。她掉过头慌张奔跑，险些摔倒。

莎莎站稳身子用眼睛四处寻找苍拓的身影。当她抬起头，发现盘旋在空中的苍拓，她向天空发出急切的呼喊，热情又百般依恋。直到苍拓消失在辽阔的天际。

莎莎用眼睛找不到苍拓以后，对着天空失神地仰着小脑袋。

"莎莎！"传来云娘的轻声呼唤。

莎莎闻声转过头："你叫谁？"

"叫你啊！莎莎是你的名字啊！"

"我的名字？你是谁？"

"我是你的妈妈！这位是你的爸爸！"

云伯不说话，他只是点点头，对着莎莎微笑。

"你们骗我！"

莎莎眼神又露出恐惧。她又想逃跑。

云娘："莎莎，别跑啊。在你没出壳以前，你爸就把名字起好了。"

"出壳？出壳是什么意思？"

"瞧，你什么都不知道。你原来躲在一个圆壳里，你刚从那个壳里钻出来。"

莎莎一脸的疑惑。

"来，莎莎，跟妈妈回家。瞧瞧，你的外壳还在这里呢。"

莎莎回到她的家。

她看到破掉的壳。她将信将疑。
"这是你弟弟,还赖在里面不出来。"
雁蛋又晃动了一下。
"他在动!"
莎莎眼睛发亮了。她毕竟还是孩子。
"他最不老实了。准是个弟弟!"

第二天,弟弟萌娃出壳了。萌娃"出壳认母",却是另一番景象。萌娃出壳后,第一眼看到的是母亲云娘。

萌娃的眼神跟莎莎当初一样:迷茫又有点儿委屈。随后,他向母亲发出亲切的呼唤,蹒跚着朝母亲走去。

母亲云娘则用慈爱温暖的笑容欢迎新生儿来到一个崭新陌生的世界。

莎莎见证了这个庄严又令人动容的仪式。

而当云伯把莎莎介绍给萌娃,萌娃叫莎莎"姐姐"时,莎莎流下了感动的泪水。

这以后,云伯和云娘说破了嘴也无法让莎莎相信,苍拓是雁的天敌。

雁,有一种致命的天真,雁是天生的经验主义者,她只相信自己看到的、听见的和经历的事物。莎莎只认识一半世界,另一半世界被苍拓的微笑遮掩了。

从五月到十月,贝加尔湖成了欢乐的海洋。几万个像莎莎、萌娃一样的孩子,在这里出生、成长。他们学会在湖中玩耍,在天空飞翔。

从那以后,苍拓曾经几次来湖畔探望莎莎。当莎莎独自在岸边,苍拓会从云端俯冲而下。每当莎莎看见不期而至的苍拓,总是表现出意外的惊喜。

夏天到了,贝加尔湖畔繁花似锦:紫菀草顶着蓝色花伞;蒙古白头翁一个个昂起银发怒冲的头颅;还有那些山豌豆,正在风中抖着细腿,歪着长脖子开放出洋洋得意的花朵……

出壳一个多月的莎莎,在花海中蹦蹦跳跳。她的翼羽渐渐丰满。她东张张,西望望:四处都是学习飞行的小雁。比她年长半个月的小雁,已经能飞上西伯利亚红松的树枝。枝头上小雁对着地上的莎莎唱起快乐的童歌:"来呀,来呀,快来呀!一起来飞翔,享受自由时光……"在莎莎听来,这些小哥哥小姐姐是在对她炫耀。"等着瞧,我很快也会飞上枝头!"莎莎不服气地抬头大声说。说完,她张开小翅膀,使劲往上扑腾,她感到摆脱不了强大的重力,刚离地就落下了。她紧闭灰色的喙,一跃一跃地在花海行进。

每天清晨,莎莎带领弟弟在草甸子上跳跳蹦蹦玩耍。偶尔,她也能腾起翅膀,飞越低矮的灌木丛。有一回,不知怎地,她竟一跃飞上松树树枝。这是一棵高大的西伯利亚红松树。对于年幼的莎莎,无疑是巨大的鼓励。她张开翅膀,一级一级往上飞跃。她终于登上树冠枝头。

站立在树梢上的莎莎,感觉到身体离蓝天那样近。"现在该轮到我来炫耀了!"她得意地想,张开嘴大声唱起那首快乐的童谣:"来呀,来呀,快来呀,享受自由的时光!"

"自由在天空!"莎莎听到从高天云层传来的声音。随之,她看见父亲云伯从云层降下。是父亲在跟她说话。

258

"爸爸，这里不是天空吗？我已经飞上树顶！"

"你要飞得更高，才懂得什么是自由！"

"爸爸，多高才算天空？"

"当你与蓝天相拥，与白云同游！"

"爸爸！我一定会飞得更高！"莎莎说完，张开她的小翅膀，使劲往上空中一跃。

飞离枝头的那一刻，莎莎感到身体变得格外沉重，好像有一股强大的吸引力来自大地。她使尽全力把张开的双翅当降落伞，以减缓下坠的速度。她在空中没能逗留多久，便斜着身子往下落去。她跌落进豌豆花丛。

当莎莎艰难地从豌豆花丛里钻出来，父亲云伯已站立在花丛外。

"没事吧？"云伯关切地问。

"没事，就是屁股有点疼。"

"你翅膀还太软。"云伯告诉她。

"感觉翅膀都快要断了。"莎莎突然想起刚才在空中下坠的感受。

"太危险了！"云伯加重语气说。

"爸爸，我想飞上天空！"

"只要每天都练习飞行，你一定能！"

"我现在就想上天！爸爸，让我跳上你的背，载我飞上天空！"

"不行！滑落下来会摔死的！"云伯看着女儿失望的表情，伸出右翅，扶了扶女儿的小脑袋，拍翅飞走了，飞到贝加尔湖的上空。

莎莎真的很失望。她从未如此地渴望自由。她想起父亲对自由的定义，"与白云同游"。她抬头看着蓝天，还有蓝天上飘荡的白云。白云离她太远了！她忽然伤心地哭起来。

莎莎独自掉泪的时候，一个熟悉的声音传来："莎莎，我驮你飞！"她朝着声音的方向抬头看，是苍爷！老鹰苍拓正栖息在另一棵红松树枝上。

莎莎又惊又喜又有点胆怯："我不敢！爸爸说会摔死的！"

"放心！"苍拓说着从树上飞落到莎莎面前。他打开翅膀，伏下身体。"来，跳到我背上来！听着，千万别张开翅膀，不要自己飞，紧贴在我的背上就行。"

莎莎先飞跃到苍拓的大翅膀上，又一步一步试探着往前走，她终于走到老鹰的背上。

老鹰苍拓晃动一下身体："站好了！"

"已经站好了！"莎莎轻声说。

老鹰轻轻扇动翅膀后便升腾起来。苍拓小幅度拍动双翅，像直升飞机，缓缓移动向上爬升。当雁们发现的时候，他们已经离湖面很高很高。

最早发现的是一只花尾巴喜鹊。在贝加尔湖动物世界里，这无疑是一个千古奇闻。而且，她听到了一个小雁在老鹰背上快乐地歌唱："来呀，快来呀，来享受自由时光！"

"快来看呀，快来看呀！小雁骑着老鹰在空中旅行！"喜鹊从一个枝头，飞到另一个枝头，像唱歌一样四处播报新闻。

乌鸦却在进行另一番阐释。他断定这是一起预谋的绑架案。他黑着脸反复唠叨同样的说辞："小雁莎莎别高兴得太早！你中了老鹰险恶的陷阱，等待你的注定是悲惨的下场。"

莎莎什么也没有听到。乌鸦和喜鹊播报新闻的时候，她已经在高高的云端。她

259

真正感觉到"与蓝天相拥，与白云同游"。可是，不知为什么，她并没有享受到自由。她长着一对翅膀，高空风很大，她不敢张开翅膀，怕被大风吹落坠下。"收起你的翅膀，蹲下，贴近我的背！"苍拓严厉地下达一道道命令。惊险、刺激、兴奋，她都有，唯独没有自由。天空开阔，苍鹰的背却很小。开始，她还唱着"自由快乐"的童谣，现在，她只是不断发出一声声惊呼。

听到乌鸦、喜鹊不同语调的播报，云伯、云娘四处寻找。当他们听到女儿在云端的一阵阵惊呼。便慢慢地飞向苍拓。他们远远地看着，弄不清苍拓和女儿演的是哪一出。他们甚至不敢呼喊女儿的名字，唯恐惊动飘浮在空中的一老一少敌对族群的鸟。

苍拓在云间时而悬停，时而缓缓拍动双翼，平稳地在白云间飞翔。云伯和云娘远远地尾随着，两颗心悬在高空，眼神充满疑惑。直到苍拓渐渐地下沉，稳稳地降落在大片大片的蒲公英丛中。

待莎莎从老鹰苍拓背上跃下，她的腿软得好久站不起身来。

老鹰苍拓飞走了，留下一桩贝加尔湖难解的历史公案。

在贝加尔湖大雁国，苍拓和莎莎的"友情"成了传奇。雁国公民以此为题的纷争持续了很久。一部分出生不久的雁主张对万物的丛林法则进行修改。他们跟所有年幼的生灵一样，小时候都有逆反心理，认为传统的敌我友关系已经过时。而云伯、云娘等经历过几次南徙北归的雁则严厉地驳斥他们，讲到惨痛经历，云娘甚至泣不成声。可雁们反问"你的女儿怎么没有被鹰吃掉"时。云娘才停止哭泣，她至今也回答不了这个问题。

苍拓领着六个月的儿子苍戈飞出巢穴，他们飞行十几公里来到贝加尔湖上空。

他们盘旋在天空向下张望，正看到二侠模仿莎莎走步，悬着腿定格在空中。

苍拓："你在云中等着，我独自下去。"

没等苍戈回答，苍拓便盘旋而下。

阳光下的贝加尔湖袒露出灿烂的秋色。湖畔的芦花白了，杉叶红了，白桦树树叶更显出奇迹般的色彩。同一棵白桦树竟缀满了红色、金黄色、绿色的叶子。辽阔的湖面，呈现出魅惑的蓝色。阳光射向湖面，如同在蓝色绸缎上洒下点点被秋风揉碎的银子，使原来魅惑的蓝色更增添了魅惑。

苍拓从云中盘旋而下时，看到二侠从莎莎身边飞走。

苍拓随即俯冲而下。"这一回，我可以不看她的眼睛。"苍拓向下俯冲时想。

"直接向她的背伸出爪子，抓起就走！"他心里明白，莎莎的眼神真的会动摇他的决心。

莎莎感到天空落下的黑影，抬起头，看到了向她俯冲的苍拓。

苍拓还是看到了莎莎的眼神。自从莎莎出壳，他驮着莎莎飞上蓝天，苍拓的潜意识里，总出现莎莎的眼神。这个不一般的眼神，他想躲都躲不开。

"苍爷，你两个月不来看我，我可想你了。"

苍拓一时慌乱，冷酷的面部堆起笑容，

身体和翅膀歪了一下，落在莎莎的前面。

"我这不是来了吗？"

苍拓说完凝视莎莎。笑容僵在脸上。

此刻，在苍拓眼里，莎莎还是那样纯真、友善。

两个月前那次见面，莎莎还没有摆脱幼雁的雅气。一个多月前，他邀请莎莎跃上他的背，莎莎是那样幼稚、活泼。现在的莎莎已出落成一个亭亭玉立的少女，虽然眼睛里多了一层女性的温柔和娇媚。

但改变不了的，还是那种致命的纯真。

苍拓今天的眼神有点古怪。

"苍爷，怎么啦？为什么这样看我？"

"没，没什么……我怎么看你了？"

苍拓说完起飞向天空而去。

"苍爷，你什么时候还来？"

苍拓没有回答，像逃离一样，振翅向云端飞去。

苍拓刚飞走，云伯、云娘、娜佳、萌娃立即飞落在莎莎面前。

云伯："莎莎，没事吧？"

莎莎："没事，他今天怪怪的……"

云娘："没安好心！"

云伯："莎莎，你记住了，他是贝加尔湖最残暴的老鹰！"

云娘："去年我就亲眼看见他抓走了一个赤麻鸭。"

莎莎："可他对我挺好啊！"

萌娃："是啊，他也没伤害姐姐啊！"

在北溟雁国，类似的争议由来已久。

云伯看着天真的下一代："难道正确的结论都需要用血来写吗？"

云伯摇摇头，沉默了。

第叁拍　善心失落和纯真的代价

贝加尔湖向南，绵延着高山峻岭。那里是各类猛禽的家园。

在一个高高的山岩洞穴，是苍拓的鹰巢。老鹰苍拓，他的妻子苍姨和他的幼子苍戈就住在这里。

苍姨四十二岁，苍拓四十岁。这对姐弟恋夫妇，都已经老了。

苍姨的鹰爪已经磨平，鹰嘴也弯曲到胸部。孵育苍戈后，就失去了捕猎能力，苍戈出生到现在，跟着父亲学习捕猎，也鲜有斩获。春天到夏天，正是鹰们突袭贝加尔湖鸟类的好时节，苍拓感到，单靠自己维持全家的饮食，已渐渐力不从心了。

几十年里，苍拓曾经是雄踞贝加尔湖的霸主。他不仅体大魁伟，而且身上长得天独厚的兵器——尖利的喙和铁齿般爪子。虽然他明白英雄不说当年勇，还是会在一家子饥肠辘辘的时候回忆当年的辉煌。那时候，只要他在贝加尔湖上空"苍天一声笑"，就令湖面湖畔的飞禽走兽胆寒。可是，五个月前，他在草丛抓住一只野兔飞越贝加尔湖，原想炫耀他武力尚存，不料经不起小野兔的挣扎，竟把到嘴的食物滑落到湖中。苍拓在洞穴里看了一眼垂暮的老伴，一股英雄末路的悲怆袭上心头。

正值清晨，苍姨蹲伏在巢穴里紧闭双眼，她想用这种似睡非睡的存在使身体里残存的热量消耗得慢一些。当年，这个外号虎婆的母鹰，也曾经声名远播。她就是靠帼国魁首的赫赫威名，让比她小两岁的苍拓拜倒在石榴裙下。想到此,苍姨脸上露出久违的奇异笑容。

轰隆隆!

山顶积雪崩裂。一个巨大的雪块自山上滚落,砸在巢穴口,碎块沿山崖滚滚落下,引来一阵阵山谷间回响。

苍姨睁开眼。

苍戈:"妈!"

苍姨:"吵死了!打断了我的美梦呢!"

阳光从洞口外射进来,苍姨觉得晃眼,便又闭上眼睛。

"爸爸,我饿!"

苍拓看了一眼苍戈,没有说话。

"妈妈也三天没吃了!"

"你也老大不小了。我像你这样大,已经捕到小狍子了。"苍拓看都不看儿子一眼。

"昨天,我在北岸看到一只花尾巴榛鸡,俯冲下去,差点被我抓到!"儿子还在犟嘴。

"差点?差点就是差!花尾巴榛鸡?你说那小荡妇?我一辈子吃过上百只!"

苍姨听他们父子俩斗嘴,不耐烦地:

"你也少说!一个雁送到你嘴里,你凭什么不抓回来?你八辈子祖宗找来问问,哪有鹰有雁不吃的?你一个枭雄!你坏了鹰的规矩!"

"规矩?什么鹰的规矩?"

"你说什么规矩?弱肉强食!"

一句话把苍拓噎住了。

"真弄不懂你当时究竟在想什么!"

"想什么?我什么也没想!"

"撒谎!"

苍拓:"好了,我的美女姐姐,我真的不记得当时想什么了……"

沉默了一会儿后,苍拓突然大声咆哮:

"是的,我是想了,虏杀一辈子了,年纪大了,突然一下子心软了,不行吗?"

"不行!你心软了,我们全家要饿死了!这就行吗?"

苍姨厉声反驳后,苍拓再也不吭声了。

稍倾,苍拓自言自语:"她已经是我的囊中之物,我早晚杀了她!"

"什么早啊晚啊的!赶早不赶晚!你瞧,第一批雁已经南飞了。"

三个鹰同时朝洞穴外望去。

山顶上几个雁阵正相继列队向南飞行。前鸣后和的声音阵阵响起。

"再过几天,贝加尔湖就走空了。"

"我今天下午就去!苍戈,你到里面再找找,看家里还有什么存货。"

苍姨:"只有两根去年剩下的羊腿骨了。"

苍戈:"羊骨头怎么吃?"

苍拓:"你把它叼出去,我教你!"

苍戈把两根羊的小腿骨叼到洞口。

苍拓叼起其中一根羊骨,飞出洞穴。

他的儿子苍戈跟着飞出去。

贝加尔湖被当地居民称作"西伯利亚的蓝眼睛"。当秋天到来的时候,这魅惑的"蓝眼睛"便释放出迷人的"秋波"。对于即将开启向南方飞行的雁国公民,"秋波"已不再是频频暗送,而是公开大胆地明送。即使这样,也留不住雁群踏上新的征程。

第一批,二十列雁阵,绕湖一圈,恋恋不舍地作深情告别。

又是正午直射的阳光，那树叶红得尤其洒脱，没有一丝伤秋的痕迹。

起风了，大片的芦苇不甘于偃伏的姿态，大幅度摇摆着他们的身躯，在风中簌簌作响。

出发的雁群先是从苇丛腾空而起，密密麻麻，蔚为壮观。飞上天空的雁群迅速列队成人字，朝着同一个方向，在空中绕湖一周。队形疏密有致。如果你站在岸边，脚下是苇丛，前方空中是飞雁，远眺，是一片片斑斓树林，高低错落。仿佛伴随着鼓乐进行曲节奏。雁阵的这种告别礼，行得既不感伤，也无徘徊之意，而是勇往直前。

十万大雁南迁，从清晨到黄昏，一列又一列，绵延不断。数天之后，最后一列雁阵飞走，将他们心目中最美的恋人，孤寂地留在西伯利亚，继续释放无名的"秋波"。

在贝加尔湖南面不远处，横亘着绵延东西的雪峰岭。它是北溟雁国南迁的第一道难关。

临近中午的时候，有一个小雁从南方飞来。他飞翔的姿态看上去似乎带着伤痛。再看他形单影只，云伯便猜到了几分。小雁降落后讲述他的遭遇。他一边讲一边还显得惊魂未定。这个新生雁清晨从贝加尔湖出发。他排列在尾端的倒数第五的位置。当雁阵飞进第三个雪谷时，突然传来轰隆响声，他还没辨清声源，就看见前面两个雁被巨大的雪块砸中而急骤坠下。砸到他身上的是一块小雪块。他感到身子下沉了几米便又抬头向上飞翔。这时，他已看不见前方的队伍。他在晃眼的雪谷中左奔右突，东奔西绕，不知飞了多少时间，才看到峡谷的出口。他朝着出口飞上广阔的天空，朝下看，发觉自己又折返回故乡。

云伯听他讲完收留了他。对他又是安慰又是鼓励。其他新生雁围着他表示亲近。也有唱起"大雁向死而生"的古老歌谣。

小雁露出孩子天真的笑容，很快加入伙伴们的合唱。古老的歌谣悲壮而深沉。

每年南迁北归，行程万里。北溟雁国举国迁徙，一路挺进，一路危机四伏。刚出贝加尔湖不远，迎面便见高山峻岭横卧东西。各路大军队伍里，大多数雁是当年的新生代。他们才出生几个月，飞行高度还难能越过雪峰。这些少年大雁只能由长辈带领，在常年积雪的山谷中穿行。山岭群峰林立，峡谷交错如迷宫。宽处展开人字，窄处只能蜿蜒蛇行。两边雪峰经夏日暴晒，秋天便成了雪崩频发季节。雁阵飞行其间，如遇到雪崩，峡谷便成为绕不开的险途。千万年来，峡谷洁白的冰雪之下，竟成了古今大雁的坟场。

那些新生雁们，由头雁带领，每年秋天穿行于大山雪谷，他们怀着对南方大湖的美的梦想，倘若被不期而至的雪崩击中，美丽便永远定格在梦中。

百年，千年，万年，北溟大雁国国民，没有一年中断他们举国迁徙，由不灭的自由梦想指引，前赴后继，向死而生。

根据大雁国的迁徙计划，云伯和他的雁阵为大军殿后。在这支队伍中，莎莎能飞越山峰，但还有十几个新生雁达不到飞行高度。萌娃就是其中之一。

云伯做完最后的动员令，大家拍动双翼准备投入新的演练。

远远的，二侠从高空俯冲而下，停在

云伯面前。

"报告！我要求加入你们的雁阵！"

"呵呵！好小子，我料到你准会来！"

云伯大笑，意味深长地朝莎莎看了一眼。莎莎不明白，只是懵懂一笑。

二侠看了莎莎一眼，脸一时羞红。他朝着娜佳走近："我要帮你寻找到我哥。"

娜佳："一定。"

云伯对二侠："小子，交给你一个任务，你带领这五个新生雁练习飞行！"

"得令！"二侠带着五个少男少女向天空飞去。

云伯目送一行六个雁飞走后，走到莎莎面前："起飞，你跟着我！"

"我已经飞得很高！"

"你能飞得更高！跟我去领略更高境界！"

云伯又对云娘说："其余的，都交给你！"

说罢，云伯回首对莎莎说："莎莎，跟我来。"

莎莎跟随父亲起飞。

云伯："飞行有三个阶段。三个阶段三种境界！一、暖空气向上，我们随风而起，乘风而上。"

莎莎："随风而起，乘风而上！"

贝南山岭，山头白雪覆盖。山脚怪石嶙峋。苍拓叼着羊骨在高空飞翔，他俯身下看，山间有裸石，苍戈站在裸石上等待。

苍拓松开嘴，羊骨从高空落下。在苍戈附近怪石平面上，羊骨断裂。

苍戈飞落碎骨旁，低头吸食骨髓。

苍拓也从高空飞落。

苍拓："瞧你贪吃的样子！快叼一截给你妈送去。"

苍戈："才吃半口！"

苍拓："别废话！把剩下一根骨头也叼来！"

苍戈叼着半根断骨向山高处飞去。

在贝加尔湖上空，天高风更暴烈。莎莎跟随父亲身后，逆风扶摇而上。父女俩鼓翼飞翔的姿态可以看出风的阻力。

"爸爸，还要向上？"

"对！向上！向上！再向上！"

"爸爸，我感到风之骨！"

"这就对了。我们进入到第二阶段。逆风而行！"

"逆风而行。"

"要想飞得更高，逆风飞行是绕不过的。高空气流鼓荡，如水中旋涡。风向莫测，瞬息万变。要学会用翅膀搏击，战胜风力，翅膀才能获得自由。来，跟着我！"

"爸爸！我跟着你呢！"

"绷紧双翼，像刀锋一样切开逆风！"

"我感到翅膀快要断了。"

"断不了！莎莎！记住了，翅膀是大雁的生命！大雁的灵魂！"

"爸爸！我的翅膀没断！风之骨被翅膀切断了！"

"再飞高一百米，就上了平流层，你会看到另一番蓝色天空！苍苍的蓝色！"

"爸爸！我感到呼吸困难！缺氧！"

"好！今天就到此为止。咱们回到湖面上，我教你怎样呼吸，我们雁有两个气囊，我教你怎么储存氧气！"

"好，爸爸！"

"平流层之上，就是第三阶段，是最高境界。空气稀薄，看似无风，无风飞翔，才算逍遥。四周是苍苍的蓝色！"

父女俩快乐地飞翔。

高山岩穴，苍拓从鹰巢飞出。

苍姨在他身后喊："找回你迷失的本性！"

苍拓朝贝加尔湖飞去。

在贝加尔湖面，云伯的雁阵训练归来，三一群，五一堆，在这里歇息游戏。云伯教完莎莎呼吸的方法，也飞离而去。留下莎莎独自练习高空呼吸法。

隐隐地，苍拓在高空无声地飞翔。
他俯视湖面。他看到独自浮在水上的莎莎。
苍拓旋风式地俯冲而下，迅猛而无声。现在，他的眼里只有饿得濒临死亡的老伴。

莎莎还是感到了头顶上迅速移动的黑影。她猛抬头，发现是苍拓。
她像往常一样，快乐地喊了一声："苍爷！"甚至没等到她看到苍拓的笑脸。就感到双翅的翅骨处被利爪抓紧，整个身体也被提离水面。她"啊"地喊了一声。

接下来的战争快如闪电。
离她最近处是她的母亲云娘。当云娘看见女儿被苍拓抓离水面的一刹那，一种母爱的力量驱使她迅速朝女儿飞去。她自己也不明白，怎么能如此快地飞到女儿挣扎的天空。从未有人用"箭一般"形容雁的飞翔速度。云娘此刻的飞翔连箭移动的影子都没人能看见，一瞬间，意念使物理的空间折叠了一下，她已经飞到苍拓的背顶上。

这简直是幻影的速度。

云娘飞到苍拓的头顶上，用翅膀重重地拍打苍拓的头部和后背。拍打的力量犹如雷霆。苍拓感到眼睛冒着火星，头晕了一阵，爪子一松，莎莎跌落到湖上。

苍拓眼看着莎莎落回湖上，转过身来，用他的喙和爪子，攻击云娘。他喙虽已磨损，但他使的劲太大，云娘的翅骨被啄裂了，云娘斜着身子跌落湖面。

"妈妈！"
莎莎看着受伤的云娘从高空跌落，飞到妈妈身边。妈妈身旁的湖水已被血染红。

苍拓见云娘受重伤，正要降落去抓她，云伯从远处赶来。
一场真正的战争开始了，这是两个身手不凡的男子汉的战争。

第肆拍　苍苍的蓝色和雪峰的对谈

要描述鹰和雁的决斗原本非常简单，一只雁和一只鹰单打独斗，通常打不了三个回合。首先，鹰比雁飞得高，俯冲攻击，形成压倒性优势。其次，鹰有坚利的兵器，尖喙利爪。而雁，却没有致死的兵器。如同人，一个手舞长矛，一个赤手空拳，胜负立判。可是，苍拓遭遇到的对手却是云伯。云伯是雁神云中客下界而来，虽然三十年了，神性渐渐逝去，他仍是雁国顶级高手。

"吾为云中客，本自云中来"，飞翔的高度使云伯有居高临下的优势。

云伯虽然没有尖喙利爪，但他有宽大厚重的翅膀，"两翼如垂天之云"。如果让他飞到鹰的上空，对鹰的头部和背部都重重地拍打，鹰便失去支撑，往下跌落。

云中客两千年前经庄子点化，便生出了以柔克刚的超常能力。面对老鹰的凌厉攻势，云伯采用闪、化、腾空直上而后攻三个步骤，致使老鹰苍拓在空中无处着力。

苍拓和云伯在空中格斗让人看得眼花缭乱。

老鹰振动双翼，挟带着一股风，微微抬起头，张开尖硬的弯勾嘴朝云伯展开攻击，快到近处，只见云伯收翅一闪，然后整个身子像直升飞机，直直地腾空升起，云伯轻而易举地来到老鹰的头顶。老鹰还没来得及看清楚头顶上黑影为何物，脑袋和背部就连遭重重的拍打。他感到身体往下跌落。

老鹰苍拓稳住身体以后，立刻斜着身冲向云伯，他不再选择由上至下的攻击，也不再迅猛扑向对方，而是紧紧地，不疾不徐地，头部对头部的厮杀。云伯知道，嘴对嘴的厮杀，如同肉盾迎向刀锋。他尽量避重就轻，伺机腾空直上，苍拓也随之升高。

苍拓和云伯，各自扶摇，绕着圈螺旋上升，越升越高。

贝加尔湖，云伯家族的雁们，都围到云娘的身旁。他们簇拥、搀扶着云娘慢慢游到芦苇丛中的雁巢。

云娘的左翼耷拉着。

莎莎舒展翅膀轻轻搭在妈妈受伤的左翼上，失声痛哭。

莎莎："妈妈！我错了！"

云娘："孩子，别哭！"

莎莎："我认敌为友，是我害了你！"

莎莎哭得更厉害了。

这时，萌娃飞到巢门外，大声地："爸爸跟苍拓，越打越高，高到云层上面，看不见了。"

云娘："孩子们，你们谁去看看！"

莎莎："他们一定是上了平流层！"

二侠："可平流层谁也飞不上去！"

莎莎："我去！"

莎莎说罢飞出巢外，她如利箭一般飞向天空。扶摇而上，双翼如垂天之云。

苍拓和云伯，已打到平流层上，天空是苍苍的蓝色。

苍拓的呼吸已经急促，他再也不能飞得更高。苍拓原以为云伯同样会呼吸困难，不再能腾空而飞。不料，云伯轻轻展开双翅，便飞到苍拓的头顶上，屡屡用翅膀拍打他的头和背。

苍拓感到一阵晕眩，身体变得像一片落叶。

落叶不知飘了多久。他从晕眩中醒来时，他知道自己已身处平流层之下。

苍拓的呼吸不再急迫。他用锐利的鹰眼四处观看。他看到不远处的群山和冰雪覆盖的山峰。那里是他的家园。

苍拓朝着雪峰飞去。

云伯也飞到平流层下。他向下俯视，他看到如镜面般的贝加尔湖湖水。

"这是我的领空。"

云伯看到了飞去的苍拓，他俯冲追赶而去。

莎莎飞到接近平流层的天空时，渐渐也感到呼吸的急促。这个高度是上次跟随父亲学习飞翔的高度。她想起父亲教她的呼吸方法。她感到气囊的氧气慢慢充盈。

　　莎莎想到父亲告诉过她的不一样境界。那是另一种存在。这种存在离她的头顶不到一百米。

　　莎莎的灵魂受到一种奇特的驱使，她再次转动扶摇羊角。

　　她做梦似的，顷刻飞上平流层。

　　同样是蓝色天空，莎莎看到了苍苍的蓝色。

　　她感到从未有过的逍遥和自由。

　　渐渐地，雄鹰苍拓感到体力不支。他朝居住的巢穴边战边退。云伯尾随着苍拓，他要把老鹰逐出领空。

　　那里有高高的山峰，他们在山峰之上朝下俯瞰，一片冰雪世界。

　　雄鹰的身体慢慢往下沉。在山峰顶上站立。山顶有两个巨大的冰块，苍拓和云伯各自立在一个冰块上。

　　冰雪世界隐藏的神秘往事原本就无人知晓。如果不是因为这场战斗，他们自己也许一辈子都不会来到这里，当然，也就不会有这样一场意味深长的对谈。

　　苍拓站立的冰块是一个冰球。他松开爪子刚站上光滑的冰块，他的爪子也已不再尖利，重心便往下沉。他需要展开双翅，才能保持身体平衡。云伯伸开他的脚掌，落在冰块上稳稳地站住了。

　　在万千种鸟类中，鹰和雁的视力闻名遐迩。"孤飞一片雪，百里见秋毫"是指鹰；"茫茫云海里，日月定星辰"是指雁。

　　苍拓先看了云伯一眼，目光仍然那样犀利。云伯却如此从容，鏖战之后仍不失君子风度。甚至，我们还从云伯的目光里读出坦荡的笑意。这两种目光触碰片刻后，苍拓的眼神便委顿下来。

　　苍拓："我们打了个平手。"

　　云伯："不是平手，是你输了。"

　　苍拓："怎么是我输了？你没受伤，我也没受伤。"

　　云伯："从你离开贝加尔湖上空，往山里跑，我就知道，你认输了。"

　　苍拓："你的想法有点过时。"

　　云伯："不过时。战争是目的决定输赢，你没有达到目的。"

　　苍拓："那你达到目的了？"

　　云伯："达到了。我把你赶出了我们的领空。"

　　苍拓的鹰爪打了一个滑，他上下摆动了一下翅膀，又站稳了。

　　云伯："而你的目的没有达到。你发动任何战争，都是想杀死那些生灵，你是食肉动物，你改变不了你嗜血的本性，你的本性决定你的战争目的。而我们是和平的族群，我们赶走你，保护了我们的家园。"

　　在平流层，逍遥自由的莎莎极目望去。

　　莎莎看见，南方有两个移动的黑点。她知道，那一定是老鹰苍拓和她父亲了。

　　莎莎担心她的父亲，她朝黑点的方向飞去。飞着飞着，一眨眼，黑点不见了。

　　黑点掉到平流层下面了。

　　身下的白云如波浪般涌动，朝四面八方铺展开来。遮住了苍拓和云伯的身影。

　　在蔚蓝色光影的包围下，在山巅雪峰

之上，远远地，面对面站着一个鹰和一个雁。

苍拓："别跟我讲这些空洞的道理。我和我的祖先从来就以食肉为生。我原先可以吃掉你的女儿，可我，没有吃她。"

云伯："我知道，你引我到这里来，一定会说这个。你最终不还是对她下毒手了？"

苍拓："可我开始的确没有吃她……"

在平流层上，莎莎自由自在地飞翔。

苍拓："当时，我可以轻而易举地吃了她。……当时，我的儿子苍戈正嗷嗷待哺，我的妻子还在月子里。……当时，……你难道没有一点好奇心吗？"

云伯："或许是虚荣心吧。谁没有虚荣心呢？"

苍拓："不！是我心软了！当时我的确心软了！当时我感到胸腔里已经换了一颗心，已经不是老鹰的心了！我一辈子就这么一回！"

云伯："那你是后悔了！"

苍拓："你又错了！后悔是什么？后悔是思想！我们老鹰没有思想！我们一生杀死千万个生灵，思想会让我们睡卧不宁！"

云伯："当然，美好的思想只会折磨你们，真善美像一面镜子，时时照出你们的假、丑、恶！是你们自己把镜子摔碎了！"

苍拓："我们不需要什么镜子！我们照样理直气壮地生活。没有思想不等于没有大脑，我们有的是困惑！年纪大了，越来越多解不开的困惑……"

云伯："困惑？说出来我帮你解解看……"

苍拓："我从来没有吃过大雁的肉……"

云伯："我知道你们做梦都想吃，可是你们吃不到！"

苍拓："老鹰群里流传着一句格言：'吃了大雁肉，多活七八年'。贝加尔湖十万大雁，我多少次都遭到你们的围攻……"

云伯："这就是鹰和雁的区别。我们信奉和平，信奉和平让我们团结一致。而你们，是入侵者，既凶狠又极度自私，你们只能是独狼式的侵犯！"

苍拓："难道你们不死？可是我们从未发现过你们的尸体！"

云伯哈哈大笑："你们永远不会找到的！"

苍拓："再说衰老，我有时会偷偷到贝加尔湖照照镜子，我发现我不到十岁就见老了，我的脸早就开始僵硬，僵硬得挤不出笑容，都以为我们鹰是不会笑的……"

云伯微笑着看看苍拓。

苍拓："你不要看我，我知道我又老又丑。"

云伯："相由心生。你的心灵凶恶，整天想着杀害生灵！你嘴里咬着挣扎的小鸟，你窥视着活蹦乱跳的野兔，你捉摸着怎么杀死它一饱自己的口欲，你的心让你的脸整天拧巴着，让你的面色阴沉，你们怎么会不变老变丑？"

苍拓："你们呢？瞧你们吃的啥？又素又单调，又清淡，你们快乐何来？我困惑，是因为我想不明白，你们几乎看不出年龄！我在这里四十年，我没有看到过一个老态龙钟的雁！你三十岁的妻子和几个月大的女儿，我几乎分不清谁大谁小！为什么？"

云伯："你不是雁，怎会知道雁的快乐？我们吃得清淡，但我们吃得很杂，也很丰富，北方湖畔绵延不尽的芦苇碱蓬草中、南方大湖漫山遍野蓼子花下都藏着我们的食物，我们遍采百草根茎，吃得津津有味。我们成群结队，呼朋唤友，自由飞行在天空；我们是天上的信使，把吉祥和幸运传递给人们；我们洒下自由的种子，在天空开出花一样的云朵，我们厌恶肮脏和血腥，只傍清泽不染尘。我们的善良由然心起，弥漫全身，滋养我们的容颜。我们怎么会老，我们怎么会不年轻？这就是我们的秘密，告诉你你也学不了……"

苍拓沉默片刻："……我干吗要学你们？……我们属于两个世界……"

云伯："滚！滚回你的洞穴里去！你的优势正慢慢失去。你的尖嘴已磨平，你的利爪也已迟钝。你不再有能力捕食，大自然的报复就会来临。你将会饿死！所有的鹰都是饿死的！这是我要告诉你的，大自然最深奥的秘密！"

苍拓不再说话。他的全身又摇晃了几下。

远处高天上，莎莎从容飘下，潇潇洒洒，如同仙子。

云伯："我的女儿来找我了。你走吧，别让她再看见你。"

苍拓展开翅膀，阴沉地飞走了。

云伯也起飞，朝莎莎飞去。

蓝天白云间，云伯和莎莎，两个矫健美丽的身影，在飞翔。

第伍拍　雁奴，是个神圣的岗位

苍拓从雪峰盘旋而下，回到他的巢穴。

当他飞进巢穴，看见苍姨正匍匐在地上，双翼耷拉着覆盖全身，像没有腿一样。苍戈一边叫唤着"妈妈"，一边用嘴叼起苍姨翅上的毛。

苍拓："你干什么？"

苍戈："妈妈不会动了。"

苍拓："她死了！记住！她是饿死的！"

苍戈看着苍姨的尸体："爸爸，我饿！"

苍拓："你想干吗！赶快走！自己去捕食！走啊！"

苍戈后退到洞口，转身准备飞走。

苍拓："到贝加尔湖去侦察！那里有一个受重伤的雁！她不能飞了，她得独自留在这里过冬！"

苍戈展翅起飞。

苍拓："给我盯紧了！"

待苍戈飞走以后，苍拓默默地注视着死去的苍姨，跟亡妻作最后的告别。

这位比他大两岁的妻子，始终坚持鹰的本性，直到死也没有动摇。苍拓对着亡妻，既不哭泣，也不悲伤。即使悲伤，他那张被凶残固化的脸，也看不出来。

他的默祷中，对亡妻只有感佩。

苍拓用嘴叼起亡妻的一只翅膀，慢慢拖到洞穴外，他用鹰爪把苍姨推到悬崖边，推下万丈悬崖。

他听到悬崖下尸体的滚动、碰砸的声响和寂静山谷的回声。

大阳直射下来，他在悬崖久久站立。他的影子萎缩在他脚下。

贝加尔湖，秋波依旧闪烁。

一批又一批，大雁列阵绕湖深情告别。

还有三天，湖上的大雁，就要全部南迁。留下空荡荡湖面，等待明年春天的盛大聚会。

云伯的雁阵，一群雁都围着云娘的巢。云娘带着重伤的身体，慢慢走出巢外。

云娘试着拍动双翼，左翼巨痛难忍。她连忙收起翅膀。

云娘："……我不能跟你们一起南飞了。"

莎莎："妈妈，我陪你！"

云娘："孩子，别说傻话。"

莎莎："那怎么办？……我恨！"

云伯："恨什么？"

莎莎："老鹰！"

云伯："仇恨有什么用？要觉醒！觉醒才能成长！"

莎莎："……"

云伯："妈妈用她的血，擦亮了你们的眼睛！大雁国的下一代，再也不会为老鹰是不是天敌争论不休了。"

云娘："天敌！天敌是什么？天敌就是天生的敌人！他们生下来就得学会猎杀！他们生活的目的就是吃万物的血肉！"

莎莎："妈妈……我懂了。"

云娘："莎莎，你不知道南方大湖有多美！秋天，满湖滩、沙洲的蓼子花都盛开了，昨晚上，我做了一个南方大湖的美梦！……可惜，我今年不能去了……"

莎莎："今天晚上，我想到你的梦里去……"

在贝加尔湖的西畔，苍拓领着苍戈站在一棵高高的树顶上，窥视下方。

有一只黑榛鸡在草丛觅食。他因为发现了一个小虫而放松了头顶上空危险的警惕。他津津有味地啄食小虫。

苍拓："冲下去抓住他！要猛、准、狠！"

苍戈无声地闪电式俯冲，用爪子紧抓住黑榛鸡，腾空而起。

父子俩擒拿住猎物飞身遁去。

夕阳西下，贝加尔湖映照在霞光下。

十万大雁已南迁大半了。

在莎莎出生的雁巢周围是一大片芦苇荡。这里是云伯雁阵二百多个大雁的宿营地。

霞光渐渐收尽，是大雁们进入睡眠的时候。

云伯照顾云娘入睡以后走出雁巢，他要巡查雁阵的营地。

他的伙伴们，有的站着，有的半卧着，有的把头部斜插入翅膀里进入睡眠。

微风吹拂着芦叶，发出沙沙声响。贝加尔湖湖水也轻轻摇荡。

像一个军官巡查露营的营帐，云伯走到每一个大雁身旁，一一纠正他们的睡姿。

他走到萌娃身旁，贪睡的萌娃发出微微的鼾声。

莎莎知道爸爸的到来。爸爸每天都要来巡查。她假装睡着，当云伯走近时，她动了动翅膀。

云伯发现女儿假睡："快睡！"

莎莎的假睡被父亲识破："爸爸，睡不着，一闭上眼，就浮想联翩。"

云伯："放下白天的一切纠结，心如止水，睡个好觉。"

270

莎莎:"我闭上眼,眼前就出现南方大湖,满湖滩、沙洲的蓼子花。……可是,我又舍不得留下妈妈。"

云伯:"放心吧,你妈妈有一个自由的灵魂。无论是天上、地下,还是水里,都有她的好去处。"

莎莎听了,想了想,摇摇头:"还是不明白……"

云伯:"你会明白的。你还在成长,一个雁的成长,是灵魂的成长……睡吧。"

云伯说完,留下困惑的莎莎,继续巡查。

每个雁阵都有一个雁,担当雁奴的职责。在贝加尔湖的半年里,云伯雁阵的雁奴是娜佳,莎莎的姐姐。

月光下,娜佳守望着雁阵的平安。

云伯走到她身边,用翅膀轻轻地拍抚自己的女儿。

娜佳的思绪在遥远的南方。她感觉到父亲来到身旁,微微一惊:"爸爸。"

云伯知道女儿的心事。

云伯:"娜佳!睁大眼睛,保持警惕!"

娜佳轻轻地诺了一声:"嗯。"

云伯不再多说,回到窝里陪伴受伤的妻子去了。

就在云伯和女儿说话的时候,一个黑影掠过湖畔,进入贝加尔湖的领空。

整个云伯的雁阵,都沉入梦乡。

莎莎真的做了一个南方大湖的梦,她见了"碧如蓝"的大湖和满眼红色的蓼子花。她在梦中听到轻轻的哭泣声。她醒了。她原以为是梦中的声音,只是觉得哭泣声跟美丽的梦境很不搭调。

莎莎睁开眼,低低的哭泣声还在继续。她朝传来哭泣声的方向转过头。

她看见站着守望的姐姐翅膀轻轻抽动。一定是姐姐又在思念失踪的爱侣了。

她轻轻站起来,轻轻朝姐姐走去。她想替姐姐站会儿岗。

就在她朝姐姐走近的时候,天空掠过一个黑影,黑影窜到她们头顶上空,放慢了飞行。

莎莎停下脚步,抬头瞭望:是一只鹰。

苍戈受了父亲的命令,来侦察雁阵的营地。他俯身窥探。

莎莎立即大声呼喊:"伙伴们!伙伴们!快起来!天敌入侵领空!"

雁群闻声惊醒。

"天敌来了!天敌来了!"

雁群成群结队冲上天空。

云伯也惊醒了。他冲出雁巢,发现莎莎还在喊。

"怎么是你?"云伯对着莎莎问。

云伯问过莎莎,又去找娜佳:"娜佳!娜佳!你怎么没发现?"

娜佳:"我!?"

云伯什么也不再说:"跟我来!"

二百只大雁一齐飞向天空。

苍戈还没明白过来,他还没经历过这么大阵仗。

二百只雁对苍戈展开围攻,苍戈很快败下阵来。他迅速遁逃而去,消失在夜空。

云伯:"回营地!"

雁阵从天空飞降到营地。

雁落到营地以后议论纷纷。

萌娃："我也做了个南方大湖的梦。蓼子花的根可好吃了，酸甜酸甜的！正吃着，被吵醒了。"

莎莎："你呀！除了睡，就知道吃！"

娜佳走到云伯面前，内疚地："爸爸！对不起！"

云伯："不要说了！爸爸知道你想念大侠！放心，到了黄河大泽，一定找到他！"

娜佳："爸爸！"又要哭。

云伯："我知道你的状态不佳！我早有意让莎莎替换你！可莎莎，两天以前还把老鹰当朋友！现在不一样了！莎莎！"

莎莎："爸爸，我在！"

云伯："从今天起，你替换娜佳，担任雁奴！"

莎莎："是！爸爸！我一定为雁阵站好岗，放好哨，忠诚不渝！"

在一片芦苇间空地上，"雁奴"交接仪式简单而隆重。由主管法务的大雁宣读誓言，莎莎指天空为誓，神情庄严。

仪式毕，云伯令大伙休息、睡觉。

雁们纷纷睡去了。萌娃打着呵欠。

月亮出来了。

莎莎独自站立营地，四处瞭望。她的目光闪闪发光亮。

月亮如一轮神明，普照贝加尔湖。

第陆拍　如歌如泣话别离

第二天清晨，云伯把他雁阵的伙伴召集在一起，商量怎样安排云娘留在贝加尔湖过冬。

云伯："首先，要找一个新的地方，筑巢搬家。昨晚上，老鹰已经盯上这儿了，决不能把云娘留在这里！"

二侠："到我原来的营地去！"

莎莎："远吗？"

二侠："十公里，一会儿就到。"

云伯："十公里一会儿就到？你是说飞吧！"

二侠："当然，一会儿就飞到。"

莎莎："妈妈的翅膀受伤了，怎么飞？能飞就跟我们南迁了。"

众雁一下子都傻眼了。

二侠："那里叫池杉湖湾，靠岸浅水里长着一大片池杉。池杉的叶子全红了，又隐蔽又美丽。"

云伯："我知道那个地方，当年苏武牧羊就在那里！"

二侠："老一辈都这么说。"

他们谁也不知道，几千年前，云中客在那里出生……

莎莎："我也到那儿玩过。离湖湾不远，有一个小岛，叫温泉岛。听说小岛周围都不结冰。"

云娘："太好了！我冬天有洗澡喝水的地方了！"

云伯："离这里有十公里，云娘又不能飞……"

云娘突然大声："我走着去！也可以游泳游着去！"

大伙儿都回头朝她看。

云娘："天造地设！上天让我们雁既能在天空飞，又能在地上走、水里游。别类最多两栖，我们雁能三栖！"

莎莎："妈妈，你行吗？"

云娘："行！一天一夜，日夜兼程，准能到达！"

二侠："咳！天无绝路！告诉你们，那

里还有当年苏武住的地窝子,我们去改建一番,给伯娘搭一个新巢!"

云伯:"行!说干就干!你们先跟二侠飞过去建巢,我和莎莎陪同云娘步行、游泳!"

说完,雁群便由二侠带队,飞走了。

留下云伯、云娘和莎莎。

云娘:"好,咱们走!"

云伯、莎莎陪云娘结伴同行。他们有时步行,有时沿岸游泳。

云娘走得很慢,也很艰难。但她的神色坚毅。云伯和莎莎陪伴着她。

池杉湖湾有一片美丽的池杉。岸畔上,也是芦苇连绵。

二侠带领大家,找到了当年苏武住的地窝子。地窝子废弃千年,长满荒草,旧址还能辨别。大雁们费劲地用掌刨、用嘴啄,将凹坑处清理出来,然后,他们用嘴衔着一根根苇叶铺上厚厚的一层,又松又软。

清晨到黄昏,云娘一行艰难行走。

夜晚,圆圆的月亮高悬在贝加尔湖上空。天上一个月亮,水中一个月亮。

云娘、云伯和莎莎红掌拨碎水中月影,沿岸游泳前行。

第二天清晨,当太阳升起的时候,三个大雁看到了远方红色池杉林。在红太阳照耀下,池杉仿佛是一片红色的幻影。

云伯雁阵的伙伴们,铺好了地坑,又用树枝和苇叶搭上圆顶的顶棚。

一个崭新美丽的新巢诞生了。

过了不一会儿,云伯、云娘和莎莎也来到了池杉湾。

云娘上岸后,蹒跚走到新巢门口。

"哈哈,好一幢豪宅!谢谢大家!"

云娘的夸奖引来一阵阵欢笑。

说完,云娘便在新巢外独自坐下来。

当云伯安排好雁阵的伙伴们回营地以后,折转身飞落在云娘面前,他看到云娘正着迷地注视池杉林和树下一弯湖水。

日到正午,直射的阳光自上而下洒开来。水面的涟漪显示风的力量。池杉的倒影随风慢慢晕染开来。湖面层层掀开的波纹丰富而韵味悠长。这或许就是秋波的魅力吧。

当云娘微微抬起头出神地看着不远处的温泉岛的时候,云伯正出神地欣赏着云娘。

三十年了,云伯从未向妻子吐露自己的身世。"你是谁?你从哪里来?"云娘似乎从未想过要问这样的问题。

在云娘的心目中,云伯是一个一往无前的大雁。三十年了,燎原烈火不能令他毁,江河冻结不能令他僵,雷霆万钧、暴风骤雨不能令他惊颤。他乘着云朵,驾着风雨,高鸣九霄,遨游天空,逍遥自在……

往事越千年,在云伯脑海里汹涌而来。他仿佛看到,平静的贝加尔湖水,深藏着千年风情。他永远忘不了,两千五百年前

273

在宋、楚交界处，他与漆园庄周那场历史的邂逅。

贝加尔湖清风微澜，正叙述云伯与云娘的美丽爱情。

此时，当云伯望着云娘梦一样的眼神，三十年前那个盛夏的早晨又出现在眼前。

雁神之爱触犯了天规，他与天界达成三年契约。作为处罚，云中客必须在北溟雁国做三年雁奴，若三年期满不归，便对他关闭天界之门。

在云中客心目中，雁奴是一个崇高的职位。他乐意为奴三年，以表达自己的赤诚之心。

三年的爱情既甜蜜凄美又壮怀激烈。直到三年期满，现在我们知道，云中客并未按期回归天界，他的神性已渐渐消失。上天的仁慈宽大无边，云中客知道，如果他寿长三十年，遇百劫不灭，就有一次机会浴火重生。

今年，就是第三十年了。他和云娘都遭百劫未灭。他该把自己的一切告诉三十年生死相依的伴侣云儿了。

"云儿！"
云伯轻轻一声唤，猛然惊醒了恍然若梦的云娘。

云娘闻声转过脸。她的眼神碰到云伯的眼神。眼神和眼神更紧紧地粘连在一起了。

"云儿"是云娘出生时的名字。自从跟云中客结为伴侣，大雁们便呼云中客为云伯，云儿自然便成了云娘。三十年了，大雁国的子孙就不再记得还有个雁名字叫"云儿"了。

今天，忽然听到丈夫呼唤"云儿"，云娘还是被惊着了。

在北溟雁国，云伯的嗓音以高亢著称。他鸣于高空，声震四野，贝加尔湖水也为之激荡。在云娘心里，经历过无数劫难的丈夫，并不是一个儿女情长的大雁。现在，他呼唤"云儿"的声音竟如此轻柔。如果不是由顺风送来，或许不会传到云娘的耳边。

"云中客！"
云娘的回应同样轻柔。
她意识到，不！他俩都意识到：明天的离别不仅漫长，恐怕会是永久的离别了……

互相呼唤以后沉默了一会儿。
他们知道，有很多话要向对方诉说。
云娘发出一声轻轻的鸣吟。随后，云伯也向云娘发出轻轻的鸣吟。鸣吟声轻得只有他们自己才能听到。

渐渐地，鸣吟声大起来。转换成对唱。好像一首没有结尾的无词歌。

唱和之间，四野寂静。只有微微的波涛声，铺开层层叠叠声浪。贝加尔湖水在为他们伴唱。

没有人知道，这对北溟雁国的神仙伴侣在一阵阵交相鸣和之间究竟说了些什么。

从日正当午到夕阳余晖，云伯和云娘，时而歌吟，时而交谈。

云伯告别云娘，飞回他的营地。正专注站岗放哨的莎莎，看到一个熟悉的身影徐徐降落，便轻轻展了展双翅，迎接父亲归来。

营地安详，万籁俱寂。芦苇间，传来瞌睡雁萌娃梦中的笑声。也许，是他梦到南方大湖的美味了吧。

风停了，贝加尔湖水平如镜，天之镜映照出：万古长空，一轮新月。

第柒拍 雪谷之殇

云伯至今依稀记得，两千五百年前，他出生后第一次随大队南迁，出发前在北溟（今贝加尔湖）参加沐浴大会的欢乐场景。大雁国沿袭了千万年的仪式，此刻正隆重举行。

当太阳又一次照临贝加尔湖，沐浴大会上，一片喧闹欢腾。大雁是出了名的爱干净的鸟类，"只傍清泽不染尘"，是诗人赞美大雁的名句。每年南迁北归，天路迢迢，雁阵即使短暂下榻，也要临清泽而居。他们对水质的苛刻要求，超过世界任何生灵。

云伯洗浴后立起上身，在水上拍打着双翅。"万类俱老雁不老"，他如今的模样像两千多年前一样年轻。他想到受伤的妻子将在这里度过漫长的冬天，当蓝冰覆盖整个贝加尔湖，她到哪里去寻找哪怕是一池活水呢？他不愿再想下去。

云伯贴着水面飞翔，用目光寻找女儿莎莎。

不远处，水面上的雁群，几百个举起的翅膀互相遮挡着。而云伯一眼便能认出那是莎莎的翅膀。她翅膀上的光点异常明亮。他知道，那是女儿的灵魂在闪耀。

云伯降落水面，朝莎莎游去。

云伯看到莎莎身边的二侠。

显然，二侠并没有学习过"撩妹"的课程。他一边用翅膀拍击水面，一边又用翅膀拍打莎莎的背和翅羽。他的动作让莎莎分不清是攻击？是挑逗？还是爱抚？这很快惹恼了懵懂不解风情的少女，莎莎迅速起飞离开二侠。二侠看着莎莎恼怒逃离的背影，傻愣着一头雾水。他笨笨地追赶莎莎，喊叫着想解释什么。

就在这时候，另一个雄雁侧身斜飞过来，拦住二侠去路。

两个雁不由分说开始互相攻击。

起先，他们只是在水面上打斗。他们昂着头，张开翅膀，互相嘎嘎地喊叫示威。

就这样僵持了一会儿，他们从水战转向空战。

他们从水面打到天空。开始真正的翅膀大战。

大雁没有致命的武器。他们只使用巨大厚重的双翼。

两个雄雁互相争夺制空权。他们盘旋飞到对手上方，向下用翅膀重重拍打。一会儿，一个上升，另一个下坠，又一会儿，另一个上升，对手被拍打下坠。他们越打越高，越打越远，渐渐离开雁群的视线。

盛夏是大雁国的恋爱季节，由争夺而引起的翅膀大战是贝加尔湖常见的风景。

莎莎游近父亲，嘴里咕哝了一句："讨厌！"

云伯："讨厌什么？"

莎莎："就知道打架！"

云伯笑了笑："他们在为你而打！"

莎莎："为我？打架？"

云伯："等你爱了，就懂了。"

莎莎："爱？爱是什么感觉？"

云伯："等你爱了，看什么都不一样了。山川树木，日月星辰，都会有表情……"

莎莎："还有呢？"

云伯："还有？多了！离开了你会想他，想得心烦意燥，离开久了，会想得心疼，为爱而哭泣，像你姐姐！"

莎莎听了还是很茫然。

留下茫然莎莎，云伯不用助跑，像直升飞机从湖面起飞。他在贝加尔湖上空长鸣三声。

三声长鸣如军队的集结号，洗浴大会上的雁们纷纷起飞，围绕云伯开始列队。

二侠闻声从远处飞来，他停在莎莎身边。他一会儿拍翅，一会儿挺身，像一个凯旋的英雄。

莎莎不明白他为什么如此得意，直到她看到，远远地，那位战败者疲惫地飞翔而来……

蓝色的天空，飘荡着白云。云伯率领他的队伍绕湖飞行。他们要向贝加尔湖道别，向他们的母亲湖作最后的致敬。

大雁们俯身向下仔细察看，并不是为了欣赏镜子里自己美丽的身形。云伯和他的队伍是殿后的雁阵，他们用目光搜寻孤单的身影。

云伯又长鸣三声集结号，整个雁群应声和鸣。集结号传遍湖面，传遍湖畔苇丛和树林。

落单的小雁闻声如飞扬的雪片，朝着云伯的队伍飞来，飞向大家庭。

就在这时，贝加尔湖飘起今年第一场雪。雪花飞呀飞，无声地落入湖中，幻化出无数美丽的精灵。

雪花是自上而下地飘落，如雪片一样的小雁却是自下而上地聚拢升腾。飘落的雪花和向上飞翔的小雁在空中交织，形成贝加尔湖梦幻般美景。

这些小雁都是今年的新生代。他们或是因为贪玩，或是因为迷路而掉队。他们不认识南迁的路途，年幼体弱，只能在低空飞行。

多年来，每年都是云伯带领队伍殿后，他每天都要绕湖搜巡。"一个都不能少"，不是一句简单的口号，大雁国的公民，早已把它刻骨铭心。

天空中，云伯亲切地呼唤着小雁的名字。他能辨别每个落单小雁鸣唱的音调，甚至熟悉他们的每一对翅膀、每一双眼睛。新兵们听到召唤向云伯聚集，听从他重新排兵布阵。

不一会儿，新的大写"人"字已在天空整齐排列，他们即将开始伟大的万里征程。

雪停了。乌云让开道路，请出太阳重新登临。盛装的太阳显得格外耀眼，连湖滩的石头也发出炫目的光芒。

往年，雁阵出发前都要先绕行贝加尔湖一周。今天，云伯的雁阵要绕行三周才能表达特殊的别离之情。

这并不是贝加尔湖频频送来的秋波让他们留连不舍，他们是在向一位伟大的母亲致敬。

大雁素来以飞翔高远闻名，但他们的飞行速度并未有惊人的记录。云伯至今也无法相信当时的情景：当云娘发现莎莎受到老鹰苍拓的劫持，竟能"箭一般"射向出事地点，用身体保护女儿的生命。那一刻，空间突然被神奇地压缩，用"梦幻"或"闪电"来形容都不过分。母爱的力量可以突破物理的限制，在云娘的身上得到充分例证。

在跟苍拓的搏斗中，云娘的翅膀不幸折断，她只能独自留在贝加尔湖过冬。

一周、两周、三周，云伯带领队伍一边绕行，一边鸣唱。如歌的行板，环绕贝加尔湖飞行。

池杉湖湾，云娘闻声走出新巢，她透过池杉树枝和叶仰望天空，云娘知道，这天籁般的环绕音响正是为她而鸣。她默默地对天空祷告，祝福同伴们一路顺风，和平安宁。

眼望着贝加尔湖最后一个雁阵越飞越远，云娘突然感到翅膀折断处一阵刺痛。

三十年来，云娘从未像今天这样，独自站立巢前，目送丈夫和孩子们远行。

天空中卧云逍遥，天空下，静水深流。

云伯率领的最后一个雁阵，告别贝加尔湖，开启从北溟到南溟的万里长征。

一阵风鼓动一阵气浪，一朵云推动另一朵云。莎莎的双翼间风起云涌。她感到无比的自由和快乐，一种荡气回肠的自由和欢乐。

而云伯，感觉却有些异常。往年，当云伯扶摇登上南迁的征程，他眼前总是出现前方的美丽风景：大草原上闪亮如钻石的天鹅湖，黄河岸边清清的大泽，还有梦中的南溟，一望无垠的碧水蓝天……

而今天，为什么双翼刚飞离故乡，云伯心中便升起思乡之情？他思念起三十年同飞同宿的妻子。他折翼的妻子此刻正孤单地站在新巢门前。

在高空，云伯的视线呈扇形辐射，他看到远远的空中，有两个黑影正逆向移动。他知道，那是两个老鹰。贝加尔湖已不再设防，他的心中一紧。

此刻，云伯抬头看到遥远的银色山峰，责任和激情顿时充满全身。他振翅向雪峰飞去，他高声唱起《向南方》进行曲，雁阵随之发出和声，鸣和声响彻天空。

果真，云娘正站立巢前向南方的天空眺望，她的目光和思念，渐渐地，随着丈夫的雁阵消失在遥远的高空。

忽然，天空传来几声凄厉的鸣叫，云娘听出是老鹰的叫声。抬头看，她认出是苍拓和苍戈黑色的身影。她拖着耷拉在一边的受伤的翅膀，退回到新巢里。

苍拓和苍戈鸣叫几声后悄然地飞行。他们飞到云伯的旧营地盘旋了一会儿，从天空降落下来。

秋风吹动芦苇更显得空荡寂寥。不少夏季建筑的育婴雁巢，散落在芦苇中间。

277

如今雁飞巢空，盛夏时随时可闻的母雁们哼唱的摇篮曲，也已经随秋风吹散。

苍戈："都走空了。"
苍拓："云娘呢？怎么不见云娘？"
苍戈："是啊，你不是说她翅膀断了吗？"
苍拓："她已经不能飞！肯定跑不远！"
苍戈飞飞落落搜索，像一个登堂入室的窃盗，走进雁巢寻找猎物，又一脸失望地走出来。
苍拓："不能放过她！给我紧盯住！"
两个老鹰不甘心地飞走了。

北溟雁国流传着无数有关白银谷惊恐的故事。

出发前，新生雁的长辈们为了让年少的子女小心谨慎，这些故事被加倍渲染。但当银色的山峰出现在前方时，新生雁们还是发出一阵阵欢呼。

云伯没有打断孩子们的欢呼雀舞，他想起两千年前自己的少年时代。那是好奇心和冒险精神膨胀的年龄。他只是轻声对身后的二侠说："传我的口令：'集中注意力，紧跟队伍。'"

口令一个一个向后传递。

当口令传到尾端最后一个小雁，整个雁阵突然安静下来。他们已经飞进峡谷。两边都是耀眼的冰雪，气温骤然降低了，犹如飞进天然的冰箱。小雁们有的打冷战，瞌睡雁则连打了几个喷嚏。

峡谷并不是一条笔直的南北通道。群峰林立造成大小峡谷错杂其间。雁阵时时要在雪峰间环绕折弯飞行。刚进山时，峡谷还比较宽阔，但很快就传来"收窄队伍"的口令。原来，大写的人字一撇一捺如两翼在飞行中展开，山谷变窄后，一旦山峰雪崩雪块震落，双翼尾端的小雁就要面临危险。随着峡谷时宽时窄，云伯也变换口令："收缩！""放宽！"大雁阵形一撇一捺也时张时合，如同一个巨大的鸟，在山谷间作奇妙无比的飞行表演。

有时候，眼看前方山谷就要穷尽，头雁快要撞上雪崖，后方大雁惊呼时只见云伯斜身一转消失了。雁阵来不及刹车，再往前看，又一条雪谷出现在眼前。

雁阵折拐几次进入一个很窄的雪谷。云伯忙传口令："收窄队伍。"随着口令传递，原来展开的人字队形，渐渐变成竖"1"字形状。就在收窄还没完成的时候，云伯听到后方轻微的雪峰断裂声。

云伯："二侠，你到后面指挥，让他们尽快收窄成竖'1'字飞行。紧跟上我！"

云伯说罢，拍翅加快向前飞行。

话音刚落，后方传来巨大的响声。

"雪崩！"雁群中一声声惊呼。

云伯："紧跟上我！雪崩在后方！"

二侠逆向飞行，指挥尾端尽快收窄向前。就在这时，山峰上冰雪崩裂，巨大的雪块滚落飞散。雪崩声四方回响，如万壑雷鸣。

尾端来不及收窄的几个小雁被雪块砸中，后端的小雁一片惊叫。

口令不断传来："紧跟前面伙伴！"

二侠飞到雁阵尾端指挥，他不幸被下崩的雪块砸中了，挣扎着下坠。

雁阵拐了个弯，飞进另一条峡谷。

拐弯时，莎莎回首看到了被雪块砸中的二侠。她大喊一声："二侠！"

云伯："二侠怎么啦？"

莎莎："二侠被雪块砸中！"

这时雁阵飞到一条宽阔的峡谷。

云伯安排好队伍继续向前飞行后，朝着莎莎喊了一声："跟我来！"

云伯扶摇直上高空。莎莎紧随着父亲身后飞去。

云伯和莎莎，在群峰之上盘旋俯瞰。

他们看到，最先被砸中的小雁已跌落到谷底。他们相继被隆隆而下的雪体覆盖了。

二侠还在坠落中挣扎。他已身受重伤，不能再自主飞翔。纷纷落下的雪块不断地砸在他身上。他翻滚着，失重地飞着。如秋风落叶。

二侠似乎看到了雪峰之上的莎莎。

"莎莎！"二侠的喊声在峡谷间回荡。

莎莎："二侠！"她喊着就要向下俯冲。

云伯："莎莎！回来！"

莎莎翻身向上，回到父亲身边。

又轰隆一声，二侠再一次被重重地砸中，他甚至来不及抬头看一眼天空，便如石头般坠落谷底。

随着几声凄厉鹰啼，四五只老鹰在雪谷缓缓盘旋而下。

莎莎认得出，其中就有苍拓和苍戈。

银色的雪谷背景下，老鹰黑色的身影如同不祥的隐喻。

他们缓缓盘旋而下，朝雁们坠落的谷底飞去。

而更高处的云伯和莎莎，俯视着一切。

莎莎："二侠死了……"

云伯："在你没懂他之前，他就死了……"

莎莎："懂？"她突然悟到了什么，不再说话。

眼瞅着二侠的身体全部被雪藏。谷底一片白茫茫。老鹰们才恋恋不舍地盘旋向上而去。

已经是黄昏时刻。胭脂色的太阳悬在雪崖顶上。经太阳吻过的雪峰，羞红了脸。

云伯和莎莎拍翅膀掠过圆圆的太阳，像远古彩陶上的图案。

云伯和莎莎很快追赶上他们的雁阵。

前方就是峡谷的尽头。

再前，天地豁然开朗，一望无垠的大草原在眼下铺展开来。绿色的大草原上，一颗蓝色的钻石在闪亮！大雁的驿站——天鹅湖到了。

世纪前冒顿潮尔早成绝响，云伯听到湖畔传来的马头琴的乐曲。

第捌拍　一个家鹅的梦中寻根之旅

大雁是知时鸟。

在贝加尔湖，当秋风乍起，他们已准备南飞迁徙。他们在蓝天旅行。在清清的湖泽降落宿营。

他们且飞且宿，经过漫长的旅程，最后到达南方大湖。

云伯和他的雁阵，当他们飞临黄河湾大泽，已过了秋分。每年这时候，贝加尔湖开始结冰。冰是由湖四周开始凝结，渐渐地向湖中心推近，直至秋去冬来，满湖皆为冰盖。

飞行途中，莎莎第一次感知到，在广大无边的天空，还能听到无数生命多情的故事。她听到两滴水珠的对话。他们原先是一滴水，被风吹散成两个独立的个体。分开以后他们变得身不由己，他们伸出自己的小手，努力想抓住对方。风插进来，把他们分得更开。就在他们绝望的时候，一个说："前面就是黄河，我感觉自己在往下坠落。"另一个说："别害怕，我还要向前飘，我掉进长江，咱俩去大海相聚！"

莎莎听到他们的对话，内心掀起莫名的感动。

这样的故事，莎莎看到很多很多。

就在云伯的雁阵在黄河大泽宿营的时候，也是一个月圆的夜晚。雁奴莎莎为雁群放哨。她一如既往地专注职守，瞭望四方。她突然听到哽噎的声音。她发觉是她的父亲在梦中啼哭。她长这么大从未听到过父亲啼哭，这声音既陌生又似乎有些熟悉。她走到父亲身边，父亲哭醒了。

朗朗月光下，她看见父亲的泪水。

莎莎："爸爸！梦到什么了？你哭得那么伤心？"

云伯："贝加尔湖结冰了……"

莎莎："爸爸说过，四季变化，到时都会来，爸爸不会因为梦到结冰就伤心吧？"

云伯："梦到结冰了，你妈妈踏着冰到温泉岛附近，苍拓和苍戈发现她了……"

莎莎惊慌地："妈妈怎么办？"

云伯："你妈妈伤还没养好，不能飞，苍拓扑向她！"

莎莎轻轻叫了一声："妈妈！后来呢？"

云伯："没有后来了，爸爸就醒了！孩子，别急！不就是个梦吗？日有所思，夜有所梦，爸爸想妈妈了……"

莎莎听了哭出声来。

云伯："傻孩子，别哭，梦都是反的！"

这时，萌娃也醒了："爸爸！姐姐！"

莎莎："睡不够的雁，你怎么醒了？"

萌娃："尿尿！尿醒了！姐姐，告诉你一个秘密，梦都是反的，只有尿尿是真的，刚才我……真的！你笑啥？"

悬崖洞口。苍拓和苍戈。

苍拓："儿子，我四十岁，到了年龄极限，我的喙和爪都老化了，不能再用它谋生。我们鹰从来没有靠子女养老的习俗。我走了，这个家是你的了。"

苍戈："你要去哪里？你会饿死的！"

苍拓："要不饿死，要不重生，没有第二条路。"

苍戈："重生？听是听说过，可从未见过一个重生的鹰。"

苍拓："爸爸知道重生的艰难。我小时候学过冥想，我想试一试。鹰的一生，独于造化相往来，就看我的造化了。"

苍拓说罢展翅高飞而去。

苍戈望着茫茫天空，迷惑地望了很久。

在高高的山巅，苍拓找到了一个僻静的洞穴。

他孤立不动，陷入冥想。

他的喙越变越长，几乎碰到胸脯。

几天以后，他要用喙击打面前的岩石，直到他的喙壳被击打脱落。

从清晨日出，苍拓的洞穴里便传出坚硬的击打声，其中夹杂着一声声苍老的呻吟。在高高的山巅之上，击打声显得异常的孤独。孤独的敲击声和呻吟在山巅响了十天十夜，才陷入寂静。

新喙长出来以后，要用自己的新喙咬拔自己的老羽，直到新羽长出来。这期间，每一步骤都要经历难以忍受的疼痛。

就这样，老鹰苍拓开启自己艰难的重生之路。

如果能够成功地走完重生之路，苍拓可以延长寿命到七十岁。

在黄河湾大泽，又一个夜晚。
莎莎坚守在她的岗位上。
天近拂晓，云伯醒了，他走到莎莎身旁。
莎莎："爸爸，怎么不去多睡会儿？"
云伯："年纪大了，睡得少了。"
莎莎："爸爸，我一点都看不出你的老来。"
云伯："刚才，我又做了个梦！"
莎莎："你怎么老做坏梦？"
云伯："梦哪有什么好坏？我梦到你妈妈跳到湖里，变成一条大鱼。"
莎莎："你是说妈妈真的死了？没有了？"
云伯："死不是所谓的死，有也不会真的变没有。"
莎莎："不懂！"
云伯："只是从一种有，变成另一种有……"
莎莎："更不懂了。……妈妈告别的时候还跟我说'莎莎，春天回来的时候，带一个棒小伙子回来，妈妈要参加你的婚礼'……"
云伯："会的，妈妈一定会参加你的婚礼的……"

黄河大泽，日未出之际，已铺上薄薄的晨曦。现在是深夜的宁静。
天际极远处，毛头枝丫和苇丛相拥而立。不知何时，太阳露出小半个圆来。今天的太阳红得特别，像刚涂了胭脂又羞红了脸。古老的太阳露出了少女的容颜。

秋天，水"瘦"了一些，露出大片的滩涂。晨曦的微光照在滩涂上，可以看到各种鸟的足印。

看来，这些日子，已经有很多过路的候鸟在这里散步滩涂了。

你站在大泽的边缘，会突然发现，只有当你跟大自然静静地互相凝视，才会触摸自然的脉动，倾听到她的呼吸，体会到自然界深藏的玄机。

就是这样，黄河大泽向天空递出了她的请柬。请柬上的每一汪水，每一条清泉，每一棵树，每一片苇叶，都是大地主人的美丽装点。敞开怀抱，欢迎天空的旅者。

猛然，一阵大雁的鸣叫划破寂静。
是雁奴莎莎用歌声唤醒同伴们。
随之，群雁同歌，又引来百鸟齐鸣。

整个黄河大泽醒来了。

云伯带领的雁群扶摇起飞。他们绕泽飞翔，同声呼喊着："大侠归队！大侠归队！"他们是在召唤春天失踪的同伴，娜佳的爱人。

虽然得不到回应，他们还是不停地呼喊。

清晨是黄河湾湿地最热闹的时刻，百鸟都已醒来。天空回荡着鸟的歌鸣和翅膀的拍打声音。大泽上空上演着鸟群的大派对。

281

鸿雁、灰雁、豆雁、斑头雁，还有灰鹤、蓑羽鹤、中背鹤、黑天鹅、小天鹅、疣鼻子大天鹅，各路鸟群从四面八方向这里聚集。旅鸟在这里住上一宿，今天就飞走了。候鸟要经历漫长的飞行，他们要在这里多呆几天，养精蓄锐，再踏上最后的旅程。他们有的已经在这里住下，有的还在路上。还有一些鸟，在这草肥水美的大泽，流连忘返，不愿继续漂泊劳顿，便在这建筑新巢，跟这里的鸟儿攀亲结眷，登上了户籍，成了大泽的留鸟。

黄河大泽是一个鸟类迁徙途中的巨大枢纽。

几十年来，云伯带领雁阵，年年都要到这里宿营。他熟知大泽空中纵横着七八条鸟的天道。有的来自新疆西亚，有的来自西伯利亚东南，也有的来自蒙古草原，有的来自黑龙江边的雁鸣湖。他们都是长途跋涉的冬候鸟，还有一些是中途、短途的旅鸟，他们只是短暂地歇宿一晚，第二天日出以后就飞走了。

这些鸟群中，有一些云伯的旧相识，云伯在空中飞行中遇到他们会主动打招呼问候。甚至会停下飞翔做简短交谈。

云伯的雁阵就这样一边飞翔，一边不厌其烦地呼喊："大侠归队！大侠归队！"

他们已经喊了第三天了。

他们到这里的第一天就列队呼喊。

现在，他们的嗓音都嘶哑了。

大侠仍然没有归队的应答。

今年春天，他们在北归的路上留在这里宿营五天。第五天黄昏，他们列队从大泽水面上起飞。云伯后悔没有立即扶摇直上高空飞离。而是低空飞行。他们在这里受到水木花草的滋养，难舍万物对他们的恩泽，他们要向自然万灵表达别离之情。就在他们低空从杂树林顶头飞过，丛林中用弹弓射来一块石弹，击中了大侠的翅膀。娜佳和大侠刚从南方大湖举行了婚礼。两个雁每天都同宿同伴，形影不离。忽听娜佳"呀！"地一声尖叫，只见大侠斜着翅膀飞了一会，跌入林中。

日已落了，树林收尽夕阳的余晖，天色暗淡下来。

云伯担心丛林中埋伏着危险，立即扶摇直上高空。雁阵并没有马上北飞，而是在杂树林上空徘徊再徘徊。直到黑暗吞噬了大泽，云伯和娜佳看到一黑影从树林窜出，他空着手奔跑。看来，他并没有寻到受伤的大侠。

自此以后，娜佳日夜思念着大侠。也不知大侠是生是死。

云伯的雁阵在黄河大泽呼唤三天，娜佳陷入绝望之中。

"君若死，我决不独活！"娜佳站立泽边，夕阳孤影。她开始拒绝进食。

云伯走到她身后："娜佳！要坚持寻找到最后一刻！"

娜佳面对水泽，低声饮泣。

娜佳："难道没有一个好心人收留大侠吗？"

娜佳提到"收留"，云伯突然想到一个地方，这个地方跟收留有关，名字叫"留雁村"。

留雁村是一个农民的村落，离大泽不

到十里地。这个村的村民个个都是野生鸟类保护者。他们从事农业和渔业。大泽边拴着很多他们的小渔船。如果他们发现受伤的鸟，会把这些鸟带回家医治养伤，伤好了就把鸟放飞天空。

留雁村的村名原本叫刘营。清朝末年，军营解散后流落于此，因刘姓居多，便称刘营。刘营人的故乡在内蒙古大草原，那里有一个湖泊叫天鹅湖，也是大雁的宿地。他们祖祖辈辈跟大雁有不解的情缘。他们会唱很多赞美大雁的歌谣。迁到这里以后，他们从不猎雁，每年收苞米的时节，都要在地里留一些给大雁充饥。几十年前，连续三年受灾，收成折半。即使遇到灾情，村民们也不把苞米收尽。大雁感戴村民的恩德，在三年灾害的最后一年，有一个从北漠来的雁阵经过这里，他们突然由天空向村口打谷场俯冲。成群的大雁扑地而死。村民们见状绕谷场大哭。他们都领会大雁的深沉情意，大雁以自己的血肉之躯救了饥饿村民的生命。还有几个扑地未死的雁，村民不舍肉食，为雁养好伤，便笼养而不再放飞，他们不忍心这些受过伤的雁，再去过漂泊不定的生活。

自此，这些大难不死的雁成双结对，下蛋孵育，渐渐变成了鹅。一代又一代，成千上百成长。

村民们给这些鹅起名为义鹅。

这故事随黄河流水流传开来，成了黄河流域的一段佳话。

刘营与留雁音相近，村名便改成留雁村。

义鹅虽已演变成家鹅，身上和灵魂还保留雁的野性。虽然有翅不能飞上天空，他们心急之下也能飞上屋顶，义鹅又名房顶上的鹅。

义鹅中有一个鹅名叫嘎子，他的出现将酿成寓言的新的波澜。这是后话。

云伯说完留雁村的故事，娜佳不再哭泣。她决心飞到留雁村去寻找大侠。
云伯："我领你去！"
莎莎："我也要去！"
一行三雁便直上天空，去寻找留雁村。

他们飞啊飞啊，俯视地上的村落。
他们要寻找有鹅的屋顶。
无数村落在他们俯视下闪过。没有发现有鹅的屋顶。

留雁村在大泽的北面，北方迁徙来的大雁都要从村的上空飞过。

这些天，村里的义鹅群显得躁动不安，如果他们听到天空的雁鸣，会一个个心神不宁。有的鹅甚至展翅扑腾，飞上附近的屋顶。

有一位村民，春天时在大泽畔树林发现受伤的大侠，将他带回留雁村，给他治疗养伤。这天早晨，他知道已到了过雁的季节，把翅膀尚未痊愈的大侠用藤箩放上屋顶，等待他的伙伴寻找时便可呼应。

研究大雁的学者有一种理论，由野雁家养成的鹅有一种病症，百代以内，鹅们都会犯短暂的躁动症。头顶上凡有雁鸣飞过，他们躁动就变得疯狂。有的甚至会撞墙面而死。学者提供各种方法，使这些鹅降低心神受到的滋扰。

在留雁村的鹅群中有一个名叫嘎子的灰鹅。正当鹅群在池塘躁动不安的时候，他唱起一首《我是一个爱做梦的鹅》。

这是一首 RAP 摇滚："我是一个爱做梦的鹅，我是一个爱做梦的鹅。我梦见跟梅西踢足球，我传到他脚下他却踢飞了；我梦见跟王菲二重唱，我的歌声美妙她却跑了音；我梦见开着大赛车，可惜车的轮子是方的……"

云伯一行三雁，由高空慢慢转过低空飞行。

莎莎："爸爸，我担心，找到大侠以后，如果他不能飞行，怎么办？"

娜佳："莎莎！……"

莎莎："呸！呸！呸！我收回！"

云伯："放心，我的眼睛有特别的功能！我能扫描到你们的灵魂！"

莎莎："不是说雁的灵魂都在翅膀上吗？"

云伯："不错，自由的灵魂都在翅膀上，最伟大自由的灵魂都长在翅尖上，你们两个在前面飞翔。你们的灵魂都长在翅尖上，莎莎的灵魂瑰丽又闪闪发光。"

莎莎看看云伯，又看看娜佳："我什么也看不到……"

云伯一行三雁低飞经过一个村庄，呼唤着："归队！归队！"

突然听到身后地上传来纷乱的鸣叫，鸣叫声似雁又似鹅。

云伯一行回过身观看，先是看到一大群鹅边叫边扑腾。

嘎子和几个鹅竟然飞上屋顶。

高高低低的屋顶上站满了鹅。

这时，娜佳听到传来一个熟悉的声音："娜佳！娜佳！我在这里！"

三个雁同时看见，声音是从藤篓里发出。

这是一个很大的藤篓。里面的大侠站立起来露出了脖子和头部。

"大侠！"

"娜佳！"

"大侠！"

"娜佳！"

他们互相呼唤对方的名字。

娜佳慢慢地飞向屋顶。

云伯和莎莎在天空停步，微笑着注视一对恋者的久别重逢。

大侠被失恋的痛苦煎熬太久，此时心情异常亢奋，他急不可耐地起飞去迎接娜佳，伤未痊愈又用力过猛，一起飞便失重撞上了屋顶的旗杆，从旗杆跌落到地上。

当大侠从藤篓上起飞时，云伯对莎莎："大侠的翅膀有灵魂发光，他能飞翔！"

大侠跌落地上以后。

云伯："可惜，大侠翅膀上的灵魂变得暗淡……"

娜佳大喊一声"大侠"从天空降下。

大侠旧伤加新伤，折断的翅骨不再能飞行。

娜佳和大侠面对面的对立。

大侠："娜佳，我不能再飞了！"

娜佳："你能！明年，我再来找你！"

大侠："我知道，这回我终身失去飞行能力了。"

284

娜佳:"别这么说!大侠!"

大侠:"娜佳,相信我,都说雁的灵魂在翅膀上,我的灵魂没有依附了!"大侠大声发出悲怆。

娜佳:"别这样,我心里很难受。"

大侠:"你走吧,你这么年轻!"

……

娜佳:"除非天地相合,重回混沌;除非江河枯竭,昆仑崩塌,我才会与你分离!"

大侠:"不能飞,不如死!"

娜佳:"你若死,我岂能独活。"

大侠站立不动,闭气。
娜佳走过去。
两雁相吻。
然后互相绞颈而立。

云伯:"他们两个翅膀上的灵魂渐渐熄灭。"

娜佳和大侠相对站立,绞颈窒息而亡。

第玖拍 灵魂扫描和嘎子寻根之旅

看着绞颈而立的大侠和娜佳。
莎莎:"姐姐!"
云伯超然,面无表情。
莎莎的喊声中带着哭泣。
云伯:"他们的灵魂之光完全熄灭了。"
云伯和莎莎两个雁盘旋天空,久久不忍离去。

就在云伯和莎莎低空盘旋的时候,站在屋顶的嘎子看到了美丽的莎莎。

梦里寻她千百度,蓦然抬头,美若惊鸿的莎莎就在灰鹅嘎子不远的天空。

嘎子大喊:"还有我!"
莎莎:"还有一个大雁,他在屋顶上喊。"
云伯:"他已经不是雁。"
莎莎:"什么叫已经不是雁?他是一个雁,他的额头长着白色的云纹。跟您的一样。"
云伯:"云纹?"

云伯仔细地看了看远处高声喊叫的嘎子,果然,嘎子的额纹如同天上的云彩。

云伯在空中停止飞翔,胸中涌起一阵巨大的伤感。这伤感似乎不仅来自他的胸口,而是从历史的深处涌来。

刚才娜佳和大侠殉情而死都没有在云伯心中引起如此大的波澜。今天不同,今天当他看到喊叫的嘎子和嘎子额上的云纹,历史的沧桑感汹涌而来。

像是一个父亲,找到了被人贩子拐走了很久的孩子,云伯一时不能自制,眼眶里充满泪水。

云伯:"的确,他的额上的确有跟我一样的云纹。两千多年以前,北溟雁国濒临灭国,我曾经从云中降临过一次。三十年前,我又一次来到北溟,两次都是为了爱情……生儿育女……"

莎莎:"……"

云伯:"可惜,眼前的这位,他不是雁,他已经是鹅。"

莎莎:"可他明明能够飞翔。他从地上飞上屋顶,他现在正在屋顶上。从小妈妈就告诉我,'能飞的是雁,不能飞的是鹅'。"

云伯不答话,久久地看着嘎子。
莎莎:"爸爸,你在扫描他的灵魂?"
云伯:"让我来仔细地看看,他的灵魂早不在翅尖上,也不在翅膀上。鹅的灵魂都转移到食道上。他的食道上,我也没有扫描到……噢！看到了！他的灵魂跑到翅根下面。灵魂的光也很暗淡。难怪他虽然变成鹅，还能飞上屋顶。"

莎莎："爸爸，您说他的灵魂还能回到翅膀上来吗？"

云伯："不知道。这不容易！如果他为了自由能……不说了，两千多年以来，我的后代有多少慢慢失去自由的信仰，变成人间成千上万只鹅了……我们走吧！"

莎莎看着嘎子，突然有些依依不舍。莎莎感到心中哪根弦被拨动了一下。

云伯厉声地："走啊！"

云伯转身欲飞去。

莎莎频频回首，跟父亲飞去。

就在这时候，突然听到身后屋顶上一声喊。

"带我走！"

当云伯和莎莎转过身，正看见嘎子突然从屋顶起飞，他向云伯和莎莎的天空飞去。

嘎子在离云伯和莎莎不远处从空中跌落到地上。

莎莎和云伯急忙降落，站在嘎子面前。

莎莎："你没事吧？"

摔到尘埃里的嘎子拍拍翅膀，一副不在乎的神态。

嘎子："没事！瞧！就是屁股有点疼。"

莎莎想笑又不敢笑。

嘎子："我想飞，但飞不高！雁伯伯，教教我，怎样才能飞得像你们一样高？"

云伯："先要知道你是谁？"

嘎子："我是谁？这不明摆着吗？我是鹅，义鹅，能上屋顶的鹅。不过，咱这鹅可跟别的鹅不一样，方圆千里，就我们留雁村的鹅能飞上屋顶。"

云伯："你从哪里来？要到哪里去？"

嘎子："哪里来？从小就在这里啊！哪里去？我也不知道要到哪里去。你们上哪里我就到哪里去。我这个回答能让伯伯满意吗？"

莎莎噗嗤笑了出来。

嘎子："别笑啊，漂亮美眉！"

云伯："你倒是自来熟。你，你要好好想想！要沉思，这可是哲学命题。"

嘎子："哲学？不懂……"

云伯："还有历史命题……"

嘎子："历史？也不懂……"

云伯："弄懂了再来找我。"

说罢，云伯和莎莎飞走了。

嘎子："你们在哪里？"

云伯："大泽！黄河大泽！"

莎莎："你呢？你叫什么名字？"

莎莎在空中回身问。

嘎子："嘎子！义鹅嘎子！记住我——！"

眼睁着云伯和莎莎在空中消失，嘎子自言自语："我是谁？我从哪里来？要到哪里去？"

他就这样不断重复着。

嘎子被云伯的几个问题搞得五迷三道。

"我是谁？我从哪里来？要到哪里去？三个问题，听上去很容易，答起来却觉得玄。他最后还说什么来着？寻找你的根去！根？我有什么根？我又不是一棵树，也不是一根草、一朵花，我有什么根？我有根还能动？还能跑？还能飞？出了什么问题？"

嘎子一边走，一边叨咕。

他碰到每一个鹅都要停下问：

"我是谁？"

"你糊涂了吧？你是嘎子啊！"

286

"不该这么回答。"

"那你不是嘎子吗?"

"我是嘎子啊!"

"那不成了?那你还问?"

"我不是!咳!我问的我不是嘎子我!是哲学题!"

"你傻不傻啊!听说你从屋顶上飞,摔了个大屁颠!摔傻了吧?"

"我又不是头朝下,也没有脑震荡,傻什么傻啊?"

"好,你不傻!我没工夫跟你斗嘴,主人今天捞了一大盆螺蛳,等我去品尝。"

"那我从哪里来?"嘎子拦住这鹅的去路。

"你别拦路,让我走!"

"你只要告诉我,我从哪里来?"

"又是一个傻问题。你从哪里来?你从蛋里来!一个鹅蛋,破壳了,你从蛋壳里钻出来!行了吧,我亲眼所见!"

"那蛋呢?蛋从哪里来的呢?"

"蛋是你妈妈下的!"

"下的?从屁股里!"

"不对!从屁股里?屁股里拉出来是屎!"

"是蛋!"

"是屎!"

"是蛋!我看到过你妈妈下蛋!"

"好、好、好!那我妈呢?"

"你妈从你妈妈的妈妈下的蛋里来!"

"不对!我问的是历史!"

"什么历史?你别缠着我了好不好?"

迎面来的鹅躲到左,嘎子拦到左。

那鹅闪到右边,嘎子又拦到右边。

嘎子遇到每一个鹅,都拦着问。没有一个鹅的回答让他满意。

"嘎子从屋顶摔了一跤,疯了。"

鹅们互相转告:"躲着他一点。"

嘎子来到水塘边,站在水塘边的鹅纷纷跳进水里,游走了。

嘎子来到院场,院场的鹅也四处逃窜。

嘎子发疯的流言越传越邪。

嘎子见那些望他而逃的鹅哈哈大笑。

嘎子,高傲的嘎子打心里蔑视这些饱食终日,无所用心的鹅们。他抬起高傲的头颅,大声地喊叫。

"不是我疯了!是你们这群傻冒!你们听说过什么是哲学吗?还有何为历史命题?!"

就在他洋洋得意的时候,迎面走来一个上了年纪的鹅。他既没有逃跑,也无意躲开,而是径直走向他。

"什么问题?问我吧!"这个叫"老炮儿"的鹅向他慢慢走近的时候,嘎子心里油然升起一种敬意。这敬意加强了"老炮儿"的威严。嘎子不经意地后退了两步。

嘎子正想提问,"老炮儿"开口了。

"你不是有三个问题吗?"

"不是三个,是四个。还有一个问题是要我寻根!"

"老炮儿":"四个问题,合在一起,就是一个问题。就是问你的祖宗是谁?我告诉你,你是谁?你的祖宗是谁?从哪里来?回答就一个,你是雁,是大雁!祖宗也是大雁,大雁是空中飞来,要到哪里去?就是回到祖宗那里去,你要回到空中去,你的根也是祖宗,也是天空!"

嘎子:"我怎么觉得有点绕?"

"老炮儿":"问这几个问题的,一定是高手!高手问问题都绕!明白吗?"

嘎子:"好像明白了,又有些不明白。"

"老炮儿"："不明白自个儿捉摸去吧！我点到为止，这问题深了去了……你要是再追根刨底，我给你提供一个线索，你去问老佬爷……"

嘎子："老佬爷？他在哪里？"

"老炮儿"："离咱留雁村十里地，往北，有个粮食仓库，仓库是蓝色圆顶。他在那里看仓库。他今年二十七岁了。是我们义鹅的老祖宗。当年从空中摔下来几十个雁，有几个没摔死的，他算一个。他最知根知底了。"

嘎子："那我去找他请教……"

嘎子回身要走。

"老炮儿"："且慢！"

嘎子："又怎么啦？"

"老炮儿"："老佬爷不好接近！当年雁群集体摔下来，他媳妇摔死了，他没死，一辈子不结婚！是个老鳏夫！他守仓库，小偷怕他！狼都怕他！力气大，脾气也大！"

嘎子道谢以后就去寻找老佬爷了。

嘎子寻根问道之旅艰苦又漫长。

他徒步走了一天一夜，终于在第二天早晨日出的时候，远远看到蓝色的圆屋顶。

嘎子走到仓库外。

连接仓库有一个院子，高垒的院墙，铁门深锁。

嘎子大声喊："老佬爷！老佬爷！"

不见回答。

嘎子又用翅膀拍门。

半天没有回应。

嘎子继续大喊又拍门。

"谁在放肆！"

"我，嘎子！"

"什么嘎子？没听说过。一听就是一个鹅。"

"是！是鹅！"

"滚！我是雁！雁不跟鹅说话！"

"我是来请教……"

"请教什么？没什么好请教的！"

"就是有问题要请教！是关于历史！"

"什么历史不历史？滚！"

只听到"咣"一声巨响，也不知道他哪来这么大力气，铁门从里面撞开了。

嘎子定睛一看，一个大雁，一个庞大的雁撞开门，冲出来，对着嘎子又打又咬，嘎子闪躲不及，掉头就跑。

嘎子跑了十几米转过身来。

只见老佬爷一副"穷寇不追"的样子，独自盘踞在大门外，虎视眈眈望着他。

老佬爷："你刚才说什么历史！找我来都要我做见证！要我见证历史！我什么也不见证！什么也见证不了！"

嘎子被他说得一头雾水。

老佬爷："你快给我滚！什么问题也别提！什么能飞的是雁，不能飞的是鹅，这是谁下的定义？！我是雁没错！可我的翅膀只是摆摆样子！聋子的耳朵懂吗？我是雁却不能飞！这个理我上哪儿说去？！我现在数到三，你再不走，我打死你！一、二……"

"三"没有喊完，嘎子便落荒而逃。

第拾拍　种鹅"老炮儿"的性爱观和灰鹅嘎子的觉醒

嘎子回村的路上跟他去时同样艰辛，他从未走过如此漫长的路程。他走走停停，在一个十字路口，他走岔了路。路边的草木溪流变得陌生。他抬头看看天空，天空的云也不能帮他辨别方向。他始终不能理解，尽管他的祖先是雁，可为什么大雁能够飞行万里都能识别往返的路，而他，短短十里路他都不行呢。

就在他想得脑仁疼的时候，他看见路边的一个红蜻蜓。这个红蜻蜓他认识，在村边的池塘里，曾经有过亲切的交谈。

红蜻蜓一看便知道嘎子迷路了，跟他说："我带你走。"

红蜻蜓飞得很慢，他跟着红蜻蜓紧赶慢赶，退回岔路口接着走。这时太阳已经西斜，他看见夕阳下的红蜻蜓那么美。他责怪自己之前为什么那么粗心："是啊，我对美的事物怎么那样不敏感呢？"由此想开去，他仿佛看到一个美丽的大雁，啊，是莎莎，飞翔中的莎莎回过头看着他……

夕阳渐渐褪去了光辉，天黑下来。红蜻蜓的身影被黑暗淹没。他停在黑暗中四处搜寻。他听到头顶上轻轻的歌吟，他不知道她唱的歌词，他发觉又看到红蜻蜓的身形，还看到红蜻蜓周围有一圈闪闪发光的亮点。这光点围着红蜻蜓慢慢移动。

是红蜻蜓召来萤火虫一起为嘎子带路。

灰鹅嘎子跟随红蜻蜓在黑夜中行走。他突然感到又饿又累，他已经两天没进食。他只得停下脚步稍事休息。红蜻蜓和他周围的光点也停下来，在他头顶上飞翔转动。

嘎子坐在路边仰望天空。他感觉到睡意袭来，打了个呵欠，他不愿意让红蜻蜓和萤火虫为他太过操劳，就强忍着瞌睡，坐在路边。他微微张开扁平的大嘴，他看到一群萤火虫扑向他的嘴边，涌进他的嘴里。他不由自主地抿了一下嘴，顿时感到有了精神。他此生从未吃过萤火虫，如果不是萤火虫主动涌进他的嘴，他做梦也不会想到捕捉来充饥。

他没有立即起身继续行走。在这漫漫的旅程、寂静的长夜，他内心升起从未有过的感动。他知道这是对宇宙万物生灵的感恩之心。

这个平时粗心大意的灰鹅嘎子，虽然他的寻根之旅还没有找到明确的答案，但感到有一种力量正推开他心灵的窗户，他再一次仰望天空时，他问自己："现在的天空和祖先旧时的天空并没有两样，为什么祖先能飞翔而自己不能？"

不知不觉中天已经亮了。不知何时红蜻蜓已经飞走，萤火虫已从日光下归隐。

"怎么也不等我说一声谢谢，就……"他轻轻叽咕一句接着朝前走。他看到留雁村头的大槐树和树间的屋顶。

他走向池塘的路上遇到了"老炮儿"。不等他开口，"老炮儿"就像先知似的对他说："被老佬爷倔回来了吧？"

"不仅是倔，是被轰回来了！"

"从'哪里来'这样的问题，要弄清来龙去脉，他不说，就不知道谁能说了。"

"大不了再跑一趟！"

"听过'三顾茅庐'这个词儿吧。"

"没听说过。这事儿还想再问问你！"

"我这会儿没工夫！我得去打卡上班。"

"打卡？打什么卡？"

"今天是我的情人节！三、六、九，都是我的情人节！都要打卡上班！"

"老炮儿"说完洋洋得意自顾自朝前走。

嘎子跟上去："我跟你去，咱俩边走边聊。"

"老炮儿"："别呀！你今年多大了？"

嘎子："快，快一岁了。"

"老炮儿"："还是生瓜蛋子吧！别套我近乎。"

嘎子："什么是生瓜蛋子？"

"老炮儿"："知道我什么职称吗？"

嘎子："……不知道。"

"老炮儿"："种鹅。知道什么叫种鹅不？"

嘎子："没听说过。"

"老炮儿"："这事儿跟你没法说！瞧，到了！"

嘎子跟着"老炮儿"走进一个宽大的农家院子。

院子里有一个巨大的笼子。笼子是长方体，一头有一个食盆，食盆里放满了粮食粒。

"老炮儿"不知从哪儿弄出一个木牌，木牌写着自己的名号。笼子有一个正方的门，他将写有自己名号的木牌挂在门边。

"老炮儿"："瞧！卡打好了！"

嘎子傻傻地看着，绕笼子转了一圈，不明就里。

"老炮儿"："今天情人节就在里面过！"

嘎子："这是你约会的地点？"

"老炮儿"："约会？不用约会。"

嘎子："不谈恋爱吗？"

"老炮儿"："不用。我是一天新郎，来的是一天新娘。事先谁也不认识谁！"

嘎子："你没听过爱情之歌吗？"

"老炮儿"："听过，那是大雁唱的歌，咱鹅不唱那个。他们是自由，俺们是包办。给谁你要谁。"

嘎子大喊："我要自由！我想要爱和被爱！"

"老炮儿"："喊什么喊？你要这些干吗！咱不需要。送进来的鹅见都没见过！咱不需要恋爱过程，有时候是晚上，送进来的新娘我都看不清她的脸！"

"我不要做你这样的新郎！"

"除非你能飞！在天空飞翔！"

"一定要能飞才能有爱情自由吗？"

"废话！不能飞哪来的自由？我，种鹅！可不是一般的鹅！三、六、九都有我自己的情人节！我的身份显赫，百里挑一，经过层层体检，留雁村上千个鹅，种鹅只有我一个。"

"那一天新娘呢？"

"一天新娘不用体检。一天以后，如果能下蛋，还能有第二次机会。如果不能下蛋，就只有进汤锅了！"

"老炮儿"滔滔不绝自夸的时候，嘎子只是呆呆地看着他。

"老炮儿"："不能下蛋的母鹅、选不上种鹅的公鹅，像你！只能进汤锅！这，就是我的爱情观！听清楚了吗？"

嘎子大喊："我不要听！我要飞！"

嘎子掉头腾飞上院墙墙头，又飞上屋顶。

嘎子在屋顶上走，他走到屋顶边缘。他站在屋顶边缘良久。一会儿看看地，一会儿又看看天空。

他看到一行大雁从天空飞过。

留雁村的池塘边，全村的几百个鹅在这里聚餐。池塘四周排放着食盆。食盆里放满了各种美食。嘎子、"老炮儿"和群鹅都在大嚼。

吃完早饭以后，鹅们伸伸颈脖，朝天空发出杂乱的呼喊。

呼喊声停息，灰鹅嘎子向大家宣布一个重大的通知，排队去参观一个博览会。

"什么博览会？不会又是《鹅食博览会》吧？"

"上回鹅食博览会，品种之丰富，看得我们直流口水！"

嘎子："是爱情博览会！"

"老炮儿"："谁这么无聊，搞个爱情博览会？"

一夜新娘甲："我们鹅没有爱情拿什么去博览？"

一夜新娘乙："我们只是生儿育女的机器！做一天新娘下三个月的蛋！"

"我们没有伴侣！我们做一天新娘就成了单亲母亲！"

嘎子："是大雁主办的爱情博览会！"

"老炮儿"："大雁都在黄河大泽，太远！走一天才能到达！谁给我们准备交通工具？"

嘎子："不用交通工具！就在村东头山坡上，大侠和娜佳的墓地！"

"不就是那天自杀身亡的大雁吗？"

嘎子："那不叫自杀身亡，那是殉情！为爱情而死！"

他的话引起了鹅们的骚动。有不满、牢骚、漠然，也有好奇。

嘎子："大伙儿安静！一会儿我们排好队就出发！向大雁学习，要不排成'人'字，要不排成'一'字，列队！"

排来排去，既排不成"人"字，也排不成"一"字。

嘎子："好吧，排不好就不排了，只是不要拥挤，出发！"

如同高速公路上拥堵时不守规则的汽车，四条道挤成八条、十条，他们就这样浩浩荡荡，熙熙攘攘出发了。

留雁村东面山坡上，村民为两个大雁大侠和娜佳新建了一个墓地。墓地被菊花松树掩映。墓碑上方是一个巨大的浮雕。浮雕是圆形，一个太阳的平面。平面上雕刻着大侠和娜佳的图像。他们绞颈而立，嘴对嘴，像在倾诉什么。他们的翅膀张开着，雕像是黑色，背景是太阳的火红色。给人强烈的爱的意象。

鹅群们到达的时候，会议已经开始了。

雁奴莎莎在宣读悼文。

雁奴莎莎读到殉情的那一刻，声音有些哽咽。鹅们刚到，他们不明白，这位美丽的少女雁为什么如此悲伤。

雁奴莎莎因哽咽停顿了一会儿，接下来的话语变成爱情的赞美诗。莎莎似乎暂时超脱了哀泣的情绪。她讲到大侠和娜佳的相识和相爱。

鹅们议论了一会儿渐渐安静下来。

莎莎从树上跳到地上。

墓碑两旁树立着两排图片，图片演示两个雁在南方相爱的美好时刻。

莎莎成了讲解员。

图片一张接一张：他们或是在云中比翼齐飞，背景是圆圆的太阳；或是在水中嬉戏，溅起的水花打湿了他们的羽毛；还有，是他们婚礼的场面，雁群围绕着他们，他们在水中展示幸福的双雁舞。

清晨的无语凝视，黄昏的无尽的情话。

……

还有一张有些特别，是两个雁的翅膀

大战。大侠和另一个雄雁同时喜欢娜佳，他们在决定谁能当新郎之前要进行一场格斗。这场翅膀大战进行得天昏地暗。

接着，是大侠胜利后，张着翅膀站立在娜佳面前，有一副王者的风范。

莎莎讲解着，仿佛自己也陶醉在姐姐的深深情感里。甜蜜地享受着。

她的看图讲解使鹅们也沉醉其中。
鹅们有的自卑，有的被感动得流泪。
有一个母鹅发出感慨："没有一个公鹅为爱我而战斗！"
突然，爆发出"老炮儿"的吼叫："因为你是鹅！"
鹅们顿时鸦雀无声。
嘎子："我们原本都是雁！"
莎莎："嘎子？你不是嘎子吗？"
鹅们喊着议论起来："你们认识？"
"一个天上，一个地下，是怎么认识的？"
嘎子走到莎莎面前："莎莎，我爱你！"

第拾壹拍　翅膀上的灵魂

众目睽睽之下，嘎子迷恋地看着莎莎。眼神放出光彩。

莎莎显得很慌乱，她一句话也说不出。

"老炮儿"："走！我们走！他疯了！他真疯了！"

鹅群议论着跟"老炮儿"走了。
参加博览全巡礼的雁群又绕墓地上空巡回，也飞走了。
留下莎莎和嘎子，脚下像长了根。

云伯从树上飞下来，站到莎莎身后，刚才他在树上看着这一切。
云伯："莎莎！"
莎莎像在梦中被惊醒："爸爸！"
云伯："想什么呢？"
莎莎："两天以后，就要起飞到南方大湖了。"
云伯："我是在问他。"
莎莎："爸爸！"
云伯对嘎子："我说嘎子，上次问的几个问题，你弄清没有？"
嘎子："您问吧？"
云伯："你是谁？"
嘎子："我是雁。"
云伯："你从哪里来？"
嘎子："从天上来。"
云伯："你是从哪里飞到天上？"
嘎子："这？……我知道要去问谁了……"

嘎子毅然转身走去。他起飞，飞不高，飞到屋顶的高度又滑翔而下。

嘎子走一段，飞一段。

云伯和莎莎目送嘎子远去。
莎莎："我……不知道怎么回答他。"
云伯："北溟的雁，谁也没有碰到过这样的问题。该怎样回答鹅的求爱……"
莎莎："可他跟鹅又不完全一样……"
云伯："猜，我看见什么了？他的灵魂！他的灵魂已经不藏在翅根了。"

远远地，云伯看见一个亮点，这个亮点从嘎子翅根向翅膀移动，很快停住了。

莎莎的眼睛亮了一下："我，什么也没看见……"

292

吃完早饭以后，鹅们伸伸颈脖，朝天空发出杂乱的呼喊。

呼喊声停息，灰鹅嘎子向大家宣布一个重大的通知，排队去参观一个博览会。

"什么博览会？不会又是《鹅食博览会》吧？"

"上回鹅食博览会，品种之丰富，看得我们直流口水！"

嘎子："是爱情博览会！"

"老炮儿"："谁这么无聊，搞个爱情博览会？"

一夜新娘甲："我们鹅没有爱情拿什么去博览？"

一夜新娘乙："我们只是生儿育女的机器！做一天新娘下三个月的蛋！"

"我们没有伴侣！我们做一天新娘就成了单亲母亲！"

嘎子："是大雁主办的爱情博览会！"

"老炮儿"："大雁都在黄河大泽，太远！走一天才能到达！谁给我们准备交通工具？"

嘎子："不用交通工具！就在村东头山坡上，大侠和娜佳的墓地！"

"不就是那天自杀身亡的大雁吗？"

嘎子："那不叫自杀身亡，那是殉情！为爱情而死！"

他的话引起了鹅们的骚动。有不满、牢骚、漠然，也有好奇。

嘎子："大伙儿安静！一会儿我们排好队就出发！向大雁学习，要不排成'人'字，要不排成'一'字，列队！"

排来排去，既排不成"人"字，也排不成"一"字。

嘎子："好吧，排不好就不排了，只是不要拥挤，出发！"

如同高速公路上拥堵时不守规则的汽车，四条道挤成八条、十条，他们就这样浩浩荡荡，熙熙攘攘出发了。

留雁村东面山坡上，村民为两个大雁大侠和娜佳新建了一个墓地。墓地被菊花松树掩映。墓碑上方是一个巨大的浮雕。浮雕是圆形，一个太阳的平面。平面上雕刻着大侠和娜佳的图像。他们绞颈而立，嘴对嘴，像在倾诉什么。他们的翅膀张开着，雕像是黑色，背景是太阳的火红色。给人强烈的爱的意象。

鹅群们到达的时候，会议已经开始了。

雁奴莎莎在宣读悼文。

雁奴莎莎读到殉情的那一刻，声音有些哽咽。鹅们刚到，他们不明白，这位美丽的少女雁为什么如此悲伤。

雁奴莎莎因哽咽停顿了一会儿，接下来的话语变成爱情的赞美诗。莎莎似乎暂时超脱了哀泣的情绪。她讲到大侠和娜佳的相识和相爱。

鹅们议论了一会儿渐渐安静下来。

莎莎从树上跳到地上。

墓碑两旁树立着两排图片，图片演示两个雁在南方相爱的美好时刻。

沙沙成了讲解员。

图片一张接一张：他们或是在云中比翼齐飞，背景是圆圆的太阳；或是在水中嬉戏，溅起的水花打湿了他们的羽毛；还有，是他们婚礼的场面，雁群围绕着他们，他们在水中展示幸福的双雁舞。

清晨的无语凝视，黄昏的无尽的情话。

……

还有一张有些特别，是两个雁的翅膀

大战。大侠和另一个雄雁同时喜欢娜佳，他们在决定谁能当新郎之前要进行一场格斗。这场翅膀大战进行得天昏地暗。

接着，是大侠胜利后，张着翅膀站立在娜佳面前，有一副王者的风范。

莎莎讲解着，仿佛自己也陶醉在姐姐的深深情感里。甜蜜地享受着。

她的看图讲解使鹅们也沉醉其中。
鹅们有的自卑，有的被感动得流泪。
有一个母鹅发出感慨："没有一个公鹅为爱我而战斗！"
突然，爆发出"老炮儿"的吼叫："因为你是鹅！"
鹅们顿时鸦雀无声。
嘎子："我们原本都是雁！"
莎莎："嘎子？你不是嘎子吗？"
鹅们喊着议论起来："你们认识？"
"一个天上，一个地下，是怎么认识的？"
嘎子走到莎莎面前："莎莎，我爱你！"

第拾壹拍　翅膀上的灵魂

众目睽睽之下，嘎子迷恋地看着莎莎。眼神放出光彩。

莎莎显得很慌乱，她一句话也说不出。

"老炮儿"："走！我们走！他疯了！他真疯了！"

鹅群议论着跟"老炮儿"走了。
参加博览全巡礼的雁群又绕墓地上空巡回，也飞走了。
留下莎莎和嘎子，脚下像长了根。

云伯从树上飞下来，站到莎莎身后，刚才他在树上看着这一切。
云伯："莎莎！"
莎莎像在梦中被惊醒："爸爸！"
云伯："想什么呢？"
莎莎："两天以后，就要起飞到南方大湖了。"
云伯："我是在问他。"
莎莎："爸爸！"
云伯对嘎子："我说嘎子，上次问的几个问题，你弄清没有？"
嘎子："您问吧？"
云伯："你是谁？"
嘎子："我是雁。"
云伯："你从哪里来？"
嘎子："从天上来。"
云伯："你是从哪里飞到天上？"
嘎子："这？……我知道要去问谁了……"

嘎子毅然转身走去。他起飞，飞不高，飞到屋顶的高度又滑翔而下。
嘎子走一段，飞一段。

云伯和莎莎目送嘎子远去。
莎莎："我……不知道怎么回答他。"
云伯："北溟的雁，谁也没有碰到过这样的问题。该怎样回答鹅的求爱……"
莎莎："可他跟鹅又不完全一样……"
云伯："猜，我看见什么了？他的灵魂！他的灵魂已经不藏在翅根了。"

远远地，云伯看见一个亮点，这个亮点从嘎子翅根向翅膀移动，很快停住了。
莎莎的眼睛亮了一下："我，什么也没看见……"

留雁村的鹅群里，悄悄刮起一股自由风。

公鹅和母鹅之间用情话私语。他们的交往还不是那么公开。有鹅到离池塘半里外的田野幽会。有人见到他们快快活活地从田野回来。

有一个母鹅离奇地失踪。几天以后归来，她的旁边走着一个白毛公鹅。

清晨的蓝屋顶粮食仓库，灰鹅嘎子又一次来到仓库门前。他又一次吃了闭门羹。嘎子飞到院墙墙头。

他从墙头朝下看，院子里的老佬爷也发现了他。

老佬爷："怎么又是你？滚！"

嘎子："我只是来求教……"

老佬爷："你以为能飞到墙头就是雁了？你下来，你敢下来就是送死！"

嘎子："那你上来！你飞上来啊！不是说咱留雁村就你一个是雁吗？"

没想到这句话给了老佬爷莫大的刺激，他暴跳如雷，猛地撞铁门而出。

嘎子在墙头上转过脸，老佬爷已经冲出门外。

老佬爷站在地上，抬头向墙头的嘎子喊话："你下来！你下来我告诉你！"

嘎子："你保证！不打架！"

老佬爷："少废话！"

老佬爷拍扇着翅膀，面色铁青。又对墙头上的嘎子无可奈何。他看见空中盘旋着两只雁。他还没看清两个雁的面貌，他们已经落在院墙墙头。

是云伯和莎莎。他们和嘎子并排站立。

老佬爷看着墙头上的云伯和莎莎。他久久地看着他们，仔细地辨认着什么。

老佬爷看着看着，突然大哭起来。他的哭声震天动地，多少年的心酸、委屈，还有丧失飞翔能力的痛苦一齐迸发出来。

嘎子："他怎么哭了？"

云伯不回答，静静地看着老佬爷哭。

嘎子终于忍不住："老佬爷，你怎么哭了？"

老佬爷感到自己哭够了，他没有回答嘎子的问题，对着云伯说："你从北溟来！"

云伯装着不明白："你听说过北溟？"

老佬爷："听说过？我曾生活在那里，在那儿出生！贝加尔湖！对，我仿佛又看到贝加尔湖的秋波！"他眼神放着光，这光已经熄灭很久。

云伯："你怎么看出我从北溟来？"

老佬爷："云纹！你额上的云纹！这是北溟雁的标记！"

嘎子看看云伯，又看看老佬爷。他忽然大声喊："老佬爷，你额上也有！"

老佬爷："谁说不是？我额上也有！"

嘎子："我也是北溟雁！我从北溟来，我的根在北溟！我找到根了！"

老佬爷："别高兴得太早！你到池塘去照照镜子，照照你额头上有没有云纹！"

嘎子："有！一定有！莎莎，你看看，告诉他有没有？"

莎莎仔细看："咦，我看到过啊，怎么？……你转个方向，别逆着光……"

嘎子："再看看，再仔细看看。"

莎莎："有了！顺着光就看得见了！"

嘎子："可不是吗，我有！我有！"

莎莎："只是很淡很淡……"

嘎子急了，猛地从墙头飞到地上，站到老佬爷面前。

嘎子:"我问你,我的祖辈是跟你一起从天空落下,你有,他们有,我的云纹怎么这么淡?!"

老佬爷一时不知怎么回答。

老佬爷:"因为,因为你已经不是雁!你是鹅!"

嘎子:"到我这一代突然淡了?"嘎子眼里含着泪水。

老佬爷不知怎么安慰他。他极力地回忆着。

他的回忆那么费劲。他想起来了,跟他一起俯冲落地没死的那几个雁,他们有后代的时候,似乎还保留着额上明显的云纹。后来,云纹一代代变淡了,性情也变了。刚开始还能飞到大树上,一代代,再后来,只能飞到屋顶了,现在,有的连屋顶也飞不上了。究竟是从哪年起,这些北溟雁的后代,额的云纹淡得很难辨别,他真记不清了。

老佬爷把这一切告诉嘎子,嘎子极度失望。他哭起来。

老佬爷:"嘎子!别哭!哭能把云纹哭浓了?我最不会说安慰话!我得守仓库去了。"

就在老佬爷说话的时候,云伯用目光扫视他的全身。

云伯:"我在他身上找不到灵魂。就是变成鹅,灵魂转移到食道里。可这位老佬爷,他全身没有灵魂!"

莎莎:"难道灵魂会自己跑掉吗?"

云伯:"你瞧,他有翅膀,可是翅尖的羽毛没了。怕他飞了,他的翅尖被人类剪掉了。停在翅尖上的灵魂一起被剪掉了!他没有灵魂了!"

老佬爷走回仓库,进门以前,他抬起头:"明年春天,等你回到北溟,代我问候贝加尔湖!"

说完,云伯和莎莎听到"砰"的一声大铁门响。

云伯和莎莎飞到地上。

云伯:"嘎子,再见了,你是一个优秀的鹅。"

嘎子:"莎莎,几个问题我都能回答了。我要找我的根去!"

云伯:"几千里路,你怎么去?恐怕半路上你就被饿死、累死了。"

莎莎:"你首先要学会飞翔!要能飞上蓝天!"

嘎子:"我要天天练习!"

莎莎告诉嘎子。后天早晨,她的雁阵就要启程南飞了。他们相约,明年春天,雁阵北归的路上,还会在这里停留,希望那时候,嘎子能飞上天空。

他们惜惜告别后,莎莎和云伯展翅起飞。当莎莎飞上半空,嘎子突然想起什么,朝天空呼喊:"莎莎,我爱你,你还没有回答我!"

莎莎盘旋掉过头:"我在天空等你!"

嘎子仰望天空,好久好久……

蓝天上,云伯和莎莎,朝着黄河大泽飞翔。

莎莎:"爸爸,都说雁的寿命不超过三十岁,老佬爷二十七岁了,怎么还活着?"

云伯:"他没有灵魂了!"

莎莎:"为什么?"

云伯:"灵魂会折磨身体,灵魂越高尚,他对身体的要求就越多!那么多年,没有灵魂来折磨他的躯体,他就这样,活……着。"

他们的谈话渐渐消失在广阔蓝天。

嘎子走走飞飞，回到留雁村。他来到池塘边。

见嘎子走来，一群鹅迎上去。

"你上哪儿了？"

"夜不归宿！"

"寻芳猎艳去了吧？"

嘎子："别烦我！从你们嘴里还能有什么好话？"

"还真是有好话！"

"不仅有好话！还有好事！有你的美差！"

"刚才你家主人来挑选种鹅！第一个就找你，要带你去体检！"

"见你不在，把'男模'提走了！"

"老炮儿"："男模看样子长得帅，体格没你棒！"

嘎子："我不要当种鹅！"

"老炮儿"："当不当是你说了算吗？"

"你没看见，'老炮儿'酸得！他等着下岗了。"

"老炮儿"重重地叹了口气："下岗没事，怕就怕汤锅近了……"他一边独自走开，一边说着："风水转了，嘎子，等着上班打卡吧……"

嘎子大吼一声："我不要打卡！"

说完，留下发愣的鹅群，飞飞，走走，远去了。

"真不是一般的鹅！"一个母鹅看着远去的嘎子背影，轻声说着。眼神一片迷茫。

一个月光如水的夜晚，像往常一样，莎莎守望着她的雁群。她的目光没有死角，天上地下，四面八方，任何风吹草动，都逃不过她的眼睛。

澄明的月光，向大地洒下清辉。莎莎发觉天上掠过一道黑影。黑影越飞越近。莎莎终于看清，那是一个老鹰。

老鹰无声地慢慢下降。莎莎如直升机无声地起飞。老鹰来不及避开身体，莎莎已飞到他的翅背上空。老鹰感到他的背遭到猛烈的击打，随之，身体就往下沉落。

老鹰沉住气抬头往上飞翔。他猛烈地朝莎莎发起攻击，莎莎身体腾飞到鹰的上空。

他们互相攻击，又互相躲闪。

莎莎极力避开鹰的利爪和尖喙，而老鹰则躲闪着雁从上空拍击的翅膀。

鹰和雁的搏击激烈而有趣。

云伯在雁群中最早醒来，他发现岗位上没有了莎莎便抬头仰望，这才看见天空中两个鸟搏斗的身影。他怒而振翅扶摇直上，像箭一样射向正在激战的天空。

云伯飞到高空的时候，老鹰正被莎莎的翅膀拍打而降，差一点砸到云伯的头上。老鹰定睛一看，又来了一个雁。两打一的局面让他望而生畏。他奋力飞翔而去。

莎莎和云伯不再追赶。在飞回营地的途中，云伯忍不住夸奖莎莎的机警与勇敢。她已经是一个称职的雁奴。

莎莎和云伯轻轻降落到营地，黎明的曙光已把雁群唤醒。莎莎在他们酣睡中保护了雁群的安宁。

第拾贰拍 鹅耶？雁耶？

这一天是雁阵出发的日子。黄渤海大泽的广阔天空，这个鸟类巨大的天路枢纽，像往日繁忙。大泽的秋天，这里聚集上百种鸟群，聚会和告别同时进行。

莎莎经历了激烈的夜战，云伯让她在出发前打个盹。云伯还布置出发前准备事项，说完便独自飞上天空。他要到天空巡查一周，然后才能踏上新的征程。

云伯在这条天路飞行过几十个往返，途中中转十几个站点，他结识了无数候鸟群的朋友，他在巡行中不断跟旧朋新友招呼攀谈。

他看到一个秋沙鸭和一个凤头燕鸥边飞边交谈。

凤头燕鸥之所以闻名，在于他有一个美丽的发型。秋沙鸭的发型更为特别，他像一个乡村的杀马特。黑嘴的凤头燕鸥说着说着流出了眼泪。云伯飞近才知道凤头燕鸥在叙述自己的惨痛遭遇。去年他们在北方大雁岛结识，南行时凤头燕鸥的三个同伴两个被猎杀。现在他们又要劳雁分飞，一个要去南方大湖，一个要飞到台湾岛过冬。他们途中常常遭遇不测，话别时流露出不尽的伤感。云伯的到来化解了感伤的气氛。

大雁到哪里都会把欢乐带到哪里。

云伯告别沙秋鸭和凤头燕鸥以后，扶摇飞上更高的天空。云伯的眼睛被称为千里眼，他看到澳洲火红的天空了。澳洲的山火已燃烧数月。这时他看到不远处有弯嘴滨鹬鸟正与白腰杓鹬并肩齐飞，他知道他们将要到澳大利亚滨海过冬。云伯飞过去告诉他们前方的火警，要他们绕开那些失火的森林。弯嘴滨鹬和白腰杓鹬闻言大惊失色，连声感谢云伯的提醒和热诚。

云伯绕行一周后看看天色，感觉湖上的暖空气正徐徐上升。飞行的最佳时刻来临之际，他要赶回大雁的营地。

云伯飞落到雁阵的营地。雁群已经准备就绪。

莎莎正四处寻找她的弟弟萌娃，发现萌娃还在芦苇丛中打瞌睡。

莎莎："萌娃，快出发了，你怎么还在这！……"

萌娃："飞了几千里，时差没倒过来！"

莎莎："你呀！飞三天，倒六天时差！"

萌娃："姐，你说南方大湖都有什么好吃的?"

莎莎："我跟你一样，也是第一次……"

云伯发现他俩："好吃的多着呢，有野慈菇、野荸荠、野芋头、泽泻，还有菱角、芡实……"

萌娃高兴得蹦起来直拍翅膀。

云伯："你呀！除了吃就是睡！灵魂已经不在翅膀尖上了。"

雁群列阵准备出发。

嘎子从一棵树顶飞身而下，停在雁阵的前面，他的嘴里衔着一根树枝。

莎莎："嘎子！你怎么来了?"

嘎子："我要跟你们飞！跟你们一起去南方大湖。"

嘎子刚张口说话，原本衔在嘴里的树

296

枝便掉落在地上。

云伯:"嘎子?!"

嘎子:"我不愿意留在这里！不愿意当种鹅！不愿意去上班打卡！"

"打卡""种鹅",大家一句也听不懂。

雁群一片惊愕。

嘎子:"请抬我飞！"

嘎子从地上衔起树枝。

黄渤海大泽的上空天路纵横,繁忙而有序的交通枢纽上布满了飞鸟的翅膀。各个种群的队形变化多端而又色彩纷呈。

在云伯带领的雁阵营地。嘎子的突然来访震惊了雁群。雁们看着衔树枝从树上降落的嘎子,惊愕之余议论纷纷。嘎子为了说服众雁发表了长篇演说。

在嘎子思考飞上蓝天的日子里,他反复想着云伯的发问。为了在技术上论证得有理有据,他恶补了空气动力课程。演讲时,嘎子回顾了自己的心路历程,说到痛切处,眼眶充满泪水,说到对雁的自由向往,两眼炯炯放光,想象力洋溢着童话般精神。

嘎子的演讲技巧征服了雁群,他时而如晴空雷霆,时而又如细雨润物无声。直到他恳切又坚决地再一次说:"请抬着我飞上天空！"说完半天,雁群还沉浸在被嘎子带入的幻梦中。

半晌,沉默的群雁拍翅欢呼。雁国历史里,这是一个惊天奇闻,震撼而且煽情。

接下来的问题是对嘎子的身份的认定:"他究竟是鹅,还是雁？"如果按"能飞的是雁,不能飞的是鹅"论,嘎子能飞到树顶。如果按"野曰雁、家曰鹅"论,嘎子表现出的十足野性,颠覆了骆宾王"咏鹅"的经典。

嘎子:"不要争论了。我是雁！"

萌娃:"你飞不上天空,怎么是雁呢？"

莎莎:"既然鹅的另一个名称叫雁鹅,我们便可以称嘎子是鹅雁！"

云伯突然大声说:"灵魂！"

大伙儿都把目光朝向云伯。

云伯:"我看到嘎子的灵魂正从翅根朝翅膀上移动,可以认定他为鹅雁！"

嘎子:"对！鹅雁也是雁。"

嘎子高兴地唱起来:"大雁的灵魂在翅膀上,我们的灵魂会飞翔……"

北溟雁国是个情与法互相融合的国度。嘎子加入雁阵飞翔必须符合雁国的法律程序。云伯请来大法官,正式登记了雁籍。只是他的籍贯栏里,雁字前面多了一个字:鹅雁。

云伯在雁阵起飞前,对嘎子作最后的训示:"鹅雁嘎子,听着！无论遇到什么紧急情况,千万不能开口说话！"

嘎子:"坚决不张口说话！"

云伯:"如果张口说话,就会从天空摔下来,一切后果自负！"

嘎子:"如果张口说话,摔死了活该！"

群雁拍翅大笑。

嘎子:"严肃点！这是宣誓！"

于是,在群鸟飞翔的天空,出现了一个奇特的雁阵:人字形大雁飞翔行列,云伯是出头的领队,他身后一左一右两个雁肩背上抬着一根树枝,树枝中间,嘎子紧咬着树枝,张开翅膀飞翔。

这个奇特的雁阵吸引了群鸟的注意。原来飞着的鸟悬停不动，在水面上游泳的水禽也纷纷抬头注目仰望。目送着黄渤海大泽上空这千古未有的奇观。

雁阵越飞越高。这个梦幻雁阵，引起地面上一阵又一阵喧哗，他们把各种疑问高呼着送上天空。

雁阵经过留雁村的上空，低飞巡礼。塘里的鹅群也发现了这一奇特的雁阵。
"这不是嘎子吗？"
"是！是嘎子！"
"嘴里咬着树枝！肯定是嘎子！"

嘎子洋洋得意，从来没有这么爽过。他想自豪地大声回答："是——我！"
云伯厉声警告："千万别张口！"
嘎子咬紧嘴，快乐地飞翔。

云伯的雁阵终于飞到南方大湖。从天空朝下看，碧绿如蓝的湖水茫茫一片。

湖畔大片大片像芦苇一样的荻草都开出了紫色的花串，湖滩沙洲长满了蓼子花，蓼子花红色的花朵和荻草花汇集成姹紫嫣红的花的海洋。

南方大湖由一百多个小湖泊拼成，又称众月湖。水盛的季节，小湖之间并无分界，大湖汪洋无际，水渐渐枯瘦时，才开始显露出一个个小湖。每个小湖都呈月形。有满月形、半月形，还有的像一弯月牙。

此刻，月牙湖上游着一群南方白鹅。鹅群由一名叫"贵妃"的白鹅领头唱着骆宾王的《咏鹅》歌："鹅，鹅，鹅，曲项向天歌，白毛浮绿水，红掌拨清波。"

他们怡然自得地一唱众和。

他们抬头向天歌的时候，发现了嘎子衔枝的雁阵。

在众月湖自以为见多识广的白鹅们，看到这个奇特的雁阵，纷纷发出各自高谈阔论。

雁阵渐渐降低飞行高度。群雁，尤其今年初生的新雁，他们俯视着南方大湖，温暖明净又艳丽的景象映入眼帘，触景生情，产生一种美梦初醒的忧愁。

嘎子已经快乐到极点。他想唱歌、想舞蹈，又想证实自己确实不在梦中。这时，他们飞过白鹅群的头顶。

在大片大片荻草间，露出碧蓝色的湖水。水面上有白色的鹅群在游泳。

群鹅已经离雁阵很近。嘎子甚至有立刻飞身跳下去、张扬自己独立鹅群的骄傲感觉。

就在这时，众鹅朝他大喊："这不是一个鹅吗？"
"一个北方的灰鹅！"
"亲爱的，我的鹅神！"
"你叫什么名字？"贵妃鹅的声音又大又嘹亮，如歌王级的女高音。

嘎子再也憋不住大喊："是我！鹅雁嘎子！"

这时，白鹅已游到茫茫如海的荻草丛里。

嘎子张口高喊的时候，就从天空摔落下来。他摔落到荻草丛中，贵妃鹅正抬头露出水面击掌欢歌，嘎子正好落到贵妃鹅的怀里。

嘎子震晕片刻，发觉自己被一个异性白鹅抱在怀里，他脸红耳热地挣脱开。

惹得白鹅们哄堂大笑。

第拾叁拍　天上掉下个"鹅哥哥"

相比北方灰鹅的强悍和野性，南方白鹅则更显温柔和恬静。他们肥胖的体态和蹒跚鹅步，都散发着唐代的风韵。

所有白鹅脖子上都挂着一个蓝色塑料牌子，牌子上写着一个"2"字。

贵妃鹅是鹅群中公认的美鹅。当她对天高呼"男神"的时候，刺激得白鹅群发出一阵欢呼。

灰鹅嘎子从天而降，正砸在贵妃鹅前面的水面。恰好贵妃鹅张开翅膀，看上去像是给了嘎子一个大大的拥抱。

落水的震荡使嘎子晕了片刻，苏醒过来感觉自己正被白鹅姑娘拥吻，羞红了脸。他挣脱贵妃鹅的亲近姿态，被一群白鹅簇拥到荻草滩沙地上。

在荻草滩的沙地上，一群白鹅纠缠着这位天外来客，提出眼花缭乱的问题。

嘎子兴奋地唱起他的《天空见闻》：

有什么好画要往壁上挂，
我说的故事都是童话。
我看见两只乌鸦割草地，
理发师的头上开满玫瑰花。
有一头毛驴带着墨镜，
那两个镜片车轮那么大。
有一只老鼠给猫戴孝，
有一只苍蝇打狮子的嘴巴。
吃奶的孩子给妈妈上课，
长胡子的山羊给人拔牙。
哑巴姑娘当上网红，
有一头黄牛骑上一匹马。

有一条河流流的都是蜜，
两个蚊子在那里造大坝。
有什么好画都往壁上挂，
我说的故事都是童话。

嘎子唱的《空中见闻》歌在白毛红掌鹅中掀起阵阵波澜。鹅群中有几个上了年纪的精英。"能飞的是雁，不能飞的是鹅"，是他们判断鹅和雁的重要理论。直到北方灰鹅站立在面前，他们还用翅膀击打头部以确认自己是否在做梦。

鹅少男少女们只相信自己的眼睛和耳朵，嘎子荒诞不经的摇滚歌谣每一句他们都信以为真。他们从未见过如此有趣的鹅。一群鹅少女脚踩着天生的红舞鞋围绕嘎子跳起舞来。

热烈的场面让嘎子血脉偾张，在一群围绕他的鹅少女中跳起非鹅非雁的舞蹈。因为摔下来时崴了一下脚，他的舞蹈一瘸一拐。白鹅少女们竟以为嘎子的舞蹈是别一番异国风情，便格外疯狂地舞动起来。

近日来，从北方鹅群吹来一股自由恋爱之风，很快在南方大湖白鹅族群中四处蔓延。鹅少年对绵绵情话原本无师自通，他们不进恋爱学堂就玩起雄追雌逐的爱情游戏。此刻在外围观舞的鹅群中，有一位英俊的雄鹅，他有一个绰号叫"奶油小生"。在嘎子尚未到来之际，他颇受少女鹅追捧，自从天上掉下个"鹅哥哥"，在那些白鹅少女们的眼里，奶油小生变成了空气。

嘎子强壮的体魄，浑身散发的野性，灰色的羽毛，天才的想象力，磁性的嗓音，哪一样都能刺激少女们的感官和强烈的好奇心。这些要素集中于嘎子一身竟浑然天成，如同先知突然降临。

嘎子旋风般舞蹈后，突然一屁股坐在地上，他眼前一黑，感到饥饿难忍。

就在嘎子喊着"饿"跌坐在地上的时候，鹅少女们这才真真切切地感受到，瘫软在地上的，并不是全能的先知，而是一个知疼知热又知饿的北方灰鹅。

尽管如此，白鹅少女们对灰鹅嘎子的热情仍然不减。面对饥肠辘辘的天外来客，有丰盛餐饮的白鹅们从中获得了意外的虚荣。这些享用饲养员备好饮食的家鹅，发现了不期而遇的献殷勤的机会。她们纷纷邀请灰鹅嘎子共赴餐厅。

被饥饿折磨的嘎子正中下怀，他几乎是从地上蹦起身来。

原先站在外围的奶油小生挤过来要为嘎子带路，被三个鹅少女竖起一边翅膀挡在路边，大声喊："让嘎子哥哥先走！"

此时太阳已经西斜。云伯的雁阵降落在半月湖湾岸边的芦苇丛中。重阳以后的湖水水位开始下降，离岸不远处浮露出一条绵延的沙洲，如同半月的弦。弦上开满了蓼子花和无名小花，在西斜太阳的照耀下，满目姹紫嫣红。

雁阵降落后稍事歇息，大雁们便呼朋唤友飞向那条绵延的长滩。长滩上生长着丰富的植物根茎，可供大雁们大快朵颐。

萌娃兴奋地正要起飞，回首看见莎莎站在那儿走神，喊了声："姐姐，飞呀！"

莎莎摇摇头："你们先去吧！我……"

萌娃："女孩子大了，就心思多了……"

云伯心里明白，他朝萌娃喊："别贫嘴了快去吧！"

萌娃拍翅朝众雁方向飞去。

莎莎："爸爸！我再去找找！"

云伯："去吧，你夜里要站岗，别回来太晚了。"

莎莎："放心吧，爸爸！"

说罢，莎莎展翅飞上高空。

飞上高空的雁奴莎莎，朝着嘎子跌落的方向扶摇展翅翱翔。她沿着湖岸低飞，呼喊着嘎子的名字。

起风了，吹拂着苇叶，发出"莎莎、莎莎"的回应。

莎莎下降低飞，只听到风吹苇叶的声音，却不见嘎子的踪影。

此刻的嘎子，正被白鹅少女簇拥朝饲养场走去。

鹅场分饲养场和食品加工厂两部分。

饲养场由长长的两排蓝色平房组成。

前排饲养中国白鹅，后排饲养法国进口的郎德鹅。

越过平房房顶，可以看到食品加工厂厂房。楼房高层橙色外墙绘制着"法式鹅肝、鹅肝酱"彩色广告。

湖岸上有一条沙土路通向餐厅和鹅舍。在西斜的阳光照射下，土路上的沙石在阳光下闪耀晃眼。路两旁南方的斑斓秋色开始消褪，银杏树随风飘落，树木枝叶间露出蓝色的鹅舍。

一路上，白鹅少女们叽叽嘎嘎地介绍鹅餐厅的美味佳肴。

嘎子："都别说了！越说越饿！"

"说能把你说饿了？"

"我都不知道饿是什么滋味！"

白鹅们齐声唱起《我们的生活真惬意》：

一二三四五六七,
我们的生活真惬意,
吃饱了睡,睡好了吃。
赤橙黄绿青蓝紫,
我们的生活真美丽,
当代的网红,唐代的风仪。
闲来无事游湖上,
白毛红掌……

嘎子大喊一声:"别唱啦!"
白鹅们停下来迷惑地看着嘎子。
嘎子:"你们知道有两句诗吗?"
白鹅:"诗嘛!谁不知道呢?"
贵妃鹅:"我们知道的不止两句,是四句。来,一起背诵!"
众鹅:"鹅鹅鹅,曲项向天歌,白毛浮绿水,红掌拨清波!"
嘎子:"不是这!"
贵妃鹅:"那是啥?我们只会这四句。"
嘎子:"'家鹅有食汤锅近,野雁无粮天地宽'!我说的是这两句!"
"什么远啊近的,不懂!"
贵妃鹅:"汤锅?汤锅是啥东西?"
"是啊,离汤锅近点不好吗?"
"嘎子哥哥,你说呀!你见过汤锅吗?"
嘎子思索:"汤锅?这汤锅么……它究竟长什么样子呢?我也没见过啊!反正,这汤锅一定是个大杀伤武器!"嘎子张开翅膀大声吼叫几声,满脸杀气。

吓得白鹅们不再出声。她你看看我,我看看你,谁也不知道汤锅是什么妖魔啊。

贵妃鹅:"到了!"
嘎子:"什么到了?"
贵妃鹅:"餐厅到了!你瞧!"
嘎子抬头看,眼前是蓝色的平房,白色的栅栏门,门旁标注1、2、3、4,四个大字。

嘎子加快步伐朝前跑。
贵妃鹅:"不行!你没有餐牌!"
嘎子这才注意到白鹅们脖子上都挂着2号餐牌。

白鹅们一个个抬高脑袋,出示脖子上挂着的餐牌。她们把嘎子夹在中间,掩护他走向2号餐厅。白色的羽毛形成一波波浪潮,嘎子被鹅潮推着、挤着,拥进餐厅。

嘎子冲到第一个大食盆前大嚼起来。

太阳已经落到大湖远处的地平线上。西边天空和湖水连成一片金红。

雁奴莎莎沿湖岸低飞,她飞翔的翅膀也渡上了金边。
茂盛的荻草随傍晚的风起伏摇曳。
莎莎不停地呼喊着:"嘎子!"她的嗓子喊哑了,还在不停地喊。

沿途准备宿营的大雁,听到喊声也纷纷起飞,他们都是来自故乡的雁。他们跟着也齐声呼喊嘎子的名字。他们以为是呼喊一个失散的孤雁,谁也不知道是在呼喊一个鹅。

大雁从沿岸营地飞上天空,密密麻麻,汇集成一个庞大的雁阵。他们仍然排成一个巨大的"人"字。

湖上响彻着"嘎子"的呼声。

在2号鹅餐厅,白鹅们纷纷打着饱嗝儿,离开食盆。
嘎子还在大嚼。
吃饱喝足的白鹅少女们傻傻地围观嘎子。她们对嘎子的盲目崇拜变成莫名其妙的热情,连嘎子难看的吃相都被她们啧啧赞叹。

就在这时候，天空传来呼唤"嘎子"的声音。

嘎子："在喊我！"

嘎子闻声离开食盆。

白鹅们静声倾听。她们都听到了天空在呼喊"嘎子"的名字。

嘎子："我得归队了！是大雁在喊我！"

说完嘎子朝门外走。

贵妃鹅："已经关门了，你出不去了！"

所谓门，其实就是一道一米多高的栅栏，能飞上屋顶的嘎子一展翅。便轻易飞越栅栏而去。

引来白鹅又一阵惊呼。

嘎子飞越鹅栏跑到户外时，呼喊他名字的雁阵已从头顶飞过。他大声呼喊："莎莎，我是嘎子，我在这里！"

嘎子孤独地喊声随即被风吹散。

雁阵飞远了，消失在辽阔的天空。

太阳已经落山。月亮悬挂在东方的夜空。庞大的雁阵变得越来越小。大雁一个一个，一群一群飞离雁阵，回到各自的营地。

最后，只剩下雁奴莎莎，她的嗓音沙哑，仍在不停地呼喊："嘎子……"

她朝着东方飞翔。她在空中停留了一会儿，她发觉今天的月亮跟往常不一样，月亮流露出的眼神跟莎莎此刻的心情发生强烈的共鸣。

在荻草荡里，跟莎莎一样在看月亮的，还有嘎子。他似乎也从来没有看到过这样的月亮。

莎莎在天空凝视月亮的时候，想起云伯说过的话："当你恋爱的时候，在你眼里，山川大地，日月星辰，都会有不一样的表情。"

今晚的月亮是什么表情呢？难道我恋爱了吗？……

她朝她雁阵的宿营地慢慢降落下去。

嘎子在荻草荡里游了一会儿。越过荻草望去，一望无际的湖水呈现出神秘的暗绿色。不远处传来湖水轻轻拍岸的声音。他从来没有独自待在这如此开阔的水面上。不禁流露出迷茫的眼神。

为了摆脱这孤寂的心境，嘎子走上湖滩，走上湖岸。沿着湖岸，嘎子走走看看，他自己也不知道想要寻觅什么，他听到前方传来暧昧又令人昏昏欲睡的音乐声。他朝音乐声走去。

在离鹅场不远的岸边，有一排幽静的建筑，建筑深藏在亭园花树之中。这是一个会所的餐厅，名曰"野鹅庄"。饭庄一排大玻璃窗面湖而设，白天可观赏窗外的湖景，音乐声就是从室内传出来。

夜幕降临后玻璃窗已拉上薄薄的纱帘。从户外朝里看，人影绰绰，像上演皮影戏。

嘎子从小在乡村长大，从未见过这样的建筑。窗台的位置很低，嘎子抬起长脖子就能看到室内的人影交错。

他看到一个举着大盘子的服务生一边穿行在餐桌之间一边吆喝，像是北方相声里报菜名："酱鹅肝、糟鹅肝、法式鹅肝；广式鹅掌、潮式鹅掌、芥末鹅掌；还有坛雁、炙子雁、洋炉挂雁……"

他还看见两个人肩扛着长管猎枪穿过

餐厅朝厨房而去。嘎子从未见识过肩上扛的是什么玩意儿，只是觉得长长枪管移动的黑暗异常阴森。

嘎子沿着长窗边看边走，他走到建筑尾端的厨房停下来。他第一次见到汤锅的模样。一个大陶器沙锅座在燃红的煤火灶上。

嘎子亲眼目睹一只大白肥鹅被杀、褪毛的全过程。当听到一声"放汤锅里"，他看见一只杀好的整鹅被放进滚开的水里。

嘎子"嘎！嘎！嘎！"惊叫几声。

厨房里的人闻声开门跑出来。

"一只鹅！"

"来得正好！"

"抓住它！"

一阵人影嘈杂混合着脚步声朝嘎子追来。

惊魂未定的嘎子拔腿就跑。他听到身后纷乱急促的脚步声拼命向前跑。当脚步声逼近他的时候，他拍翅起飞。尽管飞得不高，一飞也飞出几十米。

"奇怪！"

"这鹅能飞！"

嘎子飞飞停停，飞下湖岸。钻进荻草荡里。岸上的人声稀了，一切恢复寂静。

这个晚上，卧在荻草荡里，抬头看着不一样的月亮，听着湖水拍岸的声音，一贯没心没肺的嘎子，思想变得复杂起来。他生平第一次失眠了。

第拾肆拍　莎莎看到了月亮的眼神

第二天将晓未晓，月亮还在西方天边流连，东方天空已现鱼肚白。

雁奴莎莎独自站在荻草间沙滩上。她身前身后的荻草丛中，伙伴们都在酣睡。莎莎注视着渐渐变亮的荻草尖，警觉着任何异常的响动。

"砰！砰！砰！"远处传来几声轻微的枪声。莎莎朝枪声传来的方向遥望，她屏住呼吸。

枪声很远很轻，并没有吵醒雁阵的伙伴。

"枪声！"

云伯说了一声，睁开眼睛，张了张翅膀。他走到莎莎跟前，朝着枪声的方向："又一场灾难！"

莎莎："要叫醒他们吗？"

云伯摇摇头："不用。枪声很远。"

云伯说完，展翅直上，在营地上空绕了一圈，又返回落在莎莎身旁。

莎莎目光追随着父亲的身影，又把目光收回营地。她默默地把头转向西方，再一次凝视天边的月亮。

云伯："你还在看月亮？"

莎莎："山川大地，日月星辰，表情都不一样了……是您告诉我的……"

云伯："噢？你看到什么表情了？"

莎莎："月亮的眼神……对，我看到了月亮的眼神。月亮姐姐，她猜透了我的心思。"

云伯："孩子，你真的恋爱了……"

莎莎："我……"

云伯："你不用说，我知道他是谁。"

莎莎："爸爸……"

云伯："孩子，我活了两千多年了，看到过成千上万的雁变成鹅，还没有看到过一个鹅变成雁……"

莎莎："他跟别的鹅不一样，您说看到他翅膀上的灵魂……"

云伯："有一句话不知你听说过没有：

303

雁变鹅，只需要退后一步；鹅变成雁，要向前走千里迢迢。"

莎莎："千里万里，他一定会永远向前……"

云伯注视着莎莎，女儿真的长大了。

云伯："再说，他究竟在哪儿呢？是活着还是死了？"

莎莎："他一定还活着……"

湖岸边，花尾巴喜鹊从一棵树飞到另一棵树，喳喳地播报最新的喜讯："喜报！喜报！一个北方灰鹅飞越大湖上空，北方灰鹅空降大湖……"

天色渐渐亮了。

云伯："消息都传开了，你先去找到嘎子。"

莎莎抬起头，又一次凝神朝向天空。

月亮带着她女性的温柔，莞尔一笑，悄悄隐没在西方的天际。而太阳，散发着火一般炽热的爱腾地跃上东方的天空。伙伴们与往常一样，与太阳一同醒来。

莎莎顿时感到太阳般炽热的感情盈满胸中。她展翅扶摇直上天空。向着东方，向着太阳，向着嘎子跌落的方向飞去。她不断地呼喊着嘎子的名字。她的喊声，唤醒了天空，唤醒了大地，唤醒了整个南方大湖。

在离鹅场不远的荻草荡里，嘎子还深埋在睡乡里。他并没有听到来自天空的呼喊。

就在雁奴莎莎飞越众月湖，大声呼唤嘎子的早晨，在遥远的贝加尔湖池杉林湖湾，她的母亲云娘走出雁巢，到湖边喝水。贝加尔湖已脱下斑斓的秋装，换上了银白色外套。

湖水近岸处已开始结冰，她需要迈几步冰面才能喝到水。喝完水她抬起头来，湖岸四周绵延着层层叠叠又浑然一片的雾凇。从小长大三十年了，她从未见过故乡的冬日。这个大自然的奇观让她入迷，她一时忘却了翅膀的伤痛。

正当云娘出神地对着迷蒙的雾凇，她看到远处天空掠过的黑影。她知道，那是苍拓的儿子苍戈。

云娘退回她的雁巢。

在雪山高处一个冰冷的岩洞里，苍拓快完成了他的重生。他已经长出了新的喙和爪。接下来换羽愈发艰难。苍拓强忍疼痛，用利喙将翅上羽毛一根一根啄下来。每啄一根羽毛，他都忍受钻心的疼痛。当他啄下最后一根羽毛后，苍拓浑身都在流血。

同一个清晨，在南方大湖荻草荡里，将嘎子从梦中惊醒的，是一大群白鹅拍翅、歌唱的声音。

嘎子睁开眼，甩了甩脑袋，恍若在梦中。他记起往日北方鹅群的晨歌，既粗犷又奔放。而现在，耳边响着的曲调，是那么优雅，那么恬静。他这才意识到自己已置身南方大湖。于是，快乐的天空旅行，不慎从空中跌落水面，往事一一浮现在眼前。就在这些梦幻般记忆逐渐清晰的时候，饥饿的感觉突然袭来。他发出"嘎！"的一声吼叫。

不远处，白鹅们听到陌生的吼叫，都

纷纷回过头四周寻找。嘎子本能地把脑袋和身子缩回荻草深处。等白鹅们唱着歌走向远方，他才又抬起头，从荻草丛中钻出来。

嘎子此刻的感觉可谓五味杂陈。他不知道该怎么再一次面对那些白色的鹅群。在经历了过山车般的生活后，昨天被夹道簇拥的情景又浮现在眼前。他心里明白，自从他意外地从天空跌落在贵妃鹅怀里，在鹅群中成功地制造了一场"十月惊奇"。昨天，对于白鹅说来，一个北方灰鹅，神奇地从天外飞落，吃饱喝足以后，又从容地飞越栅栏而去，潇潇洒洒，不带走一片云彩。现在呢？该怎么向白鹅解释，他为什么还独自滞留在荻草荡里呢？作为一个北方的家鹅，他从小靠人类饲养长大，虽然在附近的池塘里勉强能果腹。而今，面对一望千里的南方大湖，他靠什么维持生存呢？想着想着，他的肚子愈加饿得发慌。便一度对前景迷茫起来。

享受过天空自由翱翔后的嘎子，内心已确定自己向往的理想生活。况且，他是那样爱莎莎。尤其是昨天夜晚，隔着窗户，亲眼目睹汤锅的景象，他再也不愿与鹅群为伍，继续过醉生梦死的日子。可是残酷的现实就摆在面前：他既不是能飞上高空的大雁，也没人为他准备就餐的食盆。这种尴尬处境给他带来从未有过的折磨，再说，肚子饿得咕咕作响是再明白不过的现实。嘎子不能再居高临下地对待那些白鹅了。他得想一个既不失尊严又能解决饥饿的方法。

嘎子想起昨天从天而降时自己唱的那首摇滚歌曲。那首帮助他圈粉无数的歌曲。

他张开翅膀拍打几下，跳到荻草间滩地上放开嗓门唱起来：

有什么好画要在壁上挂，
我说的这些都是童话，
我看见两只乌鸦割草地，
理发师头上开满玫瑰花。
……

白鹅们并没有游远。

他们闻声掉过头，发现是嘎子在那里唱歌。她们争先恐后地向嘎子游来。说实话，经过一夜无梦的睡眠后，嘎子带来的惊奇已渐渐被淡忘。如果嘎子不再出现，他们会沿着早已习惯的轨道生活下去。既波澜不惊又优雅恬静。自唐以降千年，少年骆宾王对白鹅的吟唱，会一代又一代万古流传。现在却不一样了，连一贯懒于思索的白鹅们也预感到，再也回不到以往那样平静的生活了。

"昨天不是有大雁来接你吗？"

"可不是吗？'嘎子！嘎子！'大雁在天上喊，你们也听到了。"

"那你怎么还在这儿？"

"他们，……他们让我在这儿再住些日子，过会儿再来接我！"

嘎子情急之下撒了个小谎。白鹅原来就不是多疑的族群，如果一味地追根刨底，嘎子难保不露出破绽。

嘎子向来就心直口快。他的率真和心性一览无余使他走到哪里都受人喜爱。偶尔装一次大尾巴狼也维持不了多久。很快，他肚子的饥饿便写在脸上了。

贵妃鹅："嘎子哥，你还没用餐吗？"

嘎子："哎，没用……的确还没用餐。"

贵妃鹅："一会儿还是跟我们一起用餐吧。"

嘎子："好，好吧。我们那里叫吃食，你们这里叫用餐，好！你们讲话贵族范儿！"

然后嘎子带表演地："请——您先用！您慢用！"逗得白鹅们哈哈大笑。

"嘎子哥，跟我们去用餐吧！"

"既然大雁让你在这儿多待几天，你就多待几天！"

白鹅少女们你一句我一句热情相邀。

贵妃鹅张了张一边翅膀，说了声："有请！"便引领嘎子向鹅舍走去。

贵妃鹅的表情也发生了一些微妙的变化。昨天，嘎子的出现让她不由自主对嘎子的态度不仅崇拜还流露出献媚的成分。今天，尽管也是欢喜，但如同贵妇在巴黎圣母院门前施食，对挨饿的嘎子犹如对待落难的剑客，又多了一份高贵的怜悯神情。这神情让嘎子看了总觉着哪儿让他不舒服。

更不舒服的，是嘎子饥饿的肚子。

就这样，嘎子白天跟白鹅们一起在鹅舍就餐，晚上飞出栅栏独自到荻草荡里露营。他不允许自己跟白鹅们过于亲密无间。当然，他也不能白吃白喝。嘎子在白鹅群中成了戏精。他变着法儿用荒诞不经的歌曲，用信口编造的奇异经历，博得白鹅们的欢心。在戏精灰鹅嘎子面前，一贯笑不露舌、低吟浅唱的白鹅少女们，竟频频张开杏黄色大扁嘴笑得前仰后合。

而嘎子呢，厮混之余常常仰望天空，一颗心早已游离放飞到遥远的地方。那地方，也许是一片湖水，也许是蓝色的天空，也许是一丛丛芦苇，或者开满蓼子花的湖滩，那里有一个雁，一个雁姑娘——莎莎。

莎莎站在半月湖的那根长长的弦上。伙伴们都在觅食。远处一对如仙的白鹤神侣，正在水上跳着爱情舞蹈。

黑色的乌鸦从远处沿湖岸飞翔，一边飞一边发出阴沉的喊声："哇！一只北方灰鹅失事坠毁！北方灰鹅在大湖领空坠毁！"

莎莎朝乌鸦大声喊："乌鸦嘴！嘎子没死！嘎子活着！"

云伯怜爱地看着女儿。

莎莎飞上天空，朝嘎子跌落的方向飞去。她一边飞，一边呼喊："嘎子！嘎子！嘎子哥……"

从早晨到黄昏，从日出到日落，莎莎不停地呼喊着嘎子的名字。

莎莎的嗓子喊哑了。她的嗓子喊出了血。血一滴一滴从口角洒落下来。

秋已尽，山形瘦了，山崖叶落石出。湖水降了，凸显出一片一片滩涂。莎莎嘴角流出的血，落在滩涂上，神奇地绽放出红色的花朵。大片大片的红花与浩渺碧绿湖水相拥相连，令南方大湖停下冬天的脚步，幻现出春天的海市蜃楼。

云伯站立在开花的滩涂上，看着莎莎从远处的天空飞来。精疲力竭的莎莎徐徐降落在父亲身旁。

莎莎："爸爸！"

云伯："相信我，嘎子他活着！"

莎莎："我相信！我一定能找到他！"

这时，花尾巴喜鹊从头上飞过。她一边飞一边播报新闻："今天最新金曲榜，白鹅合唱团演唱《天上掉下个鹅哥哥》。"

稍倾，空中传来柔美的歌曲：

天上掉下个鹅哥哥，
恰好像一朵彩云放光彩。
虽非是鲜衣怒马富家客，
却也似山野清风扑面来，
面前明明陌生仔，
梦里曾经闯入怀……

云伯："听见没？知道嘎子在哪儿了吗？"
莎莎急切地："在哪儿？"
云伯："鹅舍！往东三十里，那里有一个鹅舍！"
莎莎："鹅舍？"
云伯："鹅舍里有吃的！你想想，嘎子从小靠人圈养，他不会野外寻找食物。饿了怎么办？是白鹅们收留了他！你没听刚才白鹅姑娘们唱的'天上掉下个鹅哥哥……'！"
莎莎："讨厌！"
云伯："走！我带你去鹅舍。"
莎莎跟着父亲向鹅舍飞去。

在鹅舍，贵妃鹅和她的同伴们已经升级到 3 号餐厅。他们每天餐后都要过秤。餐厅墙上有一个大显示屏，显示屏跳跃着变化着各种数字。贵妃鹅站上体重板，显示屏上已达八点六公斤。

一个鹅形机器人在尖声报数。
贵妃鹅："又长了零点二。"
跟往常一样，白鹅们都打着饱嗝儿走向体重板的时候，嘎子还在埋头大嚼。

3 号餐厅的伙食明显比 2 号更丰富，一眼望去，八个大食盆，分别堆满了五颜六色的食品。这些照搬法国饲养郎德鹅的食谱，让从未吃过西餐的灰鹅嘎子眼花缭乱。

嘎子把头埋在一个类似果蔬沙拉的大食盆里。食盆很深，从侧面看，看不到他黄色的大嘴。只是吃到一大块胡萝卜一时难以咽下才抬起头使劲甩着嘴，直到脖子凸显的鼓包一点点往下移动，他才又埋下头去。

从天空朝下看，云伯和莎莎看到了蓝色墙橙色顶的鹅舍。他俩慢慢降低高度，在鹅舍屋顶盘旋。

"嘎子！嘎子！"他们轮番呼喊着。

喊嘎子的声音传进鹅舍。嘎子的脑袋还埋在食盆里。

"嘎子！""嘎子！"

"嘎子哥！大雁在喊你！""大雁来接你了！"白鹅们围着嘎子七嘴八舌嚷嚷着。

"谁！谁喊我？"嘎子抬起头，顾不得甩掉粘在头、脑上的食物碎渣。

"你听！"

"嘎子！嘎子哥！"这回，灰鹅嘎子真真切切地听到了熟悉的呼唤声。

嘎子大声喊着："莎莎！我在这里！"他没有助跑就飞越栅栏而去。

白鹅们只能在鹅舍里，涌到栅栏边伸长脖子向外张望，发出一片嘎嘎嘎的叫唤。

灰鹅嘎子飞到户外，循着声音抬起脑袋寻找："莎莎！"

云伯和莎莎，天上地下，他们同时发现了对方。

灰鹅嘎子伸长脖子，飞飞走走，他飞不高，也飞不远，他气喘吁吁地来到沿岸的湖滩上。当他再一次抬起头仰望天空时，莎莎已经站在他面前。

莎莎张开一边翅膀，轻轻地把粘在嘎子头上的食物碎渣拂拭掉。

莎莎："瞧你，什么好吃的！弄得满头满脑都是……"

受到莎莎温存的触摸，嘎子感动得想哭。

"莎莎！"嘎子这一声喊，带着哭腔。

"我就猜到你在这儿！你说你！在这儿混吃混喝！莎莎为了找你，嗓子都喊出了血！"云伯飞栖在一棵树枝上说。

嘎子："莎莎！我再也不愿离开你！带我回雁阵！"

云伯："不行！别忘了，你还是家鹅！"

嘎子真要哭了："那咋办？"

云伯："你先要变成一个野鹅！"

嘎子："野鹅？"

云伯："不能再去鹅舍！鹅舍里的食盆是为家鹅准备的！"

嘎子："可是，我饿……"

云伯："饿了自己野外找吃的！先学会在野外生存，才能练习飞翔！"

莎莎："嘎子，听到了没？"

嘎子："听，听到了……"

云伯："你知道鹅舍离什么最近吗？"

嘎子："鹅舍？离那儿近？"

云伯："汤锅！鹅舍离汤锅最近！嘎子！你正站在天空与汤锅之间！"

嘎子："噢！'家鹅有食汤锅近'，云伯伯，我可是见识过汤锅的厉害！吓死鹅（我）了！莎莎，我向你发誓：汤锅和天空，我选择天空！"

云伯："莎莎，天色不早了，我先回半月湖驻地，你教他怎样在野外觅食。"

说完，随着树上枝叶一阵响动，云伯飞上天空，飞远了。

在鹅舍附近，湖岸弯成细细的弓状，像月牙，当地称之为月牙湖。沿着月牙湖由东向西，是候鸟丰富的食场。

莎莎领着嘎子在荻草荡、芦苇荡里觅食。

莎莎一会儿上半个身子潜入水中，在浅水里翻找，一会儿在滩涂的花草丛中，低下头用长嘴在滩泥中掘出花草的根茎。嘎子紧随莎莎身后，学着莎莎的样子，一边寻觅，一边津津有味地说："好吃！好吃！从来不知道，这也能吃！"

穿过芦苇荡，是一片长满野荷的水面。荷花谢了，茎叶开始枯黄。农家的挖藕船作业过后，荷花的茎秆东倒西歪，在风中零乱交错。

莎莎潜下水寻找，从水面露出头脸。只见她嘴里衔着一小块残藕，伸长脖子，叼着藕块送到嘎子嘴边。

嘎子："给我的？"

莎莎点点头。

嘎子迅速用嘴叼走那一小块藕，狼吞虎咽地吃了。他吧唧嘴，好像嚼出无穷的滋味。

夕阳渐渐地落下。

莎莎拍了拍翅膀对嘎子说："我该回半月湖了。"

嘎子依依不舍地："我不能跟你回吗？"

莎莎："太远。你又不能飞。我还要赶在日落前回去站岗。"

嘎子："那我……"

莎莎："你就在这儿，不要走远了。过几天我会来看你。记住我爸爸的话，先把自己变成野鹅！"

嘎子："没问题！变成野鹅！"

308

莎莎:"开始野外生存训练!"

嘎子:"开始野外生存训练!"

莎莎:"决不再去鹅舍!"

嘎子:"决不再去鹅舍!"

莎莎说一句,嘎子学一句。像鹦鹉学舌。

一个雁和一个鹅,各自举起一边翅膀轻轻拍打三下。

夕阳下,嘎子的视线追随莎莎飞翔的倩影。

在高远天空的莎莎渐渐变成黑色剪影。直到黑色剪影叠印在金红色夕阳中,成为一幅绝美的图画。

第拾伍拍　逆风万里归故乡

众月湖,是冬季赋予南方大湖的特有美称。菊黄蟹肥时节,当冬候鸟的先遣部队飞临大湖的时候,这里还是一望无际的连天碧水。不过数旬,丰水竟神奇地枯了。水落滩出,原先浩渺大湖露出了沟壑纵横的湖底地貌。交错显现的滩涂把汪洋湖水分割成千万个镜面,仿佛一夜间从天上洒落千万个月亮。阴晴圆缺,在同一个时间点上呈现。星罗棋布,洋洋大观。

滩涂有大有小。有的弯如弓,有的直如线,也有的蜿蜒如蛇行。水方退却,滩涂登场,紧接着便有繁花碧草见风生长。苔草,马来眼子菜,水蓼,旱蓼,藜蒿,野荸荠,紫云英……纷纷抖擞精神从滩涂冒出头来,一丛丛、一片片风中摇曳多彩的身姿。大自然神奇的厨师,为鸟类端出一席席丰盛的美味。走近面积宽广的滩涂,一眼望去,让人误以为来到了无垠的草原牧场。绵延数千平方公里古老大泽,一时分不清是草原上的湖,还是湖上的草原。

秋色将尽时,北溟雁国公民排兵列阵地来了,白鹤、黑颈鹤跳着芭蕾来了,拖家带口的东方白鹳悄无声息地来了,还有吵吵闹闹的赤麻鸭,高贵尚白的白天鹅,悠闲高冷的蓑羽鹤……这里聚集了浩浩荡荡鸟类联合国军团。他们各据领地,安营扎寨,又相安无事,和平相处。

每当夜深人静时,惨白的月亮高悬在深蓝天际,千里长湖万籁俱寂。此时,用一句"月朦胧鸟朦胧"来形容众月湖,正也恰如其分。又有谁会料想,在看似静谧的长洲断水间,竟会埋伏着鸟类百万大军呢?

半月湖水面已被一道道滩梁隔开。滩涂上冒出的芦苇疯了似的生长,跟温柔的荻草连成了片。在荻草与芦苇之间,栖息着云伯的雁阵。在云伯召集下,北溟大雁南行一路损兵折将的雁群重新组合。现在,云伯的雁阵已有八百之众。八百个大雁占据了半月湖的一道滩梁。莎莎,成了这支新组成军队的雁奴。

雁奴莎莎伫立芦苇滩上,如定格一般。

北风起了。

随北风入侵湖区,一个黑色乌鸦幽灵般掠过夜色。他缓慢拍打翅膀,一边飞翔,一边用沙哑的嗓子喊:"贝加尔湖寒流从北方吹来!贝加尔湖寒流从北方吹来!"

不祥的身影和巫婆似的喊声,渐渐潜入夜色,消失了。

云伯被乌鸦的叫声吵醒了。他看着融入夜色的乌鸦,内心突然不安起来。

莎莎回眼看了看父亲,没有说话。

云伯:"贝加尔湖开始结冰了!"

莎莎的眼神闪现出一丝焦虑。

云伯:"湖水从沿岸开始结冰,冰层向湖中心慢慢延伸……两个月后,温泉岛周围的水面也要被坚冰封盖了……"

"那,妈妈!?"莎莎突然喊出声来。

"她拖着受伤的翅膀,每天要一步一步,踩着冰面,到温泉岛水面喝水……"云伯像是自言自语。

"那怎么办?!"莎莎急着问。

"还有,那个老鹰苍拓,他不会放过你妈妈!"

"他找不到妈妈!"

"万一呢?万一,当你妈妈踩着坚冰去温泉岛喝水……"

"爸爸,我想都不敢想……"

"莎莎!你妈妈需要我!"

"爸爸!你是想?"

"我要飞回去!"

"爸爸,现在是刮北风!"

"我知道,大雁都是秋天北风起向南飞,春天南风起向北飞,我两千多岁了,还没有见过一个雁冬天从南方飞回故乡的……"

"你,你想当第一个?逆风万里回故乡?"

"对,第一个!逆风万里也要回到你妈妈身边!"

莎莎记得,父亲常说。身可以四处漂泊,心要坚如磐石。"逆风万里回故乡",父亲已经下定决心了。整个夜晚,莎莎一边站岗放哨,一连听父亲诉说衷肠。莎莎感觉到,父亲的彻夜长谈饱含一种诀别前的悲壮与深情。

云伯把他两千年的生命历程一一告诉他心爱的女儿。父亲的讲述是那么神奇,又像父亲宽大的羽翅一样真真切切。

云伯与云娘在贝加尔湖邂逅相爱已三十年了。自从天界降临,他先是为了爱违背了三年之约。云中客从雁神之位跌落凡间,为了凡间之爱,云伯终身甘为雁奴。仁慈的上天给了他最后的机会,若三十年遇百劫不灭,也许能浴火重生。现在他已遭遇九十九劫难。在南方大湖滩涂上,云伯对着北方,遥望夜空,设想即将注定跟苍拓的最后一战,也许正是上天的安排。是一战劫灭呢,还是浴火重生?强烈的预感在云伯心中酝酿着一股莫名的冲动。

第二天拂晓,北方寒流与东南季风在大湖上空短暂相遇,碰撞成一阵冬雨。雨来得快,散得也快。洗净了天空。云开日出。喜鹊在枝头报告吉日良辰。

云伯跟雁阵行过简单告别礼,展翅飞上大湖高空。莎莎和弟弟萌娃紧随父亲身旁。这三十年,云伯每年南迁北归,是南方大湖鸟类的宽厚长者。尽管在这里越冬的其他族群对云伯冬日北飞不尽理解,他还是要去一一作别。

云伯先是看到三个仙鹤。在长满苔草的滩涂上,一对夫妻带着一个孩子。有趣的是,三张嘴同时叼住一小截块茎。

萌娃:"瞧!一家子争吃一块草根!"

云伯:"傻孩子!哪有爹妈跟孩子争吃的?他们是觉得这样更有趣。"

果然,云伯的话还没说完,就见鹤父母都松开嘴,微笑着看小鹤津津有味地吞咽那块草根。

三个大雁在空中看着一家子其乐融融地就餐，云伯突然感慨起来。

云伯："你们看那位鹤爸爸，去年，他的父母带着他来到这里，跟他们一样。可惜，他的父母在春天回家乡的路上，被枪杀了……"

三个大雁都悬停在半空中，莎莎陷入沉思，不再说话。

"自由是要付出代价的……"

云伯说着，一股悲凉突然袭来。他不知道这悲凉是来自历史深处，还是他的心底。

鹤父亲抬头认出了云伯："雁伯伯！"

云伯应了一声，告诉他自己要飞到北方去。鹤父困惑地看着他："现在？为什么？"

云伯没有回答，互相拍打翅膀，算是行作别礼。

云伯领着莎莎和萌娃缓缓飞翔。

飞过一个从水面凸起的滩涂。

滩涂上长满了藜蒿、紫云英和肉根毛茛。两个东方白鹳从滩涂飞起，在空中脸对脸互相缠斗。他俩一会儿伸缩双腿，一会儿动用长喙，分不清使的是什么拳路。

"两个白鹳！在耍凶斗狠！像神仙打架！"

莎莎扑哧笑了："你以为他俩在打架？错了！他们这是打情骂俏！"

萌娃不服："你怎么知道他俩是打情骂俏？"

云伯："萌娃，你姐是对的！你还不懂！"

萌娃："怎么就她懂？"

云伯："等你懂得爱情，就不会说他们在打架……"

萌娃满脸疑惑。莎莎看着弟弟偷笑。

云伯："这两位我也认识，去年，他们才出生。今年就谈情说爱了。"

萌娃："爸，要不要去打个招呼？"

云伯："不了，不惊动他们了……"

云伯一行在空中飞行，倾听众月湖百万鸟类的生命律动。云伯跟老朋友们挥翅作别。

两个白天鹅，相对站立着，朝天空举起头，张开嘴，长长的脖子近乎平行。

云伯："他们在对天盟誓，海枯石烂不变心……"

他们的脚下是一丛丛盛开的马兰。他们身后是一片大水，朝日熔金，闪闪烁烁。

紧挨着白天鹅，有两个丹顶鹤。一个翩翩独舞，一个专情地看着。跳舞的少女不停地跳，像是要永远跳下去……

云伯说："鹤为悦己者舞！"

二个蓑羽鹤，却是另一番景象。其中一对，脖子靠着脖子，耳鬓厮磨。另一个蓑羽鹤却踱着方步，背对着他俩。看似形单影只，实是心性不乱，仰天望日，一副道风仙骨的样子。

当他们飞越众月湖的时候，湖面的喧闹声使空气向上升腾，升腾的空气托着三个大雁的身体。使他们不用拍动翅膀便能轻松地滑翔。

千万个赤麻鸭在不大的水面上群体发情。赤麻鸭们你追我赶，男欢女爱，是湖区的吉卜赛部落。一个刚潜水寻找，另一个已浮上水面。他们不习惯耳语情话,也不需要对天盟誓。他们个个都是奔腾的荷尔蒙载体。他们高声叫喊,嘶吼,激烈地拍翅击水,水面激荡着一波又一波酣畅淋漓的声响……

春天水涨,历经春夏秋三季,无数植物根茎种子蛰伏湖底,待冬日水枯,蛰伏在湖底的根茎种子随着滩涂突现,迫不及待、密密麻麻地簇拥着生长,形成众月湖冬日春景,随即,百万鸟类大军飘飘洒洒而春,与湖水和花草相融相济,形成万物生灵的聚会和独一无二的诗性空间。

两千多年了,云伯阅尽鸟类生命的奇迹。他再一次拍了拍翅膀,与众月湖,与那些长翅膀的生灵道别。

此一去,或生,或死。死则灰灭,生则重生。云伯甩了甩脑袋,长调高歌。歌声在湖区四野回荡。他深信,勇者不作哀歌。他驱散几千年萦绕耳边的胡笳残响,心里升腾起无声大音。他转过身子,把头和脖子伸向北方,伸向爱侣所在的地方,鼓动双翅,切开逆风,扶摇而去。如鲲鱼初出水面,化鸟而飞,双翼如垂天之云。

莎莎目送父亲远飞的身影。猛然,是什么触动了这位内敛少女内心的诗兴?她感到自己眼眶里满含泪水。她高唱起来。在阔大的天空,与父亲的歌唱产生久久的和鸣。

莎莎忘了自己究竟唱了多久。等她意识到自己的歌声停了,弟弟已经回营地了,父亲的身影也早已消失在远处的天空。她身不由己低低地飞着,有一个目标牵引她

的视线。她看见嘎子正慢慢地在月牙湖的滩涂上寻觅食物。嘎子像一个乞食的流浪汉,又像前往圣山的朝圣者,原本灰色的羽毛布满尘土。她明白嘎子的圣山就是蓝色的天空。

雁奴莎莎降落滩涂,站在离嘎子不远处,嘎子并没有发觉她。

"嘎子哥!"莎莎几天没来看望,见他这副模样,她不由心头一紧。

"莎莎!"嘎子不知道怎么表达意外的惊喜。

"你瘦了!"

"没瘦!没瘦啊!你瞧瞧,四块腹肌都出来了!"

"跟我说实话,你吃得饱吗?"

"嘿嘿,你说怎么才算饱?我可是个大肚子汉!这里吃的种类太少……也有不够吃的时候……"

"能吃的东西很多啊!"

"荒野求生,真不容易!"

"'荒野求生'?那是说家鹅!对我们,这可是丰盛的宴会!"

"我不是正努力变成雁吗?"

"这才是第一步。目标是飞上天空!"

"对!跟你一起飞向天空!"

"来,我带你去找好吃的!"

嘎子乖乖地跟着莎莎,走向一个凸起的滩涂。那里长满了马来眼子菜。

天路迢迢,云伯日行千里,他飞过长江,飞越黄河。他的翅膀刺开逆向的北风,千年积累的生命原力奔涌在体内。料峭的北风让出一条空中大道,云伯向他孤单的爱侣飞去。

云伯日夜兼程飞行在北归的路上时，苍拓完成了他的重生。他用喙咬拔掉的翅羽，长出了鲜亮的新羽。在一个日落山顶、雪峰溶金的黄昏，儿子苍戈找到了他修行的岩洞。苍戈见了他，一时竟认不出蹲在山洞的就是父亲，除了一张老脸，全身焕然一新。

"走！跟我去试试身手。"

老鹰苍拓和儿子苍戈飞临贝加尔湖。
"我回来了！"
苍拓大吼一声，在苍茫的雪空盘旋。
四野是白茫茫一片。湖岸四周的冰向湖中心延伸，水面在收缩。
苍拓发现，湖岸边雪地上，一个赤狐悄悄行走。火红的狐在银色的雪地上十分鲜明。
"看我的！"
苍拓无声地猛扑下来，抓起赤狐腾飞重上天空。
苍戈紧随父亲飞行。

湖边的云娘，抬头望着苍拓用利爪抓住挣扎的赤狐，横空飞过贝加尔湖。

飞到对岸时，苍拓松开利爪，从高空把赤狐摔下。

湖畔石地上，赤狐重重地摔下，死了。

苍拓和苍戈从天空飘落。饱享胜利果实。享用完后，他们在狐狸的皮毛上擦擦利喙。

苍拓和苍戈再一次飞上贝加尔湖上空，暮色降临了。水天浑然成更苍茫一片。
两个老鹰的黑影如不祥的隐喻。

云伯飞越黄河后降落到大泽附近的留雁村作短暂停留。晴朗的天空下，他在那座蓝色仓库的院墙上跟"老佬爷"相对而立。他要告诉"老佬爷"一个惊天的秘密。他跟云娘的第三年，云伯为了等待这个孩子出壳，看一眼他婴儿的模样，违背了跟上天三年的约定。这个流落大地折戟沉沙的子孙，听到云伯的讲述并未表现出多么惊奇，在上次见面时，他就隐隐意识到那是一次不同凡响的相逢。只是为了自己让父亲与上天违约，如雷击一般震慑他的心灵。

云伯说完心情轻松许多。这是他留在凡尘的最后一个心结。两个雁，默默地对视一会儿，云伯展翅飞上天空。

失去亲情的"老佬爷"早已对天空不再留恋。他看着远走高飞的父亲，很快地把视线收回。

"老佬爷"低头看着失去飞行能力的翅膀，心如枯井一般。

跟父亲告别不久，"老佬爷"失踪了。他要在大地上寻找自己的墓园。

云伯飞过大草原时，草原已是银装素裹。他从迎面刮来的北风中嗅出大雪的气味。抬头向北望，前方呈现迷蒙的白色。
尖厉的北风一阵阵呼啸而来。他放缓双翼拍动的节奏，养精蓄力，准备迎接暴风雪的来临。

云伯很快便进入暴风雪迷障中。

在北半球的极寒地带，人类有很多遭遇暴风雪的记载。其中诡异又残酷的，名叫"鬼打墙"。不幸进入"鬼打墙"的人类,在其中左奔右突之后筋疲力尽,十有八九都会丧生在"鬼打墙"内。风停雪散时,人体变成一座冰封的雪雕。

云伯飞进了空中的"鬼打墙"。他很快就迷失了方向。任何一个方向,他都感到有一堵风雪组成的墙向他压来。两千多年来,云伯虽然听闻有"空中风雪迷宫"的传说,但自己从未遇见。风打着旋带着雪从四周扑来。云伯在晕头转向之际,他眼前出现云娘在贝加尔湖冰上行走的幻象。忽然使他记起大雁神秘的定位系统。这个定位系统的方位是日月星辰。他立即启动定位系统,一道明亮灿烂的光射穿风雪迷障。云伯知道这光亮是从星际而来。他想起自己有飞上万米高空的能力。他抬起头,直起翅膀,像一枚火箭射向天空。

云伯飞翔在平流层之上。这里白云如絮,朗朗日出。他翱翔在苍苍的蓝色里。他不禁回想起从天空邂逅庄子的情景。

当云伯再一次降落在平流层之下,眼前豁然出现:四周的白雪包围着一枚巨大的蓝宝石。啊,千古奇观!贝加尔湖的蓝冰!

云伯顿时热泪盈眶。他全展双翅,朝贝加尔湖湖面,朝池杉林湖湾,朝他爱侣的雁巢飞去。

他终于在池杉林湖湾蓝色的冰面上降落。他立在冰面上向下俯瞰,他看到冰下深藏着另一个宇宙星空。钻石般蓝色闪闪烁烁。云伯伏下身子,用他的喙亲吻冰面。如同出征的游子回到故乡,亲吻故乡土地一样。

当云伯伏在冰上的时候,云娘正走出雁巢。她一眼就看到伏冰的大雁。她知道是谁回到了她的身边。

云娘轻轻地走向云伯。伏在冰上的云伯知道,雁巢就在不远处岸边,但他并不知道,云娘站立在他面前,直到听到云娘轻轻的一声呼唤。

"云中客,大冬天的,你怎么回来了?"
云伯闻声抬起头,不说话。
"云中客,你终于来了……"
云伯还是没有作答。只是微微点头。
"我知道你会来!你不会放下我!"
云伯冲云娘笑而不答。
"你怎么不说话?这是真的吗?你说话呀!"云娘抽泣起来。

云伯站起身,伸开翅膀覆盖云娘的背,温情地触摸。

云伯:"别哭呀!一个大活雁站在你面前,还能不是真的?我回来了!你的雁奴回来了!"

"好!你说的!你还是我的雁奴!"
"是,终生都是你的雁奴!"

云娘哭声更大了。她一个劲儿哭泣,不停地哭泣。

第拾陆拍　归去来兮　浴火重生

早在二十七年前,云伯违上天之约,他便甘当雁国之奴。现在,是他兑现承诺的最后机会了。

返回故国北溟的云伯,不管白天还是夜晚,他都站立雁巢旁,为他的爱侣云娘站岗放哨。直到有一天,他知道这一天迟早会到来。他逆风飞行,不远万里,为的就是这一天。对于这一时刻的到来,云伯不是躲避,也不是等待,他更像是期盼。期盼这场老鹰与大雁的最后对决,期盼他百劫的最后一劫。三十年经历百劫而不灭,是上天给予的最后期限,这期限即将来临,他仿佛听到远方传来的隆隆声响,这是命运中最料峭的浪涛声。

南方大湖月牙湖,灰鹅嘎子继续他的荒野求生生涯。在浩渺的众月湖,候鸟们觅食都是群起群落。像这样独自觅食的,唯嘎子一个。这个众月湖的流浪汉,抬头看到一大片绿色的野生芦蒿。芦蒿生长在滩涂水陆交界处。这是莎莎领他来过的。正当嘎子津津有味嚼食芦蒿根茎的时候,他的眼睛余光出现白茫茫雪片降落。是几百只白天鹅飞到生长芦苇的滩涂。

白天鹅是高贵种群。他们降落后先是在滩涂上舞蹈。嘎子开心地嘎嘎大笑,以为可以一边就餐一边观舞。他尤其沉迷天鹅黑色的舞鞋在滩涂上舞动。接下来的场景让嘎子大失所望。白天鹅的舞蹈只是餐前的热身。他们很快就低头啄食芦蒿的根茎。白天鹅的吃相并不如他们舞姿那样优雅。他们的嘴张合之间如同大剪刀,迅速切断芦蒿根茎。滩涂上嚓嚓声此起彼落。叶子、根部、茎秆飞速地分离,很快叶片散落滩涂,根茎都入了天鹅的肠胃。

嘎子目瞪口呆地傻看着。白天鹅原本就是尚白的族群,见到嘎子在滩涂上,只把他当作一个贪玩落单的灰家鹅,也不屑与他搭讪。他们像一群豪爽的宾客,留下狼藉杯盘,舞蹈着飞走了。

嘎子目送空中的芭蕾舞群远去,才怯生生说了一句:"也不给我留一口!"

显然嘎子并未吃饱。他想起月牙湖的另一头,也是在水边,莎莎指点他去过的一个好去处。

嘎子跳进月牙湖,朝水那头游去。原以为独行侠逍遥洒脱,"独自仗剑走天涯",现在却深感形单影只的悲伤。"到我们雁阵来!我们是团结的大家庭!"他想起莎莎跟他讲过的话。鼓起勇气朝前游去。

游到月牙湖那一头,已近黄昏。这里有一丛丛野生钢毛荸荠和大叶茨菇。荸荠又甜又脆,夹杂在花草之间,要耐着性子寻找。茨菇虽然有点苦味,多嚼几口,能嚼出甜味来。嘎子找到一大丛茨菇,从茎叶下用嘴翻找,边翻边吃起来。

嘎子没吃几口,头顶上突然黑暗起来。几百只赤麻鸭叽叽呱呱喊叫着下来。他们不像白天鹅,还先来一段舞蹈前奏。赤麻鸭们一落地便直奔主题:吃!

赤麻鸭们用嘴拱,用爪子翻,哪儿都没闲着。最可恨的是那张嘴,一边吃还一边数落嘎子:

"你是谁?在这儿干吗?"

"我……是雁!"

"雁?什么雁?灰雁?豆雁?鸿雁?白额雁?哪个雁群都有我哥们!你蒙不了!"

"猪鼻子插大葱,装象!"

"我看你就是一个灰鹅!"

"你那两扇翅膀也是聋子的耳朵!"

"你一个家鹅,不在鹅舍呆着,跑这儿干吗?"

"跑这儿蹭吃的!"

赤麻鸭七嘴八舌,开着粗俗的玩笑。他们在茫茫荒野。觅食有高超的技巧。他们见到叶子的颜色和形状,就能精准地叼出植物的根块。一眨眼,如风卷残云。这一片钢毛荸荠,野生茨菇,肉根毛茛,统统一扫而尽。

吃饱了喝足了的赤麻鸭,不舞蹈,不抹嘴,鼓起翅膀,扭摆着屁股,闹哄哄地飞走了。在嘎子头顶上投下一片遮天蔽日的黑暗。

嘎子真正地感到孤单了,一整天过去了,他只吃了半饱。

天色渐渐黑暗了,并不是因为赤麻鸭遮挡,赤麻鸭早就飞得不见踪影了,而是夜幕,夜幕垂下了,遮住了四野。月亮,也像这月牙湖,豆芽般又瘦又细,淡淡地挂在天空。

灰鹅嘎子跳下月牙湖,毫无目标地游荡。他来到一片残存的藕塘。水面飘着半枯的荷叶和肃肃交错在水面的无叶荷枝。他记起那天莎莎潜水叼起藕块喂他的情景,心头升起一股暖流。他思念起莎莎来了。

肚子传来咕咕响声打破嘎子的浪漫情思。他一头扎进水里,当他浮出水面时,猛烈甩了甩脑袋。"都是泥。"他咕噜了一句又潜入水中。他还是什么也没找到。他看到身边飘浮的半枯荷叶,便饥不择食地吃起来。

嘎子吃荷叶吃得很多。他四周环顾,直到周围举出水面的荷叶只剩下光脱脱枝杆。他才游到湖岸,在芦苇丛中卧下。

今天,他已无心欣赏挂在天空的细瘦月牙,嘎子睡着了。

这是一个非同寻常的夜晚,灰鹅嘎子不停地起夜。他有生以来第一次闹肚子。

黎明到来的时候,嘎子已经筋疲力尽,他感觉自己渐渐失去知觉。"我快死了!"他轻轻叹了口气,便一动不动地躺在芦苇丛中。

灰鹅嘎子被发现时已是日上三竿。

还是那群白鹅,唱着歌在月牙湖游水时,看见岸上躺着的嘎子。

白鹅们在水面上发现嘎子的时候并没有认出他来。一种强烈的好奇心驱使她们上岸一看究竟。嘎子躺在苇丛,脑袋下垂到胸部。贵妃鹅用嘴翻起他的脖子,突然尖叫起来:"嘎子!是嘎子哥!"

白鹅们一齐围上来,他们纷纷用嘴、用翅膀轻轻地拨弄,触碰嘎子,嘎子仍然一动不动。

"没错!是他。"
"他怎么啦?"
"是病了吗?"
"饿的吧?"

在附近岸边树枝上,栖着那个黑色的乌鸦。他听到鹅声嘈杂,也飞过来凑热闹。

嘎子并没有死。他只是懒得动。他不愿在白鹅面前解释自己落魄荒野。

乌鸦在他们头顶低低地慢慢地飞行。
"他怎么啦?怎么啦?"

一个白鹅生气地朝天喊:"乌鸦嘴!少管闲事!他死了,嘎子死了!碍你什么事?"

"他死了吗?嘎子死了?"他飞走了。他一边飞,一边用喑哑的嗓子喊:"嘎子死了!灰鹅嘎子死了……"

热衷黑色新闻的乌鸦在湖区上空四处扩散有关灰鹅嘎子的消息。

在莎莎雁阵的营地，大雁们在举行沐浴大会。乌鸦不厌其烦地喊着："嘎子死了！灰鹅嘎子死了！"从他们头顶飞过。

莎莎急忙展翅追赶上乌鸦："他在哪儿，快告诉我嘎子在哪儿？"

乌鸦："在月牙湖！嘎子在月牙湖。一群白鹅在为他守灵。"

莎莎掉头朝月牙湖方向飞去。

在月牙湖芦苇上空。莎莎看到一群白鹅正围着嘎子。她迅速降落下来。

白鹅们抬起头，听到有声音"嘎子！嘎子哥！"从天空降落。随声音一起降落的是一个少女雁。

灰鹅嘎子听到熟悉的喊声睁开眼睛。

"他睁开眼睛了！"

"他没死！"

嘎子："我怎么会死？"

莎莎落地后，关切地走到嘎子跟前。

白鹅们纷纷让开道。

嘎子："莎莎！"

莎莎："你怎么样？"

"没怎样啊，我挺好的！"

"唉！吓死我了！"

贵妃鹅："你是谁？怎么你一来他就睁眼了，也会说话了？"

莎莎："我！……"

嘎子："隆重介绍一下，她就是我的爱——"

贵妃鹅醋意地："爱？爱什么呀！说呀！"

莎莎脸红了，不说话。

嘎子："她，她不让我说！"

莎莎："你究竟怎么啦？"

嘎子站起身，勉强走了几步。

嘎子："没什么大事。就是闹了一夜肚子，吃进去的，全跑了。腿，身体，都有点儿发软。"

莎莎："你吃什么了？"

嘎子："我想想……白天，吃了点茨菇，又吃了点荸荠，没吃饱。后来……吃了一大堆荷叶……"

莎莎："怪不得拉肚子！就是荷叶捣的鬼！你在这儿别动。"

莎莎说完朝月牙湖上飞去。

不一会儿，莎莎从湖那头飞回来。她的嘴里叼着一块藕块。

莎莎走近嘎子的时候，嘎子急了。

"这不是同一样东西吗？一个在水上，一个在水下泥里？"

莎莎叼着藕块飞落到嘎子面前，嘎子满不乐意地把嘴伸过去，含在嘴里不肯往下咽。他们两个的嘴离得很近。

莎莎："快吃！听话！吃下去就好了！"

白鹅乘机起哄："羞，羞，羞！还要别个喂！！"

嘎子吞下藕块后大声对白鹅喊："去，去，去！"

贵妃鹅："他有伴了，不需要我们了。我们走！"

白鹅们一哄而散，唱着她们的歌："我们的生活多惬意……"

莎莎又从月牙湖荷塘里叼了几小块残藕喂给嘎子，嘎子很快活蹦乱跳起来。

从此，莎莎再也不舍嘎子单独留在月牙湖，她要带灰鹅嘎子回半月湖营地。

嘎子虽然还不能飞上高空，他已经能

从树顶越过。他且飞且停，步行一会儿，又在水里游一会儿。水陆空三栖，他轮番着使用。月牙湖到半月湖有很长的路。白天，莎莎陪伴他且飞且行，傍晚时，嘎子独自在荻草滩下榻，莎莎回营地站岗放哨。三天以后一个夕阳熔金时刻，嘎子终于到达雁阵的营地。

嘎子回到雁阵时受到很高的礼遇。长长的滩涂两旁是扬花的荻草。夕阳和水面反光投射在飘曳的荻花上称得上冬日的辉煌。几百个大雁举着翅膀组成夹道的仪仗，夕阳在大雁的双翼两边勾勒出金边。面前这一切让嘎子动容。

同一个时刻，贝加尔湖天空的太阳刚开始西斜。借着池杉林树枝的遮掩，云伯和云娘走出新巢站立在湖畔。

看样子，他们在这儿已经有一会儿了。远眺，天空和湖上的冰是一样的蓝。他们曾经在清晨站在湖畔看着太阳慢慢升起，又在傍晚看着太阳慢慢落下，感受贝加尔湖景色梦幻的变化。

他们离冰面很近，可以看到冰层上闪烁魅惑的蓝。冰面上有纵横交错的冰痕，冰下无数渴望冒出水面的气泡被凝固成一颗颗蓝宝石。一个水下的银河系就藏在冰层底下，近在咫尺。

四野静极了，云伯和云娘默默站着，谁也不敢大声说话。似乎一句话能打破面前的神奇。

终于，云娘轻轻说了一句，这句话她憋了好几天了。

"云伯，我的翅膀怕是不能再飞了……"

"怎么会呢？只要你再耐心休养，有我在呢！"

"我自己的翅膀自己知道……我明白，你是在安慰我……再说，三十岁了。上下几千年，没有一个雁能活过三十岁。"

"三十年了。三十年，百劫不灭，原来想，等你翅膀养好了，我们俩一起浴火重生。"

"虽然不能再飞，我也该想想自己的归路了。只是，决不能成为老鹰口中食物。吃大雁肉，是老鹰的百年梦想……"

"决不会！有我在，决不让他得逞……"

说完以后，他们俩又沉默良久。

远处天空，有两个黑影缓缓移动，是两个老鹰，他们渐渐飞远了。

"你们南迁以后，他们每天在空中搜寻。"

云伯陷入沉思。

"云伯，我渴……"

"渴吗？到林子里找点雪喝。"

"雪？这两天，总觉得雪不解渴。云伯，你知道吗，我现在像一条鱼，离开了水，口渴得厉害……"

"你不是鱼，怎么会感觉像鱼离开水呢？"

"我也不知道……好像不仅仅是口渴……整个身体都缺水……"

云伯疑惑地看着妻子。

"离温泉岛有好几百米，那里有一片水域，还没有结冰。我陪你去……"

"好吧，咱们去喝水……"

云伯与云娘平行，朝远处温泉岛走去。云娘耷拉着一个翅膀，小心翼翼朝前走。云伯在一旁陪着走，眼睛没有离开她。

不知为什么，飞远的两个老鹰又飞了

回来。苍拓和苍戈，从高空向下俯视，蓝冰并不是固定在一处，而是不断在冰层下飘移。他们看得眼花缭乱。苍拓和苍戈发现两个在冰上移动的影子，他们朝目标飞去。

苍拓和苍戈，很快来到云伯和云娘头顶上空，这时云伯和云娘已经离温泉岛水域很近了。

冰面如镜，云伯先是看到老鹰投射在冰面上的影子。"老鹰！"云伯轻轻喊了一声。

"是他们父子！你去对付他们，别管我！"

"不怕！有我在！我是你的雁奴！"

两个老鹰像轰炸机向冰面俯冲。

苍戈："云娘的翅膀坏了，跑不了。对付云伯，我们二打一。"

苍拓："不！你看着云娘，先不许动她。等我拿下云伯，咱俩分食！"

说完，苍拓继续朝下俯冲。

苍拓快接近冰面的时候，云伯突然起飞，箭一样射到苍拓上空，用他的翅膀连续重重地拍打，苍拓差一点被拍倒在坚冰上。

苍拓翅膀擦着冰面反身向上。他和云伯头对头同时向上飞升。苍拓竭力升高，妄图飞到云伯的上方，用重生后尖利的鹰爪擒拿云伯的背翅，但怎么也不能得逞。他俩相对越飞越高。终于，云伯又一次飞到苍拓上空，用翅膀拍打苍拓。

苍拓向下坠落几米后又顽强向上斜刺，用喙攻击云伯的下盘。云伯的腹部被苍拓啄破，开始流血。

云伯忍着痛，试图用嘴去啄苍拓的头部。云伯没有尖利的喙，连啄几下也伤不到苍拓。于是苍拓用尖喙反啄，云伯的头部受伤流血。

云伯伤口的血往下滴，往下流，血滴在冰上，染红了蓝冰。

云娘焦急地向天空张望。她的头顶上，苍戈盘旋着。苍戈一会儿向上看他的父亲与云伯对决，一会儿低头紧盯耷拉翅膀的云娘。

云伯和苍拓的空战越打越激烈。云伯最好的攻击方法是在苍拓上方用翅膀拍打。这回，当云伯再一次飞到苍拓上方，他不再给苍拓喘息之机，用他唯一非杀伤性武器，重重地向苍拓的头部、背部拍打，接连地重重地拍打，苍拓向下坠落的过程感到一阵阵晕眩，直到摔在冰面上。

云伯看着摔在冰面上的苍拓，知道自己没有别的武器可以继续伤害苍拓。只能在他头顶悬停。等苍拓再起飞时就再用翅膀拍倒他。

苍拓在冰上朝云伯哈哈大笑："来呀！你来呀！你没有武器能杀伤我！可我有。你已经在流血！你流血不止！"

苍戈看着跌倒在冰面上的父亲，说了一声"我先把她拿下"，便朝云娘俯冲。云伯大喊："云娘！"也朝她飞去。

云娘已站在水边。她没有下水。她突然变超脱了。她站在冰沿上低头饮水。她抬起头，水，像玉露琼浆，沿食道向下流。她感到从未有过的舒畅。当苍戈的黑影向她扑来，她才从容地跳下水，缓缓地在水中游。

苍戈在云娘的上空，随着她游动的方向滑翔。这时，云伯也飞赶过来。当云娘觉察到苍戈飞扑而来时，她慢慢将身体沉入水中。

云伯和苍戈都惊讶地发现，大雁云娘潜入水中很久。当她重新浮出水面时，已化成一条大鱼。

苍戈看得目瞪口呆。

云伯喊了一声"云娘"，随鱼贴着水面飞翔。

远处天际隐隐传来歌谣："混混沌沌，大鱼如鲲；洪蒙初开，出水化鹏。南迁北归，如凰如凤，落叶归兮，重回水中，鹏程万里，天地长虹……"

鱼对云伯说："你本是云中客，浴火重生去吧！"

云伯听罢振翅直上云霄。

失去想象力的苍戈飞停在父亲身旁。他们的目光追随云伯的身影。

苍戈："他的身体还在流血。"

苍拓："他的翅膀没有受伤。"

苍戈："他飞那么高干啥？"

苍拓摇摇头："不明白……他收起翅膀了，身体在往下坠落！"

苍戈："那还不粉身碎骨？"

苍拓："等他粉身碎骨，我们去收尸。"

云伯飞到平流层之上，他收紧翅膀，把身体缩成球状，球状的云伯往下坠落，落下平流层时，球状起火。

大球迅速往下坠落，划出一行火柱，火越烧越灿烂。

苍拓和苍戈被照得睁不开眼睛。

云娘化成的鲲浮出水面，抬头注视失火的天空。

猛然，下坠的火柱中飞出金色的大雁。如鹏，如凤，如凰。

金色的大雁先是头朝上，如火箭升空。然后，他跟湖面平行飞翔。他绕着温泉岛水域飞行一周，在水面上浮起的鲲鱼上空悬停片刻，神雁和鲲鱼有了一个新的约定：明年春天……

老鹰呆呆地看着新生的鲲和鹏，看了很久。随后，苍拓从冰面上飞起。

苍戈："父亲，你要去哪里？"

苍拓："南方……遥远的大湖。"

苍戈："我跟你一起去……"

苍拓："不用，我独自去了结……"

苍拓展开黑色的翅膀，向南飞去。

在高高的宇宙上空，天界之门为金色的大雁缓缓打开。

在南方大湖半月湖突起的滩梁上，雁阵的伙伴们陆续飞回营地，乘夕阳尚未收尽，雁奴莎莎打了个盹。片刻的睡眠里，她却做了个冗长的梦。

梦境是在拂晓的湖岸。不期而至的大雾似乎特意为梦境制造气氛而来。莎莎先是听到湖中心传来隆隆水声。抬头看，远处一条长长的青色脊背竖着向她驰来。是一条大鱼。鱼一路犁开宽宽的水道。鱼背上方鱼鳍高耸，像鸟的双翼合成一片，如船上的帆。开始，鱼的头部埋在水下，游近后，速度放缓并露出头脸。莎莎觉得鱼的神态亲切又熟悉。大鱼的嘴一张一合，随后便听到水上传来熟悉的喊声，那是妈妈云娘的声音。

就在莎莎梦里想确认什么的时候，自己的意识变得模糊。莎莎模糊地感到身体萎缩。缩进一个壳里，从另一个视角，她看到一枚大雁蛋。

莎莎好奇地注视这枚蛋。

大雁蛋裂开一个口子，她看见幼年的自己破壳而出。正当她惶恐地四处张望的时候，眼前出现老鹰苍拓僵硬的脸。苍拓凝神看着她，并向她伸出尖利的喙。

她惊醒过来。

莎莎梦醒以后，夕阳尚有余晖。她站起身从荻草丛中飞出，该到她夜晚站岗放哨的时候了。

莎莎并没有恶梦初醒时的惊悸惶恐。她甚至不觉得是一场恶梦。她朦胧感觉到，刚才的梦境更像是一种暗示，一个指引。至于暗示什么，指引到哪儿去，她还茫然不知。

夜幕四垂，慢慢合拢。湖梁两旁绵延湖岸的芦苇、荻草丛中，传来伙伴们互相招呼就寝的声音。整个湖区安静下来。

雁奴莎莎忙着做完每日要做的功课。她沿着长滩仔细巡查，一一清点雁数，查看是否有未归的同伴。五百多个雁一个都不能少。她还要纠正大雁的睡姿。看到一个耷拉着脖子别别扭扭的小雁，她帮他把头和嘴轻轻安插在翅膀下。遇到已经打鼾的雁，她蹑翅蹑脚地从旁边走过。做好这一切，莎莎才站在高坡的芦苇丛中警惕地守望她的雁群。

难怪很多戏剧的凶杀案都被安排在月黑风高的夜晚，接下来发生的事件也并非模式化的推理。它只是古老故事的一次重演。

在月牙湖畔的那个雁鹅餐厅后门，走出三个扛枪的黑影。有一个黑影手提着一盏马灯。他们沿岸行走。

月亮被厚厚的云层遮没。夜色越发浓重。三个黑影和一盏马灯在夜色中穿行。他们时隐时现，从岸上踏上一条小船。小船在黑暗中又漂行很久。灯，熄灭了。四周只剩下深深的黑暗。

第拾柒拍　血色惊鸿

笔者曾经在黑暗的影厅，观看从众月湖上空航拍的画面。众月湖成了候鸟巨大的舞台。白天，晴日当空，鸟类在舞台上上演他们的行为艺术，既千姿百态，又精彩纷呈。如今，当众月湖沉入黑暗，百万鸟类一时间便蛰伏在茫茫夜色里。生机勃勃的景象演变成死一般的寂静。

三个偷猎者经过多次踩点，选择在莎莎的营地伸出黑手。

偷猎者在小船上熄灭灯火，悄悄地爬上岸。他们在滩涂上一处高地蛰伏，架好枪支。从他们的枪筒里，不是发一颗子弹，而是喷射铁砂，造成大面积伤亡。

夜到子时,大雁们都进入深度睡眠。

莎莎站在芦苇丛中,警惕地四处张望。

她突然惊觉,滩涂一端的高处,亮起一团火光。偷猎者点亮了灯火。

莎莎腾飞而起,唱起报警的歌:

猎人来了,猎人来了!
我看见一团火光。
伙伴们快起飞,
不要再沉睡梦乡!
……

熟睡的大雁被莎莎报警歌声惊醒。他们纷乱地腾飞起来,猎人已熄灭灯火。

四野归于黑暗。

大雁们有的惊飞到天空,有的不知所措地东躲西藏。芦苇、荻草间一片沙沙声响。大雁瞪大惊恐的眼睛,四处寻找。他们找不到火光。只有深深的黑暗和无边的寂静。

惊飞的头雁降落到莎莎面前:"莎莎,你看到什么了?"

莎莎:"灯火!我看到了灯火!"

头雁:"哪有什么灯火!"

莎莎:"我明明看到了灯火!"

头雁:"灯火呢?你一定太紧张了!看花了眼!"

莎莎:"不对!……也许叫风吹灭了。"

嘎子从荻草丛中钻出来,睡眼惺忪地走向莎莎:"莎莎,今天天太黑了,神经绷得太紧,会出现幻觉的……"

莎莎:"不会!不是幻觉!"

大雁们寻找不到灯火,议论纷纷:

"睡得好好的!让你吵醒了!"

"我正做梦呢!"

"我也是!梦见一大片玉米地!地上铺满金黄色玉米粒!"

头雁:"好了,好了!别吵了!继续睡觉!继续做你们的梦!"

大雁们不再说话。萌娃打着呵欠。四周安静下来。只有风吹拂苇叶荻草的声音。

遥远的黑暗里,传来水灌子鸟"咕嘟、咕嘟"的声音。他大概在说梦话吧。

莎莎:"都去睡吧。"

大雁们一个个钻进芦苇荻草丛中。

头雁:"莎莎!你接着站岗,别再错报了!"

莎莎:"是!头儿!"

头雁也收起翅膀,钻进芦苇中去。

雁奴莎莎独自站立在苇丛中。她更警惕地瞪大眼睛注视四周。

远处,水灌子鸟继续说着单调的梦话:"咕嘟、咕嘟、咕嘟嘟……"

原先灯火闪亮的地方又亮起灯火。

莎莎发现后又对着灯火注视,灯火映照出架起的猎枪。她高声唱起报警歌:

猎人来了!猎人来了!
伙伴们不要再沉睡梦乡!
我看见了火光,
猎人举起了猎枪。
伙伴们快醒来快起来,
不要再沉睡梦乡!……

莎莎的歌声还没唱完,猎人举起的灯火便熄灭了。莎莎觉得看得很真切,便接着重复唱着报警歌。

322

这回，大雁们已不像刚才那样显得惊慌。他们慢慢张开眼，又张了张翅膀。眼前一片漆黑。

大雁们什么也没发现。

莎莎并不愿意停止歌唱。她不断地催促伙伴们醒来。

荻草丛中突然传来一句大喊："吵死了！"

接着，引来议论纷纷：

"还让不让我们睡？！"

"你自己不睡！也不让我们睡！"

"神经病！"

……

萌娃打着呵欠说："姐，你别唱了行不行？我还想睡会儿，天亮还早呢！"

莎莎："不行！我明明看见有火光。"

头雁："可我们大家都没看见！"

莎莎："你们要相信我！"

头雁："我们大家都相信自己的眼睛。不然，你找一个雁出来，证明他也看见了火光！"

莎莎："……刚才，你们都睡着了……"

头雁："还是嘛！要不这样，萌娃，你不要睡了，陪你姐姐一起站岗。如果你们俩都发现火光再报警！"

萌娃："姐姐，我陪你！"

莎莎："行！好兄弟！"

嘎子："加我一个！我也不睡了！"

头雁："不行！你不行！你还不是大雁国公民！"

嘎子："我是鹅雁！"

头雁："等你能跟我们一样飞上天空，你才有权作证！"

嘎子对莎莎："那……"

莎莎："没事，你接着睡吧。"

头雁："跑得远一点，到那头找一个芦苇丛去睡！别在这儿裹乱！"

萌娃："嘎子哥！你去吧！有我呢！"

嘎子悻悻地走向远处的苇丛。

大雁是天生的经验主义者，他们只相信自己看到的、听到的事物。这是一种致命的纯真。当他们知觉是零的时候，认知的取向无比宽广。一旦从零跃升到一，他们就变得顽强至癖。破壳初生时，他们视第一眼看到的生灵为至亲，他们对初恋和婚姻能做到至死不渝。这种独特的品性在大雁族群的历史里，上演过层出不穷的喜剧和悲剧。

其他大雁都去睡了。萌娃抖擞精神站到莎莎身边。莎莎指着刚才亮灯的方向。

莎莎："弟弟，你看着这边，盯紧点！"

萌娃："姐，放心！"

在众月湖的这个晚上发生的故事，使经验主义造成的悲剧又多了一层人文的意义。

西方生物学者称雁奴为警卫雁。后来，又为她追加了一个称呼："吹哨的雁"。这就使原本的职责又多了忠诚、良知、勇气和献身精神等含义。

萌娃紧挨着姐姐站着。陪姐姐站岗放哨，萌娃还是第一次。深夜的风吹来，萌娃感到了袭来的寒意。这令他更清醒一些。长久以来，黑夜和睡意是同步到来。今晚上却不同寻常。他不太相信姐姐会说谎，一想到能够在漆黑的夜晚发现火光，他便被刺激得兴奋异常。可是，习惯还是战败了短暂的亢奋，与黑夜分离的睡意，又顽强地逆袭回来。眼睛瞪得太久了，眼眶发酸，上下眼皮打起架来。

开始，萌娃说服自己：咱不要把两个眼睛全闭上。全闭上风险太大，会真睡着。咱能不能只闭一只，然后睁开，再闭上另一只眼睛。对！咱可以两只眼睛轮流休息。

水灌子鸟从远处发出有节奏的梦语。

萌娃就这样，两个眼睛轮流闭合。不久，萌娃的两个眼睛便全都闭上。他还是睡着了。

嘎子不放心莎莎，他几番轮换身子站立的姿势，他不想入睡。他慢慢地悄悄走到莎莎近处的芦苇丛中。

萌娃摇晃一下身体进入梦乡以后，猎人第三次点亮灯火。灯点亮以后，猎人举起灯，朝滩涂两边的苇草、荻丛中探照。

莎莎先用翅膀拍打身边的弟弟。随后腾飞而起，再一次唱起报警的歌曲。

猎人来了，猎人来了！
我看见了火光，
伙伴们快醒来快起来，
不要再沉睡梦乡……

嘎子也看见了火光，他跟着喊叫。

萌娃在梦乡里，感到自己被重重地拍打。他身体摇摆几下睁开眼。听到姐姐在低低的上空唱报警歌。萌娃大梦初醒忽然想起自己的职责，也跟着姐姐大声歌唱：

"伙伴们快醒来！快起来！
不要再沉睡梦乡！……"

唱着唱着，他停住了，不再随莎莎合唱。他并没有看到灯火。猎人们早就将灯火熄灭了。

这一回，被闹醒的大雁们爆发出从未有过的骚动。愤怒的雁吼声打破宁静，响彻四野。

头雁："莎莎！你太过分了！"

"莎莎！你为什么要这样！"

"你欺骗我们！你一而再、再而三欺骗大家！"

"你谎报军情！"

"你扰乱治安！"

莎莎低低地飞着，解释着："我的确看到了火光，我还看到了黑色的枪筒！"

愤怒的大雁谁也不愿听她的辩解。他们飞上天攻击她，用翅膀拍她，用脚掌蹬她，甚至用喙啄掉她身上的羽毛。

遭受攻击，屈辱的莎莎只是一句句解释，试图证明自己的清白。她不还击，也不回骂。她用翅膀护住自己的身体。

头雁突然大吼一声："住手！别打了！禁止私刑！"

愤怒的大雁这才散开，飞落到滩涂。

头雁："萌娃！你说！你看到什么了？"

萌娃吓懵了："我！……"

头雁："你没看见也跟着一起唱？！"

萌娃："我！……"

头雁："全体集合！开审判会！"

"审判她！""审判莎莎！"大雁们又止不住愤怒起来。

在滩涂的一边，有一条又宽又长的斜坡。这里变成审判大会的会场。五百多个大雁就随斜坡地形而立，疏疏密密地站立着。大法官组成临时会议庭。同时，检察官、辩护律师均已到齐。大法官宣布："审判开始。"

雁奴莎莎被两个雁一左一右押着出庭。

莎莎站稳以后，检察官罗列了几条互相重叠的罪状。同一条罪状安上不同的罪名以及相应的法律条文。

大法官："被告可以答辩！"

莎莎："我的答辩很简单。刚才说我谎报三次军情。其实，三次我都看到了火光。最后一次我不仅看到了灯火，还看到举灯的手臂和灯光照亮的枪筒。我没有谎报。"

检察官："法官大人，你可以问一问雁群的所有大雁，他们看到火光没？"

众雁齐喊："没有！没有！没有看见！"喊声如山呼海啸。

辩护律师："请求带证雁。"

睡眼惺忪的萌娃被带上来。

大法官在萌娃作证前，先要求他宣誓，保证证词真实无误，如作伪证，负相应的法律罪责。

萌娃宣誓后紧张地等待发问。

大法官："你看到灯火了吗？"

萌娃："我！"

大法官："请回答我的问题！"

众雁跟着齐声高喊："回答！回答！回答！"

萌娃被肃穆的气氛震住了："我！……"

检察官："这么说，你并没有看见火光？"

大法官："不准提诱导性问题！萌娃，别紧张，你只要如实回答就好！"

辩护律师："萌娃，你不是答应陪莎莎站岗放哨吗？"

萌娃这回回答很干脆："是。是我答应的。"

头雁："我可以作证。是我命令萌娃陪莎莎站岗。"

大法官："那么，你究竟有没有看见火光？"

萌娃："我……我没有看见。"

大法官："那你干吗去了？"

萌娃："我，我睡着了……"

在场的雁们谁都没想到萌娃会说出这样的证词，全场一时鸦雀无声。

头雁："让你陪着，就是为了你可以替你姐姐作证，你怎么能？……"

萌娃："你听我说。我没熬过夜。我平时爱犯困，有几回，在飞行途中，我感到身体突然往下沉，我飞着飞着打盹了，同伴们给我起了个外号：'瞌睡雁'。"

雁阵里传出窃窃笑声。

萌娃："你们别笑！不是让我宣誓不作伪证吗？我不会说假话。开始，我下决心陪着姐姐站岗的。眼睛瞪得太久了，有点儿犯困。我就私下和两个眼睛商量，让它们轮班休息，左眼合一会儿，再让右眼合一会儿，我也不清楚，怎么两个眼睛都合上了。我就没有看见火光……"

几百个雁终于忍不住哄堂大笑。

大法官："肃静！肃静！"

会场顿时安静下来。

大法官："既然萌娃睡着了，他就失去陈述的资格。萌娃可以走了。"

萌娃对法官鞠了个躬，又朝姐姐莎莎鞠鞠躬，说了声："对不起！"走到观台上去。

大法官："还有谁要提交证词？"

没有雁回答。

这时，观台上的灰鹅嘎子不知从哪儿钻出来，他嚷嚷着冲上审判庭："我！还有我！我要作证！"

大法官："你是谁？"

嘎子："我是嘎子啊！你不认识我啦？"

大法官："想起来了，你是灰鹅！"

嘎子："是鹅雁！"

325

大法官:"反正,你还没有变成真正的大雁!你还不是大雁国的公民,没有公民权就没有作证权!"

嘎子:"可是我看到了灯火!我和莎莎都看到了!"

大法官:"看到了也不行!法庭森严,请不要在此喧闹!"

嘎子:"这不公平!我明明看到灯光了,为什么不能作证?为什么?"

大法官:"你咆哮公堂!给我押下去!"

四个雁押着嘎子走了。他一面走,一面不甘心地回过头大声嚷嚷。嘎子被押走以后,露天审判庭安静下来。大法官见原被告各方都没有新的证词和法律见解,作了一个总结性发言后宣读《判决书》。

大法官引用了冗长的互相矛盾的法律条文,判决莎莎犯了"谎报军情""扰乱睡眠"几项罪名,罚莎莎"终生为雁奴"。此后,法官言犹未尽,又高度赞扬"雁奴"一词是行为高尚的象征,是大雁头上至高无上的桂冠,本来不该作为罪责论处,而是赋予极高的职责。

大法官前后矛盾的说辞取得了异乎寻常的效果。控辩双方达成高度一致,观众席的几百个大雁也没感觉有哪儿出了错。只是法官再一次问被告莎莎时,事情又回到了原点。

大法官:"莎莎,你对宣判有什么不同意见吗?"

莎莎:"做一个忠实的雁奴,本来就是我的志愿。我很乐意终生为奴。我的父亲就是我终生的榜样。让我'不准再谎报军情',我也能接受。如果再看到火光,我也会再一次报警。我没有说谎,怎么是谎报?"

大法官:"你怎么又绕回去了?"

观众席传出一片讨论声:
"别让她绕回去!"
"审了半天白审了!"

大法官:"'谎报军情'是终生判决,不得上诉。"

莎莎:"我真的看见火光了!"

大法官:"几百个雁都没有看到,他们都可以作证!"

莎莎:"因为他们都睡着了!"

大法官:"控方有几百个证据,你一个证据都没有。此案已办成铁案!解散!"

头雁:"好了,好了!才大半夜,大伙儿接着睡觉!莎莎,你继续站岗放哨!"

莎莎:"是!头儿!"

大雁们飞着、走着,回到原来的营地。

萌娃走到莎莎面前:"姐姐,对不起……"

莎莎:"不用,弟弟……"

萌娃:"姐,你这辈子晚上都不能睡觉了……"

莎莎:"一辈子当雁奴?我乐意啊!"

萌娃:"姐,如果我替你作证,也看见了火光,是不是就能为你洗清罪名?"

莎莎:"是。可我本来就无罪。"

萌娃:"我相信你没有说谎。你从来没有说过谎。但我不能作证,我的确又睡着了。我在法庭上宣过誓。"

莎莎:"你不说谎是对的!可有一样你错了。"

萌娃:"我也在苦苦思考,我究竟错在那儿?"

莎莎:"错在你又睡着了。醒着的雁看到的东西,睡着就看不到……"

萌娃:"是啊,我怎么又睡着了呢?睡着了就什么也看不见了……"

萌娃不断重复着:"我怎么又睡着了呢?……"走向荻草丛中。

莎莎:"弟弟,快睡去吧。"

当拂晓即将来临的时候,猎人又一次点亮了灯光,直到东方的太阳渐渐映红天空,将灯光淡化在黎明的曙光里。

莎莎发觉灯火,毫不犹豫地腾飞上天。她一边盘旋在大雁营地上空,一边高唱那首报警歌:"猎人来了!猎人来了!我看见了火光!伙伴们不要再沉睡梦乡……"

几百个雁依然沉睡。他们即使听到了莎莎的报警也不愿意睁开眼看一看,根据经验,他们坚信,睁开眼也不会看到火光。他们不再理会任何哨兵报警的声音。闭着眼,只想再睡一会儿。

唯独萌娃,他是相信姐姐的。他睁开眼,向姐姐腾飞而去。

还有嘎子,看到了火光,也听了到莎莎的报警的声音,也跟着歌唱起报警歌。

曙光微露,已经能透过荻草、芦苇丛看清熟睡大雁的身影,两个枪筒朝大雁栖息的芦苇荻草丛开枪。

罪恶的铁砂喷射而来。中枪和未中枪的大雁群飞而起。

枪声接连响着。群飞而起的大雁纷纷被击中,纷纷如雪片般飘落。

莎莎盘旋在上空不断地唱着报警歌曲。她的嗓子又喊出了血。上次,为了寻找嘎子,这回,是为了惊醒睡着的大雁。

莎莎嗓子的血,洒落空中。跟被击中的大雁血混合在一起。

谁说只是"残阳如血"?今晨的朝阳也血一般殷红。

第拾捌拍　一个家鹅飞上了天空

居高临下的文人对娇弱女子的欣赏有一种特殊的病态癖好。这表现在他们使用的词语上。像"楚楚可怜""花容失色""梨花带雨"。有一次,我在词典里搜索形容女性艳丽的词汇,竟出现一个词:"美若惊鸿"。

惊鸿美吗?如果你问一问盘旋在血色清晨上空的雁奴莎莎,她一定会反问:你疯了吗?

大雁的远征之途从来就危机四伏。"南北路何长,中间万戈张,不知烟雾里,几只到衡阳。"成百上千的雁阵,有几个能到达目的地"衡阳"呢?这是古代诗人的忧愤之情。每年南迁北归,途中折损过半。自由常常伴随着惊恐。每有明确的危险信号,大雁们便惊起而飞。他们一时顾不得往日的雍容,斜着翅膀,四散逃窜。他们唱着惊惶、哀伤的歌曲。你又怎能忍心击节高歌,美哉!美哉!

为了逃避枪弹射击,雁奴莎莎一面升高自己的身体,一面俯视屠杀的现场。她心里激起无尽的哀伤。一个,两个,三个,看着她的同伴被击中。斜着身子往下跌落,子弹如同击中她的心房。她又看到一个雁的坠落,那是主审她的法官雁,他甚至没来得及再看一眼自由的天空。莎莎心里升起的就不仅是哀伤了。

太阳升起了，枪声也已停息。辽阔浩渺的众月湖开始了生机勃勃的新一天。

飞翔上升的莎莎悬停在上空。她没有时间清理自己的思想。她想清点一下她的雁阵究竟有多少伤亡。

三个猎人从小船上抬下一个大竹筐，把伤亡跌落的大雁一个个扔进竹筐里。

莎莎在天空一边看着，一边默念伤亡同伴的名字。她没有看到嘎子和萌娃。她不忍心接着看下去，她拍动双翼，身体越升越高，直到茫茫众月湖在眼下变得一片模糊。

莎莎已经飞升到能与白云相依的高空。她听到云层之上传来熟悉的喊声："莎莎！莎莎！"是父亲呼喊她的声音。她像一个受了委屈的小女孩，眼眶里充满了泪水。

莎莎乘着一朵白云向上寻找。只见金色的大雁驭祥云而来。莎莎迎来父亲慈祥微笑的脸。

重生后的父亲羽毛变成金黄耀眼。他身体变得更大了，双翼又宽又长，唯一未变的是父亲独有的眼神。莎莎一眼便认出父亲来。

金色大雁驾驭的祥云停在莎莎面前。
"父亲！"莎莎喊了一声。
"不要说了，我已知晓。"
"父亲，为什么不早告诉我？"
"凶吉本无常，遇与不遇而已。"
"妈妈呢？妈妈怎么样了？"
"记得我跟你讲过我做的梦吗？你妈妈已经回到贝加尔湖变成鱼了……"
"鱼？怎么会？"
"她也是重生。雁出自于水，原本鱼，现在回归去了……"
"怪不得……我已经在梦中见过……"

此时，天空传来歌谣："混混沌沌，大鱼如鲲；洪蒙初开，出水化鹏。南迁北归，如凰如凤，落叶归兮，重回水中，鹏程万里，天地长虹……"

"请给我指点迷津。"
"不要悲情，重新上路。"
"眼见活生生的死亡，怎能不悲？"
"学会忘记。忘记悲情，要尽快忘记。多一份悲情，翅膀就多一份沉重。我下界以后，跟你母亲三十年生育子孙上百万，存活的仅数万，哪有那么多眼泪可流，悲情积压成山，翅膀早压折了！"
"父亲，我懂了！"
"走！我们飞下去看看。"
"父亲，下面有我们雁阵的坟场，我不忍心再看……"
"你再去看，已经新生……"

金色大雁，从云层飞翔而下。晴空朗日，金色大雁御光旖旎而行。他与阳光互相映照，夺目而灿烂。

古文中，雁、鹏、凤常常三字同义。金色大雁伴着声光从天而降，瞬时间照亮了众月湖众生。于是，众月湖呈现出百年一回的百鸟朝凤场景。

金色大雁："莎莎，你看，你听！"

众月湖百万候鸟，先是站立各自的营地，朝天空鸣歌。一时间杂乱的声响停止

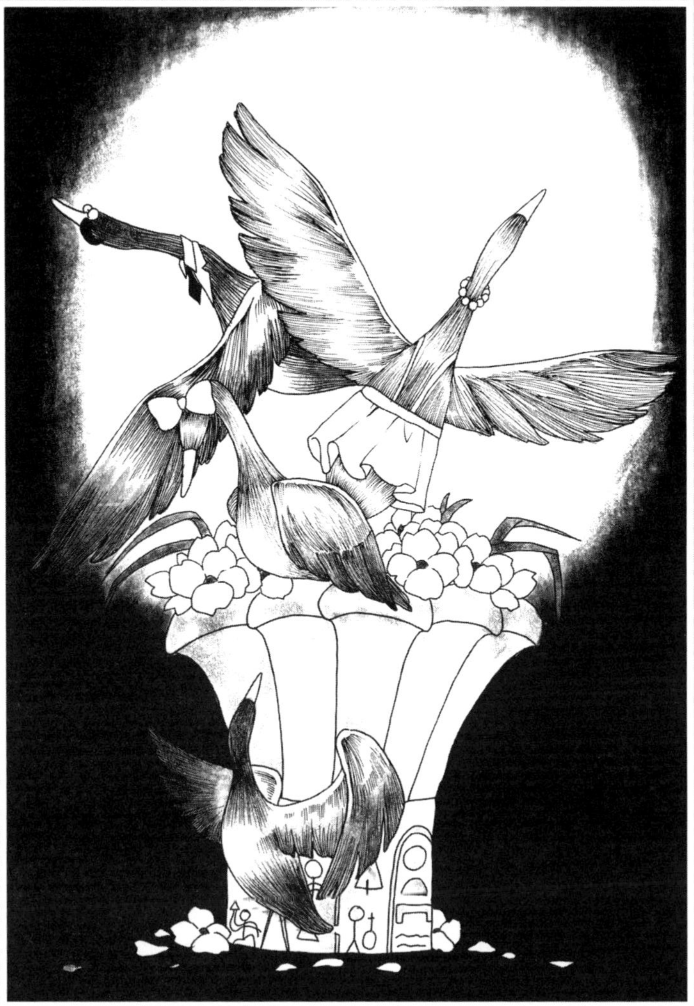

了，只有百鸟齐声歌鸣。再仔细听，又能听到荻草花、芦穗、蓼子花繁花绿茵，在风中絮语。这个特别的冬日，春天的诗意四处流淌。

金色大雁："前方永远有新生！"

"新生！"莎莎的胸中豁然开朗。

百万鸟类且歌且舞。随后，他们群起展翅飞翔。北溟雁国的公民，几百个南迁而来的雁阵，从众月湖各个方向，展翅飞向金色大雁所在的地方，一个雁阵一个雁阵地整齐排列成人字形，围绕着金色大雁翱翔，他们是在接受金色大雁的检阅。其中一个是莎莎的雁阵，他们都已放下惊惶，忘却悲情，跟着莎莎重新集结，重新出发。

在众月湖鸟类的庆典进行了很久。莎莎带着劫后逢生的欢喜告别父亲。金色大雁说了声："明年，我会与春天同时降临北溟，参加你们的集体婚礼。"

说罢，金色大雁驭着光扶摇破云而上，消失在百鸟的视线外，留下晴空朗日。

莎莎在空中指挥雁阵排列。她清点存活的同伴，记下失踪大雁的名字。她领头围绕大湖飞翔。一边飞，一边呼喊失踪的名单。雁鸣长空，声闻四野。她在阵前领唱，伙伴们跟着和鸣。这是他们独特的集结号。失踪的雁闻声归队。队伍变得越来越庞大，原先五百多个雁，已有四百多回到他们的阵列。只剩嘎子和萌娃不见踪影。

嘎子听到枪声，眼见同伴伤亡流血，他大声喊"莎莎"的名字也听不到回应。他从未经历过大规模屠杀现场。这辈子从未听到过如此震耳欲聋的枪声。他且跑且飞，同时喊着莎莎的名字。他不敢再重返半月湖，也不知道哪儿是安全的避难港。他迷失方向后，东躲西藏。在经过两次日起日落，他藏身在一个荻草丛中过夜，第三天清晨，当他睁开睡眼，发现他来到一个熟悉的地方。透过荻草缝隙，他看见漂在水面上的枯荷荷叶。这不是月牙湖的荷塘吗？是，没错。这些荷叶让他记起一段不堪的回忆。他又思念起莎莎来了。

这天凌晨，萌娃跟莎莎几乎同时腾飞上天，他并没有在半月湖上空逗留太久，枪声响起后，他随着四散飞逃的雁群很快飞离宿营地。他的掌有铁砂穿过，他的翅膀还能飞翔。古话说：脚掌连心，萌娃落地时走起来钻心的痛。他记不得飞了多久，觉得有点饿。如果身体无恙，他定会四处走动找点儿吃的。可是脚掌的疼痛又使他懒得动弹。"先歇一会。"他对自己说。他合上眼，斜坐在芦苇丛中，把不能落地的脚掌蜷缩在腹前。他听到一阵温柔的牧歌："鹅，鹅，鹅，曲项向天歌，白毛浮绿水，红掌拨清波。"

萌娃睁开眼。贵妃鹅等一群白鹅在湖水上浮游。他从未听到过如此温情的音乐。他不熟悉历史，不知道这是唐朝遗风。开始，他以为是白天鹅。再仔细看，水下掌的颜色跟白天鹅不同。白天鹅的脚掌是黑色的，而眼下的一群，脚掌红得有点儿性感。他感觉身体的某个部分被触动了一下。他不经意地长鸣了一声。雁的这声长鸣文人称之为"雁唳"。这是真正鸟类歌者的鸣声，白鹅闻声纷纷上岸围过来。萌娃看见白鹅们围上来，不好意思跌坐在地上。他强打精神站起身一拐一拐朝前走了几步。

"你是谁？"

"你为什么独自在这儿?"

白鹅们关切地问萌娃。

"我是雁,我被猎人打中,脚受伤了。"萌娃伸出受伤的脚掌,抬起腿晃了晃。

一个受伤的大雁立即被一群白鹅关爱的眼神包围。

白鹅少女们对异族的男性有天生的好奇心。前一阵子,一个北方的灰鹅曾经在鹅群中激起情感的波澜。何况,面前站着的是一个真正会飞的大雁。尤其是贵妃鹅,她很快把对嘎子的感情转移到萌娃的身上,贴近他嘘寒问暖。

萌娃虽然身体雄壮,骨子里还是一个青涩少年。他虽然不像嘎子豪放,但雄性的羞涩之状同样可以成为少女情怀的催化剂。贵妃鹅便向萌娃发出赴宴的邀请。

白鹅了解到萌娃虽然脚掌受伤但他还能飞翔,便指着鹅舍的蓝色屋顶,让萌娃飞到那儿等待,一会儿她们领着他进鹅舍用餐。

萌娃按她们的指点飞上天空,朝鹅舍的方向飞去。

贵妃鹅目光随着萌娃飞翔的身影移动。也许是在空中矫健的身影唤醒了她对祖先的遐想。她眼中闪现迷恋的色彩:"真美!他飞翔的样子真美!"她自言自语。

"花痴!"其他白鹅们一边嘲笑贵妃鹅,一边拥挤着朝鹅舍走去。

白鹅们把萌娃引进3号鹅餐厅。不管什么物种,贪吃贪睡往往会是形影不离的盟友。瞌睡雁萌娃自然是餐桌上的老饕。在3号餐厅食盆上的食物,是萌娃从未见识过的。他开始吃还想优雅一些,很快便不顾形象地大嚼起来。

从进鹅舍第一天起,萌娃就以不便行走为由,食宿都留在鹅舍。

就这样,嘎子和萌娃,都逗留在月牙湖。一个在湖边,等待天空的呼唤,一个则过上了家鹅饱食终日的生活。

在鹅舍,萌娃和贵妃鹅的爱情悄然萌发起来。洁白的羽毛,微胖的身材,还有红色的性感的喙和掌,刺激得萌娃雄性荷尔蒙鼓涨起来。"食、色、性也",对于大雁萌娃来说,在鹅舍里全为他备齐了。

真是无巧不成书。萌娃万万没想到,会在附近遇到灰鹅嘎子。这天已经是黄昏。不到十日,萌娃已经进入桃花源,过上"不知有汉,无论魏晋"的生活。他在鹅舍走了几个来回,发现脚掌的伤已好了。上天入地惯了的萌娃突然想到户外走动走动。他先在鹅舍展翅飞腾几下,养胖的身体也已不如往常自如。他把想法告诉贵妃鹅。她欣然答应了。

萌娃和白鹅们一起出了门。他上天飞翔片刻在前面的池塘等待白鹅。

他们一起游进湖中。

白鹅们又一起唱起鹅歌。萌娃耳濡目染,居然也学会了,跟着一起唱。

正是这歌声引来了附近的嘎子。

嘎子来到湖边大声呼喊"萌娃"的名字。萌娃看到是嘎子立即飞奔上岸。他们俩见面张开翅膀熊抱,差点都跌倒在地。往事不堪回首,他们有无尽的话要说。说也说了,唱也唱了,眼泪也流过了,才说起分别以后的生活。当听到萌娃满足于鹅舍生活时，嘎子的脸变得严肃起来。

嘎子告诫萌娃，照此下去，你将失去天空，失去自由，变成饱食终日任人宰杀的家鹅。

"可是，我现在已经恋爱了，我不能抛弃心爱的贵妃鹅。"萌娃只能对嘎子说出自己的隐私。

"'家鹅有食汤锅近'，你知道吗？"

萌娃摇摇头："不知道。"

"你知道鹅舍的鹅每天都会少几个吗？"

"不知道。"

……

"嘎子，你说说，他们都去哪儿啦？"

"都进了汤锅了。一个雁想变成鹅，只需走进鹅舍几天，一个鹅要想飞上天，得要一千年，像我这样！"

"嘎子哥，你说了半天，还没告诉我们，汤锅究竟长什么样？在哪里？"

"我带你们去，等你们看到了，保准你们要胜利大逃亡！"

于是，灰鹅嘎子带着他们走到他到过的那家餐厅。隔着玻璃窗，他们一起伸长脖子看到餐厅后厨宰杀鹅，然后把鹅放进大汤锅的过程。

白鹅们惊惶失声尖叫着逃离餐厅。在一个路口，他们像一群未经预谋的起义者，匆忙地决定一起逃亡到远方。他们用颤抖的声音决心先过一段荒野求生的生活。然后，听从嘎子和萌娃的领导，开展减肥运动并学习飞翔。

天已经黑下来。这里不宜久留。鹅场的主人发现了一定会把他们捉拿回去。他们开始黑夜行军，艰难跋涉向远方走去。

他们以为已经走到很远的地方，其实还没有离开月牙湖。才过一天，白鹅们便有些顶不住了。她们觉得生活质量一落千丈。如果每天这样还不如回鹅舍得过且过。有的想打退堂鼓又不认识回鹅舍的路。

嘎子禁止她们说泄气话。他以身说法，告诉大家，自己荒野生存的路虽然艰难，但远处，有自由的天空。

又过了一天。她们遇到童话般的遭遇。鹅舍的主人在月牙湖上放了一条无人驾驶小船。小船的船头和船尾摆着巨大的食盆。食盆里放满了五彩鲜艳的丰盛鹅食。小船四周的广告牌上是历代画家画鹅的名作。船上的音响播放着《鹅歌》。这是白鹅平时歌唱的录音。小船缓缓行驶在月牙湖上，行船和鹅歌一起飘荡。

终于，当白鹅精疲力竭的时候，听到梦幻般的《鹅歌》。黄昏夕阳下，小船如同诺亚方舟缓缓驶近。白鹅们纷纷跳下水，向小船游去。她们都一个个爬上小船，吃起她们熟悉的食物。

无人驾驶的小船，装载着白鹅们和她们昔日旧梦，缓缓地开走了。

留下唯一的贵妃鹅，跟萌娃并排站立湖岸，目睹经过一场旧梦又梦幻般远去了。

萌娃，嘎子和贵妃鹅，组成一个奇特队伍，一起度过几天荒野生存的生活。

有一个正午，他们在荻草丛中觅食，听到呼喊声从头顶飞过。是莎莎。萌娃喊着"姐姐"飞上天空。

332

莎莎把他们仨领到新的驻地——锅底湖。

这是茫茫众月湖最低洼的地方。冬季水枯时，水都汇集在这里。四周水落后形成新的滩岸。当中一块水域形如锅底。

锅底湖四周滩岸驻扎着各种候鸟。天鹅、大雁、鹳、鹤、赤麻鸭……五彩斑斓。

莎莎教嘎子飞行。嘎子还是只能飞过树顶。

在周边的草滩上，又多了贵妃鹅跳瘦身舞的身影。

在百鸟祥和的锅底湖上空，也是一个黄昏，老鹰苍拓无声地飞抵。

黄昏时分，雁奴莎莎在湖面游水，她悠闲地游着。在离她几百米的水面上，嘎子也在舒适地戏水。他不时把头钻进水里，又不时露出头，仰首高歌。

就在嘎子仰首高歌的时候，他看见高空飞速掠过一个巨大的黑影。当他再看时，那个巨大的黑影旋风似的俯冲下来。他看见那是一个老鹰。老鹰伸出两个利爪，直奔莎莎而去。

怡然自得的莎莎并没有注意危险的降临。就在老鹰离莎莎上空百米的时候，嘎子突然发力，展翅飞窜到老鹰上空。他平时从未能飞得这样高。

莎莎吃惊地看着嘎子怎么能突然高飞。她的视线竟然比不上嘎子的飞翔的速度。她抬头看到向她俯冲的苍拓时，嘎子已飞到苍拓的背翅上方。嘎子用翅膀接连拍打，直到把老鹰苍拓拍进湖水里。不会游泳的苍拓很快浸湿了翅膀和羽毛，他挣扎着，垂死挣扎着。

莎莎和嘎子同时注视挣扎的老鹰，莎莎不知道该高兴还是愤怒。应该高兴的是嘎子神奇地击败苍拓拯救了她的生命。对垂死挣扎的苍拓，她却愤怒不起来。她眼前又一次出现了她出壳时见到苍拓的情景。她可怜起他来。她想起父亲讲过的话："大雁的战斗完全是出于自卫，而不是致对方死地。"莎莎心中升起宗教般的感情。

想到这里，她慢慢游到苍拓身边，潜入水中，用背把苍拓顶出水面。

嘎子大声叫了一句："莎莎！"停住了。远远地注视着莎莎的举动。

这个非同寻常的画面在锅底湖的众鸟中流传了很久。湖面上，一个大雁，驮着一个濒临死亡的老鹰，慢慢把老鹰送到岸边陆地。

老鹰离开水很快恢复了生气。他站立在湖岸上，猛烈地抖掉身上的水，看了一眼莎莎，没有感激之情。老鹰平静地起飞，他向遥远的北方飞去。

春三月，也是在清晨。也是在太阳升起的时候。众月湖的冬候鸟，准备列阵北归了。

莎莎和雁阵的伙伴们，列队准备起飞，他们仿佛听到遥远的故乡，传来贝加尔湖冰裂的声音。

北溟湖的雁阵已经有好几千个踏上归程。

春水开始上涨，水面也宽大了许多。莎莎和嘎子，萌娃和贵妃鹅情话绵绵。

雁奴莎莎一声令下，她的雁阵扶摇飞上天空。人字形的雁阵绕湖飞行，越飞越高。嘎子立在岸边，等到雁阵飞到他头顶上空，嘎子扶摇而起，他斜刺着飞向雁阵，他的灵魂在翅尖上闪耀。湖岸四周的鸟儿，大声喝彩。在他快飞近雁阵的时候，莎莎飞出雁阵迎接她来自大地的爱侣。

在空中，莎莎和嘎子头对着头，喙对着喙，他们盘旋转动，在高空相吻。

雁阵绕湖三周时，贵妃鹅也朝天空飞去。她刚起飞不久，就从低空跌落。

跌落在地的贵妃鹅向空中萌娃飞吻，她大声喊："等到明年，我一定飞上天空。"

萌娃："明年，我在天空等你！"

绕飞三周以后，莎莎的雁阵向北溟故乡飞去。

贵妃鹅跌落在一群白天鹅中。白天鹅正准备北归。尚白的天鹅，看到一个白色的鸟从天空跌落，都同情地围上来。他们对白色的鸟类有天然的亲近感。当他们发现她仅仅是一个白色的家鹅，一个不能飞翔的鹅。能飞，是加入白天鹅朋友圈的底线，对徒有一身白毛的家鹅，白天鹅便一哄而散飞走了。

贝加尔湖冰裂声轰然如惊雷。惊雷声停息，春风吹拂，湖水荡漾起来。

湖岸边农家院子的雪人渐渐瘦了，化了。

和春天同时到达的，是北溟雁国的万千公民。

贝加尔湖湖水美若天镜。这里正举行盛大的婚礼。莎莎和嘎子、新娘和新郎，还有千百对大雁情侣，在湖水上空翩翩起舞。

莎莎的母亲，云娘化成的鲲鱼也浮出水面，她向雁女儿送来祝福。

天空彩虹升起，金色大雁降临湖面，他把金色的喙伸向湖水，湖水中鲲鱼也露出水面。

鱼鸟之吻的画面定格在贝加尔湖。

响起永恒的歌谣："混混沌沌，大鱼如鲲；洪蒙初开，出水化鹏。南迁北归，如凰如凤，落叶归分，重回水中，鹏程万里，天地长虹……"

[特约编辑：王　彪]
[插　　图：夏无双]

走进寓言

秦培春

我与《收获》的缘分可以追溯到半个多世纪以前。那是一九六四年一个夏日的午后,当时我高中刚毕业,已经收到上海戏剧学院戏剧文学系的录取通知书。我在家门口骑上自行车,骑过苏州河三官堂桥,用了近一个钟头到达福州路旧书店。我在放着几排旧期刊的书架前随意抽出一本,是一本一九五九年出版的旧刊物。我看到封面上印着大大的"收获"二字。我的童年在乡村度过,"收获"两个字让我首先联想到的是庄稼,因此我以为这是一本有关农业种植的书。正准备把它插回书架时,我看到靳以和巴金的名字。我在课本里读过巴金的散文,知道他是个大作家。我犹疑地翻开首页,看到这期《收获》刊载的是柳青整部长篇小说《创业史》。我站着读了几页后眼睛便无法移开。开始是站着读,后来又蹲下读,直到腰腿支持不住一屁股跌坐在地上,才听到营业员喊着书店要关门了。我舍不得把她再放回去,花了两角钱买下带回家读完。这之前,我还没有读过任何一部描写现代生活的长篇小说。以后几十年里,我似乎再也没有读到如此壮丽的乡村画卷。就这样,少年的我,蹲在光线暗淡的旧书店里,捧着一本旧《收获》,经受了中国现代文学的最初洗礼。

大学期间,在学生宿舍床头小书架上,放满了我淘来的旧《收获》杂志。有人说,《收获》是中国文学的缩写本。对于我,她更像是我心灵的文学家园。那里不仅有草长莺飞,还有奇花异木和会唱歌的溪流。

直到有一天,我的作品也走进这座花园。满眼葱茏中终于有了我自己的色彩。上世纪八十年代，我写了十部戏剧电影作品，大多重要作品都发表在《收获》上。

乡村孤独的童年影响了我一生的写作。我会在欢乐喜庆的气氛里，突然莫名地悲从中来。这使我在作品中总要安放一些时空，在那里我可以独自流泪。即使是一部喜剧作品，里面也会包裹着伤感的情绪。作品面世以后，有人欣赏它的多义和丰富，同时，也有人用挑剔的眼光审视我的内心。

一九七九年，我的话剧处女作《童心》演出引起了热烈的反响和争论。剧院宣传的时候称它为喜剧，而我则定义为悲喜剧。争论开始只是话剧结尾的处理，后来发展到新时期能不能有悲剧文学。为此我还在《文汇报》上写过一篇长文作为答辩。现在看来，这场争论很是可笑，但在当时显得既激烈又庄严，甚至上升到理论的审判。从此，我不再写任何争辩文章，尽管十几年来我写过二十多部剧本，且大多都引发各种争议。就在争论不休的当口，上海作协的领导钟望阳先生找我谈话。他告诉我刚复刊的《上海文艺》杂志决定用一期全文刊载《童心》。如果我同意，可以立即付排。他说这是作协对我的声援。他还告诉我，《收获》也复刊了，也可以推荐给《收获》。不过《收获》是双月刊，书稿积压多，可能要多等几个月。当时，我像初次登台的角儿，锣鼓已经敲响，我在侧幕边等待已久，急于在舞台上亮相，便把《童心》剧本交给了钟先生。

《逆光》是我的电影处女作。两年以后，当我把电影文学剧本《逆光》打印本交给我的老同学李小林以后，心里还是忐忑了好几天。一九八一年早春时节，一个阳光和煦的早晨，《收获》编辑部通知我去一趟。肖岱先生已经在办公室等着我。肖先生微笑着递给我一份《逆光》的校样，告诉我安排在一九八一年第五期。我问："要我做修改吗？"他说："不用了。很好了。如果发现错字，可以改过来。"短暂半个小时会面，肖岱先生脸上一直挂着微笑，那是一种长者温厚的微笑。这以后，我们有多次见面，他脸上都挂着这种微笑。多少年后，这微笑还定格在我的记忆里。

《逆光》发表不到半月，我又一次应约去《收获》编辑部，这一回肖岱先生手里拿着一封信。"陈部长让编辑部转给你。"同样的微笑外，又添了几分庄重。我赶忙拆开信看，是文化部副部长陈荒煤写给我的，整整三页写满了他对《逆光》的赞语和对我的期待。这封信的内容很快在我电影界年轻朋友中传开。我仅用了两个月时间，写出我的城市生活姊妹篇另一部《都市里的村庄》。一九八二年，在上海锦江电影研讨会上，陈荒煤先生拉着我坐在他身边观看《逆光》和《都市里的村庄》，走出电影厅他告诉我，他多年没有这种感觉了,他在黑暗中流了好几次泪。我默默地听他讲述,我明白,他的这番话,对我的重要性不是影评的夸奖可以相比的。

《逆光》《都市里的村庄》正式公映前,我遇到了一场暴风雨袭击。这场暴风雨远远超出两部剧本以外。我联想到卡夫卡的《城堡》和《审判》。

我的写作生涯犹如一盘漫长的棋局,对弈的双方是我和我自己。一个是原我,一个是非我。原我是我的本真、良知和被美学精神滋养的我。而非我,则是各种力量作用下的自我囚禁。非我是无形的,它包括生存在内的各种私欲,强大而无所不在。原我在棋盘上每落一子,非我随即落下一子将原我围困。我曾经写过一篇短文《心狱》,讲的就是这个意思。几乎每一部作品,都是原我和非我达成妥协。妥协的时间长了,原我便会麻木,变得枯萎。

我说自己长时间困守在心狱里一点也不是危言耸听。渐渐地,心狱已不是有形的几堵高墙,而是一座迷宫。我写作生涯的这盘棋,原我曾经有三次举棋不定。任何一次,如果原我不再落子,这盘棋便成了永远的残局。

第一次举棋不定是在《逆光》《都市里的村庄》之后。那时候,我有点慌不择路。上世纪八十年代是中国社会生活春潮奔涌的年代。我当然由衷地在作品中表达这激荡人心的潮涌。同时,有一种忧虑在我的作品里时隐时现,如一股股潜涌,在大潮下流动我淡淡的伤怀。《都市里的村庄》里,最后那场大火,并不是我想跟传统文明彻底割裂,而是想在大火之后表现亲情般的村民关系。在上海的边缘一角,发生了感人的一幕幕。陈荒煤部长告诉我,这就是让他流泪的地方。而我,独自站在大火后的废墟前,更像一个凭吊者。目睹几千年残存的农耕文明在瓦解,渐渐离我远去。我精神的一部分也要渐渐远去吗?……

这一次举棋不定我用了两年时间。我独自背上书囊,在杭州湾海边读现代诗歌、小说和戏剧,在游历湘西五溪蛮地时读诗经、楚辞、庄子,甚至读佛教禅诗和禅宗公案。天地和书籍同时滋养了我,我感觉自己的精神得到了修复和再生。我面对停顿的棋局,轻轻地落下一子。

在旅行和读书期间,我跟上海作家马中骏相约,合作写两部剧本:一部话剧和一部电影。当时,马中骏比我年轻,已是成名的剧作家。话剧《红房间、白房间、黑房间》由马中骏写初稿,电影《海滩》由我执笔先写。这两部剧本都刊载在《收获》上。

这两部剧里,尽管我不再在故事的角落里独自忧伤,而是多了一些哲理和童话般的美感,也难免两部剧命途多舛。《红房间、白房间、黑房间》上演后虽然轰动一时，演出二十场便被紧急喊停；而《海滩》拍摄完成后并没能走向电影市场，只被允许在大城市一些艺术探索影院放映。

在杭州湾海边的酒店里一边疗伤一边读书。每当黄昏，长长的潮退时分，海滩上裸露出插着的栏网。从酒店窗口朝外看，都能看见几个老人提着篮子在捡拾潮退后留在网里的鱼。他们的大竹篮里几乎没有鱼货，几条手指长的小鱼盖不住篮底。他们每天重复着没有收获的劳作。这种守株待兔式的插网捕鱼方式，可以追溯到几千年前。后来，我把看到的景象告诉画家陈逸飞，他说，简直就是一幅人类古老的行为艺术图画。好奇心驱使我走到海滩上跟老人们攀谈。他们告诉我，年轻的时候每天都这样，习惯了。十年前还有很多鱼随潮水上网，多的时候每天收上百担，最大的鲻鱼有七八十斤重。自从附近盖起了大型石化厂，鱼就少了。现在几乎收不到了。他们还告诉我，正在跟石化厂打官司，律师用了三年时间搜集收货出货的证据，他们可以得到一笔不小的赔偿。

我在酒店里用两周时间写完《海滩》初稿。剧本结尾处，渔民打赢了官司。就在我离开酒店准备回上海的前一天晚上，我做了一个梦：黄昏夕阳下，鲻鱼带领着鱼群，密密麻麻，随潮水上了海滩。第二天清晨醒来，窗外安静如常，打开朝着海滩的窗，突然感到海风带来浓浓的鱼腥味。我像听到禅宗公案的一声棒喝，决定留下来修改剧本。就这样，梦境成了剧本现实的结尾。判决前一天傍晚，法院人员就要来做最后的实地查证，庞大的鱼群上网了。老渔民一个个跪在海滩，感谢上苍的赐予。他们宁可输了官司，也要收获鱼货。当我匆匆写完结尾，如同受到神示，内心激动如潮涌。

这个令我神往的结尾又遭致人们的不解和非议。一个电影厂不通过又转到另一个电影厂。争议不断的时候，阿城为此写了一篇短文《五百年后鲻鱼上岸》。我知道他看懂了，他明白我有关天地人的理想。

《海滩》以后，我感受到一股力量的加持，我到沈从文的故乡过了一百天的流浪生活。在那里，楚地魔幻般的文化深刻影响了我。回来后，我写了自认为最好的长篇电影文学《风骚老镇》。剧本在《收获》发表以后，受到众多导演的青睐，又在两家电影厂分别两上两下之后无疾而终。

直到九十年代初，我连续三个电影剧本没能通过拍摄，经历了第二次的举棋不定。

我开始把目光投向电视剧。在做四十集电视剧《宰相刘罗锅》的时候，苦于找不到新的模式。我先想到童话和卡通，在一天不经意中，看到美国动画片《猫和老鼠》。我忽有所感，从沙发上蹦起来，如果把乾隆和刘墉写成一场猫和老鼠的游戏多有意思啊。当我召集合作的作家白桦、张睿、石零讨论提纲的时候，大家都兴奋不已。从前有一个大臣，他总是不断地捉弄皇帝，几次差点让皇帝发疯，皇帝气得把他打跑了又觉得孤独寂寞。这样缠斗了几十年。

《宰相刘罗锅》播出获得巨大反响。此后十多年，我又写了十多部电影电视剧，再也没有出现《宰相刘罗锅》的辉煌，对镜一照，我已两鬓成霜了。

这时候，我才发现，假如我的作品是一棵树，已发表的作品仅仅是树的枝叶，而我的躯干尚未裸露出来，躯干里封藏着我最切身的经历和故事，我第三次举棋不定陷入棋局中的长考。这一考经历了十年。十年里，至少有十部书稿如精灵一般从身躯里发出声音跟我对话。我没有开笔前自己先成了寓言。

三年前，我走南闯北，收集大雁的信息。冬天里我南下鄱阳湖，乘坐一条铁船看到水面上浮动着几十万只大雁，它们受惊腾飞时真正是遮天蔽日。我知道我已找到迷宫的出口，外面是一个陌生的世界。是一个我朝思暮想的现代寓言的世界。这个世界陈放着我未完成的作品，它们的外貌、品相和意蕴渐渐地呈现。我决定先写《雁奴拾捌拍》和《雁语者》。

原先我想写一部长篇叙事诗，十八拍便是从蔡文姬长诗《胡笳十八拍》而来。但如此洋洋数万言又难以不受诗歌韵律的拘束。我迟迟未动笔还有很多原因，我似乎在等待什么。我是一个多梦的人，我是在等待特异的梦境吗？

我果然做了一个梦：我梦见梅兰芳的头上流满了血。我知道京剧大青衣的面饰需要从八十只活翠鸟身上拔取翠羽制成。我惊醒之后忽然醒悟，我十年长考后终于落下一子：我伏案写下《雁奴拾捌拍》第一拍。

我的文字喷涌而出，时间和空间充分的自由。除了维持十八拍音乐的节奏和框架，每一拍讲述方法顾不得文体的统一。有时它有戏剧的大段对话，有时如诗意散文，有时是小说的叙事方法，有时又像电影画面的切换。故事的连接显得陡峭而奇崛。写完以后我读了一遍，自己都不知道该怎么称呼它。为了不让别人说我不会写小说，就直接命名为"多文体长篇寓言"。

当我接通《收获》副主编王彪先生的电话，我说"我写了一个奇怪的东西想请你看看"。

自从九十年代《收获》终止刊登剧本类作品后，我已经几十年未在《收获》发表作品了。如同外出多年的游子，我有一种"近乡情更怯"的心情。

会有人问"借问客从何处来"吗？

　　好在没几天，素未谋面的王彪先生便来了微信答复。《雁奴拾捌拍》得到热情的肯定。又过了几天，王彪先生转达主编程永新先生的话："不用修改便可发表。"

　　第三次长考后我落下一子。仿佛听到非我说："这棋没法下了，数子吧。"

　　我定睛一看，棋盘上一片空白。

[特约编辑：王　彪]

女人 思考 ■ 陈希米

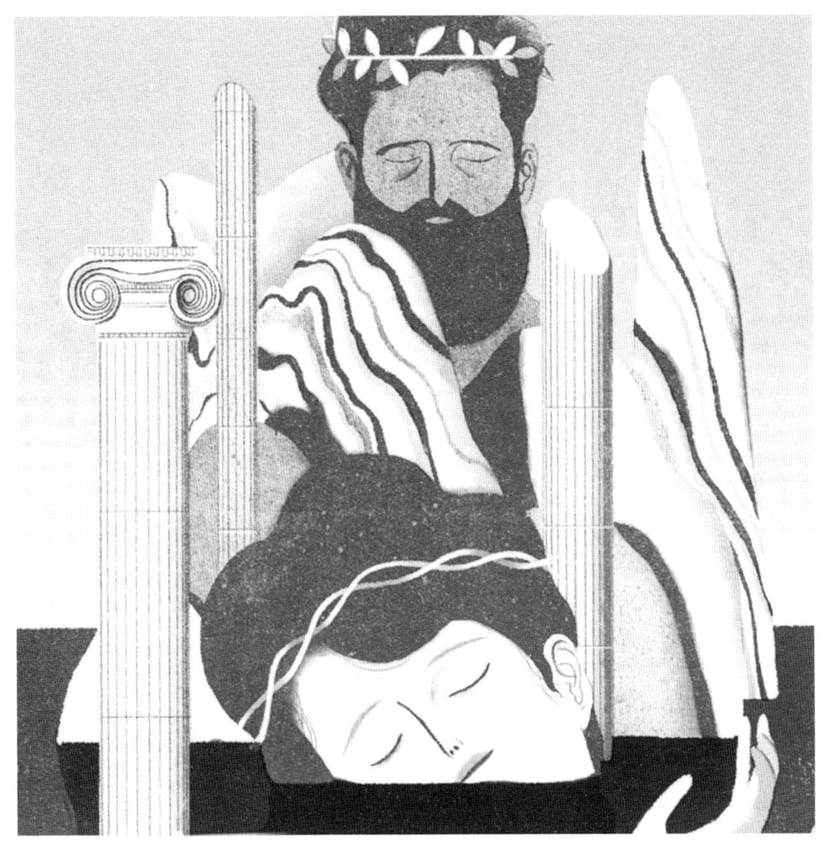

一

《旧约》里说，上帝先用尘土造了男人亚当，又在亚当沉睡的时候，取了他身上的一根肋骨，造了女人。据此，我们除了知道男人与女人出世的先后，还种下深深印象，女人是男人的一部分，或者直接说，女人是男人身上的一根肋骨，就如后来我们说，孩子是母亲身上掉下来的一块肉。

世界上的人只分两种，男人与女人，男人与女人一对一可以生下孩子，显得均衡、对称，好似男女平分着世界，共担着世界。然而从《旧约》说的起源看，一个在先，一个在后，一个很大是全部，一个很小是局部，一个整体一个部分，其差异的意义怎么估计都不过分。

仅仅意识到这些还不够，还有一个问题，为什么是肋骨？既然一部分可以生成另一个整体，那么心脏行不行，眼睛行不行，脑袋行不行，据说真有人这么想过问过①，但被否定了。其思路是，如果是头，她会太骄傲；如果是眼，她会过于好奇；如果是心，会多疑猜忌；是嘴或耳，会多口舌是非；是手就会索取无度；是脚则游荡成性。好吧，这种否定的前提都是，那个等待被造出来的女人不管有了什么能力，都只有行恶的方向。这种指向的逻辑值得好好追究，留待以后吧。至少现在，一时还看不出肋骨具备什么恶的萌芽。

为什么是肋骨，还或许因为，自然亚当不能没有头，不能没有心或没有眼睛没有耳朵，没有脚或手，但是，缺一根肋骨却无碍，这个解释好一点吗？想起我有一个极其坚韧的婶婶，肋骨断了两根竟不觉知，只是默默忍着疼痛，一直都没有就医，家人也没发现，坚持照常起居看护老小。直到几年后做透视检查时才发现旧伤的痕迹，断掉的肋骨已经错位并且长好。她说她疼过，但忍一忍（那种疼痛只有这个婶婶才能忍得住）就过去了。这让我知道，肋骨在生命机能中，不占重要的位置。那么，亚当拿出一根无妨？

如果亚当被拿掉了一根肋骨，那肯定是少了一根，但既然是第一人，谁又知道少是什么意思，跟谁比是少？也许上帝造人，本来就多一根肋骨，以备造女人。但总之，女人这生物来自男人的一部分，由这一部分所造，这个认知在这里没有出圈。

所以，想象亚当"原先"什么样，在没有被拿掉什么之前什么样，并不是什么奇怪的思路。那个阿里斯托芬关于爱欲的喜剧②的起点就是此类思路之一，他的设想是，从前的人都有四只手四只脚，两张脸，两套生殖器……像一个圆桶吧，后来，上帝下手一切两半，那一个圆筒般的人，就成了两个人，一人一张脸，一人一个生殖器，一人两只手两条腿……如果原先那个"桶"是阴阳皆备的，就是说，其拥有的两套生殖器一套是雄性另一套是雌性（否则可能是两套皆雄或两套皆雌），被切之后就变成了一个男人和一个女人（否则是两个男人或两个女人），就像我们现在看到的人，并且这两个人会永远想念曾经同为一个身体的岁月。虽然阿里斯托芬要说的是爱欲的起源，而且显然，阿里斯托芬

---

① 参张晓梅《旧约笔记》
② 参柏拉图《会饮》

说的也不是第一人，但从中我们看到了另一个可能的、"之前的"亚当。

于是，各种可能的"之前"来了。比如，有人假设亚当被拿掉的是胸侧，就是性征的另一个主要部分，两个乳房，即整个前胸——既然上帝有法子用亚当的任一部分造就夏娃，那么就选前胸吧——夏娃是亚当身上的前胸造的，这个假设在见过了上面的思路之后，已经显得不突兀。这个假设既使得亚当还符合我们现在看到的模样，也使亚当的累赘少些，把硕大的胸部给了女人，更便于男人做体力劳动，并且减少一点性欲，好留些精力做别的事，世界上的事儿可太多了。这个假设，或者说这个对《旧约》里亚当与夏娃之间关系做"小小修改"的版本是法国作家图尼埃的[1]，当然，作家为了自己小说的逻辑做的肆意修改不可当真。

不过，我们可以拿一个理论或者假设当真，以至于付诸社会实践，以至于让历史翻天覆地，为什么不可以也拿某种假设、某个故事当一回真，那里面或许还真地隐藏着什么奥秘呢。如果在思绪中产生的秩序被称为一种内在秩序，那么我总是倾向于相信，内在秩序一般总是可以找到它的外在对应，就像形式逻辑的结论有望在物理世界找到它的物质表象。

那么，稍稍当真一下图尼埃的假设，问题马上就来了，选前胸，也就是说选的全部都是性器官，那不就要担心女人淫逸无度了吗？不知道图尼埃是历经过与女人的沧桑才做出此种假设还是仅仅出于聪慧的逻辑智识，图尼埃笔下的虚构女人当然不能作为其假设的证明。

但是，德国哲学家魏宁格作为研究男女素质差异的专家，他有一项调查研究发现：女性总是时时具有性欲，而男性只是间歇性地具有性欲。女人的性本能时刻都是活跃的，而男人的性本能却时常处于休止状态。据此，魏宁格有一个断言"女人的性欲遍布女人的全身，而男人则是部分身体存在性欲……"[2] 令人惊讶或者欣喜的是，就同为了给图尼埃做佐证，这正好吻合了图尼埃关于女人是由男人的胸部造就的这个假设，可不是，如果女人是拿男人的前胸做的，就是她整个身体都是性器官，当然性欲遍布、处处皆是，且时时活跃。这相当于说，魏宁格研究的"结果"可以作为事实支持图尼埃的假设。

虽然我们清楚，比起物理学或者自然科学，社会科学的结论更不能覆盖某类现象的全部，更别说与上述说法相反的女人例子比比皆是。无论怎样多的样本量和研究方法得出的结论对每一个个体来说都没有意义。不管如何倾向于认同此种假设和断言，现实中，我们绝不可能因为一个人是女人而断定她时时性欲活跃。

但我们，我们女人，依然可以据此小小地对自己幽默一下。如果我们把图尼埃的假说与魏宁格的说法对应起来，是不是就找到了放纵自己的理由？我们女人，不再标榜爱情至上的光荣，也不要道德的旗帜，我们女人生来就是爱情至上。爱情至上是说，其他，比如国家社稷，比如光荣与梦想，比如奥秘与信仰，无论什么，都比不上对另一个男人的爱——狭隘的爱。

---

[1] 参图尼埃《桤木王》
[2] 见魏宁格《性与性格》，下同

因为她的生理结构决定了她时时刻刻都在"爱",她没有闲暇啊!

二

女友俪,就笑我一派胡言。

女友钦则认真地说,男女之不同,要算最粗犷的分类,是任何一种划分的第一步吧。当我们把一个人归到某种类型中的时候,我们就以为认识了这个人。把自己认作某种类型人的时候,都是释然的时刻,因为那类型,是早就定好的。进入类型,有点像被归属,也有点像找到了归属。然而事实上,每一种类型都只是截取了人身上的一部分特征,把具有近似特征的人归为一类是退而求其次,这一部分终究不是一个人的全部。一个人如果带了他的全部特点来,来参加类型划分,那么最终的结果就是,每一个人都占有一个类,类型划分必将失败。

钦总是那么较真,不过说得对。

我们当然知道,任何类型都是以点带面,更何况例外无穷无尽,令人吃惊的人——古往今来,从今往后——实际上是无穷多的。任何人都可能是任何一种类型的例外,如果你觉得他例外,那么他就是例外。事实上,当一个人使劲地去做一个个体时,就很难进入已有的分类,他就可能成了例外。

对例外之人,不能一类一类地认识,要一个一个地认识。

说到例外,想起从安东尼奥尼那里读到的一句话,他说那是康拉德喜欢的格言,却是一个叫做山谬的苏格兰作家说的,他说:"一个人只认识讲理或有教养的人并不算认识人,只能说对人一知半解。"这话我们读到有时会忽略,想想又忽觉触目惊心。往往,一条格言需要经过好几个人才能来到我们面前,就像一个人,有时需要经过好几本书才能走进我们心里。就像魏宁格的调查研究与图尼埃的假设,终于有一天,会跟阿里斯托芬和造物主连上,联系总是让我们欣喜。一本书引出另一本书,一个人带出另一个人。这句格言带出的是一个叫陶尔的男人,他是安东尼奥尼写的一个电影故事里的男人。

这里我们可以把陶尔的故事再讲一遍。

陶尔是一个五十来岁的悉尼富商,人到中年,过着一种安静的中产阶级的成人生活,做生意认真无误,受人尊敬。富有,但不在乎富有,他像是有家室的那种男人,但其实没有成家。他的男性气概,更多地用在了海上和船上。

在一个毫无征兆的、日常的早晨,陶尔忽然觉得周围的世界了无生趣,陈腐而无力,非常渴望海洋,于是陶尔决定出海。这突然的决定,或许是他想有一个在社会规范和地位之外的假期,或许仅仅是因为前一天他解雇了三名水手这个人生小障碍给了他一个刺激。但关键是,他没有去专业的船员介绍所找船员,而是到码头上,在码头的贫民窟游荡,找了三个最不像水手的人。这种行为着实是暧昧难明。其中一个竟然年龄高达七十岁,那个人看起来不仅精明,有着神秘和王公般的表情,还像一个没落的贵族,背后跟着几个世纪的岁月;下一个有着嘲弄的表情,是个强者,喜欢冒险;另一个,则像那两个人的奴仆。这三个船员,与陶尔之前所熟悉的船员的言谈举止、动作表情全然不同。可那天的

346

陶尔却认为，能够从这种不同中获取某种经验是上天赐给他的好运。这三个人在船上，不仅做的事与航海无关，甚至与常识也无关。但是有一点，他们很快嗅出了陶尔这个人的气味，于是贸然破坏之前商定的薪水价格，提出的要求高得离谱。陶尔或许是急于出海，或许是觉得，认识一下不道德和卑鄙也颇有教益，再则，陶尔感觉到，那三个恶棍吐出的毒气和健康的海洋空气混合得那么好，这让他感到某种安慰，他的领悟或许来自于他读过的书，陶尔喜欢康拉德，康拉德喜欢的一句格言是："一个人只认识讲理或有教养的人并不算认识人，只能说对人一知半解。"

但是陶尔低估了卑鄙和愚蠢的力量。在入夜之后的暴风雨爆发时，那三个人不仅不能胜任船员的工作，甚至连站都站不稳，只是紧紧抓住栏杆，他们生气、诅咒暴风雨、侮辱、愤怒于陶尔，把陶尔这个游艇的主人当做了不义的象征。这让陶尔察觉到自己陷入了荒谬和险境。于是他把这三个人拘扣在甲板下，拴紧舱门，自己去修理引擎的电力系统。可当他修理完毕，正在松懈之时，却发现那三个人竟从舱门里正要走上甲板。陶尔，这个游艇的主人，此时明白，如果被这三个人看见，他们会毫不犹豫地把他丢给鲨鱼，然后说他失踪了，再用他的船来走私，再把船弄沉。于是陶尔偷偷摸摸地绕着船身，躲了起来。接下来的白天和黑夜，是陶尔与那三个人的"周旋"，陶尔躲在船首的甲板下，夜里才跑出来到冰箱里拿食物和水，再把相同的量放进去，他当然知道补给在哪里放着。那三个人，始终没有看见陶尔，径直在厨房里和餐厅，在太阳下打盹，并且毫无焦虑的迹象，也不管游艇之外发生了什么。

至于陶尔，他们甚至都没想过找一找，比起这三个人对这首船的篡取并把他驱逐到角落里，这种对他的毫无刻意的忽略，更令陶尔感到仿佛自己是暂时栖身此处的人，他竟产生了嫉妒的愤慨。

船身常常莫名其妙地调转方向，说明操纵方向盘的人随性又笨拙。而如此生死攸关之事，于那三个人似乎并不重要。走运的是，终于在一个黄昏，这条随波逐流的船被一艘渔船拖上了岸，在一个陶尔不认识的港口，一个遥远可怕的码头。

远远地在船上，陶尔看到码头上聚集着看热闹的人围着这三个生还者，他们正在享受他们一生中真正唯一光荣的一刻。陶尔忽然明白，自己总是过分严肃地在意生命里的每件事，不曾以嘲讽来面对命运，于是，他的脸上露出了对自己的笑。

等到陶尔下船已经是深夜，在荒凉的码头上只有一家汽车旅馆，陶尔走进去，知道那三个人也一定住在这里，并且这个时候肯定睡得烂死。陶尔没有打电话设法买机票或者叫人来接他回家，他连觉都不想睡，他想做的竟是：把他和那三个人共享的生活再延续一晚。

想象一下"那三个人"又遇见他的表情，陶尔又笑了。

三

这个故事，被安东尼奥尼命名为"海上的四个男人"，可见他不光是为了写陶尔，他写的是四个男人：陶尔与那三个奇葩恶船员。

在我们几个女人的聊天中，常常出现陶尔的名字，仿佛他跟我们聊过那一段，仿佛他是我们的一个熟人，更仿佛我们很理解他似的。甚至把他编进了我们自己的故事。因为他不是任何一个我们共同认识的男人，却是我们共同熟悉的男人。

有时我们还会觉得，好像我们跟陶尔一起经历了这次荒唐。

看起来荒唐起于那天早晨，其实，真正的起点在头天晚上，在"昨夜"。夜，才是所有念头的开端。在进行了一整天的酝酿，一整天的积蓄，沮丧和无聊，以及好几天、好几月，以至于好几年的一成不变之后，在那个晚上，那个深夜，陶尔的荒唐起步了，那个时候还不能叫荒唐，那个时候很像激情，一股暗涌，一种隐隐的快感，他还不确定是什么，是戳穿，或者摧毁，不是，是创造，是一种被激励的冲动。好吧，待明天，就是一个新的开端，如此，陶尔倒是睡了一个最安稳的觉。

陶尔的命运在于，当晨曦的微光透过窗帘的时刻，那个开端仍旧在，因为他睡得太好，没有任何覆盖和波动，那个开端依旧，如发酵完成，正整装待发等着他。他的那个开端并没有像许多人、以及像他的无数过往一样，在夜里发端，却在清晨，不是被一夜的乱梦抵消，就是被翻来覆去的失眠干扰，而荡然无存。

陶尔故意没有按照正常逻辑去该去的地方找船员，而是去了码头的贫民窟。他随意地、仿佛飘在决定之上让决定无所适从，他要像掷骰子般地找几个偶然中选的人做他的船员，那个暗涌的、破坏的东西在蠢蠢欲动，似乎很喜欢这样。

他故意的，他被那个暗涌冲昏了头，就像一个未知的游戏在吸引他。要是有人质疑他，提醒他，反而会提高他的兴致，变本加厉也未可知。

他有点沾沾自喜。陶尔是笃定的，不是因为他有熟练驾船技能，当然这一点也必须，也毫无疑问，而是他自己都不明了的自信：他以为他可以驾驭"比他低"的人。要说什么人性丰富之类说，陶尔听得多了，谁没听过呢？只有当你面对一个实在的经验，你才知道这意味什么。康拉德喜欢的那句格言，会在数千万次的经验之后被再一次真心朗读，那样的朗读有时真是饱含血泪，即使如陶尔，全身而退者，再来读，心中的感慨也是无穷无尽般。

说陶尔在码头刻意找的是最不像水手的人，也是夸张，事实上，他甚至都没有记住他们的脸，他的重点在于随便。要到后来，那三个人的脸才真正刻进他的脑海，他之前是患有脸盲症的，不到非常熟悉的程度，他永远记不住人家的脸。很多人将此怪罪于他的骄傲，那不是骄傲，那是症状；但他又确是骄傲的，没有特质的脸，没有意味的脸，没有与一个姓名密切相关的脸，没有与特定时间、地点、事件相关的脸，又如何被记住呢？

不过后来陶尔记住的仍旧不是三个名字，而是一个名字：那三个人。因为如此诡异，那三个人仿佛组合成一个结构，一个首领般狡诈，一个冒险而野蛮，一个又如奴仆般地顺从。他们三个都浑浑噩噩，对厄运只有诅咒，对卑鄙与恶毫无意识，人类的理性在他们看来竟至于荒谬，因为在他们，没有荒谬一说。说他们是一类人，是陶尔心里的划分，说他们浑浑噩噩的是陶尔，他们每个人自个儿其实是"自由自在"的。他们仨都既不担心陶尔暗中算计，也不担心陶尔死了。这个组合，以它的"自在"，以它的自然的恶与自然的无动于衷，榨取了陶尔也放过了陶尔。

细想那三个人，他们难道一丝一毫也

没发现陶尔不在了吗？一个人是物质的存在，不会倏忽不见，不见活人也见尸首。那么是什么原因使得他们没有去找一找陶尔呢？如果说第三个人如奴仆，就只是跟着那两个人，他们不去找，他也不找；那么第二个人，说他有些蛮，是不是脑子不太够用的意思，就是头脑简单，也许想过一下，如果不立刻行动，就滑过去了；那第一个人呢，不是年纪很大吗，该是懂得陶尔的存在至少可能对他们有某种威胁吧？那么，他或许其实知道陶尔一直都在，并且甚至看见了他，但故作无视，只要不影响到他们即可，但是那随波逐流的船、大海上的危险他也无视吗？他也像陶尔一样想试试命运？

据说起初的野蛮人，他们的思维长度很短，对生活的预见超不过三天。对他们来说，只有当下，真正的得过且过，以至于不存在甚至对下一个时辰的想象，以至于在烈日当午时卖掉夜里御寒的被子。那三个人，竟至于是这样的吗？他们只对付当下？如今还有如此未脱野蛮的人？好吧，我们尽可以说那三个人不可理喻，但要说不可理喻，起头的可是陶尔。

说他不恐惧是假的。现在，他把小心翼翼的躲藏与"偷食"当作活着的习惯，竟真的把自己的游艇当做了暂栖之地，而主人已然是"那三个人"；他随时都有被弄死的危险，可能会被儿戏般地喂饱鲨鱼，不留一丝被划去的痕迹，连一朵浪花都不停留。

可这个陶尔，那个时候他居然在恐惧之外还产生了另外一种感情，一种完全不符合逻辑的感情：嫉妒——一个之前的主人嫉妒霸占了他位置的新主人。

真叫人惊愕，这种感情实在难以理解，陶尔究竟要怎样忘记自己的船主身份，怎样地走进所谓的当下，怎样地变成差不多就像那三个人的同类，才会产生如此的嫉妒——其实这样的"理解"思路很可能也是错的，对于不能理解之事，很可能还是停留在惊愕与疑惑里面更好。

不过，这倒是与后来上岸后的陶尔很一致，看着岛上唯一旅店的灯光，陶尔居然期待与"那三个人"再一起"生活"一晚——这样的期待倒真是同类才会有。

俪说，要说理解是解释，是以理性贯之，那我说我不理解；如果理解就是莫名地同意，就是感觉到某种相通，那么我好像，我真的好像，很理解他。

汉语词典对理解的定义是：顺着脉理或条理进行剖析。

俪马上说："对呀，顺着脉理，脉理就是脉搏，就是顺着心跳，就是跟着身体，对，我的心跳理解他！陶尔，真的，好像激起了我的模仿之心，做点什么，做点什么荒谬之事呢？"脉理就是脉搏——俪，为此先给你一个捂脸的表情包，再给一个开心的摇摆。

陶尔不光做了荒谬的事，还想体验荒谬的感情？或者说，能够进入荒谬，仿佛对荒谬有某种理解，如果跟那三个人继续一个夜晚，会发生什么？这样想想倒蛮有些诱惑，陶尔，你去试试呀？

俪立刻联想到自己："有时候我可真想要荒唐荒唐呢！"

那么，给你一个现成的荒唐，俪，你去，毅然地，把一杯水，倒在笔记本电脑的键盘上吧！这无疑属于荒谬对吧？这样你的生活就起波澜了，一个货真价实的荒唐吧。然后，等你焦虑，等你折腾完——

349

甚至可能要等到你又买了一台笔记本,你才会感到充实,感到松了一口气,然后,你发现,有一个可以正常启动的电脑是多么好——多么幸福!这才真的是,荒谬创造幸福。

但是俪说,这样的荒谬太小啦。

说是这样说,当俪得到一罐太平猴魁的茶叶时,为了那挺拔修长的叶片,专门买了瘦高的白玻璃杯,泡上茶叶后,就像几株在海底的树,绿得剔透。那杯茶水,就放在笔记本电脑的旁边,玻璃杯底着桌的面积太小了,每一次都要注意离开笔记本电脑远一点,要注意周围不要有杂物,否则一个不顺手,茶水就会撒到电脑上,酿成事故。

但俪说,即使发生事故,也不是荒谬,事故是自然事故,故意才是荒谬。

我说那是一个暗藏的故意,被掩盖的荒谬。

四

女友芩对陶尔的荒谬另有她的逻辑,她认为这一切都是必然和注定,专是为了陶尔获得某种领悟也未必。陶尔的那个早晨就是某个目的的起始,那三个人则是有准备地等着陶尔。如果这一切都是必然,我们就会有某种安全感,必然的最后不是有惊无险就是注定毁灭,即使毁灭也是因其必然而无法有怨言。而有惊无险,更是陶尔的必然。他心知肚明吗?很可能是这样,芩很愿意这样去想。

其实在船上,陶尔并不是在提心吊胆、紧张恐惧中度过的,他几乎算是坦然绕过的。说绕过恐惧不如说是绕过荒谬。你看他既小心翼翼又胸有成竹,躲开那三个人,尽量不在白天出现,从冰箱里"偷出"多少食品,就从仓库里补进多少,防止那三个人察觉。仔细观察,确保每一次出舱门都安全,每一个决定都正确,有计划有步骤,每一次稳稳妥妥完成预定的出舱任务。他在做这一切时,完全遵循理性,没有丝毫的肆意放纵,没有任何一点点荒谬。就这样毫不荒谬地绕过了荒谬。

他凭的是胸中的必然性吗?是的,他的踏实和坦然来自他的"虚无",既然他挑战虚无,要打破无聊,那就什么都不会怕,想看的就是究竟会来什么,绝不能还没怎么走近究竟,就先不敢看了。也可以认为,看到什么,什么就是必须看的,那三个人,就像是与他的汇合,汇合的地点在船上,汇合的方法是荒谬,分手的地点在岸上,分手的标志是陶尔的笑。芩喜欢这样的说法,这样一来,陶尔他就是自己给自己设局和破局,无论怎样他都是得胜者。

如此,陶尔竟成了某种英雄,一个以荒谬做起点的英雄?

经过这些之后,陶尔会怎样?是若无其事般地投入之前的生活还是画风大变?是更加迷惑还是仿佛幡然醒悟?这是俪关心的,是俪愿意想象的。

陶尔是安东尼奥尼用语言造出来的,可以说是言辞中的人。日常里,这样的人很少见,如果他们也做了某种看起来荒谬的事,往往都另有原因,不是譬如有难言的疾病,就或许有不愿公开的是非隐情,所以那荒谬只不过是看起来如此,实际上还是有解释、有逻辑、有出处的,那样的荒谬与陶尔的不一样。因为荒谬就得是完全的荒谬。陶尔则因其荒谬之彻底而显得有点神秘,有点可爱。

完全彻底的荒谬或许只能由言辞创造。

然后，可能被模仿，被想象，之后，就有了一个疑似陶尔的人，姑且仍旧叫他陶尔。

如果陶尔最先降落在俪的想象中，俪就把自己的女友卓丫配给了陶尔，当然，夸张了一点，也多少有一点点"荒谬"感。在俪那里，男人不能没有女人，就像她的身边，总是少不了男人，她把这个叫做爱情至上——嗯，俪的说法。

俪觉得，卓丫配陶尔最合适，她是一个演员，常年在帕斯生活，对，正好也在澳洲，配陶尔有现实可能性。

不用想象卓丫的样子，我们都见过她。她是一个冷淡（并不冷漠）的、修长的、收敛的女人。个头儿高，不仅在女人堆里是高个儿，甚至跟男人比，也显得太高了。她北方人，却又不像北方人那样撑得开，腰板挺直了地自由。她好像因为高而很对不起别人似的，总是夹紧了肩膀，想要尽量变得小一些。幸好她很瘦，但骨架并不小，高个儿的基本架子在那里呢。即使瘦，她要是放飞自我起来，占的画面也够大的。但她几乎没有放飞过吧，反正我们没见过，从来没有看到过她张开自己身体自由起来的样子。她常常是有一点略略憋着笑，最多有一会儿肩膀放松下来的时刻。

她显得谦逊，但并不随和。她的身体，最大能量的扩张不是在空间上、体积上，而是在密度，在被力充满的时候。她的肌肉不像健美家那样凹凸有致，而是，她里面的骨头是钢筋，会让人联想起贾科梅蒂的细人雕塑，上下超常伸展，坚硬如铁，却从不昂首挺胸，既有像铁一样的粗粝，又是和蔼的，质朴的。她为人极其善良，像所有的女人一样热爱生活，热衷买新衣服，以及，和我们几个女人一样，不懈地买围巾，认为它象征浪漫或者爱情，至少

是一个温暖的礼物。法国作家热内曾经这样说贾科梅蒂的雕塑：保持在最遥远的距离和最熟悉的亲切之间。这个感觉正好符合卓丫。

她是一个有点名气的演员，但不算是大牌明星，她参演的电影有些偏小众，算是艺术电影吧，还得过奖。令人印象深刻的是，她基本上只跟一个导演合作。这个导演是个另类，拍的绝大多数电影里都有色情和暴力，不仅尺度大，而且"越界"，某些角色的性行为是很多人不能接受的。而她，就几乎是这个导演的"御用"演员。

卓丫是一个好演员，她不仅不拒绝性的演出，而且在涉足性的领域，她的表演坦率自然、层次丰富，面对角色的需要，性的种种倾向需要，她都尝试过，表演过。

我们都看过她的电影，也就是说，虽然我们没有亲见过，但我们在屏幕上见过她的裸体，以及她的做爱。然而这个事实在现实中，却总是被我们无意识地忽略了。当我们跟她一起抽烟喝酒说话时，从来没有自然地浮现过她的裸体。只有刻意，只有努力，你才能想起她在电影里的样子，但跟眼前这个人，似乎对不上。这究竟是说明了表演的力量，还是说明了人的面相之多？

陶尔，想必该是看过卓丫演的电影的。果然，当俪提起卓丫时，陶尔立刻表现出了兴趣。

陶尔第一次见到卓丫，是与卓丫一起去看卓丫参演的一个电影。一部有许多色情镜头的电影，卓丫是女主角。卓丫出镜之大胆，以及与陶尔在一起之坦然，令陶尔对这个女人刮目相看。一个大胆越界的女人，竟敢在边界上翻芭蕾舞跟头，翻得漂亮！陶尔说。

我说，陶尔的品味厉害啊，敢于喜欢、也有能力喜欢卓丫的男人可不多。

其实在卓丫的背后，我们很多次议论过她，猜想过她，试图去解释她、理解她。卓丫的表演尺度是如此之大，不禁让人想到，这样的表演之后，她还有没有自己，她自己还剩下多少？

有时，我们说从一个人的背影都能看出他的悲哀。一个人的身体行为比语言更加无遮无拦地表现了他的特征，很可能，其中饱含意味。精神行进在骨肉中，使其高昂或者谦卑，随便或者绷紧，舒展或者松弛，猥琐或者大方，努力或者自由，以致高贵或者位微。精神给予骨肉以姿势、方向、力度，以及火与冰、山土或者沧浪。

而在所有的肉身行动中，最极端的表现在性行为中不是吗？最极端也最隐秘，最隐秘也就最泄露。卓丫不仅仅是全裸出镜，可怕的是她做出了她的身体姿势的全部可能：在几乎所有关于性的情形中，她对男人发力的反应，她身体的所有面向关于性的表情，已了然于全体他者——那些与她不相关者。她已经没有任何神秘可言。她已经不需要再说什么，什么都已经被说，被身体的动作说过了，被臂膀与长腿、被眼睛与嘴唇、被脸说过了，被冷漠和激烈地说过了，被美丽或丑陋地说过了。

不仅是笑的样子、哭的样子、生气的样子、欢喜的样子，还有卑贱的样子、谄媚的样子、得意忘形的样子、无地自容的样子、无耻的样子、纯真的样子、隐忍的样子、沉默的样子……所有欲望的表情……虽然是表演——是模仿，可她表演得与其说是"像"——像谁？谁有过这类经验？只有有过这类经验的人才知道是一种什么感觉，更何况每个人因其历史和做爱对象的不同，经验也不同——不如说，是她对此类事实的想象，或者，她就是在真实地做？她的想象表达的就是她的理解、她的理由，因而就是她的态度？不管你的本性里有没有卑微，有没有傲气，你模仿或者你想象，你都要去表现。你的本性是你，你的模仿也是你，你的想象还是你，你是逃不掉的你。

还有，关于做爱的样子。姿势都退居其次了，更有各种性的取向、倾向，以至各种奇诡变态，极端甚至黑暗。这些，并不是每一个人都有能力承受，更别说担当了——做一个好演员何其难！

她在表演，更是在暴露自己，在公众面前，最大程度地暴露了自己的习性、倾向、品格、德性。她在被榨干。在做出了所有的这些表演——尝试之后，她就是一个没有任何秘密的人。她不断在被消耗和散尽，像一个不再可能"创造"的人、没有种子的人、一无所有的人。

这些看法很可能来自钦，这是她理解事情一贯的思路。有一句话，她为了理解得更好，记得还找了好几个中译文比较给我们看：

人在性方面的程度和类型，一直延伸到其精神的顶峰。（魏育青译）

人的性别特征会触及最高的精神性。（马勇译）

一个人性爱的程度和方式一直可以延伸到他精神的最后一个顶峰。（李健鸣译）

（尼采《善恶的彼岸》第75条）

一个人的性爱类型和方式当然与他的精神性相关，但对这句话，完全可以做偏激的理解，认为性才是通往精神顶峰的最佳通道，以至于"最后一个顶峰"是沿着性爱的程度向上攀登的。在性行为中，隐藏着精神和肉体的双重高峰？

有时性作为激发，唤起、引领精神发现，有时精神以隐秘之力推进性的可能。但无论怎样偏执的理解，都应当承认，作为人，最后的顶峰都无疑属于精神，都是为了精神，而在最高的精神之巅，性，并不缺席。

说到袒露，我们说爱，说相爱者之间彼此袒露一切，不仅是坦白我们内心的所思所想，当然还包括，必须包括肉体的赤裸——袒露的原始含义。

因此性行为，既有隐藏的需要，就有暴露的意味。如果秘密是聚集和势能，暴露就可能是耗费和坠落。所谓一个人的独特性，无论是肉体的还是精神的，都可以最大程度地体现在性行为中，而我们对另一个人的爱，就是彼此对对方的独特性最大程度的体会和领会。

那种独特性，本来是只针对一个人的，会因为表演的"借用"而丧失吗？

还有一种说法：一个没有任何秘密的人，就是一无所有的人？守住秘密，不是为了守住，不是见不得人，而是为了让它生长，生长到可以与别人分享的成熟之日。在生长过程中，或许最多只能与"你"分享，就是与那个与之做爱者，那个对"我"有"体"会之人，那个能够领会你的人。在这个意义上，卓丫，她的演出行为，就好比她的每一粒种子，都在刚刚出土的时候，就被暴晒了。

芩说，所以我很佩服陶尔，叫人怀疑的是，卓丫还有多少独特性献给陶尔？

俪总是乐观，她相信，只要卓丫"躲起来"一阵子，躲起来就是补给营养，她就可以重新聚集，相信这是经验告诉她的。

五

躲起来，就是一个人，不演出，也不相交异性。别看俪这样说，好像她有这样的经验似的，其实她有的全部都是相反的经验，她几乎从未断过交男友。

说到与男人的经验，俪的经验太多，超出了钦和芩的想象。

当她们有一天要求彼此摊牌，每个人都诚实地说出自己究竟有多少个不同（男人）的经验时，俪居然说出了两位数！这在熟人中是闻所未闻的。钦和芩感叹，原来小说和电影里真不是编的。

"那么，你每一次都是真诚的吗？"钦问。

"每一次都是认真的吗？"芩问。

"真诚与认真，有什么不同吗？"俪反问。

俪曾经声称自己是一个爱情至上主义者，恋爱在她的生活里始终是最重要的事情。她不是正在开始一段新的恋情，找到了认为终于属于她的那个人，就是在失恋中，痛苦得连死的心都有，哭得叫人心疼。每一次，她都全部身心地投入，为那个男人做一切，每一次分手，对她的打击也都是身心交瘁。但她总是能复活，经得起一次又一次的淬火，爱情的运动持续不断，生生不息。

原来是这样吗？一个不能断了男朋友的女人，一个不能没有恋爱生活的人就是爱情至上者吗？这就是"爱情至上"的物质部分？钦忽然想到说："你们说，这里没准是一个连续性问题，甚至是惯性？对这类人来说，没有爱情的生活不是生活！"

连续性，这真是闻所未闻的一个新角度，难道这里隐藏的是，一个爱情至上主义者很可能是一个离开他人不能生活的人？不管是需要去爱还是需要被爱，都是一种对亲密关系的依赖，他们要惦念别人也要别人惦念，一个人就等于无意义，他们的意义总在别人身上？那么，生于恐惧的人是不是更容易成为爱情至上主义者？

芩提醒我们，日常概念里，这个爱情至上差不多总是指一个人的忠贞，指肯定另一个人的至上位置，是对他人最全身心的倾注、最忠实的热情。比如对一桩爱情——个男人最极致、持续的忠贞。因此，它首先是高尚的。因为确实有这样的女人，她们一生未嫁，也有这样的男人，他们一生未娶，而毫无疑问，他们的确可能是地道的爱情至上主义者。

当然，绝不能说一个不断找男人的女人就是一个爱情至上主义者（反之对男人亦然）。但连续性的念头挥之不去，有什么东西藏在其中？

幸好我们是一群不太笨的女人，不会在一个方向上"晕倒"。从来，就忠贞和唯一的意义上，大家一致地总是把这句话做褒义的理解，其实爱情至上明明白白说的是爱情至上，而不是事业至上、荣誉至上、家国至上。好吧，到底该把哪个至上？

在现实中，是否发生这种选择，与其说是跟机遇有关，不如说跟一个人的天性有关。机遇好像是外部的，其实来源于自己的天性，天性发现机遇，创造机遇。比如俪就有一种能力，总能在人群中发现可爱的男人，或者——哪怕——相对可爱的男人，总能发现男人对她的感觉，并且，很快就能够呼应上去。真诚和暧昧地呼应上去。一桩新的爱情就此等待发芽。

女人总是狭隘，绕过一切还是回到自己的思路。"那么，咱们还说真诚与认真，你选哪一个？"钦对俪的经验兴趣不减。"咱还没说它们有什么不同呢，好吧，就算它们有不同，我选真诚，当然这不等于选了不认真。"俪诚实地说。

钦和芩都忘记了一点，除了严肃和真诚，还有欲望——纯粹的欲望，每次都是欲望满满。欲望的力道总是被我们低估了。

——欲望带着你走向一个又一个他者，这是多么新鲜丰富、深刻深邃的世界啊！你要走向他人，才能走进自己，这真是像极了做爱。然而如果你只跟着欲望走，你不时时收敛，你不对节制念念有词，就走不上顶峰，还可能散落一地，收拾不回自己。

尽管这种说法听起来不错，可是，你不是俪，又何以懂得她呢，就像我们都不是卓丫。

但经验永远是有限的，我们无法仅仅凭着经验认识世界。

但我们手中有理解。那句最深刻的话不禁又被诵出："这个世界最不可理解的事情就在于它是可理解的。"现在，不管其他，只关注"可理解的"吧，我们一直、永远都——理解——这个世界，这是个巨大的事实，否则，这个世界就不属于我们，它属于我们，或者我们属于它，都是因为"理解"。值得玩味的在于，理解并不总是一蹴而就，有时需要交谈、对话，有时需要辅助的经验，有时需要一字一句地写，但不论怎样，都离不开思考，思考就是理解。经过一番努力，我们总能理解。有时一开始只能接受，但在不断地接受之后，竟然也会达到理解的境界。

哪怕结论是"不可理喻",也算是"理解"了一把,"理解"过了。比如陶尔招呼来的那三个水手的荒谬。我们几乎从未遇见过一模一样的荒谬,但我们对这三个人的存在竟如此信以为真——信以为真就暗含着某种理解——某种理解就意味着这种荒谬有存在的合理性——这合理性就意味着我们其实是"见过的"!没有见过一样的形式,却见过"荒谬",在心底深处,我们都信"不可理喻"是存在的事实。事实有时立刻就被理解,有时因为重复涌现而被理解。理解或许还意味着某种"掌控"。认为自己理解一切(人),以为自己能够掌控一切(事),这好像正是陶尔那趟荒谬出海最初的自信?

卓丫是难以理解的吗?我们为什么想要试图去理解她?

"为了陶尔啊!"这肯定是俪的回答,没有理解如何去爱呢?

俪总是靠她那狭隘的至上视角让一切问题迎刃而解,不,不是迎刃而解,而是一下子会使问题显得乏味,于是被忽略。

想想吧,卓丫并不是在恋爱,而是在表—演—做—爱。

卓丫在电影里的表现真是勇猛无畏,像是竭尽全力地"做爱",感觉她的骨头都在做,如果她很胖,就会毫无力度,所以她一定很瘦,确实很瘦。她的努力让我们想起男演员霍普金斯,他说:"在表演中要让自己以某种方式暴露出来,丢掉所有的面具。"这样说来,演员还在表演中借着表演,挖掘着自己的可能性,丢掉平时不觉知的面具,在新的人性体验中,也得到对自己的新认识?这也是卓丫的经验吗?

这种种疑问,虽然我们从没有真正向卓丫提问,但卓丫当然猜得到。有一次,她不其然地说过一句话:"需要与黑暗作斗争。"芩敏锐地记住了这句话,认为这是某种解释,是卓丫的力量所在。可是,卓丫说的黑暗指什么?什么黑暗,关于人的黑暗?

卓丫常常令我想起演员夏洛特·甘斯布和佩尔,对于有些非同寻常的角色、情节与态度,她们的表演好像就是探险,不,不是好像,就是真实的探险。她们表演的、她们企图呈现的、她们想象的、她们体-验的,是人类身上极端的、疯狂的、极端不平衡的情感。我猜想,在表演之前,她们自己都不能确定会出现什么样的感觉,这算不算与黑暗斗争?那种未知,没有参照,没有同行者,没有效仿,只有你付出献身般的激情,才可能抓住它,戳穿它,战胜它。

据说好的表演必定投入了真的情感,于是我们一致认为,一个对此有过想象和思考的男人陶尔——卓丫的男友——是可敬的。

那种黑暗就是未知的可能性,就是人性的边界。如果说可能性在想象中,那么表演就是实现想象的最大可能。

在表演中,我们可能体验到无法在现实中体验到的情感,可能"实现"在现实中无法实践的行动,还可能"重复"我们曾经的经历和情感。

重复,在生活里,我们有无穷多吃饭睡觉的重复,却难有某种情感的重复,更不用说某种激烈的感情的重复。

关于重复,有一种说法是,只发生一次的不是发生,反复发生,重复才使其真正存在;相反的说法是,只发生一次的才是存在,只发生一次的才是永远的发生,重复却是使其不存在的方式，反复的发生，终究因其重复而失去意义。

我相信陶尔可能赞同后一种说法。

每天吃饭和睡觉是重复，真正的重复，在其中，时间的效应微不足道，这种重复因为不含有意义而可能，因为不含有意义而被忽略，被忘记。

克尔凯郭尔曾经思索重复，"重复是否可能，它有何价值，有什么东西在重复之时获得或失去，"于是一个直接的想法油然而生，他对自己说，"你可以去柏林旅行啊。"他从前在那里待过，那么再去一次，就会知晓重复的可能与价值——写到这里，我想起自己读到这一段时，曾在书页空白处画了一个偷笑的表情，真正的聪明就是做傻事不是吗？

但是可以演戏啊，如果真的再去一次柏林，肯定物是人非，或者人是物非，或者那地方根本不是柏林。但是却可能在舞台上再现那时候那个地方的街景和人物，可以让演员扮演他曾经的女友和房东……

这戏剧之可能，得凭靠克尔凯郭尔的回忆。这戏剧值得上演，是因为那地方、那时刻，对于克尔凯郭尔，有极其属己的意义，所以才有让它重现的愿望。

事实上，我们渴望重温那些情感，企图探究某种深邃的重现，都因其具有特别的属己的"纪念"而认为值得"重复"，它们因其深刻的印象而进入我们的回忆。那种意义往往都显得独一无二，又几乎是惊鸿一瞥，它们在无数的日常和平庸里凸显，在个人的生命经验里回旋，等待重现。

想要再进入一次，感受它，体验它，深入它，"占有"它，就是想"重复"它，如果甚至可以一再地重复，便可能拥有它，研究它，"明白"它。而在无感中的无数次

同样的发生因为不含有意义，不会进入我们的"重复"清单。

然而我们都知道，那些不同寻常的经验和情感，那些"瞬间"，其实最难，以至于根本不可能重复。这到底是说明了"只发生一次的不是发生"，还是说明"只发生一次的才是永远的发生"？

原来，我们渴望重复的，是那无法重复的。

所以当克尔凯郭尔说"重复之爱才确是唯一快乐之爱。跟回忆之爱一样，它不像希望那样欲壑难填，也不像发现那样总是蠢蠢欲动"，其实说的是，回忆之爱才是重复之爱。

说到重复，这个词最简单的意思就是再来一次。俩说，表演就是啊，一台戏剧，可以上演无数次，哦，不过……对了，你们看过拍电影吗？有一次我看导演J（对不起，他曾经是我的一个男友）拍戏，拍吻戏，当J发出一次又一次"再来一条"的指令，我看着监视器都要崩溃了，那还是接吻吗？每一次都需要重启激情，激情淡薄或者扭曲的，如果不是敷衍，就会走错方向，假如先是被对方激起，到后来不变成轻视自己才怪呢！要我说拍电影，做演员可太痛苦啦，人如何做到瞬间进入某种情感，又瞬间出来，太可怕了。

好吧，或许导演要的就是一种带异样方向的接吻的状态和意味。如果导演要到了他要的，那么演员得到了什么，失去了什么？

那么舞台剧，那么话剧，或许可以避免"断裂"，使情感"安全"进入，而连续数日以至数年的上演，就是在模仿"重复"？

可以认为这是陶尔喜欢和理解从事表演的卓丫的原因吗？是否还可以这样想，陶尔的荒谬出海是要逃离重复，那些在他看来平庸的生活和平庸的逻辑，他想要某种超越。他的侥幸归来不能证明什么，卓丫却是在某种程度上真正进入了对日常的"逃离"，甚至还可能获得新的"情感"和"瞬间"，那不可重复的、极其罕见的生命体验，走在人类经验边界上的感觉。

如果把卓丫的表演看做某种重复，把陶尔的出海看做对日常重复的逃离，他俩配合演出的行为戏剧，简直仿佛是以重复逃离重复。

陶尔羡慕卓丫的感觉经验？

六

重复之爱，跟着这四个字，钦眩晕在几十年前那个光影斑驳的午后，那时刻的她和他——钦和青。

你的宽肩，你粗长的脖子，你深深地侧向左边的头，于是你的宽肩与脖子形成水平，形成山脊，走过你全部的身体，崎岖向上，便在这山脊上，光滑起来，平坦起来。

当然你必须裸着全身，对，就模仿罗丹雕塑的那个男子的姿势。离我远点，我要看你，你把头斜靠在左边，对，你的左边，就是我面对的右边，靠在旁边那个落地座钟的边沿。手，手怎么放，左手垂着，当然，因为没有弯曲的地儿了，右手呢，支撑在腰上？做作，不好，那么也垂着吧。至于怎样一种垂法，至于是五指分开，还是某两个弯曲，或者甚至是拳头般的，我不是你，无法感觉，只有当成为了那样姿势的时候才知道，你随意吧。我不知道哪一种会中我的意，只有你做出来了我才知道。

只有像你那么高，那么宽，那么黝黑，那样侧头，很深地侧下去，才能知道该怎样垂手，怎样才合适，才能用得上有力和优雅这两个词。一旦找到，你就凝固那姿势，凝固你的样子。不管我喜欢不喜欢，那都是你。

还有你必须闭着眼睛，事实上只能闭着眼睛，闭着眼睛你才能体会你的姿势，才能知道你自己的样子，那样子不在镜子里，不在我的目光里，那真正的样子，值得被记住和爱上的样子肯定不能有万分之一的犹疑的目光，不能有万分之一秒的眨眼。只有穿上衣服我们才需要眼睛，需要眼神。现在，有身体就足够了，什么也瞒不了。

现在你这样赤身露体，就不需要也不应该睁开你的眼睛。你的一切都在你的一切里，每一处紧致和深凹，平坦与隆起，磨砺与坚定，每一种骄傲和羞怯，每一次欲望和退却。我会用眼睛了解你，看穿你，再抚摸你，但我不用手，我决不走上前去，决不走到你身边，决不触碰你。

你就这样，就这样，让我的欲望起来，我只有一动不动，才能让欲望越来越高，你身上热起来了吗？感觉到我的火了吗？你也要一动不动，纹丝不动。

你一动不动，我就无法把自己献给你，你若是那个完美，我就不配上去抚摸你，不配站在你的旁边，我只能这么仰望你，与你近在咫尺却无法动弹。我的欲望让我无法动弹，我知道你闭着眼睛却知道一切，你会为这欲望自豪吗——欲望到以至于无法去做。你要冷一点，尽量地冷，像一块冰似的，像一块黑铁似的。那才配得上静止，配得上我的无声无息的汹涌，我的无止无息的欲望。那才是火的伴侣。

欲望融化在静止里，就是灵魂相见的时刻？

那个光影斑驳的午后，那如火如铁的凝望，在钦的印象里，是爱情挥之不去的剪影。

如果挥之不去，是不是必将重复？钦喃喃跟着克尔凯郭尔的话"它不像希望那样欲壑难填，也不像发现那样总是蠢蠢欲动"，心中疑惑。

七

其实钦，已经有四十年没有再见过青了。

钦依然记得青的告白，年轻的青对钦说：他愿意与她一起哪怕去最穷困的乡村教书——谁说过爱就必须去最穷的地方?!爱为什么必须要遭遇苦难和艰辛?!

年轻的钦对青说：那我一定会像那个苏联电影里的乡村女教师瓦尔瓦拉一样……

如果他们终于没有走失，那么这告白可能将演出最浪漫英勇的一幕："只要她一个手势，就可以把他（们）差遣到天涯海角，就可以叫他（们）到她指定的地方去作战，去争取荣誉，去牺牲生命。①"那原本一个人担当不起的伟力和雄心，现在有了两个人，就像增加了百倍千倍的力，作为男人与女人"互为对象的意识，它的魅力和禁忌，使每一个共同行为充满活力②"，仿佛在两个人的恋爱之事中，那个理想得到了"落实"。

如果一个女人终究与另一个女人不同，那么钦是这样一种女人：她并没有任何这样的手势，也不知道如何打手势，她不会向别人打手势，向男人打手势。她的希望是青有一个手势，男人有一个手势，她想按照青的手势，哪怕去到天涯海角，去受苦如同十二月党人的妻子，去牺牲如同为了祖国，为了信仰。

必须承认，有一种女人是从不向男人打手势的，她们只是遵循对方，只想沿着男人的方向，不知道是因为传统使得她们如此，还是她们的本性造就了传统。必须承认，这样的女人很多，这样的女人不仅身体出自男人，全是男人的血肉，还整门心思都在男人身上，没有一点自己的骨头。这种女人就像是图尼埃假说的证据。

这样的手势，芩也从来不会。不过，在短暂的婚姻结束之后，芩既不会向男人打手势，也不再一味信赖男人的方向。因此秦的出场，完全不在芩的预料里。

那天，芩收到一个快递，一张肖像画，秦临摹了一张芩三十岁时候的照片。那张照片是芩最喜欢的。那个时候，芩说，你看我，一副终于嫁了人的样子，一脸的踏实和满足，算算时间，还真的是那年出嫁的。那种美，不是少女的纯洁，是少妇的笃定，不是深谙世俗，而是简单透亮。那种信心不是朝外的，而是在心脏里，在肩膀里，在眼睛里，那信心有根有据，根子在身体里。

---

① 引自卢梭《爱弥儿》，括号为引者所加。
② 阿兰·布鲁姆语

胸前的丝飘带，是微微荡漾的女人心，那件麻线背心，是女人自己钩的，一针一眼地，蔚然成衣。芩，"她知道自己就是自己希望的样子"，那种样子是最美的。秦什么时候注意到了这张照片？哦，看得出秦费了心思和功夫，画得还挺像的。

像谁，像芩，还是像照片上的那一个？

照片上的那个人当然是真人，好照片当然是捕捉到了人的内心的某一个瞬间，有意味的瞬间，确实，如今随时随地拍照的可能，会让你发现你自己都未曾意识到的自己的某个表情——因为无论是你还是别人，几乎都没有也不可能在这个（隐秘）瞬间停留过，现在，照片让这个瞬间、这个意味凸显、放大，于是你会发现自己的某种情感、某种对周遭的心境或者态度，你可以欣喜或者厌恶，你可以承认或者反对，但无论如何，那都是你的真相——表面，真的表面。

一个优秀的摄影者，是那个发现你的人。那么一个优秀的画家呢，如果他画了你，是你的真相吗？画的是你吗？真实的你？表面的你？还是他心里的你？

如果一个画家爱上了你，那就要让他来画你。

你不用摆姿势，你就随便，因为他爱你，你的任何样子他都观察过。但此时，你不是要发现自己、认识自己，你是要知道他怎么想你，你在他心里什么样，他认为你是哪一种人，你的什么样子他最喜欢，或者你的哪一种样子在他看来最代表你。

什么样子？那样子是不是那个真的你？那样子是你希望自己的样子吗？其实，不能忽略的是，那个样子一定带着画家对女人的期待和渴望，是你的样子也是他的欲望。当然，必须性感，如果一个爱你的人在你身上没有性的感觉，那就不是爱。你是单眼皮吗？我希望是，我喜欢单眼皮的女生。对，你就是单眼皮，他肯定喜欢单眼皮，单眼皮才能表现眼睛的生动，不会被双眼皮抢了目光，就像线条最重要，双眼皮带出来的层次感会影响对眼睛本身的专注。

你的锁骨，敏锐或者退却，你的肩，谦逊或者进攻，你的脸上，是微笑还是大笑，还是不笑？你要足够细心，足够敏感，或许会发现他在你的脸上添加的那些可能不属于你的线条和明暗，它们可能意味着不属于你，却属于他，属于画家的愿望，那也是好的，那正是照片与绘画的不同与特征或优势。所以我们说肖像画，说画的谁，还要说谁画的。不仅是"相像"的技艺，还有画家自己的"像"在里面呢。

以至于还有画家的天才洞察，比如毕加索的女友拉波特有一天竟发现，自己在精神上，与毕加索二十年前为她作的肖像画——日趋相近！

无论是画家令人惊奇的深邃感觉，还是被画者在之后的岁月里有意无意地领悟了画家的"指引"，这样的画与被画，难道不是作画更美妙的地方吗？那才是与摄影之不同。

芩忽然希望，被画。

芩一直留着一张明信片，寄自法国南部乡村，正面的那幅油画一直在芩的记忆里：一个躺着读书的女人，明信片背面写的是：这个女人就是你在我心里的样子。是的，芩对自己说，也是我喜欢的可能的样子。

如果被画，当然，还有一点，一定要被一个你爱的人来画。于是，在两个相爱者之间会发生什么？应该发生什么？

钦和芩想到的都是：袒露一切。

曾几何时，在钦与青的爱情定义里，排在第一的也是：袒露一切。

当钦把自己带锁的日记本打开给青看的时候，心中怀着对爱情的最高理想，她以为两个人是可能成为一个人的，爱情就是为了让两个人变成一个人。她写她自己，写他，他读到她，更处处读到自己，他几乎在她的每一个思绪里，就像他的凝视，每一次都真正进入到了她的身体。她浑身都在战栗，像处女的第一次献身，紧张又勇敢。脸涨得通红，全身肌肉紧绷，就像在被审视，被观看，被抚摸，被进入。

他在读，她一直在被读，那个日记本那么厚，但是真的越厚越好啊，那就可以一直一直读下去。那样的战栗就像欲望之前的欲望，越长越好，也像欲望之后的欲望，永不结束。大学里的自习室，深夜里依然满座，但每个人都专注着自己的书本。没有人知道，这场秘密的战栗已经持续好几个小时了，年轻的身体之强大是怎么估计也不过分的。

多年以后，当青被一句电影台词触动记忆时，想起了上面的时刻。

电影《初学者》里的女主角对她所爱的人说："你可以问我所有的问题。"

——是说，我敢于回答所有问题，我愿意回答所有问题，我坦率回答所有问题，我决定对你毫无保留，我愿意你知道我的一切，我希望你渴望了解我……我对你将袒露一切。

可以问一切，就是承诺回答一切，一切，就是对无论怎样的问题都不会有任何逃避、任何隐瞒，没有难堪也没有躲闪，没有隐私也没有羞耻……这是一个多么大的奖赏，简直可以看做人生最高贵的诺言。这里面的胆略，不仅是无比的臣服和谦卑，更是献出一切牺牲一切承担一切的超级大勇，如同面对上帝般的诚实。

很厉害的台词。这样的时刻是真正有过的，钦和青可以作证。

这是一个人向另一个人交出一切。一个人能够向另一个人交出什么？首先是什么？最重要的是什么？就是交出世界观、人生观，说出经历和欲望，说出关于人性和其他所有东西的所有见解！一个人生命的有限性决定了没有"所有见解"这回事，这里的重点在于所有可能！

人或许无法说出一切，但人真的渴望说出一切。但人真的不能也不想跟随便一个人说——我只想对你说。你是谁？你就是阿里斯托芬说的你的一部分，那被切出去的另一半，好吧，但愿那一半还在，还完好。对于自己的另一部分，当然可以袒露一切，因为早已袒露过一切。如果有一天，我们以为找到了那另一半，那真是再好不过的感觉。

俪说，那种以为，很真实的。

是的，我们都同意那种以为很真实。

如果两个老人，钦在想，是不是两个老人之间才能真正做到袒露一切？

钦说："是不是老了才可能做到不惊不躁，真正坦然、宽容？"

"你是说他们毕竟久经情场？"俪的视角一如既往，对俪来说，确实一辈子都在情场，这一点有时真叫钦和芩羡慕。

他们，老人们，在某种程度上，他们已经不再能够失去什么，一切都是得到？不如说，他们可以袒露的，是如此之多！

"但难道不是，他们已经成人，有了所

360

谓的自己，更难以融入别人吗？"说这话的时候，芩一定是想到了秦。

如果说年轻的时候我们仿佛在寻找一个真正属于"我"的"你"，那么到了老年，那个你，是越走越远，成为陌生的他，还是沿着循环之路，隐约重现，以至被认出？

这时，排在第一位的，依然是袒露一切吗？

比如，如果，如果有一天在另一个光影斑驳的午后，秦不再是照着相片，而是对着你，为你，为你芩画一幅裸体画呢，芩，你希望是一幅油画还是一幅素描，一幅彩色的写实还是抽象的感觉，是大块的印象还是触摸般的细腻，是你的脸，还是你的整个身体，是你不认识的自己还是你希望的自己？你希望知道你在他眼里是什么样子吗？你们相互凝视的目光，是坦然的，还是战栗的——就像曾经的钦和青？因为坦然而战栗？抑或，以至于，你们竟会，仿佛彼此认出？你会因此而爱上他吗？

八

是啊，假若你们是神，你们才会因自己着衣而羞愧！①

袒露一切是模仿神的。

九

在我，如今正在写作着的我的印象里，那个光影斑驳的午后，一年又一年地重现。

---

① 引自尼采《扎拉图斯特拉如是说》

既不属于钦与青也不属于芩与秦，它属于"爱欲的印象"？以至于我还固执地认为，那个光影斑驳的午后是黑白的，可以称其为一种"黑白的爱欲"。这个时刻，该是永远发生在"去年"，发生在"马里安巴"。

罗伯·格里耶的小说《去年在马里安巴》就像一幅极其复杂的黑白线条画，每一根线条都需要足够的时间观看，那时间必须用阅读的时间，用一毫一厘、一字一词来抵消；电影《去年在马里安巴》果然是黑白的，没有年代背景，看不出时刻和地点，只有男人女人、房间、树、雕像。那些华美和繁复，那些曲折的门和路，那些被放大的细节，节奏缓慢地移过来，移进屏幕，移进眼帘。人们一字一句地说话，停下来说话，仿佛等待那些话被画下来，又都缓缓地走，生怕走得比镜头快。

花园里是暗灰的，树和雕塑像玩具模型，男人和女人像木偶，缓慢迂回地靠近。精心渴求的见面，要以执着的沉默，以静止，然后以快门，以定格。

那个可能找到"去年"的地方，马里安巴，在哪里？去慕尼黑，我心心念念的就是寻找《去年在马里安巴》的拍摄地。我要选一个阴天去，穿上黑灰色格子的长裙，以最素朴的打扮，尽量地缓慢，尽量地优雅，以更多的定格，来配合那无尽的繁复、无尽的华美、无尽的雕琢之运动。

慕尼黑王宫里面那些无比华丽的洛可可风格，必须去掉色彩，成为黑白。那些耀眼的金色、那些欲望与奢华、纤细与堆砌，一键变成黑白之后，就似乎真的找到了拍摄地，只是显得狭促，无法让那个男人和那个女人彼此站得远远地说话。在我的印象里，他们无论说多么近的话也显得他们之间隔着好远好远的距离。

那么很可能，那一对男女见面的地方，最好还是在室外，在宁芬堡花园。虽然我没有找到被反复拍摄的那座一个男人"保卫"一个女人的雕塑，据说是查理三世和妻子，男人为女人挡住什么……不过这不重要了。

还在清晨，我就进了园子。此时偌大的花园空无一人，大路两旁被人工裁剪过的三角形树列整齐划一，白色的雕塑在树的间隔中一字站开，望过去似乎无边无际，像一个非人间的地方。如果导演选了这个地方，一定是因为这里能够给人一种不真实的感觉。导演的目的，不正是要在这个不存在的马里安巴，呼唤出"去年"，那个印象里的真实，那个真实的印象吗？

在这个叫做马里安巴的地方，一个男人与一个女人相遇。他从大路那边过来，她伫立在雕像侧面，他们在树的阴影里，如果他们挨着，说话声音很轻，听起来就像离得很远，如果他们远远地相对，说话声音依然很轻，却因为没有任何别人存在，而依然清晰准确。

他和她其实是陌生人，从未见过面。却在今年，在这个花园里，第一次见了面。

但他为她设计了一个过去，一桩恋情——一个去年的发生。他对她说他们已经会过面，一年之前已经相爱，他现在来赴她确定的他们的约会，他要把她带走。

你是谁？
你知道我是谁
我想不起来了，不，我不认得你。

我们以前见过面的，就在去年……

一个不断的、强烈的意愿，在空间里呼唤"去年"……

你为什么这么看我
你好像记不得我了
你就像一个影子，
你还是老样子，我好像昨天才离开你，
你还是这么……你还是这么美

她被他的话诱惑了，仿佛真的想起了"去年"……仿佛空间唤出了时间

你从来不像是在等我。

但我们总是碰头，在每一个转弯处，每一个矮树丛里，每一个雕像的脚下，每一座喷泉的池边……看起来仿佛，整个花园中，只剩下你和我。[①]

雕像和树是真的，成年累月地在这里，去年当然也在。是同一个空间，仍然是在"马里安巴"。可时间呢，时间不能重返，该如何回到"去年"？

罗伯·格里耶说："其实没有什么去年，马里安巴在地图上也不存在。但是当过去占了上风，过去就变成了现在。"

假如过去变成了现在，是不是意味着重复发生了？如果过去是杜撰的，那重复也是。

空间是旧的，时间永远是新的，过去能不能占上风，全看你的意愿之烈度。

因为对这个女人与男人之间的呼唤和响应的迷恋，在我的印象里，这个故事早

[①] 引自小说《去年在马里安巴》，此节其他处亦间或有词句同出此小说。

362

已被篡改。

你还记得吗，你借给我的这本书？

哦，我真的有过这本书的，可是我找不到它了

你说你其实喜欢那个男主角的偏执……

那么，你的这一本，很可能就是我送的？

你还说过你要最好的爱情

是的我说过，可谁又没有说过这话呢？

她在怀疑中开始眩晕地"回忆"……那段恋情，可能发生在去年的——莫须有的恋情，如果一再呼唤，是否可以被真的呼唤出来？如果你们曾经的犹疑相似，执着相似，幻想相似，期待和失望也相似，说话的节奏相似，倾听的专注也相似。

你好像记不得我了

你是我记忆中的男人吗

他执拗，严肃，像披露真相似的一点一滴地展现过去的细节，那些细节多么相像啊，那些孤单和渴望、那些大胆和缓慢、那些犹疑和决然，都有了光线和位置，有了小径，有了黄昏，有了窗帘，有了雨中的伞，有了颤抖的手，和流泪的脸颊，有了女人走路的声音，和男人的戛然住步。

你说你来找我敲门的时候

心跳

我说我与你有一模一样的

感觉

那样的时刻是他们共同的曾经，那个诗的时刻。她被他诱惑了，还是他被她诱惑了？很可能他们同时被某种东西诱惑了，被某种精神诱惑了。一个纯精神的时间与空间需要的不是细节而是一样的恐惧和狂喜、一样的战栗和眩晕、一样的痛苦的思念与幸福的相见。

只要有过刻骨铭心的恋情，它就发生在"去年"，所有的恋情都在"去年"，所有的恋人都是"你"，马里安巴永远是恋情发生的地方。唤醒之功从来不在呼唤者的努力，而是呼唤者与被呼唤者曾经拥有的共同"回忆"。

他们通过各自的想象建立了他们"共同的"过去，那个过去就只能在马里安巴，这个地球上不存在的地方。但那个地方会成为她和他的旧地，他们去年相遇的地方，相爱的地方——如果他唤起了她，她呼应了他。

这唤起和呼应并不令人惊异，而是教人多么感动。

如果他说出难忘的一本书名，你就能诵出作题记的四句诗；如果你说出了一部老电影的名字，他说他曾经看过九遍；如果他也去了卡夫卡的墓地，你就要问问他，除了按照犹太风俗放了小石子，有没有再带一支中华铅笔；如果他夜以继日笔耕的灯光，仿佛可以遥望到；如果他唱起一首歌，如果那首歌曾在你心头夜夜回荡……那你就要试一试去一趟马里安巴，去寻找或者被寻找，去唤起或者响应。

把内心的渴望化作"去年"的现实，在今年重温。这是一种创造过去的方法还是一种实现"重复"的方法？要是让未来占了上风，那么，明年也可以事先存在。因为有去年，因为已经有了过去的四十年，所以，明年的存在是现成的，连细节也真实，一切设想都真实——因为不是说一切

都是永恒复返么？

我又想起了克尔凯郭尔的重复悖论，开始渐渐相信重复，相信它存在于愿望中，因愿望而复活或者出生。好像克尔凯郭尔的结论是：重复是一种向前的回忆。这样诡异的话现在是否找到了印证？

还是先不要理会较劲的克尔凯郭尔，专心启程他和她当下的"回忆"吧。

你在等我么
我，怎样才能认出你
可是你就在这里，在这花园里，可以摸到、听到、看到、摸到
你是谁？
你知道我是谁
你就像一个影子，等待我靠近……

于是，"我"和"你"，慢慢靠近，然后，一起跳舞。

十

他和她，我是说芩和秦，在跳舞。他们不是夫妻，也不是恋人，却加入了他们最羡慕的那些幸福的老年伴侣中间。

在皇家－加勒比号游轮上，他们俩最最爱看的风景就是一对又一对外国老年夫妇或者老年伴侣。这里有太多幸福的成双成对的老人。晚上在剧场里看演出时，黑暗中，他们经常发现始终十指相扣的两只苍老的手，和鲜艳的指甲、闪亮的戒指，它们就像暮年里青春的间歇闪耀——这让芩第一次对涂指甲油不反感了，巨大耀眼的金首饰在老男人的手腕上现在看来也不再庸俗，在老女人的脖颈上一点也不夸张。秦对芩说，只有老，才担得起这样的昂贵

和艳丽，只有到了这样的年龄才会有大气场，把俗气一扫而光，称霸的是自信，那光亮不在物上。

最令他们印象深刻的是一对苏格兰夫妇。男人穿着格子图案的裙子，典型的苏格兰装扮，女人则胖胖的，棕色皮肤，大眼睛，穿着印度式长裙，睫毛特长。那条苏格兰裙子配上男人的白头发，显得真有风情。男人看起来和蔼，似乎总是带着微笑，女人显得严肃，目不斜视。他俩总是形影不离，一起出现在任何地方，如果一前一后，那么男人似乎总是落后女人半步，男人还会不时地小心翼翼瞟一眼他的女人，察言观色似的，挺夸张。但那个女人的目光总是径直向着前方，从不往两边看，不看她的男人，也不看差不多任何一个别人。芩对秦说，这女人不是对她的男人不屑，倒好像是一个游戏，专门地傲慢，那个男人，则认真地配合着，两个人津津有味。他们的年龄看起来都过了七十岁了，但做起这种爱情的游戏还是那么兴趣盎然。芩的猜想在晚上大剧场演出时得到了证明。

游轮上大剧场的夜间演出是一场真人秀。自愿报名，几对夫妇上了台，节目方式是由主持人分别对丈夫和妻子提问家庭轶事或者初恋记忆之类，背对背，之后再"对质"，看看哪一对的默契度和真实度最高。最有意思的就是那对英格兰夫妇。他们举手，被允上台。那个胖女人沉着坦然，不紧不慢地回答主持人的问题，一本正经，主宰一切的感觉。当主持人问这男人第一次去丈母娘家里，带了什么礼物，男人说：我带了她啊，带着我的妻子去的！那表情又无辜又骄傲。他不需要再带什么礼物，他的女人跟在他后面作为他的人进了她父母的家，仿佛他给两个老人带来了一个女

儿，没有什么比这更美好的了。他带的真是稀世之礼！

"对质"的当儿，男人坐在那里回答主持人的问题，却见那个女人突然伸出手去掖掖丈夫的苏格兰格子裙，害怕跑光，过一会儿，又掖了一下，好像刚才没掖好，太危险了，很可能里面什么也没穿，夸张又焦虑的动作引得台下一阵又一阵幽默的会意。那个丈夫得意极了，每一次被掖，都幸福地看一眼女人。女人则依然一脸严肃，既不看男人，也不理会台下的哄笑。

每一次在船上遇见那对夫妇，他们俩总是不约而同地用目光跟随，总是有冲动想用相机拍一拍他们。芩喜欢那个女人，秦喜欢那个男人，可芩的做派一点都不像那个女人，秦也不像那个男人。

随着那对夫妇进入跳舞的人群，他们，芩和秦竟也情不自禁离开咖啡座，像恋人般地，慢慢起舞。不知道的人，会以为他们也是一对老情侣。

跳舞的意思是说，身体也要谈话，也要交流，有时远，有时近，有时环绕，有时平行，有时激烈，有时缓慢。

有时自由得像一个人，只沉醉在自己的身体里，这时就性感得不得了。那种性感，不是冲着他的舞伴。他的欲望张开着，但不针对一处，而是翻滚着，沉浸着，有时弥漫得像妩媚的风，有时又凛冽、坚硬。看见了的人都会看见，他引来许多带着欲望的目光，别说他不知道，他的眼睛几乎闭着什么都看不到，但他的身体一直张开着，每一处都敏感着，对什么都敏感，又什么都忽略，只要跳舞就好。但他的欲望是自己的，他的欲望可能就是跳舞，在每一个动作里都飞着欲望，飞得高，就跳得好，跳得好，就飞得高。欲望就这样飞舞着，飞向天。舞在天，舞在该在和欲在的地方。

他，当然也是她。

他们是自由的两个人，各自自由着，各自性感着，配合得天衣无缝，就像曾经在一起跳过一辈子舞。

直到音乐戛然而止，他们才好像睁开眼睛，看到对方。

真好啊！真是好久不跳了。
我以为我不会跳了，原来还是能跳得一样好。
说明我们还不老。
不老……

等到他们回到咖啡座旁，却忽然都沉默起来，一下子都变得平静，既没有欲望，也没有力气，不想起身，也不想喝咖啡，只想一动不动地待在那儿，一句话都懒得说。他们是因为累了，还是因为欲望在跳舞的时候找到了出口溜走了？

晚上，芩做了一个梦，梦见自己和他靠得很近，秦的一只手都搂住了她的腰，她也没有抗拒，甚至她的一只手不知什么时候也在他的腰上了，但是，仿佛贞操在嘴上，她的另一只手却忽然出来横在他和她的嘴之间，挡住了唇与唇的接触……

十一

事实上，秦是芩的心理医生。芩终于能够从失去儿子的悲恸中缓过来，是要归功于秦的。事实上，芩几乎已经向秦说了一切。芩曾经一个月、二个月、三个月地无法开口说话，任何医疗设备也查不出来，找不到器质性病变，而在秦那里，她终于开了口，而且，说了如此之多的关于自己，关于儿子，以及关于前夫。芩从未见过如此专注的倾听，之前芩也从未向任何人如此——敞开心扉。

说到前夫，芩能猜想到他会这样说，"我能面对谁呢，敞开心扉？一旦敞开心扉，我将一无所有，我可能会死。"不过这是芩想出来贴给前夫的，说到敞开心扉，那么那个人的心里一定就是这句话，肯定，芩说。

那个人，那个聪明的、漂亮的暖男，好多女人喜欢他，他总是通情达理，热情慷慨，他为别人，更为家人决定一切，做一切。但你不可能听到他跟你说说他的内心，他从不向别人——谈谈心，也不向芩。他看起来，简直就好像是在千方百计逃避推心置腹似的。他的秘密，如果他有，那就是他的生命，有时芩会怀疑，他究竟是有什么秘密，是那颗心生来就带着壳，还是其实什么也没有，根本就没有——心。

芩从来没有与他有过深深的、长长的谈话，他的眼睛，从来没有像看着自己的心那样久久地凝视过。但他是热情地爱过芩的，以至于一直都爱。他是一个好丈夫、好教授、好领导、好朋友。结婚许多年，芩看见他，还是喜爱他，想要亲吻他。他们的性生活也非常欢愉，芩的亲戚朋友都羡慕她有这样完美的男人。

好像找不到瑕疵，但找不到瑕疵就不像是真的。

似乎他从未遇见过晋升的挫折，也没有过人际关系的困扰，更没有过虚无的苦闷。他的生活和工作和爱情，都顺利得一塌糊涂……粗暴地说，这种人似乎是不会沉湎痛苦的人，不会被痛苦带节奏。他们的痛苦就是麻烦，解决麻烦就好了。他们不会把痛苦扩大，演变成对整个世界或者整个人生的悲哀……不过，难道像他们那样不是挺好的吗？

他还会自己决定为家里买一台洗衣机。洗衣机突然被送来了，面对送货人，不知情的芩几乎难堪。甚至，有一次他居然买了一辆汽车回来，既不是为生日也不是为哪个纪念日，就是决定买一辆汽车。芩真的喜欢那辆车，真的又漂亮又实用，然而，难道不应该事先和芩商量一下吗？他说，我知道你，你一定会喜欢的。他说得没错啊，芩确实喜欢。然而他之所以买这辆车，可能并不是为了芩会喜欢。他在决定的时刻，不会想到任何人，他只看得见那个决定，他的决定。决定之后才有芩喜欢或不喜欢，也许他会意识到别人对决定的态度，也许他根本不去想别人。但诡异的是，往往，别人总是很认可他的各种决定。

有时芩会想，他就是这样的人，有一种人就是这样，这是他们的习惯。那么就是说，那种人，是芩，也是我们很多人，完全不能理解的人。这样的人，与我们所在的世界，是同一个吗？是有一种人，既不需要倾诉也不会倾听？他们一个人，仅仅自己就很自足。在他们的世界里只有决定？你看不见决定的思路，听不见对决定的评价，决定就是他们与世界的关系。比如，决定与芩结婚也是。你不能说那不是由于爱，也不能说是因为爱。你只能看见他做什么，听不见他说什么，这样你就总是感觉不确定，不能确定他因为什么，你就不能理解他。就算我们不能理解他，那么他自己有理解（解释）自己的需要吗？他需要给自己的决定理由吗？那些理由一般来说就是世界观，那他的世界观，到底是哪一种呢？

当我们在安东尼奥尼那里初次遇到陶尔，遇见那三个"水手"，当我们第一次大惊小怪地说：这全都太荒谬了！芩却只是笑笑，还说，她对陶尔有一点亲近的感觉，一种似曾相识。

某种程度上说，芩的丈夫，是不是也有点荒谬，一堵墙似的，不需要任何他人似的。我们不理解他，他理解我们吗？

那个人是不是凝视过芩，芩没有记忆。但确实，他为芩做了太多的事，芩喜欢的，芩想到的和没想到的但愿意的，你能说他不理解你吗？

但是芩最想要的，是"谈话"。可每当芩想认真地、"忧郁"地、感慨地、极其感慨地想跟那个人好好说说话的时候，想要"感叹"或者"抒情"的时候，总是不知不觉中被他带走了方向，不是走向快乐的玩笑，就是走向了具体的琐事，他不是故意的，看不出任何故意。可他的心里就是没有比如感慨这种情绪吗？每次都弄得芩很失望，还说不出来。

为什么需要谈话？谈话当然不是油盐酱醋，不是八卦消息，也不是关于宇宙规律，不是数学，不是文学，更不是政治与经济，时事与新闻。而是关于自己，关于内心深处，是某种"多愁善感"的模样，是一种人生观在自己生命里的隐秘经验，是某种关于人生或世界的"高调"感慨……如果提得高一点，这种谈话，必须含有诗性的（激情）和哲学的（善与正义）品质，必须涉及那些终极概念，必须有关——最高话题。

这样的话题，最多发生在青春时代，最多发生在相爱的人们之间。正如尼采关于性爱与最高精神的格言所说，性爱可能引导我们走向自己的精神高峰。崇高的精神闪闪发亮，荷尔蒙功不可没，就像钦说的，"只有爱上他，我才可能敞开心扉，袒露一切……"爱情与敞开心扉，不可分啊！

所谓敞开心扉，肯定不仅是述说快乐。

芩曾经宣称，一个男人如果完全没有忧郁的气质，不会痛苦（不懂得也没有经历），就不可能是深刻的，她要的可不是这样的男人。可芩的丈夫着实像一个不会痛苦的人，不，不是不会痛苦，而是不会感慨，对痛苦和快乐，都不会。不准确地说，他从不对着抽象表达什么，他只对着当下的发生。

我们不是依据一个人的宣言来理解别人，就是凭着我们自己的经验来想象别人，以经验证明想象的正确，或者用现成的各种理论来套用他，如果这所有的解释都解释不到底，我们就找不到一个统一的逻辑，或者说，我们就认为这个人没有保持他的一致性，直接的感受就是，看不清这个人。

其实我们自己的行为细究起来，很可能也并不统一，因此，与其说找不到一个统一的逻辑，不如说，他的最显著的行为模式不符合"普遍性"，嵌不进任何已有的人类行为解释系统。

好吧，有时我们就得接受一种人，一种我们自己无从解释的人。就把解释看做一种智力游戏吧。我们真正拥有的只是现象和事实。

一个不恰当的比喻，就像同性恋、虐恋，这些行为，曾经不仅不被理解，而且被视作变态或某种恶，但最后，人类并不是解释了它，而是接受了它，将之视之为人类固有的行为模式，就像男女之爱一样"自然"，是自然之一种。并不总存在某种一个人成为同性恋的解释，童年经验，原生家庭，可能都不是。最多是契机，而契机，也不总在每个人身上能够激活这种特质。

芩的丈夫，很可能就是一种和我们不一样的人，如果我们实在无法适应，就像异性恋无法试试同性恋一样，远离，就是最现实也最正确的办法。

终于，芩不再做任何这种知识分子式的、这种小资产阶级式的努力，完全放弃了这种交流。芩的离婚，这或许是一个很重要的原因。这里没有价值高低，也没有道德判断。

（但是芩你注意，到现在为止，你只能说你不了解他，不是你对他的想象不对，而是你无法想象他，比如我们可以这样最善意地假设他：也许，他深刻到了我们无法理解的程度。）

而秦，却以心理医生的方式，让芩实现了倾诉的渴望。如果芩爱上秦，真是再自然不过。

你会向谁，你愿意向谁，袒露一切？按照钦的逻辑，几乎所有的心理病患者都可能爱上他们的心理咨询师吧。

但俪的顺序大约相反，她喜欢的话是："只有与你有过肉体关系的人才能给你有益的忠告。①"凭着俪的聪明，她当然知道这话有破绽。

破绽是显然的，比如与妓女的一夜交欢，几乎不可能带来有益的忠告；而从触碰不到的苏格拉底那里，倒是能得到最重要的忠告。但俪并不喜欢用这样的例子来破这句话，尤其不喜欢用苏格拉底，苏格拉底，也太丑啦！

---

① 引自电影《性、谎言、录像带》
② 引自电影《性、谎言、录像带》

俪的意思是说，要有感觉，要有身体感觉，先要看着悦目、舒服，才会有感觉。

钦却说，我不行，我对男人漂亮无感，我需要他说话，说出睿智与深刻，然后我才能对他的身体有感觉。

这让我想起另一句话："男人学着爱上吸引他的女人，而女人是越来越被所爱的人吸引。②"如果吸引更指向某种身体感觉，爱则意味更全面的身体与精神，那么俪有点像男人，而钦才是这后半句话里的女人。然而日常中，谁不认为俪才更女人啊！因为她对身体的表达更敏感，在她的经验，如果说爱是袒露一切，那必然起始于身体。比如，做爱之后，才有倾诉。而芩与秦的经验——如果后来，如果他们之间真的发生了男女之情，那么却是，确实是"倾诉"在先。

因此"男人学着爱上吸引他的女人，而女人是越来越被所爱的人吸引"作为一个结论，显然是片面的。或许可以改一改：年轻人学着爱上吸引他的人，而年长者是越来越被所爱的人吸引。但愿这样改了以后，可以接近当年钦与青的情形，也可以促进现在的芩与秦越走越近。

十二

那么陶尔和卓丫呢，他们的世界什么样子？他们之间，很难想象他们之间的倾心交谈，说到陶尔和卓丫，芩的眼前，浮现的是陶尔独自出海的画面，卓丫仔细为他准备行装，却从不问几时回来。这期间，她会专注拍戏，夜里或者清晨工作结束回家的路上，会想象一下陶尔对未来电影的赞词，那些赞词绝不会同于别人的角度。

在一次电影首映式上，一个记者不无暗示地提问导演："你很了解你的女演员对吧？"导演智慧地接过问题，风趣地一语双关："当然，我了解，我对她的各个方向都了解。"简直正面回应了关于性的拍摄的暗示。而卓丫就坐在主席台上导演的旁边，对导演的回答，卓丫笑着怪嗔地、大方地推了导演一把，底下记者们应和着、会意地哄堂大笑，卓丫就是这么大方坦率，这么明亮坦然，不躲避也不假装，那种自由和幽默，毫不低俗，没有一丝阴暗。你要是看了直播就会感慨。

这一段视频，陶尔印象深刻，对卓丫的好感，几乎可以肯定，这就是最初的源头。

陶尔和卓丫在一起之后仍旧常常出海，当然不是"荒谬"出海。说陶尔的出海，就是为了卓丫安心拍戏也未必不可。陶尔的智慧在于，他最懂得那句话"我们除了自己，没有其他途径通向世界……①"硬要解释卓丫的行为，用语言是愚蠢的。

他们之间，并不一定非要互相理解，不一定非要向对方解释自己的生活。最智慧的是，他们懂得人跟人很难理解，不理解远远大于理解，他们都理解不理解。所以，他们关系的关键在于相信，相信彼此做什么都有自己真正正当的理由，如果他们之中有谁出轨，肯定会坦诚相告，只要她（他）没有向他（她）说，那就肯定没有任何事发生。他们都认为，这是最好的相处方式。

他们越是笃信这一点，就做得越好，越来越稳稳地行进在轨道上。

有的时候，人无法表达自己，用现成的语辞无法表达，就需要沉默与相信。最后，他们的爱的特征就是信任，越信任就越有爱。完全的良性循环。

不能否认，那些表演消耗着卓丫，所以她不能再用解释的语言来破坏那些瞬间。当那些瞬间有人的性之力在场的时候，无论是美还是丑，都不能让其坍塌，不论是真表演还是真实践，都是人性的冒险，不能分心。此外，戏剧之为戏剧，就是自成世界，不要有人擅自闯入。

卓丫的表演，陶尔的出海，两个人的关系，他们的情形，表面地想，小器地想，似乎最可能发生多疑与危机，但聪明的他们懂得，信任在他们之间，才有最大的用武之地。

如果说陶尔在大海无边的沉默与不息的奔腾中，摸到了某种虚无的实在，竟感到某种慰藉，那么事情是不是这样的，陶尔就是在替卓丫出海，那些海上的气息，也是卓丫的营养，每一次出海归来，看见陶尔沐风挺拔，卓丫就开始感到恢复的启动，浑身滋润生动起来。本来，按说是她在陶尔那里才有歇息，现在却是陶尔的歇息成了她的。她是需要一个人吗？可又必须有一个陶尔存在，在大海上存在，等他才是最好的歇息？

他们的相互给予似乎看不见，他们之间并不互相凝视，他们尝试并肩看世界。他们决定以信任而并肩。情形好像是，一旦信任，就信任下去，然后创造了信任的模式。那模式又像保护层，让他们更加

---

① 尼采语

并肩。

其实这些，都是芩的猜想，芩的想象，以至于芩对两个人关系的美好期待。

关于陶尔，我们仅限于安东尼奥尼笔下的那几千字。卓丫是俪配给陶尔的，大概是俪认为，每一个男人都应该有一个女人，否则活不下去。之所以是卓丫，是俪认为卓丫自由、大气，跟一个出海猎奇的男人在一起，显得非常浪漫。

而我，我这个正在写作的人，说到底，卓丫也是写作行为想象的产物，其实我没有任何有关卓丫这类人的经验，连道听途说的八卦也没有，有的都是书上和电影里看来的，可书本和电影，都已经不是生活的原样，很可能已经被"理解"而塑造过了。因为迷惑或者好奇这样的生活方式，我让俪给她配了陶尔，似乎他们有在一起的基础。

钦对陶尔这个人物的感觉是，她说她会常常情不自禁地把陶尔恍惚为图尼埃笔下的鲁滨孙，或者，觉得总有一天，陶尔会出海再也没有回来，终于去做了鲁滨孙。

芩是喜欢陶尔的，但也说不太清楚为什么，仔细想，可能就是喜欢他的荒谬，芩敏感到其中的"不可理喻"，仿佛嗅到了某种诱惑，某个隐藏的通道。

对荒谬，当然谈不上理解，但芩是个善于接受的人，不是逆来顺受，而是她有一种本事，她会先接受，然后再去理解。

正是因为这个接受，她的婚姻还是有许多快乐；当然也是因为她最后还是对理解抱有期待，而她居于自己出发的对丈夫的所有想象似乎都错了……所以最终她离开了她不能真正理解的人。

但接受与理解的关系，还是很好的经验，那种理解，并不因为事先的"盲目"接受而受损，那种之后的理解，也是货真价实、不折不扣的理解。首先接受，之后去理解，之后理解之域越来越大。就像在荒谬的后面发现了理由，发现了必然，找到了理解。

所谓理解，就是把事物、人物的进程、行为套进我们脑子里已有的逻辑、观念框架，符合、适合就是理解，一旦发生不理解，就是已有的框架、观念不够用了，需要全新的筹划和定义，以至于"发明"新的（辩证）逻辑。这样一来，如果解释了、理解了眼前的事物、人物，也必然会——顺便——理解一大堆更多的、更大的——世界？遇见不理解，有点像遇见了自己的边界？边界的拓展，许多时候都发生在思考中，发生在倾诉和倾听中。

可以这样说吧，如果最多的理解发生在女人与女人之间，那么最深刻的理解却发生在男人与女人之间。在这里可能遭遇最不理解，又具备最广阔的开拓可能。

如果这样，俪说，我就希望我的另一半是男人，阿里斯托芬假设的圆桶人为什么有两类呢，为什么不总是一套雌性一套雄性相配呢，那样才合理呀！（俪，合谁的理？如果不合阿里斯托芬的理，就没有任何其他之理。俪要合的理，其实是合自己的感觉之理。）

好吧，如果万一可以找到另一半，如果能够拼得起来，那么我们将能在同一时刻看到世界的两个方向！理解的疆域成倍地扩展。

但是陶尔与卓丫之间是相互非常理解的吗？似乎并不一定。只是芩很希望去理解他们之间。这是她对陶尔和卓丫感兴趣的原因。

十三

有一天，钦的眼前又浮现出陶尔上岸时的笑，那个似乎可笑的结论忽然变得确定：陶尔与那三个人是同一类人。他还想与他们再同住一个夜晚，难道是想重温船上的游戏？那样的游戏不是不可重复开始，结局却一定是始料未及的，是全新的，陶尔能不能再一次浮现那样一种笑，可真不好说。

安东尼奥尼写作（想拍摄）"海上的四个男人"，是钟情于康拉德喜欢的那句格言，安东尼奥尼之意甚至更在那三个人，应该说，他们四个都是不可理喻之人。一个企图理解不可理喻之人的人是不可理喻的吗？

如果说那三个人浑浑噩噩，不在自觉中，陶尔却带着某种自觉，他或者怀着虚无的底牌，自以为抵得住所有实在，或者怀着理性的傲慢，或者，仅仅跟着好奇心，想看看人性的边界？理性的边界？不管动机是什么，陶尔确实触碰了边界。

触碰边界就是企图出界，拓展新地盘，提升人类新境界，就是做不可做，思不可思。比如飞去太空，比如试探肉身承受的极限，比如发现相对论，比如理解量子力学，比如创造思维的新概念、新范畴，或者企图越过理性，走出普遍性，走出规矩，走出通常的逻辑和日常的链条，诸如此类。有的人念别人听不懂的诗，有的人写大伙儿看不懂的故事，画一般人看不懂的画儿，或者"摧毁"已然稳固的概念，"推翻"常识之墙。

出界的冲动，可能伴随着这些类似的行为，但绝不意味所有这样的行为都是真（!）的，不意味这样的行为必然通往边界之路，更不意味尝试这类行为的后果都是安全的。

几乎肯定，不是安全，而是必然危险。陶尔不过是一个偶然的幸运儿。

如果以界为限，那么界外之人与界内之人，就是关于人的分类的另一种分法，按此，无疑陶尔和那三个人在同一类里，在普遍性之外。其实严格一点说，该是分为界内行为与界外行为，陶尔的荒谬出海与那三个人在船上的麻木行为，都在界外，在普遍性之外。而陶尔的行为与那三个人的行为之不同，如果可以勉强解释，那么也许可以这样说，以上下来说，那三个人可以比作坠落出界，陶尔却是攀援向上出界。向上和向下，并不是从道德角度说，而是从具备精神性的程度，这里的精神性，就是反身自己的能力。

那么陶尔，他的荒谬出海，可能出于虚无？也可能是好奇心所致？也可以说是对荒谬的好奇心，倒是要看看，不走套路会怎样？难道真的走到鲁滨孙的希望岛上不成，如果那样，还真是不可多得的体验啊，比寻死强多了，先在希望岛上玩个够，闹个够，再去死，也不迟呗。可以算是一种积极的虚无了。

如果陶尔一不小心做了鲁滨孙，或者故意做了鲁滨孙，会发生什么？与图尼埃笔下的鲁滨孙有什么不同？

"他会想念卓丫吗？"这肯定又是俪的提问。告诉你吧，俪，关于这一点，陶尔将会和图尼埃的鲁滨孙一模一样，他们当然缺不了性，却几乎都不会强烈思念任何一个具体的女人，不会有一个女人的名字在希望岛上久久飘荡。理由简直荒谬，但绝对真实：他们太忙！

男人真正爱看的只是世界，正如某种定义下的女人的视野里只有男人。

在所有图尼埃对希望岛上的鲁滨孙的描写中，也就是图尼埃对鲁滨孙的想象中，读不到一点关于爱情的，读不到对某一个女人的强烈思念，这绝不是源于可能的事实：上岛之前，鲁滨孙就是一个人生活。而是缘于男人——图尼埃，和男人鲁滨孙——他们的世界里女人的位置。俪记得清楚，图尼埃写过的，只说是鲁滨孙在约克郡有一个妻子，现在因远离他而无法受他的精得她的孕。

这本书里几乎没有关于对一个具体女人的思念，没有那种温情的描写，或者叫人肝肠寸断的、强烈的——情感。这个印象并不错，我证明，俪记得的那一段，总共不过两行字。况且重点不在思念，而在受孕。

或者，也可以说，男人，还有渴望在边界行走的人，他们对于边界的热情远远超过对女人（异性）的热情。

男人对女人的热情，总是女人们关心的。钦有点不以为然，她以一个年长者的姿态说，也许我老了，我更愿意读图尼埃的鲁滨孙写的"航海日志"，要是为此忽略了女人，那就忽略吧，哪怕我就是那个被忽略的。那"航海日志"，简直像哲学家写的，只有对周遭、对自我、对思想无比的敏感和意识，才能走向那些洞见，它们显现了真正的最深远的边界。

钦熟悉航海日志：

"我的胜利，那就是用我的精神秩序加之于希望岛以抵制它的自然秩序……"

"其实语言是以一种基本的方式揭示这个有人群居住的世界，在这个世界上，他人就像是一些灯塔……"

"我的孤独不仅仅侵蚀损害事物的可理解性。我的孤独甚至侵蚀破坏事物存在的内在部分。"

"现在我知道我得到支持站立于其上的土地，为了不致动摇，除我之外，也需要别的人来把它践踏踩实。为了抵制视觉上的幻觉……白日梦、幻影、谵妄、听觉混乱……最可靠的保障，那就是我们的兄弟、我们的邻人、我们的朋友、或者我们的敌人，但必须有个人，伟大的神明啊，必须有那么一个人！"

钦好像看到一幅画面，只有图尼埃的鲁滨孙一个人站在"所有人群"之外，他的位置，就仿佛是站在边界上，不是想不起妻儿或女人，而是意识到了所有"他人"的不在，这种不在，使他发现语言、时间、价值这些关键概念与"他人"的依附关系从未如此凸显，他还似乎发现了世界"本来的"样子，所谓彻底"黑暗"的样子。仿佛走进了混沌，接近了某种开端，然而又带着所有开端之后的皱褶与重负，又沉重又迷惑……好像不需要做一切，又需要急迫地做一切……艰深又美妙。

边界有悬崖峭壁，险象环生，然而风光无限，绝非界内可以想象……

这时，一个自嘲的想法涌现在钦，难道我不是在阅读"航海日志"这种东西的时候被航海日志里的各种提问和思考深深吸引，最强烈地感觉到满足，感觉到力量，感觉到某种甚至——幸福吗？这种时刻，至少，这样强烈的欲望绝不亚于我对男人，我们从男人那里得到的……我这也算是一种"认知的激情"吗？钦自嘲地笑了。

钦知道自己这个偶然的阅读经验（像

某种激情）微不足道，但据此她能想象图尼埃，理解图尼埃为什么这样想象希望岛上鲁滨孙的生活，因为关于"一种没有他人的生活"，图尼埃的心里有不断的、一个又一个疑问。这些疑问与其说是吸引鲁滨孙探其究竟，不如说是塑造鲁滨孙的作家图尼埃自己迫不及待，充满了无比的好奇心。他的好奇心使他从各种方向去设想鲁滨孙。

他首先想到的不是通常的发生导致的情节，不是一个人离开了家人或妻子后可能发生的什么，而是一个人走进了没有他人、除了自己之外没有任何一个别人的世界。如果一个人离开了妻子会想念，那么一个人踏上无人的希望岛时，最迫切、最有意味的词是什么？

这是人类从未有过的经验，至少是从有文字记载以来从未出现过的经验，不管是真正来自实践的，还是来自假设的。对此的想象和分析是全新的，充满了未知。是以全新角度对我们人类关于自己与他人关系的审视，是对人脱离了群体之后的可能行为的极端"探索"。想象这种情形下的发生和可能，就等于一步一步发现人（性）不曾显现的奥秘。

只有一个人，会怎么样？从身体经历到精神经历，曾经因为人群而有的规范，因为他人而有的欲望，还存在吗？如果永远一个人，如果再也不可能有人来到岛上，这一个人，料想到将一个人活到死，他会想什么、做什么？这时候，时间的意义，语言的意义，成就的意义，承认的意义，善的意义，恶的意义，价值的意义，是什么？以至于，意义还有意义吗？

这个人还会有爱欲吗？尼采说的那个权力意志，这东西在没有权力对象的世界里还能够成为某种动力吗？此时人类的概念对这个人来说意味什么？人类的整体性对这个脱落的个体还存在意义吗？

对这些问题的回答可是一种真正意义上的对边界的探索，真是人的边界。这些涉及人的本质的问题对图尼埃的吸引力有多大可想而知。

这种对新鲜认知的热情，那种深邃的吸引力，在很多男人——我们女人实事求是地承认——身上显得非常重要，重要到难以理解的程度，可以超过其他一切需求，当然也超过对女人的需求。

所以，被图尼埃装了一脑子这些东西的鲁滨孙，哪里还有精力和兴趣想老婆孩子呢？好吧，总是要在男人的周围发现女人，确实是——我们——女人的狭隘。

女人的狭隘还在于，即使知道自己狭隘，还是禁不住要问：如果陶尔的荒谬有果，真的流落在荒岛上，他会想念卓丫吗？这个问题其实并不只属于俪，这个问题并不只意味着女人只关心自己，而是女人更关心在男人那里爱情所占的位置。

但是说实话，陶尔，只是起了一个念，甚至还不知道边界的方向。即使如此，也还是吸引了我们。当然我们不会忘记，陶尔也是安东尼奥尼虚构的，因此真正探索边界的人是创造陶尔的人。同样，那些航海日志则是由一个真正存在过的真实的人，一个叫做图尼埃的法国作家写的，是他的想象和他的疑惑，以及他的结论、他的认知，或者说，是他由认知的激情所创造的——作品。

好像尼采曾经说过，认知的激情是人类最高的冲动，是最有力量的，因为它最具精神性。如果激情有等级划分，从最低的冲动到最高和最罕有的冲动之间存在等级秩序，那么对认知的激情则位于诸激情等级秩序的顶端。

我们凡人，我们女人，当然很难理解这种自己未曾真正有过的激情，固然我们有认知的渴望和兴趣，但从未达到过激情般的程度，更不要说能够持续地带着这样的激情生活。

但如果我们窥见了这种激情的光亮一闪，如果我们在懵懂中隐约见到路径，如果我们在自己所爱的男人身上体会到了些微冲动，一条理解之路就可能开启。

比如俪暗暗地想到自己，那么，我在那个冲动秩序的哪一级呢？可是我对男人的冲动并不总是、并不仅仅在于身体的物质性，只有有德性的、智慧的……男人，才会激起我的热情……那么，还是借力尼采的那句令人不禁常常琢磨的话：一个人性爱的程度和方式一直可以延伸到他精神的最后一个顶峰。这是不是说，或许比如女人走向顶峰方向的道路，竟是在与男人的爱欲之路上？——我知道我到不了顶峰，但我想走在通往顶峰的正确道路上。真的不能不感叹俪的淳朴和聪明，她的不息的对男人的热望也是少见的。

不过到现在为止，我们还没有能力想象如果陶尔遭遇鲁滨孙的境遇会发生什么。把陶尔想成鲁滨孙，以至于想成图尼埃，也许真的是过头了，远未至此。而且，我们一厢情愿地想象陶尔的荒谬出海是出于对生活的无聊感，很可能也是错的。

就像我们在现实中的所有遇见，依然狭隘一点，比如遇见男人，或许终究，我们女人是不了解他们的，是无法真正理解

他们的。这是好事还是坏事，可能相当长的时间里都会很不确定。

于是我们在对公众人物的故事中，在小说或虚构的人物身上，寻找各种激情的痕迹，弥补对男人的经验，趋近想要的理解。然而那些著名的女人和著名的男人的故事，会有很多肆意的想象和编造，与其说带着编造者的意愿，用俪的话，不如说是显露出编造者的激情的等级位置。

好吧，如果是当事人死后多年被披露的真实信件，那该是真实的了。有一封海德格尔给他的婚外情人阿伦特的信，一封很丰富也很深奥的信，至少，从中可以看到真实的精神的激情，可能就是尼采说的最高的冲动，既是最高，就必然忽略那低的、那无力的、那肤浅的。

那封信，似乎值得全文引出。

十四

《海德格尔与阿伦特通信集》，第35封。全文如下[①]。

我亲爱的汉娜！　　1926年1月10日

那个晚上——我期待了好几周——和你的书信。我理解，但是这并不使得它更容易承受。如我所知，我的爱从你那里索取的东西更是不容易承受。你被驱迫到了极限，要失去信仰了——即使是对于最有生命力的忠诚来说，这种状况也不是离得如此之遥远，就像浪漫的理想化真的想拥有它的时候那样。

我已经忘记了你——不是出于不在乎，

[①] 引自《海德格尔与阿伦特通信集》，朱松峰译，南京大学出版社，2019。译文有改动，强调为本文作者所加。

不是因为外在的状况横亘在中间，而是因为每当我集中精力于最后阶段的工作的时候，我必须忘记你而且想忘记你。这不是几个小时或几天的事情，而是酝酿几周和几个月然后渐渐消退的一个过程。

而且，这种从所有人事的离-开（Weg-kommen）与闭关，从创造的方面来看，是我所知道的最伟大的人类经验——但从具体的处境来看，则是一个人能遇到的最为令人反感的经验。它是这样的一种经验：在意识完全清醒的情形下，把心从肉体中撕扯出来。

而最为困难的事情是——这种隔绝绝不能通过诉诸于它所获得的东西而得到辩护，因为这里不存在标准，而且它不能就用抛弃人事来买单。而是，这一切都必须被承受——而且是这样：即使对最亲近的人也尽可能少说。

带着这种必然的隔绝之负荷，我总是一再希望着完全的外在的隔绝——仿佛是一种只是表面看来的回归人间——和与他们保持一种终极的和持久的距离的力量。只有这样，他们才能免于所有的牺牲和必然的碰壁。

但是，这个痛苦的愿望不只是不可实现，它甚至会被遗忘——遗忘得如此厉害，以至于最活生生的人事现在又成了源泉，并提供了驱动力，以便再次重新被驱入隔绝之中。于是，一切都再次变成了恰恰针对至爱和至亲之人的冷酷和暴力——这样一来，这种生活就只是一种持久的要求，但它总是不能为此获得一种辩护。积极地应对这事——不通过任何一种逃避而是持守于一方——叫做作为哲学家而生存。

我在此对你所说的——不能也不应是托词；但是，我知道：以之我同时又让你恢复了，并强有力地把你吸引到我这儿，因为你能够理解——我们之友谊的一种向着最后边界运动的强化，只是为了使得它的必然意义变得更加迫切。"悲剧"是一个空洞的言词，而且对于我们积极的生存意识——即这样的意识，在其中破裂被理解为一种本己的力量——来说，已经失去了所有的意义。

如果我向你隐瞒已被说出的东西，并只是直接向你保证你最终欺骗了你自己，那么一切都将只是掩盖。

当我对你说：对于我来说，现在所有的外在活动都让我感到恐惧——那么，这是对"假期"的需求，这种假期是任何政府部门都不能给予的，而是只能通过劫掠本身来夺取。而且昨天，一切都具有了一种几乎是阴森可怖的象征意义——你称呼我为一个"海盗"——我笑着同意，但是同时在"恐惧和战栗"中感觉到了航海的寒冷和风暴。

当你向我讲述你们关于"哲学家"的玩笑、轶事和笑柄的时候——那非常有趣，只有傻瓜和官僚之类的人才会谴责这种东西，甚或希望消除它们。但是，如果除了学识和学位的打算之外，这是唯一占据着心绪的东西，那么对于年轻人来说这一切都将是很糟糕的。

至于你的决定——当我为自己着想的时候，我说"不"，而当我在工作的隔绝之中考虑自己的时候，我说"是"。但是，积极的东西必定是一个具体的决断——而且，在这里，它不是讲座和研讨班的空话。在最后这一点上，完全不依赖于你和我——清楚的是：在你年轻的岁月和善于接受的学期之中，你不应把你自己系束于此。如果年轻人不振作力量离开，那么对于他们来说情形就总是不利的。这是一个标志：天性的自由已经不复存在了，因此当他们留下时，也不再积极地成长了——且不说这里的这种学生一夜之间败坏了所有的新来者，而且从一开始就使得他们不受我控制。我能够很好地想见，"海德格尔－门徒"描述的几乎不是一个令人愉快的现象。正在蔓延着并让人害怕的是一种完全不自然的思考、追问和争论的方式。环境的这种印迹比个人更加地持久，而且与之相抵抗的人只会毁掉自己。

也许你的决定会成为典范，并帮助我使氛围更加地自由。如果它效果良好，那么只是因为它要求我们两个人的牺牲。

那个夜晚和你的书信给了我新的确定性：一切都持守于好的东西那里，而且变成了好的东西。就如我在强力时期忘记而且必须忘记一样，你即使是在你的境况之下也应当快乐，就如同具有年轻的心和强烈的期待与信念的那些人对于一个新的世界——新的学识、新鲜的气息和成长——感到快乐一样。我们之中的任何一方都总是匹配于另一方的存在，即匹配于信仰的自由和一种纯真信任的内在必要性，我们的爱就蕴含于其中。

我的生活——没有我的参与与贡献——在这样的一种阴森可怖的确定性中进行着，我相信，必定有这种新的空虚，它随着你的离去而来。几周以来一直增长着的为了创作的隔绝，胡塞尔对一次较长时间的聚会的愿望，你的决定——完全不同的力量，它们为我开始我全新的计划和工作铺平了道路。所以，孤寂的、寒冷的日子会再次到来——当此在为难题而憔悴、被一种无法抑制的热忱和必然性驱动。有时，当你看护着你的信仰的时候，你会在你的心中听见孤寂的问候和吁请，并对此感到喜悦，且深信不疑。

你的马丁

钦当时的读后感，也值得全文引出：

读这封信，首先，大概要抛掉海德格尔和阿伦特关系的其他相关背景，以至于抹掉这封信的写信人与收信人的名字，以至于仅仅标注为哲人与爱慕他的女人。如果时时想到这封信件的真正当事人，就会被他们之间的其他事件、其他情感以及他们所在的历史处境所打搅。

这封信传达出很多东西，尤其因为它不是一个作品，而是一封真实的信件，是曾经活在世上的哲学家海德格尔写给他的婚外情人阿伦特的信，这封信写的时候并没有想到会有一天被公之于众，这封信无疑真实。这个真实，既指写这封信的人出于自己的真心所想，也指这里所表达的认知与感觉不是出自于一个非理性的、把外在世界幻化虚构却不自知的人。

"我已经忘记了你……当我集中精力于最后阶段工作的时候，我必须忘记你而且想忘记你。""就如我在强力时期忘记而且必须忘记一样……"这就是海德格尔对年轻的情人写的！年轻的女人能够理解吗？这里当然无关乎道德，只关乎事实。只有相信这是事实，才能开启理解。

"最后阶段"，海德格尔的《存在与时间》是一九二六年完成的，因此写这封信的时候是这本大书的最后时刻。

什么是"强力时期"，是不是当"思"到了紧要关头，就是专注到不能有一秒钟的分心——如同打坐般的专注，那个关头，就是突破边界的可能时刻？那种时刻，不仅是必须忘记，简直是必然忘记"你"——和所有人事！没有一丝这类经验的人可能相信和理解吗？

但要特别看到，信中写的是"而且想忘记你"！就是希望、但求忘记你！因为与"你"无关吗？哪一种工作只适合一个人，必须一个人？

再来看，"而最为困难的事情是——这种隔绝绝不能通过诉诸于它所获得的东西而得到辩护……"这是说，他们专注，却绝不是为了专注之后，依然像打坐，既不是为了"一去不复返"，也不是为了离开"所有人事"，更不是为了拯救人类。他们只是全力地进入"当下"，进入工作，而之后获得的，如果是正面的，可能会被别人当做一种辩护，而事实上，对工作着的那个人，更多的"收获"可能也许是负面的，一切都不可预料，除了做好承受的准备，别无其他。事实上，从头到尾，对专注者来说，根本不存在"这方面的尺度"。专注者有的只是专注本身。

一种"辩护"是，他们专注，他们的工作，是为了"回归人间"，什么样的回归？他说是为了获得一种"终极的和持久的距离的力量"，这样他们"才能免于所有的牺牲和必然的碰壁"——这是什么？是不是说，他（哲人们）看到了与人群的极不相容，以至于这种"冲突"会带来"牺牲和碰壁"，于是需要距离，这种距离从根本上说是终极的，并且是持久的。但同时，又因为他依然属于人类，所以"活生生的人事"也给他带来诱惑和腐蚀，还有，完全褒义的，还带来源泉和驱动力，一种让他获得再一次、重新趋于"隔绝"的驱动力！

于是我们看到了"针对至爱和至亲之人的冷酷和暴力"，其中最弱的、最表面的，可能就是"忘记你"。

这种矛盾，这种反复的逃离与源泉，这种对于世界与生活的"应对"，正是一种所谓"作为哲学家而生存"？而在哲学家本身，经历的却是"这样的一种经验：在意识完全清醒的情形下，把心从肉体中撕扯出来"！——这是一种极其少见的遭遇，一种极度的痛苦，但从创造的角度，它很可能就是一种"最伟大的人类经验"。

所谓"最伟大的人类经验"，是不是可以对应尼采说的最罕见的激情，那最高的精神性的见证？在所有的认知中，是不是形而上的认知最艰深也最深奥？而在"恐惧和战栗"中感觉到航海的寒冷和风暴，正是某个边界的风景？

在这字里行间，毫无疑问，能够感觉到某种坚定的寒意，和对于一种最高激情的捍卫，以及，无疑，在瞬间的凛冽带来的清晰中，隐约看见一个深奥者的影子。

又是深奥者，这个始终挥之不去，也恋恋不舍的词。无论在言辞中、故事里，抑或以至于以为在生活中，每当我隐约看见疑似这三个字的影子，总是情不自禁地想要探个究竟，想要看清楚。然而从未完整和清晰过。

究竟如何定义这个词？就深奥这个词最表面的含义，就其最强烈、最宽广、最褒义的取向，我想或许可以这样来说，它是指某一种人，一种最具精神性的人，最难以理解之人，艰苦卓绝之人，深刻奥秘之人，罕见的人。

对这个词，还是要再搁置。

也许最重要的，是始终从深奥之褒义的角度。比如，读这封信，就要注意摒除某种阴暗。如果哪怕稍稍地怀疑，那些"隔绝"和"距离"的言辞是不是因为他和

377

她的恋爱的非法性（婚外恋）而覆盖的托词，那么就不必再认真对待这封信了。不是说这种"阴暗"（可能并不阴暗）没有合理性，但是，这种阴暗却是企图看清深奥者最大的障碍。

可以理解，也可以不理解，但总之必须带着全然的天真出发。

还有，从最浅的层次，从最表面来读这封信，也一样不会有大错。

比如，千万不要爱上一个深奥者，他越深奥，以至于伟大，他就越"令人反感"，他与你的距离就越大。那种最可怕的"经验"——把心从肉体中撕扯出来——是他们的意志，是他们主动的选择。你再勇敢，也无法替他们分担什么，除了被他们"离开"和忘记。更何况，你对自己的信心有多大？或者你在怎样的程度上，有能力理解他们，忍受他们？

好吧，阿伦特真是了不起，固然她自己后来也是哲学家。

一个刚刚二十多岁的女人，如果真的遇见了一个疑似深奥者，收到了这样的信，开始她可能会天真地相信这信里说的，懵懂地以为自己理解。但过不了几天，她就会苦恼、痛苦，以至于抱怨。一般的女人都不可能受得了这样的待遇，也理解不了这样的解释，什么叫"我必须忘记你而且想忘记你"？这是爱情的语言吗？这绝不是普通人的爱情语言。

爱一个人，当然也必然要了解一个人，特别是能够理解他赞赏他的各种行为。如果你对他的某种行为无论如何都不能理解，不能在你的知识结构和生活常识中找到合理的归属，该怎么办？

其实天真是一个好词，是天上来的真实，真实地相信，相信天的真实，若能一

直走下去，就是真正的幸运儿。但是一般来说，这种天真必然要坍塌，一般来说，最幸运的情形，也要经过三十年后，某种理解才可能到来。这还要看你这三十年经历了什么，读到了什么，懂得了什么，思考过什么……

如果三十年后，这个女孩由衷地认为自己是幸运的，那她真的是万幸中的万幸！此时，信末的最后一句话，必会再一次被她想起，并深深感慨："……当你看护着你的信仰的时候，你会在你的心中听见孤寂的问候和吁请，并对此感到喜悦，且深信不疑。"

但这个女孩，绝不会在我们中间，我们谁都不可能是她。这一点要切切牢记。

十五

好了，现在我们要下降，下降。一方面我们的陶尔不是海德格尔等级的，也不是所谓的"深奥者"，他也没有走到边界，即使看了一眼，也就是一眼而已。另一方面，我们女人，正如钦的笔记所写的，不能轻易确认自己是幸运儿，以为自己具备追随"深奥"的能力，这种能力既包括自己对边界的爱欲之强度，也包括能够"忍受""忽略"的能力。

但是，第一，无疑陶尔有那样一种向着边界的渴望；第二，被启蒙了的女人好想爱一个深奥的男人。

维特根斯坦说："一个表达只在生活之流中才有意义。"这是说，一个表达，一个语词，无论怎样抽象，怎样的形而上，都有它涌现的那条河流，都有它降临的那个时刻，并且，每个词都活在它的每一次运动中，在运动中才凸显它最丰富最本质的

含义。

对于认识者,在某一次运动中第一次"遇见"那个词,感觉到它的意义的时刻,就是那个词对于你的初始时刻。那个起点与其说属于这个词,不如说属于认识这个词的人。对这样的起点,我们并不总是敏感。

对钦来说,深奥,这个多年来挥之不去的词,不论其内涵还是外延,都在深入和丰富,然而那个起点,却是很晚才被她找到。现在只要一说起,那个作为起点的场景犹在眼前。

钦和青相爱着,或者更准确地说,钦更爱着青。他和她走在夜晚幽暗的校园里,小路上,简单的、直率的钦滔滔不绝地说着,说她的生活理想,那高高的目标,想象着青,要求着青,甚至批评着青,也鼓励着青……她说的没有一样不对,没有一样不好。青也这么认为,但青始终没有应答,没有说话,只是一味地沉默,沉默了整整一个晚上。直到钦说累了,他们才回寝室。

那整整一个晚上的沉默,没有一句回应,没有同意,也没有一丝不耐烦,青一直都在听,专注地在场,这一点钦明明白白。但自始至终没有一丝声音来自青,甚至,连身体动作也没有,青就好像是校园里的另一棵树。

钦对青的沉默,除了接受,也没办法。她不解,甚至有怨气。

其实青的沉默很简单,也很残酷:他当然也想要最好的样子,但并不决定与她一起。这沉默,不过是男子汉这个时候最大的善意。

但钦没有跟着怨气走,很快忘记了怨气,却对那长久的沉默迷恋起来,以为极其深邃……

这本来是一个极一般的场景,是两个人爱的程度不相匹配的日常。钦停留在责怨才是真实的。然而她偏要偏想。她以一个年轻的读书女孩的夸张和浪漫赋予了这沉默深沉的意味:那沉默是多么折磨人啊,那沉默又是多么深刻,绝不解释,绝不琐碎,那不就是一个男人的刚毅吗……于是青不仅是一个上进青年,一个好男生,还是一个不同一般的、有时"不可理喻"的男人。这个不可理喻完全是个褒义词,有着非凡的意思。你让钦说出理由,她说不出,或者说,她一定要解释那个沉默,就用了最不平凡的方式。她不能理解那种沉默,就赋予它深奥的标签。

据此,女孩钦把男人的定义与沉默相连,把沉默与深刻相连,把深刻与深奥相连。或者竟可以说,后来她总是爱显得深奥的男人。深奥经常成了钦想象中情不自禁的方向,深奥也成了我们四个女人笑谈中不可或缺的词汇,成了男人优良品质中差不多最重要的一个。

虽然经验并不惊艳,但这样的渴望从未消失,就像一种认定,认定深奥是作为男人不可或缺的品质。如果说在思想中经历的也是一种经验,也是一种真实;如果说在逝者中,古往今来,在言辞中,在传统与经典里,曾经有过真正深奥的男人,钦便是"见过"许多深奥的男人了。

但深奥这个词,无法准确解释,一个形容词,含糊的、没有贬褒指向的词,无法定义的词,只能属于个人,属于一种感觉,属于一种倾向,甚至一个时刻。

直到有一天,我和钦不约而同地读到

了尼采的一段话,这个词才真正凸显,醒目地镶在我们的生活景布上,再也不会消失。

尼采真是描述得太好了,既抽象又生动,既在生活之彼岸,又在生活之河流。

凡是深奥的东西都爱面具,最深奥的东西甚至对画面和比喻都怀有一种憎恨。难道对立不才是真正的伪装,以掩盖一个神的羞耻心吗?一个令人生疑的问题:如果从来没有一个神秘学者敢在自己身上这么做的话,那可就太奇怪了。确实有温柔的过程,以至于人们非常乐意通过粗暴来把这些过程淹没,好让他人认不出来;也有爱和一种毫无节制的宽容行为,在这些行为背后,最好的建议是拿起一根棍子,痛打目击者,这样就可以模糊这个人的记忆。有些人善于模糊和滥用自己的记忆,为的是至少能在自己这唯一的知情者身上进行报复——羞耻心善于发明。使人们最感羞耻的不是最糟糕的事情。在一个面具后面不仅仅是奸诈,在计谋中还含有许多善意。我可以设想,一个想隐藏一些贵重东西和脆弱的东西的人,生活中会变得很粗暴,会像一个包上铁皮、旧的、绿颜色的葡萄酒桶一样,在生活中滚来滚去,是他的羞耻心让他这么做。一个有深度羞耻心的人,在只有很少的人能到达的道路上,会遇到他的命运和温柔的决定,而他最亲近和最信赖的人也不能知道这些东西的存在。他们的眼睛看不到他的生命危险,他们也看不到他重新获得的生命安全。这样一个隐藏自己的人,这个人出于本能,需要沉默和隐瞒。他要不停地逃避说出真相,

但他会并努力地让他的面具漫游在他朋友们的内心和头脑。假设,他不愿意这么做,有一天他会发现,尽管如此,在朋友的内心和头脑中仍然有他的面具,这样也很好。每个深奥的精神需要一个面具,更有甚者,围绕每种深奥的精神会不断地有一个面具生长,这得归功于对每个字、每一步和每一个生命符号的错误解释,也就是做出平庸的解释。(引自尼采《善恶的彼岸》,李健鸣译)

一些行为好像若合符节,一种感觉若隐若现,一些面孔似曾相识,一种精神隐秘诱人,一个遥远遥不可及。

虽然青并不是一个深奥者,这一点后来钦再清楚不过。但她感激那个晚上,那个难忘的沉默。那是一个契机,一个尚未显露的开启。因此她才会对毛姆笔下的莱雷的"特权"若有所思,她才会在读到伏尼契的《牛虻在流亡中》时,被列尼给儿子的教诲深深触动[1],她才会在书上做了标记,又抄在笔记本里。那个夜晚的沉默在她的大脑深处从未离开,是她理解深奥者的种子。因为沉默就是深奥的脸,沉默就是深奥最显明的语言。

从此,深奥与深奥者,成了钦的保留词,这一节文字,也成了我的保留引文。我们一再地琢磨、玩味,展开它的折叠与隐蔽、提问与联想、猜测与细究,进入表面之下又回到表面之上,在深奥里寻找深奥者的面容,又在深奥者那里进入狭窄的深奥之渊。

然而,究竟是他们深奥者自己戴了面具,还是平庸者我们把深奥的面具戴到了

---

[1] 参陈希米《深奥者的朋友》

疑似者的脸上，谁又知道呢？

十六

我们说钦是一个喜欢"深奥"男人的女人。钦把这话当成了表扬。

其实，无论钦还是芩，我还是俪，我们对陶尔的想象，哪怕是对陶尔可能的深奥最初步的想象，也是我们的一厢情愿。我们都对陶尔有着不言的假设和期待，一种奇怪的行为后面该是一个不同寻常的男人？在他的荒谬中有着不同一般的秘密合理性？对此有人会轻蔑地说，这是女人的荒谬逻辑。老实说，这种思路在女人对男人的想象中很常见。他的行为若是用"酷"字来闪耀，就带上了英雄般的光环，如果他的动机始于对虚无的挑战，就仿佛跟深奥沾了边，假如把他在船上所遭遇的解释成某种人性的边界风景，他就成了可能在边界行走的探索者。

而正是基于对陶尔这样的想象，俪才把卓丫配给了陶尔。

你看卓丫又何尝不同呢？某种程度上，卓丫确实也是一个非同寻常之人。她所做的和可能遭遇的感受，是不可预料的，是无比复杂的，很可能还是叫人崩溃的。她需要的力量，或者说她需要的理由，以及给自己的解释，没有现成的，不能轻易获得。要靠她自己在探险中领悟，在行动中发现。甚至还有对自己的新发现，对自己的敏感和否定……

不能不说，俪是智慧的。

陶尔与卓丫之间，可以说相隔很远，工作与阅读，都很不同，然而也可以说彼此非常理解——他们都相信事前预设你无法理解他人，才是理解他人真正有效的出发点。如果你带着你的偏见，带着你的意愿出发，或者大多数情形是，你带着你不自觉的早已被摄入头脑里的各种教诲（对这些教诲，你从未联系自己过，从未艰苦思虑过）出发，那么你差不多除了误解别人就是否定别人。两个人都明了这一点，是他们能够和谐相处的真正基础。

视陶尔和卓丫为曾在边界行走的人，大约不算过分。他们彼此很少交流，与我们更少交流，还有一个重要原因是，他们遭遇的经验，发生在普遍性之外的地方，可能还没有命名，没有名词，现有的言辞是针对已经显现的，已经经历的，被提炼思考过的，而那新的，从未出现过的风暴或者彩虹，它们还要等待充分的显现，等待我们人类咀嚼，然后才能吐出词汇。那个地方现在还不是，不能算是我们的领地，要等到我们有了那个词，才算"看见"了它，命名了它，才算拥有了它。它才进入我们的存在。

如果说陶尔在某一天去了希望岛，再也不能回返，那么我们必然听不到他的感受和思考。那么卓丫呢，我们也听不到她的感受，因为她还没有等到那个"词"，目前，似乎每一个现成的词都是错的。

好吧，于是，我们只能浪漫地想象一下，把他们想象成探险者、开拓者，先用最前沿的词装扮他们。他们是英勇的，是危险的，是肆意傲慢的，是放浪形骸的，是病态的以至于在泥沼中的，在冷嘲热讽的风中，在颠簸无际的浪的上方，在深邃和无边中，在流血流汗中，亦在一种自在轻盈中，那种异样的观感给他们无比的慰藉。

我们必须想象他们曾经有过"无比的

慰藉"。

钦之所以在第一次读安东尼奥尼的小短文时就对陶尔印象深刻,是因为她简直想当然地认为陶尔是要"出逃",而且出逃的方向是边界,她似乎觉得,陶尔荒谬不是荒谬,而是对某种严肃的掩盖。严重地说,甚至,陶尔是深奥的?什么才是深奥,单单不懂不是,荒唐荒谬不是,孤独求败不是,与众不同特立独行也不是……

深奥这个词,大约指向一种艰难的认知,指向辨认和不确定,指向神秘未解。每一个深奥都有它的景象和位置,它的季节和时刻,它的水域与陆地,它的高远或逼仄,它的海市蜃楼,它的窘迫幽暗,以及显白与隐约,宽窄与曲折。每一个深奥的表面都不同,深奥是遇见深奥之人的功课。

物理学家费曼有一个关于怎样预先知道某个猜想是正确(真理)的方法,有三条,第一个是:你可以通过它的美和简单性来认出真理;第二个是:当你这样做知道它是对的,它就明显是对的了;第三:如果你不能够立刻看出来它是错的,而且它比以前的理论更加简单,那么它就是对的。

这虽然针对物理定律,其实也适用所有的分辨和确认。

十七

却原来,那个陶尔,早已从安东尼奥尼的笔下走出,与不凡的女人卓丫一起,背负"深奥"的使命,与我们一起,带着钦对青的回忆,期待见证秦与芩的爱情故事。那属于俪对男人的幻想是他的名字上的光环,而我对安东尼奥尼的爱,是陶尔出身(与生俱来)的正义。

十八

那么,就说陶尔是一个华裔,假设他在中国改革开放的初期出国求学并在澳洲开始他的事业,等到九十年代初,他便开始把商业目光投向国内市场。他是最早在中国印刷行业投资进口德国海德堡四色印刷机的人,也是最早把西方畅销书引进国内图书市场的人,他的市场敏锐,对时机的洞察和开拓精神,在同代人中是遥遥领先的佼佼者。

在圈子里,他有挺高的荣耀,从财力到位子。但他从不跟卓丫炫耀这些,一开始就没有,以后就更不。当然不是因为卓丫多少也算一个有点名气的演员,而是他有感觉,他知道他们彼此等级相当,能量匹配。虽然,卓丫的力量显得是在另一个方向。

最先发现这一点的是秦,为此秦还夸俪有眼力。

秦注意到陶尔在很多场合的照片,陶尔的表情,他说他能感觉到陶尔在拍照的时候,在心里的某一处,一定有卓丫在。仿佛卓丫在某处看着他。这个时候,他的表情不管是严肃还是放松,都总是真实、节制、恰当,甚至显得高贵。

有的时候,秦说能够发现,陶尔会"走神",就是忘记了卓丫的"在场",那时候,就或许可以看到,有时得意有点超过了限度,语气或者表情里带着某种肆心,甚至姿势都会显得夸张,那是虚荣心趁虚而入的时刻。要是突然卓丫"在场",卓丫"降临",他就会立刻警醒,马上回到了或者认真、或者谦逊、或者真实的状态。

有时候，还会发现他的表情游移不定，似乎还没有拿定主意该自由放纵还是真实节制，那个时刻，是他在判断卓丫的态度呢，是他在问卓丫。

如果卓丫在场，无论是身体在场还是在陶尔的心里在场，总之是陶尔感受到卓丫目光的时刻，他就绝不会自以为是过分自信，总是知道减一分力，低调又得体。卓丫，就是那个他信任的人，那个跟他有身体关系的女人，那个了解他的人。她了解他，看得懂他，好像对他一览无余似的。任何做作、虚伪、膨胀或者怯懦，可能都逃不过她的眼睛。他们彼此看得见，不是因为彼此的不尽述说，而是他们能级相当，位置相当，简直也可以说个头相当，不会因为一个比一个低很多而看不见另一个，也不会一个比另一个高很多而忽略了低的。

卓丫就像一面镜子，提醒陶尔不忘记反观自己。

俪的高论又来了：人能站到自己对面看到自己，太难了，必须借助女人！

卓丫自己呢，你在屏幕上看到她做爱，各种姿势，各种意味，身体的各个部位。但你印象最深的是她的脸。虽然我们看人，记住人，当然是脸。

那张脸蕴含着对各种复杂情形的一贯态度，不犹犹豫豫的态度，不暧昧的态度，不惧怕的态度，以及臣服一切的态度。那张脸又抽象又教你联想无穷。

想到性的全面裸露，眼前浮现的却是她的脸，一张坚定的脸，不漂亮，也不难看，或者说不进入好看不好看这样的层面，她就是那个有那样的"勇敢"作为的人，坚定中含有笑意，那个笑意仔细琢磨，像是有一点谦逊在里面，还有一点忽略，好像是对你们的疑问和惊讶的忽略，却并不是居高临下般的忽略，因为还显得多少有一点不好意思，但又并不为此有某种或者含羞、或者歉意、或者自卑等等的情感。

她的脸，轮廓清晰，甚至刚劲得男人似的，很可能是因为曾经看到她用尽全力做爱所带来的印象，连在表演受虐中也是竭尽全力。如果在做爱中，女人作为接受的一方，那么她的接受是一种最强的反作用力。

卓丫的脸，最典型特征是坚定。以至于她的脸从来不能用甜蜜、随便、沮丧这样的字眼形容。但是可以用爽朗、傲慢和痛苦这些个词汇。

卓丫最喜一身黑衣裙，与其说是因为她身材高挑，因为她是单眼皮（好像单眼皮配黑色最接近女巫的感觉），不如说是因为她喜欢那个嬷嬷，那个电视剧《年轻的教宗》[①]里面的嬷嬷。那个嬷嬷是她看见过的最有女性魅力的人，那个嬷嬷——她总是这么说，我们都知道她说的就是这个嬷嬷，那个嬷嬷是最最充分地穿出了黑色魅力的人。

那个嬷嬷，她是年轻的教宗的养育者，她对年轻的教宗充满了信，就好比她相信她所养育的，相信她自己一般。这次她要代表教宗进入新闻发布会，一个有欧洲各大报记者参加的发布会，教宗居然选定她做代表。她一脸皱纹，她一袭黑衣，她该怎样走进会场，用什么步态走？问演员，问导演，问教宗？

---

① 保罗·索伦蒂诺导演的电视剧。

她用速度！

她像一个黑色的幽灵飘进，不，飞进了会场。但她的脚后跟每一步都紧贴地面。她穿的是平底鞋。那种年轻女子的速度和姿势，让她骨肉的性感透过了黑色长袍，穿过了黑色长袍，掀起了风，然后随风疾走，那种性感因为黑色长袍而更加性感，那种性感因为黑色长袍而饱含神秘。她不像穿着西装短裙，不像官员不像记者，她像一个姑娘穿着单色T恤配彩花中裙那样带着小腿的跳动走进会场，但她的脚后跟每一步都紧贴地面。她穿的是平底鞋。我们看见她黑色的背影，那背影里充满了能量和颜色。黑色从未那么跳跃，黑色从未那么坚定，黑色从未那么妖娆。她是嬷嬷，要是据此你假设了她的节制和禁欲，你就越发感觉到她是地道的女人，在那一袭黑衣之下，分明刮来一股强劲的女性之风。甚至可以说，她的欲望犹在，却以另一种方式，却是完全正当、正向的方式。

她对年轻的教宗充满了信，她相信她传达的是至关重要的，是正确的真理，是不容置疑的宣言。对信众，对媒体，不需要阿谀，不需要轻蔑，不需要妥协，也不需要敬仰，只要坚定准确，如风一样的力量，如光一样的短暂。

这样的嬷嬷，全然是女人，更是嬷嬷。无比的不同寻常的嬷嬷。一个杰出的女演员，才留下了一种难忘的跃动的黑色，一个令人震惊的导演，才塑造了一个养育了这样的教宗的带着灵的嬷嬷。

一个令人震惊的导演，卓丫你遇见过他吗？遇见这样的导演，是女演员真正的福气。卓丫不是迷恋黑色，黑色早已存在，卓丫迷恋那种特有的黑色的速度和单属于嬷嬷的步态，她有了感觉，她就必定会模仿如真，把它变成卓丫的黑色、卓丫的步态、卓丫的风格。

一个女演员，你到了那个时刻，就遇见了那个令人震惊的导演，或者，直到你遇见那个令人震惊的导演，你的时刻才到来。

你从女人的穿衣品味和喜欢的颜色，就可能知道她的性格和心性。最关心女人穿着的从来不是男人，而是女人。女人与女人初次相遇相识，最先注意的就是穿什么衣服、裙子和鞋子，和围巾。这些表面印象可能会极大影响到她们对彼此的评价。

比如俪，正像她有过很多经验，她的穿着也是风格多样，有时夸张鲜艳，有时非常男性化，有时不修边幅到极致，但显然全都是刻意，有时又奇诡到诡异。正如她有能力喜欢各种类型的男人。

只有在舞池中，在绚烂沸腾的背景里，穿黑色连衣裙的俪才是美的。

而芩则总是端庄，偶尔冲动买一件艳丽或稍稍夸张的，之后的命运肯定是送给别人，不会真的被她穿出去。可如果在葬礼上人们都着黑色，芩就是悲哀中最肃穆、优雅、高贵的。

关于黑色，我一直以为，如果你还不能以某种速度疾走，如果你的骨头还不够轻盈，如果你疾走的步履还不能让后脚跟稳稳贴合地面，那你就要谨慎选择黑色。黑色有它的空间，也有它的时间，只在恰当的地点和时刻属于你。

那个嬷嬷，是最配穿黑色的女人，可以在任何场合穿，并且可以从年轻一直穿到老去。她能把黑色的灵荡漾开来，以她矍铄的精神。

卓丫，则是我们身边的人中间最能撑得起黑色的人，陶尔这个不修边幅的男人有一天竟说,你看卓丫,像不像正在起飞的黑天鹅。她穿一袭黑裙,站在甲板上,海风吹起裙摆,黑色长发强劲地向天空舞动,瞬间里你立即看到了空中翱翔的卓丫……这惊鸿一瞥,肯定是被秦抢拍到了。

秦对琴说,虽然他很难理解陶尔与卓丫的关系,但羡慕他们之间的这种状态。秦还说,我觉得陶尔和卓丫应该也很满意他们之间的状态,但要解释他们之间的关系,可能他们自己也没有能力。

所有解释,都来自于已有的理论、别人的理论,以及现成的语言。但真正的动机,未知的、隐秘的、潜在的、连自己也未知的东西,要把它们找出来,说出来,说清楚,殊非易事。

俪曾经听到过一个男演员针对自己表演的一个暴力角色说,那个角色使他要唤醒自己身上的粗暴以及攻击性……这是说,他身上原本是有粗暴和攻击性的?他能够通过表演唤醒它们?且不说为什么要唤醒,到底是应该约束它们还是唤醒它们。因为一句平行的话是:那个角色使他要唤醒自己身上的温柔和耐心(以及其他好品质)。这里只需看到,唤醒即意味原本存在。

我们身上究竟还有多少可能被唤醒的东西?应该被唤醒的东西?以及,永远也不会被唤醒的东西——因为那些东西从来就没在我们身上。

有句话说,凡是我们能够想象的,其实就是我们可能具有的。我们想象的边界,就是我们可能性的边界。进一步说,我们不能想象的,就是我们可能不具备的。但是没有能力想象的,现在想象不出来的,不说明以后也不。所谓发挥想象力,就是说,想象力这东西,是可以长进的,是可以更多更丰富的。说明我们很可能还具有看似不具有、但也可能潜在地具有的东西,只是还没有契机,就像需要等待"唤醒"。

不过有一点是肯定的,就是我们注定不具有的,我们肯定无法想象。

对我来说,对卓丫的感觉就是这样,不管是通过俪对卓丫的了解,通过琴的观察、钦的猜想,以及通过让陶尔与卓丫在一起,都无法真正了解和理解卓丫。

著名女演员甘斯布曾经说过一句话,给人极深刻的印象,她说:"导演拉斯·冯·提尔了解我的一切,我的身体,我的一切,一览无遗。他很神秘。但我喜欢我们的关系。"我的眼前,一会儿甘斯布的脸叠印在卓丫的脸上,一会儿卓丫的脸又叠印在甘斯布的脸上,无论如何都难以理解她或她与这样一个异性——了解自己的身体、了解自己一切的人——究竟是怎样一种关系。无疑信任,但最重要的很可能是神秘。"他很神秘。但我喜欢我们的关系",这里的转折"但是"说明她也不能说清楚这种关系,但是——喜欢这种关系。

但是,但是陶尔对这种"喜欢"怎么看?不论是陶尔还是卓丫,他们都仿佛在挑战中生活。

钦的思绪却是,信任与神秘,不就是深奥者的题中之要义吗?

十九

"只有与你有过肉体关系的人才能给你有益的忠告。"这断言显然是一个假命题,但剑走偏锋,一贯如注,带着教人迷失的节奏,容不得思考。对这句话印象深刻的人,各有各的心思,不同的人把自己不同的经验附会上去,肯定它或否定它。俪引这句话的时候,当然不是指所有与她有过肉体关系的人,她只是觉得,身体接触是"传"神的,跟那个人有身体接触,就是在接气和传气,气场不对,必然不能相融。她强调的意思是,赤裸的身体是灵魂相见的条件——一个必要条件。

要是钦对这句话表示赞同,那是在她和青还没有真正分手的时候。钦企图以与青之间曾经的肌肤之亲来保障他们的灵之相契,钦自以为那肌肤相亲的经历肯定了他们彼此能够给予最好的忠告,其实这不过是钦自己骗自己,等到他们彼此真正走远、毫无见面愿望的时候,这话就不仅被忘掉,还要被否定。

卓丫则因为极不认同这句话而对这话印象深刻,每次都在心里反驳,她知道肉体常常根本不带着灵。

而暗恋者如我,就更不信这样的话,比如那一夜之情——肉体关系,怎么比得上持续一生的暗恋!要知道一个暗恋者对暗恋对象的关注意味着多少了解,那不才是忠告的根据吗?

芩对这断言有免疫,对她来说,不存在想要去肯定或者否定某个特定身体关系、某个具体的男人,也不期待什么忠告。忠告,人们总是在忠告中,不是想要得到忠告,就是要忠告别人,其实所有被接受的忠告都是自己的原有的愿望,所有的忠告都是妄念。儿子的死让她的身心都死了。秦给予她的"治疗",其实只是很多个小时的共同沉默,陪着她不说话,就像与她站在一起。最后好像是秦真正帮到了芩,但秦从没有给过芩一句像样的忠告。要是这话为真,那么终究会有的忠告一定该在他们之间发生了身体关系之后,这听起来多么可笑。不然这样想也行,如果哪天秦认为这话有道理,那就是秦对芩有了欲望。

积极喜欢这断言的人,是年轻的,是对身体还有热忱的人。如果有一天你希望得到走过身体之路而来的忠告,就是你不仅爱忠告,也爱身体。

在俪看来,如果不发生性的暧昧,不触动爱的情感,真正的袒露无从启动。袒露渐渐深入走向爱,爱的萌动让袒露越来越真实、深入。亚当和夏娃最初的相遇,不是人与人的相遇,是男人与女人的相遇。男人与女人最深的区别之心造就了最迫切的融合之心。最自由无忌的关系发生在(性)爱的连接看起来最自然也最必然。

俪一直都很向往有一个心理医生,然而一想就把他想成了男人,想成了可能的恋爱对象,一想,就把做心理咨询当成了摆脱一刻孤独的可能。这证明了只有男人才能帮到俪吗?说俪狭隘,其实哪个女人不狭隘?从这种狭隘的角度出发,芩与秦的关系走向几乎注定。

病人,向医生述说一切,关于身世、童年、父母、异性、恐惧与期待,无论多么隐秘与怪异,这个倾听的人既不会伤害也不会嘲笑,还会理解和帮助。仅仅因为他们之间事先被定义为病人与医生的关系,所以她可以向他袒露一切而不必怀疑自己爱上他,如何肯定他对她的关注和同情理解都仅仅是治疗而与爱情无关?俪难以想象这如何可能。

剧情的进展证实着俪的感觉,女患者与男医生之间发生依赖的事件屡有发生——可能还不叫做爱情,但简直和爱情毫无二致。如果两个人,如果他们在封闭的空间里,谈一切,就像在两个人之间铺好了产生爱情的一切土壤,那么发生爱情就不是什么悬念。

"只有与你有过肉体关系的人才能给你

有益的忠告"，虽然钦并不信这话，但钦期待有一天芩能听进去这句话，假如有一天芩开始留意这断言，就是她苏醒过来，想要进入与他人的亲密关系的征兆。而秦，就是现在离芩最近的人。

"只有爱上他，我才可能敞开心扉……"这句话的一个反证是，如果你向他敞开了心扉，就意味着爱情在悄悄启动。

秦作为一个心理医生，当然听过太多千奇百怪的故事，相信人的可能性无穷无尽，懂得人的多样性和差异性无论怎样估计都不过分，因此人与人的关系类型就更加难以界定和命名。但他并不因为了解这些而在爱情与性的问题上是一个所谓"开放"的人。秦是保守的，相信爱情在终极意义上的价值，与其说赞成一夫一妻制，不如说信奉爱情的专一性。

秦对待肉体关系的态度极其严肃，在他看来，肉体关系的物质性正是其严重的不可抹杀性，它强硬地存在，任何覆盖上去的言辞无法消弭这种物质性。

他固执地要求爱情的定义，要求爱的对象的唯一性、绝对性，要求身体作为凭证。正如在心理分析中，生理是心理的证据。他认为，爱的对象的唯一性、排他性，是狭义的爱情的题中之义，否则便不是爱情。所以虽然他欣赏陶尔与卓丫的关系，但根本上，其实不相信这种关系的硬度。这也可以从对"只有与你有过肉体关系的人才能给你有益的忠告"这句话的反面得到某种佐证。

有一点是肯定的，就物质层面，无论是卓丫和其他男演员之间发生的，还是俪与太多的男人有过恋情，她们都是那种与男人的肉体关系在生命中显赫存在的女人。

我们贫乏的经验够不着她们。

就像我们也同样够不着所谓"柏拉图式的爱情"。

然而我们又似确乎知道，哪些真实，哪些不真。

有某男作家，声称自己是性爱专家，不仅号称大胆描写性，还暗暗让读者觉得，他很擅长（擅长性，还是擅长爱？），他的经验丰富，是个出色的男人……诸如此类的扬言。俪对这类自信向来轻蔑，不是出于自己的自信，而是出于永远的不自信，因为她知道存在一种"最高的欲望"，这会使人永远心存敬畏。俪专程去书店买了一本他最风行的书，读后只是轻轻地说了一句话："一看就是没有经验的……"没有比这更狠的话了，我们听了笑死了，那个男作家会羞愧至死吗？

俪，你真不愧你的经验。

没经验——没有爱的经验？没有性的经验？人各有经验，你怎么就知道我写的不是经验，而只有你的经验才是经验呢？经验不是真理啊，如果你经验不到人家的经验你就无法否定它。好吧，似乎有理。

然而无理。

我们凭直觉，凭共同的人性知道，那一个描写是真实的，另一个却是编造的，是根据某种理论的图解，是按某个心理学说法来编排的。还不仅是从细节，更是从氛围，从视角，从心理的真实性，感觉到作家本人的真实——他的真实不是他是否有过他描写的实在的经历，而是他是否有过那样的情感、那样的欲望——虽然那感情可能从来没有具体的真实对象，虽然那欲望可能从来没有在另一个人身上实现过——那欲望无论是他的猜想还是他曾经有过的欲望，都该是他深深理解的欲望，或者曾经是他的幻想，以至于他的梦魇，都属于他，属于真实。而那些他以为的情感、应该描写的感情、凭空想象的情感，他按照某个理论或者词汇构造出来的欲望，却很可能是假的，不属于他，也不真实。

真实，不是现实地物质地发生过，而是诚实地"经验"过，无论是在梦中还是在幻觉中，都一样是真实。也正因为此，我们才敢说——虽然不一定说出来——哪些是假的。

虽然，就算俪有经验，也太有限，重要的在于，她是一个地地道道的女人，一个热爱男人的女人，所以我信她的话。

那些真实的物质经验并不是以数量取胜的，俪说其实这些不重要，重要的在于是不是达到过一种深刻的感情。深刻的感情与欲望的满足无关。深刻的感情就是指它唤起了你一生中最高的欲望，从肉体到精神，它预示了一条追求最高欲望的可能之路，可以持续一生。

而且，俪说，那个唤起了她最高的欲望的人并不是给她最大满足的人。

所谓高峰体验，就是人们说的"我到你这儿就停止了""很多人到我这儿就停止了"（哦，男人常常这样说）那类话，意味着对方或者自己卓尔不群，具有超出常人欲望能量的人说的那种经验……

但是，还有另一段话仿佛轻轻越过高峰：

因为他，不是感觉到停止了，而是感觉这桩"事业"竟可能无止境了，他给予我迄今为止的最好的满足已经退为其次，重要的是我知道了，他还会给我更好！或者，竟也可以说，我终于知道，这世界上的高峰，是永恒向上的。在生命没有停止之前，我不敢断语了。

说这话的，当然可以是男人也可以是女人。但这里姑且当是女人在说。这样的男人，就是唤起她一生中最高欲望的人。

因为欲望，与欲望的满足无关，而是与欲望的产生和不息有关。欲望的意义只在于欲望之中。

有人说，在这里，爱，是居功者。

所谓发生了爱情，居功者并不一定是那个被爱者，很可能是爱者（一般总是有一个爱者与被爱者的区分，爱和被爱的程度难有旗鼓相当）。要看这个爱者能够掀起自己爱的能力有多大多高多持久。爱者要发动全部的生命力量去爱，以至于不管这个对象本身的究竟。事实是，这个爱者确实能量巨大，看起来几乎是潜力无限，燃烧自己至最辉煌和耀眼，最好的情形是，也引爆了被爱者与其一起燃烧。

在男女之爱里，女人常常倾向于把男人当做指引者。无论是她把他放在高的位置，还是他本来就居高，总之是，若他能够激发女人，就配做指引者；而女人是一种爱的激励始终在身的生物，这是图尼埃假设的证据。她一旦确认爱上他，便开始了"爆发"，持续的、深入的、高亢的、耗尽般的——爆发，一个人的生命竟会隐藏着如此巨大持久的力量——这常常发生在女人身上，连她自己事后回想起来，也惊讶不已。

还有一种情形是，被指引者——女人，走到最后，甚至可能会走得比指引者更高，在峰顶伫立更久。于是，"他还会给我更好"或许会变成"我还能够更好"。

"我还能够更好"，这话要是女巫爽来说，男人肯定不爱听。爽说，以她（们）

的经验，最好最持久的高潮不是靠外力的，不是靠男人的器官（但可以靠男人），不是靠外来之力（说穿了就是不靠器具），也不靠自己施与的物理之力（说穿了就是也不是通常的自慰），仅仅凭靠大脑和心脏（我们除了这样称呼别无称呼，我们无法说明什么是心灵，什么是灵魂，什么是智慧）。肉体，看起来是独立的，最多只是震颤，以至于持久的、激烈的自我震颤，以至于呼唤和呐喊，但是什么也没做，什么也不做，任凭思绪和想象，走高走远走进天地走进彼岸，然后不知道力来自何方，掀动了身体，掀动了性，那最深处的，远远超过了身体的长度却仿佛依然在其中，那近乎无限的深处和长度，就在女人的心脏和大脑。

如果灵魂必有一个载体，只能在肉体中，在心，在脑。抑或，它分布在我们的每一处，无论多么小的地方，我们身体的任何一个地方，都有灵魂的"细胞"，按照图尼埃的假设，就是我们女人身上的任何一处，都有爱欲之魂在等待点燃。

爽说最好的性体验实际上最终是可以由我们女人自己创造的。我自认经验贫乏，见识狭隘，要不就是还没有活到那高度或者那年纪。但有一种推理自然来到：如果你遇见了爱，如果你遇见了给你最高欲望的男人（从肉体到精神），那你没准就可能在某一天具备自己单独前行的能力，因为你的道路正确无误。于是俪说，我们选择不如信女巫，信爽说。

当然女巫的话不可当真。你不是女巫，你的经验平庸。

二十

尼采曾经这样描述叔本华给他的最初印象，说那是一种"仿佛是生理学的印象，是一个自然植物的最内在的力量，向另一个在最初的和最轻微的接触时就有成效的、自然植物的那种、魔法般的倾注"，那种"强有力的舒适感在他的声音的第一个音符就抓住了我们；对我们来说就像走进了乔木林，我们深呼吸，突然又感到身心舒畅"。尼采觉得，叔本华身上有"某种无法模仿的落落大方和自然而然"，他说话时，没有那种"僵硬的和不熟练的肢体、心胸狭窄因而笨拙地不知所措或者装腔作势"，也"没有阴郁易怒的姿态、颤抖的手、茫然的眼睛，而是可靠的和质朴的，具有勇气和力量，也许有点豪侠和强硬"，"他的力量就像火焰在没有风的时候那样笔直和轻盈地升腾，从不迷失，从不颤动和躁动"，"他就像是被重力法则所迫使一般奔向那里，那样坚定敏捷，那样不可避免"[①]。

然而我们知道，在尼采十六岁的时候，叔本华就去世了，尼采根本没有见过叔本华，但他的描写里竟有手和脸、声音和眼睛、呼吸和姿态。如此强烈真切，不可思议。那简直就是，尼采是在字里行间，读出了叔本华身体的样子。那样子必带着灵，带着叔本华给予世人、给予世界的从肉体到精神的整个生命感觉。

于是要问，我们会因为单纯的阅读而爱恋上一个人吗？我们说爱情离不开身体。

---

① 参尼采《作为教育家的叔本华》

尼采对叔本华的爱是精神之爱。但是，既然可能透过精神之爱看见身体的姿势，听见呼吸的声音，看见身体的火焰，一个必然的推测是，如果一个人曾经有过尼采遇见叔本华这样的经验，简直可以说从美的灵魂看见了美的肉体，那他至少不会在行平常的身体欲望之事时轻率和任性。

如果以一个高贵的灵魂想象了美的身体，那么必然以为美的身体要配给高贵的灵魂，绝不会对一个猥琐的灵魂产生身体的欲望。

所以当我们兴奋地追求完全身体满足的同时，总是希望把精神渴求吸纳进来，希望这个欲望的对象是善的，是美的，甚至是智慧的；而一个灵魂的优异，也会引发我们期望以身体的满足去获得它，实现它，我们很可能会在那灵魂的美中看到身体之美。如果我们简单地把这两种感觉说成一个是精神之爱，一个是身体之欲，那么事实是，我们总是不能把两者清晰分开，他们原本是一体，身体的爱欲从灵魂的爱欲中得到激励和视野，灵魂的爱欲又从身体的爱欲中得到血气和力量。

钦记得，她与青在一起那可称之为献身般的做爱，记忆深刻的总是连着《悲惨世界》的浪漫，他和她初恋的起点，可能始于青说出热爱冉阿让的那一刻，也可能始于钦仿佛把青当做了琼玛热爱的牛虻的时刻。但肯定不是第一次触碰、第一次接吻。

而青向钦的表白不是许诺，却是这样的坚定：他愿意与她一起哪怕去最穷困的乡村教书。

如果把性爱看做某种疯狂，那么带灵的爱欲就是神圣的疯狂。它是身体之善，也是心灵的德性和觉悟。我们可能因为性渴望而使自己充满了学习的活力和正义的勇气，因为"诗歌和哲学的源泉，是性爱欲望的典型表现[①]"；我们又可能因为阅读一本书而爱上一个人，我们会渴望同一个人谈话就像渴望性爱一样强烈。亚里士多德说："人有两种伴随着强烈快感的高峰：性交和思考。"如果思考即思考整全、永恒和完美，那么爱情作为一种幻觉其实是对人不完整性的最强烈的敏感和觉悟，爱情的动力一旦带着永恒的方向，向着整全和完美，此时简直可以说，性爱是为了思考——这才是文明人的最高欲望。这样的欲望，不仅一定不粗糙不脆弱，不低俗不狭隘，而且因其向着无限的生命力，这欲望会"无止境"地高。

这或许就是俪曾经说到过的"最高的欲望"，它不是性欲最大的满足，它是由深刻的感情所唤起的追求从肉体到精神的最高峰的可能之路。

所谓最高，因为没有最高，最高总在最后，所以最高并不发生在过去时，如果发生，一般总发生在现在、当下，或者未来，以及永远的之后。当然也就一般不发生在一个人一生中的青年时期。但能不能走上这条可能之路却取决于一个人的青年时期。这就是为什么有人把苏格拉底著名的话"未经检视的人生不值得过"改写成"未经检视的青春不是真正的青春"的道理。[②] 最高的欲望当然不是狭隘的欲望本

---

① 阿兰·布鲁姆语。
② 参罗伯特·波格·哈里森《我们为何膜拜青春》

身,它必须是携着思考整全的能量。

人的欲望,从什么时候可以高了再高?又从什么时候又竟能低之再低?

而哲学与诗歌、阅读与谈话,如果他们曾经是欲望的源泉也是欲望的硕果,如果我们曾经想要做一个最好的人去爱并且爱一个最好的人,如果年轻的激情不是在(爱情)幻想中殆尽而是在思之反省中持续和更新,那么就可能不断地聆听到内在的最高召唤,而有望踏上走向快感的高峰之路,触及"最高的欲望"。

那么是不是可以说,无论是因为阅读而爱上一个人,还是因为爱上一个人而阅读,都与思密不可分,抑或比作性交和思考,两座高峰,如此竞相的张力,当最潜在地蕴含着人性提升的最高可能。

二十一

呼吸是你的脸
你曲线在蔓延
不断演变那海岸线
长出了最哀艳的水仙
攀过你的脸
想不到那么蜿蜒
在你左边的容颜　我搁浅
我却要继续冒险
最好没有人明白我说什么只有你听懂我想什么
你一脸沉默
什么　我没说什么　我没说什么
湿湿的汗水不只一点点
你眉头是否碰得上黄梅天
来吧　滋润我的沧海桑田　你每一脸
是我一年　已好久不见
抽烟抽象的脸

雨绵绵让我失眠
一点一滴的沉淀　累积成
我皱纹　在你的笑脸
最好没有人明白我说什么
只有你听懂我想什么
你一脸沉默
什么　我没说什么　我没说什么
　　　　　　（《脸》　王菲演唱）

呼吸是你的脸,哀艳的烟雾,沉默的蜿蜒,是你的脸,呼吸在你的脸,攀登在你的脸,都是你的脸。我们总是从脸开始进入,看到一个男人或者女人,从脸开始攀援,无论是皱纹还是微笑,是沉默还是歌唱,沉思还是肆意,他们都具象,有皱褶,有袅袅的姿势,有演变,有角度,有倾有斜,也有平稳与光滑。

搁浅就是挫折,蜿蜒就是逶迤,蜿蜒也是崎岖,蜿蜒还是美。

歌者的情绪竟在哀痛中开阔起来,有一点点艳丽,不是红的,可能是蓝,有的人听到了远方,有的人听到了过去。听到了孤独一点也没有骄傲,听到了孤单却有一点坚定。歌者的声音高亢——用最轻的高音,然后又以慢慢起来的日常匆匆,之后再一点一点攀爬,向着汹涌的高处。再高亢也就是拉远我们的凝视,直到朦胧里,直到流下自己的泪。但是我们不说什么,也不要被听懂,不要被看见。"只有你听懂我想什么。"——只有你!你们!这是幻觉,是企图。

一个人,怀念一张脸、一个他,一种哀怨,一夜雨中失眠,旷日经年如同昨日,我真想有这样的你,让我攀你的脸,让我迷失在你的脸,哪怕搁浅触礁,我要冒险……冒险的人在浑然不知中已经冒过了,心碎了，竟赢了似的——我不说什么，我没说什么。我知道你们已死，沉默就是你们的死。

我的沧海桑田，是一点一滴，一粟一埂。是你的脸，你的眉头，你的眼，你的山峦，你的汪洋，还有你的呼吸，你的复活。

抽象的脸，因为抽烟而抽象。没有脸，只有浮雕般的烟的意向，沉思的意向，沉默的意向。

没有人明白你说什么。

只有他听懂你说什么。

——你一厢情愿吧。一厢情愿的爱也是美的。

他一脸沉默，宛如当年校园里的沉默。好久不见，因为再没有相见的愿望。没有人听懂你说什么，也没有他，更没有他们。你没说什么，什么也别说，说什么也说不明白，不需要明白，也不要说，只要歌唱，用最高的音，无比轻声地唱。

你的笑脸，你的笑脸在哪里，这样的你还有吗？是你？还是你们？我不问，我只是一遍又一遍地听，直到最后，也不过是想要学会唱这首歌。最后的高潮，只不过是：我没说什么，我没说什么——我们依旧唱那些平庸的歌——我终究学不会唱这首歌，这首歌太难唱，太难唱。

但是，是你的脸，看见你的脸。

脸，你的脸，是崎岖，是秘密，是丛林，是荒野，是悬崖，是险隘，是我的无尽的路，你的远方。

脸，你的脸，是深情，是港湾，是坚定，是宁静，是凝望，是勇猛，是山岗，是溪水，是袅袅的烟，也是云，是我的天边，你的无限。

我爱你，爱你深邃抽象的脸。

二十二

我爱你，也爱你身体的全部可能。

用手，用完全、透彻张开的五指，把最强的力发射到每一个指尖，去摸她的头，或他的头，你试过吗，那样的动作会是美的吗？你去做，慢慢地做，专注地做，还要她，或他，全神贯注地呼应，也把最强的力发射到头顶，发射到前额，然后，就接上了火焰。[①]

现代舞的编舞者清楚地知道，最纯粹的舞蹈就是最抽象的身体。编舞的某些灵感仿佛来自于拍摄慢镜头时呈现的过程。把那些过程解构、延展，加大力度、幅度和深度，然后定格，定格那些构成、过程，就看到了之前看不见但却存在的动作，那些动作本来属于身体，属于我们，但被我们的运动和速度忽略了，也被我们游移的目光忽略了，被我们的思绪忽略了，被周遭的人和物忽略了，被言辞忽略了。

把那忽略的放大，再让它创造、生长，身体自由起来，找到它的边界、它的可能、它的美，那原本就是我们人的可能，人的美。

男人和女人跳舞，就是亚当和夏娃跳舞。

轻盈的女人被男人蜿蜒地举起，盘绕在男人之上。他们有时又对峙般地——不是在一个动作的结局中对峙，而是在构成中，在半路，在行进中对峙，以瞬间的定格表现这对峙，这瞬间是我们不常发现的，

[①] 此节内容得益于观苏黎世芭蕾舞团《冬之旅》。

不曾注意的，那样的姿势好像我们从来没有做过，但是我们做过的，我们能够做出的姿势一定是我们做过的，但我们忽略了他们，就像我们忽略了多少眼神、多少心绪、多少感觉。要一步一步走，一寸一寸走，一厘一厘走，时间就来了，瞬间才能被发现，放大他们，看清他们，留住他们，表现他们，是舞者的欲望。

只有对彼此完全的信任，才能在任何一个时刻停顿，不管那时刻是他仰赖着她，还是他支撑着她，是他发力，还是她静谧，是他追随，她奔流，还是她旋转，他掌控。

男人因为女人而延展，女人因为男人而升腾。女人像男人身边的昂扬，仿佛是男人的阳气之刚。男人却像脚踩着大地，作为女人的支撑，阴柔地在各个方向接住女人，护卫与承担，仿佛女人的阴气之源。

每一个男人后面是男人，每一个女人后面是女人，他们和她们前赴后继，连续地"挺身而出"，渐渐地，要创造出不可能——新的可能在诞生。

仿佛一切都在身体里，全都通过肉身表达，所以有些动作你未曾见过，因为他们现在没有语言，也没有表情，他们只有四肢，还有头。对，还有屁股，有胸，有长胳膊，胳膊从未这么长过，腿也是，那么长，那么生动，即使在静止的时刻也凸显着它的存在。

男人以不曾有过的站姿，或者悬空般的躺势，以不曾做过的动作，以从未尝试的与女人在一起的角度和方式，去和女人在一起。女人，用她的手，一只平稳的手，平行于地面，伸至他的脸，坦然蒙住他的眼睛，他极度信任地接受这样的动作，就像女人在他手里有时随他心所他欲似的，把自己交出去，美丽地交出去。

有时会发生，有些动作显得怪异，然而却并不像第一次见到，那么很可能那些看起来怪异的动作，其实是我们做过的，在无意识中做过，在心里做过，在梦里做过。有些动作显得诙谐，却使得那些大幅度的强烈有了缝隙，有了弹性。一些是非日常的动作，是我们能够做出的简单动作，但是因为没有需要，没有功能性，所以我们从来不做那些动作，也没发现那种造型。此时当我们发现这竟也是我们的动作，我们身体之所在和所能时，还稍有一点点陌生的感觉，奇异的感觉。然后你仿照着去做一下，发现完全可以胜任，做起来毫无问题。但是你不仅没有这么做过，一辈子也没见过别人这么做过。那些动作给你陌生感，也给你新颖感，还给你创造的感觉，仿佛用身体创造出了某种新鲜的未曾有过的情感。就像词汇来自于某种感受，反过来词汇又创造某种情感。现在，是一种动作发现了一种情感，找到了一种情感，表达了一种情感。

感激编舞者，他们是身体的发现者，以至于创造者。

抽象的舞蹈，没有确定的情节，偶尔只有词汇给一个模糊指向。它不是针对特定的情绪特定的个人，而是企图呈现各种可能的"表情""眼神"，不是通过叙事，通过性格，而是通过身体——抽象的是所有人的身体——的可能性，在所有方向上，所有的前进和退缩，速度和停顿，跟随和依偎，拉开与连接，进入人群或者脱离人群，进入大地与墙内，或者追随天之雪、地之风，而翻滚、腾起。

人类关系中最简约最本质的，是亚当与夏娃的关系。男人与女人，彼此的顺从和张力，两个人之间有多少种态度，就有多少种姿势，就好比有多少种情绪就有多少种眼神。反过来，每一个动作就是每一个意味，每一种连接就是每一种关系，每一个距离就是每一个可能，每一次停顿就是每一次开始。

每一种每一个都可以细腻，深入，延展，生长。之后，将会饱含意味，意味深长，那意味是身体带着灵而来的。

我们观看者，仿佛跟着舞者舞动，血在走，筋在抽，心在跳，汗在流。气息流动，节制有力，控制得细腻到分厘，发射的力度抵达指尖。等到舞者谢幕，竟像自己终于跳完了全场一般。在这样的"模仿"中，一定会得到某些启示，那启示是因为身体而降临，还是由身体而生发，是灵加持了骨，还是骨抵达着灵，我们竟无从知道。

但无论怎样，我们感激身体。

二十三

又是一个闺蜜时刻。到了近乎花甲之年，闺蜜们之间愈加坦然肆意，百无禁忌。

俪啊，你有那么多的经历，会不会连名字都记不全了？她不好意思地说二十个还是记得住的。我怀疑她每一次都伤筋动骨，她说当然不，有的男人，因为太漂亮了，实在是想和他站在一起，或者真幽默，真智慧，她喜爱他们，会做一个全麦面包送给他，给他买一顶酷酷的帽子，或者和他去一次庐山，再远一点，就是去西藏。那么俪，哪一次最让你刻骨铭心？是那个给了你最大满足的那一个，还是掀起你最高欲望的那一个？

倒是卿自顾自接上了话茬："说老实话，最有力量的确实是黑人。"她的话令我们侧目，竟都没有吭声，可能不知道该说什么，是表示赞赏还是表示轻蔑，抑或还有一点对自己经验之匮乏的遗憾也未可知。

琴打破沉默说："严格说来，我其实只是两个，别的都无关紧要。"怎样无关紧要，是做过了仿佛没有做过，还是跟有的人，无论如何都不会到做的地步？抑或，她是针对卿——究竟什么才是紧要的呢？我总是希望提各种问题，但又总是只在心里面提，没有说出来。

芹说："我是从介绍对象到结婚，一条大道走到底。虽是经人介绍认识的爱人，几十年相濡以沫，这就是爱情吗？"不能说这不是爱情，但是，这与我们想象中关于爱情的词汇，那些翻江倒海、要死要活的词汇怎么那么远呢？

不禁想起王尔德的尖刻，他曾经借他小说里的一个角色说："好孩子，一生只爱一次的人才是真正的浅薄之人，他们自称忠实、忠贞，我则称之为习惯懒惰，或是缺乏想象。忠诚之于感情生活，就像一惯性之于理智生活——都只是承认失败。"刻薄偏激到如此，也算是诸多面相之一吧。

别看芩不太发言，她说过，她也是仅仅和丈夫，离婚之后，更是独来独往。但是我知道她心里肯定还有过别人，但她既不会在婚内有任何越轨，更是很难重新进入一种亲密关系。她的标准很高，因为对爱情寄予了太多期望。而且，最理解俪的肯定是芩。虽说她的理解就是她的欲望，可又怎么能不说她的节制就是她要的生活呢，一个人的经历着实就是他的世界观。

芩理解俪，却绝不会像俪那样生活。

钦却又想起了那个所谓的连续性，那些一次又一次奋勇追求爱情的人，难道不意味着他们对爱情的信仰吗？如果说爱情意味和象征着完美与永恒，而任何完美都是一种幻觉，任何一个个体、一个男人（狭隘的女性视角以及异性恋视角）都无力承担完美，那么失望是常态，但跌倒了爬起来继续，坚持对完美的肯定，不正是"至上"的一种样貌吗？比如俪，她对爱情的持久的、不息的热情，还真是我们难以企及的呢！不管怎样，爱情至上，这个似乎一目了然的词，在这里又显露了它的另一个面向。

那么，"每个女人都自慰吗？"
女人都说有过。
——"我这些年才开始有，是不是太土了？"
——"我是在一次心理学问卷中才知道这是被允许的。那大概是在九十年代中期吧。"
"我跟你们说吧，女人自己会比跟男人做的好得多，最好的经验是女人自己为自己创造的。"闺蜜中的大巫婆爽似有权威地说。这是她的老调子。不过别以为她是吹牛，她一定有证明，很可能是她自己的经验。她说过，实现最好可能的其中一种方法是：言辞。

有人表示吃惊，芩在一边安静地说，我在书上读到过，福楼拜说他写到小说中的恋爱场景时，会在书桌旁打飞机，这算不算啊？好吧，这样的"方法"可不是凭空想就能想出来的是吧？对巫婆的态度就是，信她真的有巫性，明白自己真的是凡人。

——"我只跟我爱人。还需要吗？难道不是多此一举吗？"
——"也奇怪哦，咱们怎么学会的呢？天生的？"

俪依然不示弱的，连她自己跟自己，也有故事。俪说，很多年之后，她才知道，她的第一次，发生在流体力学的期末考试，答题卡壳着急中：这一下彻底完了，肯定砸锅了……发生的时刻她完全是懵的：忽然，自发的，记不得有什么物理因素，没有外力，但有出发点，出发点可能就是一道难题，一个紧张，那个时刻是明确的，但走向恍惚，忽然一股通体的刺激、眩晕轰然而至，整个人无法不跟着那种感觉走，答题再着急也得中断，身体好像不能动弹了，一切都停顿，或者一切都悬置，只是紧致，满满的冲刺与密度。你要问是不是快感，真的不知道，没想到是什么，就是从未有过的异样，又仿佛知道是什么，还没着急起来就已经冲了过去，像闪电穿过了身体，随后隆隆的雷声纷沓而至，期待更远之行。隐隐觉得有再来的企图，那是快感的意愿吗？还有一点害怕，也有一丝以为是生病什么的念头，不知道发生了什么。雷过之后，仿佛虚弱地穿过了一分钟真空地带，才回到答卷上，但并没有给答题带来什么运气或灵感，那次考得一团糟。奇怪的是，过后对如此的异样竟没有检视，俪说，其实过了好几年自己也不知道发生的是什么。又过了些年，才意识到那就是第一次。

芩没有再说什么，她其实什么都了解，虽然并不都去做。最重要的是，她由衷地接受一切。她没有说自己，但我知道，那是说，她也有过的。

芩曾经给钦讲过一个她听来的梦，后来被钦改写在一个小说里：

那高潮的声音是从未听过的悲恸，悲恸终于被喊出，降落之后，她看到了哭泣，从未见过如此放肆的哭泣，没有一点羞耻。她没有想到，他的悲恸，竟是这样迈出了监门。

是她激起了他，但他不要她，他要自己，毫无羞愧地当着她的面，只当着她的面，只自己做。她知道，他把她当做自己人了，他终于放开了对自己的监禁。他的悲恸，不能对着一个特定的目标，不能对着她，他的悲恸与她无关，但是他现在愿意坦白这悲恸了，在她面前，为此她感到了莫大的荣幸，她与他终于亲密无间——远远超出能够生出孩子的那件事。

他得自己开始，因为他的悲恸就是始于孤单，他没有了她，他如何做？他还怎么能做？他自己做就是背叛？背叛原先的她还是背叛自己，抑或是背叛神圣的爱情？

他不知道。

他只是，他不想或者尚不能，似乎无法再开始。

他开始，就是他又开始看见了世界，他终于看见，又看见女人，看见她——原先那个她的后来者。她是多么欣喜啊！他终于爱上了她。他在她面前……她岂不是以一种最远的方式最近地得到了他！她知道，她要再一次启动，这是他终于突破自己的方式，也是终于邀请她的方式。

之后，他们才在一起，在一起做，再做一次，一起！

芩读过之后说钦啊，这个梦被你这么一深奥，还真有了意味似的。钦说，我总是猜，上帝赋予我们的能力，每样都有深意，都有属于它的必然时刻。人什么时候是自己跟自己？人总是在和别人，和一个你，或者一个他。越是无用的行为，越不可能是无对象的，对吗？

那么这个梦，究竟是男人做的还是女人做的？是其中的他做的还是她做的？在座的几个女人，谁都很难把一个自己认识的人，一个真切的她或他，以及他原先的她，或者她原先的他，对号入座嵌进这梦里，无论是做梦人还是梦中人。但她们又着实相信，这梦是真实的。意思是，这夜梦里发生的，可能真实发生在白日。

二十四

下面这个梦，却不是听来的，是芩亲自做的。

她梦见自己死了，梦见了自己的哀悼现场，梦见了前夫。但芩梦见的，是前夫如何地不在哀悼现场。

哀悼现场来了很多人，很多芩也不熟悉的人，但他们都知道芩的名字，芩也算不大不小一个做过官的人，这种官在京城里也太多了。重要的是，来的人似乎不是因为都认识死者，而是他们之间——彼此都认识！那么，他们是来参加聚会的？这个说法恶劣，不像芩的风格，好在是在梦里。醒了之后芩倒是原谅自己的。

他们之间握手，问好，有些人记着哀悼的使命，有些人会忘掉，只顾着聚会的习惯。聊天很尽兴，好久不见的人见着了，于是有很多合影。芩注意地听，人们会说到死者，不过一两句就够了。话题很快转到他们都关心的议题上去，比如国难即将发生，又有了很多小道消息。他们都是真正的知识分子，以国家命运为己任，这是真的，完全没有讽刺的意思。至于他们的意见依据，并不重要，任何意见，都会有依据不够的问题。但他们的态度呢，真诚者居多，但智慧者少。这也是必然。芩并不希望人们把注意力放在她身上,活着的人当然应该关心活着的事。所以这样也蛮好。

对了,他们还会注意到都有谁来了。在这里,就如同在世间其他地方一样,也有重点,和重点人物。那是一个人表达自己的一个场合。表达自己在哪里,想在哪里,假装在哪里,以及告诉别人自己在哪里。

实际上在哪里呢?并不是每个人自己都清楚的。现场,好像有一个人的目光与视角挥之不去,仔细端详,芩发现是她的前夫。谁在哪里,就他看得清清楚楚。但他并不在现场,在梦里,可以清楚地感觉到他虽然不在,但一目了然的目光无处不在。

还有谁了然呢,当然是死者,好在死者什么都不在乎。

梦里,芩与其说是看到了前夫不在现场,不如说是强烈地感觉到了他的在。

他确实不在。

但她分明感受到他悲恸万分。

一个人一生中只会对很少几个人的死产生一种真正的哀悼。他,他现在感觉无法表达他对死者的感情,他那么无能为力,既不能去看她摸她,也不能跟她说话,不能去一个地方,也没有仪式——一个只有他俩参加的仪式。

不是,人们不是已经发明了哀悼仪式了吗?有坟场,有告别室,有殡仪馆,也有聚餐,种种。

但那不是他要的,他不要别人,他的痛苦太难看,不想叫别人看。

他只是坐在家里,一遍又一遍地想到:她没了,将会在任何地方都找不到她。他的手,在空中什么也抓不住,只能自己动作,扭曲,伸展,直到最好能够弄断一条腿或者一只胳膊,可是其实弄不断——是他自己给自己下不了手吗?——不是,是她不愿意。

甚至对他来说,她已经在空间上也遥远,可她在他心里位置一直很重,他一直爱她。但他无法告诉别人,几乎没有人理解他说的。其实很多人已经忘记了他与她的曾经。

死者与那个悲恸欲绝的人惺惺相惜,默默对话。死者知道,人群一散,就都走了。只有他会陪着她,一陪就陪到他也死去的时候。那个时候,他和她就团聚了,就可以谈谈哀悼现场的故事,看看死者在哀悼现场见到的,和在家里坐着的那个他所想象的,是否一致,是不是真的有那么多的合影和那么大的话题。他们不会嘲笑,不然还能怎样?仅有的哀悼之心,只能去现场,去真诚地表达出来。所有去哀悼现场的人都是对的。

但那最难看的、不被理解的、过分的悲恸,是不便表现的,简直像表演——他无法去现场。他现在是谁,他的悲恸不会被理解,更不想被人看见。更何况最难的是,他无法站起来,抬不起腿,无法着正装平静地出门,悲哀会使他迈不动步,根本走不到现场。这种物理反应最叫人无奈。

一个死者,她在自己的现场,最后的现场,如果隐约感觉到了那个在家悲恸的人,更加悲恸的人,会感到欣慰吗——人家的悲恸竟是她的欣慰,真是残忍。

芩确定自己在梦里是感觉到某种欣慰的……

这个梦第二天困扰了芩,以她有限的心理学知识以及那些释梦理论,她起先想的是，这个梦说明什么，是说他和她依然相爱？他真的还爱她吗，依然爱她，如此爱她……可他不是再也没说过吗？甚至也没再找过她。

梦见他如此爱她，究竟说明其实自己仍旧非常爱他，还是说明希望他依然爱自己？后来芩明白了，这两条都不是，真正困扰她的是：她不了解他！这才是这个梦的真正"目的"。

固然她知道他爱她，他曾经为她做的一切早就证明了，但她没有走进过他的内心，他很少有多一句的表白，更没有解释，不，这不是为了高尚的方式，甚至也不是高尚，不是不去解释，而是在他那里，直接达到的就是解决——行为。这就是他的方式，他可能是不善于，更可能他连想也没想过需要交流、很多的交流，可能在他的内心，也一样是没有感慨却只有态度的，就像他的外在，差不多只有行动。他只有表象，或者对于他，我们始终只能了解到表象，再也没有什么了——事实总是，再也了解不到什么了。

芩因为终于不能理解他而放弃了他。但她错了吗？如何去爱一个你无法理解的人？那个人本质上跟你是不一样的人，不仅不是一类，而且相距甚远。

原来人跟人的壁垒，竟是这样，芩悲哀地想。一个问题不禁又要向他提出：你不觉得你这样爱很痛苦吗？她知道不会有回答，即使当着他的面，他也不会回答。他真的是天生不会回答这样的问题。有好几回，她简直想砸开他的脑袋看看。

芩不禁又是一阵感慨……

二十五

夜幕低垂，岁月如梭如歌，如铁如梦，一年又一年，我们失去了一个又一个爱人，一个又一个朋友，死亡也在悄悄逼近我们自己，那最高的欲望是否依然在？我们在变老，我们还有能力做一个情人吗？

当我们老了，当差不多所有的情人离去，只有那个曾经跟你谈过生命的意义，那个跟你一起试图探索无限的人，那个曾经与你共同思考过正义、美和善好的人，那个与你有过真正严肃谈话的人，那个曾经爱过你、你也爱过他的人，只有他，或许会认出你，再一次认出你，当你们"重又谈了"，当你们"重复"那样的交谈时，你们可能会"重新"爱上彼此——有人如是说。

我们曾经那样地谈过话，我们还能再有一次吗？竟如：我们曾经袒露一切，如今我们还能赤裸相见吗？

如果我们依然有爱的能力。

如果那时我们太年轻，如果曾经，"幼小的灵魂被强大的躯体所胁迫"，"简陋的灵魂被豪华的躯体所蒙蔽""喑哑的灵魂被喧腾的躯体所埋没"①，那么现在该是，将有一个强大的灵魂，一个丰富的灵魂，一个磁性的灵魂，以护卫那羸弱的躯体，抵抗那孱弱的躯体，激活那寡弱的躯体。

如果你曾经爱，如果你老了，依旧爱，那么每一次爱都可以看做又一次爱的"重复"，因为每一次爱都是相同的高峰体验：

---

① 引号中文字引自史铁生《比如摇滚与写作》。

我与你，我将与你——那个绝对者、理想者、最高贵者——合一！这种体验是幻觉也是理想，是象征也是真实。那个你，当然不一定是真的跟自己接过吻的人，不一定是那个与你有过肉体关系的人。而是那个与你有过一样的阅读、一样的思考的人，那个在爱情里寻找和接近着自己人生最高意义的人，那个有过一样的青春经验的人，甚或没有过真实的经历却一直深怀这种渴望和梦想的人。比如秦，他曾无数次地期待和设想过这样的交谈、这样的爱情。

那样的相似经验和始终的愿望在年长者的爱欲中不可或缺，将成为真正重要的东西。正如哈里森说的，在夜幕低垂之时，让爱保持活力的，该是智慧。在老去和死亡逼近的时候，能够盛开的鲜花不是激情，不是荷尔蒙，却是"逻各斯"，是智慧的谈话。

如果说年轻的时候对诗歌和哲学的热情是性爱欲望的典型表现，那么正好反过来的是，一个年长者身体里依旧燃烧欲望的正当之路恰恰表现在对诗歌和哲学的热情中，表现在对智慧的激情中。

我与你，如果曾经是钦和青，而今就该是芩和秦。

秦，如果你曾向往，你曾在思绪中创造，你曾在心里"排练"过最真挚的对话，你曾在梦里张扬横溢、油然心驰，你就要试试去"马里安巴"，去寻找芩、"唤醒"芩，"找到"芩。

在那个传说相爱的地方，爱情总是一再地发生。秦，你要慢慢"回忆"，回忆你的愿望你的梦，你的期待你的想象，你的语词你的呼唤。当那些袒露一切的对话坦然相述的时刻，当那些爱情的印象终于在马里安巴浮现，渐渐清晰如真的时刻，就是过去被创造出来的时刻，就仿佛时间回到了过去——爱情的时间从那一刻开始，又向现在走来。

未来在过去之中。

马里安巴，是所有爱情的旧地，它不在地球上的任何一个地方，它又在地球上每一个恋人的心里。因为爱的战栗已经发生过无数次了，爱的眩晕五光十色，因为专注总是能够穿过空间，超越时间，而呼唤、语词凝聚的是最最属人的高贵。

专心启程吧，秦，你要相信。你相信，芩就听见，你相信，芩就看见。

那些细节早已写就，那是关于爱的重逢的缩影，每一对寻找之人都适合

相互摸索，颤抖的双手仿佛核对遗忘的秘语

相互抚慰，枯槁的身形如同清点丢失的凭据①

直到有一天，你——我相见

我，就是你遗忘的秘语
你，便是我丢失的凭据②

试试吧，秦。钦喃喃地在心里对秦说。

钦知道，钦与青，却是再也不会重逢了。

曾几何时，钦与青，即使住在一个城

---

① 引自史铁生《比如摇滚与写作》
② 同上

市，也会互相写信。等到有一天青远涉重洋，当然更是写信，那些信，青写给钦的，钦保留了四十年。

如果青也一直保留着钦写给青的，那么当他们重逢时，那些信就将有来也有回，合成一个完整。

可以想象一种浪漫，如果那些信也被青一直保留至今，那么钦与青，如果有一天重逢，他们，他和她，即使岁月改变了面庞，即使一时间甚至认不出彼此，又抑或对得上姓名却对不上脸也对不上步伐，却可以凭那些信，凭着对上的一字一句，而相信对方的存在，而相信：你就是钦，你就是青；而相信：你依然是你，我依然是我。

然而这种浪漫不会发生在钦与青之间。

说来也不寻常，钦给青写信，每写好一封信，都会再抄一遍留一份在身边，从第一封起就这样做。为什么这么做，钦是早就预见到这桩爱情注定要失败？还是知道这个情人注定不会留存自己的信？这种做法简直就是预计了要分手，事先做好了一切准备，准备他会把所有信件丢失，料到他不会看重和保存这些信件……难道是钦早就受到了命运的暗示？

其实钦是有理由的，她是为了在信寄出之后还能够重读这些文字，以想象青读到这些文字时的感受。那么后来，青走远了的时候，这等于是给自己事先准备了有完整情节的"读物"……

真实发生的是，他们确实分手了，青确实没有保留钦写给他的任何一封信，没有一张纸片，也没有半个信封。

冥冥之中一切都像注定。

四十年之后，钦终于烧掉了那些信，她写给青的，青寄过来的，一去一回的，都烧掉了——这样又恰好烧掉了一个完整，简直像一个"圆满"。那是过去为现在早就准备好了的。

好了，正像那首歌里唱的：

我已经变得不再是我
可是你却依然是你

不，不，是反过来

你已经变得不再是你
可是我却依然是我

他们之间的秘语已经失效，凭据已经丢失。钦与青，终于走失，永远不会再"重逢"。

从此，如果那个光影斑驳的午后依然挥之不去，那么那个爱情的剪影就肯定不再是钦和青，很可能将是芩和秦。

因为复返的爱情必将一再地在马里安巴重演。

二十六

某种意义上说，男人也可以看做女人的一个边界。

卓丫是不是也在以自己的实践，验证性爱的边界，摸索肉体与灵魂的界限，探究一个人的身份可以分离出多少层次？一个人究竟有多少面相，哪些是真的，究竟有没有真正的那个真？抑或无论怎样的爱都不可能脱离肉身，又抑或无论怎样的纯粹肉身之欲望终究还是带着爱欲，带着灵？

那些表演不只是大尺度，而是彻底的，完全的，而且是各种倾向的，过分的，毫无禁忌的，即使有些时候用了替身演员，即

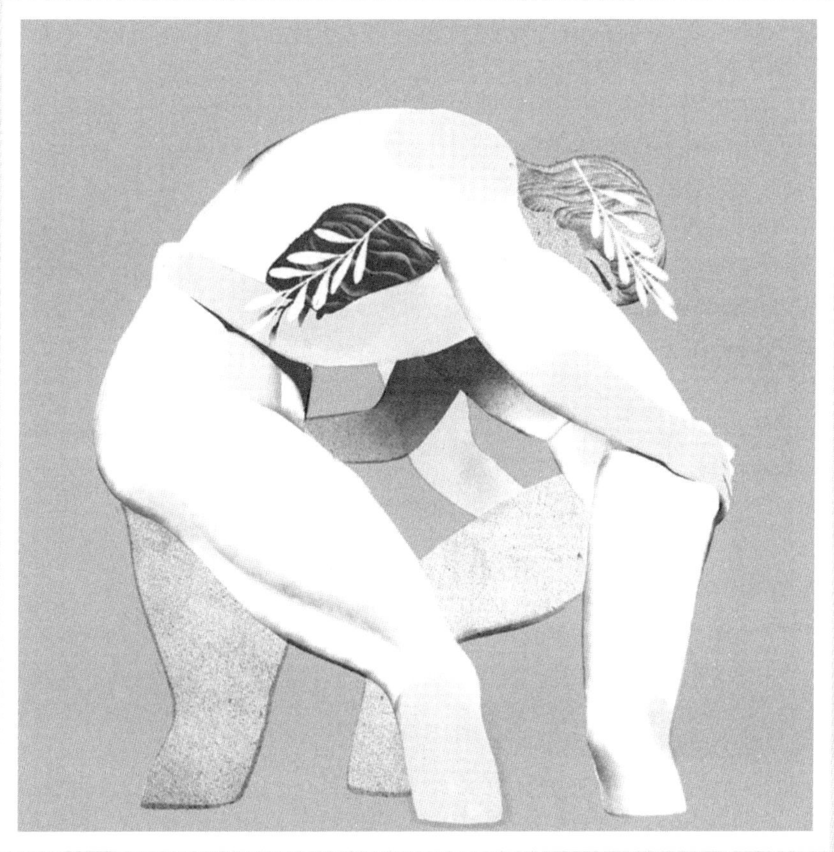

使想到电影的拍摄往往不是连续的，也难以让非常多的人接受。但是却有非常多的人愿意看，却并不是为了鼓励和满足瞬间的身体欲望。

因为生活的这一隅，隐秘的一面，没有人告诉你怎样做是对的，有多少种可能性，怎样是激励，怎样又是伤害，"正常"的边界在哪里？人们悄悄地去寻找这样的故事，在故事里默默地特意路过关于爱与欲的事件。用自己零星的、隐约的、相似的、很相似的经历拼上去，让"拼图"完成——构成一种解释，一个理解。面对闻所未闻的各种可能，有人惊讶和疑惑，又抑或被慢慢启蒙，仿佛进入未知的奇境。又有人为自己更加强烈的个人经验寻找行为的"正当性"。

编剧和作家和导演，无非是想象了一种生活，一个男人或女人，一种可能的关系。但实际中的发生，他们并不知道，他们依据经验猜测，用意义完善事件的结构，用解释指导演员表演。

电影应该连续拍摄，就像进入真实的当下。一句话接着另一句话，一个提问跟着一个回答，一个动作紧接下一个动作，一个进攻带来一个反击，一个念头启动下一个念头，一种情绪射出一种表情……在连续的进入中，演员被带入"现场"，表演成为体验，成为"真实"。不要舞台演出的那种间离感，不要一场接一场演出的重复"消耗"。在充分酝酿"剧情"之后全身心带入当下，一次性完成连续的"表演"，得到的就可能是真的"经验"。

这样的经验是真实的吗？得到的体验与解读是发现还是创造？

这是陶尔对卓丫工作的设想。在这个意义上，卓丫就像一个探险者。这不是"生活就像在表演"，而是"表演就像在生活"。这是不是也可以说，卓丫把表演当做了一种生活方式？不断地扮作他人，在"成为"他人的过程中，发现自己也创造自己？

当然陶尔是男人，他觉得自己该比卓丫做得更冒险、更激烈、更真实，才彰显男人的卓越和阳刚。他是男人，他必然会做得比卓丫更远更深高……才能遇见真正的创造，那是他们最高的欲望。

不管这是男人的自豪还是女人的妄自菲薄，总之陶尔必将再一次"荒谬"出海。如果卓丫的边界是男人，陶尔的边界就是大海。

在很多狭隘的女人那里，她们折射世界的通道是男人。她们会把与男人的关系当做自己的生活方式，热情与厌恶，开心与烦闷，无不体现在这种关系中，她们站在男人的背后，以一模一样的角度，以他注视的方向看世界，以他的激昂为激昂，以他的不屑为不屑，以关注他的关注为关注，以至于以他的兴趣为兴趣……那么她们自己喜欢什么呢，她们当然也喜欢跳舞，喜欢唱歌，喜欢写小说，喜欢做手术，喜欢上讲台，喜欢烹调，喜欢缝纫……但这些喜欢从来不会从爱情里面独立出来，它们只有在爱情中，才会如鱼得水，发扬闪光。

比如孟小冬思考自己与梅兰芳：是为了唱戏，还是为了这个能和我一起唱戏的男人，原来说不清楚的。[①]

张爱玲写过："面对一个不再爱你的男

[①] 引自刘典侠剧本《孟小冬》

人,做什么都不妥当。衣着讲究就显得浮夸,衣衫褴褛就是丑陋。沉默使人郁闷,说话令人厌倦。要问外面是否还在下雨,又忍住不说,疑心已经问过了。"张爱玲没说的是,此时这个女人一定也不再爱那个男人了。只有面对一个你已经不再爱的男人,任何刻意才都多余。衣着讲究是为自己,衣衫褴褛又何必,任何话题没等出口就索然,关于天气和下雨的礼貌也不必,最想不说话,可以算作沉默,却不是为了沉默,要是能抽烟,就一根接一根,显得上瘾的样子,这样或许不沉闷,或许有礼貌。一直等到被走过来的别人"打搅",就舒展地站起身来说再见。

此时没有什么是不妥当,在你不知如何妥当的时刻,可能是遇到了边界。在你坦然悠步的时刻,就是拓展了边界,远离断崖,掉不下去了。一个不爱你的人却可能与你无比相关。一个你不爱的人才是真正与你无关的人。一个你不爱的男人,一个你无感的男人,不在你的视野里,何以成边界?

边界的景象各式各样。卓丫的是一种,芩的是一种,俪的也是一种。更简单和常见的不是你不爱他了,就是他不爱你了。

那个你不再爱的人,至少是一个你认为已经看完了的人。

而深奥者,是看不完的,看不到底的,何况他们还常常戴着面具。

钦,从大学里"遭遇"沉默的夜晚至今,已近半个世纪过去。或许是她老了,失去了荷尔蒙的势力,或许如女友们调侃的"如今是认知的激情击退了身体的欲望……"。那些男人——可能深奥的、疑似深奥的——男人,她看不见了,却看言辞里的深奥者越来越有血有肉,刚劲生动,跟随他们看边界,真是一派险峻壮美,发聋振聩。

在那些深奥的男人那里,他们的欲望流向了智慧和灵魂的快乐,把躯体的快乐抛在后面。在他们眼里,人生最重大的是力争理解一切事物的本质与灵魂。他们不屑于做一个人的情人,他们的情人是本质和真理。[①] 他们的姓名和事迹,停留在已经逝去的人的名单上,以至于停留在古代,以至于必须是言辞中的人。于此,深奥才真为之深奥,才能配得上我们给予的所有不仅深奥而且饱含正义的品质。

如今钦更懂得,当我们恍惚以为在自己的周围出现了疑似者的时候,以为我们遇见了深奥的人、往边界行走的人,当我们自以为看见、理解他们的时候,一定要警醒,这种遇见,有时是幻想,有时是期待,有时是启示,有时是诱惑,万分之一,千万分之一是幸运,幸运几乎不可能。连尼采也说那样的人是罕见之人,所以一般来说,该死了亲见到他们的心。但这不妨碍我们想象他们,在疑似者的身上寻找我们期待的高贵坚韧,把高贵当做最高贵,把坚韧当做最坚韧,把深奥当做最深奥,赋予他们完美。

二十七

陶尔又一次"荒谬"出海了,因为,这一次再也没有回来。

但我不想把他写死,也不想让他荒谬

[①] 参柏拉图《理想国》。

地死或者侥幸地活。他没有死，他很可能在另一个希望岛上写作。

他是主动的，一个人，去了一个荒岛，然后弃船上岸，断了自己的后路，当然贮备了很多能够生活下去的吃穿住。他好像在模仿基里洛夫①，但面向不同，而是想看看真实：人没有了他人，究竟怎么活下去，之前所有的人说的写的，都是猜测，就像人们说死后见到了上帝，谁真正见到了呢？

还恐怕真的是陀思妥耶夫斯基的基里洛夫见到了。

建筑工程师基里洛夫毕生探索上帝问题，他生命的根本冲动就是"上帝是否存在"。为了验证自己的逻辑："如果有神，那么一切意志归于他，因而我不能脱离他的意志。如果没有神，那么一切意志归于我，因而我必须表现出一意孤行。"他的推论是如果他实现了自己意志的最高点——自杀，就证明了没有上帝，或者说证明了自己就是上帝。在这种理念的燃烧下，他竟然实在地去施行了自杀。

基里洛夫是第一个纯粹地、完全在本体论意义上寻死的人。不管是自杀见证了没有神抑或证明了自己就是神，基里洛夫去最极端地一意孤行了，做耸人听闻的、仿佛没有上帝似的——有上帝的时候最最不能做的事。基里洛夫死之后，究竟是证明了上帝的存在，还是他自己成了上帝，没人知道。他的行为具有某种象征意义，像一种试错，一种探险。作为真正献身形而上学的人，以创造性的动作赴死的人，基里洛夫是走上、越过了边界的人。这个边界的风景是人类第一次看，是那个走上

---

① 陀思妥耶夫斯基《群魔》中的人物。

去的人代表人类第一次"看"。就是那个创造了他的陀思妥耶夫斯基，也不知道在死的后面，他究竟看到了什么。可以认为，这个未知，显然也是陀思妥耶夫斯基想要知道的，基里洛夫的冲动，也是陀思妥耶夫斯基的。基里洛夫的迷惑、痛苦与冲动，其实正是陀思妥耶夫斯基自己被上帝问题折磨了一辈子的写照。但是我们也完全可以这样想，那个塑造基里洛夫的陀思妥耶夫斯基，无疑更是一个"实在的"见识过边界的人。创造了边界之人的人，至少是听到了边界消息的人。

尽管基里洛夫是一个言辞中的人，可我相信，人能想象出来的一切，都是真的。

于是，陶尔去了他的"希望岛"。

他在岛上试试写作，看看究竟——一个人——能不能写作，需要不需要写作。

有人说，其实在人群中才更加孤独——但如果想想鲁滨孙的孤独，就会觉得这说法太矫情。固然所谓真正的孤独来自于心灵，然而它的物质形式不可忽略。如果你触不到任何另一个人的身体，摸不着脸，也握不住手，不能说出也不能听见任何人的声音——语言，那么就已经全然具备了孤独——人的孤独。

在人群中，哪怕你依偎在陌生人的肩上，得到了虚假的一分钟的慰藉也是慰藉，哪怕周围活着的人的存在本身，哪怕他们不向你发声，也不看你，他们中也孕育着摆脱孤独的可能性，只有在人群中，你才能说出：即使在人群中，也还是孤独。

然而鲁滨孙简直都不说孤独，因为孤独就是他本身，对他来说就是存在。对他

来说，说出孤独这两个字毫无意义，就像他不需要说"我是人"一样。只有鲁滨孙百分之百具备了孤独的形式和本质。

但是鲁滨孙还是迎来了星期五。我们的陶尔却是到死也没有迎来任何人。

一个到死都被困在荒岛上的人的生活是无法想象的，任何一种想象都是假的。因为没有回返者，陶尔（就像另一个鲁滨孙）永远都不会回来，就像我们无法想象死亡，从古至今，没有任何一个从死亡归来的人。

但我们忍不住想象，就像我们做各种物理化学实验一样，为了证明某种性质，我们必须把比如某些固体想象成刚体，它们不会发生任何物理的化学的变化，始终保持我们为其假定的性质，就像我们要排除空气阻力的干扰来计算自由落体一样。我们也要想象一个没有他人的世界——我们被他人干扰得太多太烦了，以至于人类发出了"他人即地狱"的极端诅咒——如果真的没有了他人，我们会怎样生活？还需要写作吗？

真实的鲁滨孙的故事本来是一个偶然的事实，却不是一个理想模型，因为鲁滨孙最后的归来使他的经历仅仅成为一段经历，而不能作为"没有他人"的模型。

一个陶尔，在一个永远的孤岛上——这是一个人文科学实验？——却只能在想象中"实践"，在言辞中完成。所完成的，并不是这个想象的结论，而是这个想象本身，饱含了我们的人性、我们企图的突破、我们的界限？

陶尔他没有带什么非同一般的书，但带了许多书写的纸张和笔，电脑或许会坏掉，他料想电脑坏了的那天，自己很可能却仍然活着，所以纸和笔最可靠。他想，他要把他活下去或者不活下去的状态和思想记下来。这是他对岛上生活最有意义的猜想。

但他不能确定的是，如果他"真的"（而不是像现在想象的）发现，再也不可能回到人群中，人们也不会发现他所写的文字，他所认识的任何人都不会读到他写的，彻底都没有读者，没有他之外的任何一个人，他还会不会有写作的激情。

想起那一次"荒谬"出海，陶尔自认不如卓丫。意识到边界，向边界走，算是创造性的人生吧。但是陶尔知道自己是轻率的，不专注的，他只不过是运气很好。卓丫则不盲目，她知道自己所做的，所以她的勇敢更令人钦佩，虽然不是生死之险。陶尔出海的危险看起来更大，但他不是自觉，他其实认为他必然是侥幸的——吊诡的是，他真的无比侥幸！

现在他要自觉地、勇敢地走进那"实在的"虚无里，一个没有他人、没有希望、没有呼应的"虚无"里。他没有恐惧吗？当然有，但他对未知的恐惧充满了期待，那种恐惧真的是恐惧吗？与其说是恐惧，不如说是随之而来的征服的豪情。那个虚无里，不是什么都没有，而是充满了未知。想来该是：还有什么比未知更诱人，更引起创造的激情？

那么在岛上，他最怀念的是什么人、什么事？他会再一次笑吗？就像那次上岸时的笑，并且还是因为想起了那三个人？如果原先我们会说，那三个人简直匪夷所思，不像这个世界上的人，那么现在，这三个人，倒是实实在在地是，是我们身边这个世界的人，却不是在陶尔的希望岛上的人。

陶尔很可能会被我们的想象毁掉。不

是说吗，作家在言辞中实现，演员在表演中实现，真人在生活中被毁。连尼采也被毁了，疯掉了。所以去希望岛，这不是什么人都能去实践的，实践者必须做好被毁的可能。

基里洛夫是勇敢者，在瞬间被毁，直面被毁，没有过渡，没有妥协。

可谁又能说，如今的陶尔就不如基里洛夫勇敢呢？

那么在岛上，他最想念的是谁？这不仅是俩的问题，而是女人不息的问题。女人的狭隘即使到了希望岛上，也依然如此。他想念谁——这有意义吗？如果他永远也不会回来，我们任何女人，任何谁也不会踏上希望岛的话？但是，如果他的想念没有意义，那么他的恐惧或征服有什么意义，他的写作（记录）或放弃写作（记录）又有什么意义，我们"让"他去希望岛又有什么意义？

我所知道的是，他不会想念卓丫，也不会想念前妻（如果他有的话）。当然更不会想起我们这几个"熟悉"他的女人。他想起的反倒是图尼埃的一段文字，那是图尼埃对希望岛上鲁滨孙的性生活的一个想象，一段漂亮的文字。陶尔背不出来，但意向非常清晰：

鲁滨孙面对着这日后他称之为植物通道的门槛，犹豫了好几天。他一再跑到这株吉阿伊树木前面转来转去，那神态很有些形迹可疑、鬼鬼祟祟的，因为他在草地上像一对黑黑大大分开的大腿的树槎桠之间终于发现了那种暗示。最后，他赤身伏在那被击倒的树上，他两臂紧抱树干，他的生殖器冒险探入两条主枝分开之间的那个小小的长着苔藓的凹洞。一阵幸福昏眩使他迷茫麻木。他半眯着的眼睛只见一片像奶油一样的肉质花卉，在眼前荡漾展开，从倾侧的花冠里发出令人昏眩的浓重芳香。花微微张开潮润的黏膜，仿佛在热切等待上天的某种赐予，昆虫在天空上懒洋洋地穿飞舞蹈。鲁滨孙是不是人类谱系中返回生命的植物类的源泉的最后一人？……鲁滨孙在想象某种新的人性，每一个人由于这样的人性豪迈地把他的雄性特征或雌性特征生长在他的头上——巨大显目、色彩斑斓、香气诱人的……性特征。[①]

现在他知道了，那纯粹是纸上谈兵。

[特约编辑：王继军]
[插　　图：岑　骏]

---

① 引自图尼埃《礼拜五——太平洋上的灵薄狱》，王道乾译。

边界下的困局
——读陈希米新作《女人一思考》

冯祉艾

两性关系究竟是共生、依附、对立还是其他？在女性主义冲击传统父权的当代社会语境下，似乎有更多可供深入挖掘的意义。即使从分类学的角度出发，男女两性的分类也不完全由性别划分，其复杂之处在于不论男女群体各自有何大致的特点以供对其进行概括甚至探讨，但不可忽略的是，男女并非简单的男女，其后往往紧随"人"这一复杂的概念。作为人的分类学家去对"人"进行划分，就如同两条相隔甚近的平行线在相互追逐，或许表面上看相差无几，但在细细打量之下，才见诸多无法攻破之边界。而学术的探讨一般来说是学科的运动，平行线并非一成不变，在无数量变的追击下，平行的困局中也不乏有破局之势，这一"破局之势"放之"人学"为冲破边界，放之陈希米的《女人一思考》中，则为女人对人的思考。

陈希米在《女人一思考》中从探讨两性关系起源说出发，在时空构建上交叉了现实所在与文艺创作，在古今文学思想史上采撷文人观点为"点"，展开对两性关系充分想象与探讨的"面"，在点面结合之间，放飞思想的维度，而又落实思考的基底，因而在其看似跳脱的笔法中又时刻呼应核心的命题，犹如作者内心深处的喃喃私语。文中设置几位女性友人的角色，这在陈希米的创作中并不少见，以往如《抵达》《痊愈与断路》《练习死亡》中都有出现，女人们各自有相对应的可以聊说的伴侣，在一定年纪和阅历的累积下传达不同的情感观点，各自也代表着不同的恋爱或人生经历，在作者回忆式散文叙写与记录式观点输出中进行娓娓道来的表达，汇聚成作者的心灵絮语，在意识流朦胧的漂离之中，传达对于感性精神世界的相对理性思考。《女人一思考》不时落点于多样的艺术形式，将人生、两性情感的拉扯赋予艺术形式的具象展现，深沉思考中不乏生动抒写，艺术之美同样穿透情感的探讨呈现在读者面前。

一、两性之边界

两性之边界，既是两性存在所谓关系连接的基础，也是陈希米的《女人一思考》所探讨的意义所在。陈希米在《女人一思考》的开头列举古往今来一些对于男女两性起源的说法。《旧约》中上帝先造亚当，再从中取出肋骨造就了夏娃，于是世界上第一个男人和女人就此诞生，而依据此说法，女人是男人这一整体的部分，放置于唯物辩证法中，则体现为联系的观点，整体与部分相互依存，一方面，整体是由部分组成的，离开部分就不存在整体，另一方面，整体不是各个部分的简单相加，而是按一定联系或关系结合在一起，整体不等于部分的总和，优化的系统整体大于部分的总和。虽然以上观点适用于客观物质的对象，但将唯物辩证法联系观中整体与部分的概念放置于男女两性关系起源说中，亦可见两性之间关系之亲密，诚然有"肉中之骨"的切肤之亲，因为整体由部分组成，离开部分就不存在整体，所以似乎一个男人想要寻求完整，就必须找到一个女人，或说女人要想得以存在，就必然要寻得一位男子，这为男女结合形成家庭，并繁衍后代的社会行为提供了人文意义上的解释，而在如此"骨中肉""肉中骨"的亲密关系中就没有边界了吗？从陈希米对其观点的进一步思考探究和延展中可见并不尽然。

陈希米就"肋骨说"引申出一个问题：为什么是肋骨？参考张晓梅的《旧约笔记》，其思路在于造就女人需要考虑不以带有恶念之物方可使约束其恶行，其思路潜意识中不妨揣测有认为女人能力即行恶之源的嫌疑，而阻止恶之萌芽的工程却只作用于女人的创造中，不可不谓是两性中的偏见，而这种偏见，即是两性之间的边界之一。

提及偏见，上帝造人顺序之先后，以及材料之大小，其间对待的差异也可谓之偏见，而陈希米对于"为什么是肋骨"这一问题也提出了自己的见解，着眼于亚当，即男人相对不需要什么，虽然偏见之敌意较之以上"恶念之萌发"大有所隐，但也无不将女人的地位放置于较低处。

这种性别偏见所产生的两性边界其实可以归于人类长期集体无意识的产物，算作历史遗留问题。偏见给男女两性群体加以刻板印象，规定对不同性别群体的要求，以及不同性别群体所谓合理的追求，这方面对该性别群体而言，亦是内部个体的边界。

　　男女确实在性别赋予的不同性格中产生一定程度的可概括的性别特征，当然也可算作历史遗留下来对性别刻板要求的后遗症，但不可否认，男女性格的差异在长期的刻板要求之中得以成形。在传统的刻板观念中，女人追求男人的爱情，而男人追求更大的世界，这种两性追求的状态在现实中得到不同程度的真实展现，其源头可追溯为集体无意识的性别偏见导致对两性刻板要求，而要求亦形成不同的追求状态。

　　如果说上述的连锁反应确有其存在的合理性，那么在无法改变历史已然的情况下，陈希米在这一现实的基础上深入两性情感的感性内部，探讨相对亲密的两性关系中相处的困境。

　　《女人一思考》中常提及"袒露"一词，"袒露"——既是身体的袒露，又是精神的袒露，而文中出现的女人们大体上都认同精神的袒露应从身体的袒露开始，作者自然在文中不失公允地指出此观点的偏颇之处，但不可否认"袒露"似乎确是两性之间冲破边界的行为之一。"袒露"也需要接受者、理解者、互动者，这三者依次程度也有所不同，接受即对对方的"袒露"不厌恶，理解即对对方的"袒露"有共鸣，而互动是彼此"坦诚相见"，这一层面也可转化为"信任"。但现实是，大多数的恋人、夫妻之间难以达到"袒露"的互动境界，如果达到理解层面，或许可以相濡以沫度过一生，而如果只是接受层面，则多在失衡的两性交流中产生情感信息接收的不对等，如文中苓和前夫的婚姻，以及钦和青遥远的恋爱记忆。在陈希米另一作品《练习死亡》中，在谈及钦与青的爱恋，也无以"袒露"来总结这段经验，"也许无法确定究竟是心灵激发了身体还是身体激发了心灵，但终究是一种透彻到另一种透彻，一种激情到另一种激情，两种热望息息相关。纯洁的、献身般的感觉必须是袒露一切啊！"袒露的魅力如此之大，以至于在《女人一思考》中对钦和青那段如杜拉斯《情人》里颇具意识流气质的爱恋描述中，朦胧的爱欲氤氲中，两人似乎只是袒露，就已经开始了爱情的颤动。

　　而两性之间失衡的情感交流，亦是两性边界之一。

二、两性之思

　　在探讨两性起源时，陈希米以阿里斯托芬关于爱欲的喜剧为点，引申出夏娃诞生之前亚当是做何种面貌的假想，即如果以上帝创世为基础，那么在女人出现之前，男人是怎样的？陈希米在这一假想之上，根据图尼埃的构想，又提出将原故事中的肋骨改为前胸，即性器官，那么女人是否就是性欲的化身，而男人在性欲的相对减少下能更加投入体力劳动。陈希米选取德国哲学家魏宁格的调查研究作为展现男女素质差异的案例，得出的结果正好与上述图尼埃之说互为佐证。而以女人作为性欲化身的说法显然是欠妥当的，放置于现实环境下多显荒唐，陈希米将这一带有荒唐色彩的假命题做女性反讽式的戏谑，女性所谓狭隘的爱情至上观念不出于她们的主观放纵，而是生理结构决定的先天使然。陈希米不否认性欲于女性精神世界的强大作用，而性欲也不全然是社会生产的对立面，性欲是发自人性天然对爱和获取的追求。

性是否与爱相联，以"袒露"为例，身体的袒露是性的交欢，而精神的袒露是爱的互通，不论是性还是爱，都离不开"袒露"。"袒露"在一定意义上意味着剥离自身的外壳，直到向对方展现真实的自我，不断袒露，就是不断剥离，不断消耗自身。

所谓自我，在弗洛伊德《自我与本我》中提出本我由一切与生俱来的本能冲动组成，是人格的一个最难接近而又极其原始的部分，只受"快乐原则"的支配，盲目追求满足；超我是道德化的自我，是人格最后形成也最文明的部分；而自我，则是负责与现实接触，是本我与超我的仲裁者，既要监督本我，又要满足自我。

可见，自我处于人格极端——本我与超我的中间地带，具有承先启后之作用，不可避免其善恶并存之现实取道，因而自我是人格中最复杂混沌的部分，善恶美丑皆在自我中游离。真实的自我往往在袒露中不断暴露深层，本我的原始放纵与超我的文明道德也在自我的不断暴露中互相拉扯，人格的深渊在撕开裂口之后越陷越深，在两个极端的拉扯之间，无疑是对人本体的极度消耗，同样，也是对袒露对象的极度真诚。

演员卓丫在接受性爱、暴力等拍摄要求时，就是不断袒露，不断剥离，不断消耗的过程。她的自我剥离在镜头的传播下被公开展示，她自我中的所有美好、丑陋、高傲、卑微……都被曝光，没有秘密，神秘的卓丫似乎也不再神秘，以至于透过屏幕观摩过卓丫的身体，却很难联系到现实生活中的卓丫。因为袒露的自我可以看作人格的失控，是本我超我的发泄，而在现实生活大多数不够私密的环境下难以达到这种袒露的境界，因而性不仅仅在于身体的袒露，在肉体交欢的过程中，也是接受对方自我暴露的过程，因而亦是打开爱欲大门的钥匙。

安东尼奥尼笔下的角色陶尔在陈希米的笔下宛如真人一般贯穿全文，这种以文艺作品中虚构人物的小传作为文章主题探讨的脉络，是陈希米创作的一大特色，一如《抵达》中的电影《无主之作》里的画家巴纳特，或者《练习死亡》中《乞力马扎罗的雪》中的作家哈里，陈希米善于在创作中对他山之石进行延展性地探讨和思考，甚至围绕自我创作的主题，为他者笔下的人物续写结局，仿佛赋予这些经典人物以新的生命，也似乎站在他者的肩膀上眺望更加深刻的艺术高度，如果是这样，那么安东尼奥尼笔下的悉尼富商陶尔，也具有同样的焕然一新的艺术生命。

陶尔的存在于想象、于虚无、于真实之间漂移不定，因而陶尔这一角色身上所具有的突破边界的荒谬感就显得更加真实可信。在女人们所有关于可能与必然的猜测中，陶尔的举动实现了人在现实环境下精神世界所欲求做出的行为，他的两次出海颇有毛姆《月亮和六便士》中思特里克兰德的气质，抛下理性所认为的财富安然，在某一时刻，突然选择抛下一切扬帆远航，甚至对潜在的危险有一丝迷恋的意味，他似乎在冲动之下做出对人性的试探与测试，在危险的边缘试探自我边界的尺度。

陶尔的两次出海程度意味不同，第一次出海是对人生边界的突破，第二次出海，则是对人生边界的拓展。陶尔第二次出海没有再回来，作者猜测他在希望岛上的生活状态，这种类似于鲁滨孙的孤岛生活，面对巨大的、纯粹的虚无，陶尔是否会被唤起对爱，或者对性的想念。而作者引用图尼埃关于鲁滨孙在孤岛上性生活的一段想象描绘，来打开陶尔在希望岛上空前虚无的精神世界的大门。作者在此处采用对照的方法对孤独和虚无进行更深层次的领悟，"孤独"二字常出现在生活在人群中的个体的口中，而当面临流落于荒岛这一极限情境时，孤独之感甚至无法相对而言，因为根本没有参照物，因而陈希米发出"人类的整体性对这个脱落的个体还存在意义吗"的反问，而在孤独、虚无的参照下，性欲似乎偏向于本我那种本能的肉体发泄，而爱欲则净化为超我中纯净的遥不可及。

当然，在《女人一思考》中，作者所选取的参照也是文艺作品中对性、对爱、对孤独和虚无的想象，正如作者在文中提及的："凡是我们能够想象的，其实就是我们可能具有的。我们想象的边界，就是我们可能性的边界。"想象思维的广阔是人可能性的延展，文艺作品中的构建是想象，作者在猜测中的探讨也是想象，但想象并非与现实对立，那些基于想象的探讨，其实最终落根于现实的基底，就如人们到达精神领域的顶峰脱离不了性爱的参与，对性爱的想象是对两性之爱欲的探讨材料，因为人们的性爱经验及经历大多来自于自身，而想象则脱离人本身的边界，在漫长的人类发展史中通过对性爱的想象衍生出人生边界的多种可能性。

作者在文中将性爱比作舞蹈，自由编舞，而所有动作都在彼此的配合及掌控之中，优美的舞姿之间尽是柔软与力量之美，也可因此比作阴柔与阳刚的结合。在《痉愈与断路》中，陈希米同样以舞蹈来隐喻肉体的碰触，"因为舞蹈的方向，不是别人，是自己；艺术的方向，是感觉的共鸣。"只是在《痉愈与断路》中，作者偏向于触发自己的欲望，但不论如何，在激发欲望层面，肉体的接触或说是配合，往往是激发的前兆。

因而就"精神高峰"而言，两性之爱欲，不仅是两性之间的边界突破，更是个体人生边界之拓展。

三、边界之拓展

《女人一思考》中对于陶尔的第一次出海，作者多以"荒谬"来形容，"荒谬"指极端荒唐，非常不合理，或者言语、行为怪诞、离奇，不合常理。而在哲学领域，亦有"荒谬哲学"一说，已知陶尔是安东尼奥尼笔下的虚构人物，而将"荒谬哲学"放置于文艺作品之中，则往往产生生活意义的虚无、人的异化、和谐关系的丧失等具体的主题展现，参照荒诞派文学作品可见一斑，其不同于传统文学的审美特质，一如荒谬行为所异于常人的迷人之处。

而陶尔的荒谬，则更多体现为感觉到生活意义的虚无，意识到现阶段的虚无，才会尝试去突破自我、人生的边界，企图探寻边界之外的更多可能。虚无是陶尔荒谬的精神根源，而突破边界则是陶尔荒谬的现实行为。

爱因斯坦曾对"荒谬"做出过解释："持续不断地用同样的方法做同一件事情，但是期望获得不同的结果，这就是荒谬。"

如此可以代入陶尔在文中的多次出海为"持续不断地用同样的方法做同一件事情"，并且每次出海的目的从浅层意义上来讲并不相同，因而于陶尔而言是通过出海以期获得不同的结果。如果说陶尔的第一次出海是顿悟虚无后有所行动的冒险，那么其间多次与卓丫的出海则是促进两性亲密关系的信任游戏，而文中陶尔的"最后一次出海"再也没有返还，并设想陶尔在最后一次出海流落在荒无人烟的希望岛，过上如鲁滨孙一样的孤岛生活。并且陶尔还与鲁滨孙不同，鲁滨孙最终回归了正常的人类社会，他在孤岛上的孤独与虚无也就只是成为了一段经历或可供书写和思考的材料，但在《女人一思考》中，作者将陶尔的结局几乎定性为不再回归，那么陶尔所面临的孤独、虚无也就无法公开，成为独属于陶尔的私人体验，作者给予陶尔的结局如同

"薛定谔的猫"一般,再见之前,神秘而不可预测。

神秘而不可预测,颇有"深奥者"的气质,而陶尔归于孤独的生活,是否也成为了某种程度的深奥者呢?这在陈希米的《关于深奥者的意犹未尽》中给出了与之呼应的答案,深奥者是独自走向陌生之地的深奥者,他们被放置在一个孤独的高度,承受着所谓极端的孤独。因此,对于陶尔的孤独,可以看作是在荒谬行为背后,深奥层次的又一次进化,而在陈希米的笔下,女人们总是喜欢把第一个喜欢的人看作"深奥者",但事实是,爱上"深奥者",那无法理解的爱情就是一种距离的折磨,因而两性之间边界的隔阂,亦是自我距离的拉扯。

对于陶尔这一结局,作者还敏锐地捕捉到陀思妥耶夫斯基的《群魔》中基里洛夫对上帝问题的探索,为验证上帝是否存在,基里洛夫成为第一个纯粹的、完全在本体论意义上寻死的人。作者表示陶尔的最后一次"荒谬出海"与基里洛夫的"自杀求真"有相似之处,他们都是在不断触碰边界之时生发企图出界的念头,而在突破之时,也拓展了边界,而边界的拓展是否会让生命的维度变得更加广阔丰富?自杀的基里洛夫死去,出海的陶尔也再也不能回来,而目前已知的人类关于边界的认知都是在解释、接受与理解中产生。

一般来说,拓展边界属于突破边界的必要不充分条件,常人触碰边界,多以内部推移来进行边界的拓展,而少数人以突破来获取对人性、生命及至世界更加广阔深刻的体悟。陈希米在《女人一思考》中立足于两性关系,探讨边界存在的意义与突破或拓展的可能性,从男女两性出发,最终落点于"人",在蓬勃的想象中对两性之情感进行充分的挖掘、探讨和思考,赋予精神世界冲击之无限可能,也为该文的思想深度笼罩--层艺术之美的璀璨光辉。

[特约编辑:王继军]

更正:
《收获》长篇小说2021年夏卷、秋卷刊登的《纪念碑》人物称谓有误,平楚和史引霄的儿女史雪弓、平雪砚、平雪墨,以及养女史青玉,均为李翠(翠姑妈)的侄儿或侄女,特此更正,并向读者致歉。

图书在版编目（CIP）数据

收获长篇小说.2021.冬卷 /《收获》文学杂志社编.
-- 上海：上海文艺出版社,2021.12（2024.3重印）
ISBN 978-7-5321-8226-8
Ⅰ.①收… Ⅱ.①收… Ⅲ.①长篇小说－小说集－中国－当代 Ⅳ.①I247.5
中国版本图书馆CIP数据核字(2021)第276515号

名誉主编：李小林
主　　编：程永新
副主编：钟红明　王　彪

发 行 人：毕　胜
责任编辑：李伟长　张诗扬
封面设计：陈安栋
特约法律顾问：王　嵘　光　韬

书　　名：收获长篇小说 2021 冬卷
编　　者：《收获》文学杂志社
出　　版：上海世纪出版集团　上海文艺出版社
地　　址：上海市闵行区号景路159弄A座2楼 201101
发　　行：上海文艺出版社发行中心
　　　　　上海市闵行区号景路159弄A座2楼206室 201101 www.ewen.co
印　　刷：上海中华印刷有限公司
开　　本：710×1000 1/16
印　　张：26
插　　页：2
字　　数：540,000
印　　次：2021年12月第1版 2024年3月第2次印刷
I S B N：978-7-5321-8226-8/I.6499
定　　价：55.00元
告 读 者：如发现本书有质量问题请与印刷厂质量科联系　T: 021-69213456